J.D. Barker
Game On

Autor

J.D. Barker hat zunächst einen preisgekrönten Horrorroman veröffentlicht, für den er hochgelobt wurde. Mit seiner spektakulären SPIEGEL-Bestseller-Trilogie um Detective Sam Porter und den perfiden Four Monkey Killer knüpfte er nahtlos an diesen Erfolg an und begeistert unzählige Leser*innen. »Game On – Der Einsatz ist dein Leben« ist sein vierter und neuester Roman bei Blanvalet. Barker lebt in Englewood, Florida und in Pittsburgh, Pennsylvania.

J.D. BARKER

GAME ON

DER EINSATZ IST DEIN LEBEN

THRILLER

Deutsch von Leena Flegler

blanvalet

Die Originalausgabe erschien 2021 unter dem Titel
»A Caller's Game« bei Hampton Creek Press, New Castle.

Penguin Random House Verlagsgruppe FSC® N001967

1. Auflage 2024
Taschenbuchausgabe © 2024 by Blanvalet, einem Unternehmen
der Penguin Random House Verlagsgruppe GmbH,
Neumarkter Str. 28, 81673 München
Copyright der Originalausgabe © 2021 by J.D. Barker
Copyright der deutschsprachigen Ausgabe © 2022
by Blanvalet in der Penguin Random House Verlagsgruppe GmbH,
Neumarkter Str. 28, 81673 München
Redaktion: Susann Rehlein
Umschlaggestaltung und -motiv: www.buerosued.de
JS · Herstellung: DiMo · TaVr
Satz: KCFG – Medienagentur, Neuss
Druck und Bindung: GGP Media GmbH, Pößneck
Printed in Germany
ISBN 978-3-7341-1337-6

www.blanvalet.de

Du hast die Wahl.

Für Thad McAlister, der zu früh gegangen ist

1

Jordan

»Oh nein, verdammt!« Jordan Briggs schlug mit der flachen Hand auf die Hupe und hielt den ausgestreckten Mittelfinger durch das Schiebedach ihres Audi R8. Sie hatte eine Vollbremsung hinlegen müssen, und als sie wieder aufs Gas gegangen war, war ihr Absatz abgebrochen. »Das waren meine Lieblings-Louboutins, du Arsch!«

Ein fleischiger Arm tauchte im Fenster des Müllwagens auf und winkte mit ausgestrecktem Mittelfinger zurück.

»Wen schreist du an, Jordie?«

Die Nummer vom *Wie-gefällt-Ihnen-meine-Fahrweise*-Aufkleber auf dem Laster würde sie sich merken.

»Den verdammten Müllwagenfahrer! Der ist gerade aus der Madison auf die 49th abgebogen, ohne zu gucken. Ist nicht mal vom Gas gegangen und mir fast in den Audi gerauscht!«

Sie streifte den Schuh ab, inspizierte den kaputten Absatz und schleuderte ihn neben sich in den Fußraum.

»Du sitzt im Auto? Warum sitzt du im Auto? Oh Scheiße, warte – du bist auf Höhe Madison? Wir sind in sechs Minuten auf Sendung!«

»Ich fahre nach der Sendung in die Hamptons, deshalb wollte ich lieber mein eigenes Auto nehmen, nicht den Fahrdienst.«

»Mit Frank wärst du pünktlich hier.«

»Tja, zu spät.«

Ein paar Meter ging es voran, dann stand wieder alles. Der Müllwagen streifte fast einen Lincoln SUV auf der linken Spur. Bestimmt hing der Fahrer am Handy – jeder hier hing an seinem Handy. Im New Yorker Stadtverkehr musste man ja auch nicht aufpassen. Autos fuhren sich quasi von selbst.

Volltrottel.

»Billy, schreib mit.« Sie ratterte die Telefonnummer vom Müllwagenaufkleber herunter.

»Hab ich. Hey, du hast gar nicht erwähnt, dass dein Mann kommen wollte. Dein Büro wird heute gemalert – ich musste ihn in den Greenroom zu Senator Moretti setzen.«

»Ex-Mann. Und ich hab's nur deshalb nicht erwähnt, weil ich keine Ahnung hatte. Hat er gesagt, was er will?«

»Mir sagt hier keiner etwas, das weißt du doch«, erwiderte Billy. »Er hat Charlotte dabei.«

»Charlotte? Die sollte sich für die Schule fertig machen!«

Er sollte sie für die Schule fertig machen!

Charlotte hatte schon viel zu viel Unterricht verpasst. Dass ihr Kind die sechste Klasse wiederholte, durfte nicht passieren. Wie würde das bitte aussehen? Für die Presse wäre das ein gefundenes Fressen.

»Bitte sag mir, dass du schon in der Nähe bist«, kam Billys Stimme über die Freisprechanlage.

Sie hatte seit einer Minute ganze zwei Meter zurückgelegt. Es ging mit Riesenschritten voran.

Und es war mittlerweile vier vor sechs.

»Ich kann das Gebäude schon sehen«, antwortete sie. Das stimmte wirklich – gute zwei Blocks voraus. Mitsamt der digitalen Anzeigetafel auf dem Dach, auf der gleißend hell *SiriusXM* stand.

Jordan drückte erneut die Hupe. Kam ihr nur richtig vor.

Wieder ein knapper Meter.

Gut gemacht, Hupe.

Billy seufzte. »Die *Today Show* hat heute Vormittag Meghan Trainor am Mikro.«

»Ernsthaft?«

»Deshalb ist das Rockefeller Center auch eingerüstet. Ist ihr letztes Konzert für den Sommer.«

»Dann ist Meghan Trainor schuld an dem Verkehrschaos?«

»Könnte schlimmer sein. Wenigstens ist es nicht Ed Sheeran.«

»Warum haben *wir* nicht Ed Sheeran? Ich will nicht schon wieder mit einem Senator reden. Nicht kurz vor dem Wochenende. Von Politikern kriege ich schlechte Laune.«

»Einladung von oben. Er ist ein Kumpel von Greenstein, glaube ich. Oder von Goldblatt.«

Jordan schnalzte mit der Zunge und rollte einen weiteren Meter vor. »Holen wir jetzt die Kumpels der Chefetage ins Programm? Ich bezahle dich, damit du genau das verhinderst, Billy. Ich bezahle dich dafür, dass du mir Ed Sheeran besorgst.«

»Willst du, dass ich bei der *Today Show* anrufe, damit Meghan Trainor auf dem Heimweg kurz bei uns vorbeischaut? Irgendwo habe ich die Nummer ihres Managers. Ich bin mir sicher, ich könnte sie herbringen.«

»Ich will keine Resteverwertung, Billy.«

Auf der linken Spur ging es weiter. Warum nicht auf ihrer Spur? Sie könnte rüberziehen, aber dann müsste sie einen Block weiter wieder zurück nach rechts.

War es das wert?

Vielleicht.

Möglicherweise.

Jordan griff ums Lenkrad, setzte den Fuß aufs Gaspedal und …

Ein Bus schob sich links neben sie und bremste. Blockierte ihr den Weg.

Verdammt. Zu langsam.

Billy musste das Handy zugehalten haben. Sie konnte ihn hören, allerdings nicht verstehen. Es klang, als würde er jemanden anschreien. Einen Augenblick später war er wieder dran. »Jordie, wir brauchen einen Plan B. Du schaffst es nicht rechtzeitig.«

»Ich schaffe es noch.«

Es war jetzt drei vor sechs.

Sie würde es nicht mehr schaffen.

Der Bus neben ihr fuhr Werbung für ihre Sendung. *Overdrive mit Jordan Briggs* – in riesigen, gut einen halben Meter großen Lettern neben einem Porträt von ihr, das ziemlich genau ein Jahr alt war. Sie hasste das Foto. Sie hasste sämtliche Werbefotos – sie selbst wurde älter, während die Fotos um keinen Tag alterten. Und nicht nur das: Irgendwer packte immer denselben magischen PhotoShop-Malibu-Barbie-Filter darauf, mit dem sie so verdammt perfekt aussah. Aber so sah sie nicht aus. Es fühlte sich an, als würde sie in den Spiegel gucken, und eine bessere Version ihrer selbst würde höhnisch zurückblicken.

Keine zwei Minuten mehr und noch gut anderthalb Blocks. Und es ging nichts mehr voran.

Ein Fahrgast in dem Bus erkannte sie und kreischte ihren Namen.

Jordan ließ das Fenster hoch und ging hinter der getönten Scheibe in Deckung. Auch das Schiebedach machte sie zu. Dass irgendwer seinen Spinat-Smoothie in ihr Auto kippte, war das Letzte, was sie gerade brauchte.

»Wenn du Frank gerufen hättest, hätte er dich jetzt rausgelassen, und du könntest den Rest laufen«, sagte Billy.

»Aber ich habe ihn nicht gerufen, okay?«, erwiderte Jordan tonlos.

Dann kam ihr eine Idee.

Oh nein, das ging nicht.

Sie machte es trotzdem.

Bevor sie es sich anders überlegen konnte, würgte sie den Motor ab, zog die Handbremse, schaltete die Warnblinkanlage ein und stieg aus. »Schick jemanden mit einem Headset in die Lobby, Billy«, rief sie, riss sich den intakten Schuh vom Fuß und warf ihn zu dem kaputten Schuh vor den Beifahrersitz.

Billy sagte noch etwas, aber da hatte sie bereits die Tür zugeschlagen, rannte hinüber zum Gehweg und drückte über die Schulter hinweg auf den Funkschlüssel.

Der Audi zwitscherte ihr hinterher.

2

Cole

NYPD-Officer Cole Hundley starrte der Frau aus dem Auto vor ihm wie vom Donner gerührt nach. Sie war mitten auf der 49th ausgestiegen, hatte ihren Wagen verriegelt, war über den Gehweg gerannt und hatte den Audi einfach stehen lassen – mitten im Stau, sodass er in seinem Streifenwagen dahinter feststeckte, genau wie weiß der Himmel wie viele hinter ihm.

What the fuck!

Das hatte er gerade wirklich gesehen.

Es war wirklich passiert.

Er war sich sogar ziemlich sicher, dass sie sich die Schuhe ausgezogen hatte – warum auch nicht?

Er griff nach vorn und schaltete die Sirene an, die dreimal laut aufheulte.

Als sie sich zu ihm umdrehte, rechnete er damit, dass sie stehen bleiben, ihm vielleicht beschämt und beschwichtigend zulächeln und wieder einsteigen würde – so wie es normale Leute täten, die von der Polizei bei einer Dummheit ertappt worden waren. Aber was machte sie? Sie lächelte, ja. Aber dann winkte sie und verduftete einfach barfuß die Straße entlang.

Der Wagen konnte natürlich gestohlen sein. Das würde einen Sinn ergeben. Cooles Teil. Allerdings hatte sie nicht ausgesehen wie eine, die in ihrer Freizeit Autos knackte – nicht in diesem Outfit. Selbst ohne Schuhe hatte sie nach

Geld ausgesehen. Außerdem hatte sie abgeschlossen. Die wenigsten Autodiebe hatten einen Schlüssel zum Wagen, und sie schlossen auch nur selten hinter sich ab, wenn sie ihn dann irgendwo stehen ließen. Und ganz sicher schalteten sie nicht erst die Warnblinkanlage ein. Sie hatte ihren eigenen Wagen in der Rushhour mitten auf der 49th stehen lassen.

Außerdem war sie schnell. Schon einen halben Block entfernt. Sie rannte mit der Eleganz und Kondition einer Sportlerin.

In den zwölf Jahren, seit Cole im Polizeidienst war, hatte er oft über die Entscheidungen nachgedacht, die er bis dato gefällt hatte. Meistens waren dabei Kugeln im Spiel gewesen, die ihm um die Ohren geflogen waren. Manchmal auch Messer. Er war zwei Mal gebissen worden, davon nur ein Mal von einem Hund. Beide Male hatte er hinterher eine Tetanusspritze gebraucht. Einige Leute spuckten gern. Nie schön, den Arbeitstag so zu beginnen oder auch zu beenden. Die Beschimpfungen konnte er gar nicht mehr zählen. Einmal war er von einer Frau mit nichts als Alufolie am Leib angegriffen worden, die sie mit Tesa zusammengeklebt hatte; sie war felsenfest davon überzeugt gewesen, dass ausgebuffte Aliens den Times Square zu ihrem Landeplatz gemacht hätten. Eine Frau, die ein Hunderttausend-Dollar-Geschoss mitten auf der Straße stehen ließ und sich aus dem Staub machte, überraschte ihn nicht. In New York bedeutete so etwas lediglich, dass gerade Dienstag war.

Cole schob den Schalthebel auf Parken, schaltete das Blaulicht ein, atmete tief durch, stieg aus und rannte ihr nach.

Als er sich unter dem Gehupe der umstehenden Wagen an dem Bus vorbeiquetschte und vor dem Audi der Frau hinüber auf den Gehweg sprintete, richteten mehrere

Handykameras, die zuvor die Frau gefilmt hatten, sich auf ihn.

Von allen Kameras, die diesen Augenblick aufzeichneten, war ironischerweise die Einzige, die nicht verlässlich funktionierte, die Zweitausend-Dollar-Bodycam an seiner Uniform.

3

Jordan

Jordan rannte bei Rot über die 6th. Der Verkehr ging sowieso in keiner Richtung voran. Sie war auch nicht die Einzige – bestimmt ein Dutzend Leute lief mit ihr über die Straße, den Blick aufs Smartphone gesenkt. Sie selbst passte zumindest auf. Dass nichts voranging, hielt diverse Taxifahrer nicht davon ab, die Hupe gedrückt zu halten. Als müssten sie irgendeine Hupquote erfüllen. New York City ohne Hupen im Hintergrund wäre wohl nicht dasselbe; das Hupen war der Soundtrack ihres Lebens.

Sie war einen halben Block weit gekommen und hatte das SiriusXM-Gebäude fast erreicht, als ihr siedend heiß einfiel, dass sie ihr Handy im Dashboard des Wagens hatte stecken lassen. Nicht dass sie da noch etwas hätte tun können. Auch nicht gegen den Cop, der hinter ihr herlief. Sie konnte jetzt nur noch ihren Vorsprung halten.

Mit stur nach vorn gerichtetem Blick drängelte Jordan sich durch die unvermeidliche Mauer aus Touristen, die vor der 1221 Avenue of the Americas ihre obligatorischen Fotos schossen, und stürmte in die Lobby, ehe nur einer von ihnen sie erkannt hatte. Was ein Wunder war. Doch dann verstopfte eine dieser verdammten Touristen-Führungen die Sicherheitsschleuse. Echte New Yorker trugen andere Klamotten und hatten auch nicht das dringende Bedürfnis, zweitausend Fotos von einer Lobby zu schießen.

Auf der großen Uhr über den Aufzügen war es 5:59:22. Ihr blieben nicht mal mehr vierzig Sekunden.

Jordan legte die Hände an den Mund und schrie aus voller Kehle: »Ach du Scheiße, draußen auf dem Gehweg hat gerade ein Cop Howard Stern umgehauen!«

Bingo. Es funktionierte.

Die Lobby war schlagartig vergessen, die Meute machte kehrt und stürmte zum Eingang wie eine Horde Vorstadt-Hausfrauen am Black Friday bei Walmart.

Jordan wich zur Seite aus, drückte sich an ein paar Anzugträgern vorbei, die sie nicht kannte, und war an der Schleuse. »Hab's eilig, Bobby!«

Der Securitymann riss die Augen auf, als sie durch den Metalldetektor rannte und dabei den Alarm auslöste. »Jordie, du musst ...«

Den Rest hörte sie nicht mehr.

Sie schlitterte über den Marmorboden, erreichte die Fahrstühle und rief alle sechs.

Von Billy keine Spur.

Wo zum Teufel war er?

Erneut hastete sie die Fahrstuhlwand entlang und drückte sämtliche Knöpfe.

Über ihr auf der Uhr war es 6:00:02.

Scheiße.

Scheiße.

Scheiße.

Der dritte Fahrstuhl von links klingelte, und die Türen gingen auf. Eine junge Frau mit schulterlangen pinkfarbenen Haaren und *Overdrive-mit-Jordan-Briggs*-T-Shirt trat mit dem Gesichtsausdruck eines Rehs im Scheinwerferlicht aus der Fahrstuhlkabine. Sie hielt ein schnurloses Bose-Headset in der einen und ein Handy in der anderen Hand. Jordan hatte sie noch nie gesehen.

»Hey!«

Die Frau blickte auf, lächelte und schlenderte in aller Seelenruhe auf sie zu. Kein Grund zur Eile. War ja nicht ihr Leben, um das es hier ging. Lass dir ruhig Zeit, Schätzchen.

Verdammte Praktikanten! Stündlich schienen hier neue anzufangen, und keiner von ihnen taugte etwas.

Jordan stürmte auf die Frau zu und riss ihr das Headset aus der Hand, setzte es auf und hörte die letzten Sekunden des Jingles.

Die Praktikantin hielt das Handy hoch. »Billy meinte noch, ich soll ein Foto vom Whiteboard machen, falls Sie ...«

Jordan schnappte sich das Handy, sprang in den Aufzug und drückte so fest auf den Knopf für den zweiundvierzigsten Stock, dass sie schon meinte, das Plastik knacken zu hören. Dann warf sie Pink Hair den Autoschlüssel zu. »Holen Sie meinen Wagen von der 49th, bevor ihn jemand klaut!«

Als die Fahrstuhltüren zuglitten, erhaschte sie noch einen Blick auf den Cop, der an der Sicherheitsschleuse stand und ihr nachstarrte.

Über die Musik aus dem Headset konnte sie Billys Stimme hören. »Bist du da, Jordie?«

»Oh du Kleingläubiger, bin ich je *nicht* zur Arbeit erschienen, Mr. Glueck?«

»Krieg dein Keuchen unter Kontrolle. Du klingst, als wärst du von einem Kampfsportler durchgevögelt worden.«

»Ich bin zwei Blocks gerannt. Und woher willst ausgerechnet du wissen, wie es klingt, wenn man durchgevögelt wird?«

»Oh, alles schon mitgemacht«, sagte Billy. »Klingt ähnlich wie das Limit meiner Kreditkarte, dann vielleicht ein bisschen Kuschelzeit, bevor die Autotür aufgeht und einer von uns aussteigen muss.«

Jordan sah auf die Stockwerkanzeige. Zwanzigster Stock... einundzwanzig. »Läuft der Countdown noch?«

»Klar«, antwortete Billy. »Aber Goldblatt will sich mit dir über deinen freien Tag morgen unterhalten.«

»Scheiß auf Jules. Der hat nichts zu melden.«

»Auf Sendung in fünf, vier, drei...«

Dann war Billys Stimme weg.

Jordan sah auf das Foto des Whiteboards auf Pink Hairs Handydisplay hinab.

Der Song war vorbei.

Sie schloss für einen Moment die Augen, holte tief durch die Nase Luft, hielt kurz den Atem an und ließ die Luft langsam und kontrolliert durch den Mund entweichen.

»Ich will, dass ihr euch eine Nummer aufschreibt«, sagte sie ruhig und gelassen in ihr Mikro. »Es ist die erste von zwei Nummern, die ich euch gebe. Ich bin heute früh einem Mann begegnet. Keinem von der Sorte, die einem Hilfe anbietet, wenn man gerade mit zig Einkaufstüten kämpft, und auch nicht jemand, der einem die Tür aufhalten würde oder der dir seine Jacke gibt, wenn dir ein bisschen kalt ist. Sondern einer, der dich anherrscht, aus dem Bild zu gehen, wenn die Sportschau läuft. Jemand, der im Bus einen fahren lässt oder sich an der Kasse ausgiebig im Schritt kratzt, damit es jeder, der das Pech hat, in der Nähe zu stehen, auch garantiert mitbekommt. Körperpflege ist ihm so vertraut wie dem Inuit eine Badehose. Mein neuer Bekannter glaubt wahrscheinlich, dass *galant* irgendein Verwaltungsbezirk in Jersey ist. Ja, genau *so* einem bin ich heute begegnet. Und als wahrhafter Vertreter seiner Spezies hat er mir netterweise seine Nummer gegeben. Ich hatte nicht darum gebeten, er hat sie von ganz allein rausgerückt. Glaubte wohl, ich würde mich bei ihm melden wollen – um ihn vielleicht besser kennenzulernen. Nennen wir ihn der Einfachheit halber Stan. Er kam eindeutig wie ein *Stan* rüber.«

Das Glöckchen schlug an, und die Türen gingen auf. Zweiundvierzigster Stock. Vor Jordan hing dasselbe Werbefoto wie zuvor auf der Straße am Bus – ihr eigenes Gesicht, das die halbe Wand hinter dem langen Rezeptionstresen einnahm. Sie lief nach links, in Richtung ihres Senderaums.

Auf dem Flur wichen die Leute ihr aus, mehrere nickten ihr lächelnd zu, andere sahen weg. Sie wussten genau, dass sie Jordan besser nicht ansprachen, sobald sie ihr Headset aufhatte.

»Ihr wisst, dass ich im Herzen ein Mädchen des Südens bin«, fuhr Jordan mit leicht sarkastischem Tonfall fort und überbetonte einen Akzent, den sie in Wahrheit gar nicht hatte, weil sie außerhalb von Cleveland aufgewachsen war. »Also habe ich seine Nummer mit einem *Ach, was soll's* eingesteckt und den restlichen Morgen die Sekunden gezählt, bis ich ein Telefon in der Hand hätte und meinen neuen Augenstern, meinen Prince Charming, meinen Süßen anrufen würde – Stan. Als Mädchen aus dem Süden bin ich aber von Haus aus ein wenig schüchtern. Diejenigen von euch, die mir regelmäßig zuhören, glauben das vielleicht nicht – aber ich bin *wirklich* schüchtern. Wenn mir ein Typ seine Nummer gibt, bin ich schlagartig wieder dreizehn und tollpatschig, und meine Zahnspange blitzt, und ich hab Pickel – ihr wisst schon, das volle Programm. Und dann Gedanken wie: War es die dicke Brille oder meine unfassbar flache Brust, die seine Aufmerksamkeit geweckt hat? Oder mein Talent, im Englischunterricht Partizipialsätze falsch anzuhängen oder im Sport zwei von drei Mal den Korb nicht zu treffen? Meine Persönlichkeit war es jedenfalls nicht. Von den Jungs hat damals keiner auch nur mit mir gesprochen, sie kannten mich nicht mal, nicht wirklich. Ich war ein Schatten, ein Gespenst, die Fliege an der Wand, die sich einfach nur durchs Leben brummen wollte, ohne gleich totgeklatscht zu werden. Ich war nie das Mädchen, das die Stans wollten – damals jedenfalls nicht. Oder vielleicht doch, und ich habe die Signale nur falsch gedeutet? Keine Ahnung, schwer zu sagen. Wie die meisten Typen senden Stans nicht gerade eindeutige Signale aus. *Mein* Stan, dieses Bild von einem Mann, der mir heute früh begegnet ist – er hat beschlossen, sein Weg in mein Leben soll darin bestehen, dass er mich auf der 49th ziemlich fies schneidet. Nicht gerade subtiles Anbaggern – wirklich nicht. Er schießt einfach vor meinem Wagen auf die Straße und schiebt mir seinen fetten Laster direkt vor die Nase. Die Gesetze der Liebe sind für Stan eindeutig wichtiger als die Straßenverkehrs- ordnung. Mich in der Rushhour zu schneiden war be- stimmt seine Version von An-den-Zöpfen-Ziehen oder mich beim Homecoming-Ball am Punschtisch anzurem- peln – wir sind schließlich alle auf unterschiedliche Art schüchtern. Ich ziehe meinen Hut dafür, dass er zumin- dest versucht hat, meine Aufmerksamkeit zu erregen. Aber ich frage mich doch: War das echt das Beste, was er drauf- hat?«

Jordan lief um die Ecke, betrat den kleinen Pausenraum und hielt direkt auf die Kaffeemaschine zu. Sie goss sich einen Becher halb voll, stellte ihn in die Espressomaschine und fügte einen doppelten Espresso hinzu. Sie schloss die Augen, atmete den herrlichen Geruch ein, diesen himm- lischen Duft des Koffeins, den süßen Schweiß der Götter. Am liebsten hätte sie sofort den ersten Schluck genom- men – nur einen! –, aber sie wusste, das ging nicht. Nicht wenn sie auf Sendung war. Radio für Anfänger, Lektion eins.

Mit dem Becher lief sie zurück auf den Flur, schnüffelte

noch einmal daran und bog rechts ab in Richtung ihres Senderaums am anderen Ende des Gangs.

»Trotzdem kann ich es den Stans nicht wirklich übel nehmen. Wie gesagt, es ist nicht leicht, jemanden kennenzulernen. Heutzutage muss man schon kreativ werden. Wir dürfen auf der Arbeit niemanden daten – das war früher anders. Fragt Bill und Monica – das ist jetzt zwanzig Jahre her, trotzdem reden die Leute immer noch von ihrem kleinen Techtelmechtel. Liebeleien am Arbeitsplatz waren früher normal – und das ist doch nur logisch, oder etwa nicht? Wir verbringen die meiste Zeit des Tages am Arbeitsplatz, mit diesen handverlesenen Leuten, denen man zwangsläufig näherkommt. Man sieht sie, während sie gut drauf sind, und man sieht sie, wenn sie am Boden sind. Wenn man über die *Star-Wars*-Figürchen und die *Mein-kleines-Pony*-Pferdchen und über die *Garfield*-Kalender hinwegsehen kann und die Liebe seines Lebens entdeckt – sollte einem dann nicht erlaubt sein, die Chance zu ergreifen? Ist es da wirklich schlimm, mit diesem besonderen Menschen aus der Buchhaltung drei Minuten Ekstase auf dem Kopierer zu spüren, um der Monotonie des Mittwochs zu entkommen? Ja, es ist *falsch*. Heutzutage ist es so was von falsch! Herrgott, und ich bin ja nun auch noch eine Art Chefin – wenn ich einen meiner Mitarbeiter im biblischen Sinne kennenlernen wollte, käme es zu bergeweise Papierkram und Konferenzschaltungen mit den werten Kollegen aus der Rechtsabteilung! Partnersuche ist kein Ponyhof, heutzutage nicht mehr. Weder für *ihn* noch für *sie* noch für diejenigen dazwischen. Wenn man heutzutage daten will, muss man kreativ werden. Man muss jemanden in der Rushhour schneiden. Oder, Stan? So macht man das. Man klaut jemandem in der Starbucks-Schlange das Portemonnaie und lädt dann das arme Opfer auf einen Latte ein, sobald es bemerkt, dass seine Kreditkarte auf

Nimmerwiedersehen verschwunden ist. Man spielt den Uber-Fahrer und haut die Kindersicherung rein, bis der Fahrgast Ja sagt zu einem Kinobesuch oder zu einem Konzert. Man verfolgt jemanden im Schlabber-Hoodie durch eine dunkle Gasse und sagt etwas Lustiges wie: ›Hast du mal eine Neun-Volt-Batterie für mich? Mein Elektroschocker ist leer.‹ Und dann gibt es natürlich noch diese Apps – Tinder, Grinder, Minder, Blender, Pfannenwender ... Mit einem Wisch kann man jedem Fetisch nachgehen. Ich weiß nicht, wie es euch geht, aber ich habe keine dieser Begegnungen je als erfüllend erlebt. Stan anscheinend ebenso wenig. Vielleicht muss er deshalb alleinstehende Frauen im Stadtverkehr schneiden. Womöglich ist das aktuell gar keine schlechte Methode, um eine Lady auf sich aufmerksam zu machen.«

Jordan betrat ihr Büro. An den Wänden und über den meisten Möbeln hing Abdeckfolie. Ihre Post stapelte sich auf einem Stuhl neben der Tür. Sie ging den Stapel durch, fand den Brief, auf den sie gewartet hatte, und stopfte ihn in die Tasche. Sie war froh, dass ihre Leute den Umschlag nicht aufgemacht hatten.

Sie ging wieder raus auf den Flur und sah Billy hinter der Glasscheibe. Die schwere Schallschutztür zu ihrem Senderaum war nur von innen zu öffnen, damit während der Livesendung keiner unangekündigt hereinplatzte. Sie hörte ein leises Klicken und trat ein.

Billy Glueck nickte ihr aus seinem Producer-Glaskasten zu und zeigte auf die LED-Anzeige an der Wand – 5 300 049 Zuhörer. Gott, sie liebte Satellitenradio und Echtzeit-Statistiken!

Jordan ließ sich auf ihrem Stuhl nieder – einem Herman Miller für sechstausend Dollar. Sie stellte ihren Kaffee ab, schnupperte erneut daran und lächelte.

»Das ist also jetzt mein Dilemma: Rufe ich den Typen

an, oder kriegt er von mir einen Korb? Sollte ich ihm als nettes Mädchen aus dem Süden die Unbeholfenheit verzeihen und zulassen, dass er mir unter den Petticoat guckt? Ich habe den ganzen Morgen darüber nachgedacht, und ehrlich gesagt kann ich mich nicht entscheiden. Deshalb muss ich euch um einen Gefallen bitten. Holt euch Stift und Papier und schreibt mit.«

Jordan sah zu dem großen Whiteboard neben ihrem Tisch, auf dem die Themen standen, über die sie heute reden wollte – und die Telefonnummer, die sie auf der Rückseite des Müllwagens entdeckt hatte.

»Ruft Stan bitte in meinem Namen an – unter 212-555-67 17, Durchwahl 304 – und fühlt ihm für mich ein bisschen auf den Zahn. Ich vertraue euch. Helft mir zu entscheiden, ob er mein Mister Right sein könnte und wir vielleicht bloß einen schlechten Start hatten. Oder ob mein erster Eindruck doch richtig war und er einfach nur ein Höhlenmensch ist, der am falschen Ort nach der Liebe sucht. Ich zähle auf euch, dass ihr mir helft, die richtige Entscheidung zu treffen … Sind gleich wieder für euch da!«

In seinem Glaskasten hielt Billy seinen Zeigefinger in die Höhe, zögerte kurz und sagte dann: »Und … raus!« Er sah zu ihr rüber. »Du hattest als Kind eine Zahnspange?«

»Natürlich nicht. War nur so dahergesagt.«

»Du bist dermaßen kaltschnäuzig, weißt du das?«

Jordan legte die Hände um ihren Kaffee, hob ihn an die Lippen und hielt dann jäh inne, als ihr wieder einfiel, dass ihre Tochter da war.

Scheiße, warum hat Nick sie hergebracht?

Sie stellte den Becher ab, und Kaffee schwappte über den Rand. Dann sprang sie auf. »Bin sofort wieder da!«

»Du hast nur zwei …«

Aber da war sie schon aus der Tür.

4

Cole

NYPD-Officer Cole Hundley blieb kurz im Aufzug stehen, als die Türen aufgingen, obwohl er ziemlich sicher das richtige Stockwerk erwischt hatte. Nachdem er sich durch die Meute vor dem Gebäudeeingang gekämpft und sich an diversen Wachleuten vorbeidiskutiert hatte, die darauf bestanden hatten, seine Dienstwaffe in Verwahrung zu nehmen, bevor er eintreten durfte, und diese verrückte Frau, die ihren Wagen auf der 49th Street hatte stehen lassen, in genau diesen Aufzug verschwinden sah, beäugte er die Stockwerkanzeige, die erst bei zweiundvierzig stehen blieb, dann bei vierundvierzig und noch mal bei fünfundvierzig. Danach kehrte der Aufzug in die Lobby zurück. Er drückte dieselben drei Knöpfe und rechnete bereits damit, bis ganz oben und wieder runterfahren zu müssen, ohne die Frau zu Gesicht zu bekommen. Doch als die Türen aufglitten, starrte ihm von der gegenüberliegenden Wand ein gigantisches Porträt der Verrückten entgegen. Darunter stand *Overdrive mit Jordan Briggs* und *Immer werktags von 6 bis 10 Uhr*. Die Monstrosität war von oben mit LED-Spots angestrahlt.

Als der Fahrstuhl wieder zugehen wollte, hielt Cole die Hand vor den Sensor.

»Drücken Sie für mich auf Erdgeschoss?«, fragte ein UPS-Mann, manövrierte seine Sackkarre an Cole vorbei und postierte sich im rückwärtigen Teil der Kabine.

Als Cole nicht reagierte, griff der Mann um ihn herum und drückte selbst auf den Knopf, murmelte so was wie *Schönen Dank, Officer* in sich hinein, bevor er wieder zurücktrat und sich seinem Tablet widmete. Einen Augenblick später blickte er auf. »Wären Sie so gut? Sie blockieren die Tür. Ich hab noch ein bisschen was zu tun.«

Cole verließ den Aufzug und ging zum Empfangstresen. Die Frau im roten Blazer, die vor dem Bild der Verrückten saß, bedachte ihn mit einem nervösen Lächeln, das die Leute gegenüber Cops immer gern auflegten und das signalisieren sollte: *Ich helfe Ihnen weiter, solange Sie nicht meinetwegen gekommen sind.*

»Ich muss mit Jordan Briggs sprechen«, sagte Cole. Irgendwelches Gequatsche hallte aus Lautsprechern durch den Flur. Es ging um einen gewissen Stan. Coles Blick wanderte erneut hoch zu dem Plakat. Es fühlte sich an, als würde sie ihn direkt ansehen und begutachten, wie er dort stand. Sie hatte eine Hand in die Hüfte gestemmt, die andere hing lässig an ihrer Seite. Ihr Kopf war ein klein wenig nach links geneigt, und sie hatte ein neugieriges Blitzen im Blick.

»Miss Briggs ist auf Sendung. Haben Sie einen Termin?«

Cole schüttelte den Kopf.

»Ist etwas passiert? Ein Unfall?«

»Nicht dass ich wüsste. Zumindest noch nicht.«

Hinter ihm schlug das nächste Aufzugglöckchen an, und die Türen gingen auf. Ein drahtiger Mann in einem grauen Anzug nickte der Empfangsdame flüchtig zu und verschwand auf den Flur zur Linken.

Cole sah ihm kurz nach, dann beugte er sich vor. Er war nicht wahnsinnig groß, wusste aber, sobald er das tat – noch dazu in Uniform –, brachte er die Leute aus dem Konzept. »Ich muss *sofort* mit ihr sprechen.«

»Also ...« Mehr kam vorerst nicht.

Im selben Moment stürmte die Verrückte ein Stück den Flur hinab durch eine Tür mit Glaseinsatz. Sie sah gehetzt aus.

»Jordan!«, blaffte der Mann im grauen Anzug und eilte auf sie zu.

»Nicht jetzt, Jules – ich bin auf Sendung!« Sie lief auf das entgegengesetzte Ende des Flurs zu.

»Du kannst nicht einfach Telefonnummern austrompeten!«, rief er ihr nach. »Wie oft müssen wir das noch diskutieren?«

»Gar nicht, Jules. Wir müssen das gar nicht mehr diskutieren«, rief sie über die Schulter und rannte weiter den Flur entlang. Cole setzte ihr nach.

»Sie können da jetzt nicht hin!«, rief die Empfangsdame ihm hinterher. »Jordie – Besuch!«

Der Mann in Grau hatte inzwischen bis auf anderthalb Meter zu ihr aufgeschlossen. »Vielleicht sollte ich eine Besprechung mit dir und der Rechtsabteilung einberufen? War beim letzten Mal doch ganz lustig? Wir könnten mal wieder darüber plaudern, wie du uns im vergangenen Geschäftsjahr so richtig in die Scheiße geritten hast – und was die finanziellen Folgen waren. Komm, das machen wir wieder!«

»Du hast recht, Jules. Ich war ein böses Mädchen, und ich sollte dafür bestraft werden.«

»Für die Verbindlichkeiten, die du uns einbrockst, brauche ich eine ganze Excel-Tabelle!«

»Wie wär's mit einem Tortendiagramm? Ich liebe Tortendiagramme. Die sehen nett aus.«

»Das ist nicht witzig, Jordie!«

»War auch nicht witzig gemeint, Jules. Mach du deinen Job, und ich mache meinen.«

»Mein Job ist sicherzustellen, dass du deinen Job machst, ohne die Jobs aller anderen zu gefährden!«

»Miss Briggs?«, ging Cole dazwischen.

Die Verrückte drehte sich um und starrte ihn an. Sofern sie auch nur im Geringsten überrascht war, einen Polizisten vor sich zu sehen, ließ sie es sich nicht anmerken. Sie reckte bloß den Zeigefinger in Coles Richtung und wandte sich wieder an den Mann in Grau: »Seit wann lasse ich mir die Talk-Gäste von der Chefetage diktieren? Es ist nicht meine Aufgabe, die politische Agenda von Greenstein zu promoten oder seinen Kumpels zum nächsten Wahlsieg zu verhelfen!«

»Der Senator mag deine Sendung.«

Die Verrückte zog eine Grimasse. »Der Senator ist ein Vollidiot. Ein hirnloser Dildo auf zwei Beinen, mit einem schlecht sitzenden Toupet, das vor lauter Bräunungsspray schon ganz klebrig ist.«

Der Mann im Anzug blickte nervös in Richtung des Zimmers in seinem Rücken. »Herrgott, Jordie, nicht so laut!«

»Wenn du ihn mir aufzwingst, dann mache ich ihn öffentlich zum Affen.«

»Du bist brav und interviewst ihn – oder wir haben auch darüber eine Besprechung!«

Cole räusperte sich.

Die Verrückte sah ihn flüchtig an, drehte sich weg und verschwand durch die nächstbeste Tür. Auf dem Türschild stand: GREENROOM JORDAN BRIGGS.

Der Mann in Grau fluchte in sich hinein, und erst als er sich umdrehte, entdeckte er Cole. »Oh Gott! Was hat sie noch angestellt?«

»Die Liste wird länger«, erwiderte Cole und schob sich an ihm vorbei in den Greenroom.

In der hinteren Ecke war sie in die Hocke gegangen und umarmte ein kleines Mädchen. Daneben stand ein Mann mit einem pinkfarbenen Emily-Erdbeer-Rucksack in der

Hand. Die andere Hand steckte in der Hosentasche. Ein weiterer Mann saß ihnen gegenüber auf einer schwarzen Ledercouch, trank Kaffee und sprach in sein Handy – Senator Moretti. Cole kannte ihn aus dem Fernsehen.

Cole blieb zwischen der Tür und der Verrückten stehen. Sie würde nicht an ihm vorbeikommen. »Miss Briggs, wir müssten bitte über Ihr Auto sprechen.«

Sie sah ihn verwirrt an. »Was ist denn mit meinem Auto?«

»Sie haben es mitten auf der Straße stehen lassen.«

»Hab ich nicht.«

»Haben Sie doch.«

Sie griff um das kleine Mädchen herum und drückte auf eine Taste an einem Telefon, das neben dem Ledersessel auf einem Beistelltisch stand.

»*Ja?*«

»Sarah? Jordie hier. Wo ist mein Auto?«

»*Dein Auto?*«

»Ja, das Fahrzeug, mit dem ich heute zur Arbeit gefahren bin.«

»*Das steht in der Tiefgarage. Trixie hat die Schlüssel bei Billy abgegeben.*«

»Danke, Sarah.« Die Verrückte lächelte Cole an. »Rätsel gelöst.«

Cole war wirklich nicht in der Stimmung dafür. »Es gibt eine Videoaufzeichnung davon, Miss Briggs. Von meiner Dashboard-Kamera. Sie haben mitten auf der 49th geparkt, sind ausgestiegen, haben abgeschlossen und sind gegangen.«

»Mommy, musst du jetzt ins Gefängnis?«, fragte das kleine Mädchen.

Die Verrückte schürzte die Lippen und zog das Mädchen an sich. »Wollen Sie mich jetzt vor den Augen meiner Tochter verhaften, Officer?«

»Das wäre bestimmt traumatisierend«, sagte das Mädchen. »Ich bin in einem Alter, in dem ich leicht zu beeinflussen und für negative Vorgänge in meiner Umgebung sehr empfänglich bin.«

Aus einem Lautsprecher an der Wand ertönte eine Stimme: »*Jordie, noch fünfzehn Sekunden!*«

Sie gab dem Mädchen einen Kuss auf den Scheitel. »Warte hier auf mich, okay, Charlotte?«

Das Mädchen nickte.

Sie stemmte sich hoch. »Und du bleibst hier«, sagte sie zu dem Mann mit dem Kinderrucksack. »Leg den in mein Büro und warte hier.« Auf dem Weg nach draußen tätschelte sie Coles Uniformbrust. »Und Sie – Sie können wieder gehen. Danke, dass Sie so gut achtgegeben haben.«

Danke, dass Sie so gut achtgegeben haben?

Cole drehte sich nach ihr um, aber da war sie bereits durch die Tür und rannte über den Flur.

5
Jordan

»Himmel, Jordie, wenn es so knapp wird, nimm wenigstens das Headset mit«, sagte Billy, sobald Jordan wieder
auf ihrem Stuhl saß.

Eilig nahm sie den lauwarmen Kaffee hoch und kippte
den Rest in sich hinein, dann streckte sie den Becher auf-
fordernd über ihren Kopf. Eine Praktikantin riss ihn ihr
aus der Hand und verschwand damit, um neuen Kaffee zu
holen, während Billy über Kopfhörer runterzählte.

Über ihrem Schreibtisch ging das rote ON-THE-AIR-
Schild an.

»Ich fürchte, ich habe ein Pfui-Pfui gemacht«, sagte sie
ins Mikrofon. »Ich bin auf dem Flur gerade meinem Boss
in die Arme gelaufen, und der hat mich darauf aufmerksam gemacht, dass Stan heute Vormittag womöglich keine
fünf Millionen Anrufe kriegen möchte. Kann ich sogar
irgendwie verstehen. Ich weiß nicht, was für einen Handy-
vertrag er hat und was er heute sonst noch erledigen muss.
Wir wollen den Mann ja nicht überfordern. Also tut mir
einen Gefallen: Wenn ihr vorhattet, ihn anzurufen, wartet
noch kurz. Ruft stattdessen hier im Sender an und fragt
nach Jules Goldblatt, meinem Programmdirektor. Er hat
sich freundlicherweise dazu bereit erklärt, eure Namen
und Telefonnummern aufzuschreiben und sie dann an
Stan weiterzuleiten. Dann kann Stan zurückrufen, wen er
zurückrufen will. Ganz ohne jede Verpflichtung. Jules ist

wirklich ein Teamplayer – immer bereit, für den Rest von uns in die Bresche zu springen, echt wahr.«

Auf Jordans Tisch standen drei Bildschirme. Mit dem ersten ging sie ins Internet, auf dem zweiten waren die Namen der Anrufer gelistet, die in der Warteschleife hingen, und auf dem dritten war ein Chat-Fenster geöffnet, über das sie während der laufenden Sendung mit Billy und anderen aus dem Team kommunizierte. Per Schalter konnte sie alle drei mittels ein und derselben Tastatur und Maus ansteuern, sodass der Tisch vor ihr nicht voller Gerätschaften war. Sie hasste unnützen Technikkram. Auf dem dritten Bildschirm tauchte eine Nachricht auf.

BILLY: *Jules wird dich feuern*
Eilig tippte Jordan: *Er hat sich gerade einen neuen Jaguar F-TYPE gekauft. Der setzt seinen Goldesel nicht vor die Tür!*
BILLY: *Alle Leitungen belegt – nimm Crystal auf 2!*

»Crystal, du bist auf Sendung.«

»Wirklich?«

Jordan runzelte die Stirn, als sie durch die Scheibe zu Billy sah, und schnippte dreimal mit den Fingern.

Er zuckte mit den Schultern und lächelte sie bedauernd an.

Sie brauchte einen Energieschub. Adrenalin. Man konnte die Welt nicht aufwecken, indem man mit Leuten redete, die den Finger noch auf der Schlummertaste hatten und mit der anderen Hand durch die Broschüre ihres zukünftigen Bestatters blätterten. »Ja, Crystal. Wenn du einen Radiosender anrufst und dann zehn Minuten in der Warteschleife hängst und dir Werbung anhören musst, ist es mehr als wahrscheinlich, dass du am Ende auf Sendung bist, wenn die Moderatorin abnimmt – genau so funktioniert Radio. Wie es sich unser aller Lieblings-Radiopionier Marconi gewünscht hätte.«

»Ich wollte fragen, ob du die Debatte gestern gesehen hast.«

»Gott, nein! Ich hasse Debatten! Da höre ich mir sogar lieber auf Dauerschleife die Instrumentalversion der Greatest Hits von den Backstreet Boys an, während mir jemand Zahnstocher unter die Fingernägel schiebt. Sag jetzt bitte nicht, dass du dir das Geseier angehört hast!«

»Doch, hab ich.«

»Und – wer hat dir am besten gefallen?«

»Borton aus Iowa.«

»Ist das der kleine Typ mit den Rattenaugen, der so gern Fliege trägt?«

»Ich finde ja, er sieht ganz gut aus.«

Jordan spähte zu ihrem zweiten Bildschirm, auf dem die Anrufer gelistet waren.

Leitung 1: Stan (will sich entschuldigen)
Leitung 2: Crystal (on air)
Leitung 3: Stan (dieser meint, ihr wärt in der High-school zusammen gewesen)
Leitung 4: Bernie (will ein Spiel spielen)
Leitung 5: Stan (weiblich – sagt, die besten »Stans« sind Frauen)

Sie atmete tief durch. Was für ein Morgen. »Darf ich dich mal was fragen, Crystal?«

»Na klar.«

»Wie alt bist du?«

»Ich bin sechsundsiebzig.«

»Wow, sechsundsiebzig. Und hast die Hoffnung immer noch nicht aufgegeben. Ist das zu fassen.«

»Hoffnung ist immer gut.«

Die Praktikantin kam mit Jordans Kaffee zurück und stellte ihn vorsichtig vor ihr auf den Tisch. Jordan zog den Becher näher und schnüffelte. Das volle Aroma der dunklen Röstung stieg ihr in die Nase, und der Dampf strich ihr über die Haut. Sie hätte diesen Kaffeebecher vögeln wollen, so verliebt war sie in ihn. »Als ich in der siebten Klasse war, trat Bobby Corbin bei der Wahl zum Schülersprecher gegen Lisa Almond an. Bobby hatte Buttons und Plakate und sah heiß aus. Dunkle zurückgegelte Haare und ein Lächeln, bei dem mir die Knie weich wurden – und nicht nur mir! Die Mädels waren alle hingerissen. Er war kein Zac Efron oder Jesse Metcalfe, aber er hätte der Covertyp von *Teenbeat* sein können. Vielleicht nicht *Tiger Beat*, aber *Teenbeat* sehr wohl. Er hatte dieses gewisse Etwas, bei dem man einfach nicken und Ja sagen musste, ganz egal, was er erzählte. In den ersten zwei Wahlkampfrunden tänzelte er Lisa aus, aber eins muss man ihr lassen: Sie hat nicht aufgegeben. Ich selbst hätte irgendwann das Handtuch geworfen und mich im Spind versteckt oder irgendwo hinter den Sitzreihen, besonders nach der zweiten Runde. Immer wenn Lisa den Mund aufmachte, riefen die Kids: ›Bobby! Bobby! Bobby!‹ Es sah echt nicht so aus, als hätte sie noch eine Chance. In der dritten Runde schüttelte sie dann ein Ass aus dem Ärmel. Ihre Eltern hatten eine Firma für Verkaufsautomaten. Diese Automaten standen in der ganzen Stadt, und sie versprach uns, wenn sie gewählt würde, würde ihr Vater in der Schule Limo- und Süßigkeitenautomaten aufstellen. Und zwar nicht nur in der Cafeteria – überall! Das nächste Snickers wäre jederzeit nur zwei Schritte entfernt. So hat sie mich um den Finger gewickelt, ich war nun mal ein Leckermaul, und ich war anscheinend nicht die Einzige: Am Wahltag lag Lisa deutlich vorn. Ich habe damals mit ausgezählt: Sie hatte fünfmal so viele Stimmen wie Bobby Corbin – ein

Erdrutschsieg. Oh, was waren wir aufgeregt! Sie hatte diesen Lageplan, und wir konnten nachschauen, wo welcher Automat hinkommen und welcher Spind im nächsten Schuljahr in Bestlage stehen würde. Sie hatte uns erzählt, dass ihr Dad für alles nur fünfundzwanzig Cent nehmen wollte – das war viel weniger als in einem Laden! Goldene Zeiten! Es verging ein Monat, dann noch einer. Dann der dritte – und immer noch kein Automat weit und breit. Vier Monate – *nada*. Kein Automat. Wie sich herausstellte, hatte sie Projekt Zuckerschock nicht mit der Schulleitung abgesprochen. Und wenn ich jetzt darüber nachdenke, bin ich mir nicht mal sicher, ob sie mit ihren Eltern gesprochen hat. Ich weiß, dass das Thema während eines Elternabends heiß diskutiert wurde, und anscheinend war kein einziger Erwachsener dafür. Ich kannte die kleine Lisa ein bisschen und bin mir sicher: Sie hat uns nicht absichtlich angelogen. Doch mit zwölf ist dir so etwas egal, da willst du dein verfluchtes Snickers. Aber ich sag dir was, Crystal: Lisa war die bessere Politikerin. Sie wusste genau, was wir hören wollten. Sie war kein bisschen anders als die Leute aus der gestrigen Debatte.« Jordan streckte sich nach ihrer Tastatur aus und rief die Suchmaske auf dem ersten Bildschirm auf. »Du findest also, er sieht gut aus, ja? Dieser Borton? Da flattert's im Schlüpfer? Wie heißt er gleich wieder mit Vornamen? Brett? Seth?«

»Rhett. Rhett Borton.«

»Natürlich.«

Sie tippte den Namen ein, und auf dem Bildschirm erschienen mehrere Wahlkampffotos. Ein Waldschrat. Ein Waldschrat mit Fliege und unnatürlich weißen Zähnen.

»Crystal, sag mal ... Hat in deinen sechsundsiebzig Lebensjahren je ein Politiker gehalten, was er im Wahlkampf versprochen hat? Nur ein einziges Mal? Irgendeine Kleinigkeit?« Noch bevor Crystal antworten konnte, fuhr

Jordan fort: »Die winken mit Snickers, erzählen genau das, was wir hören wollen. Und dann wird null Komma nichts davon umgesetzt. Nichts passiert. Aber es ist nie ihre Schuld. Wenn es darum geht, wer ihnen da einen Strich durch die Rechnung gemacht hat, sind sie schnell bei der Hand mit Schuldzuweisungen und übernehmen nie selbst die Verantwortung. Ich wäre dafür, dass jeder gewählte Politiker am Tag seines Amtsantritts eine Liste unterschreibt, auf der die Dinge stehen, die er uns während des Wahlkampfs versprochen hat. Und wenn er nicht hinter jeden Punkt einen Haken setzen kann, sobald er an seinem letzten Tag den Schreibtisch räumt und seine Auszeichnungen, Geschenke und Vorzeigefamilienbilder in diese weißen Kisten packt, dann sollte er seine Bezüge zurückzahlen. Nur wird das natürlich nie passieren, weil Politiker überwiegend Juristen sind, Juristen sind Abschaum, und den meisten von ihnen geht es doch hauptsächlich darum, sich die Taschen zu füllen. Lass dich von einer Fliege nicht blenden, Crystal! Der Typ ist kein bisschen besser als der ganze Rest.«

Jordan schaltete die Leitung weg und spähte erneut zum zweiten Bildschirm.

Leitung 1: Stan (will sich entschuldigen)
Leitung 2: Crystal (on air)
Leitung 3: Stan (dieser meint, ihr wärt in der Highschool zusammen gewesen)
Leitung 4: Bernie (will ein Spiel spielen)
Leitung 5: Obdachloser Harry

Der weibliche Stan hatte aufgelegt. Harry wiederum rief öfter an, aber für ihn war sie noch nicht bereit.

Jordan klickte Leitung vier an. »Hey, Bernie, was für ein Spiel schlägst du vor?«

6

Cole

»War die immer schon so?«, fragte Cole den Mann mit dem Emily-Erdbeer-Rucksack.

Er war ein paar Jahre älter als Cole, Anfang vierzig vielleicht, hatte mittelbraunes Haar und dunkelbraune Augen. Er sah müde aus, als hätte er in letzter Zeit nicht viel Schlaf abbekommen. Er zerzauste die Haare des Mädchens. »Was meinst du, Charly, war deine Mom immer schon so?«

Das kleine Mädchen sah von ihm zu Cole und lehnte sich an das Bein des Mannes. »Ohne einen Anwalt beantworten wir besser keine Fragen.«

Cole musste schmunzeln. Er ging in die Hocke. »Wie alt bist du überhaupt?«

»Elf.«

»Und eindeutig die Tochter deiner Mutter.«

Das schien sie zu verwirren. »Wessen Tochter sollte ich denn sonst sein?«

»Musst du nicht in die Schule?«

Sie sah zu dem Mann neben ihr hoch. »Kann er mich auch verhaften, Daddy? Fürs Schuleschwänzen? Ich will nicht ins Gefängnis, nicht mal mit Mommy.«

»Du meinst Schuleschwänzen«, sagte ihr Vater. »Aber dafür werde eher ich verhaftet.« Er streckte die Hand aus. »Ich bin Nick Briggs, Jordies Ehe… Ex-Mann … seit letztem Monat.« Er lächelte schief. »Daran muss ich mich erst noch gewöhnen.«

Cole stand auf und gab ihm die Hand. »Tut mir leid.«

Nick hielt dem Mädchen die Ohren zu. »Muss Ihnen nicht leidtun. Es fühlt sich an, als hätten sie mir ein Riesenfurunkel aus dem Allerwertesten geschnitten.«

»Das ist eklig, Daddy!«

Erneut zerzauste er ihr die Haare. »Deine Mommy ist die beste Mommy der Welt, und ich kann froh sein, dass ich mit ihr verheiratet war.« Er sah kopfschüttelnd zu Cole und fuhr sich mit der Hand wie mit einem eingebildeten Messer über die Kehle. »Charlotte sollte das Wochenende bei mir verbringen, allerdings ist mir etwas Dringendes dazwischengekommen, und wir müssen umdisponieren.«

»Ich fahre in die Hamptons!«

»Mit den Schulaufgaben von heute *und* morgen«, ergänzte ihr Vater und drückte ihre Schultern, »die du brav jeden Tag machst, *bevor* du an den Strand gehst ...«

»Vielleicht doch lieber Gefängnis.« Sie verzog das Gesicht.

Coles Funkgerät piepte. Er griff danach und drückte auf eine Taste. »5839, ich höre?«

»*Wir haben Meldungen reingekriegt, dass dein Einsatzfahrzeug auf der 49th steht. Bist du gar nicht bei deinem Wagen? Du hast nicht reagiert.*«

Scheiße.

»Kleiner Auffahrunfall, ist aber quasi geregelt.«

»*Gaff zieht dich nie von der Streife ab, wenn du deinen Wagen einfach stehen lässt. So was musst du melden, selbst wenn du direkt daneben stehst.*«

»Verstanden.«

Darüber würde er sich ganz sicher nicht weiter den Kopf zerbrechen. Er nickte Nick Briggs und der Tochter zu und ging zurück zum Aufzug. Seit zwei Wochen war er bereits auf Verkehrsstreife, eine Woche lag immer noch vor ihm, und er wollte es wirklich nicht verbocken. Der

Kollege aus der Zentrale hatte ja recht – nur zu gern würde Gaff ihn noch einen ganzen Monat schmoren lassen. Aber Cole wollte zurück ins Morddezernat.

Als er wieder auf dem Gehweg stand, musste er feststellen, dass sich die Fahrzeuge draußen kein Stück vorwärtsbewegt hatten. Er hatte es geahnt – erst müsste die *Today Show* vorbei sein, dann würden die Absperrungen abgebaut. Im Sommer passierte so etwas mehrmals die Woche.

Er stieg in seinen Streifenwagen ein und stellte das Blaulicht ab.

Hinter ihm hatte ein Taxi versucht, sich auf die linke Spur zu quetschen, und stand jetzt quer, ohne auch nur einen Zentimeter voranzukommen. Hier ging nichts mehr vorwärts.

Der Bus ein paar Wagenlängen voraus auf der linken Spur war mit einem gigantischen Werbefoto der Verrückten beklebt – mit demselben Foto, das oben im SiriusXM-Gebäude gehangen hatte.

Cole tippte mit den Fingern aufs Lenkrad: von links nach rechts, von rechts nach links und wieder zurück. Er könnte die Sirene anschalten und sich mit Gewalt einen Weg hier rausbahnen – nur wozu? Um dann ein, zwei Blocks weiter Strafzettel wegen Falschparkens zu schreiben? Da blieb er lieber hier.

Er nahm sein Smartphone heraus und lud sich eine Satellitenradio-App herunter, klickte auf GRATIS TESTEN und gab seine E-Mail-Adresse ein.

Suchmaske.

Berufsbedingte Recherche. Nichts weiter.

Solange er ohnehin nirgends hinkäme.

Er würde es ausstellen, sobald der Verkehr wieder floss.

Er tippte *Jordan Briggs* in die Suchmaske ein, und unter der Überschrift *Overdrive mit Jordan Briggs* erschienen drei Links: LIVE, SENDUNG VON GESTERN VERPASST?

und KLASSIKER. Er klickte auf LIVE. Einen Augenblick später hörte er ihre Stimme über den Lautsprecher seines Smartphones: »... lass dich von einer Fliege nicht blenden, Crystal! Der Typ ist kein bisschen besser als der ganze Rest.«

Nach ein paar weiteren Klicks hatte er sein Handy mit dem Bluetooth-Lautsprecher des Wagens verbunden.

Jordan Briggs' Stimme füllte den Innenraum. »Hey, Bernie, was für ein Spiel schlägst du vor?«

7

Jordan

Als Bernie nicht antwortete, verdrehte Jordan die Augen. »Bist du noch dran, Bernie?«

Kurz waren merkwürdige Geräusche zu hören, als hätte jemand sein Telefon beiseitegelegt. Dann ertönte eine Männerstimme: Akzent aus dem Mittleren Westen, vermutlich über dreißig. Nach zehn Jahren Radio war Jordan ziemlich gut darin, einer Anruferstimme Alter, Herkunft und Ethnizität zuzuordnen. Es fehlte nicht viel, und sie hätte sogar die Haarfarbe erraten.

»Ich bin da«, sagte er, »sorry, ich hab den Kaffee gesucht.«

»Dein Kaffee ist verschwunden?«

»Ich bin bei Freunden, und es ist noch zu früh, die sind noch nicht wach ... Ich hab ihre Küche durchforstet und muss leise sein, damit ich sie nicht aufwecke. Die Wände sind hier sehr dünn.«

»Wo bist du gerade?«

»In ihrer Küche, wie gesagt.«

»Das hab ich nicht gemeint, Klugscheißerchen.«

»Sorry. Ich bin gerade in Brooklyn, Seventh Avenue, in der Nähe vom Prospect Park.«

»Und wo bist du zu Hause?«

»Oh, nirgends so richtig ... Ich war noch nie gut darin, irgendwo Wurzeln zu schlagen.«

»Was machst du denn beruflich?«

»Ich war früher Lkw-Fahrer. Aber wegen einer Verletzung bin ich arbeitsunfähig.«

»Tut mir leid, das zu hören.« Jordan rutschte auf ihrem Stuhl nach vorn, um bequemer zu sitzen. Der Typ hatte Tempo rausgenommen, aber manchmal war das hilfreich. Ihr Bauchgefühl sagte ihr, dass sie an ihm dranbleiben sollte, und mit den Jahren hatte sie gelernt, ihrem Bauch Folge zu leisten. Auf Monitor drei wurde Billy ungeduldig.

BILLY: *Captain Cornflakes wirft mit Schlaftabletten um sich. Mach ihm Feuer unterm Arsch oder nimm den Nächsten dran!*

»Wie lange bist du schon arbeitsunfähig?«

Bernie antwortete nicht gleich. Sie stellte sich vor, wie er es an den Fingern abzählte.

»Sieben Jahre. Auf den Tag genau sieben Jahre.«

»*Sieben Jahre?* Auf Erwerbsminderungsrente oder ...?«

Er lachte tonlos in sich hinein.

»Findest du das witzig?«

»Ich höre dich jetzt schon ziemlich lange, Jordan. Ich kenne dich. Was du eigentlich wissen willst, ist doch, ob ich ernsthaft schon ein knappes Jahrzehnt auf Stütze bin, stimmt's?«

Na also!

»Dazu kommen wir später, keine Sorge. Erst mal bin ich wirklich neugierig und will wissen, was passiert ist.«

»*Scheiße!*«

»Was?«

»Ich hab mir in den Finger geschnitten.«

»Du hast dir in den Finger geschnitten, während du Kaffee machst?«

»Die Küche meines Kumpels ist anscheinend gefährlich.«

»Klingt ganz danach.«

Bernie räusperte sich. »Ich hab nicht viel Schlaf abgekriegt. Ich schlafe überhaupt ziemlich schlecht, aber letzte Nacht war es besonders anstrengend. Diese ganzen Sachen, die mir im Kopf herumgehen und alle irgendwie bedacht werden wollen ... Aber du weißt ja selbst, wie das ist – wenn du einfach nicht abschalten kannst.«

Jordan schnaubte. »Zig Stimmen, die auf einen einreden und einem sagen, was man als Nächstes tun sollte. Die sich überschlagen und einen anschreien. Ist es das, Bernie? Ich habe gehört, wenn man sich einen Aluhut bastelt, geben sie Ruhe.«

»Du musst in deine Stimme echt irre verliebt sein, wenn du solchen Scheiß erzählst, nur um dich selbst reden zu hören.«

»Meine Stimme ist sexy«, schnurrte Jordan.

»Ich würde wetten, dass dir auch so einiges im Kopf herumgeht«, fuhr Bernie fort. »Ich glaube, wenn ich durch dein Medizinschränkchen wühlen würde, wäre da einiges zu holen, was einen ausknockt – Ambien, Xanax, vielleicht noch eine Flasche Jameson auf deinem Nachttisch, der dich nachts wärmt, jetzt, wo dein Mann nicht mehr da ist?«

Dass Jordan und Nick sich getrennt hatten, war nicht gerade ein Geheimnis. Die Boulevardzeitungen hatten schon Unrat gewittert, bevor sie selbst bemerkt hatten, dass es in ihrer Ehe kriselte. Sie hatten unvorteilhafte Fotos veröffentlicht, wie sie beide mit deutlichem Abstand voneinander und Wut im Gesicht im Central Park spazieren gegangen waren – und selbst an einem guten Tag hatten die Paparazzi mindestens ein, zwei unschmeichelhafte Fotos geschossen. Sie hatten sie nie lächelnd oder händchenhaltend erwischt, immer mit verzogenen Gesichtern oder voneinander abgewandtem Blick. Sie selbst hatte sich irgendwann an die hartnäckigen Spekulationen gewöhnt, Nick hingegen nicht. Er war hellhörig geworden, hatte die Deckung runtergelassen – und das war das Problem gewesen. Eins der Probleme. Eines von vielen. Besonders *Page Six* hatte über ihr Privatleben hergezogen, wann immer sie die Gelegenheit gehabt hatten. Sie hatten wildeste Schlagzeilen publiziert, um sie zu provozieren, weil sie genau wussten, dass Jordan in ihrer Sendung zurückschießen und damit die *Page-Six*-Auflage befeuern würde. Im vergangenen Herbst waren dann die ersten Fotos von Charlotte erschienen. Da war für Nick das Fass übergelaufen. Die persönlichen Attacken auf Jordan hatte er noch ertragen, er hatte sogar diejenigen hingenommen, in denen auch er erwähnt war. Aber als die Presse meinte, sich auf ihre Tochter einschießen zu können, war ihm der Geduldsfaden gerissen. Er hatte Jordan ein geradezu lächerliches Ultimatum gestellt und eine Woche später die Scheidung eingereicht, nachdem sie ihm klargemacht hatte, dass sie ihre Karriere nicht an den Nagel hängen würde.

Trotzdem war ihr nicht wohl dabei, dass ein Fremder ihre Trennung zur Sprache brachte, und das auch noch in ihrer Livesendung.

Vorsicht, Freundchen. Leg dich nicht mit mir an.

»Wie sieht's denn bei dir aus, Bernie? Gibt's eine Mrs. Bernie? Hast du ein Frauchen an der Leine? Oder bezahlst du eine dafür, dass sie dich gegen Geld stundenweise löffelt?«

Bernie verstummte. Aber er legte nicht auf. Sie konnte ihn in den Hörer atmen hören.

Komm, Kleiner, schluck den Köder! Rede *mit mir!*

»Nein. Es gibt nur mich. Ist es das, was du hören wolltest?«

Bingo.

»Natürlich nicht, Bernie. Ich will doch nur das Beste für dich. Niemand sollte allein sein.«

Er lachte leise in sich hinein. »Ich höre dich schon lange, Jordan, schon vergessen? Ich weiß, dass ich dir komplett egal bin. Dir ist doch nur deine Quote wichtig. Du willst, dass ich die Hosen runterlasse und dir was Privates von mir erzähle, was du dann ausschlachten kannst. Vielleicht dass ich fett bin? Dass ich zu viel trinke? Vielleicht dass ich mich von der Außenwelt abkapsele? Irgendetwas, woran du dann ziehst wie an einem losen Faden. Du ziehst so lange, bis sich alles auflöst und du mich Stück für Stück zerlegen kannst. Du lebst davon, andere auseinanderzunehmen. Aber mich nimmst du nicht auseinander.«

»Du klingst verbittert, Bernie.«

Ein leises *Ping* war zu hören, eine Mikrowelle vielleicht. »Klar, ich bin verbittert.«

»Was hat dazu geführt? Der Unfall?«

»Vielleicht war ich immer schon so.«

»Das glaube ich nicht«, entgegnete Jordan. »Ich glaube eher, dass du bis zu einem bestimmten Punkt in deinem Leben ganz und gar nicht verbittert warst. Ich hab das Gefühl, du warst ein unverbesserlicher Optimist – bis zu diesem Unfall, den du erwähnt hast. Durch die Verletzung hast du deinen Job verloren, dein Selbstwertgefühl, hast ein paar Kilo zugelegt, hast angefangen zu trinken, und jetzt bist du eben du. Genau da ist aus dem Fröhlichen Bernie der Verbitterte Bernie geworden. Klingt das halbwegs korrekt?«

Bernie antwortete nicht.

Jordan ließ zu, dass sich Stille breitmachte, dass sie zäher und dickflüssiger wurde.

Vom anderen Ende der Leitung war erst ein lauter Schlag, dann ein Rumpeln zu hören.

Jordan sah zu Billy in seiner Kabine, der lediglich mit den Schultern zuckte.

»Was machst du dir denn gerade zum Frühstück, Bernie?«

Wieder ein lauter Krach, dann drei dumpfe Schläge. Es klang, als hätte er das Telefon fallen lassen.

Dann nichts mehr.

Stille.

Als Nächstes waren Grillen zu hören.

Jordan sah zu Billy und schüttelte den Kopf.

BILLY: *Kein Soundeffekt, verstanden.*
JORDAN *schrieb zurück: Weiter Stille!*
BILLY: *Bin mir nicht sicher, worauf du mit ihm hinaus- willst …*

Jordan war sich auch nicht sicher.

Bernie musste das Telefon wieder hochgenommen haben. Kein Krach mehr, nur noch ein leises Schlurfen, und er war wieder in der Leitung. »Sorry wegen eben.«

»Was ist passiert?«

»Einer meiner Freunde ist aufgewacht und hat mich erschreckt. Aber jetzt bin ich wieder da.«

»Wie viele Leute wohnen denn dort?«

Wieder schwieg Bernie, zumindest eine Zeit lang. Als er erneut das Wort ergriff, sprach er leiser als zuvor, und statt zu antworten, stellte er ihr eine Gegenfrage: »Bist du schon mal mitten in der Nacht aufgewacht und hast dich gefragt, ob es das war? Ob der Tag gekommen ist, an dem du stirbst?«

»Das ist jetzt aber makaber!«

»Ist es nicht. Es ist der natürliche Lauf der Dinge. Vom Moment unserer Geburt an läuft der Countdown. Wir leben unser Leben – Kindheit, Jugend, erster Job, Familie, einige werden alt, andere nicht –, und der Countdown läuft und läuft. Manchmal fällt er dir wieder ein, irgendwas erinnert dich an deinen persönlichen Countdown. Vielleicht eine Krebsdiagnose, vielleicht der Tod eines Freundes. Du weißt, was ich meine. Dieser dezente Weckruf, der einem wieder vor Augen führt, dass wir sterblich sind und dass es jederzeit vorbei sein kann. Ich glaube, den wenigsten von uns ist klar, wie zerbrechlich das Leben tatsächlich ist. Wenn wir morgens aufstehen, Frühstück machen, zur Arbeit fahren, dann gehen wir fest davon aus, dass wir abends zurückkommen. Zu Abend essen, vielleicht mit jemandem, der uns nahesteht, uns noch einen Film anschauen, bevor wir ins Bett gehen und am nächsten Morgen alles wieder von vorn beginnt. Und täglich grüßt das Murmeltier. Im Lauf der Geschichte hat nur eine Handvoll Leute gewusst, dass sie den Abend nicht mehr erleben – Selbstmordattentäter, Häftlinge im Todestrakt. Die Liste ist wirklich nicht lang. Ich frage mich, ob das nicht sogar eine Erleichterung war. Zu wissen, dass sie innerhalb der nächsten Stunden sterben müssten. Dass sie ihr Konto leer räumen könnten und endlich dem Nachbarn sagen, dass er ein Arschloch ist. Dass sie komplett über die Stränge schlagen könnten, weil sie den nächsten Tag ja nicht mehr erleben müssten, um die Konsequenzen auszubaden. Da fällt einem doch eine enorme Last von den Schultern, oder?«

Jordan runzelte die Stirn. »Kiffst du, Bernie? Das klingt ganz nach Augie's Special Blend aus Mexiko oder vielleicht wie dieses medizinische Hydrokulturzeug, das sie in Colorado verticken.«

»Nein, ich bin gerade komplett nüchtern. Ich nehme keine Drogen.«

»Müssen wir uns Sorgen machen, dass du dir etwas antust?«

»Ich will mich nur unterhalten.«

»Weil du ein bisschen klingst, als wolltest du dir etwas antun.«

»Ich habe nicht vor, mir etwas anzutun.«

»Trotzdem fragst du dich, ob du den heutigen Abend erleben wirst?«

»Hab ich doch gar nicht gesagt.«

Jordan runzelte die Stirn. »Aber sicher.«

»Du redest gern, aber Zuhören scheint nicht deine Stärke zu sein«, erwiderte Bernie. »Du bist viel zu sehr darauf konzentriert, was du als Nächstes sagen willst. Du nimmst dir nicht die Zeit zu verarbeiten, was du gerade gehört hast. Du hörst nicht richtig *hin*.«

BILLY: *Freak!*

»Ich hatte dich gefragt, ob *du* je mitten in der Nacht aufgewacht bist und dir diese Frage gestellt hast – ob heute der Tag ist, an dem *du* sterben musst. Und wenn ja: Wenn du dir sicher sein könntest – wie würdest du diesen Tag dann verbringen?«

»Willst du mir drohen, Bernie? Ich dachte, wir sind Freunde?«

»Nein. Natürlich nicht. Wie gesagt, ich will nur ein bisschen plaudern.«

Jordan seufzte. »Tja, aber allmählich langweile ich mich, und Langeweile kann ich nicht ausstehen.« Ihr Finger schwebte über der Taste, mit der sie ihn aus der Leitung werfen konnte. Sie sah auf Bildschirm zwei, zur Liste der Anrufer.

»Jetzt reden wir die ganze Zeit und haben mein Spielchen ganz vergessen«, sagte Bernie leise. »Willst du mit mir spielen?«

BILLY: *Werbung in 20 Sek!*

»Okay«, sagte Jordan, »schieß los. Worum soll's gehen?«

»Es ist wirklich ganz einfach. Ich biete dir zwei Dinge an, und du sagst mir, was dir lieber ist.«

»Klingt aber nicht nach einem Spiel.«

»Ich glaube, du wirst es mögen.«

»Wir gehen gleich in die Werbung, also mach schnell.«

»Okay, dann los«, sagte Bernie. »Personenverkehr hier in New York. Was ist dir lieber: Uber oder Taxi?«

Jordan verdrehte die Augen. »Ernsthaft?«

»Als Tourist in deiner Stadt bin ich natürlich neugierig. Deine Einschätzung bedeutet mir viel.«

BILLY: *10 Sek!*

»Du hast mal gehört, wie ich darüber gesprochen habe«, erwiderte Jordan. »Uber unterwandert den hiesigen Markt. Sie arbeiten nicht kostendeckend, und sie können ihr System nur aufrechterhalten, indem sie darauf setzen, dass sie irgendwann die Taxifahrer aus dem Geschäft gedrängt haben. Ich halte es da lieber mit der NTWA, der *National Taxi Workers' Alliance*, und fordere meine Zuhörer auf, das ebenfalls zu tun. Uber ist schlecht für die hiesige Wirtschaft. Nur Touristen rufen sich ein Uber. Und das wäre meine Antwort – ich nehme Taxis.«

Bernie antwortete nicht.

»Hab ich jetzt gewonnen?«

Ein leises Klicken, und die Leitung war tot. Erst jetzt dämmerte es Jordan, dass er vom Festnetz aus angerufen hatte. Sie selbst kannte niemanden, der noch ein Festnetztelefon hatte.

8
Jordan

Jordans Sendungs-Jingle erklang, dann folgte der Werbeblock. Sie schaltete ihr Mikro stumm, lehnte sich auf ihrem Stuhl zurück und sah zu Billy in seiner Kabine. »Sorry, ich dachte, das würde irgendwohin führen.«

»Du hättest mit den Stans weitermachen sollen.« Er schnippte dreimal mit den Fingern. »Schnellfeuer – einen nach dem anderen umlegen.«

»Nick hat Charlotte vorbeigebracht. Es wäre sein Wochenende mit ihr gewesen.«

Billy sortierte ein paar Unterlagen. »Regel Nummer eins jedes Sorgerechtsstreits: Erzähl niemandem, dass du mit deinem einzigen Kind keine Zeit verbringen willst.«

»Du bist nicht irgendjemand. Du bist Billy«, entgegnete Jordan. »Und es ist auch nicht so, als würde ich keine Zeit mit ihr verbringen wollen. Ich verbringe sehr gern Zeit mit ihr. Nur hatte ich andere Pläne.«

Er lächelte schief. »Pläne, ja? Ich nehme an, du kannst deine Tochter nicht einfach bitten, draußen im Flur zu warten, während du deine jüngste Eroberung flach...«

»Doch nicht *solche* Pläne«, fiel Jordan ihm ins Wort und biss sich in die Wange. »Ich muss mit meiner Mutter zu Abend essen.«

»Und Charlotte darf Oma nicht treffen?«

»Sie hat ihre Oma nie kennengelernt.«

»Wie bitte? Wie alt ist sie jetzt – zwölf? Dreizehn?«

»Elf.« Jordan nahm einen Schluck Kaffee und brach ein Stück von einem Bagel ab, den jemand ihr hingestellt hatte. »Ich habe meine Mutter seit fünfzehn Jahren nicht mehr gesehen.«

»Ihre Schuld oder deine?«

»Ja.«

»Keine wahnsinnig clevere Antwort ...«

»Es hat einfach nie gepasst.«

»Mutter des Jahres seid ihr wohl alle nicht in deiner Familie, was?«

Jules Goldblatts wütendes Gesicht tauchte im Glaseinsatz der Tür zum Senderaum auf.

Billy ließ ihn rein.

Sobald er sich Jordan zuwandte, guckte er noch viel wütender. »Dir ist hoffentlich klar, dass die Telefonzentrale gerade zusammenbricht und die EDV mir eine neue Durchwahl geben muss?«

»Aber niemand ruft Stan mehr direkt an.« Jordan lächelte. »War doch eine tolle spontane Lösung? Danke, dass du so bereitwillig aushilfst.«

»Dein freier Tag morgen ist gestrichen«, sagte er wütend.

Sie neigte den Kopf. »Ach ja? Das glaube ich nicht.« Sie sah zu Billy. »Was steht gleich wieder morgen in meinem Kalender?«

Er legte sein Klemmbrett beiseite, nahm ein anderes hoch und blätterte zur zweiten Seite. »Da steht, dass du den Tag über außer Haus bist und wir ein Best-of deiner Musikinterviews fahren. Wir haben Paul Simon, Jon Bon Jovi, der Beatles-Hits singt, die Jungs von Imagine Dragons singen a cappella ... Ich kann's kaum erwarten! Darauf freue ich mich schon seit Wochen.«

»Seit *Wochen*«, wiederholte Jordan und nickte Goldblatt zu.

Er schüttelte den Kopf. »Wir haben keine einzige Ankündigung dafür geschaltet.«

»Oh, und wer ist schuld daran? Um die Werbung hättest du dich kümmern müssen, oder? Klingt fast, als hättest du da eine echte Chance verpasst.«

»Du hast das nicht ausreichend kommuniziert. Weiß das Marketing überhaupt Bescheid?«

»Mich hat niemand gefragt.«

»Es ist dein Job, das Team auf dem Laufenden zu halten.«

»Nein.« Jordan schüttelte den Kopf. »Mein Job ist es, am Mikro zu sitzen. Für den ganzen Rest sind andere zuständig. Ich sehe es wirklich ungern, dass du Ärger kriegst, nur weil andere Scheiße bauen. Tut mir echt in der Seele weh. Da wird mir innerlich ganz kalt – wie in dieser Szene, als die Jäger vor Timmys Augen Lassie umgebracht haben.«

»Das war Bambi«, murmelte Goldblatt.

»Natürlich war das Bambi.«

»Das kann sie den lieben langen Tag machen, Mr. Goldblatt«, schaltete Billy sich ein. »Da schwirrt Ihnen nur noch der Kopf. Ich hab irgendwann gelernt, dass man da am besten den Rückwärtsgang einlegt.«

Jules Goldblatt schüttelte den Kopf. Dann sah er wieder zu Jordan. »Ich will als Nächstes den Senator.«

»Demnächst.«

»Als Nächstes!«

»In Ordnung, demnächst. Ich hab's verstanden. Und jetzt muss ich mit meiner Tochter sprechen.«

Sie schob sich an ihm vorbei durch die Tür. Charlotte wartete immer noch im Greenroom und knabberte an einem Donut von einem der Catering-Tabletts. »Oh, iss das nicht, Schätzchen! Das Zeug liegt schon fast einen Monat hier herum.«

Auf der Couch in der Ecke sah der Senator von seinem Teller auf. Er kaute an einem Bagel mit Käse und Salami.

Sie winkte ihm zu.

Stirnrunzelnd blickte er auf seinen Bagel und stellte den Teller beiseite.

»Warum wollte der Polizist dich verhaften?«, fragte Charlotte.

Jordan nahm sie in die Arme. »Oh, ich glaube, er hatte Gerüchte gehört, dass hier ein kleines Mädchen rumläuft, das so illegal niedlich ist, dass er einschreiten wollte.«

Charlotte kniff skeptisch die Augen zusammen und verlagerte das Gewicht. »Du lenkst ab, Mutter.«

»Mutter?!«

»Japp.«

»Ist dein Vater schon wieder gegangen?«

»Der musste Pipi.«

»Bin schon wieder da«, sagte Nick vom Flur aus.

Jordan bedachte ihn mit einem flüchtigen Blick und wandte sich lächelnd ihrer Tochter zu. »Könntest du kurz zu Sarah an den Empfang gehen, damit ich unter vier Augen mit deinem Dad sprechen kann?«

»Willst du ihm wehtun?«

»Vielleicht.«

Charlotte schien kurz darüber nachzudenken. »Okay. Aber nicht ins Gesicht schlagen. Ich mag Daddys Gesicht.« Auf dem Weg nach draußen tätschelte sie ihm den Rücken. »Viel Glück, Mr. Briggs.«

Sobald sie außer Sicht war, seufzte Nick auf. »Ich weiß, es ist kurzfristig, Jordie, aber es geht nicht anders. Ich muss heute Nachmittag in Boston sein. Ich bin zurück, so schnell ich kann, spätestens morgen Abend.«

»Du weißt, was ich morgen Abend mache.«

»Nimm Charlotte mit. Sie hat es verdient, ihre Großmutter kennenzulernen.«

»Ihre Großmutter hat es aber nicht verdient, sie kennen-zulernen«, schoss Jordan zurück.

»Es ist jetzt fünfzehn Jahre her ...«

»Keine Chance!«

»Was ist mit einem Babysitter?«

»An einem Freitagabend in den Hamptons? Na klar. Da hätte ich als Friedensvermittlerin zwischen Israel und den Palästinensern bessere Karten.«

Nick schob die Hände in die Hosentaschen. »Tja, ich weiß nicht, was ich noch sagen soll.«

»Sag einfach, dass du diese Scheißreise absagst und Ver-antwortung übernimmst wie ein erwachsener Mann.«

»Das geht nicht.«

»Was ist in Boston so wichtig?«

Er antwortete nicht.

Sie spürte, wie ihr die Hitze in die Wangen stieg. »Du bist gerade ein Scheißvater.«

»Das ist ungerecht ...«

»Das Leben ist ungerecht.«

Über Lautsprecher ertönte Billys Stimme: *»Jordie, noch dreißig Sekunden.«*

Jordan sah ihn noch mindestens zehn der restlichen Sekunden an, dann zog sie den Umschlag aus der Tasche, den sie aus ihrem Büro geholt hatte, klatschte ihn ihm vor die Brust und stürmte aus dem Zimmer.

9
Cole

»Bitte steigen Sie jetzt wieder ein, Ma'am.«

Cole gab sein Bestes, um ruhig zu bleiben, wirklich, aber diese Frau machte es ihm nicht leicht. Er stand auf der 49th, rund fünf Wagenlängen von seinem Streifenwagen entfernt; ein Typ in einem Prius hatte den Fuß von der Bremse genommen und war ihrem Lexus hinten aufgefahren – mit nicht mehr als Schrittgeschwindigkeit. Er war bloß ein paar Zentimeter gerollt.

»Der ist mir aber hinten reingerauscht!«, kreischte die Frau ihn an.

»Ohne dass ein Schaden entstanden wäre«, sagte Cole schon zum vierten Mal. »Die meisten Stoßstangen federn bis zu zehn Stundenkilometer ab, bevor man etwas sieht – und dafür war er nicht schnell genug. Sie steigen jetzt bitte wieder in Ihren Wagen.«

Sie hatte schlecht blondierte Haare. Darunter war ein knapper Zentimeter grauer Haaransatz erkennbar. Cole versuchte, nicht hinzustarren.

Ein gutes Stück weiter vorn war Meghan Trainors Band mit dem Soundcheck beschäftigt. Mit jedem Schlag der Bass Drum wurden die Kopfschmerzen hinter seinen Augäpfeln schlimmer.

Der Mann, der versehentlich auf den Lexus aufgefahren war, stand immer noch neben ihm. Er hatte bereits angeboten, seine Versicherungsdaten zu notieren, aber die

Frau hatte abgelehnt und stattdessen darauf bestanden, dass Cole ihm ein Bußgeld aufbrummte. Aber wenn das NYPD jeden aufschreiben würde, der in einem Stau den Vordermann touchierte, wären sie alle in brandneuen Streifenwagen unterwegs, und die Strafzettelblocks wären vergriffen.

Herrgott, jetzt dachte er schon wie ein Verkehrspolizist! Er musste wirklich dringend zurück ins Morddezernat. Tote meckerten nicht, und sie erklärten ihm ganz sicher nicht, wie er seine Arbeit zu machen hatte.

Cole zwang sich zu lächeln. »Wie wär's damit? Er kriegt eine Verwarnung, und wenn er das noch mal macht, buchtet der Richter ihn ein. Richter stehen nicht auf Wiederholungstäter.«

Hinter ihm in der Nähe seines Streifenwagens drückte jemand auf die Hupe und hielt sie fast zehn Sekunden lang gedrückt, unterbrach kurz und drückte sie wieder. Warum taten die Leute das? Es ging mit Hupe doch kein bisschen schneller.

»Ich will, dass er einen Strafzettel kriegt«, wiederholte die Frau. »Ein saftiges Bußgeld.«

Der Mann riss beide Arme hoch und machte dann auf dem Absatz kehrt. »Tun Sie, was Sie für richtig halten. Ich warte in meinem Wagen.«

Coles Handy klingelte. Er reckte den Zeigefinger und drehte beiden den Rücken zu. Es war sein Partner, Garrett Tresler. »Hey, was geht?«

»Ich bin gerade zu einem Doppelmord nach Brooklyn gerufen worden. Eine Frau Mitte dreißig wurde erstochen. Der Ehemann totgeprügelt, sagt zumindest der Streifenkollege vor Ort. Ich fahre da jetzt hin – kommst du weg, oder musst du noch ein bisschen Politesse spielen?«

Um sie herum plärrten Hupen. Jemand stimmte eine E-Gitarre. Cole ging ein paar Schritte und presste sich das

Handy ans Ohr. »Gaff lässt mich keinen Tag eher gehen. Ich muss noch eine Woche durchhalten.«

»Du bist einfach ein Idiot. Hättest den Mund halten sollen.«

»Ich hätte gedacht, dass er ein bisschen mehr Verständnis aufbringen würde.«

»Wenn es um seine Tochter geht? Na klar.«

Ein Abschleppfahrzeug bog aus der 5th auf die 49th ein und kam neben einem weiteren NYPD-Streifenwagen am Straßenrand zum Stehen. Ein untersetzter Cop dirigierte den Verkehr darum herum. Sah aus, als hätten sie es mit einem alten Chevy zu tun, der überhitzt liegen geblieben war. Als der Kollege Cole entdeckte, rief er: »Hey, Frischling! Besorgst du mir einen Kaffee?«

Cole ging in die entgegengesetzte Richtung weg.

Sein eigener Wagen steckte immer noch mit blinkendem Blaulicht im Stau fest – er hatte das Signal erneut eingeschaltet, als er ausgestiegen war. Er war weiter vom Wagen weggeschlendert, als er gedacht hatte; das Taxi klemmte immer noch quer hinter ihm und kam um seinen Kotflügel nicht herum. Es war in den vergangenen zehn Minuten keinen Meter vorwärtsgerollt. Cole schätzte, noch eine Minute, und der Fahrgast hätte die Schnauze voll und würde stattdessen zu Fuß gehen.

»Vielleicht rufst du mal bei Gaff an?«, schlug er seinem Partner vor. »Sag ihm, dass du mich für den Fall brauchst.«

»Und riskiere damit, dass er ihn jemand anders überträgt? Nie im Leben«, erwiderte Tresler. »Desertier einfach von deiner Schicht. Kriegt er doch nicht mit.«

Oh, er würde es mitkriegen. Er hatte seine Augen und Ohren überall.

»Da hätte ich sofort ein Disziplinarverfahren am Hals. Und ich traue ihm zu, dass er mir einen Extramonat im Verkehrsdienst aufbrummt.«

Ein lauter Knall hallte vom Rockefeller Center herüber. Cole spürte, wie der Asphalt vibrierte.

»Was zur Hölle war das?«, wollte Tresler wissen.

»Ich nehme an, die *Today Show* setzt Pyros ein. Die bereiten gerade Meghan Trainors Auftritt vor.«

Tresler lachte. »Oh Mann! So viel zu Verkehrssicherheit.«

Wieder ein Knall. Diesmal näher. Eindeutig lauter.

Cole entdeckte eine dünne Rauchsäule, die vielleicht drei Blocks weiter östlich in die Luft stieg. Dann hörte er Geschrei. »Ich ... Ich rufe zurück!« Er legte auf und schob das Handy zurück in die Tasche.

Ein dritter Knall. Das war kein Feuerwerk. Sondern eine Explosion.

Und zwar in nächster Nähe.

Mit einem Mal war alles um ihn herum komplett still.

Die Leute auf den Gehwegen waren stehen geblieben. Münder standen offen, während sich alle umsahen und versuchten, den Ort des Geschehens ausfindig zu machen. Mehrere Leute hatten sich flach auf den Boden geworfen, andere waren in die Laden- und Hauseingänge der umstehenden Gebäude geflüchtet.

Cole griff zum Funkgerät an seiner Schulter. »Zentrale, hier 5839. Möglicher 10-80 in der Nähe des Rockefeller Center. *Over.*«

»*Verstanden. Bleib kurz dran.*«

Der untersetzte Cop ein Stück weiter hatte ebenfalls die Hand am Funkgerät. Sein Blick war auf die sich ausbreitende Rauchwolke gerichtet.

Rund fünf Blocks entfernt breitete sich eine zweite Rauchwolke aus.

War das der erste Knall gewesen?

Er drückte erneut die Sprechtaste. »Zentrale, hier 5839. Ich glaube, es sind mehrere 10-80er.«

Einen Augenblick später: »*Verstanden ...*«

Er rannte zurück zu seinem Wagen.

Im selben Moment explodierte das Taxi, das hinter ihm eingeklemmt gewesen war. Das Chassis flog hoch, schwebte eine unfassbare Sekunde lang in der Luft, krachte zu Boden und halb auf seinen Kofferraum. Cole starrte für den Bruchteil einer Sekunde hin, ehe die Druckwelle ihn erreichte und rückwärts schleuderte. Er erwischte den Kotflügel eines weißen Klempner-Transporters mit solcher Wucht, dass ihm elektrischer Schmerz durchs Rückgrat und bis in den rechten Arm schoss. In einem ungelenken Winkel ging er zu Boden, als im nächsten Moment dreißig Meter weiter das nächste Taxi explodierte.

10
Jordan

Jordan beugte sich vor zum Mikrofon. »Ich habe vorhin doch erwähnt, dass ich heute zwei Nummern für euch hätte. Die erste war die von Stan, die keiner von uns mehr anrufen darf. Also ruft da nicht an – nie wieder. Aber die zweite folgt sogleich, und ich möchte, dass ihr sie euch aufschreibt. Ich gebe euch kurz Zeit, um euren Stift zu suchen.« Sie schnalzte ein paarmal mit der Zunge. »Bereit? Sie lautet zwei, zwei, null, zwei, zwei, null, zwei, zwei. Schreibt euch die Zahl irgendwo auf – *irgendwo*. Und dann prägt sie euch so gut ein, dass ihr sie an jeden weitergebt, dem ihr begegnet, weil es möglicherweise die wichtigste Zahl in der Geschichte aller Zahlen ist.« Sie sah zu Billy in seiner Kabine. »Hey, Billy?«

Billy hasste es, sich auf ihre Sendung aufzuschalten. Er war lieber der Zauberer hinter den Kulissen, der Knöpfe drückte und Hebel bewegte und die Magie erzeugte, die nötig war, um ihre kleine Scheißshow vier Stunden lang am Laufen zu halten. Er hasste es, in der Öffentlichkeit zu sprechen, es jagte ihm eine Heidenangst ein. Wann immer Jordan ihn spontan aufforderte, live zu sprechen, wurde er grün im Gesicht.

Er warf Jordan einen unübersehbar wütenden Blick zu, griff dann aber nach links und schaltete sein Mikro frei. »Ja, Jordan?«

Auf ihrem dritten Bildschirm erschien neuer Text.

BILLY: *Blöde Kuh!*

»Du bist doch aufs College gegangen, oder?«, fragte Jordan.

»Japp. Auf die wunderbare Dayton School of Broadcasting im herrlichen Staat Ohio.«

»Und du hast deinen Abschluss gemacht?«

»Nach einiger Zeit, ja.«

»Und du arbeitest derzeit in deiner Traumbranche?«

Er kniff die Augen zusammen. Er war sich nicht sicher, worauf das hier hinauslaufen würde. »Ich frage mich zwar allmählich, ob ich nicht doch auf meine Mutter hätte hören sollen und besser Zahnarzt geworden wäre – aber ja, ich bin in der Medienbranche gelandet. In der Branche, auf die ich hinstudiert habe.«

»An deinem allerersten Tag an der Uni – habt ihr da eine allgemeine Einführung bekommen?«

»Genau.«

»Ich ahne, wie die ausgesehen hat«, fuhr sie fort. »Lauter verschreckte, verängstigte Jungs und Mädels mit Rehblick, frisch von der Highschool und erstmals weit weg von zu Hause. Ihr schlurft die Stufen zu einem Hörsaal oder zu irgendeiner Aula auf dem Campus hoch, werdet auf die Eingangstür zugetrieben wie ahnungslose Kälbchen auf dem Weg zur Schlachtbank. Achtzehn Jahre alt – dem Gesetz nach erwachsen, aber in Wahrheit immer noch Kinder, die zu den Erwachsenen spähen und sich von ihnen Hilfestellung erhoffen. Habe ich recht?«

Billy nickte.

Stirnrunzelnd zeigte Jordan auf ihr Mikrofon.

Billy verdrehte die Augen und beugte sich über seins. »Ja. Genau so war es.«

»Wetten, da standen Tische an den Wänden auf dem Flur zum Hörsaal, genau wie an jedem ersten Tag des

Semesters in jeder Uni im ganzen Land? Da gab es Bruder- und Schwesternschaften, zig Studierendenvereinigungen, und alle haben versucht, neue Mitglieder zu rekrutieren, völlig klar. Aber wer war noch da? Wer hat die meisten Tische besetzt?«

»Kreditkartengesellschaften«, antwortete Billy tonlos. »Sie waren alle da – Visa, MasterCard, Discover, Tankstellenketten, die großen Supermärkte, Onlineshops ...«

»Und bei wie vielen hast du unterschrieben?«

Billy schnaubte. »Bei allen.«

Jordan neigte den Kopf leicht zur Seite. »War das vor oder nach der Vorlesung über unlautere Haustürgeschäfte und Verschuldung?«

»Hä?«

»Du weißt schon – die Schulstunde, in der sie dir erklären, was es mit Zinsen und Zinseszinsen und Jahresgebühren auf sich hat und wie einem das bis ans Lebensende im Nacken sitzen kann? Du weißt schon – die Stunde, in der sie euch die Basics beigebracht haben, bevor ihr auf der gepunkteten Linie unterschreiben durftet?«

»So was gab es an deinem College?«

»Nein«, antwortete Jordan.

»Bei mir auch nicht. Ich hab einfach überall unterschrieben und bis zum Ende des ersten Semesters auch fast überall den Kreditrahmen ausgereizt. Sie haben mir erzählt, ich könnte die ausstehenden Beträge mithilfe meines Studiendarlehens begleichen, wenn nötig, weil die Überziehungszinsen da günstiger wären. Ich weiß noch genau, dass das einer gesagt hat – nur dass das nicht in dem Maße klappte, wie ich es gebraucht hätte. Ein paar Wochen später, und ich war wieder am Limit. Das hat genervt. Am Ende musste ich mir einen Aushilfsjob suchen, in einem Laden namens Steak Shack. Was für ein Dreckslock.«

»Hast du dein Studiendarlehen für deine Studentenbude benutzt?«

Billy zuckte mit den Schultern. »Soweit es ging.«

Jordan wühlte durch ein paar Unterlagen auf ihrem Tisch. Sie mochte das Geräusch. »Um es mal klar zu sagen: Niemand hat dir dort beigebracht, was es heißt, in eine Kreditfalle zu tappen. Ich nehme an, daran ist nicht die Uni schuld – auch wenn sie den Wegelagerern erlaubt hat, sich auf dem Campus zu postieren, und dafür vielleicht sogar Provision kassiert hat. Ich nehme auch an, dass es zu viel verlangt gewesen wäre, unsere Kinder vor diesen Wegelagerern zu beschützen oder sie zu warnen. Immerhin warst du da, um Rundfunk- und Fernsehtechnik zu studieren, nicht Finanzwesen. Du warst da, um dir ganz bestimmte Fähigkeiten anzueignen – gegen Geld. Für die Studiengebühren, die sie von dir wollten. Zumindest haben sie euch aber doch erklärt, wie eure Studiengebühren eingesetzt würden? Und wie eure Studiendarlehensschulden sich im Verhältnis entwickeln würden? Wie es mit der Verzinsung wäre? Solche Sachen? Habe ich recht?«

»Äh ... Nein.«

»Sie haben euch *nicht* erzählt, dass ihr jeden Cent, den ihr euch geliehen habt, plus Zins und Zinseszins zurückzahlen müsstet? Ganz egal, was in der Zukunft aus euch werden würde? Ob ihr einen Job in eurer Traumbranche finden würdet oder überhaupt einen Job, verdammt? Ganz egal, was passieren würde, selbst wenn ihr in schlimme finanzielle Nöte geraten und da nicht mehr rauskommen würdet? Wenn ihr bankrott wärt?«

»Nein.«

»Wie hoch waren deine Schulden fürs Studium?«

Billy dachte kurz nach. »Du meinst, alles zusammengenommen – Studiendarlehen plus Kreditkarten?«

»Ja.«

»Gut einhundertzwanzigtausend.«

»Wie alt warst du da?«

»Ich hab mit einundzwanzig die Uni abgeschlossen.«

Jordan hielt kurz inne. »Ich bin mir sicher, die Uni hat dir nach dem Abschluss geholfen, einen Job zu finden, damit du deine Schulden abstottern konntest.«

Billy musste lachen. »Blödsinn! Die hatten ihr Geld kassiert, und was danach aus mir wurde, interessierte die nicht.«

»Aber sie hatten dich zum Studium zugelassen. Sie haben dir all dieses Geld abgeknöpft. Bestimmt hätten sie das nicht getan, wenn sie nicht davon ausgegangen wären, dass du einen anständig bezahlten Job in deiner Branche finden würdest, um alles zurückzuzahlen.«

»Ich hatte bis zum Abschluss Zahlungsaufschub. Die erste Rechnung kam erst Wochen später.«

»Dann haben sie dich mit deinem Zeugnis in der einen und einem Stapel Rechnungen in der anderen Hand vor die Tür gesetzt und in die große, weite Welt entlassen? Hattest du damals ein Auto? Eine Wohnung?«

»Ich hatte einen Berg Schulden und keinen Job, und es sah auch nicht danach aus, als würde sich das alsbald ändern. Ich bin wieder bei meiner Mom eingezogen.«

»Glaubst du, da warst du der Einzige?«

Billy schüttelte den Kopf. »Von denen, die ich kannte, ging es allen so.«

Jordan spähte zu Bildschirm zwei, auf dem die Anrufer in der Warteschleife aufgelistet waren.

Leitung 1: Robin (200 000 $ Schulden)

Leitung 2: Tobin (kann sich weder Wohnung noch Auto leisten)

Leitung 3: Stan (dieser meint, ihr wärt in der Highschool zusammen gewesen – wartet immer noch)

Leitung 4: Lance (Studienabbrecher – wollte keine Schulden mehr machen)
Leitung 5: Amanda (hat als Stripperin gejobbt, um kein Darlehen aufnehmen zu müssen)

Jordan zögerte die Stille noch kurz hinaus.

»Ich habe einen Abschluss in Publizistik von der Uni Stanford. Hat mich ein Vermögen gekostet, trotz Darlehen, Stipendium und Trinkgeldern vom Kellnern – und wisst ihr was? Es war komplett für'n Arsch. Ich habe damals schon Blödsinn erzählt, schon bevor ich an die Uni gegangen bin, und ich erzähle heute noch Blödsinn. Und das Einzige, was heute anders ist? Die Bank, die jeden Monat die Hand aufhält und Gebühren von mir kassiert. Vor ein paar Jahren hab ich mal versucht, das Darlehen auf einen Schlag abzubezahlen, aber die lassen mich nicht aus dem Vertrag. Ich wollte Beschwerde einlegen, und nach dreißig Minuten mit einer Automatenstimme hatte ich endlich einen Menschen aus Fleisch und Blut in der Leitung – nur dass der nicht eigenständig denken konnte. Der konnte nur vorformulierte Antworten von einem Monitor ablesen. Irgendwann hatte ich die Vorgesetzte dran, und die meinte, dass ich die Raten maximal drei Monate im Voraus bezahlen könnte. Nur dass jede Rate ungefähr zu zwanzig Prozent aus der Kreditsumme und zu achtzig Prozent aus Zinsen besteht. Die machen mit mir ein kleines Vermögen. Die *wollen* gar nicht, dass ich alles abbezahle, das wäre nur schlecht fürs Geschäft. Dann haben sie mir meinen Scheck zurückgeschickt und erklärt, ich dürfte maximal zwei Monate auf einen Schlag bezahlen – die drei Monate waren anscheinend ein Fehler gewesen. Irgendwann hab ich nicht mal mehr versucht, eine echte Person an die Strippe zu kriegen, die es mir hätte erklären können. Stattdessen habe ich einfach wieder einen Scheck pro Monat ausgestellt. Gestern Abend wäre es wieder so weit gewesen. Aber dann ist mir ein Gedanke gekommen.«

»Oh, oh«, sagte Billy.

»Ich hab mir gedacht: Scheiß drauf. Von denen lasse ich mich nicht mehr schröpfen.«

»Nur dass wir keine Wahl haben.«

»Die Regierung löst das Problem nicht für uns, also müssen *wir* es tun«, sagte Jordan. »Aktuell haben landesweit mehr als fünfundvierzig Millionen Menschen alles in allem eins Komma fünf Billionen Schulden aus Studienkrediten. Fast jeder Haushalt in den USA hat Kreditkartenschulden – im Schnitt sind es 8284 Dollar. Das sind zusammengenommen 13,51 Billionen. Ein Teil davon ist sicher Dummheit. Aber ein Gutteil sind Schulden, die Studierende machen mussten – solche wie du, die als frisch Immatrikulierte den Wegelagerern auf dem Campus in die Falle gegangen sind. Was mich zurück zu meiner Zahl bringt – der wichtigsten Zahl in der Geschichte der Zahlen: zwei, zwei, null, zwei, zwei, null, zwei, zwei. Diese Zahl steht für die *Freiheit*.« Sie räusperte sich. »Wir, die Bürgerinnen und Bürger der Vereinigten Staaten von Amerika, deklarieren den 22. Februar 2022 zum Tag der Vergebung für Studiendarlehen und Wegelagererkreditgeschäfte. An diesem Tag und an jedem, der folgt, ist Schluss mit den Raten für Studiendarlehen – und wir werden auch keine mehr aufnehmen. Wenn Sie ein Kreditgeber sind, behalten Sie gern die Billionen, die wir Ihnen schon an Zinsen gezahlt haben, und begleichen Sie damit die ausstehenden Darlehensschulden. Wenn Sie auch nur versuchen sollten, weitere Raten einzutreiben, dann werden wir, die Bürgerinnen und Bürger der Vereinigten Staaten, Sie boykottieren. Wenn Sie eine Bank sind, heißt das, dass wir all unsere Konten bei Ihnen auflösen, laufende Verträge kündigen und mit Ihnen nie wieder Geschäfte machen. Wenn Sie die Behörden sind und versuchen sollten, weitere Gelder einzutreiben, werden wir, die Bürgerinnen und Bürger der Vereinigten Staaten, keine Steuern mehr zahlen.«

Billy machte große Augen. »Das werden sie nie im Leben zulassen!«

»Wenn wir alle am 22. Februar 2022 mit den Zahlungen aufhören, wenn wir uns dabei einig sind, dann haben sie keine Wahl. Dann müssen sie es entweder geschehen lassen und mit den Folgen leben, die für unsere Finanzkonzerne katastrophal wären – oder sie legen uns bis zum besagten Tag eine bessere Lösung vor. Soweit ich es sehe, läuft der Countdown – zwei, zwei, null, zwei, zwei, null, zwei, zwei. Tag des Ablasses für Studiendarlehen und Wegelagererkreditgeschäfte. Es muss einfach so ein. So steht es in meinem Kalender.«

Jordan hörte einen lauten Knall.

Der erste Gedanke, der ihr durch den Kopf schoss, war: *Das kann nicht sein. Ich sitze in einem schallisolierten Raum.* Dann der nächste Knall, diesmal eindeutig näher. Ihr Becher hopste leicht von der Tischplatte hoch, und der Kaffee kräuselte sich.

11

Cole

Pfeifen.

In Coles Kopf war nichts anderes mehr als dieses schrille Pfeifen.

Als er die Augen aufschlug, sah er kurz Flammen und dichten schwarzen Rauch und musste aufgrund des kratzigen Staubs und der trockenen Hitze die Lider sofort wieder zukneifen.

Er lag auf dem Asphalt, konnte sich aber nicht erinnern, wie er dorthin gekommen war. Er zwang seine Beine, sich zu bewegen, stemmte sich mit weichen Knien hoch, fiel fast der Länge nach hin und musste sich an dem Transporter neben ihm abstützen.

Das Pfeifen ließ nach und wich Schreien, Gekreische und dem Hupen Dutzender Fahrzeuge – manche hupten durchgehend, andere immer wieder.

Im selben Moment fielen ihm die Explosionen ein, der Rauch – sowohl ein gutes Stück entfernt als auch unmittelbar vor ihm. Überall Explosionen ...

Cole hielt sich den Arm vors Gesicht und atmete in die Ellenbeuge seines Hemds, um die Luft zu filtern. Er zwang seine Augen auf – bloß einen Spaltbreit, nur um irgendwas zu erkennen.

Leute rannten.

Rannten in alle Richtungen.

Er hatte keinen Schimmer, wohin sie wollten. Überall

brannte es. Außer dem Taxi, das hinter seinem Streifenwagen explodiert war, waren in nächster Nähe noch zwei
weitere hochgegangen. Dann fielen ihm die zwei ein, die
am Rockefeller Center explodiert waren.

»5839, geh ran! 5839!«

Cole hatte keine Ahnung, wie lange sie schon versuchten, ihn zu erreichen. Die Stimme aus dem Funkgerät war
aus dem Nichts aufgetaucht, kurz lauter geworden und
dann wieder im chaotischen Getöse um ihn herum unter-
gegangen.

Er griff nach dem Funkgerät an seiner Schulter und
drückte die Sprechtaste. »5839, ich höre.«

Seine Stimme klang, als käme sie von unendlich weit
her.

»Hast du die 10-80er selbst gesehen?«

Er stand inmitten der verdammten 10-80er. »Ja, hab
immer noch Blickkontakt.«

»Wir haben drei an der 49th zwischen 5th und 6th und
zwei weitere auf der 47th, einen direkt auf der 6th und
einen auf der 48th – alle mehr oder weniger rund um das
Rockefeller Center. Hast du noch mehr?«

Cole versuchte nachzuzählen, aber sein Gehirn funktionierte nicht. Es fühlte sich an, als hätte ihm jemand einen
Ledergurt um den Kopf gelegt und würde ihn immer enger
ziehen. »Zentrale ... Waren das insgesamt sechs?« Sein
Finger war von der Sprechtaste gerutscht, und er drückte
sie erneut. »Sechs Taxis?«

»Positiv. Hast du noch weitere?«

Er versuchte, durch den Rauch und die schwebende
Asche hindurch etwas zu sehen. Er schien mittendrin zu
stehen, Leute verließen ihre Autos und rannten einfach
blindlings los. Keine Ahnung, wohin. Hauptsache, weg.
Die Luft fühlte sich brandheiß an.

»5839?«

Cole riss sich zusammen und holte tief Luft, auch wenn er davon husten musste. »Die drei auf der 49th kann ich bestätigen. Ich stehe in Sichtweite. Außerdem Rauch von anderen Stellen, aber was dort passiert ist, kann ich nicht erkennen. Mein Wagen ist Schrott – ich stecke hier fest.« Er drehte sich in Richtung 5th und entdeckte einen zweiten Abschleppwagen. Von dem untersetzten Cop von zuvor nirgends eine Spur. »Ich brauche Verstärkung, ich glaube, ich bin hier allein …«

»Verstanden. Rettungswagen und weitere Einsatzkräfte sind unterwegs.«

Am Ende des Blocks vor dem Rockefeller Center schienen tausend Menschen auf einmal aufzuschreien. Als er sich in die Richtung umwandte, rannten sie direkt auf ihn zu. Wegen des Konzerts war der Platz zum Bersten voll mit Leuten gewesen, und mindestens zwei Explosionen hatten dort stattgefunden. Die Leute von hier rannten dorthin, weil hier drei Taxis in die Luft geflogen waren, und nachdem in west-östlicher Richtung zwei weitere Explosionen erfolgt waren, war er eingekesselt; er konnte nirgends mehr hin. Hier war schon vor den Explosionen Stillstand gewesen – jetzt würde erst recht nichts mehr vorwärtsgehen.

Cole drehte sich zu seinem Wagen um, zu dem Taxi, das hinter ihm gestanden hatte, kam aber nur bis auf fünf, sechs Meter heran, dann wurde es zu heiß. Der Fahrer konnte nicht überlebt haben. Sofern er nicht bei der Explosion gestorben war, hatten das Feuer und der Rauch ihn inzwischen geholt.

Trotzdem versuchte er, näher heranzukommen – mit abgewandtem Gesicht und zusammengekniffenen Augen. Dutzende Leute saßen immer noch in ihren Autos, die meisten schockstarr oder zutiefst verunsichert, was sie als Nächstes tun sollten. Drei Spuren breit standen dicht an dicht Fahrzeuge. Sein Streifenwagen, auf den das explodierte Taxi gekracht war, hatte ebenfalls Feuer gefangen und konnte jeden Moment hochgehen – wie alle anderen Fahrzeuge auch.

Er riss willkürlich Türen auf und schrie den Fahrern zu, sie sollten in den umstehenden Gebäuden in Deckung gehen. Zerrte Leute heraus, wenn sie nicht aus freien Stücken aussteigen wollten. Trieb sie vor sich her in Richtung Gehweg.

Dann entdeckte er die Überreste der zwei anderen Taxis – eins links, eins rechts von ihm. Beide standen in Flammen, weder Fahrer noch Fahrgäste konnten überlebt haben.

Er riss die Tür eines Minivans auf, und ein Golden Retriever sprang kläffend auf ihn zu, landete auf dem Asphalt und drehte sich bellend zu der offenen Tür um, hinter der eine Frau und ein Mädchen im Teenageralter saßen und Cole anstarrten.

»Raus! Bis die Feuer gelöscht sind, ist es hier nicht sicher!«

Beide trugen Meghan-Trainor-T-Shirts. Und beide rührten sich nicht vom Fleck. Der Hund bellte. Irgendwie riss sie das aus ihrer Trance. Die Mutter schob den Schalthebel auf Parken, wollte schon aussteigen, griff dann aber zurück und zog den Zündschlüssel ab. Sie sprangen aus dem Van und rannten mit dem Hund auf eine Starbucks-Filiale zu, in deren Eingang sich längst etliche Leute drängten.

Cole lief weiter, an den stillstehenden Fahrzeugen vorbei. Aus einiger Entfernung hörte er Sirenen, allerdings würden die Rettungsfahrzeuge nie im Leben bis zu ihm durchkommen – selbst die Gehwege waren blockiert, überall verwaiste Pkws und Kleinlaster. Leute, die versucht hatten zu entkommen, stecken geblieben waren und daraufhin einfach alles stehen und liegen gelassen hatten, um zu Fuß zu flüchten. Dazwischen ein UPS-Truck mit offener Seitentür, dessen Warnblinkanlage immer noch lief.

Er war das nächste Dutzend Wagen abgelaufen, als er vier Fahrzeuge voraus auf der linken Spur ein weiteres Taxi entdeckte. Der Fahrer saß noch am Steuer. Cole lief von schräg hinten darauf zu und hämmerte gegen das Fenster. »Steigen Sie aus!«

Der Fahrer blickte erschrocken auf und suchte Coles Blick im Rückspiegel.

Telefonierte der gerade?

Ja, er hielt sich ein Handy ans Ohr.

Eilig lief Cole um den Wagen herum zur Fahrertür. Als er sich nach dem Türgriff ausstreckte, verriegelte der Fahrer die Tür von innen.

»Was soll das?« Er donnerte mit der Faust gegen die Scheibe. »Steigen Sie aus!«

Der Mann sah zu Cole hoch, schüttelte den Kopf und telefonierte weiter.

Cole schlug erneut ans Fenster. »Hey!«

Der Fahrer sah aus, als käme er aus Nahost, und war vielleicht Mitte fünfzig. Hinter der Sonnenblende klemmten Fotos seiner Familie sowie sein Führerschein. Er sagte noch etwas in sein Handy, hielt dann inne und sah zu Cole. Seine Stirn und Brust waren schweißüberströmt, und er hatte die Augen weit aufgerissen. Er streckte die Hand nach einem Schalter links unter dem Lenker aus und drückte darauf.

Der Kofferraum sprang auf.

Der Taxifahrer sah wieder zu Cole und nickte nach hinten. Die ganze Zeit über hatte er sich das Handy ans Ohr gepresst.

Cole lief um den Wagen herum.

Die Bombe lag im Ersatzreifen. Ein Haufen Plastiksprengstoff mit weißen Platinen und Kabeln drum herum.

12

Cole

Cole war sich nicht sicher, was genau er vor sich sah. Es gab weder blinkende Lämpchen noch eine Zeitschaltuhr wie in Filmen, keine Zahnrädchen, keine Antenne; er wusste nicht, ob die Teile mit einem Sender verkabelt waren, trotzdem war das unter dem Elektronikknäuel eindeutig Sprengstoff.

Unwillkürlich hatte er den Atem angehalten. Er musste sich zwingen, wieder Luft zu holen, und hustete, als die heiße Luft und der Rauch in seine Lunge strömten.

»Er will mit Ihnen reden!«

Der Fahrer hatte das Fenster heruntergekurbelt und streckte den Arm nach draußen. Seine zitternde Hand umklammerte das Handy.

Cole griff zu seinem Funkgerät, zögerte dann aber.

Was war verdammt noch mal der Code für eine noch nicht explodierte Bombe?

»Hier 5839. Ich habe einen 994A auf der 49th... in der Nähe der anderen. *Over.*«

Keine Reaktion.

»Er will *sofort* mit Ihnen reden!«, schrie der Fahrer und fuchtelte mit dem Handy herum.

Cole gab seinen Funkspruch noch einmal durch. Immer noch nichts. Er wollte nicht von hier weg – als würde er, indem er flüchtete, die Bombe auslösen. Während überall um ihn herum Leute hin und her rannten, durfte er nicht riskieren, dass irgendwer in den Kofferraum griff, an der Bombe herumhantierte und sie womöglich auslöste.

»*Officer!*«

Vorsichtig und ohne das Schloss einzurasten – nicht dass er dadurch die Bombe zündete –, klappte Cole den Kofferraumdeckel wieder zu. Dann lief er nach vorn und nahm das Handy entgegen. »Was?«

»Das ist aber keine nette Begrüßung.« Eine Männerstimme ohne nennenswerten Akzent. »Mit wem spreche ich? Wie heißen Sie?«

»Cole. Und Sie sind …?«

»Bestimmt Officer Cole, oder? Officer Cole – und weiter?«

»Hundley. Vom Morddezernat des NYPD.«

»Mord? Aber in Uniform? Das ist ja spannend! Sie waren schnell, das muss ich Ihnen lassen. Ich habe diese Leute doch gerade erst vor wenigen Minuten umgebracht.«

Mit einem Mal kam Cole die Stimme bekannt vor. »Bernie?«

»Ah, ein Jordan-Briggs-Fan, das ist ja toll! Das erspart mir einige Zeit! Um unseres lieben Freundes Omar willen ist nämlich jede Sekunde kostbar – ich bin mir sicher, er wird uns dankbar sein, wenn ich es nicht erst minutenlang erklären muss.«

»*Was* erklären?«

»Das Spiel, Detective. Sie sind doch Detective? Ich nehme an, die Uniform ist ein dummer Irrtum. Womöglich tragen Sie die nur vorübergehend. Sie sagten, Sie sind vom Morddezernat – nicht *früher mal* oder *bis vor Kurzem*. Aber was genau heißt das? Sitzen Sie gerade eine Strafe ab, Officer Cole Hundley vom Morddezernat? Haben Sie sich was zuschulden kommen lassen, dass Sie jetzt Streife fahren müssen? Das NYPD ist ja ein lustiger Haufen! Mehr Drama und Politik als in den meisten Vorabendserien! Vielleicht erzählen Sie mir bei Gelegenheit, was genau Sie angerichtet haben, dass Sie ausgerechnet heute Streifendienst hatten.«

Über den Lärm um ihn herum konnte Cole den Mann kaum verstehen. Er presste sich das Handy ans Ohr und ließ den Blick über die Fenster der umstehenden Gebäude schweifen. »Können Sie mich sehen? Woher wissen Sie, dass ich Uniform trage?«

»Sie haben doch nun wirklich andere Sorgen, Officer Hundley. Ich schlage vor, Sie konzentrieren sich auf unser aktuelles Problem. Omar wüsste das bestimmt sehr zu schätzen. Ich glaube, ich habe Sie unterbrochen, als Sie gerade Ihre Entdeckung durchgefunkt haben, stimmt's? Ein 994 ... A? Im Internet steht, das ist der Code für *ungesicherter Sprengsatz* oder *Bombendrohung*, korrekt? Dann mal los. Geben Sie Ihren Funkspruch durch.« Er hielt kurz inne und seufzte. »Oder ... warten Sie. Die kommen sowieso nicht zu Ihnen durch. Der Verkehr in Ihrem Viertel ist heute Morgen die Hölle – schlimmer als sonst! Und das bedeutet, dass Sie der Einzige sind, der zwischen der Bombe und unserem Freund Omar steht. Als Mordermittler und derzeit im Streifendienst sind Sie aber ja ein Mann mit vielen Talenten. Sie haben nicht zufällig schon mal eine Bombe entschärft? Wenn nicht, sieht es für unseren Omar nicht allzu gut aus ...«

Der Fahrer starrte zu Cole hoch. Sein Gesicht war schweißüberströmt.

Cole streckte die Hand nach dem Türgriff aus, bevor ihm wieder einfiel, dass Omar die Tür verriegelt hatte. Tonlos signalisierte er ihm: *Steigen Sie aus! Laufen Sie!*

Omar schüttelte den Kopf.

Cole legte die Hand an den Türgriff und rüttelte daran.

Omars Augen schienen noch größer zu werden. Er schüttelte hektisch den Kopf.

»Ich glaube, der gute Mann will Ihnen zu verstehen geben, dass er nicht aussteigen *kann*. Bevor Sie in unsere Unterhaltung eingestiegen sind, habe ich mir erlaubt, ihm zu erklären, *warum* er nicht aussteigen kann. Und weil gleich mehrere seiner Kollegen und Freunde ihrem Schöpfer gegenübergetreten sind, noch während ich es ihm erklärt habe, ist er geneigt, mir zu glauben. Sehen Sie, dass er den Fuß auf der Bremse hat?«

Cole spähte in den Fußraum. »Ja.«

»Die Bombe im Kofferraum ist mit dem Bremslicht verkabelt. Sobald sie aktiviert wurde, was ich per Fernsteuerung getan habe, hat sie nur darauf gewartet, dass Omar auf die Bremse trat. Das Bremspedal hat den Stromkreislauf unterbrochen. Wenn er jetzt von der Bremse geht, schließt sich der Kreis wieder und ... Tja ... Dann geschieht Omar und den Leuten in nächster Nähe – und das schließt Sie mit ein – etwas ganz Furchtbares. Ich weiß, was Sie jetzt denken, deshalb sage ich es lieber gleich: Im Fahrersitz steckt außerdem ein Gewichtssensor, der mit dem Airbag-Auslöser verkabelt ist und misst, ob jemand auf dem Fahrersitz sitzt oder nicht. Ich war so frei und habe die Bombe auch damit verdrahtet. So bin ich – immer der kleine Streber. Wenn Omar jetzt aussteigt, geht die Bombe hoch. Solange er auf seinem Sitz hocken bleibt und auf der Bremse steht, passiert ihm nichts. Ich weiß so einiges über Omar, zum Beispiel dass er unfassbar hart arbeitet. Er sitzt jetzt schon seit geschlagenen dreißig Stunden in seinem Taxi. Er ist es gewohnt, dort *eine Menge Zeit* zu verbringen. Ich glaube, um ihn müssen Sie sich keine Sorgen machen. Obwohl ... In seinem derzeitigen Zustand ist er vielleicht nicht mehr ganz so stabil, Leute reagieren auf Stress ja sehr unterschiedlich, warten wir es einfach ab. Aber jetzt wird es interessant: Sehen Sie den UPS-Truck auf dem Bürgersteig? Der so schief parkt?«

Der Wagen war Cole bereits aufgefallen. Zwei Räder auf dem Gehweg, Warnblinker an. »Ich seh ihn vor mir.«

»Der Fahrer ist im Augenblick im SiriusXM-Gebäude und liefert ein Paket im zweiundvierzigsten Stock aus – das ist Jordan Briggs' Stockwerk. In dem Paket steckt eine weitere Bombe, die in etwa so groß ist wie die in Omars Kofferraum, nur dass sie anders funktioniert. Diese Bombe explodiert, sobald das Paket geöffnet wird. So einfach ist das. Und außer jeder Menge Plastiksprengstoff habe ich überdies Hunderte Stahlkügelchen mit eingepackt. Wenn das hochgeht, hab ich so meine Zweifel, dass auch nur ein Einziger auf dem Stockwerk überlebt.« Er war kurz weg, und es klang, als hätte er etwas Schweres fallen lassen. Als er sich zurückmeldete, war er leicht außer Atem. »Sie haben die Wahl, Officer Cole Hundley – und es scheint mir eine einfache Entscheidung zu sein: Sie bleiben entweder dort, wo Sie gerade sind, und halten Omars Hand, bis sein Fuß früher oder später vom Bremspedal rutscht. Oder Sie versuchen zu verhindern, dass die zweite Bombe hochgeht. Ich nehme an, Sie könnten versuchen, jemanden zu erreichen, aber ich würde fast wetten, dass in nächster Zeit das Netz überlastet ist. Gerade ruft jeder jeden an – Sie wissen schon. Auch Funk wird schwierig sein, aber ich glaube, das haben Sie bereits festgestellt. In den kommenden Minuten können Sie sich nur *einer* Sache sicher sein: Eine dieser Bomben wird explodieren. Welche das ist, liegt allein bei Ihnen. Ich habe Omar die Regeln bereits erklärt, und er hat Sportsgeist. Willkommen zu meinem Spiel, Officer.«

Und damit hatte Bernie aufgelegt.

Bevor Cole etwas sagen konnte, rief Omar ihm zu: »Laufen Sie! Holen Sie Hilfe!«

13

Jordan

Billy war kreideweiß im Gesicht. »Bleiben wir auf Sendung?«

»Natürlich bleiben wir auf Sendung, verdammt«, schnaubte Jordan.

Beide standen in Jordans Büro am Fenster auf der Abdeckfolie, die der Maler ausgelegt hatte. Charlotte klammerte sich an das Bein ihrer Mutter und presste die Stirn gegen die Scheibe. Unter ihnen hatte sich die 49th in ein Schlachtfeld verwandelt, Jordan konnte es schlichtweg nicht anders beschreiben: Die Explosionen, die qualmenden Autowracks, die kopflos herumlaufenden Menschen – es herrschte das reinste Chaos. Von ihrem Gebäude aus war das Rockefeller Center nicht zu erkennen, aber sie ahnte, wie es dort aussah. Sie war während der Anschläge auf das World Trade Center am anderen Ende des Landes gewesen, weil sie gerade ihr Sophomore Year in Stanford angetreten hatte, aber ... Mannomann, wie sehr sie in diesem Moment Reporterin hatte sein wollen! Die Anschläge waren für ihren Berufswunsch ganz entscheidend gewesen. Sie hatte die Nachrichtensendungen verschlungen, und ihr war klar gewesen, dass sie in die Medienbranche wollte – an die vorderste Front, ans Mikro und vor die Kamera, am allerliebsten mitten hinein. Nichts kam diesem Adrenalinkick gleich. Nichts.

Jules Goldblatt kam völlig aufgelöst in ihr Büro gestürzt,

als wäre er, statt mit dem Aufzug zu fahren, die Treppe heruntergerannt. »Sobald wir wieder vom Notfallmodus gehen, will ich, dass du auf Sendung bist!«

Jordan zog Charlotte enger an sich und schnitt eine Grimasse in Billys Richtung. »Hab ich's nicht gesagt?«

»Mit dem Senator«, fuhr Goldblatt fort.

»Wie bitte?« Jordan fühlte sich, als hätte sie einen Schlag in die Magengrube bekommen. »Niemals! Ich gehe mit dem mobilen Headset raus auf die Straße und mache Interviews. Ich bleibe doch nicht hier!«

»Das gibt die Rechtsabteilung nicht frei.« Er schüttelte den Kopf. »Dafür haben wir keinen Versicherungsschutz. Du bist zu bekannt! Wir wissen nicht mal, ob es schon vorbei ist!«

Jordan ignorierte ihn. »Wie weit reicht mein Headset?«, fragte sie Billy. »Kannst du mich außerhalb des Gebäudes überhaupt noch empfangen? Und ich brauche ein Handmikro, um die Leute zu interviewen. Womöglich sollten wir auch ein, zwei Kameras mitnehmen.«

»Das Headset läuft über Bluetooth oder das Gebäude-WLAN, direkt vor der Tür funktioniert es wahrscheinlich noch, aber auf der Straße? Kann ich nicht garantieren. Ich hab noch ein anderes Modell, das du mit deinem Handy koppeln kannst, nur fürchte ich, das Netz ist überlastet. Vielleicht könnte ich noch ...«

»Deine Tochter ist hier«, ging Goldblatt dazwischen, sah zu Charlotte und zurück zu Jordan. »Du willst doch wohl nicht, dass sie sich um ihre Mommy Sorgen machen muss?«

»Das ging unter die Gürtellinie, Jules. Selbst für einen Mistkerl wie dich.«

Charlotte kniff die Augen zusammen. »Von Erwachsenen erwarte ich eigentlich mehr, Mr. Goldblatt.«

Goldblatt sah aus, als wollte er etwas erwidern, überlegte

es sich dann aber anders. Mit hochrotem Kopf wandte er sich an Jordan: »Wir haben hier einen amtierenden US-Senator zu unserer Verfügung und eine mutmaßliche Terrorattacke direkt vor der Haustür – wenn das mal nicht Unterhaltungsradio vom Feinsten ist!«

»Schick ihn doch zu den Nachrichtenkollegen. Ich bin mir sicher, die reißen sich derzeit um Experten-O-Töne. Mein Ding ist das nicht, das war es noch nie, und das weißt du genau.«

»Heute ist es dein Ding.« Goldblatt griff zum Telefon auf Jordans Schreibtisch und nahm den Hörer hoch. »Muss ich erst Greenstein anrufen, damit er dir eine Dienstanweisung gibt? Oder soll dir die Rechtsabteilung erklären, was ein Arbeitsvertrag ist? Nein? Dann sei einfach brav und mach deinen Job!«

»Du willst nicht wirklich, dass er und ich in einem Zimmer sitzen.«

»Doch, genau das will ich.« Sein Handy summte, und er sah aufs Display. »Wir sind in drei Minuten wieder auf Sendung.« Bevor sie etwas erwidern konnte, drehte er sich zu Billy um und stieß ihm den Zeigefinger gegen die Brust. »Sie haben gesagt, dass Sie sie im Griff haben – also kriegen Sie sie wieder in den Griff! Denn Sie *kann* ich ersetzen.«

Der letzte Rest Farbe wich aus Billys Gesicht. Er nahm beide Hände hoch.

Goldblatt stürmte aus dem Zimmer.

Sofort wirbelte Jordan zu Billy herum. »*Du* willst mir sagen, was ich zu tun habe?«

»Hab ich doch gar nicht behauptet!«

Sie ging neben ihrer Tochter in die Hocke. »Wer sagt deiner Mutter, was sie zu tun hat?«

»Niemand.«

»Und warum nicht?«

»Weil du eine starke, unabhängige Persönlichkeit bist, die sich nichts sagen lässt.«

»Stimmt genau.« Sie strubbelte ihrer Tochter durchs Haar. »Wie wär's, Kleines, wenn du noch ein bisschen bei mir bleiben würdest?«

14

Jordan

Talkgäste von *Overdrive* saßen üblicherweise auf einer stinkvornehmen schwarzen Ledercouch auf der anderen Seite ihres Pults hinter einer Chromspinne, an der mehrere Mikrofone und ein zusätzliches Headset hingen. Sie mochte die Couch aus mehreren Gründen: Sie war irre bequem, zur Not konnte eine ganze Horde darauf sitzen (als im vergangenen Monat Maroon 5 da gewesen waren, waren sie zu acht gewesen), und weil die Couch so weich und ein gutes Stück niedriger war als ihr Stuhl, mussten ihre Gäste zu ihr aufblicken. Sie hatte Fernsehmoderatoren zu Gast gehabt, Schauspieler, alle möglichen Promis – einige der einflussreichsten und mächtigsten Menschen der Welt –, die ihre Hälse verdreht hatten, um von der Couch zu ihr hochzusehen. Auch wenn Jordan nicht machtbesessen war – okay, vielleicht ein kleines bisschen –, hatte sie schon früh in ihrer Karriere gelernt, dass diese spezielle Dynamik sie zur Autorität im Raum machte und die Gäste sich im Handumdrehen fühlten wie Siebenjährige, die vor den Schuldirektor zitiert worden waren. Gefügig, unterwürfig und ehrerbietig sprachen sie mit ihr über Dinge, von denen sie sich geschworen hatten, sie nie laut auszusprechen, und plauderten ihre finstersten Geheimnisse aus. So bekam Jordan die Topstorys, während die Gäste ihre eigenen Anliegen für die Sendung glatt vergaßen.

Sobald Billy in seiner Glaskabine anfing, die Sekunden mit den Fingern runterzuzählen, rutschte der Senator unruhig auf dem Sofa hin und her. Das Leder knatterte unfein, und er lief puterrot an. Jordan liebte es, wenn das passierte.

Charlotte saß auf einem Stuhl neben ihr. Die Kopfhörer auf ihren Ohren waren eindeutig zu groß für ihren kleinen Kopf.

»Danke, dass Sie mich so kurzfristig in Ihre Sendung gebeten haben«, sagte Senator Moretti. »Ich glaube, wir sollten einsteigen, indem ich den Zuhörern erzähle, was meine Ansichten zur Terrorismusbekämpfung sind und was ich unternehme, um Waffen von unseren Straßen zu verbannen. Ich weiß schon – das hier hat mit Schusswaffen nichts zu tun. Aber die Überleitung kriegen wir hin. Ich habe zusammen mit Ted Mercer einen Gesetzesentwurf vorgelegt, den wir zwar noch im Senat durchboxen müssen, aber dieses Gesetz würde es den Bundesbehörden erlauben, auch ohne richterlichen Beschluss Privatwohnungen und -fahrzeuge zu durchsuchen, sobald der Verdacht auf einen geplanten Terrorakt vorliegt. *Perfektes Timing für dieses Thema.*«

»Ich kann mir einfach nicht vorstellen, dass irgendwer die aktuelle Lage zugunsten seiner persönlichen Interessen ausschlachten wollen würde«, erwiderte Jordan offen sarkastisch, doch er schien es nicht zu bemerken.

»Es ist eine Tragödie, so viel ist klar. Aber vielleicht führt diese Tragödie dazu, dass wir endlich etwas verändern können. Normalerweise sollte ich in solchen Sendungen über derlei Themen überhaupt nicht sprechen – aber es wäre gut für Ihre Quote und für mein politisches Profil. Eine Win-win-Situation. Wenn Sie mir die richtigen Fragen stellen, kriegen Sie von mir die perfekten Antworten.« Er zählte die Punkte an den Fingern ab: »Terrorismusbekämpfung allgemein, Schusswaffenkontrolle, der Moretti-Mercer-Entwurf. Sie bestimmen die Reihenfolge. Ich kann jederzeit spontan darauf reagieren.«

»Aha.« Jordan sah ihn nicht einmal an. *Gott, glaubt eigentlich irgendwer, dass dieser Spray-Tan echt aussieht?* Sie warf einen Blick auf Bildschirm zwei.

Leitung 1: Sheila (Kansas City, guckt Nachrichten)
Leitung 2: Ardis (Midtown NYC, kann den Rauch sehen)
Leitung 3: Tara (Chicago, will wissen, wer dahintersteckt)
Leitung 4: Deb (gerade zu den Nachrichten aufgewacht, will wissen, ob du okay bist)
Leitung 5: Frank (hat gehört, es wären Gasleitungen gewesen)

Sie hatte keinen Schimmer, wie diese Leute überhaupt eine stabile Leitung zustande gebracht hatten. Sie selbst hatte es gar nicht erst ausprobiert, aber jedes Mal, wenn im Irak ein Terrorist nieste, brach in New York das Telefonnetz zusammen. Keine Ahnung, wie viele Leitungen es in New York gab und ob die moderne Telefonie überhaupt noch auf das alte Telefonnetz zurückgriff.

Charlotte lächelte zu ihr herüber, und Jordan versuchte, nicht darüber nachzudenken, dass sie sich derzeit im zweiundvierzigsten Stock eines der prominentesten New Yorker Wolkenkratzer mit nur mäßig brauchbaren Fluchtwegen befanden. Außerdem versuchte sie zu verdrängen, dass Manhattan eine Insel war, von der man nur über eine Handvoll Wege herunterkam – und zwar zeitgleich mit acht Komma sieben Millionen anderen, die im Augenblick bestimmt das Gleiche dachten. Das Wort *Falle* kam ihr in den Sinn.

Über Kopfhörer meldete Billy, dass sie wieder auf

Sendung waren. Sie hatte das Licht über ihrem Tisch übersehen.

Charlotte machte ein Hohlkreuz und sah zu Billy. Auch sie hatte seine Ermahnung gehört und reckte den Daumen.

Der Senator versuchte vergeblich, sich aufrecht hinzusetzen. Er scharrte schon mit den Hufen.

»Ich habe heute einen ganz besonderen Gast«, sagte Jordan, »jemanden, den ich mehr als jeden anderen auf diesem Planeten bewundere. Intelligent, schlagfertig – die Art, wie wir alle sein wollen. Und vielleicht eine der besten Umarmerinnen im Großraum New York.«

Der Senator zog die Stirn kraus.

»Sag allen Hallo, Charlotte!«

Charlotte beugte sich vor zu ihrem Mikrofon. »Hallo.«

»Ziemlich beängstigender Tag, was?«

»Ich hab keine Angst.«

»Nicht?«

»Nein.«

»Aber solltest du nicht Angst haben? Direkt vor unserer Tür sind mehrere Autos explodiert – und ein paar Blocks weiter hat es ebenfalls Explosionen gegeben. Wir werden angegriffen. Da ist es in Ordnung, Angst zu haben. Sicher, dass du keine Angst hast? Nicht mal ein bisschen?«

»Nein, kein bisschen.«

»Und warum nicht?«

»Weil ich New Yorkerin bin und der Angreifer mich mal kreuzweise kann.« Dazu nickte sie trotzig.

Jordan streckte sich nach Charlottes Hand aus. »Gutes Mädchen!«

»Na klar.«

Jordan drehte sich zu ihrem Mikro um. »Mir fällt nichts ein, wirklich rein gar nichts, was dem noch hinzuzufügen wäre.«

Aus den Augenwinkeln erhaschte sie einen Blick auf

Jules Goldblatt, der in Billys Kabine stand. Sie hatte ihn dort nicht eintreten sehen, und er konnte noch nicht lange da sein. Er sah nicht glücklich aus.

Scheiß auf ihn.

Auf dem dritten Bildschirm tauchte eine Nachricht auf – allerdings nicht von Billy, sondern von ihrer Rezeptionistin.

SARAH: *Hey, UPS hat ein Paket für Charlotte hier abgegeben.*

Charlotte musste die Nachricht ebenfalls gelesen haben. Sie riss sich die Kopfhörer von den Ohren und war schon halb durch die Tür, ehe Jordan sie festhalten konnte. Das Paket würden sie gemeinsam in der nächsten Werbepause abholen.

Mit einem Blick auf den LED-Monitor an der Wand fuhr sie fort: »Ihr seid gerade gut fünf Komma zwei Millionen, die mir zuhören, und das Letzte, was ich jetzt will, ist diesen Mistkerlen, die hinter den Anschlägen stecken, auch nur den Bruchteil einer Sekunde Sendezeit zu widmen. Das haben sie nicht verdient. Jetzt darüber zu reden würde ihnen nur eine Bühne bieten. Wenn ihr das wollt, sucht euch einen anderen Sender. Ich bin mir sicher, da gibt es derzeit so einige. Die Nachrichtenkanäle sabbern wahrscheinlich schon bei der Aussicht auf die Quoten.«

Sie legte eine Pause ein. Was sie als Nächstes sagen würde, musste sitzen.

»Menschen haben heute Angehörige verloren. Hoffentlich gibt es nicht allzu viele Opfer, aber selbst eins ist ein Opfer zu viel. Aus Respekt vor denjenigen, die betroffen sind, werde ich nicht über diese Vorfälle reden. Das überlasse ich den ehrloseren Sendern dort draußen.«

Die Ledercouch schien den Senator, der in die Polster

zurücksackte, förmlich zu verschlingen. In seinem Gesicht wechselten sich Wut und Verwirrung ab. Er drehte sich nach Jules in Billys Kabine um und wusste eindeutig nicht, was er jetzt tun sollte.

Jordan lächelte ihn an. »Heute ist außerdem bei uns: der geschätzte Senator Alonzo Moretti aus Buffalo. Legen Sie los. Erzählen Sie doch mal, warum Sie heute hier sind.«

15

Cole

Jordan Briggs' Stimme kam aus jedem Lautsprecher im Gebäude, selbst aus den Lautsprechern in den Aufzügen. Solange Cole sie reden hörte, konnte er sich sicher sein, dass die Bombe noch nicht hochgegangen war. Das Paket war entweder noch auf dem Weg hinauf in den zweiundvierzigsten Stock, oder es lag irgendwo auf einem Schreibtisch. Er hatte mehrmals versucht, die Zentrale per Funk zu erreichen, war aber nicht mehr durchgekommen. Als er es erneut mit dem Handy probiert hatte, hatte er dieselbe *Unsere-Leitungen-sind-derzeit-überlastet*-Nachricht gehört wie bei seinen vorangegangenen ein Dutzend Versuchen.

Er hielt immer noch Omars Handy in der Hand. Mist. Er war so schnell losgerannt, dass er es völlig vergessen hatte. Er hatte auch keinen Asservatenbeutel zur Hand, also schob er es sich in die Tasche – er hatte gerade andere Probleme.

Die Stockwerkanzeige zählte nur langsam hoch.

20.

21.

Gerade stellte Jordan dem Senator eine Frage, auf die er nicht antwortete. Es herrschte einfach nur Stille – und Cole konnte an nichts anderes denken als an die Bombe. Dann sagte Jordan: »Für einen Politiker sind Sie aber nicht gerade redselig.«

Als der Senator zu guter Letzt das Wort ergriff, klang er nervös und verunsichert. »Ich bin bloß ...«

»Bloß was?«

»Überrascht.«

Konnte Bernie gewusst haben, dass der Senator heute im Studio war?

Hatte er es in Wahrheit auf ihn abgesehen?

30.

31.

32.

»Warum unterhalten wir uns nicht über Ihre Pläne für die Gesundheitsreform?«

Der Senator räusperte sich. »Ich bin mir nicht sicher, ob das angesichts der Lage angebracht wäre ...«

»Hab ich nicht irgendwo gelesen, dass Sie vorgeschlagen haben, Krankenversicherungsbeiträge am Gewicht festzumachen? Wie genau soll das funktionieren? Sollen Übergewichtige einen Zuschlag für ihre Versorgung bezahlen?«

Er klang eindeutig defensiv, als er sagte: »Na ja, das wäre doch stark vereinfacht ... Aber nachgewiesenermaßen steigt jenseits des Normalgewichts das Risiko für Erkrankungen – und somit steigen mittelbar auch die Kosten für eine medizinische Behandlung. Studien haben ergeben, dass Leute eher Sport treiben und versuchen, ihr Idealgewicht zu halten, wenn Zusatzausgaben etwa in Form von Sonderbeiträgen an sie zurückgereicht werden. So würden die Kosten für eine Gesundheitsversorgung in den Händen jedes Einzelnen liegen ...«

»Als eine Art Fettsteuer.«

»Es geht dabei um Motivation ...«

»Sie haben also kein Problem mit übergewichtigen Menschen?«

»Natürlich nicht!«

Es klickte ein paarmal im Kopfhörer, und die aufgezeichnete Stimme des Senators erklang – leicht gedämpft und wie aus einiger Entfernung: *»Herrgott, Jonny, warum darf man Yoga-Pants nicht nur bis zu einer bestimmten Gewichtsklasse tragen?«*

Wieder ein Klicken.

»Haben Sie das gesagt?«, wollte Jordan wissen.

Der Senator antwortete nicht.

»Klang nach Ihrer Stimme.«

39.

40.

»Das ist schon ewig her! Ich wusste nicht, dass das Mikro an war. Das war auch keine ernsthafte Unterhaltung, bloß eine…«

Das Glöckchen schlug an, als der Fahrstuhl den zweiundvierzigsten Stock erreichte. Erst gingen die Türen nicht auf, die Kabine schien einfach nur stillzustehen, und Cole hatte sich schon nach dem entsprechenden Knopf ausgestreckt. Im selben Moment glitten die Türen auf.

Der Empfang war verwaist.

Neben weiteren Stimmen hallte auch die von Jordan durch die Flure. Als er aus der Fahrstuhlkabine trat, sah er eine Handvoll Leute vor den Fenstern der vorderen Büros stehen und auf das Durcheinander unten auf der Straße blicken.

»Mein Gott, ist alles in Ordnung mit Ihnen?«

Ein hagerer Typ Anfang zwanzig war wie angewurzelt auf dem Flur stehen geblieben und starrte Cole an. Seine Gesichtshaut war käsig und die linke Wange von Aknepusteln übersät. Er hatte sich das dunkle Haar zurückgekämmt; er brauchte dringend einen neuen Haarschnitt. Auf der Schulter seines Metallica-T-Shirts prangte irgendein Fleck.

Cole sah an sich hinab und stellte erst jetzt fest, dass sein Ärmel zerfetzt und er über und über mit rußigem Dreck bedeckt war. In seiner linken Handfläche klebte getrocknetes Blut aus einer Schnittwunde. Doch nichts davon war derzeit wichtig. »Wo landen die UPS-Sendungen?«

Der Junge rührte sich nicht. Starrte ihn einfach nur an.

»Die ... UPS ... Sendungen!«, wiederholte Cole und betonte jede Silbe.

Der hagere Junge nickte zum Rezeptionstresen. »Sarah nimmt sie entgegen und verteilt sie. Ich könnte sie suchen gehen ...«

Am Ende des Tresens am Boden entdeckte Cole mehrere Kartons. Er rannte darauf zu und sah sie durch – sechs unterschiedlich große Versandschachteln, alle von UPS. Er hatte keine Ahnung, wonach er suchte, Bernie hatte nichts weiter gesagt.

»Ich ... gehe Sarah suchen«, stammelte der Junge.

»Das Stockwerk muss evakuiert werden!«, brüllte Cole, doch als er aufblickte, war der Junge bereits verschwunden.

Er versuchte es erneut über Funk – ohne Erfolg. Als er es wieder per Handy probierte – derselbe *Leitungen-überlastet*-Scheiß. Er zog das Telefon vom Tresen am Kabel zu sich her und hämmerte die 911 ein. Nichts. Womöglich musste er erst eine Nummer vorwählen, um nach draußen zu kommen. Er musste es zumindest versuchen. Unter 9-911 klingelte es zweimal, dann eine Bandansage: *Sie sind mit der Einsatzzentrale der New York Emergency Services verbunden. Derzeit kommt es zu längeren Wartezeiten. Ihre geschätzte Wartezeit beträgt dreizehn Minuten und ...* Cole legte auf und wählte die Durchwahl seines Lieutenant. Wieder die *Leitungen-überlastet*-Ansage. Er hatte keine Ahnung, wie er das Sprengkommando erreichen sollte, ohne erst über die Zentrale zu gehen.

Und er hatte auch keine Ahnung, wie er selbst eine Bombe entschärfen sollte.

Ohne auch nur einen der Kartons anzufassen, ging er daneben in die Hocke und überflog die Etiketten. Es handelte sich um drei Amazon-Lieferungen und ein Paket von einer gewissen Tawny Mulvey. Alle vier waren an Jordan Briggs adressiert. Die anderen beiden Etiketten konnte er nicht erkennen – ein Paket lag mit dem Etikett nach unten, das andere hätte er wahrscheinlich nur drehen müssen – aber in jedem Fall bewegen.

»Kann ich irgendwie helfen?«, hörte er eine Frauenstimme neben sich.

Als Cole aufblickte, stand die Empfangsdame im roten Blazer vor ihm. Hinter ihr stand der Junge im Metallica-T-Shirt. Die Empfangsdame hielt einen weiteren Karton im Arm.

»Ist der gerade mit UPS gekommen?«

Als er sich danach ausstreckte, wich sie jäh zurück, und in dem Karton klapperte es.

Cole rutschte das Herz in die Hose, und er kniff die Augen zusammen.

Die Rezeptionistin sah ihn misstrauisch an. Zweifellos hatte sie ihn wiedererkannt.

»Setzen Sie den Karton vorsichtig ab und helfen Sie mir, das Stockwerk zu evakuieren.«

Einen Moment lang sah es so aus, als wollte sie ihm widersprechen. Dann schien der Groschen zu fallen. Ob sie nun wusste, was draußen vor sich ging, ob es seine aktuelle Erscheinung war, die zerfetzte Uniform, irgendwas in seiner Stimme – oder alles auf einmal: Schlagartig war sie kreidebleich und legte den Karton behutsam auf dem Boden ab. Er war an jemanden namens Billy Glueck adressiert und stammte von einer Firma aus Jersey namens @HomeApparel.

Sie sah ihn nervös an. Als sie erneut das Wort ergriff, zitterte ihre Stimme: »Da war noch ein Paket ...«

Als sie Jordans Büro erreichten, saß Charlotte vor dem Versandkarton und hatte ihn bereits geöffnet.

16
Cole

Cole blieb in der Tür stehen und gab den anderen zu verstehen, dass sie Abstand halten sollten. Mit der Hand an der Wand spähte die Empfangsdame an ihm vorbei ins Zimmer. Der Metallica-Junge hielt sich hinter ihr. Diverse andere mussten gewittert haben, dass etwas im Busch war: Nach und nach hatte sich ein ganzes Grüppchen auf dem Flur zusammengerottet. Er hatte ihnen bereits zugerufen, dass sie das Stockwerk übers Treppenhaus verlassen sollten, trotzdem tauchten immer mehr Leute auf. Er hatte keine Ahnung, wie viele auf diesem Stockwerk arbeiteten, aber sie alle schienen in etwa so autoritätshörig zu sein wie ihre Chefin ...

Charlotte hatte ihn noch gar nicht bemerkt. Sie starrte stirnrunzelnd in die Kiste.

»Charlotte?«

Als sie aufblickte, sah sie halb wütend, halb frustriert aus.

»Das ist kaputt«, sagte sie und griff in den Karton.

Cole stürzte nach vorn, schlitterte über die Malerfolie auf dem Boden auf das Mädchen zu, packte es an beiden Armen, zerrte es weg und rollte sich ausgerechnet so ab, dass er mit dem Rücken und der rechten Schulter, die ihm sowieso schon wehtat, weil er gegen den Transporter gedonnert war, seitlich in einen großen Eichenschreibtisch krachte.

Charlotte krabbelte von ihm weg und starrte mit vor Angst weit aufgerissenen Augen erst Cole, dann ihr Päckchen an.

Cole wollte nicht, dass sie in Panik geriet. Er legte sein entwaffnendstes Lächeln auf und streckte die Hand nach ihr aus. »Charlotte, du musst jetzt ganz langsam aufstehen und das Zimmer verlassen, okay?«

Sie schüttelte den Kopf.

»Bitte, Mädchen.«

»Nein. Das da gehört mir. Ohne das gehe ich nirgendwohin.« Sie verschränkte die Arme vor der Brust und funkelte ihn böse an.

War hier oben etwas im Trinkwasser?

Omars Handy war ihm aus der Tasche gefallen und lag mitten im Zimmer auf dem abgedeckten Boden.

»Okay, dann bleib stehen, wo du jetzt bist. Keine Bewegung. Versprichst du mir das?«

»Sie sehen schmuddelig aus«, stellte sie stattdessen fest. »Ich glaube nicht, dass Sie ein guter Polizist sind.«

Cole ließ sie nicht aus den Augen, während er langsam auf den offenen Karton zuging. Er konnte das Etikett auf dem Deckel sehen – es war persönlich an Charlotte Briggs adressiert, allerdings unter der Adresse des Radiosenders. Was ihm nicht groß weiterhalf. Aber es war eindeutig der richtige Karton.

Tausende winzige Metallkügelchen reflektierten das Licht, das durchs Fenster hereinfiel. Die Kiste war randvoll davon. Cole hatte damit gerechnet, einen Fernzünder oder eine andere Vorrichtung auf einem Bett aus Sprengstoff vorzufinden, genau wie in Omars Wagen, aber davon war nichts zu sehen. Stattdessen lag halb vergraben zwischen den Kügelchen eine Puppe. Eine ziemlich alte Puppe mit Porzellankopf und einem gelben Satinkleidchen. Eine der zierlichen Puppenhände war abgebrochen, und der Kopf wies vom Haaransatz bis zum Hals einen Sprung auf. Ein Auge fehlte. Auf dem Puppengesicht und auf dem Kleid waren Flecken, die aussahen wie getrocknete Blutspritzer. Außerdem lag in der Kiste eine Nachricht.

Mama war ein böses Mädchen. B.

Keine Bombe. Trotzdem gruselig.

»Kann ich die Puppe jetzt haben?«

Cole schüttelte den Kopf. Und rief sich wieder ins Gedächtnis, dass er atmen musste. Langsam griff er in den Karton.

Im selben Moment erschütterte ein ohrenbetäubender Knall das Gebäude. Coles Herz krachte gegen seine Rippen, und er riss die Hand zurück, erwartete schon, dass aus dem Karton ein Feuerball aufsteigen und ihn, das Zimmer, alle rundherum verschlingen würde – aber nichts in der Art passierte. Stattdessen klirrten die Fenster, und die Leuchtstoffröhren unter der Decke flackerten. Auf dem Flur kreischten die Leute auf, weiter entfernt ebenso, und direkt vor dem Fenster stieg eine schwarze Wolke auf, die von der Straße heraufwogte.

Omars Taxi …

Zu Tode verängstigt kauerte Charlotte sich an der Wand zusammen.

Dann fing Omars Handy auf dem Boden an zu klingeln.

Cole spürte, wie Wut, Hass und Verachtung in seiner Magengrube loderten. Er schnappte sich das Telefon und drückte auf Sprechen. »Du verdammtes Arschloch!«

Erst antwortete niemand, und Cole dachte schon, die Leitung sei zusammengebrochen. In Anbetracht der Lage war es ein Wunder, dass der Anruf überhaupt durchgegangen war. Doch dann fragte eine zaghafte Stimme: »Wer ist da?«

»*Wer sind Sie?*«, schrie Cole in den Hörer.

»Detective Garrett Tresler vom NYPD ... Cole, bist *du* das?«

Cole starrte das Handy in seiner Hand an. Eine Sekunde lang glaubte er, es wäre seins und nicht das von Omar – aber das stimmte nicht, es war ein Android-Gerät, seins war ein iPhone – er tastete über seine Hosentasche, und es war immer noch da. »Tresler? Woher hast du diese Nummer?«

Treslers Stimme klang gedämpft. Als würde er das Mikro zuhalten und mit jemand anderem sprechen. Einen Augenblick später war er wieder dran. »Ich bin bei diesem Doppelmord in Brooklyn, den ich vorhin erwähnt habe. Ich habe die Wahlwiederholungstaste auf dem Festnetztelefon gedrückt, um herauszufinden, mit wem diese Leute zuletzt gesprochen haben. Wieso bist *du* rangegangen?«

»Wann bist du dort angekommen?«

»Gerade erst vor ein paar Minuten. Bei dem ganzen Chaos ...«

Cole rief sich Bernies Radiounterhaltung mit Jordan ins Gedächtnis. *Was hatte er erwähnt?* »Brooklyn, Seventh Avenue, in der Nähe vom Prospect Park?«

»Das stimmt. Woher weißt du das?«

»Gott, er hat vom Tatort aus angerufen!«

»Wer?«

Er erzählte es ihm.

Im Radio zerlegte Jordan unterdessen den Senator. Sie hatte ihn wegen seiner Haltung gegenüber Sozialhilfeempfängern vorgeführt – in jüngster Zeit hatten gleich mehrere unschöne Geschichten in den Zeitungen gestanden. Er versuchte zwar, sich zu verteidigen, doch sie fiel ihm ins Wort. »Bevor Sie noch mehr Floskeln von sich geben – warum unterhalten Sie sich nicht mit jemandem, der selbst Stütze bezieht? Wir haben ihn aus der Leitung verloren, aber es sieht ganz danach aus, als wäre er wieder da. Vielleicht können wir ihn draufschalten? Bernie? Bist du wieder dran?«

17

Jordan

Der Senator kochte vor Wut. Sein Gesicht war rotfleckig. Er rutschte auf dem Sofa herum und sah abwechselnd zur Tür und zu seinem Kumpel Jules in Billys Kabine. Gleich würde er in die Luft gehen. Sie rechnete jeden Moment damit, dass er aus dem Studio stampfte, dass er einfach aufstand und ging – aber ihm musste gedämmert haben, dass er dann nur umso schlechter dastünde.

Leitung 1: Shannon (St. Louis, glaubt, es war der Iran)
Leitung 2: Ardis (Midtown NYC, kann den Rauch sehen)
Leitung 3: Tara (Chicago, will wissen, wer dahintersteckt)
Leitung 4: Bernie (will das Gespräch von vorhin beenden)
Leitung 5: Frank (hat gehört, es wären Gasleitungen gewesen)

Jordan öffnete Leitung vier. »Bernie, bist du da?«

Diesmal war seine Stimme klarer. Er musste das Telefon gewechselt haben. »Hat deine Tochter mein Geschenk bekommen?«

»Was denn für ein Geschenk, Bernie?«

»Nur eine Kleinigkeit von mir für euch. Ein kleiner Spaß aus der Vergangenheit, um die heutigen Feierlichkeiten einzuläuten.«

»Feierlichkeiten?«

»Was deine Mitstreiter gerade einen Terroranschlag nennen.«

»Hast du nicht zugehört? Darüber sprechen wir nicht, Bernie.«

»Nein? Ich finde schon, dass wir darüber sprechen sollten. Immerhin warst du der Auslöser.«

»Was, *ich*?«

»Ich hab dir die Wahl überlassen, und du hast dich für die Taxis entschieden.«

»Du meinst dein Spielchen?«

»*Unser* Spielchen, Jordan. Wir spielen zu zweit.«

BILLY: *Wahrscheinlich redet er Bullshit, aber die Berichte von draußen sprechen von Taxis, insgesamt 7!*
Jordan sah zu ihm rüber und schrieb: *WTF meint er mit dem Geschenk für Charlotte?*
BILLY: *Keine Ahnung.*
JORDAN: *Wo ist sie?*
BILLY: *Bin mir nicht sicher. Bei Sarah vielleicht?*
JORDAN: *Wie lange bis zur Werbung?*
BILLY: *2 Min*

Jordan ging näher ans Mikrofon heran. »Willst du mir gerade erzählen, du hättest sieben Taxis in die Luft gejagt?«

»Ja, die Ehre gebührt mir. Sieben kleine Taxifahrer – *bumm* – sind nicht mehr hier.«

»Wow, Liedchen singen kannst du auch? Du hast echt Talent, Bernie.«

»Warum fragst du nicht Officer Cole, was für Talente ich sonst noch habe? Wetten, er steht gerade vor deiner Tür?«

Jordan blickte auf. Hinter dem schmalen Glaseinsatz in der Studiotür stand der Cop vom Morgen. Er war von Kopf bis Fuß rußig, sah zu ihr und hämmerte mit der Faust gegen die Scheibe, auch wenn sie nur ein gedämpftes Klopfen hörte.

BILLY: *Soll ich ihn reinlassen?*

Jordan nickte.

Billy beugte sich über sein Pult und drückte auf einen Schalter. Das LED-Licht über der Tür sprang von Rot auf Grün, und die Tür schwang auf.

Der Polizist hielt einen Karton in der Hand. Jordan hob den Zeigefinger an die Lippen und drehte sich wieder zum Mikrofon. »Hier sind keine Cops, Bernie.«

»Ich glaube, wir wissen beide, dass das gelogen ist. Wie schade. Ich dachte, wir wären Freunde.«

»Sind wir, Bernie. Wir beide, wir sind so was wie beste Freunde.«

»Dann sag die Wahrheit. Du sitzt an deinem Tisch, und dein treues Helferlein Billy Glueck steht mit deinem Programmchef Jules Goldblatt – der heute nicht sehr glücklich mit dir ist – in seiner Kabine. Senator Moretti sitzt auf dem Gästesofa gegenüber und sieht noch unglücklicher aus als Goldblatt. Überdies steht ein gewisser Detective Cole Hundley mit Charlottes Geschenk in der Tür. Richte ihm doch bitte aus, wie unfein es ist, dass er einem Kind ein Geschenk wegnimmt. Er sollte es ihr zurückgeben, wirklich. Mit einer Mutter wie dir hat sie eine kleine Aufmerksamkeit mehr als verdient.«

Gegenüber in der Kabine klappte Billy die Kinnlade runter. Er sah zu den Kameras an der Decke. Dort hingen fünf, zwei weitere standen auf Stativen in der Zimmerecke. Sie waren vor Jahren montiert worden, als Entertainment Network mit einem üppigen Scheck gewinkt hatte, um Jordan während der täglichen Sendung zu filmen. Allerdings übertrugen sie die Bilder lediglich montags bis mittwochs, den Rest der Woche nicht. Sie hatte heute noch niemanden aus dem Team gesehen, und es blinkte auch nirgends ein rotes Lämpchen.

BILLY: *Ich hab sämtliche Livefeeds auf dem Bildschirm, sie sind alle schwarz. Kein Signal. Vielleicht hat er nur geraten?*

»Wie viele Finger halte ich hoch, Bernie?«, wollte Jordan wissen.

Er zögerte kurz. »Keinen. Du hast beide Hände auf dem Tisch.«

Der Polizist stand immer noch wie angewurzelt da und sah sie verwirrt an. Natürlich – er konnte schließlich nur die Hälfte ihrer Unterhaltung hören. Sie zeigte auf die Kopfhörer an der Chromspinne vor dem Senator, und der Polizist setzte sie sich auf.

»Tut mir leid wegen Omar, Detective«, sagte Bernie. »Er hat einen netten Eindruck gemacht. Aber ich musste mein Anliegen unmissverständlich rüberbringen. Heutzutage hat ja niemand mehr feine Antennen – wir schlagen morgens die Augen auf und hetzen durch den Tag, bis wir abends den Kopf auf unser Memory-Foam-Kissen legen. Die Leute verstehen das Konzept *subtil* nicht mehr. Man muss ihnen eins über den Schädel geben, mit einem schweren Gegenstand, sonst merken sie nichts. Guck an jedem beliebigen Tag in einer Stadt wie New York aus dem Fenster, und jeder starrt nach unten auf sein Telefon. So laufen die Leute den Gehweg entlang. So überqueren sie die Straße und laufen vors nächstbeste Auto. Nehmen gar nichts mehr wahr. Merken doch kaum noch, dass da draußen jenseits ihrer Blase eine Welt existiert. Aber heute verändern wir das. Zum ersten Mal seit langer Zeit leben wir alle in derselben Blase.«

»Bernie«, sagte Jordan, »gleich kommt ein vorprogrammierter Werbeblock, den ich nicht abschalten kann. Wir müssen unterbrechen.«

»Du magst den Senator nicht sonderlich, was?«

Jordan warf dem Mann auf dem Sofa einen flüchtigen Blick zu. »Ich glaube, ich habe deutlich gemacht, dass ich ihn für eine abscheuliche Person halte.«

»Trägt Officer Cole eine Schusswaffe?«

Sie musste nicht einmal hinsehen. »Ja, warum?«

»Ich will, dass du sie dir nimmst und dem Senator eine Kugel in den Kopf jagst.«

»Das mache ich nicht, Bernie.«

»Die korrekte Antwort lautet: ›Noch nicht jetzt, Bernie‹, weil du nämlich nicht zögern wirst, wenn ich es in ein paar Stunden noch einmal sage. Du …«

Dann war die Leitung tot.

»Heilige Scheiße«, hörte sie Billy fluchen. »*Abbruch!*«

Der Polizist riss sich die Kopfhörer herunter und sah zur Kabine. »Haben Sie ihn aus der Leitung geworfen?«

Jordan schüttelte den Kopf. »Wir haben zur halben und vollen Stunde feste Werbeblöcke. Der Computer unterbricht die Sendung automatisch, um die Sende-ID zu übertragen – hat irgendwas mit der Prüfung durch die Sendekommission zu tun. Das steuern nicht wir. Um unsere Sendelizenz aufrechtzuerhalten, werden in regelmäßigen Abständen die Leitungen unterbrochen, damit neue Leute die Chance haben durchzukommen.« Sie atmete tief durch. »Verdammte Hacke. Was war das gerade?«

Der Senator schleuderte seine Kopfhörer zu Boden. Dann fuchtelte er mit dem Zeigefinger in ihre Richtung. »Sie blöde Schlampe!« Ehe sie etwas erwidern konnte, war er nach draußen gestürmt.

Auch Jordan legte ihr Headset beiseite. »Wo ist Charlotte?«

Als sie sich an dem Polizisten vorbeischieben wollte, hielt der sie fest.

»Lassen Sie mich durch!«

»Charlotte ist in Sicherheit – in Ihrem Büro. Aber wir müssen uns unterhalten.«

»Ich will meine Tochter sehen!«

Jules Goldblatt marschierte mit hochrotem Gesicht auf sie zu. »Du bist so was von erledigt!«

Jordan drehte sich zu ihm um. »In meinem Vertrag steht, dass ich hinsichtlich der Talkgäste das letzte Wort habe. Nicht du, nicht die Chefetage – sondern ich. Ich hab dir gesagt, dass ich ihn nicht will, ich hab es klipp und klar gesagt. Du hast ihn mir aufgedrängt. Und jetzt willst du mich deswegen feuern? Versuch's, und ich klage dich in Grund und Boden – und den Prozess streame ich live. Ich kassiere von der Firma fünfzig Millionen und gehe mit einer Margarita in der Hand auf den Bahamas in Rente. Nie wieder um drei Uhr aufstehen. Nie wieder Stau. Nie wieder mit Wichsern wie dir zusammenarbeiten. Versuch's, Jules, und schau, was am Ende dabei herauskommt. Was glaubst du wohl, wo jemand – wenn sich der Staub gelegt hat – noch Arbeit findet, der eine Jordan Briggs hat gehen lassen?«

Als sie diesmal aus dem Studio marschierte, hielt der Polizist sie nicht auf. Jules Goldblatt ebenso wenig.

Über die Schulter rief sie Billy zu, der alles vom Flur mit angehört hatte: »Diese verfluchten Kameras abhängen, und zwar sofort!«

18
Cole

Cole entdeckte sie vor dem Fenster in ihrem Büro, wo sie ihre Tochter fest an sich drückte. Ohne sich zu ihm umzudrehen, sagte sie: »Hier rufen ständig Verrückte an. Das ist nichts Neues. Stern hat erzählt, als das World Trade Center eingestürzt war, hatten sie zig Spinner in der Leitung, die es alle gewesen sein wollten. Mir hat nur Angst gemacht, dass einige davon wirklich fest daran glaubten. Dieser Typ ist da keine Ausnahme. Wenn ich gewusst hätte, was er vorhatte, hätte ich ihn nicht auf Sendung gelassen. Wenn solche Leute eine Bühne bekommen, gießt man nur Öl ins Feuer. Man muss ihnen den Sauerstoff entziehen und die Luft abdrehen – genau wie diesem Arschloch von Senator.«

»Er hat nicht gelogen.«

»Woher wollen Sie das wissen?«

Cole sah flüchtig zu Charlotte.

Jordan hatte den Wink verstanden. Sie drückte ihre Tochter noch einmal an sich, ging vor ihr in die Hocke und strich ihr eine Haarsträhne aus dem Gesicht. »Gibst du uns eine Minute?«

»Sagst du ihm bitte noch, dass ich mein Geschenk haben will?«

»Klar.«

Charlotte schlurfte zur Tür und sah erst den Karton, dann Cole an.

»Sir, Sie sind nicht vertrauenswürdig«, sagte sie noch, bevor sie um die Ecke verschwand.

Sobald sie weg war, kehrte Jordan zum Fenster zurück und sah hinunter zur Straße. »Ich kann mit Spinnern umgehen. Die meisten sind harmlos, aber wenn sie meine Tochter ins Spiel bringen, fahre ich die Krallen aus. Wenn einer von denen ihr etwas schickt ...« Sie sprach den Satz nicht zu Ende. »Das ist sogar schon öfter vorgekommen. Sarah weiß ganz genau, dass sie ihr nichts in die Hand drücken darf, bevor jemand es kontrolliert hat. Ich weiß nicht, was sie sich dabei gedacht hat. Ich hab von vollgeschissenen Unterhosen bis zu toten Ratten schon alles Mögliche geschickt bekommen – und selbst wenn es gut aussieht, selbst Kekse oder Süßigkeiten wandern auf direktem Weg in den Müll. Das isst hier niemand. Sogar Karten und Briefe sind verdächtig – dank dieser Milzbrand-Geschichte vor einigen Jahren. Ich gehe ja gern davon aus, dass die meisten Leute nur Gutes wollen, aber heutzutage darf man sich nicht mehr darauf verlassen. Als ich schwanger wurde, wollte Nick, mein Ex, dass ich die Schwangerschaft verheimliche. Nur so könnte ich die Kleine in dieser verrückten Welt beschützen. Ich hätte gar nicht gewusst, wie man so etwas verheimlichen sollte – wenn ich die Straße runterlaufe, schwirren Paparazzi um mich herum. War immer schon so. Die haben sich auf mich gestürzt, noch bevor wir Nicks Vorschlag austesten konnten. Die Fotos von meinem Babybauch waren online, bevor ich irgendwem erzählt habe, dass ich schwanger war. Und ab da wurde es immer schlimmer. *Page Six* war der Geburtstermin eine komplette Seite wert. Die haben einer Krankenschwester einhunderttausend gezahlt, damit sie ein Foto von mir mit Charly im Arm macht – da war sie noch keine Stunde alt! Und über der Seite stand: ›Rosemaries Baby – die Brut der Jordan

Briggs‹. Vor ein paar Jahren hat einer ihrer Klassenkamera-
den, das kleine Arschloch, diese alte Ausgabe ausgegraben
und mit in die Schule gebracht – und ihr an den Spind geklebt! Ich habe dieses Leben gewollt, und ich habe mich
daran gewöhnt. Nick konnte das nicht. Immerhin hat er es
versucht, das muss man ihm lassen. Nur Charlotte hatte
nie die Wahl. Daran bin ich schuld, Officer ... Detective ...« Sie drehte sich zu ihm um. »Wie muss ich Sie
nennen?«

»Cole. Cole reicht völlig.«

Sie musterte ihn von Kopf bis Fuß. »Sie sehen beschis-
sen aus, Cole.«

Cole sah auf seine zerfetzte Uniform, den Ruß und
Schmutz hinab. Auf seinem Oberschenkel klebte getrocknetes Blut, bestimmt von der Schnittwunde in seiner
Hand. Er konnte sein Spiegelbild im Fenster sehen. Er war
völlig verdreckt.

Sie bedachte ihn mit dem gleichen neugierigen Blitzen
im Blick, das er schon von ihrem Werbefoto kannte, und
zeigte auf den Karton in seiner Hand. »Was hat er geschickt? Darf ich ...?«

Cole stellte den Karton auf den Schreibtisch und zog so
vorsichtig den Deckel auf, wie es ohne Handschuhe möglich war. »Er hat behauptet, da drin wäre eine weitere
Bombe.«

Stirnrunzelnd starrte Jordan die Puppe in ihrem Bett
aus Stahlkügelchen an. »Oh.«

»Erkennen Sie sie wieder?«

»Sollte ich?«

»Für einen kurzen Moment dachte ich, Sie hätten sie
wiedererkannt.«

»Nein. Aber was für ein hässliches Ding!«

»Was ist mit der Nachricht? Sagt Ihnen die was?«

»›Mama war ein böses Mädchen‹?«

Er nickte.

»Nein.« Mit zusammengekniffenen Augen setzte sie sich auf die Schreibtischkante. »Glauben Sie ihm deshalb? Weil er eine gruselige Puppe geschickt hat?«

»Da ist noch mehr.«

Cole erzählte ihr, was draußen vorgefallen war und von Treslers Anruf, der während ihrer letzten Sendeminuten eingegangen war.

Sie wurde blass. »Bernie hat zwei Menschen umgebracht?«

Cole nickte.

»Und diese Bomben gezündet?«

Er nickte wieder.

»Ach du Scheiße.«

Dann verstummte sie, und Cole hatte den leisen Verdacht, dass so etwas nicht allzu häufig vorkam. Die Stille zog sich in die Länge. Als sein Handy anfing zu klingeln, zuckten sie beide zusammen.

Cole warf einen Blick aufs Display und ging ran. »Hey, Tresler, ich ...«

»Du musst sofort kommen.«

»Ich kann nicht, ich muss auf das Sprengkommando warten und ...«

»Komm auf der Stelle her!«

»Und was ist mit Gaff? Der lässt mich nicht ...«

»Vergiss Gaff«, fiel Tresler ihm ins Wort. »Ich hab schon mit ihm gesprochen. Funk ist zusammengebrochen, Telefon geht nicht mehr – ich stelle einen Streifenkollegen ab, der sich um das Sprengkommando kümmern soll. Sobald wir da durchkommen, erzähle ich denen, was Sache ist, und gebe ihnen deine Nummer. Aber das hier kann nicht warten. Ich brauche dich hier vor Ort.«

Cole atmete hörbar aus und fuhr sich durch das zerzauste Haar. »Und wie soll ich zu dir kommen? Mein Wagen ist Schrott. In Midtown geht nichts mehr vorwärts. Ich stecke hier fest.«

»Brooklyn? Beim Prospect Park?«, flüsterte Jordan.

Cole nickte.

»Ich bringe Sie hin.«

»Und wie?«

19
Cole

Erst dachte Cole, sie hätte einen Scherz gemacht, doch dann griff sie zum Telefon, und ihm dämmerte, dass sie es ernst meinte.

Für einen NYPD-Officer betrug das Einsteiger-Jahresgehalt 41 975 Dollar. Als Detective brachte Cole 64 750 Dollar im Jahr heim – Peanuts für New Yorker Verhältnisse. Die meisten von ihnen konnten sich nicht mal eine Wohnung in der City leisten. Selbst die umliegenden Viertel kamen nicht infrage.

Finanziell war Jordan Briggs eindeutig besser gestellt als er.

Sie hielt das Mikrofon an ihrem Handy zu und teilte ihm mit, sie hätten fünfzehn Minuten. Dann zeigte sie auf eine Tür im rückwärtigen Teil ihres Büros. »Da können Sie duschen, wenn Sie wollen. Ich glaube, im Schrank liegen noch ein paar von Nicks Klamotten. Bedienen Sie sich.«

Das ließ Cole sich nicht zweimal sagen.

Das Bad war doppelt so groß wie das in seiner Wohnung, und nachdem er sich aus seiner Uniform geschält hatte, nahm er sich kurz Zeit, um die Schnitte, Kratzer und blauen Flecken zu inspizieren, die er sich in der vergangenen Stunde zugezogen hatte. Noch bevor er sein Hemd ablegte, spürte er das riesige Hämatom auf seinem Rücken, wo er gegen den Transporter gekracht war. Der hässliche schwarzlila Fleck zog sich von seinem Schulterblatt bis zum Steiß. Im Spiegelschrank fand er ein Döschen mit Ibuprofen und nahm drei Tabletten, ehe er in die Dusche stieg.

Zehn Minuten später kam er in einem weißen Hemd, brauner Stoffhose und seinen eigenen Schuhen wieder heraus. Der hagere Junge im Metallica-T-Shirt wartete bereits auf ihn. »Miss Briggs meint, ich soll Sie hochbringen. Sie selbst ist wieder auf Sendung.«

»Und warum hören wir sie nicht?«

Cole hatte bei Nicks Kleidungsstücken auch eine Sporttasche gefunden. Er stopfte seine Uniform, das Waffenkoppel und seine übrigen Sachen hinein. Sein Schulterholster lag bei ihm zu Hause, also legte er auch seine Dienstwaffe in die Tasche. Die zweite Waffe, eine Kel-Tec .380, steckte gut verborgen unter dem Hosenbein in einem Spezialholster über dem Knöchel.

Der Junge zuckte mit den Schultern. »Sie hat die Lautsprecher hier drinnen abgestellt. Das macht sie manchmal. Und jetzt müssen wir los.«

Ohne weitere Erklärungen verschwand er durch die Tür.

Cole lief ihm nach bis zu einem Lastenaufzug am Ende des Flurs. Dort zückte der Junge einen Schlüssel, schob ihn in einen Schaltkasten und drehte ihn nach rechts. Dann drückte er den obersten Knopf.

Als die Türen aufgingen, befanden sie sich auf dem Dach des Gebäudes. Peitschender Wind, Staub und das Dröhnen eines kräftigen Motors schlugen Cole entgegen.

Der Junge hielt die Fahrstuhltür mit einer Hand auf und versuchte, mit der anderen Hand seine flatternden Haare zu bändigen – vergebens.

»Folgen Sie dem grünen Streifen quer übers Dach«, schrie er, »dann um die Klimaanlage herum. Und Kopf einziehen!«

»Danke!«

Die grüne Markierung war etwa zehn Zentimeter breit und sah so ausgeblichen und rissig aus, als wäre sie mindestens zehn Jahre zuvor aufgetragen worden. Aber das war jetzt unerheblich. Sein Ziel war nicht zu übersehen.

Der Hubschrauber war dunkelblau lackiert mit gelben Akzentstreifen, und über dem Luftfahrzeugkennzeichen stand in großen Blockbuchstaben: HAMPTON AVIATION. Der Pilot stand daneben, und beide Einstiegsluken waren geöffnet, obwohl sich die Rotorblätter schon drehten. Sobald Cole näher kam, zeigte er auf den hinteren Einstieg. Er half ihm hoch und reichte ihm Kopfhörer, bevor er die Tür zuwarf, auf seinen Sitz kletterte und sich ebenfalls Kopfhörer aufsetzte.

»Können Sie mich hören?«

Cole nickte. »Sicher, dass Sie das hinkriegen?«

Der Pilot griff nach oben und drückte mehrere Tasten. Das Motorendröhnen wurde lauter. »Die FAA hat Flüge nicht verboten – zumindest *noch* nicht. Nach Nine-Eleven hatten sie, unmittelbar nachdem das zweite Flugzeug eingeschlagen war, sofort alles auf den Boden beordert. Trotzdem hat es vier Stunden gedauert, bis der Luftraum leer war. Heute früh war kein Flugzeug involviert. Das bedeutet zwar nicht, dass sie nicht doch sicherheitshalber den Luftraum sperren – aber bis dahin sind wir durch. Es könnte jederzeit so weit sein, also beeilen wir uns besser – und jetzt festhalten ...«

Er zog einen Hebel an der Seite seines Pilotensitzes nach oben, der aussah wie eine Handbremse, und leicht schlingernd gingen sie in die Luft. Das Dach von Jordans Sender wurde immer kleiner, genau wie die Straßen und das Durcheinander am Boden. Dicke Rauchschwaden wehten von den zerstörten Fahrzeugen auf und waberten durch die Luft, je höher sie stiegen – und im selben Maße konnte Cole endlich das ganze Ausmaß der Zerstörung erkennen. Kein einziger Wagen bewegte sich mehr. Die Straßen sahen aus wie ein einziger gigantischer Parkplatz. Die Gehwege wimmelten nur so von Leuten, die auf die U-Bahn-Eingänge zuströmten, zumindest sah es von oben so aus. Nach Nine-Eleven hatte es einen Massenexodus aus Manhattan gegeben. Die U-Bahnen waren binnen weniger Minuten heillos überlaufen, und Berufspendler und Anwohner verstopften Brücken und Unterführungen. Als Sophomore am Clemson verfolgte Cole all das im Gemeinschaftsraum seines Wohnheims: Er und seine Freunde klebten in Schockstarre am Fernseher. Die Bilder damals hatten ausgesehen wie aus einem Katastrophenfilm – Leute, die von oben bis unten rußverdreckt waren und Schulter an Schulter die Wall Street entlangflüchteten: mit Kindern und Proviant im Arm und eilig gepackten Taschen. Und jetzt sah er all das wieder, diesmal aus der Vogelperspektive.

»Es ist der Wahnsinn«, murmelte der Pilot. »Ich fühle mich gerade, als wäre ich zurück in Afghanistan. Und Sie waren dort mittendrin?«

Cole nickte stumm. Ihm fehlten die Worte.

»Herr im Himmel.«

Der Pilot hielt den Hubschrauber noch für einen Moment in der Luft, schüttelte den Kopf und flog dann in einer lang gezogenen Kurve nach Südosten in Richtung Brooklyn.

20
Jordan

Jordan ertappte sich dabei, wie sie wiederholt zur Decke und den dort montierten Kameras blickte. Jemand hatte mit Panzerband schwarze Müllsäcke darüber befestigt, trotzdem hatte sie nach wie vor das Gefühl, als könnte Bernie sie sehen. Während des letzten Werbespots hatte Billy den ganzen Raum mit dem Handgerät gescannt, mit dem sie sonst nach offenen Stromkreisen und Funksignalen suchten, die auf Sendung gern mal ein Hintergrundgeräusch verursachten; Billy hatte Stein und Bein geschworen, dass sein kleiner Dreißig-Dollar-Apparat aufgespürt hätte, was immer Bernie an Video- oder Abhörelektronik hereingeschmuggelt haben könnte. Er hatte nichts gefunden. Seine Suchaktion hatte nicht gerade vertrauenerweckend gewirkt, also hatte sie eine Praktikantin losschicken wollen, um ein professionelles Gerät zu besorgen. Die Praktikantin – Anfang zwanzig mit lila Haaren und Nasenring – hatte etwas von frühem Feierabend erzählt, die nächste etwas von Telefonleitungen, während die dritte sich nicht mal die Mühe gemacht hatte, den Blick vom Fenster abzuwenden. Jordan war aus der Praktikanten-Gemeinschaftszelle gestürmt und hatte wieder gewusst, warum außer ihr keiner Karriere machte.

Sie schnippte Coles Visitenkarte beiseite, sodass sie über den Schreibtisch kreiselte. Er hatte ihr aufgetragen, Bernie auf Biegen und Brechen in der Leitung zu halten, falls er wieder anrufen sollte. Irgendjemand würde dann den Anruf zurückverfolgen und versuchen, seinen Standort ausfindig zu machen. Sie hatte die Karte entgegengenommen und war schon halb zurück im Aufnahmeraum, als ihr durch den Kopf schoss, ob das überhaupt legal wäre – durfte man ohne richterlichen Beschluss Anrufe zurückverfolgen? Hatte sie ihm dafür irrtümlich grünes Licht gegeben? Diese Leitungen gehörten ihr nicht – war sie überhaupt berechtigt, ihm das zu erlauben?

Sie hatte Billy schon gefragt, und der hatte erwidert, die Antwort sei – in willkürlicher Reihenfolge – Nein, Nein und nochmals Nein. Er war ein fabelhafter Rundfunktechniker und ein noch besserer Producer, aber bei juristischen Fragen womöglich nicht der beste Sparringspartner.

Außerdem war Billy der Ansicht, selbst wenn die Polizei versuchen würde, den Anrufer ausfindig zu machen, könnte das nicht funktionieren – wegen dieser IP und jener Umleitung... Sie hatte sein Technikgeschwurbel irgendwann ausgeblendet, das Wesentliche aber verstanden: Ihre Telefonanlage war eine hoch komplexe Mischung aus internetbasierter Telefonie und *old-school* Analogleitungen sowie Anrufen via Smartphone-App. Das hier funktionierte nicht wie in den Filmen, in denen Technik-Nerds einfach einen Berg Elektronik verdrahteten und dann der Leitung eine Ziffer nach der anderen entlockten. Es gab zig Methoden, eine Telefonnummer oder Caller-ID zu faken. Sie würden Bernie nicht finden – es sei denn, er wollte gefunden werden.

Charlotte saß wieder im Greenroom und hatte die strikte Anweisung erhalten, sich nicht von der Stelle zu rühren.

Sarah wiederum hatte die Anweisung, Jordan eine Nachricht zu schreiben, falls sie selbst oder Charlotte den Raum verlassen mussten, weil Charlotte ebenso wenig Talent hatte, still zu sitzen, wie ihre Mutter.

Über Kopfhörer hörte sie, wie Billy sagte: »In einer Minute sind wir wieder dran.«

Er war wieder allein in seiner Kabine, und das war gut so. Wohin Goldblatt gegangen war, wusste sie nicht, aber sie war froh, dass er nicht mehr da war.

»Du musst über die Sache draußen sprechen«, sagte Billy.

»Ich hab doch erklärt, dass ich nicht …«

»Guck auf den Monitor!«

»Ich will aber nicht auf den Monitor gucken!«

»Drei Millionen! Zwei Komma zwölf! Wir haben in der letzten Stunde fast unser halbes Publikum an andere Sender verloren – an Leute, die über das sprechen, was draußen passiert!«

»Wir sind besser als die.«

»Nein, sind wir nicht. Wir verlieren! Wir verlieren mit jeder Sekunde mehr! Genau das sind wir – Verlierer. Loser. Willst du ein Loser sein, Jordie? Wir haben drei Peabody-Awards im Regal, und weißt du, wofür die *nicht* waren? Für investigativen Journalismus. Wir haben sie dafür bekommen, dass wir den Leuten geben, was sie am liebsten wollen – du bist *Entertainerin*, Jordie, keine Journalistin.«

»Die Medaillen stehen nicht mehr im Regal. Ich habe sie Charlotte geschenkt, und die hat sie im Garten vergraben, um böse Geister abzuwehren, nachdem sie *Spuk in Hill House* auf Netflix gesehen hat. Ich scheiß auf Auszeichnungen, das weißt du genau.«

»Dann tu es für mich.«

»Auf dich scheiß ich noch viel mehr«, flötete sie.

»Nimm einen dieser Anrufe an, Jordie. Rede mit ihnen, und du kommst wieder auf Spur. Wenn wir fertig sind und Greenstein hier reinschlendert, um mit dir zu diskutieren, wie du seinen Senatorenkumpel behandelt hast, kannst du auf den Ticker zeigen und ihm beweisen, dass du alles richtig gemacht hast. Wenn er das persönlich nicht einsieht, dann belegen es zumindest die Zahlen.«

»Wie kommen diese Leute überhaupt durch? Ich dachte, das Netz ist zusammengebrochen?«

»Es ist wacklig, aber wenn man nonstop auf Wahlwiederholung drückt, kommt man irgendwann durch. Ich wäre für Leitung drei.«

Jordan sah zu ihrem Bildschirm.

Leitung 1: Lex (sagt, er kann dich gerade sehen)

Leitung 2: Cecillia (versucht, in die U-Bahn zu kommen)

Leitung 3: Nora (behauptet, sie weiß, wer Bernie ist, hat seine Stimme erkannt)

Leitung 4: Russel (sieht, wie die Feuerwehr einen Briefkasten abmontiert, um über den Gehweg zu kommen)

Leitung 5: Jeremy (das war dieser Scheiß-IS)

»Nie im Leben«, erwiderte Jordan, »das mache ich nicht.«

Sie sah zum Whiteboard. Kein Stichwort, das stärker gewesen wäre.

Also doch die Durchgeknallten. Die Durchgeknallten sorgten für eine gute Show.

»Wir müssen die zwei Millionen zurückholen – und ich weiß, dass du eine Quotenhure bist! Wenn du's nicht für mich tust, dann für die Quote!«

»Du hast echt keine Ahnung, wie man eine Frau um den Finger wickelt. Kein Wunder, dass du noch solo bist.«

»Leitung drei, Jordie. In zehn Sekunden ...«

»Wenn, dann mache ich es richtig. Verstanden?«

»Ich habe nichts anderes erwartet.«

Jordan griff zu einem Stift und klopfte damit an die Tischkante.

Die ON-THE-AIR-Anzeige sprang auf Rot.

Jordan beugte sich vor zum Mikrofon. »Billy?« Sie zog den Namen in die Länge – *Biiiillleeeeeeey* – und sah rüber zu seiner Kabine. Wenn schon, dann würde sie es auf ihre Art machen.

»Ja, Jordie?«

»Kannst du mich in den Arm nehmen? Ich hab so Angst!«

»Du hast Angst?«

»Ja.«

»*Du?* Die übermenschliche, fantastische Jordan Briggs hat ... Angst?!«

»Ein bisschen.«

»Warum? Wegen Bernie?«

»Er ist irgendwie gruselig.«

»Was genau ist an ihm gruselig? Dass er meint, er könnte dich sehen, oder dass er behauptet, er hätte die Taxis gesprengt?«

»Genau«, wimmerte sie ins Mikrofon.

»Das ist doch keine Antwort – das war eine Entweder-oder-oder-beides-Frage.«

»Hab ich doch gemeint.«

»Da ist ein Typ in der Leitung, der sagt, er könnte dich sehen. Vielleicht war Bernie ja nicht der Einzige?«

Jordan streckte sich nach dem Schalter für Leitung eins. »Okay, Lex, beweise es mir.«

»Rot«, antwortete die Stimme.

Jordan runzelte die Stirn. »Was – rot?«

»Du hast einen roten Slip an.«

»Also kannst du mich nicht nur sehen – du kannst sogar meine Unterwäsche sehen ... durch die Jeans?«

»Genau.«

Jordan drückte auf einen Knopf links auf dem Schaltpult. Eine laute Hupe ertönte.

»Das war leider die falsche Antwort, Lex.«

»Ich meinte natürlich blau!«

Jordan warf ihn aus der Leitung und drückte die nächste Taste. »Jeremy – sofern du nicht mehr weißt als alle anderen: Der IS kann das nicht gewesen sein. Der Präsident hat uns doch erzählt, dass es den IS nicht mehr gibt, und er hat uns ja wohl nicht angeschwindelt?«

»Bin ich jetzt dran?«

»Ja, Jeremy.«

»Ich wollte die Jordan-Briggs-Show sprechen …«

»Hier *ist* Jordan Briggs, Jeremy.«

»Ernsthaft? Ach du Scheiße!«

»Nicht fluchen, Jeremy.«

»Ach du … Schande!«

»Schon viel besser.«

»Mein Nachbar ist gestern von seinem zweiten Nahost-Einsatz wiedergekommen, und er meint, das ist dort ein einziges Drecksloch.«

»Jeremy …«

»Ich meine … eine Katastrophe. Es ist die totale Katastrophe. Die leben dort wie die Tiere. Kein fließend Wasser, kein Strom. Das Essen ist fürchterlich. Die Frauen müssen sich von Kopf bis Fuß verschleiern, obwohl es heiß ist wie die Hölle, und die Männer sitzen bloß rum und rauchen Opium und denken sich aus, wie sie dem Westen eins reinwürgen können. Die hassen alles an uns. Dürfen nicht trinken. Frauen dürfen nicht Auto fahren. Sie bringen ihren Kindern bei, dass sie Amerika hassen sollen, und die wachsen dann auf und glauben, dass wir alle Monster sind. Währenddessen werfen wir Milliarden aus dem Fenster, und Leute wie mein Nachbar riskieren ihr Leben, um dort für Frieden zu sorgen.«

»Was wäre denn dein Vorschlag, Jeremy? Wie würdest du dieses Problem lösen? Einen McDonald's bauen, Pornos exportieren und ihnen erzählen, dass sie mal chillen sollen?«

»Das kann man nicht lösen – genau darauf will ich doch hinaus. Wir sind seit zwanzig Jahren dort unten, und nichts hat sich verändert. Da können wir den Einsatz doch genauso gut einstellen und abziehen. Wir haben dort nichts verändert. Sie sehen uns dort jeden Tag und werden immer wütender. Und dann kommen sie her und machen diese Schei... Sachen. Da wirft man doch lieber das Handtuch und geht. Aus den Augen, aus dem Sinn. Dann hört das alles auch irgendwann auf.«

»Aber es war nicht der IS. Es war Bernie. Hat er doch gesagt.«

»Der erzählt doch bloß Sch... dummes Zeug.«

Jordan warf ihn aus der Leitung und drückte die Taste für Leitung drei. »Nora, weißt du, wer Bernie ist? Du hast meinem Kollegen erzählt, du hättest die Stimme wiedererkannt.«

»Er arbeitet bei meiner Bank. Am Drive-through-Schalter.«

»Und du hast seine Stimme wiedererkannt?«

»Definitiv. Der arbeitet da schon, solange ich denken kann.«

»Welche Bank ist es denn?«

»Die hinter dem Walmart an der Einundfünfzigsten.«

Jordan verdrehte die Augen. »Und in welcher Stadt?«

»Oh... Pittsburgh. Ich gehe da jetzt schon seit fast zehn Jahren hin, bestimmt dreimal die Woche. Er ist jeden Tag da. Hat diesen unsteten Blick – ich hab immer gewusst, dass mit dem was nicht stimmt. Er heißt Ralph...«

Jordan drückte wieder eine Taste, sodass Nora für eine Sekunde weg war. »Sorry, Nora. Ich musste den Nachnamen ausblenden. Wir wollen doch nicht, dass die falschen Leute bei ihm zu Hause aufkreuzen.«

»Er ist nicht zu Hause. Er ist bei der Arbeit. Ich bin gerade vorbeigefahren und hab nachgesehen.«

Jordan sah auf die Uhr. »Deine Bank hat um halb acht Uhr morgens geöffnet?«

»Nein, erst um neun. Aber er ist immer schon früher da. Er kauft sich unterwegs noch ein Sandwich und ist gegen sechs bei der Arbeit.«

»Du scheinst eine Menge über Ralphs Tagesablauf zu wissen, Nora.«

»Er fährt einen roten Ford Focus und wohnt an …«

Jordan drückte erneut auf die Stummtaste. »Siehst du, wie das hier funktioniert, Nora? Keine persönlichen Informationen.«

»Die müssen ihn festnehmen!«

BILLY: *Vielleicht der Ex?*

Jordan nickte. »Was hat Ralph dir getan, Nora? Warum versuchst du, ihn hinzuhängen?«

»Er hat mir nichts getan.«

»Vielleicht ist ja genau das dein Problem? Du wolltest ihn daten, und er wollte nicht?«

Nora legte auf.

»Okaaay«, sagte Jordan. »Cecillia, Leitung zwei.«

»Du hast die Bullen gerufen, oder? Wegen Bernie? Und denen erzählt, was er gesagt hat?«

»Musste ich gar nicht. Die Bullen waren schon hier. Das NYPD ist wirklich große Klasse.«

»Und was unternehmen sie?«

»Keine Ahnung. Bullensachen.«

»Machst du dir Sorgen, dass er bei dir vorbeiguckt oder so? Haben sie Personenschutz organisiert?«

»Ich brauche keinen Personenschutz. Ich habe Billy.«

»Und was will Billy unternehmen?«

»Tja«, mischte sich Billy ein, »was will *Billy* wohl unternehmen?«

»Vielleicht menschlicher Schutzschild spielen?«

»Glaubst du das wirklich?«

»Du betest mich an, Billy. Das war schon immer so. Ich bin mir absolut sicher, dass du dein Leben nur zu gern opfern würdest, um meines zu retten.«

»Wenn ich für dich sterben müsste, glaubst du, sie würden in der Lobby eine Statue von mir aufstellen?«

»Eher nicht. Vielleicht stellen sie ein Foto oben auf den Kühlschrank im Pausenraum? Mit einem netten Spruch?«

»Das wäre toll«, sagte Billy. »Und immer, wenn du dir einen Joghurt holst, denkst du an mich.«

»Uah. Klingt gruselig. Wahrscheinlich würde ich mir so einen Minikühlschrank für mein Büro besorgen und den Pausenraum nicht mehr betreten.«

»Irgendein Psycho hat es auf dich abgesehen«, ging Cecilia dazwischen, »und du reißt Witze?!«

»Das war doch nur der jüngste durchgeknallte Typ von einer langen Liste durchgeknallter Typen, die über die Jahre hier angerufen haben. Wetten, der wohnt noch bei seiner Mutter? Unten im Keller? Wahrscheinlich schreibt er auf seinem kleinen Schreibtisch zwischen Waschmaschine und Trockner gerade mit rotem Buntstift ein Manifest.«

BILLY: *Leitung 5!*

Jordan sah zum zweiten Bildschirm.

Leitung 1: Niesha (fährt durch den Central Park, um dem Stau zu entkommen)
Leitung 2: Cecillia (versucht, in die U-Bahn zu kommen)
Leitung 3: John (Polizei hat seine Straße abgeriegelt)

Leitung 4: Russel (sieht, wie die Feuerwehr einen Brief-
kasten abmontiert, um über den Gehweg zu kommen)
Leitung 5: Bernie (will nur mit Jordan sprechen)

21
Cole

Der Hubschrauber setzte im Prospect Park auf einer offenen Fläche neben den Basketballplätzen auf.

Cole war sich nicht sicher, was die Etikette für so eine Situation vorgab: Sollte er sich bei dem Piloten bedanken? Ihm ein Trinkgeld geben? Ihn bitten, den Taxameter laufen zu lassen, bis er wieder zurück wäre?

Der Pilot stieg aus, öffnete die Luke für ihn und kam ihm mit einer Antwort zuvor: »Das hier geht auf Miss Briggs' Rechnung. Ich soll außerdem auf Sie warten und Sie hinbringen, wo immer Sie später noch hinmüssen. Ich hab unterwegs mit meiner Firma Rücksprache gehalten, und die sagen, noch hätten die Behörden den Flugverkehr nicht eingestellt. Der Chef glaubt nicht, dass es überhaupt so weit kommt. Er hat versucht, eine Landeerlaubnis für hier einzuholen, und gar nicht erst jemanden erreicht.« Er gab Cole seine Visitenkarte. »Da stehen meine Handynummer und die Nummer der Firma drauf. Sollte ich wegmüssen, rufen Sie auf einer dieser Nummern an, und wir finden eine andere Lösung.«

Sechs Männer standen auf dem benachbarten Basketballfeld und starrten zu ihnen herüber. Sie sahen aus, als hätten sie gerade ihr morgendliches Spontan-Match unterbrochen.

Eine Frau war mit Kinderwagen unterwegs.

Mehrere Leute joggten.

Brooklyn.

Cole nahm die Visitenkarte des Piloten und drückte ihm seine in die Hand, griff zu seiner Tasche und sprang hinaus auf die taunasse Wiese. Von der Seventh Avenue, Ende Tenth Street blitzten ihm schon die Blaulichter entgegen.

Geduckt lief er darauf zu.

Das NYPD hatte den halben Block mit Absperrband gesichert. Zwei Rettungs- und sechs Streifenwagen sowie drei Zivilfahrzeuge parkten kreuz und quer vor einem dreistöckigen Backsteinhaus. Die Eingangstür stand sperrangelweit offen, dahinter huschten Schatten hin und her.

Als Cole sich der Absperrung näherte, stellte sich ihm ein Officer in den Weg. »Tut mir leid, Sir, aber Sie können hier nicht durch.«

Cole griff zu seiner Gesäßtasche, um seine Dienstmarke rauszuholen, aber da war sie nicht; sie lag bei Lieutenant Gaff, garantiert in einer verschlossenen Schreibtischschublade. »Detective Hundley vom Morddezernat. Wo ist Detective Tresler?«

Der Officer musterte Cole von Kopf bis Fuß; in den geliehenen Sachen sah er eher aus wie jemand, der auf dem Weg in den Country Club war.

»Moment.«

Er wandte sich ab und sprach leise in sein Funkgerät. Hier draußen funktionierte der Funk anscheinend noch.

Einen Augenblick später tauchte Tresler in der Haustür auf, sah sich kurz um und rief dann: »Cole!«

Der Officer hob das Absperrband hoch und ließ Cole durch.

Auf den Eingangsstufen kaute Tresler zerstreut auf einem Zahnstocher; das hatte er sich angewöhnt, nachdem er zwei Jahre zuvor mit dem Rauchen aufgehört hatte. »Sie hat dir wirklich ihren Heli geliehen? Ich habe geglaubt, du machst Witze.«

»Er wartet im Park auf mich.«

»Wie ist sie? Ist sie wirklich so heiß, oder ist das alles nur Retusche?«

»Sie sieht gut aus …«

»Mundgeruch? Nichts ist schlimmer als eine Frau mit Mundgeruch.«

»Sie hat …«

»Ab, rein mit dir!«

Typisch Tresler. Immer am Quatschen, aber als Zuhörer eine Null. Er führte Cole einen schmalen Hausflur entlang und an einem umgestürzten Tischchen vorbei. Ein Bilderrahmen lag auf dem Boden, daneben Scherben einer Keramikschale und ein Autoschlüssel. Neben jedem Gegenstand war ein Schildchen mit einer Asservatennummer aufgestellt worden. Ein Spurentechniker kniete daneben und schoss Tatortfotos.

Sie traten beiseite, um einen weiteren Spurentechniker vorbeizulassen. An der Tür zur Küche drückte Tresler Cole ein Paar Latexhandschuhe in die Hand und wies nach drinnen.

»Darf ich vorstellen? Mr. und Mrs. Bonfigleo.«

Die beiden saßen an einem quadratischen Klapp-Resopaltisch in der Mitte des Raums auf passenden Stühlen mit gelbem Kunstlederbezug und orangefarbener Paspel.

Beide tot.

Die Knöchel waren mit Kabelbindern fixiert, Handgelenke und Ellbogen ebenfalls mit Kabelbindern an die Stühle gefesselt. Auf dem weißen Fliesenboden klebte Blut, auf ihrer Kleidung auch. Beide Köpfe waren zur Seite geneigt, und in ihren Mündern steckten Knebel.

»Haben die etwa ihre Schlafanzüge an?«

Tresler verzog das Gesicht. »Du betrittst einen Tatort, und das Erste, was dir auffällt, sind die Klamotten? Es ist noch früh, da tragen ziemlich viele Leute Schlafanzug.«

»Ja, aber doch nicht mit Socken und Schuhen.«

Tresler hätte nie zugegeben, dass er das nicht bemerkt hatte, das war Cole klar.

Tresler zeigte auf die beiden. »Wir glauben, dass das hier womöglich schon gestern Nacht losgegangen ist. Irgendwer hat Frühstück gemacht – da stehen Eier und Pancakes auf dem Tisch, aber alles kalt. Zimmertemperatur. Die Spurensicherung meint, dass das Essen schon mindestens sechs Stunden dasteht – nur der Kaffee ist frisch. Drei Becher. Einer bloß noch halb voll. Wir gehen davon aus, dass das unser Täter war. Fingerabdrücke – Fehlanzeige. Nur zwei Teller. Das hat er so arrangiert, keine Ahnung, warum. Das Haus ist annähernd zwei Millionen wert. Der Scheißtisch sieht aus, als hätte jemand ihn aus dem Sperrmüll gezogen. Nebenan steht ein hochwertiger Mahagonitisch mit vier Stühlen, die ordentlich hochgestellt wurden – Schleifspuren auf dem Boden. Sieht aus, als hätte der Täter die Möbel nach nebenan geschafft, das hier aufgebaut und eine kleine Party veranstaltet.«

»Warum würde jemand den Tisch rausschaffen?«

Tresler ging über die Frage hinweg. »Ronald hier hat auf den ersten Blick achtundzwanzig Stichwunden, vielleicht sogar mehr. Bei Tara sind es sechsundzwanzig. Genau wie mit dem Essen ging das wohl schon gestern Nacht los und ist bis zum Morgen weitergegangen. Vor anderthalb Stunden ist ihm schließlich die Kehle durchgeschnitten worden – das Gleiche bei ihr. Die Stichwunden selbst sind nicht tief. Er hat sie damit nicht umbringen wollen, das war eindeutig Folter. Dort neben dem Sirup steht ein halb leeres Döschen Riechsalz. Er wollte sicherstellen, dass sie bei Bewusstsein waren.«

»Um an Informationen zu kommen?«

»Oder er ist einfach nur ein sadistischer Wichser«, erwiderte Tresler. »Oben im Schlafzimmer sind Kampfspuren. Das Nachtschränkchen auf Ronalds Seite steht offen. Sieht ganz danach aus, als hätte er eine Knarre gesucht, aber keine gefunden. Wenn du mich fragst, hat er sie aus dem Bett gezerrt, sie hier runtergebracht, ummöbliert, sie an die Stühle gefesselt und war dann so lange hier zugange, wie er eben brauchte. Vielleicht mussten sie den Tisch auch selbst nach nebenan bringen – keine Ahnung. Dann hat er ihnen zwischen den Messerstichen Frühstück gemacht. Vom Messer selbst keine Spur. Die Nachbarn zu beiden Seiten haben nichts gehört, was aber nicht viel heißt – die Wände sind massiv. Niemand hat was gesehen. Sie haben eine Alarmanlage, aber laut Sicherheitsfirma war sie in der Nacht abgeschaltet. Anscheinend haben die Bonfigleos sie immer nur tagsüber eingeschaltet, wenn sie zur Arbeit gefahren sind.«

»Was arbeiten sie denn?«

»Ronald hat in der Verwaltung der Stadtwerke gearbeitet, und Tara war Anwaltsfachangestellte in der City.« Tresler nickte in Richtung des Wandtelefons. Die Schnur war lang genug, um den Hörer durchs gesamte Erdgeschoss mitzunehmen. »Von dem Apparat habe ich dich angerufen – wie gesagt, ich habe auf Wahlwiederholung gedrückt. Und der Anruf kam bei diesem Taxifahrer raus?«

Cole nickte. »Ja. Und ich wette, wenn du tiefer einsteigst, findest du heraus, dass er von hier auch in der Jordan-Briggs-Sendung angerufen hat. Als er auf Sendung war, hat er erwähnt, er wäre bei Freunden zu Besuch. Er hat ihre Küche durchwühlt, noch während er mit Briggs gesprochen hat. Da muss einer von ihnen – vielleicht sogar beide – noch am Leben gewesen sein, das war im Hintergrund deutlich zu hören.«

»Bernie, ja?«

»Hat er zumindest gesagt.«

»Ich nehme an, einen Nachnamen gibt es nicht? Oder

eine aktuelle Adresse? Hat er gesagt, wohin er als Nächstes will?«

Cole hörte nur noch halb hin. Er war voll darauf konzentriert, die Küche in Augenschein zu nehmen. Die Spurensicherung hatte Platten auf dem Boden ausgelegt, über die man gehen konnte. Die Hälfte der Oberflächen war mit Fingerabdruckpulver bedeckt. Mit dem Rest waren die Techniker immer noch zugange.

»Habt ihr Hinweise darauf gefunden, dass er hier Bomben gebaut haben könnte?«

Tresler schüttelte den Kopf. »Nein, nichts. Ich nehme auch nicht an, dass wir was finden. Selbst wenn er sie ferngezündet hat, muss er sie ja schon im Vorfeld deponiert haben. Das FBI glaubt, wenn er wirklich damit zu tun haben sollte, dann war er ganz sicher kein Einzeltäter. Sieben Taxis zu präparieren ist kein Kinderspiel.«

»Wo ist das FBI jetzt?«

»Anderweitig beschäftigt. Aber ich soll die Kollegen auf dem Laufenden halten, während sie sich um die Vorfälle in Midtown kümmern. Womöglich halten sie auch nur Abstand, damit sie jemandem die Schuld in die Schuhe schieben können, falls hier irgendwas schiefläuft.«

Unter den Detectives vor Ort hatte Cole mehrere bekannte Gesichter gesehen, aber nicht dasjenige, auf das er gehofft hatte. »Und wo ist Gaff?«

Tresler tauschte seinen Zahnstocher gegen einen frischen aus. »Willst du wissen, warum er mir erlaubt hat, dich aus der Verkehrshölle rauszuholen?«

»Ja.«

»Die Antwort findest du drüben«, sagte er und steuerte das nächste Zimmer an: das Wohnzimmer.

22
Cole

Das Wohnzimmer der Bonfigleos wirkte auf Cole nicht gerade heimelig, hatte keine persönliche Note – außer einem einzigen Foto des Paars neben dem Fernseher, das vor langer Zeit am Grand Canyon aufgenommen worden war. Nirgends Fotos von Kindern. Die wenigen Bilder an der Wand waren nichtssagend und uninspiriert, als hätte jemand zwanzig Jahre zuvor in einem Shoppingcenter willkürlich Wanddeko eingepackt, hier aufgehängt und nie wieder einen Gedanken daran verschwendet. Auch Sofa, Couchtisch und zwei plüschige Sessel waren in die Jahre gekommen, sahen aber noch halbwegs bequem aus. Sie waren bestimmt einmal teuer gewesen – womöglich vor all den Jahren, als auch die Bilder aufgehängt worden waren.

Tresler zeigte auf ein Tischchen an der rückwärtigen Wand. Darauf standen ein Computer, ein Drucker sowie Ablagefächer, die mit Umschlägen vollgestopft waren. Vermutlich Rechnungen. Ein Bildschirmschoner-Schmetterling flatterte über den Monitor.

Cole konnte nichts Ungewöhnliches erkennen. »Okay, ich gebe auf. Was soll hier sein?«

Tresler durchquerte das Zimmer und tippte die Mouse an.

Der Schmetterling verschwand, und auf dem Bildschirm erschien ein Foto. Von Cole.

Er ging näher heran. »Mein Führerscheinbild …«

»Allerdings.«

Seine Verwirrung wurde noch größer, als er die Zeilen drum herum überflog. »Das ist das Führerscheinbild aus der DMV-Datenbank – nicht von einer Webseite oder irgendwas Öffentlichem ...«

Tresler klickte das Fenster weg. Dahinter erschien das nächste Foto.

»Ist das ...?«

»Deine NYPD-Personalakte.«

In weiteren Fenstern erschienen Coles aktuelle Kreditkartenabrechnungen – bis hin zur jüngsten Rate seines Studiendarlehens. Seine private Handyrechnung. Ein Einzelverbindungsnachweis der vergangenen neunzig Tage.

Cole wusste nicht, was er sagen sollte.

Tastatur, Drucker und Schreibtischunterlage waren mit Fingerabdruckpulver bedeckt.

»Die Techniker sagen, er hat das alles ausgedruckt. Muss er mitgenommen haben.«

»Aber wie ist er da rangekommen?«

»Sag du es mir. Er hat deine Zugangsdaten benutzt.«

»*Was?*«

»Deine Usernamen und Passwörter. Den Usernamen des DMV und die privaten für den Rest.«

»Ich kann mich an die Hälfte der Passwörter nicht mal erinnern! Keine Ahnung, wann ich zuletzt den Account bei meinem Handyprovider aufgerufen habe.«

»Benutzt du überall dieselben Usernamen und Passwörter?«

Cole schüttelte den Kopf. »Nein, ich hab so eine Passwort-App. Secure-Net.«

»Und wie schwer zu merken sind dein Username und das Passwort für diese App?«

Nicht wahnsinnig schwer.

»Wo könnte er die herhaben?«, fragte sich Cole. »Woher

weiß er überhaupt, dass ich die App benutze? Er wusste doch bis vor anderthalb Stunden nicht mal, wer ich bin.«

»Wirklich nicht?«

»Wirklich nicht«, erwiderte Cole tonlos.

Erst jetzt bemerkte er die beiden Streifenpolizisten, die hinter ihnen in der Tür standen.

Cole funkelte Tresler wütend an. »Du glaubst doch wohl nicht, dass ich etwas damit zu tun habe?«

Tresler zwirbelte den Zahnstocher im Mund. »Ich glaube, wenn das hier die Befehlskette hochwandert, dann werden mich diverse Leute fragen, ob du etwas damit zu tun haben *könntest*, und da will ich verdammt noch mal eine Antwort parat haben.«

»Wir sind Partner, du kennst mich.«

Tresler zuckte mit den Schultern. »Das hilft uns nicht weiter, wenn das FBI uns in die Mangel nimmt. Sag du mir, warum heute Morgen sieben Taxis in die Luft geflogen sind und unser einziger Verdächtiger ein echt guter Kumpel von dir zu sein scheint.«

Cole antwortete nicht.

Tresler machte eine vage Geste. »Wenn ich gleich zurück zur Dienststelle fahre und ein bisschen im Dreck wühle – finde ich da Verbindungen zwischen dir und diesen Leuten?«

»Natürlich nicht!«

»Und dann?«

Die beiden Streifenpolizisten traten einen Schritt vor, und der rechte griff nach seinen Handschellen.

Mit erhobener Hand sagte Cole: »Moment!«

»Ist echt nichts Persönliches. Ich befolge nur die Befehle«, erklärte Tresler. »Gaff lässt mir keine Wahl. Er hat gesagt, ich soll dich aufs Revier bringen lassen und, bis wir mehr wissen, den Ball flach halten, damit die Presse keinen Wind davon kriegt.«

»Bis heute Morgen hab ich von dem Typen noch nie gehört. Keine Chance, dass der weiß, wer ich bin. Ich habe erstmals mit ihm geredet, als ich das Handy dieses Taxifahrers in der Hand hatte.«

»Hast du das noch? Kann ich mal sehen?«

Cole zog das Handy aus seiner Tasche und drückte es Tresler in die Hand.

Tresler klickte auf ein paar Tasten. »Das ist ein billiges Burnerphone. Woher soll ich wissen, dass du es wirklich von diesem Taxifahrer hast? Vielleicht hattest du es ja schon länger, hast damit mit Bernie kommuniziert und den Teil mit dem Taxi nur erfunden, als nicht er, sondern *ich* dich auf dieser Nummer angerufen habe und du schnellstmöglich eine Erklärung brauchtest? Der Taxifahrer kann deine Version ja nun leider nicht mehr bestätigen.«

»Das ist doch verrückt!«

»Könnte aber doch sein?!«

Als sein eigenes Handy anfing zu klingeln, zog Tresler es aus der Tasche. »Das ist Gaff.« Er ging ran. »Er ist jetzt hier ...«

Gaff sagte etwas, was Cole nicht verstehen konnte.

Die beiden Officer waren noch ein Stück näher gekommen und hatten sich zwischen Cole und den Flur postiert, durch den es nach draußen ging.

Tresler ließ Cole nicht aus den Augen, während er den Anweisungen ihres Vorgesetzten lauschte.

Coles Herz hämmerte. Er hatte die Faust geballt – wann war das denn passiert?

Tresler runzelte die Stirn und blickte dann auf Omars Handy hinab. »Äh ... Was ...« Er nahm es hoch, um besser sehen zu können. *»Was soll ...«*

Cole machte einen Schritt auf ihn zu, und hinter ihm rückten die Officer nach.

»Sir, ich muss Sie zurückrufen!« Tresler legte auf.

»Was ist los?«, fragte Cole.

Tresler hielt ihm Omars Handy hin. Wortfetzen und Ladebalken rasten nur so über das Display – Daten, die irgendwohin verschoben wurden –, trotzdem gelang es Cole, einzelne Wörter, Namen und Telefonnummern zu lesen.

»Omars Handy klont gerade dein Handy«, stieß Cole hervor. »Der zieht Daten irgendwohin!«

»Akku raus!«, rief einer der Officer. »Schnell!«

Tresler reagierte sofort.

Aber es war bereits zu spät.

23
Jordan

BILLY: *Jordie, geh ran – Leitung 5!*

Mit dem Finger über der Taste hielt Jordan inne.

Stille in einer Radioshow war gleichbedeutend mit dem Tod.

Stille war wie der Weiße Hai, der um einen Schwimmer mit dem Kratzer im Fuß kreiste. Jordan fürchtete die Stille mehr als alles andere; selbst der kürzeste Moment des Zögerns bescherte ihr Gänsehaut, bescherte ihr Panik.

Sie spürte, wie der Hai mit jeder Sekunde näher kam. Trotzdem konnte sie sich nicht dazu durchringen, die Taste zu drücken.

BILLY: *Verdammt, Jordie!*

Sie sah zu ihm rüber. Er stand in seiner Kabine, hatte beide Hände hochgerissen und wies mit den Zeigefingern nachdrücklich in Richtung Telefon. Dann beugte er sich wieder über seine Tastatur und tippte:

BILLY: *Wenn er dich jetzt einschüchtert, hat er gewonnen!*

Verdammt, Billy!

Sie drückte die Taste. »Mein Bauchgefühl sagt mir, ich sollte nicht mehr mit dir reden, Bernie.«

»Oh, das wäre traurig.«

»Du hast in einer landesweit ausgestrahlten Radiosendung angerufen, um eine Mordserie, um einen *Terroranschlag* zu gestehen. Live auf Sendung. Ich bin mir insofern nicht ganz sicher, ob du dumm bist, durchgeknallt oder sogar beides. Allerdings weiß ich, was das Ganze für mich selbst bedeutet: Es bedeutet, dass ich früher oder später kostbare Lebenszeit damit verbringen muss, eine Zeugenaussage zu machen oder eine eidesstattliche Erklärung abzugeben. Wahrscheinlich sowohl als auch. Und eine Menge Leute werden von mir wissen wollen, warum ich mich überhaupt noch mit dir unterhalte. Sie werden behaupten, dass ich es nur mache, um Aufmerksamkeit zu erregen. Um meine Quote zu pushen.«

»Und ist es so?«

»Natürlich nicht.«

»Aber hast du nicht gerade genau deshalb gezögert? Doch wohl nicht aus moralischen Gründen? Nicht weil du mich nicht auf Sendung haben wolltest, sondern weil du erst abwägen musstest, ob deine Quote den ganzen Ärger im Anschluss wert ist. Daraus wird dir doch niemand einen Strick drehen.«

Jordan sah hoch zu den Kameras, die immer noch mit Plastik verdeckt waren.

»Ich spreche gerade nur aus einem einzigen Grund mit dir: Wenn du wirklich hinter den Anschlägen steckst, will ich wissen, warum.«

»Das juckt dich so richtig, oder?«

»Genau. Ich will, dass du deine Beweggründe darlegst, bevor irgendein Anwalt dich in die Finger kriegt und dir empfiehlt, den Mund zu halten.«

»Mich kriegt keiner in die Finger. Und mir ist völlig egal, was irgendein Verteidiger mir empfehlen würde. Das Einzige, was mir gerade nicht egal ist, bist du.«

»Das ist aber lieb von dir, Bernie. Nur bist du trotzdem nicht der Typ, den ich meiner Mom vorstellen würde ...«

»Du hast deiner Mom doch keinen deiner Typen vorgestellt – schon lange nicht mehr. Ist womöglich sogar einer der Punkte, über die du heute Abend mit Mommy reden wolltest.«

Woher zum Teufel weiß er das?

»Leute wie du – die viel zu beschäftigt sind, um sich mit alltäglichen Dingen abzugeben – schieben so unglaublich viel vor sich her. Du bist wie ein Messie, der seine Garage zumüllt mit Dingen für *später mal*. Aber dass *später mal* womöglich gar nicht stattfindet – darüber denkst du nicht nach.«

»Schon wieder diese Weltuntergangsstimmung. Vielleicht ist *durchgeknallt* gar nicht der richtige Ausdruck für dich – und eventuell war das unsensibel von mir. Womöglich sollte ich besser sagen: Du bist *krank*. Ernsthaft *krank*.«

»Ich bin weder dumm, durchgeknallt noch krank.«

»Zu vielschichtig für ein paar Adjektive?«

»So was in der Art.«

»Dann erzähl doch mal, warum du es gemacht hast.«

Statt zu antworten, fragte Bernie: »Verfolgt das FBI meinen Anruf zurück? Oder versuchen sie immer noch, zum Sender durchzukommen?«

»Wahrscheinlich sitzen sie gerade dran – ich hab gehört, dafür muss man nicht neben dem Telefon stehen.«

»Zumindest bist du ehrlich.«

»Ich würde dich nie belügen, Bernie.«

»Das werden wir noch sehen.«

»Warum sieben Taxis?«

»Das weißt du genau.«

»Weil ich gesagt habe, ich hätte Taxis lieber als Ubers?«

»Du hattest die Wahl.«

BILLY: *Woher sollte er wissen, was du sagen würdest? Hatte er Bomben in Taxis UND Ubers?*

Jordan musste Billys Nachricht zweimal lesen. Welche Auswirkungen hätte die Antwort? »Das ist doch lächerlich. Heißt das, dass irgendwo dort draußen noch ein Uber mit einer Bombe herumfährt?«

»Nicht einer.«

»Sieben?«

Darauf kam keine Antwort.

Jordan ließ sein Schweigen einen Moment lang nachwirken. »Woher soll ich wissen, dass du die nicht auch in die Luft jagst?«

»Soll ich?«

»Natürlich nicht!«

»Dann mache ich es auch nicht. Du hattest schließlich die Wahl. Es gibt keinen Grund, warum ich die anderen auch zünden sollte. Bin schon an der nächsten Sache dran – und das solltest du ebenfalls sein.«

»Einfach so?«

»Einfach so«, wiederholte Bernie.

»Du klingst schrecklich ruhig für jemanden, der gerade sieben Menschen umgebracht hat.«

»Zwölf«, gab Bernie nüchtern zurück. »Sieben Fahrer, drei Fahrgäste und zwei Passanten. Zwölf. Bis jetzt.«

»Bis jetzt?«

»Vor uns liegt ein ganzer Tag, Miss Briggs. Für dich wird das hier ein Langstreckenlauf.«

Jordan tippte eine Nachricht an Billy: *Ich werfe diesen Irren jetzt aus der Leitung!*
BILLY: *Nicht! Guck dir die Quote an!*

Die Genugtuung, wenn sie jetzt zu der Anzeige hochsähe,

gönnte sie ihm nicht. Und mit dem Typen am Telefon war sie fertig. »Ich lege jetzt auf, Bernie. Ich will mit dieser Sache nichts mehr zu tun haben.«

Bernie schnalzte mit der Zunge. »Wenn du auflegst, muss ich über die Ubers doch noch mal nachdenken.«

»Tu, was du nicht lassen kannst, Bernie. Du hast hier nicht das Sagen.«

»Das Risiko willst du nicht eingehen.«

Jordan hatte die Hand schon an der Taste. Ihr Zeigefinger rutschte zur Kante, aber sie drückte nicht drauf – *noch* nicht. »Niemand sagt mir, was ich zu tun oder zu lassen habe, Bernie. Niemand.«

»Zumindest war das bislang so.«

»Du hast hier nicht das Sagen«, wiederholte sie.

»Das darfst du dir gern einreden. Aber davon wird es nicht wahrer.«

Jordan drückte auf die Taste.

Über das offene Mikrofon sagte Billy: »*... nicht getan!*«

Jordan lächelte zu ihm hinüber. »Natürlich habe ich das getan.«

»Du hast ihn aus der Leitung geworfen?«

»Du weißt doch, was ich von Typen halte, die meinen, bestimmen zu müssen.«

»Und wenn er die Wahrheit gesagt hat?«

»Glaubst du das denn?«

»Ich glaub, ich muss meine Unterhose wechseln ... insofern ... Ja, ich denke ... Ja.«

Jordan sah zu Monitor zwei.

Leitung 1: Niesha (fährt durch den Central Park, um dem Stau zu entkommen)

Leitung 2: Maggie (arbeitet in der Notaufnahme Bellevue, erste Verletzte kommen)

Leitung 3: John (Polizei hat seine Straße abgeriegelt)

Leitung 4: Russel (sieht, wie die Feuerwehr einen Brief-kasten abmontiert, um über den Gehweg zu kommen)
Leitung 5: kein Anrufer

Jordan öffnete Leitung zwei. »Maggie, du bist im Belle-vue?«

Die Leitung war tot.

»Vielleicht hat sie dich nur zur Seite gelegt?«, mutmaß-te Billy. »Vielleicht brauchte sie ja ebenfalls einen frischen Schlüpfer ...«

»Dann versuchen wir es mit John auf Leitung drei. Da sind Cops auf seiner Straße.« Sie schaltete die Leitung frei. »John, wo genau bist du gerade?«

Stille.

Jordan sah zu Billy. »Sind die Leitungen jetzt alle tot?«

Er zuckte mit den Schultern. »Vielleicht. Kann sein. Wahrscheinlich. Keine Ahnung. Ist einer dieser Tage ...«

»Sehr hilfreich, wirklich. Russell auf Leitung fünf, hier ist *Overdrive mit Jordan Briggs*.«

Nichts.

Auf dem zweiten Bildschirm stand jetzt:

Leitung 1: Niesha (fährt durch den Central Park, um dem Stau zu entkommen)
Leitung 2: KEIN ANRUFER
Leitung 3: KEIN ANRUFER
Leitung 4: KEIN ANRUFER
Leitung 5: KEIN ANRUFER

Es musste das verdammte Telefonnetz sein. Sie schaltete Leitung eins frei. »Niesha, komm, sprich mit mir.«

Noch während ihr Finger die Taste losließ, sprang der Bildschirm um.

Leitung 1: KEIN ANRUFER
Leitung 2: KEIN ANRUFER
Leitung 3: KEIN ANRUFER
Leitung 4: KEIN ANRUFER
Leitung 5: KEIN ANRUFER

»Tja, die Leitungen sind eindeutig tot.«

Jordan hatte ihr Handy immer stumm geschaltet, wenn sie auf Sendung ging, aber es lag in Reichweite. Weil sie Kopfhörer trug, hörte sie nicht, dass es vibrierte, doch sie sah, wie es ein paar Zentimeter über die Tischplatte hoppelte, als eine Nachricht einging. Sie drehte das Handy zu sich und warf einen Blick aufs Display.

UNBEKANNTE NUMMER: *1st Avenue, Ecke East 28th*

Jordan sah erneut zu Billy, der jedoch an seinem Pult zugange war. Sie tippte die Adresse in den Computer, fügte *NYC* hinzu und drückte auf Suchen. Die Ergebnisliste bestand aus ein paar Unternehmen und Mietshäusern. Nichts weiter.

Bildschirm zwei zeigte eine Aktualisierung an.

Leitung 1: KEIN ANRUFER
Leitung 2: KEIN ANRUFER
Leitung 3: Bernie
Leitung 4: KEIN ANRUFER
Leitung 5: KEIN ANRUFER

Schlagartig schnürte es ihr die Kehle zu. Auch Billy hatte das Update gesehen, warf ihr einen flüchtigen Blick zu und tippte wie wild drauflos.

Jordan lud die Seite mit den Suchergebnissen neu. Wieder dieselbe Liste.

Auch Bildschirm zwei lud neu:

Leitung 1: KEIN ANRUFER
Leitung 2: Bernie
Leitung 3: Bernie
Leitung 4: Bernie
Leitung 5: KEIN ANRUFER

BILLY: *Klick das hier an!*

Er hatte einen Link mitgeschickt. Als sie ihn aufrief, tauchte eine Art Polizeiticker auf dem Bildschirm auf, eine Echtzeit-Meldung:

10-80 – 484 1st Ave/E28. ALLE EINSATZKRÄFTE MELDEN!

Niemand brauchte ihr mehr zu erklären, was ein 10-80 war.

Der zweite Bildschirm aktualisierte sich.

Leitung 1: Bernie
Leitung 2: Bernie
Leitung 3: Bernie
Leitung 4: Bernie
Leitung 5: Bernie

Sie musste etwas sagen – sie waren noch immer auf Sendung. Doch als sie den Mund aufmachte, brachte sie keinen Ton heraus.

24

Cole

Tresler schleuderte Omars Handy auf den Parkettboden und zertrampelte es.

»Das war ein Beweisstück«, murmelte Cole wohl wissend, dass es dafür zu spät war. Tresler handelte oft impulsiv und dachte erst zwanzig Minuten später über alles nach.

Er trat ein weiteres Mal auf das Handy. Diesmal zermalmte er mit dem Absatz, was vom Display noch übrig war. »Wie zur Hölle kann so was passieren?« Noch ein Tritt. Plastiksplitter, Scherben und kleine Metallteile knirschten unter seiner Sohle. »Wer ist dieser Typ?«

»Ich weiß es nicht.«

Coles Handy vibrierte, und er zog es aus der Tasche.

484 1st Avenue!

Tresler ließ von seinem Totentanz ab und las die Nachricht von Coles Handydisplay ab. »Was hat das zu bedeuten?«

»Ich bin mir nicht sicher … Unbekannte Nummer.«

Cole klickte die Telefonnummer an und drückte die Anruftaste. Einen Augenblick später sprang eine Bandansage an.

»Sie sind verbunden mit der Mailbox von Jordan Briggs. Bitte hinterlassen Sie eine Nachricht, vielleicht rufe ich zurück.«

Cole legte noch während des Pieptons auf.

Im selben Moment klingelte Treslers Handy. »Das ist

wieder Gaff.« Mit zusammengekniffenen Augen sah er Cole an. »Du bleibst, wo du bist. Wir müssen das hier erst klären.« Er nahm den Zahnstocher aus dem Mund, schnickte ihn durch die Tür und wandte sich von Cole ab, damit der nicht mit anhörte, was sie besprachen.

Cole markierte die Adresse aus der jüngsten Nachricht, kopierte sie in seinen Webbrowser und klickte auf Suchen. Die erste Überschrift lautete:

NISSAN SENTRA VOR BELLEVUE HOSPITAL EXPLO-DIERT (VOR 2 MINUTEN)

Darauf folgte ein halbes Dutzend ähnlicher Meldungen, die alle aus den letzten Minuten stammten.

Cole spürte, wie sich sein Magen verkrampfte.

Mit dem Handy am Ohr drehte sich Tresler langsam zu ihm um. Er war kreideweiß im Gesicht. »Und es ist die gleiche Machart?« Gaff schien etwas zu erwidern, worauf Tresler ins Telefon sagte: »Nein, ich glaube wirklich, Cole ist nicht ausgefuchst genug für so was. Dieser Bernie spielt mit ihm irgendein Spiel.«

»Danke auch«, brummte Cole.

Eine weitere Nachricht von Jordan: *Ich hab ihn in der Leitung. Soll ich rangehen?*

»Mist!« Er hielt Tresler sein Handy hin.

Der angelte einen frischen Zahnstocher aus seiner Tasche und schob ihn sich in den Mundwinkel. »Lieute-nant«, sagte er ins Telefon, »diese Briggs hat den Kerl wie-der in der Leitung. Kann der Anruf inzwischen zurück-verfolgt werden?« Während er zuhörte, machte sich ein Grinsen auf seinem Gesicht breit. »Oh, jetzt geht uns das Arschloch ins Netz. Richten Sie der Sechs-Uhr-Schicht aus, die Kollegen sollen beim Gefängniseinmarsch einen Platz für ihn freihalten. Geben Sie Laut, wenn Sie die Adresse haben!« Er legte auf und rief über die Schulter: »Ich brauche ein Radio!«

»Wir brauchen kein Radio«, warf Cole ein. »Es gibt eine App.«

Tresler verdrehte die Augen. »War ja klar.«

Eilig schrieb Cole eine Antwort an Jordan: *Wir verfolgen den Anruf – schalten Sie Bernie auf und halten Sie ihn so lange wie möglich in der Leitung.* Dann rief er die Sirius-XM-App auf und klickte sich zu ihrem Sender. Es dauerte kurz, ehe die Verbindung stand und ihre Stimme über den Handylautsprecher zu hören war. Beide beugten sich darüber.

»Das hast du nicht gemacht, Bernie!«

»Nein, ich nicht, aber du. Das hier geht auf deine Kappe. Verfolgt die Polizei diesen Anruf?«

»Natürlich, was glaubst du denn?«

Bernie war einen Moment lang still. »Du hast die Kameras abgehängt.«

»Ja.«

»Fühlst du dich so besser?«

»Ja.«

»Komisch, oder? Wie solche Nebensächlichkeiten uns in Sicherheit wiegen. Das Paket, das ich dir heute Morgen geschickt habe, hätte ebenfalls eine Bombe sein können. Was weißt denn du, ob ich im Sender, im Studio und womöglich bei dir zu Hause nicht längst zigmal ein und aus gegangen bin? Du weißt nicht, wie ich aussehe. Ich könnte in diesem Augenblick ein Stockwerk unter dir sein und eine Waffe auf deine ...«

»Du machst mir keine Angst, Bernie. Red so viel Mist, wie du willst – aber damit kriegst du mich nicht. Ich bin stärker als du. Ich bin klüger. Du bist ein armseliger Wichser, der sich hinter einem Telefon verschanzen muss. Wenn du in diesem Gebäude bist, dann komm hoch – setz dich mir gegenüber. Und dann sehen wir ja, wie tough du von Angesicht zu Angesicht bist.«

»Du hast ein Pfui-Wort gesagt, Miss Briggs. Das wird die Kommission nicht gern hören.«

»Die Sendekommission hat in Sachen Satellitenradio gar nichts zu melden. Du hast meine Tochter bedroht. Ein Kind! Wenn irgendwer eines Tages hierüber schreibt, dann wirst du die Memme sein, die sich irgendwo in einem Loch versteckt und auf ein paar Knöpfchen gedrückt hat – weil du nämlich nicht die Eier hast, deinem Gegner in die Augen zu sehen. *Wichser* ist noch viel zu nett formuliert. Diese Leute, die du umgebracht hast – die hatten Familie. Kinder. Wenn die Cops dich hochnehmen, dann werfen wir alle unseren Namen in den Lostopf, um zu sehen, wer dir die Giftspritze setzen darf.«

»Ich soll schöne Grüße von den Bonfigleos ausrichten.«

Cole und Tresler wechselten einen Blick.

Jordan antwortete nicht.

»Hast du mich nicht gehört?«

»Ich habe dich gehört.«

»Und jetzt gehe ich die Nächsten besuchen.«

Wieder antwortete Jordan nicht.

»Möchtest du wissen, wo ich gerade bin?«

»Klar, Bernie. Wie lautet die Adresse?«

»Ich habe den Ehemann in der Garage erwischt – mit einer Flasche Fusel am Hals, bevor er zur Arbeit wollte. Ist das zu glauben? Wer trinkt bitte schön am frühen Morgen? Er meinte, es würde ihm den Tag erleichtern. Ich kann mir wirklich nicht vorstellen, einen Job so sehr zu hassen, dass ich erst saufen muss, bevor ich hingehe. Er war drauf und dran, sich ans Steuer zu setzen. Ich glaube nicht, dass das Schlückchen ihn verkehrsuntüchtig gemacht hätte, aber wenn er den Tag mit einem Drink beginnt, hat er in seinem Schreibtisch im Büro vielleicht noch eine Flasche versteckt. Oder im Handschuhfach? Wahrscheinlich einen kleinen silbernen Flachmann mit Initialen vorne drauf, den er wahrscheinlich mit auf die Toilette nimmt, wo er für sich allein eine kleine Kloparty schmeißt.« Bernie kicherte in sich hinein. »Also, die gute Nachricht ist, dass er heute nichts mehr trinken wird. Fahren wird er auch nicht. Ich habe ihn mitsamt kubanischer Krawatte in seinen Wagen gesetzt.«

»Kubanische Krawatte?«

»Ich habe ihm entlang des Kiefers den Hals aufgeschlitzt und dann die Zunge durch den Schlitz gezogen.«

»Hinreißend, Bernie.«

»Das hab ich zum ersten Mal gemacht, und es ging nicht ganz so gut wie gedacht. Eigentlich hatte ich vor, ihm die Drosselvene durchzuschneiden, aber wie sich herausgestellt hat, verläuft die auf dieser Höhe seitlich – also nicht so, dass man sie hundertprozentig erwischt. Die Halsschlagader liegt da näher, nur hab ich auch die nicht erwischt. Aber bis dahin hatte ich mir schon die Zunge gegriffen und rausgezogen. Ziemlich unsaubere Angelegenheit, aber sei's drum. Allerdings gab es da noch ein Problem – nämlich dass er nach wie vor am Leben war. Ich hab überlegt, ob ich es doch mit den Adern probieren soll und ihn ausbluten lasse oder lieber gleich die Kugel nehme. So wie er dasaß, gefesselt und mit der Zunge unterm Kinn, war er mir keine große Entscheidungshilfe. Also habe ich ihn erst mal im Auto sitzen lassen, damit er sich ein paar Gedanken macht, während ich rein bin, um mich mit der Missus zu unterhalten.«

Treslers Handy piepte, und er sah aufs Display. »Wir haben eine Adresse – er ruft von einer Nummer in North Bergen an. Wieder eine Festnetznummer.« Stirnrunzelnd blickte er auf. »Wie ist er so schnell nach Jersey gekommen? Manhattan ist dicht. Dort hätte er durchfahren müssen.«

»Keine Ahnung, wie er es geschafft hat. Aber im Prospect Park steht ein Hubschrauber und wartet«, rief Cole ihm ins Gedächtnis. »Wir könnten in zehn Minuten dort sein.«

Tresler nickte und rief im Vorbeirennen dem Officer, der die Untersuchung vor Ort leitete, ein paar Befehle zu. Noch während er hinter Cole her auf den Park zueilte, wählte er die Nummer von Lieutenant Gaff.

25

Jordan

Jordan spürte, wie sie am ganzen Leib zitterte. Wie eine Highschool-Schülerin, deren Freund ihr gerade die Hand unter den Rock geschoben hatte. Das war nicht gut. Mit der linken Hand krallte sie sich in die Tischkante, ließ wieder los und sah sich nach ihrem Kaffeebecher um. Koffein war zwar das Letzte, was sie jetzt brauchte, aber ihre Kehle fühlte sich an wie Schmirgelpapier, und natürlich hatte ihr niemand aus diesem Versagerpraktikantenhaufen eine Flasche Wasser hingestellt.

BILLY: *Ich hab die Cops dran – halt ihn in der Leitung – sie haben eine Adresse!*

»Bist du gerade in diesem Haus, Bernie?«

»Bin gerade rein, ja.« Seine Stimme war leiser geworden, kaum mehr als ein Flüstern. »Ich hoffe, das macht jetzt nichts – aber ich muss eins dieser Bluetooth-Dinger benutzen, weil ich gleich beide Hände brauche. Mit dem glitschigen Blut ist das Telefon auch schwer zu halten. Ich würde es nur ungern fallen lassen und dich nicht mehr hören. Warum habe ich nicht an Handschuhe gedacht…«

Jordan beugte sich ans Mikrofon und sprach nun ebenfalls leise: »Nur damit ich es richtig verstanden habe: Du hast gerade einen Mann in seiner Garage umgebracht, und jetzt bist du in seinem Haus und suchst nach seiner Frau?«

»Wahrscheinlich lebt er noch. Keine Ahnung, wie lange, ich bin schließlich kein Arzt. Aber ja, ich bin jetzt im Haus – und ich wünschte mir, du könntest spüren, wie mein Herz gerade klopft. Das verdammte Ding ist so laut, dass ich überrascht bin, dass du es nicht hörst!«

»Tu nicht noch jemandem etwas an, Bernie. Geh … Geh einfach wieder raus, setz dich auf die Treppe und warte, bis die Polizei vor Ort ist. Du weißt, dass sie deinen Anruf zurückverfolgen. Es kann nicht mehr lange dauern. Warum noch mehr Ärger riskieren, als du sowieso schon hast?«

»Ich bin mir nicht sicher, ob sie Kinder haben … wenn, dann sind die schon älter … Irgendwer sammelt hier Hummel-Figuren, diese gruseligen kleinen Porzellanfigürchen, die aussehen wie aus einem Dickens-Roman. Die stehen hier überall – auf dem Kamin, in den Bücherregalen … Sogar die Küchenanrichte war voll davon! Mindestens fünfzig … Wie jemand dazwischen kochen kann! Und Putzen muss bei all dem Plunder doch die Hölle sein! Aber vielleicht putzen sie gar nicht, vielleicht klebt dazwischen überall Fett und Staub und weiß der Geier was. *Zum Kotzen!* Die Kommission ist aus dem Spiel, hast du erwähnt – dann darf ich doch *zum Kotzen* sagen?«

Halt ihn in der Leitung, redete Jordan sich ein. Mehr musste sie nicht tun. Nur der Polizei genug Zeit verschaffen, dorthin zu gelangen.

»Ich sag dir mal was, Bernie. Du darfst so oft *zum Kotzen* sagen, wie du willst, sofern du jetzt tust, was ich sage, und raus vor die Tür gehst.«

»*Kotzen, Kotzen, Kotzen*«, trällerte Bernie leise vor sich hin. »Ist schon okay, Jordan. Ich glaube, das war's jetzt auch. Öfter muss ich es gar nicht mehr sagen. Die Bonfigleos haben auch ziemlich geflucht. *Scheiße* dies. *Arschloch* das. *Oh verdammt, tun Sie das nicht!* Immer und immer wieder …«

Jordan sah zu dem Whiteboard mit ihren Stichwörtern für die heutige Sendung. Jedes einzelne klang inzwischen nur noch absurd. Sie streckte sich nach dem Schwamm aus und wischte das Whiteboard sauber, dann schrieb sie BERNIE? ganz oben hin und darunter: BONFIGLEO/BROOKLYN.

»Warum die Bonfigleos, Bernie? Warum hast du sie umgebracht?«

»Du weißt genau, warum.«

Jordan sah rüber zu Billy. Er hing am Telefon, sprach vermutlich mit der Polizei.

»Ich kenne niemanden, der so heißt.«

»Im Erdgeschoss ist sie nicht, die Missus«, sagte Bernie. »Ich hab jetzt Küche, Wohnzimmer, Bad und Wäschekammer abgesucht. Da war niemand. Aber oben läuft Wasser, vielleicht ja die Dusche? Könnte auch ein Waschbecken sein. Vielleicht putzt sich gerade jemand die Zähne? Aber dafür läuft es schon ganz schön lange. Totale Verschwendung, wenn du mich fragst. Sogar für eine Dusche wäre es ziemlich lang. Die Leute haben einfach keine Achtung mehr vor unseren natürlichen Ressourcen. Ron und Tara, die Bonfigleos – bei denen brannte im ganzen Haus Licht. Überall, sogar in den Zimmern, die sie gar nicht benutzt haben. Verschwendung! Also, im Erdgeschoss ist definitiv niemand mehr. Ich gehe jetzt hoch.«

Jordan schrieb RONALD und TARA neben den Nachnamen auf ihr Whiteboard. Dann tippte sie eine Nachricht an Billy: *Wie lange brauchen sie noch?*

BILLY: *Ca. 6 Min entfernt*

Sechs Minuten? Herr im Himmel, waren die zu Fuß unterwegs?

Halt ihn in der Leitung, Jordie …

»Bernie, wenn du mir nicht erzählst, warum es die Bonfigleos sein mussten, erzähl mir wenigstens von den Leuten jetzt – warum sie?«

»Ihre Treppe knarrt. Der Boden teilweise auch. Man kann so was beheben, weißt du? Man muss nur Babypuder drüberstreuen und in die Ritzen und um die Schrauben kehren. Das Haus ist schon älter, aber der Boden ist hübsch. Sieht nach Ahorn aus. Ist noch ganz gut in Schuss, zumindest an den meisten Stellen.« Er hielt kurz inne. »Aus dem Bad kommt Licht. Dann ist das Wasser bestimmt die Dusche. Ich glaube, ich habe die Missus gefunden. Ich sehe hier zwei geschlossene Türen – bevor ich zu ihr reingehe, will ich doch mal sehen, ob sonst noch jemand zu Hause ist.«

»Bernie, wenn sie Kinder haben, lässt du die in Frieden!«

»Ist das deine Schmerzgrenze, Jordan? Erwachsene umbringen ist okay – aber Kinder sind ein No-Go?«

»Das habe ich nicht gesagt. Ich will nicht, dass du überhaupt jemandem wehtust.«

»Was ist mit Hunden? Bist du eine von denen, die lieber Menschen als Tiere sterben sehen?«

»Nichts und niemand soll sterben«, entgegnete Jordan. »Ich will, dass du jetzt nach unten gehst und draußen auf die Polizei wartest.«

»Hier ist kein Hund. Den hätte ich längst gefunden. Allerdings habe ich in der Wäschekammer ein Katzenklo gesehen. Allerdings sind Katzen gut darin, sich zu verstecken.«

»Du bringst nichts und niemanden um!«

»Ich müsste mal ganz kurz leise sein … Stehe jetzt vor der ersten Tür, Moment …«

Am liebsten hätte Jordan durchs Telefon gegriffen und wäre dem Mann an die Kehle gegangen. »Ich kann nicht zulassen, dass du in einer Livesendung jemandem etwas antust! Wenn das passiert, lege ich auf.«

»Du weißt, was als Nächstes kommt, wenn du auflegst. Ich habe noch sechs Uber-Fahrer im Rennen. Vielleicht jage ich diesmal zwei gleichzeitig hoch.«

»Seit der erste Uber explodiert ist«, sagte Jordan eilig, »hat die Polizei sämtliche Ubers evakuiert.«

»Also, meine bewegen sich noch, Jordan. Lüg mich also nicht an. Das kannst du nicht. Entweder wir bleiben in der Leitung, oder ich zünde die nächste Bombe. So sind die Regeln. Und jetzt ganz kurz, eine Sekunde, ich mache die erste Tür auf ...«

BILLY: *Polizei sagt, bleib dran – so wissen sie, wo er sich befindet, sobald sie am Haus sind!*

»Bitte, tu niemandem ...«

»Psst!«

Jordan hielt den Atem an und versuchte, ihre Nerven wieder in den Griff zu kriegen. Sie war drauf und dran, ihm die Kontrolle über dieses Gespräch zu überlassen. Warum? Dies hier war ihre Show, sie bestimmte die Regeln, nicht er.

»Du wolltest mit mir ein Spielchen spielen. Wie wär's, wir drehen den Spieß um?«

Es war ihr herausgerutscht, bevor sie auch nur darüber nachdenken konnte. Ihr Unterbewusstsein hatte sie einfach überholt.

Erst antwortete Bernie nicht. Dann flüsterte er: »Was schwebt dir vor?«

Jordan leckte sich über die Lippen. Sie brauchte dringend etwas zu trinken. »Du hast gesagt, da sind zwei geschlossene Türen. Wie wär's, wenn du nur eine davon aufmachen dürftest? Du suchst sie dir aus. Aber was immer passiert, was immer du dahinter vorfindest: Die andere Tür rührst du nicht an. Was immer hinter der zweiten Tür steckt, *bleibt* hinter der zweiten Tür.«

Wieder war Bernie still, und Jordan spürte jede Sekunde, die verstrich.

»Oh«, sagte er schließlich, »das gefällt mir. Das gefällt mir richtig gut.«

Jordan zwang sich, ruhig zu atmen. Ihren Puls wieder zu beruhigen. »Aber du tust keinem Kind weh, Bernie! Das muss eine der Regeln sein.«

»Nichts da. Was oder wen immer ich hinter der Tür finde, muss sterben – *so* spielen wir dieses Spiel. Wenn du damit nicht einverstanden bist, dann mach ich's, wie ich will. Dann gehe ich durch beide Türen und räume hier auf. Und jetzt will ich eine Entscheidung. Wenn die Dusche abgestellt wird, ehe du etwas gesagt hast, sind sie alle tot. Bämm, bämm, bämm.«

Wo zur Hölle blieb die Polizei?

Wo blieb die gottverdammte Polizei?

»Okay.« Im selben Moment, als sie es sagte, wusste sie, dass dieses *Okay* sie für den Rest ihres Lebens verfolgen würde. Dieses eine Wort. Billy starrte sie mit offenem Mund durch die Scheibe an.

Sie hatte soeben jemandes Todesurteil gesprochen.

»Zwei geschlossene Türen, dazwischen ein Bad«, sagte Bernie. »Da war zwar Licht, aber das Bad war leer. Das Elternschlafzimmer liegt am Ende des Flurs. Die Tür steht offen, von dort kam das Rauschen. Mom steht dort unter der Dusche. Wer also verbirgt sich hinter Tür eins und wer hinter Tür zwei? Ich habe ein Messer und eine Pistole. Die Pistole ist eine SIG Sauer P238, eine kleine .380er. Nicht wahnsinnig durchschlagkräftig, aber sie dient ihrem Zweck. Ich mache jetzt Tür Nummer eins auf – die, an der ich näher dran bin. Und du musst eine weitere Entscheidung treffen. Wenn ich dort jemanden vorfinde – nehme ich das Messer oder die Pistole?«

Jordans Magen krampfte sich zusammen. »Bernie, du kannst nicht von mir verlangen, dass ich hierbei mitmache ...«

»Entweder du entscheidest dich, oder das Spiel ist aus, und ich gehe in beide Zimmer.«

»Ich kann nicht ...«

»Eigentlich muss sie gleich fertig geduscht haben, meinst du nicht auch? Wer bitte schön duscht so lange?«

BILLY: *Pistole hört man – warnt andere im Haus, die so die Möglichkeit hätten zu fliehen!*

Jordan sah zu ihm, und er zuckte mit den Schultern.

»Tick, tack, Miss Briggs.«

Sie schüttelte den Kopf. »Dann eher die Pistole ...«

Bernie schnaubte. »Also die Pistole. Auf drei, einverstanden? Die erste Tür – eins ... zwei ... drei.«

Die darauffolgende Stille im Studio war schier erstickend – Jordan war wie erstarrt. Billy schien es nicht besser zu gehen: Er sah mit offenem Mund über sein Pult hinweg unverwandt zu ihr herüber.

Der Schuss kam schnell und war ohrenbetäubend laut.

Es war, als hätte er Jordan in den Bauch getroffen, so heftig zuckte sie auf ihrem Stuhl nach hinten.

26
Cole

Noch bevor der Hubschrauber auf dem Rasen am Südufer des Sees im North Hudson Country Park aufgesetzt hatte, stemmte Cole die Ausstiegsluke auf. Er riss sein Handy vom Kabel, an dem es mit dem Lautsprechersystem des Hubschraubers verbunden gewesen war, sprang nach unten und rannte ohne das geringste Zögern in Richtung 77th Street. Die Adresse, die sie in Erfahrung gebracht hatten, lag nur wenige Blocks entfernt.

Hinter ihm brüllte Tresler keuchend in sein Handy: »Schusswaffeneinsatz! Ich wiederhole: Schutzwaffeneinsatz!«

Cole überquerte den Riverview Drive und hechtete auf der anderen Straßenseite über eine niedrige Steinbegrenzung, hinter der die 79th verlief. Fast hätte er den weißen Honda, der auf ihn zuschoss, übersehen. Er drehte sich erst danach um, als er die Bremsen quietschen hörte. Schlitternd kam der Wagen zum Stehen, verfehlte ihn nur um eine Handbreit, und Cole rannte mit brennenden Muskeln in Oberschenkeln und Waden weiter.

Ein halbes Dutzend Streifenwagen des North Bergen PD sowie ein gepanzerter SWAT-Transporter rasten über die 77th: zwar ohne Sirenen, aber mit Blaulicht. Vor einem dreigeschossigen braunen Einfamilienhaus mit grauem Dach und gemauerter Veranda stiegen sie auf die Bremse. Bis Cole und Tresler die letzten Meter geschafft hatten,

hatten die Kollegen mithilfe ihrer Fahrzeuge die Straße in beide Richtungen blockiert, diverse Officer sperrten die Zufahrtswege, während ihre Kollegen die Nachbarn und Gaffer entlang der Straße verscheuchten. Die hinteren Türen des SWAT-Fahrzeugs gingen auf, der Trupp sprang in voller Einsatzmontur heraus und nahm letzte Befehle entgegen.

»Ihr zwei, ihr sucht euch einen erhöhten Posten, von dem ihr die Fenster einsehen könnt. Einer vor dem Haus, einer hinten. Ihr drei auf die Rückseite. Wir gehen durch sämtliche Türen und Hintertüren. Ihr seid die Vorhut, das PD folgt nach. Verstanden?«

Die fünf Männer nickten und zogen los. Als Cole und Tresler sich näherten, blickte der Einsatzleiter ihnen entgegen.

»Wer zur Hölle sind Sie?«

Er war vielleicht Mitte vierzig. Kurzes grau-schwarz meliertes Haar. Ernstes Gesicht. Eine ältere Narbe am linken Auge. Über der schwarzen Uniform trug er eine Schutzweste. Dem Namensschild zufolge hieß er RYLAND.

»Ich bin Detective Cole Hundley, und das ist mein Partner Garrett Tresler. Wir sind vom NYPD.«

»Ihr seid hier in Jersey, Jungs. Ihr habt hier nichts zu melden.« Er zeigte in Richtung der PD-Officer und wies sie an, mit den Waffen im Anschlag hinter den SWAT-Leuten vor den Türen Position zu beziehen.

Cole versuchte, wieder zu Atem zu kommen. »Wir sind seit heute früh an dem Typen dran. Er steckt hinter den Bombenanschlägen drüben in Midtown und hinter einem Doppelmord in Brooklyn. Außerdem hält er aus diesem Haus Telefonkontakt zu einem Radiosender. Er hat gerade einen Schuss abgefeuert – wenn die Leute da drin nicht schon tot sind, dann sind sie es jeden Moment. Wir müssen augenblicklich rein!«

Der Commander sah ihn verwirrt an. »Radiosender?«

»Er hat in der Jordan-Briggs-Show angerufen.« Cole legte sein Handy auf die Kühlerhaube eines Streifenwagens und drehte die Lautstärke auf, sodass Jordan Briggs' Stimme klar zu hören war.

»Oh Gott, Bernie, sag bitte, dass das nicht wahr ist! Er antwortet nicht … Herrgott, Bernie – bist du noch dran?«

Als Bernie zu guter Letzt antwortete, sprach er immer noch leise und eindeutig zu ruhig. »Sorry, bin gerade leicht zusammengezuckt. Ich hatte den Finger am Abzug – da ist sie losgegangen. Ich muss wirklich besser aufpassen.«

»Was war in dem Zimmer, Bernie?«

»Sieht aus wie ein Nähzimmer oder ein Hobbyraum …«

»Aber keine Menschen?«

»Keine Menschen.«

»Dann musst du jetzt gehen. Das war der Deal«, sagte Jordan. »Geh raus und warte draußen auf die Cops.«

»Ich glaube, die sind schon da – auf der Straße ist irgendwie Trubel … Ich will nicht zu nah ans Fenster – womöglich haben sie überall Scharfschützen postiert.«

»Lass die Pistole einfach im Zimmer, das Messer auch, und geh nach unten. Geh langsam und mit erhobenen Händen durch die Eingangstür, sodass sie dich sehen können, dann tun sie dir nichts. Nicht, wenn so viele Leute zuhören.«

»Die verpassen mir bei der erstbesten Gelegenheit eine Kugel, und das weißt du auch, Jordan. So läuft das und nicht anders. Außerdem war das *nicht* unser Deal.«

»Natürlich!«

»Unser Deal war: eine der beiden Türen. Ich rühre Tür zwei nicht an, darauf haben wir uns geeinigt. Mit der Missus muss ich trotzdem noch sprechen.«

»Wenn du nicht rausgehst, dann stürmen sie das Haus!

Und dann *werden* sie dich erschießen. Warum willst du ihnen auch noch einen Grund dafür liefern?«

»Wie sieht denn das Timing aus?«, fragte Bernie.

»Timing?«

»Du hast vorhin gesagt, alle halbe Stunde wird unterbrochen, und es ist jetzt zwei Minuten vor acht. Ist die Verbindung dann weg?«

Jordan schnaubte frustriert. »Billy, können wir das irgendwie verhindern?«

Billy schaltete sein Mikro auf. »Tut mir leid, Jordie, genau wie du vorhin gesagt hast, passiert das vollautomatisch. Sämtliche Leitungen werden gekappt. Verhindern kann ich das nicht.«

»Tja, dann ist es wohl so«, sagte Bernie. »Wenn gleich die Leitung gekappt wird, muss ich dir erst noch eine Frage stellen. Anschließend ...«

Er verstummte.

Cole, Tresler und Commander Ryland starrten auf das Handy hinab.

»Bernie?«, fragte Jordan. »Bist du noch da? Billy, ist er aus der Leitung geflogen?«

»Er ist noch dran, Jordie. Wir haben noch vierzig Sekunden bis zur Unterbrechung.«

Einen Augenblick später war Bernie wieder dran und flüsterte kaum hörbar: »Das Wasser ist abgestellt worden. Ich kann sie da drinnen summen hören.«

»Tu ihr nichts, Bernie!«

»Ich glaube, ich nehme das Messer. Die Pistole mag ich irgendwie nicht.«

»Bernie, es muss doch etwas geben, was ich ...«

»Hier sind die Alternativen, Jordan. Ich will deine Antwort, bevor die Leitung gekappt wird, du hast also nicht alle Zeit der Welt. Diesmal lautet die Frage ... Holland oder Lincoln Tunnel?«

»Ich werde einen Teufel tun und ...«

»Sag etwas, bevor die Leitung tot ist, oder ich jage beide in die Luft! Fünf Sekunden, Jordan!«

»Du kannst mich nicht ...«

»Einen der beiden Tunnel! Drei ... zwei ...«

»Gott, keine Ahnung! Holland oder ...«

»Also Holland.«

»Warte, ich hab nicht ...«

Ein Jingle erklang, und dann sagte eine aufgezeichnete Stimme: »*Sie hören* Overdrive mit Jordan Briggs *auf SiriusXM ...*«

Commander Ryland kniff die Augen zusammen. »Was zur Hölle war das gerade?«

Cole zeigte an der Fassade empor. »Sie müssen stürmen! Er bringt diese Frau um!« Dann drehte er sich zu Tresler um. »Holland Tunnel – ruf Gaff an und sag ...«

Tresler hatte das Telefon bereits am Ohr. »Bin dabei! Bin schon dabei!«

»Wir können nicht einfach stürmen«, widersprach Ryland. »Es gibt da ein striktes Protokoll. Erst versuchen wir, Kontakt aufzunehmen und mit ihm zu verhandeln.«

Cole spürte, wie ihm die Hitze ins Gesicht stieg. »Noch zwanzig Sekunden, und wer immer sich in diesem Haus befindet, ist tot! Der Typ zieht seit heute Morgen eine Spur aus Leichen hinter sich her – der ergibt sich nicht, und er wird eindeutig nicht verhandeln. Sie müssen stürmen!«

Kopfschüttelnd griff Ryland zum Funkgerät. »Sind die Schützen in Position? Irgendwer mit Sichtkontakt?«

»*Position – positiv. Sichtkontakt – negativ.*«

»*Hier das Gleiche: kein Sichtkontakt. Vorhänge vor sämtlichen Fenstern. Over.*«

Ryland sah zurück zu Cole, und etwas in dessen Gesicht musste ihn vom Ernst der Lage überzeugt haben. Er atmete schwer aus und drehte sich mit dem Funkgerät am Mund wieder zum Haus. »Gruppenleiter – wir stürmen auf mein Kommando. Durch sämtliche Türen, dann Blendgranaten. Der Verdächtige ist bewaffnet mit Schuss- *und* Stichwaffe. Er ist im Obergeschoss – höchstwahrscheinlich bei einem potenziellen Opfer im Elternschlafzimmer. Geht rein und dann so schnell wie möglich nach oben. Potenziell Unbeteiligte vor Ort – Vorsicht beim Schusswaffengebrauch! Alle in Position?«

Seine Leute waren bereit.

Cole sah, wie ein SWAT-Officer an der Haustür zu einer schwarzen Ramme griff, während die Kollegen hinter ihm die Waffen in Anschlag nahmen. Seitlich am Haus kauerten weitere Leute unter den Fenstern.

Sobald Ryland von jedem seiner Leute Rückmeldung hatte, drückte er erneut auf die Sprechtaste und zählte runter: »Stürmen in drei … zwei … eins … REIN! LOS, LOS!«

Der SWAT-Officer vor der Eingangstür riss die Ramme nach hinten und schwang sie mit Wucht vorwärts. Sie zermalmte das Blatt zwischen Türknauf und Riegel, und die Tür schlug nach innen auf. Einer der Männer hinter ihm warf eine Blendgranate durch den Eingang, sie explodierte mit einem dumpfen Knall, und weißer Rauch breitete sich aus. Der Officer mit der Ramme machte mit einer routinierten Bewegung den Durchgang frei, und seine Hintermänner stürmten an ihm vorbei. Der zweite war gerade über die Schwelle gerannt, als eine heftige Explosion das Haus und die ganze Umgebung erschütterte und Cole und alle anderen zu Boden schleuderte.

Ein Feuerball aus dem Innern des Hauses platzte durch sämtliche Fenster und gute sechs Meter weit über den Rasen und verschlang all diejenigen, die in Reichweite gestanden hatten. Die zweite Explosion im Obergeschoss war noch heftiger.

27
Jordan

Jordan versuchte, etwas zu sagen, brachte jedoch keinen Ton heraus. Ihr Blick blieb an einem Fleck auf ihrem Tisch hängen, den sie einfach weiter anstarrte, als wäre ihr Verstand nicht mehr in der Lage, weiter zu denken; als würde der Fleck jeden Rest Verstandesleistung aufbrauchen, den sie noch mobilisieren konnte. Das Blut rauschte laut in ihren Ohren, angetrieben durch ein Herz, das drauf und dran war zu bersten. Sie starrte den Fleck an, weil sie im Augenblick schlicht nichts anderes tun konnte, um im Hier und Jetzt zu bleiben – um nicht zusammenzubrechen, um nicht in Ohnmacht zu fallen, obwohl ihr Körper nichts anderes wollte: den Betrieb einstellen und irgendwann, wenn das hier vorbei wäre, in ihrem weichen Bett aufwachen und alles als schlimmen Albtraum abhaken.

Über Kopfhörer sagte Billy: »Jordie? Ich hab die Polizei in der Leitung. Sie blockieren sämtliche Zufahrten zum Holland und sicherheitshalber auch zum Lincoln Tunnel. Noch ist dort nichts passiert. Es gibt da anscheinend Schutzmechanismen, die solche Sachen verhindern – Sprengstoffsensoren und irgendwelchen James-Bond-Gegenspionage-Geheimdienst-Mist. Angeblich hätte er im Leben keine Sprengsätze dort reinbringen können, ohne ein Dutzend Alarme auszulösen und ohne dass das halbe NYPD über ihn herfällt. Sie glauben, er blufft.«

Er bluffte nicht. Er war kein Bluffer.

Als Jordan ausatmete, zwang sie sich, den Blick von dem Fleck abzuwenden.

»Nichts von alledem ist deine Schuld, Jordie«, sagte er. »Du hättest nichts …«

Den Rest hörte sie nicht mehr. Sie riss sich die Kopfhörer von den Ohren und ließ sie einfach auf den Tisch fallen.

Mit weichen Knien durchquerte sie das Studio, stolperte auf den Flur, wo gefühlt anderthalb Millionen Leute sie und die Studiotür anstarrten. Ein paar flüchteten bei ihrem Anblick, andere blieben wie angewurzelt stehen und sahen ihr zu wie einem Promi-Video auf YouTube.

Jules Goldblatt schob sich ihr in den Weg.

Noch bevor er etwas sagen konnte, fragte sie: »Wo ist Charlotte?«

»Sarah passt im Greenroom auf sie auf. Hör jetzt zu, Jordie, ich …«

Aber den Rest hörte sie schon nicht mehr. Sie drängelte sich an ihm vorbei, durch die Menge, auf den Flur, der zum Greenroom führte.

Mit ihren großen braunen Augen sah Charlotte zu ihr hoch. »Kannst du Sarah bitte sagen, dass ich ein Pop-Tart haben darf?«

Jordan durchquerte das Zimmer, fiel auf die Knie und drückte ihre Tochter so fest an sich, dass das Mädchen aufkeuchte. Ihr Gesicht war an Jordans Brust gepresst.

»Mommy, meine persönliche … Distanz …«, stieß Charlotte hervor, was aber nur dazu führte, dass Jordan sie noch fester an sich drückte. Sie wollte gar nicht mehr loslassen, nie wieder.

Nach einer gefühlten Ewigkeit lockerte sie ihre Umarmung und legte die Hände an Charlottes Wangen. »Ich liebe dich mehr als alles andere auf der Welt. Das weißt du, oder? Ich würde nie zulassen, dass jemand dir wehtut oder dich beleidigt oder irgendwie behandelt, als wärst du nicht dieser unfassbar großartige Mensch, der du bist.«

Charlotte guckte verdattert zu ihr hoch. »Dann ... *kann* ich ein Pop-Tart haben?«

Jordan kämpfte mit den Tränen. »Du kannst eine ganze Schachtel mit Pop-Tarts haben und sie mit Kakao runterspülen, wenn du willst.« Erneut nahm sie sie in die Arme.

Sarah sah ihr mit zusammengekniffenen Lippen zu. »Ich habe die Lautsprecher hier drinnen abgeschaltet. Die Bildschirme auch. Dachte, es wäre besser, wenn ...«

Sie sprach den Satz nicht zu Ende, aber Jordan wusste auch so, was sie meinte.

Sie nickte und hauchte ein tonloses *Danke*.

Hinter ihr räusperte sich Goldblatt. »Jordan?«

»Nicht jetzt, Jules. Ich muss einen Moment mit meiner Tochter verbringen, und es wäre mir lieb, wenn du uns diesen Moment nicht versauen würdest.«

»Jordan, hier sind Leute vom FBI, die mit dir sprechen müssen.«

Jordan reagierte nicht – Charlotte hingegen schon. Sie machte sich von ihrer Mutter los und sah über deren Schulter. »Sind Sie vom FBI?«

»Ja, Ma'am.«

»Dann solltest du mit ihnen reden, Mommy. Die haben Pistolen.«

Jordan wirbelte herum, weil sie schon glaubte, jemand hätte eine Waffe gezogen, aber es standen nur mehrere Personen in der Tür: vier Männer und zwei Frauen.

Eine der Frauen trat vor und streckte die Hand aus. »Miss Briggs? Ich bin Special-Agent-in-Charge Allison Varney. Können wir uns irgendwo unter vier Augen unterhalten?«

Jordan musste sich zusammenreißen, damit ihr nicht rausrutschte: *Ernsthaft?* Allison Varney sah kein bisschen aus wie eine Allison Varney. Sie hatte eindeutig einen asiatischen Background, sie war groß, mindestens eins fünfundsiebzig, und sie hatte grüne Augen. Sie trug eine dunkelblaue FBI-Windjacke über einem grauen Hosenanzug, einer weißen Bluse und im Hüftholster eine Pistole, die eindeutig zu groß aussah.

»In sechs Minuten muss ich wieder auf Sendung. Und ich bleibe hier bei meiner Tochter.«

»Okay.«

Jordan zerzauste Charlotte das Haar. »Wir können in mein Büro gehen.«

»Geht es auch irgendwo anders?«

»Warum?«

»Weil wir das gerade durchsuchen.«

Jordan spürte, wie ihr heiß und kalt wurde. »Sie tun *was*? Wer hat Ihnen erlaubt, mein Büro zu durchsuchen?«

Jules Goldblatts Gesicht sagte alles. Abwehrend hob er die Hand. »Laut Chefetage sollen wir kooperieren, also kooperieren wir. Hier hat niemand etwas zu verbergen. Ist doch so, oder?«

»Und was ist mit einem Durchsuchungsbeschluss? Mit dem üblichen Prozedere? Wir sind doch kein Polizeistaat!«

»Heute schon«, sagte Allison Varney ungerührt. »Wir können auch hierbleiben. Bräuchten dann nur mehr Ruhe.« Sie nickte in Richtung Tür, wo ein Dutzend Leute herumstand.

Jordan kam auf die Beine. »Jules, raus hier. Die anderen auch. Jeder. Raus.«

Jules Goldblatt ging zurück zur Tür und scheuchte die anderen vor sich her. Mit dem Fuß auf der Schwelle blieb er noch einmal stehen. »Jordan, da wäre noch etwas … Der Senator ist immer noch hier. Angesichts der Ereignisse hat sein Stab beschlossen, dass es hier für ihn sicherer ist, als wenn er zurück zu seinem Amtssitz fährt. Wenn du ihn sehen solltest, erwarte ich, dass du dich ihm gegenüber respektvoll benimmst. Du hast ihn in der Sendung vorgeführt, und es ist wirklich nicht nötig, dass du es noch schlimmer machst, indem du feindselig bist.«

Vom Beistelltisch neben der Couch nahm Jordan eine leere Coladose und warf sie nach ihm, traf aber nur die Wand rechts neben seiner Schulter. »Ich bin nicht feindselig!«

Kopfschüttelnd zog Goldblatt sich zurück.

Agent Varney neigte den Kopf leicht zur Seite. »Welcher Senator ist hier?«

»Moretti.«

Im vergangenen Jahr hatte Moretti einen Gesetzesentwurf vorgelegt, demzufolge das FBI dem Heimatschutzministerium unterstellt werden sollte – dabei sollten zwölf Standorte geschlossen und mehr als eintausend Arbeitsplätze eingespart werden. Der Gesetzesentwurf war von Anfang an zum Scheitern verurteilt gewesen; viele hatten gemunkelt, dass er ihn überhaupt nur vorgelegt hatte, um seinen Namen in den Zeitungen zu lesen.

Agent Varney nickte knapp und bedachte Charlotte mit einem Lächeln. »Ich kann gut verstehen, warum Sie heute in der Nähe Ihrer Tochter sein wollen. Aber es ist womöglich besser, wenn sie nicht hört, was wir besprechen.«

»Ich bin nicht aus Zucker«, entgegnete Charlotte. »Ich kann einiges wegstecken.«

»Ich bin mir sicher, du bist das toughste Mädchen der Welt – trotzdem muss ich kurz allein mit deiner Mommy sprechen.« Sie warf einen Blick über die Schulter. »Wie wär's, du wartest mit ein paar meiner FBI-Leute draußen auf dem Flur?«

Jordan wollte schon widersprechen, doch ein flüchtiger Blick zur Uhr sagte ihr, dass sie nur noch fünf Minuten hatte. Also drückte sie Charlottes Arm. »Ist schon in Ordnung, Charly. Ich bin gleich wieder bei dir. Bleib bei Sarah und pass auf, dass diese FBI-Leute nichts anfassen, was sie nicht anfassen sollen.«

Ihre Tochter zögerte kurz, ging dann aber hinaus auf den Flur zu Sarah. Drei der Agents folgten ihr – die zweite Frau und zwei der Männer. Die anderen beiden blieben an der Tür zum Greenroom stehen.

Agent Varney nickte in Richtung Sofa. »Setzen Sie sich doch.«

»Nein«, antwortete Jordan. »Warum wird mein Büro durchsucht?«

»Weil ich keine Überraschungen mag.« Agent Varney kniff die Augen zusammen. »In welcher Verbindung stehen Sie zu diesem Mann?«

»In gar keiner.«

»Es muss eine Verbindung geben. Dass er sich Sie herausgepickt hat, muss einen Grund haben.«

»Ich habe ein großes Publikum.«

Die Frau zuckte mit den Schultern. »Sterns Publikum ist größer. Die *Today Show* sitzt ein Stück die Straße runter. Aus dem Fenster in Ihrem Büro könnte ich rüber bis zu Jimmy Kimmels Studiotür spucken. Es gibt Dutzende weiterer Sender mit größerem Publikum überall – also: warum ausgerechnet Sie?«

»Ich habe keinen Schimmer, wer er ist.«

»Das glaube ich Ihnen nicht.«

»Mir egal.« Jordan nickte zur Wanduhr. »Noch vier Minuten.«

Varney ließ sie nicht aus den Augen. »Ich weiß, wie viel Zeit wir noch haben. Und angesichts der aktuellen Ereignisse lasse ich Sie sogar auf Sendung gehen. Aber bevor Sie weitersenden, will ich, dass Sie über eine Sache ganz genau nachdenken: Im Augenblick *frage* ich Sie, warum dieser Typ es auf Sie abgesehen haben könnte. Ich gebe

Ihnen die Gelegenheit, mir zu erklären, was Sie beide miteinander verbindet. So nett bin ich gerade. Wenn Sie in vier Minuten durch diese Tür und wieder auf Sendung gehen und ich es auf eigene Faust herausfinde – und ich *finde* es heraus –, dann werden Sie für die Behinderung von Ermittlungen belangt. Wenn ich Sie dann auch noch mit diesen Verbrechen in Verbindung bringen kann, wenn Sie *irgendwas* damit zu tun haben, dann wird es umso schlimmer. New York verhängt immer noch die Todesstrafe. Und auch wenn wir den elektrischen Stuhl seit sechzig Jahren nicht mehr eingeschaltet haben, gibt Ihr Kumpel Bernie den Kollegen gerade allen Grund, das Ding abzustauben und die Kabel zu überprüfen. Und entweder stehen Sie in der Schlange gleich hinter ihm, oder Sie arbeiten mit mir zusammen und gehen aus dieser Sache als Heldin hervor.«

»Warum genau sollte ich diesem Arschloch helfen?«

Agent Varney zuckte nicht mit der Wimper. »Quote?«

»Quote«, wiederholte Jordan. »Ich scheiß auf die Quote! Mein Publikum ist riesig!«

»Aber nicht das größte. Zumindest bis heute nicht. Inzwischen hört Sie *jeder*. Ich war erst oben bei der Geschäftsleitung, bevor ich runtergekommen bin – haben Sie eine Ahnung, wie viele allein in der letzten Stunde Ihr Programm abonniert haben?«

Hätte Jordan sich auch nur eine Sekunde Zeit genommen, die Anzeige im Studio zu checken, hätte sie es gewusst. Aber sie hatte nicht hingesehen. Sie war nicht mal auf die Idee gekommen. Weil es einfach nur verrückt war. »Das kann nicht Ihr Ernst sein.«

»Nur zwei Menschen profitieren gerade von alledem, was hier passiert: Bernie, der auf der Überholspur eine Berühmtheit geworden ist – und Sie. Sie sind binnen ein, zwei Stündchen von *semiberühmt* zur *meistgehörten*

Radiomoderatorin der Welt aufgestiegen. Also, sagen Sie es mir: Wer würde noch davon profitieren?«

Jordan machte einen Schritt auf die Frau zu. Am liebsten hätte sie ihr eine verpasst. »Drei Minuten.«

»Hat das hier mit den finanziellen Schwierigkeiten Ihres Mannes zu tun? Ist das hier irgendein Versuch, ihn rauszuboxen?«

»*Was?*«

»Wollen Sie jetzt behaupten, dass Sie nicht wissen, in welchen Riesenabgrund er Sie beide gerissen hat? Einen FBI-Officer zu belügen zieht übrigens zusätzlich einen Rattenschwanz an Konsequenzen nach sich. Es wäre vielleicht nicht unklug, einen ...«

»Ich habe keine Ahnung, wovon Sie reden.«

Varney kratzte sich frustriert an der Stirn und sah zu den zwei Agents an der Tür. »Warum streiten die Leute immer alles ab, statt es einfach zuzugeben?«

Einer der Agents zuckte mit den Schultern.

»Nicht dass es Sie etwas anginge – aber *mein Mann* und ich haben uns scheiden lassen, und das nicht erst gestern. Außerdem hatten wir getrennte Konten, weil er immer gern Geld für irgendwelchen Mist ausgegeben hat und ich das furchtbar fand. Als wir geheiratet haben, sind unsere Einkommen in einen eigens verwalteten Fonds geflossen, und jeder von uns bekam wöchentlich Auszahlungen. Ich hatte keine Ahnung, ob er sein Geld für die Rettung von Walen oder für russische Nutten ausgegeben hat – und es war mir ehrlich gesagt auch egal. Unser Vermögen ist inzwischen komplett auseinandergedröselt.«

»Sie klingen leicht verbittert.«

»Er ist ein Arschloch, und meine Meinung von Ihnen ist nur unwesentlich besser. Zwei Minuten.«

Agent Varney hob die linke Hand und schnipste mit den Fingern. Einer der Agents hinter ihr, ein untersetzter Typ mit schlechten Zähnen, zauberte mehrere Bogen Papier aus seiner Innentasche und legte sie ihr in die Hand.

Ohne auch nur darauf hinabzublicken, hielt Agent Varney sie Jordan hin. »Sind Sie mit dem Patriot Act vertraut?«

»Natürlich.«

»Ein hübsches Stück Papier. Wenn auch nur der Hauch eines Verdachts besteht, dass wir es mit einem Terrorakt zu tun haben, erlaubt uns das Gesetz einen beschleunigten Zugang zu Finanzdaten – ganz ohne Durchsuchungsbeschluss. Ohne den Act hätte ich ein paar Tage, vielleicht sogar Wochen dafür gebraucht, aber dank George W. konnte ich auf dem Weg hierher alles Wichtige einsehen. Und was ich gefunden habe, ist nicht sehr schön. Sie sind pleite, Miss Briggs. Seit zwei Wochen, wie es aussieht. Ihr Ehemann hat ein bisschen mit Überseekonten gespielt, und das ist jetzt aufgeflogen. Ich lasse die guten Kollegen aus der Finanzabteilung alles auseinandernehmen, um zu sehen, ob irgendein Vergehen vorliegt. Mir persönlich wäre lediglich wichtig zu wissen, ob hier ein Motiv zu finden sein könnte.«

Das Handy an Agent Varneys Gürtel zwitscherte. Sie machte es los und sah aufs Display. Und runzelte die Stirn.

»Was ist?«

»Wieder eine Bombe.«

Jordans Magen krampfte sich zusammen. »Der Holland Tunnel?«

»Nein ... kein Tunnel ...« Ihre Stimme verebbte, während sie die Nachricht überflog.

Jordan wartete ab, ob sie fortfahren würde. Als Agent Varney nichts weiter sagte, nahm Jordan ihr die Unterlagen aus der Hand und wandte sich zur Tür. »Ich muss wieder auf Sendung.«

28
Cole

Cole lag am Boden. Er konnte sich nicht erinnern, gestürzt zu sein, er hatte auch Tresler nicht stürzen sehen und Commander Ryland ebenso wenig – trotzdem lagen sie alle auf der dem Haus gegenüberliegenden Straßenseite auf dem Gehweg hinter einem geparkten Streifenwagen. Die Luft brannte. Der größte Feuerball war durch die Tür und halb über die Straße geschossen, ehe er wie die Glutzunge eines Ungeheuers ins Haus zurückgesaugt worden war.

Cole wälzte sich auf den Bauch, stemmte sich auf alle viere und dann auf die Füße. Auf dem Rasen vor dem Haus sah er mehrere Männer liegen, zwei mit brennender Uniform und einen weiteren, der sich die Weste abstreifte und damit auf den brennenden Mann einschlug, der näher neben ihm lag; sobald die Flammen gelöscht waren, wandte er sich dem nächsten zu, der auf dem Rasen versuchte, die Flammen durch Hin- und Herrollen zu ersticken, dann aber ohnmächtig wurde.

Auch Commander Ryland kam auf die Füße und hatte sich binnen einer Sekunde einen Überblick verschafft, ehe er nach seinem Funkgerät tastete und ins Mikrofon schrie: »Alle Mann – raus! Raus aus dem Gebäude, da sind Sprengfallen! Rückmeldung, jeder sofort Rückmeldung!« Er sah mit weit aufgerissenen Augen zu Cole und funkelte ihn wütend an. »Das geht auf Ihre Kappe, Sie Arschloch! Das alles! Wenn ich auch nur einen Mann verloren habe, nur *einen Mann*, dann werde ich den Rest meines Arbeitslebens damit verbringen, Ihnen Ihres zur Hölle zu machen!«

Cole ahnte, dass Ryland recht hatte. Sie waren von der üblichen Vorgehensweise abgewichen und hatten getan, was er verlangt hatte. Er hätte es besser wissen müssen.

Schwarzer Rauch quoll aus der Haustür und aus den zerschmetterten Fenstern. Das Dach stand in Flammen.

Ryland drehte sich zu den PD-Officern um. »Rufen Sie die Feuerwehr!«

Ein SWAT-Officer taumelte durch die offene Tür – eindeutig im Schockzustand.

Cole rannte über die Straße auf ihn zu. Er zog den Arm des Mannes über seine Schulter und half ihm runter auf den Rasen. »Ist sonst noch jemand drinnen?«

Der Officer sah ihn einen Augenblick lang verwirrt an und schüttelte den Kopf. »Da drin ist gar nichts. Keine Möbel, kein Mensch – das Haus ist komplett leer. Unbewohnt.« Er drehte sich weg, hustete und sah wieder zurück zu Cole. »Ich bin durch die Hintertür rein und war schon halb die Treppe hoch, als die Sprengsätze hochgegangen sind. Keine Ahnung, ob wir sie ausgelöst haben oder ob es ein Fernzünder war, aber erst ist die Vorrichtung an der Haustür und dann eine im Dachgeschoss explodiert. Ich hab im ganzen Haus nichts gesehen bis auf ein Wandtelefon am Treppenabsatz, von dem der Hörer herabbaumelte. Das hier war damit verkabelt.« Er hielt ein keilförmiges Kästchen mit einem weißen LED-Ring an der Seite und Bose-Schriftzug auf dem Deckel hoch. »Irgendein Funkempfänger, Bluetooth, nehme ich an, vielleicht auch WLAN. Bin mir nicht sicher.«

»Und das Haus war leer?«

Der Officer nickte und hustete erneut.

»Da war niemand, da war nichts drin«, wiederholte er.

Stirnrunzelnd betrachtete Cole den Sender. »Er hat im

Erdgeschoss und unter dem Dach Bomben deponiert, aber nicht dort, wo Sie das hier gefunden haben ... Er wollte, dass dieses Ding so lange wie möglich sendet.«

»Wer – *er*?«

Endlich hatte Tresler zu ihnen aufgeschlossen. »Was zur Hölle macht ihr da? Weg vom Haus!«

Cole nahm dem Officer den Sender aus der Hand und hielt ihn hoch. Dann sah er in beide Richtungen die Straße entlang und ließ mit einer langsamen Drehung den Blick über die benachbarten Häuser schweifen. »Er ist irgendwo in der Nähe. Er hat gesagt, er hätte ein Headset auf – das hier ist der Sender. Diese Dinger haben keine wahnsinnig große Reichweite – maximal zehn Meter. Er muss ganz in der Nähe sein.«

Cole drehte sich weiter um die eigene Achse – und blieb wie angewurzelt stehen. Dann zeigte er auf die Veranda des Nachbarhauses.

Erst wusste Tresler nicht, was er meinte. Dann fiel der Groschen.

Auf der Veranda stand ein alter, rostiger Metallrohrstuhl. Sitzfläche und Rückenlehne waren mit rissigem gelbem, orange gesäumtem Kunstleder gepolstert.

»Der sieht genauso aus wie die Stühle, auf denen die Bonfigleos gesessen haben.«

»Das kann doch nicht sein!«

Ein Sanitäter rannte auf sie zu und half Cole, den Officer hinzulegen. Cole hatte nicht mal gehört, dass ein Rettungswagen vorgefahren war. Er hatte immer noch ein Pfeifen in den Ohren. Ein Löschzug und zwei weitere Rettungswagen bogen in die Straße ein und hielten mit quietschenden Bremsen, während die Sanitäter schon aus den Fahrzeugen sprangen.

Der Sanitäter neben Cole riss dem auf dem Rasen liegenden Officer den versengten Uniformärmel ab. Dann verwies er vier frisch eingetroffene Kollegen auf den SWAT-Officer, der vor der Haustür lag. »Kümmert euch um ihn!«

Cole legte dem Officer den Sender in die Hand. »Stellen Sie sicher, dass der zum Beweismaterial kommt.«

Im nächsten Moment standen Tresler und er auf der Veranda des Nachbarhauses neben dem gelben Stuhl. Die Eingangstür war bloß angelehnt.

29

Jordan

Als das rote ON-THE-AIR-Signal über ihrem Tisch aufleuchtete, wartete Jordan auf eine spontane Eingebung, was sie sagen könnte – so machte sie es immer. Abgesehen von den Stichwörtern auf dem Whiteboard hatte sie für ihre Sendung nie vorgefertigte Pläne. Früher als Anfängerin hatte sie die noch gehabt, aber da hatten sich ihre Sendungen immer geskriptet und vorgetragen angehört – als hätte sie ihrem Publikum etwas vorgelesen, statt einfach zu sprechen. Ihre Karriere hatte tatsächlich erst Fahrt aufgenommen, als sie zu ihrem spontanen Plauderformat gewechselt hatte. Diejenigen, die sie besser kannten, merkten oft an, wie eigenartig das war, weil sie privat gar nicht die große Plaudertasche war; am College war sie immer das stille Mädchen in der Ecke gewesen, das anderen dabei zugesehen hatte, wie sie mühelos Small Talk betrieben. Bei Dates hatte sie ihrem Gegenüber die Gesprächsführung überlassen. Hier und da waren Themen aufgekommen, die sie interessiert hatten und bei denen sie endlich auch etwas beitragen konnte – bis hin zu Wutreden, die bei ihrem Gesprächspartner für große Augen und überraschte Stille gesorgt hatten. Vermutlich waren dies die ersten Hinweise auf ihre spätere Sendung gewesen, aber das war ihr damals natürlich nicht klar gewesen.

Wenn sie sprechen wollte, wenn etwas sie interessierte, dann kamen die Worte ganz von allein.

Im Augenblick fiel ihr rein gar nichts ein.

Dem zweiten Bildschirm zufolge waren alle Leitungen belegt. Bernie war nicht dabei. Allerdings wollten sie alle über Bernie reden.

Die LED-Anzeige an der Wand, die zu Beginn der Sendung knapp über fünf Millionen Zuhörer angezeigt hatte und dann abgerutscht war, als sie nicht über die Bomben hatte reden wollen, war auf fast zwölf Millionen gestiegen.

Zwölf Millionen Menschen, die darauf warteten, dass sie etwas sagte.

Und es wurden sekündlich mehr. Jedes Mal, wenn sie hochblickte, war die Zahl erneut gestiegen.

Also sah sie nicht mehr hin.

Sie hatte die Ausdrucke von Special-Agent-in-Charge Allison Varney vor sich auf dem Tisch ausgebreitet. Sie ergaben absolut keinen Sinn. Da waren Kontoauszüge von Nicks Konto, von ihrem eigenen, von Charlottes College-Sparkonto, die diversen Rentenanlagen... Zusammengerechnet belief sich die Summe auf gerade mal sechshundert Dollar. Als sie zuletzt mit ihrem Steuerberater zusammengesessen hatte, waren es an die dreißig Millionen an liquiden Mitteln gewesen. Plus die Autos, die Häuser, ihre Mietobjekte. Nicks Boot in Martha's Vineyard – das er eigentlich komplett abbezahlt hatte, das jetzt aber bis zur Mastspitze mit Hypotheken belastet war. Sie verstand einfach nicht, wie das hatte passieren können, ohne dass sie es mitbekommen hatte; sie hatte diverse Sicherheitsmaßnahmen ergriffen – gerade im Zuge der Scheidung –, und kein einziger Dollar hätte von A nach B verschoben werden dürfen, ohne dass auf beiden Seiten Anwälte in Position gegangen wären.

»Verdammt noch mal, Nick!«

BILLY: *Dein Mikro ist an, Jordie!*

Jordan sah zu ihm rüber und meinte, einen Hauch Panik in seinem Blick zu erkennen. Dann plötzlich kam ihr etwas in den Sinn, und sie ließ ihren Gedanken einfach freien Lauf.

»Mein gottverdammter Ex-Mann ... Man sollte meinen, dass er an einem Tag wie diesem in den Hintergrund treten würde, aber nein, er hat es tatsächlich geschafft, ganz nach vorn zu wieseln und allen die Show zu stehlen. Und *stehlen* ist genau der richtige Ausdruck. Er hat den Finger in den Breitopf gesteckt, ihn fein säuberlich sauber geschleckt und nicht mal für die Ameisen etwas übrig gelassen.«

BILLY: *Bin mir nicht sicher, worauf du hinauswillst, aber du hast mir doch mal gesagt, wenn du je etwas sagen würdest, was in Sachen Scheidung auf dich zurückfallen könnte, soll ich Laut geben. Jetzt wäre es so weit ...*

Jordan ging nicht darauf ein. »Ich habe immer gewusst, dass mein Ex ein Vampir ist: Graf Nick, der jeden Milliliter Blut aus mir aussaugt, der immer wiederkommt, um mehr zu saugen, und damit erst aufhört, wenn von mir außer der ausgedörrten Hülle nichts mehr übrig ist. Ich habe es von Anfang an kommen sehen und noch gehofft, dass es nur meine Paranoia wäre. Hundertmal hab ich mir eingeredet, dass ich bloß paranoid wäre – aber nein, ich war nicht paranoid. Ich habe es gewusst, ich bin ein Orakel, eine Wahrsagerin, eine Prophetin, eine Seherin, die von einem Team aus Profis umringt ist, die es lange vor mir hätten kommen sehen und die es hätten verhindern müssen – aber nein. Graf Nick, irgendwo dort draußen liegst du mit dem Staub deines Stammlands bedeckt in deinem Sarg und verschläfst diesen Tag. Wenn du mir gerade zuhörst, will ich, dass du weißt, dass ein Teil von mir durchaus versteht, warum du mir so etwas antust. Nicht dass es mir gefällt, aber ich kann es verstehen. Was ich *nicht* verstehe, ist, wie du deiner Tochter so etwas antun kannst. Dass du so tief sinken kannst, hätte ich nicht gedacht. Aber da habe ich mich anscheinend getäuscht. Genauso übrigens wie bei meiner Liebe zu dir. Ich will, dass du dir gut überlegst, wie du das unserem Mädchen erklärst – denn das ist jetzt *deine* Aufgabe. Du erklärst ihr genau, was für einer du bist, du verdammtes, verschissenes Arschloch! Du willst doch wohl nicht, dass deine Tochter von jemand anderem erfährt, was für einer du bist!«

Jordan seufzte in sich hinein und warf einen Blick auf die Anruferliste.

Leitung 1: Tina (hat er die Leute in dem Haus wirklich umgebracht?)
Leitung 2: Becky (ist man im Tunnel jetzt sicher?)
Leitung 3: Julie (Explosion in Jersey, war er das?)
Leitung 4: Bill (hör auf zu tun, was er dir sagt!)
Leitung 5: Jeff (wo bleiben die Bullen?)

Bernie war nicht dabei. Kurz verspürte sie Panik. Solange er nicht in der Leitung war, war er irgendwo dort draußen und tat, was er eben tat – und das war noch viel schlimmer. Sie würde lügen, wenn sie abstreiten würde, dass bei der Panik auch Enttäuschung mitspielte, und sie hasste sich dafür. Sie redete sich ein, dass sie nicht mehr mit ihm sprechen wollte – das wollte sie wirklich nicht –, trotzdem musste sie wissen, was er vorhatte.

Ihr Handy vibrierte – eine Nachricht von Nick.

WTF?

Sie drehte das Display nach unten.

Scheiß auf ihn.

»So, das reicht fürs Erste. Er ist aus guten Gründen mein Ex, und ich bin sicher, ihr wollt über seine Macken und Verfehlungen nichts weiter hören«, sagte Jordan und seufzte erneut. »Da sind Zuhörer in der Leitung, die Fragen haben. Und natürlich habe auch *ich* Fragen. Wir alle haben Fragen. Ich hab nur nicht viele Antworten – um ganz ehrlich zu sein, bin ich komplett ratlos. Genau wie ihr alle. Nur fürs Protokoll: Ich habe keine Ahnung, wer dieser Bernie ist. Während der letzten Werbepause ist hier die Kavallerie eingeritten: mehrere glatt rasierte, geschniegelte und gebügelte Typen vom FBI, und in ihrer ach so typischen Bürokratenart haben sie mich gefilzt, statt zu versuchen, den Bad Boy zu finden. Sie scheinen zu glauben, dass ich irgendeine Verbindung zu ihm hätte. Little Miss Agent-in-Charge ist sogar so weit gegangen und hat behauptet, ich hätte das Ganze irgendwie inszeniert, um meine Quote nach oben zu treiben. Als würden Bernie und ich gemeinsame Sache machen – wie Bonnie und Clyde. Wenn diese Truppe wirklich das Beste sein soll, was unsere Bundesbehörden zu bieten haben, dann fürchte ich, dass wir ziemlich in der Tinte sitzen. Also, womöglich wir alle – außer Bernie. Der hat nun wirklich nichts zu befürchten, wenn ihm nur Trottel auf den Fersen sind.«

BILLY: *Du hast Besuch – soll ich die Zugbrücke runterlassen?*

Jordan sah zur Studiotür. Auf der anderen Seite hatte Agent Varney die Hände um ihr Gesicht gelegt und sah durch die Scheibe. Jordan schüttelte bloß den Kopf und sagte tonlos in Billys Richtung: *Nein.*

»Becky auf Leitung zwei will wissen, ob sie wieder durch die Tunnel fahren kann. Ich weiß es nicht. Persönlich würde ich es bleiben lassen. Wenn ich die Wahl hätte, würde ich mich mit einer Tasse Kaffee und einer Tüte Oreos auf meine Couch verziehen und Nachrichten gucken. Ich würde nicht mehr vor die Tür gehen, basta. Mal abgesehen vom Thema Ex-Männer mag ich mein Leben, und ich würde gern noch eine Weile weiterleben. Deshalb laufe ich nicht vor Busse oder gehe sonst irgendwelche Risiken ein, wenn doch eindeutig klar ist, dass es dort draußen riskant ist. Bill auf Leitung vier will, dass ich aufhöre zu tun, was Bernie mir sagt. Tja, Bill, ich hab aber gar nicht getan, was er sagt – er hat mich angerufen, und ich habe ihn in der Leitung gehalten, um den eben erwähnten Repräsentanten unserer Ermittlungsbehörden zu ermöglichen, den Anruf zurückzuverfolgen. Das war's. Nichts anderes ist passiert – kein Strippenzieher, keine Marionette. Ich könnte natürlich aufhören, seine Anrufe anzunehmen, aber dann wird eine von zwei Sachen passieren: Entweder jagt er eine Menge Zeug in die Luft, oder aber er ruft einfach jemand anders an. Und dann müssen die Cops von vorn anfangen zu ermitteln – womit er nur mehr Zeit bekäme, und mehr Zeit bedeutet womöglich, dass mehr Leute sterben. Also, tue ich das Richtige, Bill? Verdammt, was weiß denn ich? Ich tue das, was ich *im Augenblick* für das Richtige halte. Aber das muss sich erst zeigen.«

Jordan sah wieder zur Anruferliste.

»Tina will wissen, ob er die Leute in diesem Haus wirklich umgebracht hat. Verdammt, Tina, ich weiß es nicht! Ich habe nichts anderes gehört als du – es ist nun wirklich nicht so, als würde er mir nebenbei Nachrichten schreiben! Hoffen wir einfach, dass er es nicht getan hat und all das nur ein echt schlechter Scherz ist. Aber wenn man bedenkt, wie dieser Tag angefangen hat, neige ich leider dazu, ihm zu glauben. Hoffen wir, dass die Cops rechtzeitig vor Ort waren und er inzwischen mit der Fresse im

Dreck liegt. Ich würde wirklich gern hören, dass genau das der Grund ist, warum er sich nicht noch mal gemeldet hat. Weil er anderweitig beschäftigt ist – und zwar nicht mit dem Punkt, der als Nächstes auf seiner Liste stand.«

Während Jordan eine Frage nach der anderen beantwortete, konnte sie sehen, wie die jeweils abgefertigten Anrufer durch neue ersetzt wurden. Bernie war nach wie vor nicht dabei.

Als ihr Handy erneut vibrierte, sah sie nicht einmal hin. Sollte Nick doch vorerst weiter im eigenen Saft schmoren.

30

Cole

Sowohl Cole als auch Tresler zogen ihre Waffen.

Die Tür war aufgebrochen worden. Das Türblatt war gesplittert. Die Bruchteile zu ihren Füßen sahen eindeutig frisch aus. Der Einbrecher hatte einen breiten Schraubenschlüssel oder ein Stemmeisen benutzt.

Cole sah über die Schulter zu Commander Ryland. Er war von Officern und Sanitätern umringt und verteilte Aufgaben.

»Wir sollten ihm Bescheid geben.«

Tresler schüttelte den Kopf. »Und mehr Zeit vergeuden, während die sich erst neu sortieren müssen?«, raunte er Cole leise zu. »Wir sind hier in Jersey, Mann. Wenn wir ihm Bescheid sagen, sind wir raus aus der Nummer. Ich weiß ja nicht, wie es dir geht, aber ich will diesen Typen schnappen, und ich vergeude keine einzige Sekunde mit Diskussionen, während er oben eine Frau abschlachtet. Um die Formalitäten kümmern wir uns später. Gib mir Deckung!«

Geduckt schob er sich an Cole vorbei, ging in die Hocke und drückte die Haustür mit dem Ellbogen auf. Dahinter lag ein schmaler Flur, links ein Treppenaufgang, rechts anscheinend das offene Wohnzimmer. Zwischen breiten Holzjalousien fiel Licht in Streifen über Boden, Wände und Mobiliar. Dem Sofa gegenüber stand ein Fernsehtisch, obenauf lag eine Pizzaschachtel. Kinderspielzeug lag am

Boden – große Puzzleteile aus Schaumgummi, mit denen Kleinkinder spielten.

Coles Herz krampfte sich zusammen.

Bitte, ich will oben kein Baby finden ...

Als er gerade frisch bei der Polizei angefangen hatte, hatte er zwei tote Babys gefunden und in seiner Zeit bei der Mordkommission vier weitere. Eins war eine knappe Woche lang von seiner Meth-süchtigen Mutter in der Wiege vergessen worden, drei waren am plötzlichen Kindstod gestorben, bei zwei weiteren hatten die Eltern versucht, es so zu inszenieren. Bei einem war der Vater mit dem drei Monate alten Baby im Arm eingeschlafen und hatte sich im Schlaf darübergerollt und es zerquetscht, beim anderen hatte die Mutter das Weinen nicht mehr ertragen, sie hatte ihr Neugeborenes mit einem Kissen erstickt und behauptet, es sei die Babysitterin gewesen. Jedes einzelne winzige Babygesicht hatte sich ihm tief ins Gedächtnis eingebrannt. Die kleinen hilflosen Finger. Die weit aufgerissenen, verschleierten Augen. Mit toten Erwachsenen kam er klar, aber die Kinder ließen ihm keinen Frieden.

Tresler trat über die Schwelle, und Cole packte ihn an der Schulter. »In dem anderen Haus waren Sprengfallen – mach langsam!«

Tresler nickte, ohne ihn anzusehen.

Ein dumpfes Geräusch von oben. Irgendwas bewegte sich dort über den Boden.

Sie sahen beide hoch und wandten sich der Treppe zu, hielten sich am Rand, um zu verhindern, dass sie auf der Mitte der Stufen ein Knarren erzeugten, wie Bernie es geschildert hatte. Am oberen Treppenabsatz sah es genauso aus, wie er es beschrieben hatte: ein langer Flur mit Türen zu beiden Seiten eines offen stehenden Badezimmers links und am hinteren Ende eine Tür rechts, die zum Elternschlafzimmer zu führen schien. Das Licht im Bad brannte, aber der Raum war leer. Die Tür daneben stand offen – irgendein Näh- oder Bastelzimmer. Die zweite Tür war nach wie vor geschlossen. Rechts aus dem Elternschlafzimmer fiel Licht. Kein Wasserrauschen. Auch keine anderen Geräusche.

Mit dem Lauf seiner Pistole zeigte Tresler auf die Tür zum Elternschlafzimmer und ging darauf zu.

Cole nickte und schlich ihm nach.

Auf der abgewandten Seite des Ehebetts brannte die Nachttischlampe. Das Bett war ungemacht, ein weißer Überwurf lag am Fußende, darauf Damenkleidung – Jeans, ein Pullover, BH und Slip. Durch eine weitere Tür in der Zimmerecke fiel Licht. Wasserdampf hing in der Luft.

Lautlos ging Cole in die Hocke, zog mit der Waffe unter dem Bett einen Bogen, während Tresler auf den offenen Kleiderschrank zuging. Das Zimmer war leer.

Mit dem Rücken zur Wand schob sich Tresler am Bett vorbei auf das Bad zu, während Cole frontal darauf zuging. Mit den Fingern der freien Hand zählte Tresler lautlos von drei herunter, dann wirbelte er mit eingezogenem Kopf zum Bad herum, schrie: »Polizei!«, während Cole vorstürmte und mit erhobener Waffe den Raum von links nach rechts absuchte.

Sobald er das Blut sah, war klar, dass sie zu spät gekommen waren.

Bernie war weg.

Die nackte Leiche hing in der Hüfte abgeknickt über dem Badewannenrand: Die Füße in der Wanne waren merkwürdig verdreht, die rechte Hand krallte sich immer noch in den Duschvorhang, den sie halb von der Stange gerissen hatte. Der Oberkörper hing aus der Wanne heraus, und aus ihrem feuchten Haar tropfte Blut und bildete eine Pfütze. Auf den ersten Blick waren drei Stichwunden zu sehen – zwei im Rücken, eine im Hals entlang des Kiefers.

Letztere hatte am stärksten geblutet, war aber bereits versiegt, und Cole musste nicht erst nach ihrem Puls fühlen, um sicher zu sein, dass die Frau tot war.

In den Wasserdampf, der sich auf den Spiegel gelegt hatte, hatte Bernie geschrieben: *nackt wie ein Baby*

Und Cole hatte nur noch einen Gedanken: *Das Kind!*

31

Cole

Er verlor keine Zeit.

Er schob sich an Tresler vorbei, durchquerte das Schlaf-zimmer und rannte zurück auf den Flur. Mit einem Seiten-blick ins Nähzimmer und ins Bad stellte er sicher, dass wirklich alles leer war, und machte sich auf das gefasst, was er hinter der einzigen geschlossenen Tür am Flur vor-finden würde.

Als er die Hand nach dem Türknauf ausstreckte, hielt Tresler ihn zurück. »Wenn irgendwo ein Sprengsatz ist, dann an dieser Tür!«

Cole war klar, dass sein Partner recht hatte.

Er zog sein Handy aus der Tasche, aktivierte die Ta-schenlampe, inspizierte bestmöglich den Knauf und such-te die Zarge von rechts unten bis zur anderen Seite ab.

Sofern die Tür präpariert war, dann war von außen nichts zu erkennen, durch den Spalt darunter ebenso wenig.

»Geh runter«, raunte er Tresler zu. »Ich mach das hier.«

»Ich gehe nirgendwohin.«

In Ordnung. Cole selbst wäre auch nicht gegangen.

Immer noch auf Knien spreizte er die Finger und legte sie vorsichtig um den Knauf, drehte ihn langsam herum – erst halb, dann um drei Viertel –, und durch den winzigen Spalt sah er, wie der Schnapper über das Schließblech im Türrahmen rutschte. Der Knauf ließ sich nicht weiter dre-hen; er hatte den Anschlag erreicht.

Cole nickte knapp in Treslers Richtung. Sein Partner wich so weit zur Seite aus, wie es nur ging, nahm die Waffe hoch und legte den Finger über den Abzug.

Sein Instinkt sagte ihm, dass er die Tür nicht aufmachen sollte, trotzdem tat er es. Ein leichter Stoß, und die Tür schwang an alten, quietschenden Angeln auf.

Er atmete scharf ein und ließ die Taschenlampe umherschweifen.

Hinter ihm platzte es aus Tresler heraus: »Verfickt...« Er drehte sich weg und stützte die Hände auf die Knie. »Ich war mir sicher...«

Cole ebenfalls. Es dauerte einen Moment, bis die Erleichterung über ihn hinwegrollte.

Kein Kind.

Nicht mal ein Kinderzimmer.

Dieses zweite Zimmer – voller Staub und Spinnweben – war bis zur Decke mit transparenten Plastikkisten zugestellt, in denen Weihnachtsdeko und Kleidung steckten. Bloß die Abstellkammer.

Cole starrte die Sachen immer noch an, als mit einem Mal schwere Stiefelschritte aus dem Erdgeschoss zu hören waren und mehrere Schreie: »Polizei!«

Zehn Minuten später standen sie wieder draußen.

Nach einer gründlichen Durchsuchung hatten sie keine Spur von Bernie gefunden – nur die tote Frau in der Wanne und den Ehemann, der mit aufgeschlitzter Kehle am Steuer seines Wagens in der Garage saß.

Cole und Tresler standen neben der Kühlerhaube eines North-Bergen-PD-Streifenwagens. SWAT-Commander Emmett Ryland stand ihnen mit hochrotem Gesicht gegenüber. Alle drei lauschten Lieutenant Gaffs Stimme aus Treslers Handy: *»Meine Officer verhaften? Wozu?«*

»Ihre Mitarbeiter haben den Tod eines meiner Männer

verursacht, drei weitere liegen im Krankenhaus, darüber hinaus haben sie illegalerweise ein Haus durchsucht – und all das außerhalb Ihres Einsatzbereichs!«

»Und all das bei der Fahndung nach einem Verdächtigen, der zuallererst mutmaßlich *in unserem Einsatzbereich* straffällig wurde«, blaffte Gaff zurück. »Der Heimatschutz hat Ihnen wie uns die Adresse genannt, wir haben ein und dasselbe Ziel. Wenn das hier vor den Untersuchungsausschuss kommt, wollen Sie lieber erzählen, dass wir zusammengearbeitet oder dass Sie die Dinge verzögert haben, indem Sie zwei Schlüsselakteure in dieser Ermittlung aus dem Rennen befördert haben? Detective Hundley ist der Einzige von uns, der mit dem Kerl schon gesprochen hat – er war bei den Bombenanschlägen in New York mittendrin. Fotos von ihm sind im Fernsehen und Internet, Cole Hundley ist das Gesicht der Ermittlung, er hat Leben gerettet! Wie sieht es wohl aus, wenn Sie ihn in den Knast stecken? Wie sieht das *für Sie* aus? Die beiden sind die einzigen Officer, die sämtliche Tatorte mit eigenen Augen gesehen haben. Ich sage es jetzt ganz direkt: Entweder arbeiten Sie mit den beiden zusammen, oder mein nächster Anruf geht an Ihren Vorgesetzten. Und der übernächste geht an Ihren Nachfolger.«

Darauf reagierte Ryland nur umso wütender. »Sie haben keine Befugnis …«

»Und da scheiß ich drauf! Glauben Sie wirklich, das FBI kann …«

»Wir müssen uns auf das Kind konzentrieren«, ging Cole leise dazwischen.

Ryland starrte ihn finster an. »Ich habe es Ihnen doch schon gesagt – es gibt kein Kind. Unter der Adresse sind Ted und Patty Epps gemeldet, dreiundvierzig und neununddreißig Jahre alt. Beide sind identifiziert. Beide wurden von diesem sadistischen Arschloch umgebracht. Es

gibt keine Kinder. Keine Enkel. Sie haben allein gelebt.«
Er zeigte auf das erste Haus. Der Brand war gelöscht, nur
das Dach glimmte noch. »Und dieses Haus dort steht seit
fast zwei Jahren leer. Der Besitzer wohnt in Florida, hat
aber sämtliche Anschlüsse weiterbetrieben, damit die
Hütte nicht vollends verkommt. Außer dem Telefon gibt es
keinerlei Hinweise darauf, dass dort irgendwer ein und
aus gegangen wäre. Die Nachbarn haben nie jemanden gesehen.«

Cole sah ihm direkt ins Gesicht. »Er hat uns aus einem
ganz bestimmten Grund hergelockt. Er hat uns gezielt in
dieses Haus gelockt, um Polizisten zu töten. Er war ein
Haus weiter, hat diese zwei Leute umgebracht, während
wir quasi vor seiner Tür standen. Womöglich hat er all das
noch beobachtet!«

»Womit haben wir es also zu tun?«, wollte Tresler wissen. »Ist das eine Art Vendetta? Hat er ein Problem mit
Polizisten?«

Cole sah zurück zum zweiten Haus. »Vielleicht... teilweise? Keine Ahnung. Ich muss mich drinnen noch einmal umsehen.«

»Ryland«, kam Gaffs Stimme über Telefon, »lassen Sie
ihn rein! Sobald ich höre, dass Sie ihm nicht freie Hand
lassen, wissen Sie, was passiert. Und jetzt hab ich das FBI
in der anderen Leitung, ich muss auflegen.«

Eine Sekunde später hatte Cole eine Nachricht von
Lieutenant Gaff auf dem Handy: *Glauben Sie ja nicht, dass
die Sache mit Gracie vergessen ist. Ich habe Sie immer
noch an den Eiern. Sie fahren wieder Streife, sobald das
hier vorbei ist. Sobald* Sie *dafür gesorgt haben, dass es
vorbei ist!*

Cole schüttelte bloß den Kopf und schob sein Handy zurück in die Tasche. Bevor Ryland noch etwas sagen konnte,
setzte er sich in Bewegung, hob das Absperrband an und

marschierte durch die Eingangstür. Die Spurensicherung arbeitete sich bereits quer durch sämtliche Zimmer voran. Zwei Kollegen standen im Durchgang zum Wohnzimmer.

»Darf ich ganz kurz?«

Sie nickten und machten den Weg frei, als endlich auch Tresler folgte, einen Zahnstocher aus seiner Tasche angelte und ihn sich in den Mundwinkel schob. »Beeilen wir uns. Er könnte uns immer noch rauswerfen.«

»Macht er nicht.« Aus einer Schachtel im Wohnzimmerregal zog Cole ein Paar Latexhandschuhe und streifte sie sich über. Ein zweites Paar warf er Tresler zu. Dann ging er auf den Fernsehtisch vor der Couch zu. »Wann hast du so etwas zuletzt gesehen?«

»Keine Ahnung. Als Kind?«

»Der ist komplett durchgerostet. Genau wie der Tisch bei den Bonfigleos.«

»Und wie der Stuhl draußen auf der Veranda.«

»Exakt.«

Cole ging in die Hocke, um sich die vier großen Puzzleteile auf dem Boden genauer anzusehen. Es handelte sich um ein Dreieck, ein Quadrat, eine Raute und einen Kreis. Sie hatten unterschiedliche Farben – rot, blau und gelb – und bestanden aus Schaumgummi. Das sprach für Kleinkindalter. »Das gehört nicht hierher.«

»Die Nachbarn könnten sich irren – oder vielleicht hatten sie ja Besuch mit Kind?«

»Nirgends Taschen oder Koffer.«

Cole konnte vom Wohnzimmer aus in die Küche sehen. Irgendwer hatte dort Kaffee gekocht, oder die Maschine war mittels Zeitschaltuhr angesprungen. Abgesehen davon war nichts Außergewöhnliches zu erkennen. »Keine Cornflakes, kein weiteres Spielzeug. Kinder sind unordentlich. Da ist kein Gitter vor der Treppe, keine Kindersicherung an den Küchenschränken. Hier hat kein Kind gewohnt, und abgesehen hiervon gibt es keinerlei Hinweise, dass ein Kind zu Besuch gewesen sein könnte.«

Tresler streckte die Hand aus und fuhr mit dem Finger über den Fernsehtisch. Er hinterließ eine Linie im Staub. Als er über den Couchtisch fuhr, war da nirgends Staub. »Okay. Das hier hat er hergebracht. Er hat es hier aufgestellt, damit wir es finden, genau wie den Stuhl draußen auf der Veranda und wie die Küchenmöbel bei den Bonfigleos. Warum? Das hier ist Schrott vom Flohmarkt. Warum macht einer so was?«

Cole hatte keine Erklärung.

Nichts davon ergab einen Sinn.

Er tippte mit dem Finger auf das rote Schaumgummi-Dreieck. »Als ich am Handy des Taxifahrers mit ihm gesprochen habe, hat er gesagt: ›Willkommen zu meinem Spiel.‹ Das ist es für ihn – ein Spiel. Er hat im Radiosender angerufen und ihr dieses Spiel vorgeschlagen, ihr Taxis oder Uber zur Auswahl angeboten. Aus Autobomben hat er ein Spielchen gemacht. Und als Nächstes kamen diese Morde – da muss irgendeine Verbindung bestehen.« Cole blickte auf. Eine Sache hatte er bei all dem Trubel schon ganz vergessen. »Er hat Briggs' Tochter eine Puppe geschickt. Hat so getan, als läge in dem Karton eine Bombe. Aber es war eine alte, kaputte Puppe – alt und kaputt, wie dieses Zeug hier. Die beiden unterhalten sich in der Sendung, aber die Puppe, all diese Sachen, vielleicht auch die Morde ... Da findet doch noch eine zweite Unterhaltung statt? Er will ihr damit irgendetwas sagen.«

Mit dem Zahnstocher im Mundwinkel nickte Tresler. »Sie verschweigt uns etwas. Sie kennt ihn – sie *muss* ihn kennen. Ich wette, zwischen ihr und all diesen Leuten gibt es eine Verbindung.«

Cole kam wieder auf die Füße. »Ich stehe hier nicht rum und warte, bis er wieder was in die Luft sprengt. Wir müssen irgendwie hinkriegen, dass wir ihm einen Schritt voraus sind. Ich muss zurück nach Manhattan und noch mal mit ihr reden.«

Für einen Moment sah Tresler aus, als hätte er Einwände. Dann nickte er. »Ich bleibe hier. Ryland hält uns sonst nie im Leben auf dem Laufenden. Wenn die hier fertig sind, muss ich eben sehen, wie ich zurück in die City komme.«

Im nächsten Augenblick piepste sein Handy. Erschrocken sah er zu Cole.

»Lieutenant Gaff. Da passiert etwas am Holland Tunnel.«

32

Jordan

Jordan musste Billys Nachricht ein zweites Mal lesen und sah zu seiner Kabine auf der anderen Seite des Studios. Er stand über sein Mischpult gebeugt da, drückte hier eine Taste und legte dort einen Hebel um.

Die Anruferliste war voll, aber Bernie war nicht dabei.

Sie las die Nachricht auf Bildschirm drei zum dritten Mal.

Funktioniert das überhaupt?

Sie hatten es noch nie ausprobiert.

Sie atmete tief durch und beugte sich über ihr Mikrofon. »Leute, da passiert gerade etwas am Holland Tunnel, und meine Chefs wollen, dass ich auf den Livefeed eines Schwestersenders umschalte. Ich bleibe trotzdem dran, damit ihr mich weiter hören könnt, sollte mein Spitzen-team aus Rundfunktechnikern die Schalte hinkriegen. Wenn ihr mich gerade übers Internet hört oder über die App, könnt ihr sogar das Livevideo aufschalten und sehen, was da vor sich geht.«

BILLY: *Du kriegst das Video auf Bildschirm 1, noch 3 Sek*

Jordans Bildschirm flackerte, dann war ein wackliges Bild zu sehen. Es sah aus, als hätte jemand den Zoom einer Kamera voll aufgedreht, sodass jede noch so geringe Bewegung heftige Bildwackler nach sich zog. Die Kamera schwenkte über mehrere stehende Fahrzeuge, wurde unscharf, fokussierte wieder und richtete sich auf einen gelben Transporter mit dem Logo einer Teppichfirma auf der Seite. Dann war eine Männerstimme zu hören: »... bleiben an ihm dran und haben hoffentlich gleich ein Bild von ihm, wenn er um den Wagen herumkommt. Kannst du wieder ein Stück rauszoomen?« Die Kamera zoomte zurück. »Okay, wie wir sehen, ist er vielleicht dreißig Meter vom Tunneleingang entfernt und läuft zwischen den stehenden Fahrzeugen darauf zu. Es staut sich inzwischen eine gute Meile zurück, bis Jersey. Als die Behörden den Tunnel gesperrt haben, ist der Verkehr zum Erliegen gekommen. Nach den Bombenanschlägen heute Morgen und dieser Sache hier bewegt sich in Manhattan gar nichts mehr – es sei denn, per Fahrrad. Oder zu Fuß. In der U-Bahn herrscht Chaos, da ist die Hölle los. Es sieht ganz danach aus, als hätten die meisten Leute ihre Fahrzeuge hier stehen lassen und wären abgehauen ... Ein paar Spätzünder sind immer noch da, aber die Polizei schickt jetzt alle weg, damit die Tunnelzufahrt frei bleibt. Wir versuchen immer noch herauszufinden, woher der Mann gekommen ist, aber im Augenblick gibt es nur wilde Gerüchte. Eins davon lautet, dass er in einem der Wagen saß, die auf den Tunnel zufuhren, als die Polizei alles dichtgemacht hat, dass er ausgestiegen und zu Fuß weitergelaufen ist. Ich nehme an, irgendwer setzt seinen Weg gerade mithilfe von Überwachungsbildern zusammen. Die Gegend hier strotzt nur so von Verkehrskameras, aber wenn ich mir das hier so ansehe – diese Straße, die auch ich selbst zweimal am Tag nehme –, dann frage ich mich, wie sie die verlassenen Autos je wieder wegschaffen wollen, sobald das hier vorbei ist. Ich werde wohl eine ganze Weile von hier senden, denn selbst wenn sie die Fahrer alle wieder in ihre Autos zurückschicken, dürfte hier erst mal gar nichts vorwärtsgehen. Ein paar könnten abgeschleppt werden, aber eigentlich ist in keine Richtung Platz. Es wird also noch ein bisschen dauern, bevor sich hier alles auflöst … Oh, da ist er wieder! Gerade kommt er hinter dem Transporter hervor!«

Jordan sah, wie die Kamera erneut näher zoomte, ein Stück schwenkte und auf einen Mann in einem langen braunen Mantel fokussierte, der sich langsam zwischen den Fahrzeugen hindurchschob. Er hielt beide Arme steif vom Körper weg und hielt etwas in der rechten Hand. Die Kamera musste ein gutes Stück entfernt stehen, denn selbst als sie scharf stellte, war das Gesicht des Mannes nur undeutlich zu sehen.

»Es ist nicht ganz leicht, aus dieser Entfernung irgendwas zu erkennen«, fuhr der Reporter fort, »aber angeblich hält er etwas in der Hand, was im Polizeijargon ›Totmannschalter‹ genannt wird: Von dieser Vorrichtung verläuft ein Kabel durch den Ärmel seines Mantels bis zu einer Sprengstoffweste. Wenn er den Schalter loslässt, schließt sich ein Stromkreis, und die Bombe zündet. Unter seinem Mantel ist die Sprengstoffweste nicht klar zu sehen … Ich versuche gerade, ein paar Standbilder zu vergrößern und näher zu zoomen, aber genau wie die Videobilder sind sie aus zu großer Entfernung aufgenommen, als dass man irgendetwas richtig erkennen könnte … Auf einem Foto sieht man die Westenbrust – darauf könnte ein Handy befestigt sein … vielleicht der Fernzünder? Der Sprengstoff selbst sieht aus wie kleine Backsteine. Sprengstoffexperten zufolge könnte es sich um C4 oder etwas Ähnliches handeln. Allerdings liegen zwischen den Backsteinen dünnere Behälter. Kein Mensch weiß, was das ist. Ein Flüssigtreibstoff vielleicht oder irgendein Treibgas? Jedenfalls läuft er immer noch auf den Tunnel zu. Die Polizei versucht nicht mal mehr, die Scharfschützen zu tarnen. Wir zeigen sie nicht – wir wollen nicht, dass ihre Position bekannt wird –, aber sie bleiben in etwa dreißig Metern Abstand an dem Mann dran. Er hat wohl unmissverständlich signalisiert, dass er die Bombe zündet, sobald ihm jemand zu nahe kommt oder versucht, ihn aufzuhalten. Aber mehrere Schützen haben ihn bereits überholt und kommen nun von vorn, haben sich zwischen ihm und dem Tunneleingang postiert. Das ist jetzt reine Spekulation – aber ich gehe nicht davon aus, dass sie ihn in den Holland Tunnel reinlassen. Das ist eindeutig sein Ziel – den Tunnel zu betreten und dann drinnen den Sprengsatz zu zünden. Der Schaden an der Infrastruktur wäre immens. Für diejenigen Zuhörer, die sich in New York nicht gut auskennen: Der Holland Tunnel unterquert den Hudson River und verbindet das östliche New Jersey mit dem westlichen Manhattan. Vierspurig und an der tiefsten Stelle etwa achtundzwanzig Meter unter der Wasseroberfläche. Mit hinreichend Sprengstoff wäre die komplette Anlage zerstört. Das mag jetzt zynisch klingen, aber der Zugriff durch die Polizei könnte von den potenziellen finanziellen Auswirkungen abhängen. Die Leute sind bereits evakuiert. Sobald sie die Explosion für unausweichlich halten, dürften sie versuchen, sie hier auf der Straße herbeizuführen, in einer kontrollierbaren Umgebung, wo der Schaden weniger weitreichend wäre. Die letzte Explosion im Holland Tunnel war 1949. Damals ist eine Ladung Schwefelkohlenstoff von einem Hänger gerutscht und detoniert. Dabei kam ein Mensch ums Leben, sechsundsechzig wurden verletzt. Solange sie nicht wissen, wie viel Sprengstoff der Mann am Leib trägt, werden die Behörden eine Explosion im Tunnel nicht riskieren, vermute ich. Er ... Irgendwas scheint er zu rufen ... Hat einer verstanden, was das war?«

Jemand abseits des Mikrofons sagte etwas, was nicht zu verstehen war.

»Ich höre gerade, sie haben ihm mitgeteilt, dass sie schießen, wenn er noch näher an den Tunnel herangeht«, teilte der Reporter ausdruckslos mit. »Wenn uns gerade Kinder oder empfindsame Personen zusehen, empfehle ich, jetzt abzuschalten. Wir sind live auf Sendung, ohne jede Verzögerung – wenn die Polizei also in Aktion tritt, dann wird alles gezeigt. Aus Erfahrung kann ich sagen, dass man solche Bilder nicht mehr vergisst. Okay ... Hab gerade eine Pressemitteilung des NYPD an die Hand bekommen, die genau das bestätigt, was ich gesagt habe: Die SWAT-Kräfte sowie die Scharfschützen haben die Order erhalten zu schießen, sobald der Mann versucht, in den Tunnel zu gelangen. Ich wiederhole noch mal für unsere Zuschauer: Das hier könnte hässlich werden. Der Mann ruft irgendetwas – unsere Mikros haben nicht die Reichweite, um zu verstehen, was er sagt, wir sind zu weit weg, aber jetzt bewegt er sich wieder ... Die Warnung scheint ihm egal zu sein. Er läuft weiter auf den Tunneleingang zu und ist schätzungsweise noch fünfzehn, zwanzig Meter entfernt, was viel zu nahe ist, wenn er ... Oh Gott! Okay, es fallen Schüsse ... Ich wiederhole: Es fallen Schüsse ... Der Mann geht zu Boden!«

Die Kamera zuckte nach oben, senkte sich wieder herab und stabilisierte sich; der Mann kauerte in einer merkwürdigen Haltung am Boden, war aber am Leben und hielt nach wie vor den Schalter gedrückt.

»Er ... Er steht wieder auf ... Wie ich höre, wurde er ins rechte Bein getroffen und ... Okay, er steht wieder. Oh, Himmel, der Schuss ging eindeutig in den Oberschenkel! Er ist wieder auf den Beinen, aber ziemlich wacklig ... belastet das linke Bein ... Jetzt greift er mit der freien Hand in seine Tasche. Er scheint sich demonstrativ langsam zu bewegen. Hat wieder etwas gerufen und ... Okay, er sagt wohl, er hätte keine Schusswaffe ... Aber er nimmt etwas aus der Tasche. Die Regie hat mir gerade mitgeteilt, dass wir eine zweite Kamera haben, mit einem besseren Objektiv ... Gleich kriegen wir schärfere Bilder ... Oh, das ist viel besser! Okay. Ich wiederhole noch einmal für alle Zuschauer: Bitte beachten Sie, dass wir live auf Sendung sind und nicht alles, was hier gleich passieren könnte, für jeden erträglich ist – das gilt besonders für Kinder! Jetzt faltet er ein Blatt Papier auseinander und hält es hoch, und darauf steht ...«

Jordan keuchte auf und schlug die Hand vor den Mund.

»Darauf steht: *Auf dich, Jordan!*«

Die Kamera zoomte erst auf das Blatt Papier, dann auf das Gesicht des Mannes. Er verzog den Mund, hatte offenbar Schmerzen. Sobald das Bild scharf war, krampfte sich Jordans Magen zusammen.

BILLY: *Warte, den kennen wir doch?!*

Dann war der Reporter wieder auf Sendung. »Der Mann ist jetzt identifiziert. Ich bin mir nicht sicher, aus welcher Quelle dies stammt, und wir wurden nachdrücklich gebeten, den Namen noch nicht zu veröffentlichen. Aber anscheinend ist er Anwalt in Manhattan. Zweiundvierzig Jahre alt, ledig, und das Papier, das er hochhält, verweist eindeutig auf die Radiomoderatorin Jordan Briggs von SiriusXM, was wiederum darauf hindeutet, dass diese Sache hier mit den Bombenanschlägen heute früh in Manhattan sowie mit mehreren Morden im Großraum New York in Verbindung steht. Ein Mann, der bislang nur unter dem Namen Bernie bekannt ist ...«

Über das Rauschen in ihren Ohren konnte Jordan nicht mehr verstehen, was der Kollege noch sagte. Auf ihrem

Tisch vibrierte erneut ihr Handy, und diesmal griff sie danach. Es war wieder Nick.

Ruf sofort zurück, verdammt! Notfall! 911!

Ernsthaft, du Arsch? Jetzt?

Sie stellte ihr Mikro stumm, drückte die Wähltaste auf ihrem Handy und hielt es sich ans Ohr, ohne den Blick vom Monitor abzuwenden.

»…bewegt sich wieder vorwärts, hinkt aber stark. Es sieht aus, als hätte er viel Blut verloren, und er muss heftige Schmerzen haben. Trotzdem geht er weiter auf den Tunneleingang zu. Ignoriert die Warnungen der Polizei. Geht mit jedem Schritt schneller.«

Sie hörte den Rufton.

Auf ihrem Monitor riss der Mann die Augen auf, blieb abrupt stehen und blickte an sich hinab. Das Handy an seiner Sprengstoffweste leuchtete für eine Millisekunde auf, ehe ein gleißender Blitz alles auslöschte.

Das Handy fiel ihr aus der Hand und schepperte auf den Tisch. Wieder ging eine Textnachricht ein, diesmal von einer unbekannten Nummer – und diesmal brach sie vollends zusammen.

Du hast dich entschieden. Bumm.

33
Cole

Cole sah die Explosion vom Hubschrauber aus – einen gleißend weißen Blitz eine knappe Meile entfernt rechter Hand. Entweder war es die Druckwelle oder ein Zucken im Knie des Piloten – der Hubschrauber neigte sich jäh nach links. Cole krachte in die Seitenwand und krallte sich in die Sitzkante. Sie stiegen höher, und einen Augenblick später hatte der Heli sich wieder gefangen.

Über Kopfhörer sagte der Pilot: »Sorry! Bin im Krieg geflogen – das war der reine Reflex. Das eben war der Holland Tunnel...«

Ein gigantischer Feuerball breitete sich vor dem Tunneleingang aus und setzte sofort mehrere Fahrzeuge in Brand. Ein Lkw ging in die Luft und krachte schwer auf einen rostigen Pick-up.

»Gott...«

Cole beugte sich an die Scheibe. »Kommen wir näher ran?«

Der Pilot zögerte und drehte dann den Hubschrauber in der Luft. »Sehen Sie die Helis im Osten? Die Typen kenne ich, die sind geisteskrank. Wenn ich denen in die Quere komme, darf ich ab kommender Woche Taxi fahren. Es ist leider zu riskant. Die werden jetzt den Luftraum sperren – wenn es nicht schon passiert ist. Möglicherweise hat das FBI bereits übernommen. Die holen uns alle runter auf den Boden.«

Ein weiteres Fahrzeug explodierte. Dichter schwarzer Rauch qualmte empor, sodass man kaum noch etwas erkennen konnte. Langsam entfernten sie sich.

»Tut mir leid, aber ich kann nicht riskieren, dass wir der Hitzesäule zu nahe kommen. Dieser Heli ist bloß ein Promi-Spielzeug – der ist für solche Einsätze nicht gebaut. Wir könnten in den Strömungsabriss geraten.«

Cole hörte kaum noch, was der Pilot sagte.

Das hier konnte wirklich kein Einzeltäter gewesen sein, oder?

In nicht mal drei Stunden war die komplette Stadt in die Knie gegangen. Wie war das möglich?

Sein Handy klingelte.

Lieutenant Gaff.

»Cole, ja?«

»Wo sind Sie?«

»Auf dem Weg zurück zum Sender, um Briggs zu vernehmen. Sie muss ihn irgendwoher kennen.«

»Im Hubschrauber, richtig?«

»Ja.«

»Dann machen Sie kehrt. Sie fliegen nach Rikers.«

»Wieso denn nach Rikers?«

»Der Mann, der sich soeben in die Luft gesprengt hat, war Anwalt und hieß William Daly. Wir haben die Verbindung zu Briggs gefunden. Wir brauchen jetzt einen Durchbruch, und das hier könnte es sein.«

»Und was ist die Verbindung?«

»Nicht was, sondern *wer*. Sie bringen sie gerade in den Vernehmungsraum. Sie heißt Marisa Chapman.«

34

Jordan

»Das ist nicht Nicks Nummer!«

»Das verstehe ich nicht«, entgegnete FBI-Agent Allison Varney. Sie ließ Jordan nicht aus den Augen.

Die beiden saßen am Besprechungstisch in Jordans Büro. Die Malerfolie, die über dem Tisch ausgebreitet gewesen war, lag zusammengeknüllt in der Ecke.

Agent Varney hatte darum gebeten, allein mit Jordan zu sprechen, aber anscheinend bedeutete *allein* im Beisein des untersetzten FBI-Typen mit den schlechten Zähnen, weil der ihnen gefolgt war und es sich am Tischende mit einer Tasse Kaffee aus dem Greenroom bequem gemacht hatte. Zumindest den Namen kannte Jordan inzwischen – Fred Schulman.

Sie zeigte auf ihr Handy, das vor ihnen auf dem Tisch auf einem Asservatenbeutel lag. Sie hatte Nicks Kontakt aufgerufen. »Irgendwer hat da eine neue Nummer gespeichert.«

»Warum sollte jemand so etwas tun?«

Jordan wusste selbst, dass ihr Blick unstet war wie der einer Verrückten; sie hatte ihr Gegenüber auch nur halb gehört. Ihr Puls betrug derzeit tausend Schläge pro Minute, und es fühlte sich an, als würde ihr Herz jeden Moment aufgeben. »Habe ich diese Bombe gezündet?«

Agent Varney antwortete nicht. Stattdessen sah sie Jordan für einen Moment mit einer Mischung aus Herablassung, Anteilnahme und Mitleid an. Dann griff sie über den Tisch nach dem Handy und wischte mit dem Finger über das Display. Die Sperre war wieder aktiv. »Wie lautet die PIN?«

Jordan hatte den Mund schon aufgemacht, besann sich dann aber eines Besseren.

Varney neigte den Kopf zur Seite. »Sie können die PIN doch anschließend ändern. Soll ich Ihnen jetzt helfen oder nicht?«

»Ich bin mir nicht sicher, ob Sie wirklich hier sind, um mir zu helfen.«

Varney zuckte mit den Schultern. »Die eigentliche Frage ist doch, ob Sie kooperieren oder nicht. Und auf so etwas dürfte in den kommenden Tagen ganz genau geachtet werden.« Sie lehnte sich vor. »Es ist folgendermaßen: Ich mache einen Anruf und beantrage den richterlichen Beschluss. Sie rufen einen Anwalt an, und der wird Ihnen empfehlen, keinen Mucks zu machen, ehe er eingetroffen ist. Nur dass er gar nicht bis hierher durchkommt. In der Zwischenzeit werden noch mehr Menschen sterben. Ich hingegen kriege meinen Beschluss. Dann schicke ich Ihr Handy ins FBI-Hauptquartier. Womöglich muss jemand zu Fuß losziehen und sich erst durch das Chaos draußen kämpfen, bevor er ein Taxi nach Tribeca kriegt – denn genau dort arbeiten wir. Das wird eine Weile dauern. In der Zwischenzeit sterben umso mehr Menschen. Ihr Anwalt wird unterdessen versuchen, per Verfügung den Beschluss außer Kraft zu setzen. So etwas ist aussichtslos, aber es kostet Zeit. Umso mehr Menschen sterben. Also … Sie tun bitte, was Sie nicht lassen können. Aber ich ebenfalls. Schauen wir doch mal, wie die Sache ausgeht.«

Jordan wusste, dass die Frau recht hatte, was es nicht angenehmer machte. »0-3-2-4, der Geburtstag meiner Tochter.«

Agent Varney brachte den Hauch eines Lächelns zustande und tippte die Ziffern ein, sodass Nicks Kontaktdaten wieder zu sehen waren. »Dem Eintrag zufolge hat er zwei Handys.« Sie hielt Jordans Gerät in die Höhe.

»Die erste Nummer stimmt, die zweite nicht. Keine Ahnung, wie die da reingekommen ist. Aber das ist die Nummer, von der die Nachricht kam. Die Nummer, die ich gerade angerufen habe.«

»Und diejenige, von der Sie glauben, dass sie die Bombe aktiviert haben könnte.« Es klang nicht nach Frage, sondern nach einer Feststellung.

Jordan zögerte kurz, nickte dann aber. »Ja.«

Agent Varney sah ihr wieder ins Gesicht. »Wenn ich William Daly aufrufe, was finde ich da?«

Jordan verstummte wieder.

»Meine Geduld geht langsam zur Neige, Miss Briggs.« Agent Varney stand auf. »Schulman, legen Sie ihr Handschellen an und verlesen Sie ihr ihre Rechte. Wir müssen es anscheinend auf die harte Tour machen.«

»Okay, okay, warten Sie«, sagte Jordan. »Warten Sie.«

Agent Varney setzte sich wieder, und Jordan atmete langsam aus.

»Keine Ahnung, was er inzwischen treibt. Ich habe schon ewig nicht mehr mit ihm gesprochen. Seither habe ich bestimmt ein Dutzend Mal meine Nummer gewechselt. Er hat mich einmal bei einer Zivilsache verteidigt, als ich gerade angefangen hatte zu arbeiten.«

»Eine Zivilsache?«

»Es war wirklich albern … Ich war gerade erst nach New York gezogen, KROQ hatte mich von einem Sender außerhalb von St. Louis abgeworben. Also, Billy und mich. Ich war hier seit einer Woche auf Sendung. Damals war KROQ der drittbeliebteste Sender, und ich sollte ihn auf Nummer eins bringen. Ich bin also in die Vollen gegangen, habe alle Register gezogen, um eine größere Hörer-schaft zu erreichen. Dafür hatte ich ein gutes Händchen. Wo immer sie mich eingesetzt hatten, war ich zur Num-mer eins aufgestiegen, und diesmal wollte ich es besonders schnell schaffen. Also spielte ich meinen Trumpf aus.«

»Und was war das für ein Trumpf?«

»Aus heutiger Sicht völlig albern ... Das ist bestimmt zehn Jahre her, damals war alles noch ein bisschen an-ders ... *Ich* war anders.«

»Worum ging es?«

Jordan rieb sich die Schläfe. »Da war dieses Mädel in der Leitung, eine dieser linksliberalen Geisteswissen-schaftlerinnen von der NYU. Neunzehn Jahre alt. Sie rief in der Sendung an, um sich über die Studiengebühren zu beklagen, über die Mieten hier in der City, über fehlende Studentenjobs. Sie war aus Kansas hergezogen und hatte mehr oder weniger nur ihr Auto mitgebracht, einen schrottreifen Honda Accord. Sie konnte sich weder Park-platz noch Parkhaus leisten, und sie meinte, sie wäre drauf und dran, das Handtuch zu werfen, weil das Leben in der Stadt schlicht zu teuer für sie war. Also habe ich ihr ein Angebot gemacht, ich habe zu ihr gesagt, wenn sie nackt in ihr Auto einsteigt und den Broadway von Hell's Kitchen bis Washington Heights runterfährt, während sie bei mir auf Sendung bleibt, kriegt sie von mir eintausend Dollar.«

»Das ist nicht Ihr Ernst.«

»Sie hat Nein gesagt«, erwiderte Jordan. »Zumindest anfangs. Sie hat Nein gesagt, aufgelegt, und ich dachte schon, das wäre es gewesen. Aber dann kamen all diese Anrufe – von anderen Frauen, die dazu bereit gewesen wären, und von Männern, die wollten, dass die Studentin es machte. Damals hatte ich ja keine Ahnung, wie sie aus-sah – sie hätte hundertfünfzig Kilo wiegen und eine Warze mitten auf der Stirn haben können. Aber sie hatte nett geklungen, und das war die Hauptsache. Das ist so toll am Radio: Man hört eine Stimme und stellt sich für die Person dahinter das Idealbild vor. Sie hatte einen Midwestern-Akzent, klang irgendwie bodenständig – das nette Mädchen von nebenan, das in der Millionenmetropole gelandet war. Dass sie nicht hatte mitmachen wollen, führte dazu, dass alle umso mehr wollten, dass es passierte – die Leute wollen immer das, was sie nicht haben können. Mein neues Publikum verstand ihr Nein als Herausforderung, die Leute riefen an und wollten sogar Geld drauflegen. Binnen einer Stunde waren wir bei zwanzigtausend. Dann fünfundzwanzig. Bei achtundzwanzigtausend rief sie zurück und willigte ein.«

Agent Varney starrte sie lediglich an.

»Wir haben ihr übers Telefon eine Adresse in Hell's Kitchen genannt – ein Parkhaus in der Nähe der Wohnung eines Praktikanten. Anschließend habe ich ein kleines Team mit Kamera hingeschickt.« Jordan winkte ab. »Das war kein bisschen vergleichbar mit heutiger Technik – damals hatten wir bloß eine billige Sony-Handycam, mit der wir alles Mögliche dokumentiert haben. Dabei wussten wir nicht mal, warum wir es filmten. Es gab damals noch keinen Videofeed. Sie kam, und ich glaube, wir waren alle schlagartig erleichtert, als sie wirklich so niedlich war, wie sie geklungen hatte – blonde Locken, grüne Augen, eine Figur, nach der man sich umdreht und bei der Männer gegen den Laternenpfahl laufen. Perfekte Midwestern-Schönheit. Gerade mal fünfzig Kilo.«

»Sie wissen schon, wie sexistisch das gerade klingt?«

Jordan zuckte mit den Schultern. »*Sex sells*. Es war sexistisch genug, um zu bewirken, dass Tausende Geld in den Topf geworfen haben. Ich bin nicht stolz auf jeden Abschnitt meiner Karriere. Aber ich werde mich nicht dafür entschuldigen, dass ich weiß, was funktioniert. Was seit tausend Jahren funktioniert. Die Leute wollen nun mal, was sie wollen, und an diesem Morgen wollten sie, dass ein nacktes Mädchen den Broadway entlangfährt. Und sie haben eins gekriegt.«

»Ich will mir gar nicht vorstellen, wie nervös sie gewesen sein muss.«

»Sie können es auf dem Mitschnitt sehen ... Jeder wäre nervös gewesen. Aber sie hat es durchgezogen – sie hat sich in diesem Parkhaus ausgezogen, meinen Leuten die Klamotten in die Hand gedrückt, ist hinters Steuer ihres gelben Accord gerutscht – der Praktikant mit der Kamera auf den Beifahrersitz und ein weiterer Mitarbeiter mit einem Handy in der Hand auf die Rückbank, damit wir die ganze Zeit Kontakt halten konnten. Ihre Klamotten sind in einem zweiten Wagen mitgefahren, die sollte sie am Ziel mitsamt dem Geld wieder in Empfang nehmen.« Jordan hielt kurz inne, während sie sich all das ins Gedächtnis rief. »Wir haben den Zuhörern nicht erzählt, wo sie starten würde oder wohin genau sie fahren sollte. Die wussten nur, dass es von Hell's Kitchen nach Washington Heights gehen würde, aber nicht die Adresse. Nur Broadway – das wussten sie. Sie wussten, sie würde den Broadway entlangfahren. Und das hat ausgereicht. In derselben Sekunde, als der Erste einen gelben Accord auf dem Broadway entdeckte, war sie per Hashtag #NakedGirl überall in den sozialen Netzwerken. Andere entdeckten sie und posteten die Sichtung ebenfalls. Wieder andere fuhren ihr nach – neben ihr, vor ihr ... Unterdessen habe ich weiter gesendet und alles live kommentiert wie bei einem Sport-Event. Die Leitungen haben geglüht. Ein TV-Sender sprang auf den Zug mit auf und schickte Ü-Wagen, und am Straßenrand standen zig Leute und warteten auf sie wie bei einem verdammten Karnevalszug. Dabei konnte man nicht mal was sehen – sie war ziemlich klein und beugte sich übers Lenkrad –, aber das hat sie nicht abgehalten. Ehrlich gesagt könnte es die Sache sogar noch schlimmer gemacht haben.«

Jordan schwieg erneut und starrte auf ihre Hände.

»Knapp siebeneinhalb Meilen. An guten Tagen braucht man dafür zwanzig bis dreißig Minuten. Mehr wäre nicht nötig gewesen – mehr hätte es nicht werden sollen. Nur zwanzig, dreißig Minuten. Wie hätte ich denn ahnen sollen, was passieren würde?«

35

Cole

Seit Cole beim NYPD war, hatte er Rikers Island mehrmals besucht – allerdings immer mit dem Auto via Franklin D. Roosevelt und die Interstate 278, dann über die Brücke, durch die Sicherheitsschleuse und auf den kleinen Parkplatz, der für Mitarbeiter der Strafverfolgungsbehörden reserviert war. Auf dem Luftweg war alles anders. Sie schossen über den East River hinweg, holten die Erlaubnis für den Flug über das Gefängnis ein und gingen dann binnen weniger Minuten über einem der Landeplätze runter. Hinter ihnen, über Manhattan, standen dicke Säulen aus schwarzem Rauch. Cole zwang sich, nicht hinzusehen.

Sobald er aus dem Hubschrauber gesprungen war, lief er auf den Eingang zum Gebäude zu. Ein Mann Mitte fünfzig war ihm entgegengekommen und hielt ihm bereits mit dem Rücken die Tür auf. Über den Rotorenlärm rief er: »So einen habe ich nie gekriegt, als ich noch beim NYPD war!«

Die schwere Stahltür fiel hinter ihnen ins Schloss und dämpfte das Brüllen der Rotoren zu einem dumpfen Grollen. Cole streckte die Hand aus, doch statt sie zu schütteln, kniff sein Gegenüber die Augen zusammen. »Daggett, Gefängnisdirektor. Und Gracies Patenonkel.«

Schlagartig krampfte sich Coles Magen zusammen.

»Gaff hat mir erzählt, was Sie mit unserem Mädchen vorhatten. Wenn Sie an irgendeinem anderen Tag als heute hier aufgetaucht wären und ich gewusst hätte, was passiert ist, hätte ich Sie womöglich aus Versehen für einen Monat in die Einzelzelle gesteckt. Oder Sie auf den Hof rausgetrieben und den anderen Häftlingen brühwarm erzählt, dass Sie Cop sind.«

»Es ist anders, als Sie vielleicht glauben ...«

»Ist es immer. Das macht es nicht besser.« Dann drehte er sich um und setzte sich in Bewegung. »Kommen Sie wieder, wenn alles vorbei ist, wir laden Lieutenant Gaff mit ein und besprechen das Ganze wie erwachsene Männer.«

An einem Fahrstuhl stand ein Wachmann, hielt die Türen für sie auf und drückte, kaum dass sie eingestiegen waren, auf den Knopf für eins der Untergeschosse. Die Türen glitten zu, und die Kabine ruckelte los.

»Was können Sie mir über sie erzählen?«, fragte Cole.

»Sie ist die hinreißendste Person, die je auf dieser Erde gewandelt ist.«

»Nicht Gracie. Marisa Chapman.«

Daggett zuckte mit den Schultern. »Nicht viel ... Sie hat die Hälfte ihrer zwanzig Jahre abgesessen. Nächste Woche ist ihr erster Hafterleichterungstermin. Hält sich ziemlich bedeckt – sonst wüsste ich mehr über sie. Hier sitzen rund siebentausend Häftlinge ein, und ich hatte ihren Namen noch nie gehört, bis Gaff vor zwanzig Minuten angerufen hat. Das spricht für sie. An einem Ort wie diesem will man nicht auf meinem Radar erscheinen.«

Die Fahrstuhltüren gingen auf, und sie traten auf einen Betonflur mit gelben Wänden. Stellenweise blätterte die Farbe ab. Weil dieses Gefängnis in wenigen Jahren dichtgemacht würde, wurde in Renovierungsarbeiten kein Geld mehr gesteckt.

»Dritter Vernehmungsraum rechts. Wenn Sie fertig sind, bitten Sie einen der Wachleute, Sie zum Landeplatz zurückzubringen.«

»Sind Sie gar nicht dabei?«

Daggett schnaubte und drückte Cole einen Ordner in die Hand. »Mehr haben wir nicht über sie. Ich will mich keine Sekunde länger als nötig in Ihrer Nähe aufhalten. Geben Sie den Ordner einfach den Wachleuten, wenn Sie so weit sind.« Dann machte er sich wieder auf den Weg. Über die Schulter rief er noch: »Wir haben noch eine Rechnung offen, Arschloch. Wenn das hier vorbei ist, kommen Sie zurück, und wir unterhalten uns über Gracie!«

Der Wachmann vom Fahrstuhl hatte die ganze Zeit über keinen Ton gesagt, doch jetzt zuckte sein Mundwinkel. Er ging über den Flur, machte die Tür von Vernehmungsraum drei auf, ließ Cole hinein und zog die Tür hinter ihm wieder zu.

Sie saß in orangefarbener Häftlingskluft an einem Aluminiumtisch. Ihr kurzes blondes Haar war nach hinten gekämmt. Sie war ungeschminkt und trug keine Fesseln. Auf dem rechten Handgelenk entdeckte er das kleine schwarze Tattoo einer Rose – nicht sehr gekonnt. Als Cole ihr gegenüber Platz nahm und den Ordner aufschlug, sagte sie kein Wort.

Ein Foto von ihr, auf dem sie deutlich jünger war, klemmte innen am Deckel. Sie sah aus, als wäre sie seit der Aufnahme statt zehn ganze zwanzig Jahre gealtert.

Cole versuchte, nicht allzu auffällig hinzustarren.

»Danke, dass Sie sich mit mir treffen.«

»Hatte zufällig nichts Besseres vor.«

»Wissen Sie, warum ich hier bin?«

»Ich hab keinen Schimmer.«

»Wissen Sie, was heute in der City passiert ist?«

Ihr Gesicht verspannte sich. »Irgendwas, was mit mir nichts zu tun hat. Ich habe gerade im Aufenthaltsraum ferngesehen, als sie gekommen sind und mich hierhergeschleift haben.«

Cole blätterte die Unterlagen durch. Es waren erstaunlich wenige. Ein ganzes Jahrzehnt, das auf einer Handvoll Seiten zusammengefasst war. Beurteilungen ihres Einsatzes in der Gefängniswäscherei. Ein Minus für eine Auseinandersetzung vor fast neun Jahren. Eine Zusammenfassung der einstigen Anklagepunkte – fünffache schwere Körperverletzung mit Todesfolge und ein Fall von fahrlässiger Körperverletzung.

Er schlug den Ordner wieder zu. »Was können Sie mir über William Daly erzählen?«

»Über wen?«

»Er hat während Ihres Prozesses Jordan Briggs vertreten.«

Sie sackte auf ihrem Stuhl zusammen. »Oh. Der.«

»Woran erinnern Sie sich noch?«

Sie verzog das Gesicht. »Woran ich mich noch erinnere? Ich erinnere mich an alles. Ich weiß noch, wie diese Schlampe mich zu etwas überredet hat, was ich nicht machen wollte. Ich weiß, wie sie mich und meine Situation ausgenutzt hat. Ich weiß, wie dieser schmierige Anwalt sämtliche Tatsachen verdreht und es so hingestellt hat, als wäre alles meine Schuld gewesen – als hätte diese Frau nichts damit zu tun gehabt. Als wäre ich an dem Tag mit dem Vorsatz losgezogen, sechs Menschen umzubringen. Ich weiß noch, wie der Verteidiger, den sie mir gestellt hatten, rein gar nichts getan hat, um mich zu verteidigen. Ich weiß, wie ich die beiden in der Ecke tuscheln gesehen habe – die ganze Zeit, wie beste Kumpels –, als sie beratschlagt haben, wie sie das hinbiegen, bevor sie dann in irgendeinem piekfeinen Lokal Downtown Mittagessen gegangen sind.«

»Die beiden kannten sich? Daly und Ihr Verteidiger?«

»Die kennen sich alle. So etwas lernt man hier. Im Gerichtssaal tun sie alle so, als wären sie sich spinnefeind, aber anschließend gehen sie zusammen Golf spielen. Die Richter genauso. Daly hat ein Vermögen gemacht, indem er reiche Mandanten rausgeboxt hat, und mein Verteidiger hat den Ball flach gehalten und alles getan, damit meine Akte von seinem Schreibtisch in irgendein Kellerarchiv wandert. So und nicht anders läuft es doch in unserem Rechtsstaat.«

»Schildern Sie mir, was passiert ist?«

»Warum sollte ich?«, entgegnete sie. »Wozu sollte das gut sein? Am Ende geben Sie mir ja doch nur ein halbherziges Versprechen, mich hier rauszuholen, und sobald Sie gekriegt haben, was Sie wollten, verschwinden Sie.«

»Ich kann Ihnen überhaupt nichts versprechen.«

»Weshalb sollte ich also mit Ihnen reden?«

»Der Mann, der sich am Holland Tunnel in die Luft gesprengt hat – das war Daly.«

Sie ließ sich auf ihrem Stuhl zurücksinken. Ein Lächeln machte sich auf ihrem Gesicht breit. »Das haben sie in den Nachrichten nicht gesagt.«

»Den Namen wissen wir von SiriusXM – allerdings hat der Heimatschutz sofort sämtlichen Sendern einen Maulkorb angelegt. Noch versuchen sie, den Namen zurückzuhalten.«

Ihr Lächeln wurde noch breiter. »Ich besorge mir einen Mitschnitt der Bilder und schaue ihn mir ab jetzt Abend für Abend in Zeitlupe an, bevor ich mich schlafen lege – wie eine verdammte Gutenachtgeschichte. Ich wünschte, ich hätte ihn selbst in die Luft gejagt.«

»Marisa, dort draußen sterben Menschen. Irgendwie hat er damit zu tun. Ich muss in Erfahrung bringen, wo die Verbindung ist.«

»*Auf dich, Jordan!*«, sagte sie leise. »Das stand auf dem Papier. Jetzt kriegt diese Schlampe endlich, was sie verdient.«

»Was ist passiert, Marisa?«

Sie atmete tief durch, und ihr Gesichtsausdruck wurde sanft. Für einen kurzen Moment blitzte ein Hauch Unschuld in ihrem Blick auf, und Cole dämmerte, dass er gerade die Frau vor sich sah, die sie einst gewesen war – diejenige, die vor all diesen Jahren durch die Tore von Rikers geführt worden war.

»Ich war damals pleite und brauchte Geld, um weiter an der NYU studieren zu können. Hauptsächlich hatte ich bei diesem Sender angerufen, um meinem Frust Luft zu machen. Ich hätte nie damit gerechnet, dass es zu irgendwas führen würde. Aber ehe ich michs versah, hatte sie mir fast dreißigtausend Dollar dafür geboten, dass ich nackt den Broadway entlangfahre. Sie meinte, ich hätte die Wahl, aber die hatte ich nicht wirklich, nicht bei dem vielen Geld, mit dem sie winkte. Ein paar Meilen in meinem Wagen – bloß irgendein Gag fürs Radio, für eine neue Sendung, die damals schätzungsweise nicht mal viele Zuhörer hatte. Ich bin ziemlich klein. Wenn ich mich hinters Steuer ducke, dachte ich, sieht mich doch sowieso keiner – außer vielleicht ein paar Lkw-Fahrer. Und es wäre auch nicht viel anders als ein Nippelblitzer beim Mardi Gras oder Spring Break. Hätte ich dazu Nein sagen sollen? Mit neunzehn ergibt so etwas total Sinn! Sie haben mir eine Adresse in Hell's Kitchen durchgegeben – also, privat, nicht über den Sender –, und dort habe ich diese Leute aus ihrem Team getroffen. Sie waren genauso nervös wie ich – jeder starrte mit roten Ohren zu Boden, und irgendwie hat es das für mich leichter gemacht. Ich habe mich ausgezogen und bin eingestiegen. Ein Typ mit Kamera ist vorn mit eingestiegen und hat mir versprochen, nur hüftaufwärts zu filmen, ein zweiter saß hinten – von seinem Handy aus haben wir Jordan Briggs angerufen –, und im Handumdrehen waren wir unterwegs und live auf Sendung.«

Einen Moment lang schwieg sie und hielt gedanken-
verloren den Blick auf einen Punkt über Coles Schulter gerichtet.

»Anfangs hat es überhaupt niemand bemerkt, und ich
dachte: Wie lustig – all diese Leute um mich herum, jeder
in seiner Blase, und keiner hat eine Ahnung… Wir waren
vielleicht eine Meile weit gefahren, als hinter uns jemand
hupte. Ein paar Blocks weiter haben zwei Typen in einem
Ford-Pick-up fast einen Auffahrunfall verursacht, als sie
versucht haben, neben mir aufzuschließen – ebenfalls mit
gedrückter Hupe, und aus dem Fenster haben sie dummes
Zeug krakeelt. Ich hab's nicht mal verstanden – meine
Fenster waren geschlossen, und ich hätte sie auch nie im
Leben geöffnet. Ich glaube nicht, dass sie die Sendung gehört hatten – die hatten mich einfach so entdeckt. Es war
nicht viel Verkehr – zumindest für New Yorker Verhältnisse. Wir sind einigermaßen vorangekommen – außer natürlich vor Ampeln. Immer wenn wir halten mussten, waren
plötzlich überall Leute, die genau zu wissen schienen,
was los war. Nicht nur dieser verdammte Pick-up – Typen
schwirrten um uns herum wie Fliegen, und sie kamen so
nah und schnitten meinen Wagen, dass manchmal nur
ein, zwei Zentimeter fehlten. An der dritten oder vierten
Ampel fingen sie an, mit Sachen zu werfen, weil ich mein
Fenster nicht aufmachen wollte – leere Bierdosen, Mün-
zen, einen Scheibenkratzer… Was immer sie finden konnten. Da hatte ich Angst. Aber sobald wir unterwegs waren,
ging es wieder besser. Schlimm waren nur die Ampeln. In
der Nähe des Riverside Park hatten wir halten müssen, als
der Beifahrer aus dem Pick-up sich plötzlich aus seinem
Fenster gebeugt und an mein Fenster gehämmert hat – mit
der Faust, sodass die Scheibe zitterte. Er sah nach Ärger
aus – nach richtig Ärger. Er hatte rot unterlaufene, total
irre Augen, irgendeine Mischung aus Adrenalin und weiß

der Himmel was noch. Er sah aus, als hätte er die ganze Nacht durchgefeiert und würde in absehbarer Zeit nicht runterkommen von ... was immer er sich reingepfiffen hatte. Während er zu mir rüberschrie, lief ihm Speichel aus dem Mundwinkel, und er spuckte gegen mein Fenster – entweder hat er es nicht mal bemerkt, oder es war ihm egal. Jedenfalls habe ich die Tür verriegelt und nicht mehr hingesehen. Mann, und die Rotphase dauerte ewig! Die ganze Zeit über war Briggs im Lautsprecher und machte zusammen mit ihrem Praktikanten auf Spielbericht – total überdreht. Dann kam von rechts ein weiteres Fahrzeug, mit vier Typen – und *die* hörten die Sendung. Sie hatten das Radio laut genug aufgedreht, dass ich es hören konnte. Als wir an der nächsten Ampel wieder halten mussten, hab ich versucht, von dem Pick-up wegzukommen, aber der zweite Wagen war im Weg. Die haben mich in die Zange genommen. Ich glaube, in diesem Moment bin ich in Panik geraten, weil mir klar wurde, dass ich nirgendwohin ausweichen konnte, solange sie von links und rechts kamen. Der Wagen, der als Allererster gehupt hatte, war hinter mir, also war auch dieser Weg versperrt. Ich konnte nur vorwärts, und dann kam mir dieser Gedanke: Was, wenn dort auch jemand wäre? Was würden diese Typen machen, wenn sie mich zum Anhalten gezwungen hätten? Der Typ auf dem Rücksitz, der Jordan Briggs in der Leitung hatte, erzählte ihr permanent, wo wir gerade waren und wie weit wir noch fahren müssten. Er fand das Ganze super und hat nur gelacht. Dem Typen mit der Kamera schien es irgendwann ähnlich zu gehen wie mir – der hatte auch bemerkt, dass nicht wir die Kontrolle hatten, sondern die Leute draußen. Als hätte jemand einen Schalter umgelegt ... Als wir auf die Columbia zufuhren, war vollends klar, dass wir in der Scheiße saßen – uns beiden war das klar. Und sogar der Typ vom Rücksitz hielt auf einmal den Mund. Überall auf den Gehwegen standen Studenten. Ein paar hielten Schilder hoch, andere zeigten auf meinen Wagen und riefen meinen Namen. Erst waren es nur ein paar Dutzend, dann auf einmal Hunderte. Der Typ mit der Kamera meinte, ich müsste abbiegen, ich müsste runter vom Broadway, aber ich konnte nicht, weil ich immer noch zwischen dem Pick-up und diesem anderen Auto klemmte. Bei der nächsten Ampel – keine Ahnung, welche Kreuzung das war – hat mein Herz nur noch wie wild gerast und gehämmert, wie die Faust dieses Mistkerls aus dem Pick-up, der bei jeder Gelegenheit gegen mein Fenster geschlagen hat. Dass diese Leute dort standen, hat ihn zusätzlich angeheizt. Den Fahrer auch – der ließ sich von irgendwelchen Rufen ablenken und fuhr mir links rein, nicht heftig, er hat mich nur gestreift, aber sein Kumpel hat sich daraufhin aus dem Fenster gelehnt, dass er fast rausgefallen wäre, und hat mich angeschrien – wütend jetzt auch noch! –, *ich* hätte *sie* gestreift. Was Blödsinn war. Aber das tat nichts zur Sache. Er kreischte mich an, ich müsste rechts ranfahren, aber das wollte ich nicht. Als Nächstes haben sie mich dann absichtlich gerammt, sodass ich nach rechts ausweichen musste und den Wagen rechts neben mir gestreift habe – und der wiederum den rechts daneben ... Ich hab überall nur noch Gesichter gesehen, all diese Leute, die mir hinterherschrien – aus den Autos und Lkws um mich herum, von den Gehwegen, und der Typ auf meinem Beifahrersitz hat geschrien, ich sollte endlich abbiegen, und die ganze Zeit über war Jordan Briggs mit ihrem Praktikanten am Telefon, sie kommentierten das Ganze wie Sportreporter ... An der nächsten Ampel mussten wir wieder halten, direkt vor der Uni, und all diese Leute vom Bürgersteig rannten auf uns zu, umringten mein Auto, hämmerten auf die Kühlerhaube und kletterten aufs Dach und johlten, es waren so viele ...«

Ihre Stimme verebbte für einen Moment.

Cole sah, wie sie zitterte.

Als sie seinen Blick bemerkte, nahm sie die Hände unter den Tisch. »Da hab ich die Pistole gesehen.«

»*Wer* hatte eine Pistole?«

»Das Arschloch im Pick-up. Er nahm sie und schlug damit mein Fenster ein. Die Scheibe splitterte, und Glas regnete auf mich drauf, und schlagartig wurde es furchtbar laut, als wären all diese Leute mit mir im Wagen. Er hat versucht, nach mir zu greifen – und da hat es bei mir ausgesetzt. Was als Nächstes passiert ist, weiß ich nur noch bruchstückhaft. Ich wünschte, ich könnte es für immer vergessen ... Nur ist es jedes Mal wieder da, wenn ich die Augen zumache.« Sie sah mit feuchten Augen zu Cole. »Ich hab Gas gegeben. Der Typ hing halb aus dem Pick-up, hatte durch mein Fenster gegriffen und mich gepackt, und ich hab das Gaspedal durchgedrückt. Da waren Leute auf meinem Wagendach, Leute vor mir, Leute, die gerade an der Ampel die Straße überquerten – überall Leute –, und es war mir egal, ich hab nicht mehr nachgedacht, ich lief nur noch auf Adrenalin. Der reine Selbsterhaltungstrieb. Mein Wagen machte einen Satz mitten hinein in die Menge ... Gott, ich hab es gehört, dieses kranke Geräusch, die Schreie, ich hatte die Augen zu, ich konnte nicht hinsehen, ich war komplett neben mir ... hab einfach nur noch Gas gegeben ...«

Sie schlang sich die Arme um den Leib. Cole hätte sie gern getröstet, aber er wusste, es gab keinen Trost.

Mit bebender Stimme fuhr sie fort: »Ich ... Ich bin auf der anderen Seite der Kreuzung in ein Gebäude gerauscht. Erst da bin ich stehen geblieben. Erst da hab ich die Augen wieder aufgemacht. Erst da hat mir gedämmert, was ich getan hatte. Am liebsten hätte ich die Augen einfach wieder zugemacht. Ich hab nur noch geschrien. Von dort haben sie mich weggebracht, allerdings weiß ich das kaum noch. Ich stand unter Schock. Ich hab zwei Tage komplett neben mir gestanden. Anschließend haben sie mir erzählt, dass fünf Leute tot und dreiundzwanzig verletzt waren …«

Cole wusste nicht, was er sagen sollte. Als er den Mund aufmachte, brachte er erst nichts heraus. »Das tut mir leid«, sagte er schließlich.

Sie sah zu ihm auf. »Die Radioschlampe ist der Grund, warum ich hier bin.«

Cole sah auf den Ordner mit den Anklagepunkten hinab. »Warum sind Sie für Körperverletzung mit Todesfolge verurteilt worden? Wenn dieser Typ seine Waffe gezogen hatte …«

»Ich hatte einen komplett überforderten Pflichtverteidiger, dem ich scheißegal war. Außer mir hatte niemand die Waffe gesehen, und sie wurde auch nie gefunden. Auf dem Video ist sie nicht zu sehen. Und ohne die Waffe war ich eben allein schuld. Briggs' Anwalt, dieser Daly, hat es so hingedreht. Als sich der Staub irgendwann gelegt hatte, war Briggs für die Öffentlichkeit ein weiteres Opfer und ich auf dem Weg in den Knast.«

»Wer war Ihr Verteidiger?«

»Irgendein unterbelichteter Frischling namens Dan Carswell.« Sie lehnte sich zurück. »Ich weiß, was Sie glauben. Sie glauben, dass ich mit dieser Sache heute etwas zu tun habe.«

»Haben Sie damit zu tun?«

Sie schüttelte den Kopf. »Hören Sie, das ist zehn Jahre her. Ob ich diese Frau hasse? Ja, aus tiefstem Herzen. Sie hat ein naives Mädchen für ihre Zwecke ausgenutzt. Aber ich habe die Dinge, die ich hinter mir lassen konnte, hinter mir gelassen. Dass ich sie hasse, macht die Schuld nicht leichter. Hass macht diese Leute nicht wieder lebendig. Ich kann nur noch meine Zeit absitzen, den Kopf einziehen und hoffen, dass ich am Ende noch irgendein Leben vor mir habe. Das ist alles.«

Erneut sah Cole zu der Akte. Er konnte der Frau nicht ins Gesicht sehen. »Fünffache schwere Körperverletzung mit Todesfolge und einmal fahrlässige Körperverletzung ... Was war ...«

»Was da der Unterschied ist?« Sie leckte sich über die rissigen Lippen und blickte auf ihre Hände hinab. »Eine Frau war schwanger.«

36

Jordan

Zum dritten Mal ließ Jordan Agent Varney auf dem Flur vor der Studiotür stehen und kehrte ans Mikrofon zurück. Wann immer sie in der vergangenen halben Stunde nicht hatte senden müssen, hatte sie erzählt, was mit der jungen Studentin von der NYU passiert war; in den verbleibenden Minuten hatte sie überlegt, ob sie einen ihrer Anwälte anrufen sollte – und schon während sie auf Sendung gewesen war, hatte sie sich gefragt, ob *er* noch einmal anrufen würde.

Dabei war das nicht die Frage. Die Frage war vielmehr, *wann.* Aber noch hatte er sich nicht wieder gemeldet. *Noch* nicht. Dass er sich wieder melden würde, war wahrscheinlich der einzige Grund, warum Varney und ihre Kollegen sie noch nicht in irgendein FBI-Gebäude verschleppt und in einen Vernehmungsraum gesetzt hatten. Hier im Gebäude hatte Jordan den Heimvorteil, das wussten sie, auch wenn es ihnen nicht recht war.

Sie hatten ihr das Handy zurückgegeben. Ihr erster Impuls war, Nick anzurufen, und dafür hasste sie sich. Sie waren vierzehn Jahre zusammen gewesen, zwölf davon verheiratet. Die längste Zeit war er ihr Fels in der Brandung, ihr Seelenverwandter, ihr Vertrauter gewesen. Ihr einzig wahrer Vertrauter. Er war für sie da gewesen, als das mit dem Mädchen passiert war. Er war beim Prozess da gewesen, und er war da gewesen, als sie die Scherben zusammengeklaubt hatte. Er hatte mit angesehen, wie sie Nacht für Nacht wach gelegen hatte. Er hatte sie auf Medikamenten erlebt. Hatte ihr geholfen, von den Medikamenten loszukommen. Er hatte mit angesehen, wie sie vollends zusammengebrochen war, und er hatte sie so fest gehalten, bis die Bruchstücke schlussendlich wieder zusammengehalten hatten. Und all das, so gut sie eben konnten, abgeschirmt von der Öffentlichkeit, weil sie diesen Arschlöchern von den Zeitungen nichts weiter liefern wollten.

Nur er wusste von den Briefen.

Während sie mit Agent Varney gesprochen hatte, hatte es einen Moment gegeben, als Jordan drauf und dran gewesen war, sie einzuweihen. Dann war der Moment wieder vorbei. Wenn sie jetzt auf den Flur gehen und es ihr erzählen würde, wäre sie wegen Behinderung einer Ermittlung dran. Dazu kam, dass sie keinen Schimmer hatte, ob die Briefe hiermit in Verbindung standen – sie war sich nicht sicher. Sie zu erwähnen hätte bloß bedeutet, Staub aufzuwirbeln und die Polizei von ihrer Ermittlungsrichtung abzubringen. Was immer derzeit ihre Richtung war.

Vage hörte Jordan, wie Billy sie einzählte, und sah aus den Augenwinkeln, wie die ON-THE-AIR-Anzeige aufleuchtete. »Billy, findest du, dass ich ein guter Mensch bin?«

Für einen Moment geriet Billy ins Straucheln. Er war nicht darauf vorbereitet gewesen, live zu sprechen, schaltete dann aber sein Mikrofon frei. »Ganz bestimmt nicht, Miss Briggs. Ich finde, du bist eine maßlose, rücksichtslose Person, die auf dem Rücken der Menschen um dich herum nach oben geklettert ist. Oh, hab ich das gerade laut gesagt? Ich meinte natürlich, du bist eine Heilige, Jordie! Wenn ich könnte, würde ich dir ein Denkmal setzen – eine Fünfzehnmeterstatue, die mitten im Central Park stehen müsste, damit ich einen Ort hätte, an dem ich mich vor dir in den Staub werfen und dich anbeten kann. Ich könnte dir vielleicht ein Stück komponieren ... oder dir zu Ehren ein Brettspiel entwickeln.«

»Höre ich da Sarkasmus, Billy?«

»Du unterschreibst meinen Gehaltszettel. Ich bin vertraglich verpflichtet, dich zu mögen.«

»Und würdest du mich mögen, wenn ich deinen Gehaltszettel nicht unterschreiben müsste? Wäre ich jemand, mit dem du Zeit verbringen würdest, selbst wenn du nicht müsstest?«

»Bin mir nicht sicher ... Magst du Pornos, *Game of Thrones* und Minecraft?«

»Wer mag das nicht?«

»Ich sitze daheim oft nur in Unterhose herum.«

»Ich auch.«

»Dann wär's okay.«

»Bernie hasst mich.«

»Ich glaube, Bernie hat ein Problem mit seiner Impulskontrolle. Er scheint eine Menge Leute zu hassen.«

»Schon, aber mich hasst er ganz besonders.«

»Wenn er dich besser kennen würde, würde er in der Hölle vielleicht das Zimmer neben deinem buchen, wer weiß?«

»Glaubst du echt, ich komme in die Hölle?«

Auf dem dritten Bildschirm tauchte eine Nachricht auf.

BILLY: *Worauf willst du hinaus?*

Jordan sah zu seiner Kabine. »Ich finde wirklich nicht, dass ich ein schlechter Mensch bin. Ich habe in meinem Leben Fehler gemacht, aber meistens versuche ich, das Richtige zu tun.«

»Meistens?«

»Manchmal gehen eben meine Bitch-Gene mit mir durch. Manchmal auch meine Ehrgeiz-Gene. Und manchmal gewinnt mein Übereifer. Aber ich *habe* ein Gewissen.«

»Bist du dir sicher? Vielleicht gibt es ja eine Art Bluttest, den du machen könntest, um besagtes Gewissen nachzuweisen?«

»Ich habe mir den Kopf darüber zerbrochen und versucht, mir vorzustellen, warum jemand wie Bernie dermaßen durchdrehen könnte, aber mir will einfach nichts einfallen. Das FBI ist hier und fragt mir Löcher in den Bauch, die wollen es ebenfalls wissen, und ich glaube, die sind von einer Antwort mittlerweile weiter entfernt denn je – was mir wiederum vor Augen führt, wie verletzbar wir alle sind. Ein Bernie dreht durch, die Welt bricht zusammen, und die Leute erwarten, dass die Ordnung wiederhergestellt wird. Aber statt zu helfen, statt zu unserem Selbstvertrauen zurückzufinden, ermitteln die Cops in die komplett verkehrte Richtung. Wenn die echt das Beste sind, was unser Land zu bieten hat, dann sollte ich mich womöglich unter meinem Bett verkriechen, bis alles vorbei ist.«

»Also, ich weiß nicht, ob die Vogel-Strauß-Taktik eine Lösung wäre ...«

»Es ist doch folgendermaßen, Billy: Ich gehe durchs Leben und versuche zu tun, was richtig ist – nein, was mir in meinem Kopf richtig erscheint, und diese Unterscheidung ist wichtig, weil nicht alles, was mir richtig erscheint, für andere richtig ist. Aber genau das gibt mir zu denken. Glaubt Bernie auch, dass er das Richtige tut? Ergibt all das für ihn wirklich einen Sinn?«

»Castro hat auch geglaubt, das Richtige zu tun«, sagte Billy. »Und Oprah.«

»Na, ich weiß ja nicht, ob Oprah in einen Satz mit Fidel Castro gehört.«

»Nachmittags-Talkshow-Moderatorinnen wühlen doch bloß in anderer Leute Dreck. Ellen DeGeneres beispielsweise ist der reinste Antichrist!«

»Ich mag sie irgendwie.«

»Okay, sie geht vielleicht noch – aber was ist mit Jerry Springer? Ich hab mir sagen lassen, dass man mit dem keinen Blickkontakt aufnehmen darf, sonst klaut der einem die Seele.«

»Darin sind sich wahrscheinlich alle einig ...« Sie legte eine kurze Pause ein. »Kannst du dich noch an Naked Girl erinnern?«

Billy riss die Augen auf.

BILLY: *Darüber dürfen wir nicht reden!*

Billys Sicht auf jenen Tag war immer schon eine Sache für sich gewesen, und sie war felsenfest überzeugt davon, dass er keine Sekunde vergessen hatte. Sie wusste, dass er über die Jahre drei Psychologen verschlissen hatte, um mit den Ereignissen klarzukommen.

Er war der Praktikant auf dem Rücksitz des gelben Accord gewesen, der mit ihr Telefonkontakt gehalten hatte.

»Der Anwalt, der mich damals vertreten hat, war William Daly«, sagte Jordan, »derselbe Mann, der sich gerade vor dem Holland Tunnel in die Luft gesprengt hat.«

Sie ließ es einfach raus, weil ihr sehr wohl bewusst war, dass es nun in der Welt wäre und weder Billy noch das FBI es würde zurückholen können. Millionen Menschen hatten es gehört. Hiermit wäre ihre Aussage aktenkundig.

BILLY: *Maulkorb! Verschwiegenheitserklärung! Tu das nicht, du setzt alles aufs Spiel! Hier geht es doch nicht nur um dich!*

Jordan umklammerte ihr Handy. Dann drehte sie es um – rund ein Dutzend Nachrichten von Nick, die letzte gerade vier Minuten alt. *Ruf mich sofort an! Ruf mich an! Ruf mich an!*

Statt ihn zurückzurufen, schrieb sie ihm eine Nachricht.

Nick antwortete sofort: *Nicht bevor wir gesprochen haben!*

Sie tippte: *Sofort!!!*, hämmerte den Finger fest auf die Tasten. *Ich brauche ihn SOFORT!!!*

Sekunden verstrichen, und sie fing schon an zu glauben, dass er sich nicht darauf einlassen würde. *Warum sollte er das auch tun?*

Dann kam er – der abfotografierte Brief, den sie ihm erst am Morgen überreicht hatte. Erneut überflog Jordan die sorgsam verfassten Zeilen, während sie versuchte, den Kloß in ihrem Hals zu ignorieren. Sie wusste genau, was sie als Nächstes tun musste.

Sie räusperte sich. »Billy? Ich will dir etwas vorlesen.«

37

Jordan

Jordan starrte auf den Brief hinab, holte tief Luft und gab sich einen Ruck. »›Liebe Miss Briggs, kaum zu glauben, dass wieder ein Jahr vorbei ist. Die Tage, Wochen, Monate sind wie im Flug vergangen. Ich bin jetzt in der fünften Klasse und ein ganzes Stück gewachsen, seit ich Ihnen zuletzt geschrieben habe. Tatsächlich bin ich inzwischen größer als die meisten Jungs in meiner Klasse, was komisch klingt, aber die Mädchen sind alle größer, und unsere Lehrerin, Mrs. Dolan, sagt, das ist total normal. Sie sagt, dass die Jungs irgendwann aufholen, aber emotional, geistig und intelligenzmäßig sind wir Mädchen ihnen für immer voraus – nur dass man das eben nicht sieht! Ich mag Mrs. Dolan. Sie ist sehr nett. Meine Lieblingsfächer sind Schreiben und Mathematik, Bio ist ein bisschen schwieriger, aber das mag ich auch. Mommy sagt, dass ich einen kleinen Bruder bekomme. Ich weiß, dass ich mich darüber freuen sollte, aber es waren immer nur Mommy, Daddy und ich, deshalb bin ich mir nicht ganz sicher, ob ich einen Bruder will. Sie will anscheinend noch ein Kind, also freue ich mich, dass sie sich freut. Daddy sagt, das Baby und ich müssen uns dann für eine Weile das Zimmer teilen, aber er hat versprochen, dass wir irgendwann umziehen und mehr Platz haben. Darauf freut Mommy sich auch. Ich bin mir nicht sicher, ob ich umziehen will. Meine Freunde wohnen alle hier, deshalb hoffe ich, dass die neue Wohnung ganz in der Nähe ist. Ich will auch nicht die Schule wechseln. Meine beste Freundin Valerie und ich haben heute Ärger gekriegt, weil wir im Unterricht Briefchen geschrieben haben. Zum Glück hatten wir ein paar geheime Wörter verwendet, sodass Mrs. Dolan nichts verstehen konnte. Darüber bin ich froh, weil es um einen Jungen aus der Klasse ging: Blake Hilley. Valerie findet Blake supersüß, und ich irgendwie auch. Sie ist sauer, weil er mich anscheinend lieber mag als sie, trotzdem hat sie ihm gestern einen Kuss gegeben, und auf einmal spricht er nicht mehr mit uns. Ich hab Mommy von Blake erzählt, und sie meint, alle Jungs haben Läuse, und es ist nicht sicher, mit ihnen zusammen zu sein, bis sie fünfundzwanzig sind. Irgendwas von einem College-Abschluss und Job, der sie heilt, oder so. Ich glaube ja, das hat sie erfunden. Sie hat auch gesagt, dass ich Daddy nichts von Blake erzählen soll. Sie meinte, wenn Daddy herausfindet, dass ich über Jungs rede, steckt er mich in ein Haus namens Kloster. Mit ihr darf ich aber jederzeit über Jungs sprechen. Wissen Sie noch, wie ich letztes Jahr gesagt habe, dass ich Tierärztin werden will? Ich habe im letzten Jahr viel darüber nachgedacht, weil Valeries Hund gestorben ist. Er war alt, trotzdem haben wir versucht, ihn zu retten, aber manchmal werden Hunde einfach zu erschöpft und müssen einschlafen. Ich glaube, statt Tierärztin will ich normale Ärztin werden und Leuten helfen. Leute leben länger als Hunde oder Katzen oder Wüstenrennmäuse. Mommy und Daddy sagen, dass ich mal werden kann, was ich will, wenn ich groß bin, aber ich habe im Fernsehen Ärzte gesehen, und genauso will ich auch werden. Mommy sagt außerdem, dass ich mich noch nicht entscheiden muss, trotzdem denke ich darüber nach. Valerie will auch Ärztin werden. Jungs sind meistens doof, deshalb habe ich Blake gar nicht gefragt.‹«

Jordan verstummte. Sie sah bewusst nicht zu Billy, weil ihr klar war, dass sie dann nicht würde fortfahren können. Sie sah auch nicht auf ihre Bildschirme oder zu dem Glaseinsatz in der Tür oder den Leuten, die möglicherweise dahinter standen. Sie hielt den Blick auf ihr Handydisplay und den abfotografierten Brief gerichtet. Eine Träne löste sich und rollte ihr über die linke Wange. Sie ließ es geschehen. Erst als die Träne auf ihren Tisch tropfte, fand sie die Kraft weiterzumachen.

»»Seit Sie mich vor zehn Jahren umgebracht haben, seit Sie Mommy umgebracht haben und mich in ihrem Bauch, seit Sie mir das ganze Leben gestohlen haben – *alles*, von uns allen –, haben Sie einfach weitergemacht, als wäre nichts gewesen. Wissen Sie noch? Sie haben sich ein paar Tage freigenommen, und am darauffolgenden Montag, als Sie in den Sender zurückkehrten, haben Sie weitergemacht, als wäre nichts passiert. Genau wie die anderen Briefe, die ich Ihnen geschrieben habe, soll dieser Brief eine Erinnerung sein, was gewesen wäre, wenn *wirklich nichts passiert wäre*. Wenn das Leben einfach weitergegangen wäre. Daddy meint, er verbringt jede wache Sekunde damit, sich zu wünschen, es wäre wirklich nichts passiert und Mommy wäre noch am Leben. Da hätte ich die Chance gehabt, zur Welt zu kommen und mir eines Tages zu wünschen, dass der kleine Bruder, den ich erwähnt habe, ebenfalls zur Welt kommen würde. Er meint, das alles haben Sie ihm – uns – weggenommen. Macht Sie das traurig? Scheint nicht so zu sein. Und das macht *mich* traurig. Wie kann jemand so ein schwarzes Herz haben und keine Reue, keine Schuld, keine Scham empfinden angesichts jener grässlichen Ereignisse? Wenn Sie nachts die Augen zumachen, sehen Sie mich vor sich? Weil ich nämlich Sie vor mir sehe. Ich habe Sie nie aus den Augen gelassen. Ich habe mich immer gefragt, was gewesen wäre, wenn unsere Wege sich nie gekreuzt hätten. Irgendeines nahen Tages werden auch Sie sich fragen, wie Ihr Leben wohl verlaufen wäre, wenn ich Ihnen nicht begegnet wäre.‹«

Jordans Stimme klang inzwischen zittrig, und sie atmete ein paarmal tief durch.

»Dieser Brief ist unterschrieben mit ›Auf immer und ewig – Kimberly‹. Und genau dieser Teil trifft mich jedes Mal am härtesten, weil ich natürlich weiß, dass es meinetwegen nie eine Kimberly gab. Ich musste … Ich wollte … das hier mit euch teilen, weil diese Sache schon unendlich lange auf mir lastet. Über Einzelheiten darf ich nicht reden, das wurde mir gerichtlich untersagt. Aber eine kurze Google-Suche, und die meisten von euch dürften eins und eins zusammenzählen. Ich habe zehn solcher Briefe erhalten – einen für jedes Jahr, in dem Kimberly am Leben hätte sein müssen. Und es ist nicht so, als hätte ich nicht darüber reden wollen. Ich durfte es nicht. Ich glaube, das hat mich noch nie von etwas abgehalten … in diesem Fall allerdings schon. Weil es mir so womöglich besser ging.«

Diesmal sah sie auf, sah zu Billy, der sie seinerseits unverwandt anstarrte.

»Bernie, es tut mir leid, was ich dir genommen habe. Es hat mir immer leidgetan. Und das hätte ich dir schon vor langer Zeit sagen müssen.«

Jordan wusste nicht, was sie noch sagen sollte. Die Stille zog sich in die Länge. Sie sah zu Bildschirm zwei. Sah zu, wie die Namen der Anrufer in den Leitungen nach und nach verschwanden und durch den Namen jenes Mannes ersetzt wurden, von dem sie wusste, dass sie mit ihm würde reden müssen:

Leitung 1: Bernie
Leitung 2: Bernie

Leitung 3: Bernie
Leitung 4: Bernie
Leitung 5: Bernie

38

Cole

»Sie hieß Kourtney Bretz«, teilte Tresler ihm mit.

Cole stand mit dem Handy am Ohr auf dem Flur, wollte zurück zu seinem Hubschrauber.

»Sie war im sechsten Monat, als Marisa Chapman sie überfahren hat. Sie haben das Baby noch geholt, bevor die Mutter starb, und es im Rettungswagen in eine Klinik bringen wollen, aber es hat nur neun Minuten überlebt. Ein kleines Mädchen – dem Totenschein zufolge Kimberly Bretz. Als nächster Angehöriger ist Bernard Bretz angegeben. Das ist er. Wir haben ihn.«

»Wir haben den Namen. Ich brauche eine Adresse, Tresler.«

»Bin schon dran. Müssen wir Schutz für Chapman beantragen?«

»Hat Daggett schon in die Wege geleitet.«

»Du weißt, dass Daggett Gracies Patenonkel ist? Wenn der dich allein erwischt, kriegst du von ihm ein Messer zwischen die Rippen. Pass also gut auf dich auf.«

Cole ging darüber hinweg. »Das hier ist ein Rachefeldzug, es *muss* so ein. Deshalb ist er so auf Jordan Briggs fixiert – deshalb musste ihr Anwalt von damals sterben, dieser Daly. Der Typ hat durchgedreht und nimmt an allen Rache. Aber warum jetzt? Warum zehn Jahre warten?«

»Manchmal dauert es, bis sich der Schalter umlegt. Bis es die Sicherung raushaut.«

»Irgendwas muss ihn getriggert haben. Irgendwas hat das Fass zum Überlaufen gebracht.«

Coles Handy piepte – eine Adresse an der 136th in West Harlem.

»Die letzte bekannte Adresse«, sagte Tresler.

»Treffen wir uns dort?«

»Ich gebe Gaff Bescheid, damit er ein SWAT-Team hinschickt. Ich stecke hier in Jersey fest. Keine Chance, durch den Verkehr zu kommen. Hier geht's nicht vor und nicht zurück.«

»Nimm ein Boot über den Hudson und lauf den Rest. Die Adresse ist nicht weit vom Anleger entfernt.«

»Ein Boot?!«

»Such dir eins, klau eins – mir egal. Auf dem Fluss ist kein Stau.«

»Scheiße«, murmelte Tresler.

»Was?«

»Ich hab soeben das Protokoll der Verhandlung gekriegt – Ronald Bonfigleo und Patty Epps waren unter den Geschworenen, die Briggs freigesprochen haben.«

»Schick mir Kopien sämtlicher …«

Coles Handy piepte erneut, diesmal war es eine Liste mit den Namen sämtlicher Jury-Mitglieder. Er fiel in den Laufschritt. »Das alles ist zehn Jahre her. Wir brauchen die aktuellen Adressen dieser Leute, wir müssen sie aufspüren und sofort unter Polizeischutz stellen, bis das hier vorbei ist.«

»Klar. An einem Tag wie heute stehen ja auch zig Leute herum und warten nur auf so einen Einsatz.«

»Sag Gaff, er soll das FBI und den Heimatschutz zu Hilfe rufen. Muss ja nicht das NYPD sein.«

»Kurzes Update, Partner. Die sind alle aus zig Richtungen an dem Fall dran, und ich kann dir versichern: Polizeischutz ist das Letzte, worauf hier irgendwer Ressourcen verschwenden will. Die wollen nur noch, dass wir ihn uns schnappen.«

»Wenn wir die Leute bewachen, muss Bernie irgendwann aus der Deckung kommen – so hätten wir die Nase vorn.«

»Nie im Leben wird irgendein Richter uns Zivilisten als Köder abnicken.«

»Wer war der Richter im Briggs-Prozess?«

Tresler brauchte eine Sekunde. »Brenda Northrop vom Berufungsgericht im Southern District.«

»Kommst du an sie ran?«

»Gleiches Problem – auch sie sitzt in der City.«

»Du musst ...«

»Ein Boot klauen. Schon klar.«

»Hör zu, du musst zu ihr und sie darüber informieren, was hier vor sich geht. Pass auf sie auf, und unterdessen kann sie herumtelefonieren und die damaligen Geschworenen aufspüren – schneller als jeder andere. Zwei Fliegen mit einer Klappe und so.«

»Du meinst, wir setzen *sie* als Köder ein? Ist ja auch viel besser, eine Richterin vorzuschicken statt irgendwelcher Zivilisten. Soll ich ihr das so erklären?«, fragte Tresler ausdruckslos.

»Du beschützt sie – so erklärst du es ihr. Und wenn Bernie zufällig bei ihr auftauchen sollte, setzt du dem Ganzen ein Ende und hast den Fall deines Lebens gelöst.«

Cole sah ihn förmlich vor sich, wie er auf seinem Zahnstocher kaute und über alles nachdachte.

»Klingt gut«, erwiderte Tresler nach einer Weile. »Warte kurz ...« Erst Sekunden später war er wieder dran. »Hörst du gerade die Jordan-Briggs-Sendung?«

»Nein. Warum?«

39

Jordan

Agent Varney hatte geschlagene zwei Minuten lang gegen die Tür gehämmert, ehe Jordan ein Blatt Papier auf den Glaseinsatz klebte, auf dem stand: *Sie kommen nicht rein!* Billy würde ihr niemals aufmachen – nicht ohne Jordans Erlaubnis. Anscheinend hatte er sich eingeschlossen, sonst wäre er längst nicht mehr allein in seiner Kabine.

Auf ihrem dritten Bildschirm stand noch immer die Nachricht von Jules:

J. GOLDBLATT: *MACH DIE VERDAMMTE TÜR AUF, JORDIE!*

Jordan hatte nicht geantwortet. Nachdem sie die Nachricht für Varney angeklebt hatte, kehrte sie an ihr Mikro zurück und wartete auf die Werbeunterbrechung. Als um Punkt neun die Übertragung abbrach und sämtliche Leitungen gekappt wurden – alles funktionierte immer noch, wie es sollte –, flackerte nur einen Augenblick später wieder dasselbe Bild auf:

Leitung 1: Bernie
Leitung 2: Bernie
Leitung 3: Bernie
Leitung 4: Bernie
Leitung 5: Bernie

Die LED-Anzeige an der Wand war auf mehr als dreizehn Millionen Zuhörer weltweit geklettert. Sie wollte sich gar nicht vorstellen, wie viele gerade versuchten, bei ihr anzurufen, und konnte sich nicht erklären, wie es Bernie gelungen war, ihre Telefonanlage zu kapern – noch dazu so schnell.

Sie sah hoch zu den Kameras, die immer noch mit Plastikfolie verklebt waren. Dann sah sie sich um und fragte sich, wo er sonst noch Kameras versteckt haben könnte. Sie wusste genau, dass es noch welche gab. Sie spürte, dass er sie beobachtete. Die Gewissheit jagte ihr Schauder über den ganzen Leib. Jordan klickte ein neues Chat-Fenster auf und tippte eilig eine Nachricht an Sarah.

Einen Augenblick später war die Antwort da.

SARAH: *Das FBI hat Charlotte mit Senator Moretti im Greenroom eingeschlossen. Zwei von ihnen sichern die Tür wie Palastwachen. Sie hat ihre Bücher und kann mich jederzeit anrufen, wenn sie etwas braucht, mach dir also keine Sorgen, ich passe auf sie auf. Dort drin ist sie bestimmt am allerbesten untergebracht. Das FBI bewacht auch die Aufzüge und die Treppenhäuser, sie checken jeden, der auf dem Stockwerk ein und aus geht, auf den anderen Stockwerken ebenfalls – keine Ahnung, warum.*

Kurz dachte Jordan darüber nach, ihr zu sagen, dass sie ihre Tochter nicht in ein und demselben Zimmer mit dem Senator haben wollte, besann sich dann aber eines Besseren. Sosehr sie den Mann verabscheute – es wäre nicht zweckdienlich, die Bewacher auf zwei Räume zu verteilen. Sie bedankte sich bei Sarah. Im selben Moment ging eine Nachricht von Billy ein.

BILLY: *Die verhaften uns bestimmt ...*

JORDAN: *Für damals oder für die Sache jetzt?*
BILLY: *Ja.*
JORDAN: *Ich muss das zu Ende bringen. Aber wenn du gehen willst, lass dich nicht aufhalten. Du hast meinetwegen schon genug Schwierigkeiten.*
BILLY: *Ich gehe nirgendwohin.*
JORDAN: *Danke, Billy. Treuer Freund.*
BILLY: *Nein, ich meine, ich komme sowieso nirgendwohin. Die U-Bahn steht still, Taxis gibt es nicht. Ich stecke hier fest. Da kann ich dir genauso gut helfen.*
JORDAN: *Fuck you, Billy.*
BILLY: *Love you too, Jordie.*

Einen Augenblick später hörte sie seine Stimme über Kopfhörer: »Auf Sendung in drei ... zwei ...«

Die rote ON-THE-AIR-Anzeige leuchtete auf.

Mit dem Finger über der Taste für Leitung eins hielt Jordan inne. Dann, bevor sie es sich noch anders überlegte, schaltete sie sie frei. »Hallo, Bernie.«

»Fühlst du dich jetzt besser? Bist du erleichtert? Als wäre dir eine große Last von den Schultern gefallen?«

»Nein. Nicht so richtig.«

»Gut.«

»Ich versuche zu verstehen, warum du das tust. Was damals passiert ist, war schrecklich. Es war tragisch – aber es war ein Unfall. Auf irgendeiner Ebene musst du das doch verstehen.«

»Es war kein Unfall. Du hast damals die Strippen gezogen. Du hast deine Marionetten losgeschickt und diese Sache überhaupt erst möglich gemacht.«

»Ich mag da ein Streichholz angezündet haben – aber es konnte doch keiner ahnen, dass das zu einem Flächenbrand führen würde! Wie hätte das irgendwer wissen sollen?«

»Du hast über die Konsequenzen nicht nachgedacht«,

erwiderte Bernie. »Du hast nur an dich selbst gedacht. Du hast dieses Mädchen für deine Zwecke missbraucht und an diesem Tag zig Leben ruiniert. Du hast diesem Mädchen die Wahl gelassen, ob sie mitmachen wollte, klar, und sie hätte Nein sagen können. Aber auch sie hat nicht nachgedacht, keine von euch hat nachgedacht, keine von euch hat sich auch nur eine Sekunde lang gefragt, ob etwas schiefgehen könnte. Ihr habt einfach losgelegt – scheiß auf die Folgen.«

»Wenn ich es ungeschehen machen könnte, würde ich das sofort tun.«

»Wirklich? Selbst wenn damit deine Karriere zu Ende wäre? Selbst wenn es bedeuten würde, dass dein Leben ganz anders verlaufen wäre? Was, wenn du deinen Mann nie kennengelernt hättest? Nie eine Tochter bekommen hättest? Was, wenn du die Zeit zurückdrehen und einen Schalter umlegen und alles ungeschehen machen könntest? Wenn du mein Leben wiederherstellen könntest, indem du deins auslöschst – würdest du das tun?«

»Die Frage ist nicht fair.«

»Und *fair* ist hier nicht die Frage.«

»Sag mir, was ich tun muss, um dieser Sache ein Ende zu setzen.«

»Du kannst ihr kein Ende mehr setzen. Du kannst lediglich die nächste Entscheidung treffen.«

»Ich spiele dein verschissenes Spiel nicht mehr mit.«

Bernie zögerte keine Sekunde. »Grand Central oder Penn Station?«

»Ich mache da nicht mit!«

»Such dir eins aus, oder ich sprenge beide in die Luft. Du hast drei Minuten für deine Entscheidung. Das sollte Zeit genug sein, damit alle, die zuhören, von dort Leine ziehen. Und nach allem, was ich so mitbekomme, hören inzwischen eine Menge Leute zu. Wie geht's übrigens

Agent Varney? Sie hat sich vor ein paar Jahren ziemlich unschön von ihrem Mann getrennt. Vielleicht kann sie dir ja ein paar Tipps geben?«

BILLY: *Woher zur Hölle weiß er, wer sie ist?*

Er starrte die Plastikfolie über der Kamera in seiner Kabine an, aber genau wie bei den anderen saß sie an Ort und Stelle.

»Warum bringst du mich nicht einfach um?«, fragte Jordan.

»Ach, nein.«

»Und warum nicht?

»Weil ich will, dass du leidest. Und wir sind gerade erst am Anfang.«

»Was damals passiert ist, war ein *Unfall*. Du aber bringst *vorsätzlich* Leute um. Jedes einzelne Opfer hatte Familie, womöglich Kinder, irgendeine Art Leben. Das alles zerstörst du – mit voller Absicht.«

»Dann ist mein Verlust nicht mit ihrem vergleichbar?«

»Hier geht es doch nicht ums Vergleichen – nichts, was einer von uns beiden tun könnte, bringt dir deine Frau und dein Kind zurück. Du solltest versuchen ...«

»Wag es nicht, mir zu sagen, dass ich nach vorn blicken und mit meinem Leben weitermachen soll! Wenn *du* morgen aufwachst, wenn all dies hier vorbei ist und jemand zu dir sagt: ›Du solltest mit deinem Leben weitermachen‹, dann wirst du begreifen, wie sich das anfühlt. Denn es gibt kein Weitermachen.«

»Wenn das hier morgen vorbei ist ... Wo bist du dann?«

»Ich werde tot sein. Bin ich schon jetzt. Ich bin an jenem Morgen vor zehn Jahren zusammen mit meiner Frau und meiner Tochter gestorben. Insofern ändert sich für mich überhaupt nichts mehr. Noch zwei Minuten, Miss Briggs.«

Jordan sah zu den Bildschirmen. Der Ton war abgestellt, doch auf dem ersten liefen immer noch Nachrichten. Der Split-Screen zeigte Bilder sowohl vom Bahnhof Grand Central als auch von der Penn Station – und Menschen, die panisch durch die Ausgänge strömten. Verkehrspolizisten stellten hektisch Absperrungen rund um die Gebäude auf. Dem Newsticker am unteren Bildrand zufolge wurden sämtliche Züge noch in den Zufahrtstunneln angehalten. Kein Wort von Evakuierung oder ob die Fahrgäste in den Zügen bleiben würden; Jordan fuhr selten mit der U-Bahn und konnte nur ahnen, wie es sich anfühlte, in einem der Tunnel im Zug festzustecken.

»Du bist ein verdammter Feigling, Bernie. Wenn deine Frau und deine Tochter noch am Leben wären, würdest du wollen, dass sie dich so sehen? Würdest du wollen, dass sie dich so im Gedächtnis behalten?«

»Hast du dich entschieden?«

»Es gibt keine Entscheidung«, erwiderte Jordan.

»Dann soll ich lieber beide hochjagen?«

»Lieber sollen die Cops dir eine Kugel in den Kopf jagen. Aber die Option hat mir noch keiner angeboten.«

»Aber wenn ich nicht mehr mit dir sprechen könnte, wäre das doch wirklich bedauerlich.«

Jordan schnaubte. »Ich käme ohne dich klar.«

»Aber vielleicht wäre das ja die Antwort – eine Kugel im Kopf? Und weil du dich ja nicht entscheiden kannst, mach ich es vielleicht einfach.«

»Du bringst dich um?«

»Mich doch nicht. Diesen Typen.«

Es raschelte kurz im Telefon, als Bernie den Hörer bewegte. Dann war eine andere Stimme zu hören. »Jordie …«

Sie beugte sich über ihr Mikrofon. »Nick?«

Als der Schuss fiel, zuckte sie heftig zusammen. Das hatte sie nicht gewollt.

40

Cole

Der Hubschrauber landete im St. Nicholas Park. Nachdem er nicht mitten auf der Straße hatte aufsetzen dürfen, war der Pilot nicht näher herangekommen, was bedeutete, dass Cole seinen eigenen guten Rat beherzigen und die übrigen paar Blocks laufen musste.

Unter der Adresse an der Straßenecke befand sich ein sechsgeschossiges Gebäude aus braunem Sandstein, das vor langer Zeit weiß getüncht worden war und vor dem linker Hand eine schmale Gasse abzweigte. Völlig außer Atem nahm Cole das Gebäude selbst kaum zur Kenntnis. Sein Blick war auf den schrottreifen gelben Honda Accord vor dem Eingang gerichtet.

Ihm war klar, dass es sich nicht um dasselbe Fahrzeug handeln konnte, das Marisa Chapman zehn Jahre zuvor gefahren hatte. Doch genauso klar war, dass dieses Auto dort nicht zufällig parkte. Als er nah genug dran war, um das Nummernschild und den gut zehn Jahre alten Sticker auf dem Kotflügel zu entziffern, war er sich sicher, dass Bernie ihn hier abgestellt hatte – und zwar, wenn er den Staub und Straßendreck auf dem Blech richtig deutete, schon vor einer ganzen Weile. Trotzdem konnte es nicht dasselbe Auto sein. Marisa Chapmans alter Honda war unter Garantie abgeschleppt worden. Die Techniker hatten ihn auf links gedreht, jeden Kratzer, jede Schramme und jede Delle dokumentiert. Alles, was nicht niet- und nagelfest gewesen war, war in Asservatenbeutel gesteckt, nummeriert und in die Beweismittelliste aufgenommen worden. Die Wahrscheinlichkeit, dass ein Fahrzeug, das in einen Todesfall verwickelt war, je wieder zurück auf die Straßen der Stadt kam, ging gegen null; ein Fahrzeug, das gleich mit mehreren Todesfällen in Verbindung stand, wurde in aller Regel sorgsam verwahrt für den Fall, dass Berufung eingelegt wurde und sämtliche Beweise neu untersucht werden mussten.

Ein einsamer Streifenwagen des Harlem PD blieb mitten auf der 136th stehen, und das Fenster auf der Fahrerseite ging auf. »Sind Sie Detective Hundley?«

Nickend sah Cole sich in alle Richtungen um. »Wo bleibt das Einsatzkommando?«

Der Officer schob den Schalthebel auf Parken, stellte das Blaulicht an und stieg bedächtig aus. Er war vielleicht Ende vierzig, hatte gut zwanzig Kilo zu viel auf den Rippen und sprach mit einem dezenten jamaikanischen Akzent. »Die Teams sind alle im East End beschäftigt.« Er beugte sich in seinen Wagen und griff nach einer abgenutzten Uniformmütze, die er sich auf den kahlen dunklen Schädel schob. Ohne die Tür zuzumachen, kam er langsam auf Cole zugeschlurft, wie Männer schlurften, die zu viel Zeit im Sitzen verbrachten. »Das hier ist mein Revier.«

Cole drehte sich wieder zu dem Honda um und spähte mit den Händen an den Schläfen hinein. »Haben Sie diese Karre schon mal gesehen?«

»Die parkt hier schon, solange ich denken kann. Bewegt sich keinen Zentimeter. Die Nachbarn beschweren sich – kein Wunder bei der Parkplatzsituation. Aber die Parklizenz wird pünktlich wieder verlängert, insofern kann ich nichts dagegen tun.«

Cole beäugte den Aufkleber in der oberen linken Ecke der Windschutzscheibe. Der Mann hatte recht. Der Aufkleber war gerade einen Monat alt. »Haben Sie Werkzeug da, mit dem wir den Kofferraum aufmachen könnten?«

»Haben Sie einen Durchsuchungsbeschluss?«

»Das ist ein Tatort.«

»Woher wollen Sie das wissen?«

Cole war klar, dass sein Gegenüber im Recht war. Ohne überzeugende Argumente wäre der Wagen bloß irgendein Fahrzeug, das an einer Straße parkte. »Haben Sie je das Kennzeichen überprüft?«

Er nickte. »Läuft auf eine gewisse Marisa Chapman, wohnhaft unter dieser Adresse, in einer Wohnung im fünften Stock. Aber wenn man da klingelt, macht nie einer auf.«

Das ist unmöglich, hätte Cole fast gesagt, aber das hätte nur zu Nachfragen geführt. Er umrundete den Wagen und warf einen Blick auf den Rücksitz: bis auf eine alte Taco-Bell-Tüte leer.

Vor dem Auto ging er in die Hocke, um sich das Schutzblech genauer anzusehen. Der Lack war größtenteils rissig und abgeblättert. Darunter kam das schwarze Plastik zum Vorschein. Die linke Seite stand merkwürdig ab, die Beifahrerseite war ziemlich verbeult, und der Scheinwerfer fehlte. Rost an Stellen, wo das Blech sichtbar war. »Der hatte einen Unfall.«

»Hab ich mal überprüft. Für den Wagen liegt keine Meldung vor.«

Es kann nicht dasselbe Auto sein.

»Wie weit zurück sind Sie denn gegangen?«

Der Officer zuckte mit den Schultern. »Keine Ahnung. Ein paar Jährchen?«

»Verdacht auf undokumentierte Unfallbeteiligung – das wäre ein triftiger Grund, den Wagen aufzumachen.«

»Wohl eher fadenscheinig.«

»Was hätten Sie denn dabei?«

Der Officer stieß einen Seufzer aus und schlurfte zurück zu seinem Streifenwagen. Einen Augenblick später war er mit einem Stemmeisen zurück – gut sechzig Zentimeter lang, mit abgeflachtem gelbem Ende. Er drückte es Cole in die Hand. »Das machen Sie schön selbst. Ich bin mir nicht sicher, ob ich mich da mit reinziehen lassen will.«

Cole legte das Stemmeisen auf den Kofferraum, ging auf alle viere und untersuchte mithilfe der Taschenlampen-Funktion seines Handys den Unterboden.

»Was machen Sie denn da?«

»Ich suche nach einer Bombe«, antwortete Cole.

Aus den Augenwinkeln sah er, wie der Officer ein paar Schritte zurückwich. »Ernsthaft?«

Cole fuhr mit den Fingerspitzen durch jede Ritze, tastete die Unterseite des Kofferraums und die Radkästen ab. »Kann keine finden ...«

»Na wunderbar. Sind Sie überhaupt dafür ausgebildet, eine Bombe als solche zu erkennen?«

»Ihr Sprengkommando – können Sie das rufen?«

»Bin mir nicht sicher, ob Sie gehört haben, was Downtown passiert ist – aber sämtliche Uber-Fahrer sind aufgefordert worden, zur Überprüfung ins nächstbeste Revier zu fahren. Die Bombenleute dürften bis Thanksgiving 2029 beschäftigt sein. Genau wie sämtliche anderen Trupps in der City.«

Cole kam unter dem Wagen hervor, stand auf und klopfte sich die Hose ab. Dann griff er zum Stemmeisen. »Vielleicht gehen Sie ein Stück zurück ...«

Er schob das Eisen auf Höhe des Schlosses unter den Kofferraumdeckel, packte das andere Ende mit beiden Händen, sprang in die Luft und setzte sein volles Gewicht als Hebel ein. Das Schloss krachte auf, das Stemmeisen fiel zu Boden, und der Kofferraumdeckel ging auf.

Erst roch er nichts, starrte zunächst nur sekundenlang

auf die großen Müllsäcke hinab, ehe der Gestank ihm mit Wucht entgegenschlug.

Es waren zwei Müllsäcke – die stabile Profi-Ausführung. Dicke schwarze Plastikfolie, die von zwei Enden über etwas, was nur eine Leiche sein konnte, drübergezogen und dort, wo sie sich überlappten, mit Tape umwickelt worden waren. Eine Plastikkante lag frei, und genau an dieser Stelle sickerte gelblicher Schleim auf die Innenraumverkleidung. Stellenweise war er bereits getrocknet und geronnen, und Cole ahnte, wie es sich anhören würde, wenn sie die Säcke aus dem Kofferraum holten.

Der Officer neben ihm taumelte rückwärts, wirbelte schneller herum, als es womöglich für einen Mann seiner Ausmaße gut war, und kotzte auf den Bürgersteig.

Cole starrte noch immer in den Kofferraum, als sein Handy klingelte.

»Ja?«

»Unsere Richterin, Brenda Northrop«, sagte Tresler ohne Vorrede, »ist seit fast einem Monat nicht mehr zur Arbeit erschienen. Ihr Büro hat sie vor drei Wochen als vermisst gemeldet. Eine ihrer Mitarbeiterinnen ist zu ihr nach Hause gefahren und hat den Concierge überredet, sie in die Wohnung zu lassen, aber auch da war von ihr anscheinend keine Spur. Allerdings haben sie dort etwas Komisches gefunden: einen alten, rostigen Brotkasten mitten auf dem Wohnzimmerboden. Mitsamt einem halben Laib Brot, der aussah, als wäre er hundert Jahre alt. Völlig fehl am Platz. Genau wie diese Stühle und der Küchentisch.«

»Ich glaube, ich habe sie gerade gefunden.«

Cole erzählte ihm von dem Wagen.

»Das kann nicht Chapmans Wagen sein ...«

»Das sag ich mir auch die ganze Zeit.«

»Warst du schon oben?«

»Noch nicht.«

»Ist das SWAT-Team schon da?«

Cole sah in beide Richtungen die Straße entlang. Eine Frau, die mit ihrem Hund Gassi ging. Zwei Jogger. Ansonsten niemand zu sehen. Die meisten Leute saßen wahrscheinlich immer noch vor ihren Fernsehern. »Kein SWAT – nur ich und Officer ...«

»Whimbly«, soufflierte der Mann und wischte sich mit dem Ärmel über den Mund. »Clifford Whimbly.«

»Nur ich und Officer Whimbly. Das hier ist sein Revier.«

Tresler seufzte. »Mach, was du für richtig hältst ... Aber wenn du warten willst, dann wartest du womöglich ziemlich lange.«

Cole klappte den Kofferraumdeckel zu und drehte sich zu dem Gebäude um. Sein Blick wanderte über die renovierungsbedürftige Sandsteinfassade zu den Fenstern im fünften Stock. »Ich gehe hoch.«

41
Cole

In den frühen 1900er-Jahren war das Gebäude als Miets-
kaserne erbaut worden. Sechs Stockwerke hoch, mindestens acht, zehn Parteien. Für so wenig Baukapital wie
nötig hatten hier so viele Mieter wie nur möglich unter-
kommen sollen. Erst in den letzten Jahrzehnten hatte sich
die Nachbarschaft merklich verändert, und der Quadrat-
meterpreis war durch die Decke gegangen. Keine Chance
für die Arbeiter und Angestellten, die hier früher gewohnt
hatten.

Allen Gesetzen der Gentrifizierung entgegen gab es keinen Aufzug.

Auch wenn zehn Treppenabsätze für ihn nicht wahnsinnig problematisch waren – er hatte sich immerhin ganz
gut gehalten –, war er sich bei Officer Whimbly nicht ganz
so sicher.

Whimbly musste seine Gedanken gelesen haben. »Lassen Sie sich mal nicht täuschen. Um diese Kilos zu bewegen, ist einige Muskelkraft nötig. Ich hab in der Highschool und am College Football gespielt, und wenn ich
mir nicht die Schulter verletzt hätte, wäre ich Profi geworden. Massig war ich immer schon – aber solche Treppen
laufe ich hoch und runter, seit ich denken kann. Und
allein würde ich Sie sowieso nicht losziehen lassen.«

Cole nickte ihm knapp zu und studierte die Namens-
schilder auf den Briefkästen.

Laut Anschrift, die er bekommen hatte, ging es um Wohnung 5 A.

Das Namensschild am Briefkasten von 5 A fehlte. Nach den frischen Kratzern in der Farbe drum herum zu urteilen hatte jemand es kürzlich entfernt.

»Sagt Ihnen der Name *Bernard Bretz* irgendwas?«, fragte er Whimbly.

»Nein.«

»Und Kourtney Bretz?«

Er schüttelte den Kopf.

Cole drehte sich wieder um und beäugte die Treppe. »Okay, bleiben Sie hinter mir.«

Whimbly hielt nicht nur mit ihm Schritt, er war auch kein bisschen außer Atem, als sie im fünften Stock ankamen. Auf den letzten Stufen hatte er die Tür zu Wohnung 5 A nicht mehr aus den Augen gelassen. Er hatte die Hand am Griff seiner Dienstwaffe und klippte routiniert die Sicherungsschlaufe auf.

Zwanzig Minuten zuvor hätte Cole sich noch gefragt, wann Officer Clifford Whimbly die Pistole zuletzt abgefeuert hatte; inzwischen hatte er aber den Eindruck, dass der Mann regelmäßig auf dem Schießstand trainierte und auf Zack war.

Cole zeigte erst auf ihn, dann auf die Ecke rechts neben der Tür zu Wohnung 5 A, und Whimbly huschte lautlos über den Treppenabsatz und presste sich an die Wand.

Cole übernahm die linke Seite, legte die Hand an die Waffe und klopfte mit der freien Hand dreimal fest gegen die Tür. »NYPD!«

Keine Reaktion, und während eine Sekunde nach der anderen verstrich, spürte Cole den Blick des Nachbarn in 5 B, der sie durch den Türspion beäugte. Unwillkürlich fragte er sich, ob Bernie dort hinter der Tür stand. Genau so würde er sich verhalten – ihnen einen Köder hinwerfen und aus einer anderen Richtung angreifen. Als die Tür zu 5B aufging, hätte Cole fast die Waffe hochgenommen.

Die Frau, die ihnen entgegensah, war über siebzig, hatte immer noch ihren Schlafanzug an und Lockenwickler in den Haaren. Sie riss zwar die Augen auf, wich aber weder zurück, noch schlug sie die Tür wieder zu, sondern sagte bloß: »Da wohnt niemand.«

Cole warf Whimbly einen flüchtigen Blick zu. Der große Mann blieb in Position.

Die Frau schob die Hände in die Taschen ihres Frottee-morgenmantels. »Schon seit neun, zehn Jahren nicht mehr.«

»Haben Sie hier in letzter Zeit jemanden reingehen oder rauskommen sehen?«

Sie schüttelte den Kopf.

Cole nahm sein Handy, aktivierte die Taschenlampe und suchte mit dem Lichtkegel Türrahmen und Schloss ab.

»Was soll das überhaupt?«

Noch ehe Cole antworten konnte, sagte Whimbly: »Gehen Sie zurück in Ihre Wohnung, Ma'am, und schließen Sie ab.«

Kurz sah sie aus, als wollte sie widersprechen. Dann schob sie die Tür zu, und mehrere Schlösser rasteten ein.

Cole stand wieder auf und war drauf und dran, die Tür einzutreten, als Whimbly ihn am Arm packte. »Whoa, langsam, Mann.«

»Sie haben gesagt, der Wagen wäre unter dieser Adresse angemeldet – damit hätten wir einen triftigen Grund ...«

»Das meine ich nicht.« Whimbly griff an seinen Gürtel, klippte ein Lederetui ab und zauberte ein Lockpicking-Werkzeug hervor. Er wählte zwei Picks und wuchtete sich vor der Tür auf ein Knie hinunter. »Das hier hab ich gelernt, bevor ich bei der Polizei angeheuert habe. Schont den Türrahmen. Und mit den Jahren hab ich schon einige Türen aufmachen müssen, wenn besorgte Nachbarn mich gerufen haben oder aus unbewohnten Gebäuden Geräusche kamen.«

Er schob beide Picks ins Schloss und ruckelte daran. Sekunden später drehte er den Griff, und das Schloss schnappte auf. Er hievte sich hoch, schob die Picks zurück in das Etui, steckte es in die Tasche und trat mit einem Nicken in Coles Richtung zur Seite.

Mit der Hand an der Waffe griff Cole zum Türknauf, drehte ihn und schob die Tür auf.

»NYPD, wir kommen jetzt rein!«

Nach dem Staub auf dem Parkett zu urteilen war die Wohnung wirklich schon länger nicht bewohnt. Allerdings war jemand hier gewesen – Schleifspuren führten von der Wohnungstür den Flur entlang. Rechts hingen gerahmte Fotos an der Wand, links gingen mehrere Türen ab. Mit der Waffe im Anschlag trat Cole über die Schwelle und suchte den Boden aufmerksam nach Sprengfallen oder anderen Vorrichtungen ab, die Bernie für sie hinterlassen hatte. Vor dem ersten Foto an der Wand blieb er stehen.

Ein Hochzeitspaar – er im Frack, sie in einem wallenden weißen Kleid, Hand in Hand auf der Treppe des Standesamts. Jemand hatte ihnen – allem Anschein nach schon vor langer Zeit – die Gesichter ausgeschnitten. Genau wie auf dem Boden lag auch auf dem Glas eine dicke Schicht Staub. Andere Fotos zeigten das Paar beim Wandern. Vor einem gigantischen Wasserfall. An einem Kamin in einer Holzhütte.

Je weiter Cole den Flur entlangging, umso mehr schienen die Fotos ihm eine Geschichte zu erzählen. Ein Jahr nach dem anderen, in chronologischer Folge. Gegenüber der Tür zum ersten Zimmer veränderte sich die Geschichte – ab hier stand sie im Mittelpunkt, sie und ihr Bauch. Eindeutig ein Babybauch, der von Foto zu Foto runder wurde. Jeans und Tanktops wurden durch Stretchhosen und weite Tuniken ersetzt. Und auf jedem Bild war ihr Gesicht ausgeschnitten.

Im ersten Schlafzimmer standen ein Doppelbett, Nachttische und ein Kleiderschrank. Die Bettwäsche lag in einem unordentlichen Haufen am Fußende, während das Mobiliar mit allerhand Sachen übersät war, die in einem Schlafzimmer erwartbar waren: eine Bürste, weitere gerahmte Bilder, ordentlich zusammengelegte Kleidung. Alles von Staub überzogen. Im Bad standen zwei Zahnbürsten in einem altersblinden Glas unter dichten Spinnweben. Alte Shampooflaschen standen am Boden der Dusche, und über der Duschstange hingen graue Handtücher. Im Toilettenwasser schwamm ringsum eine dicke Schicht Schimmel – die Spülung war seit Jahren nicht betätigt worden.

»Sieht aus, als wäre jemand von jetzt auf gleich aufgesprungen und gegangen.«

Vor der ausgebleichten rosa Wand des zweiten Zimmers stand ein weißes Kinderbett voller Kuscheltiere, und allein bei dem Anblick krampfte es Cole das Herz zusammen. Er wusste, dass dieses Kinderbett nie benutzt worden war und auch nie mehr benutzt würde.

Am Ende des Flurs ging der offene Wohn-Essbereich mit Küchennische ab. Couch, Fernseher – alles sah genau so aus, wie es Bernard und Kourtney wohl eingerichtet hatten. Auf dem Couchtisch stand eine leere Bierflasche. Das Mobiliar wirkte alt und teils sogar kaputt. Nichts passte zusammen. Cole hatte den Eindruck, als wäre all dies schon secondhand gewesen, als die zwei hier eingezogen waren; als hätten sie die Sachen mit der Zeit zusammengetragen – ein junges Pärchen ohne Ersparnisse, das gerade erst zusammengezogen war. Dass etwas fehlte, fiel nicht nur auf, weil vor der Küchenzeile eine Leerstelle war – sondern auch aufgrund der quadratischen Abweichung in der Staubschicht. Für Cole stand fest, dass genau an dieser Stelle der klapprige Küchentisch gestanden haben musste, den sie am Bonfigleo-Tatort gefunden hatten. Auch die Metallstühle stammten von hier. Und das Kinderspielzeug stammte vermutlich aus dem rosa Kinderzimmer.

»Wie kommt's, dass ich mich fühle, als würden hier Geister lauern?«, fragte Whimbly leise.

Im nächsten Moment schrillte ein Telefon los – ein schepperndes, altes Festnetztelefon –, und beide zuckten heftig zusammen.

42

Cole

Das alte Telefon hing an der Küchenwand. Das Kabel war lang genug, um während des Telefonats mit dem Hörer durch die ganze Wohnung zu schlendern. Es schrillte bereits zum dritten Mal, als er vorsichtig den Hörer von der Gabel nahm.

Bernie wartete gar nicht erst ab, ob Cole etwas sagen wollte. »Haben Sie Familie, Detective?«

»Nein.«

»Alles im Leben dreht sich nur um die Familie. Ich bin ein einfacher Mann – ich habe nie viel gewollt. Ein eigenes Zuhause, jemanden, mit dem man dieses Zuhause teilt, und vielleicht, wenn ich Glück hätte, noch einen zweiten Jemand, dem wir beide eines Tages all die guten Dinge im Leben weitervermitteln könnten. Ist doch nicht zu viel verlangt, wirklich nicht – bloß ein kleines Stück vom großen Traum. Ich habe Kourtney am College kennengelernt. Sie war vierundzwanzig, ich sechsundzwanzig. Wir hatten beide ein bisschen später als andere angefangen zu studieren, insofern hatten wir sofort ein Gesprächsthema. Wir hatten etwas gemeinsam. Sie und ich gegen all diese Kinder... Klingt albern, wenn man heute darüber nachdenkt, dass wir uns damals so viel älter gefühlt haben, aber wenn man jünger ist, sind sechs, acht Jahre Altersunterschied ein halbes Leben. Damals war ich Auslieferfahrer und musste mein Geld zusammenhalten.

Aber irgendwann war ich so weit, um zumindest in Teilzeit zu studieren. Sie hatte einige Jahre ausgesetzt, um ihre Mutter zu pflegen, die Bauchspeicheldrüsenkrebs hatte. Ich hatte mich für Amerikanische Literatur eingeschrieben, und da saß sie: die schönste Frau, die ich je gesehen hatte, mutterseelenallein in der dritten Reihe von hinten. Und ich hatte diesen John-Cusack-Moment – wie im Film: sie im Scheinwerferlicht. Musik setzt ein. Sie sieht hoch, sieht mich an – nur ganz kurz – und widmet sich wieder ihrem Notizblock, in den sie irgendwas gekritzelt hat. Aber mehr war nicht nötig. Dieses minimale Lächeln, das eine Sekunde länger anhielt als womöglich gewollt – das hat mich voll erwischt, und ich stand komplett unter Strom, als ich mich neben sie setzte. Ich weiß noch, dass sie diese Grübchen hatte, wenn sie lächelte. Und ihre Augen – blau wie Saphire, mit dem Wissen aus Jahrtausenden, als würden die Antworten auf die größten Fragen des Universums direkt vor mir liegen. Ich brauchte fast eine Woche, um meinen Mut zusammenzunehmen und sie zu fragen, ob sie mal mit mir essen gehen wollte. Aber ich glaube, wir wussten beide vom ersten Moment an, dass es passieren würde – und sie war geduldig. Immer so geduldig.«

Cole sah zu Whimbly und hauchte ihm ein tonloses *Nachverfolgen!* entgegen.

Whimbly nickte und lief zurück zur Wohnungstür, ehe er zu seinem Funkgerät griff.

Bernie stieß einen langen Seufzer aus. »Wir kommen als unvollständige Wesen auf die Welt. Da ist ein Loch in unserer Seele. Diese Yin-Yang-Sache – da ist wirklich was dran. Und ich glaube, wir wissen es intuitiv, sobald wir unsere andere Hälfte gefunden haben. Ich kann dieses Gefühl nicht richtig beschreiben, aber Sie können mir glauben, eines Tages fühlen Sie das auch, und dann wissen Sie

Bescheid. Daran ist nicht zu rütteln. Kourtney war meine fehlende Hälfte und ich ihre, ganz sicher. Wir wussten es beide vom ersten Moment an, und Tag für Tag waren wir uns sicherer. Wir waren fast ein Jahr zusammen – lang genug, dass niemand uns vorhalten konnte, wir würden es überstürzen –, dann sind wir aufs Standesamt gegangen und haben geheiratet. Keiner von uns hatte noch Familie. Ich hatte meine nie gekannt, und bei Kourtney war die Mutter als letzte Verwandte gestorben. Nur noch wir zwei waren übrig und ein paar Freunde aus Schulzeiten. Aber mehr brauchten wir nicht. Ich machte Sonderschichten, hab längere Fahrten übernommen. Wir haben jeden Penny zusammengekratzt und die Wohnung ergattert, in der Sie gerade stehen, ein paar gebrauchte Möbel, und damit ging unser gemeinsames Leben los. Wir hatten nicht viel, aber es gehörte uns, nichts anderes war uns wichtig. Nach etwa zwei Jahren erfuhren wir, dass Kourtney schwanger war. Wir hatten beide immer Kinder gewollt, das war nie die Frage gewesen, aber weil wir nach wie vor studierten, hatten wir aufgepasst … Na ja, wohl nicht genug … Kourtney hatte noch ein Jahr bis zum Abschluss, ich mit meinen Extraschichten noch etwas länger, und wir mussten eine Entscheidung fällen, die aber im Grunde gar keine Entscheidung war. Wir einigten uns darauf, dass ich mich um das Kind kümmern und Kourtney fertig studieren würde; später würde ich wieder arbeiten gehen, sie würde sich einen Job suchen, und das Baby käme in die Kinderbetreuung. Irgendwann würde ich vielleicht ebenfalls zurück an die Uni gehen, allerdings war mir schon damals insgeheim klar, dass das nicht passieren würde. Ich mochte meinen Job als Lkw-Fahrer. Die Bezahlung war gut, und ich war quasi mein eigener Herr. Es war nicht ideal, aber man tut, was man kann, oder nicht? Und allein Kourtneys Gesicht zu sehen, als ich das Zimmer unserer Tochter gestrichen und das Kinderbett aufgebaut hatte, war die Sache wert.«

Cole sah hinaus auf den Flur. Whimbly telefonierte inzwischen und hatte ihm den Rücken zugedreht.

»Unsere kleine Wohnung war voller Liebe«, fuhr Bernie fort. »Man konnte es spüren, sobald man durch die Tür kam. Ich weiß noch genau, wie ich mal nach einer Nachtschicht nach Hause kam – es war kurz nach Sonnenaufgang, Kourtney saß im Kinderzimmer und sprach mit unserer ungeborenen Tochter. Sie erzählte ihr von mir, von uns, und ich lüge jetzt nicht: Es hat mir die Luft abgeschnürt. Ich wäre fast wieder raus auf den Flur geflüchtet, aber da hatte Kourtney mich bemerkt und winkte mich mit diesem strahlenden Gesicht ins Zimmer… Sie nahm meine Hand und legte sie direkt neben ihre auf ihren Bauch, und eine Sekunde darauf habe ich es gespürt – das Baby hat getreten. Diese winzige Beule – gerade genug, um uns zu zeigen, dass es da war, dass es an der Unterhaltung teilnahm –, und ich weiß noch, wie ich Kourtney in die Augen sah und…« Ihm versagte die Stimme, und er räusperte sich. »Vielleicht zehn Minuten später ist sie los zur Uni. Ich war in der Küche und habe mir ein Sandwich gemacht. Sie hatte mir noch einen Abschiedskuss gegeben und war losgelaufen, weil sie wie immer spät dran war. Das… Das war das letzte Mal, dass ich sie gesehen habe. Man… Man spürt es nicht vorher, wenn so was passiert – wenn man jemanden zum letzten Mal sieht. Es fühlte sich an wie ein x-beliebiger Abschied, genau wie immer. Ich war… Ich habe geschlafen, als es passiert ist. Ich hatte gegessen, geduscht und bin dann auf dem Sofa eingeschlafen. Ich habe geschlafen, verdammt, als meine Frau und meine Tochter gestorben sind! Ich habe ein verdammtes Nickerchen gehalten! Als ich aufgewacht bin, liefen Nachrichten. Ein Reporter stand mitten auf dem Broadway, mitten in diesem Chaos ... Ich weiß noch, wie ich aufgewacht bin und völlig neben mir stand und nur halb hingesehen und hingehört hab, wie er etwas von diesem Mädchen erzählte, das vor der NYU Leute überfahren hatte ... Und auf einmal habe ich Kourtneys Rucksack hinter ihm auf der Straße liegen sehen. Diesen grauen von L. L. Bean, mit einem roten Herzen in der Mitte. Ich habe sofort versucht, sie auf ihrem Handy zu erreichen, und im selben Moment habe ich in den Nachrichten gesehen, wie ein Cop dem Klingeln nachging, ihren Rucksack aufmachte und ans Handy ging. Ich habe seine Stimme gehört, und ich glaube, in diesem Moment bin ich ohnmächtig geworden, bin erst wieder aufgewacht, als jemand gegen die Tür polterte.«

Cole lehnte sich an die Wand und fuhr sich mit der Hand durchs Haar. Keiner von beiden sagte etwas. Nach einer Weile gab Cole sich einen Ruck. »Bernie, wenn Sie doch wissen, wie sich so ein Verlust anfühlt – warum tun Sie das all diesen Leuten an?«

»Jordan Briggs hat das Streichholz angezündet, Detective. Sie ist die Einzige, die es wieder ausblasen kann.«

»Was soll das heißen?«

»Sie schuldet mir immer noch eine Antwort. Sie hat ihre Entscheidung noch nicht gefällt. Und ich kann nicht mehr länger warten.«

Officer Whimbly kam über den Flur geschlurft und hielt ein Blatt Papier in der Hand. *Wir haben ihn*, hauchte er tonlos und hielt Cole den Zettel hin. Eine eilig hingeschmierte Adresse.

Cole musste sie zweimal lesen, bevor er fragte: »Bernie, wo sind Sie gerade?«

43
Jordan

Jordan saß Agent Varney wieder am Besprechungstisch in ihrem Büro gegenüber. Sie zitterte immer noch am ganzen Leib.

Billy hatte das Mikro für sie übernommen und war auf Sendung. Wie aus weiter Ferne konnte sie seine Stimme aus dem Lautsprecher auf dem Flur hören. Als sie die Tür zum Senderaum aufgemacht hatte und wie benebelt auf den Flur getaumelt war, hatten Jules Goldblatt und Senator Moretti dort gestanden und waren hinter ihr hektisch in den Senderaum geschlüpft. Goldblatt hatte dem Senator ein Headset hingehalten und ihn vors Mikro gesetzt, und jetzt war Billy live mit ihm im Gespräch. Sie hatte keinen Widerstand geleistet, weil sie dazu nicht mehr die Kraft aufgebracht hätte. Auf die Barrikaden zu gehen war nur noch ein vager Hintergedanke, der angesichts von allem anderen, was ihre Aufmerksamkeit erforderte, keine Priorität mehr hatte.

Ohne aufzublicken, sagte sie leise: »Das kann nicht Nick gewesen sein.«

Agent Varney schob mit der Fingerspitze Jordans Handy über den Tisch auf sie zu. »Versuchen Sie noch einmal, ihn zu erreichen.«

»Weil er dieses Mal rangehen würde? Anders als bei den letzten zehn Versuchen?«

Statt zu antworten, sah Agent Varney sie reglos an.

Jordan nahm das Handy in die Hand, rief Nicks Nummer auf und donnerte das Gerät auf den Tisch, als wieder nur die Mailbox ranging. Dann sah sie Varney an. »Was ist mit seinem Standort?«

»Meine Leute sind dran.«

»Himmel, und wie lange dauert das? Warum können Sie ihn denn nicht lokalisieren?«

»Beruhigen Sie sich, Miss Briggs.«

»Sagen Sie mir nicht, dass ich mich ...«

»Beruhigen Sie sich«, wiederholte Varney. Diesmal mit mehr Schärfe in der Stimme.

»Ich glaube, er hat gerade meinen Mann erschossen ...«

»Ex-Mann«, stellte Varney richtig.

»Das macht es auch nicht besser.«

Varneys Mundwinkel zuckte. »Wäre das denn so schlimm? Wenn Nick aus dem Spiel wäre?«

»Das ist doch krank!«

Varney zuckte mit den Schultern. »Mein halbes Team glaubt, dass Sie Bernie schmieren und er Ihnen gerade einen Gefallen getan hat. Irgendein geheimes Hintertür-Agreement zwischen Ihnen beiden.«

»Sie sind ja völlig gestört!«

»Sie wären nicht die Erste, die sich an ihrem Ex-Mann rächt. Wenn so etwas passiert, steckt in neun von zehn Fällen der Partner dahinter. Und angesichts dieser Geldgeschichte, die wir heute früh ausgebuddelt haben, und der Art und Weise, wie Nick Ihre Konten leer geräumt hat, hätten Sie durchaus ein Motiv.« Sie lehnte sich vor und senkte die Stimme. »Jetzt mal unter uns Betschwestern – das Arschloch hat's doch darauf angelegt.«

Diese Frau würde Jordan nicht aus der Fassung bringen. »Geld spielt für mich keine Rolle. Ich kann neues verdienen. Selbst wenn er den letzten Cent zum Fenster rausgeworfen hätte, wüsste ich, dass ich jederzeit neues verdienen könnte. Sie verschwenden nur Ihre Zeit. Sie sitzen hier und drehen Däumchen, während dieser Bernie Sie alle vorführt!«

»Ihr Kumpel Bernie.«

»Ach, hören Sie doch auf!«

Der Bildschirm in der Ecke war stumm geschaltet, aber es liefen Bilder sowohl von der Penn Station als auch aus Grand Central. Vor beiden Bahnhöfen drängten sich Menschenmassen; die Polizei hatte die Zugänge abgeriegelt, kein Zug bewegte sich mehr, und noch während die letzten Pendler evakuiert wurden, machten die Sprengtrupps sich an die Arbeit. Binnen weniger Stunden hatte dieser Typ es geschafft, die komplette City lahmzulegen.

Jordan stand auf.

»Wo wollen Sie hin?«

»Zurück an die Arbeit. Ich kann hier nicht weiter herumsitzen und mir das ansehen. Ich muss etwas unternehmen.«

»Und was genau schwebt Ihnen vor?«

»Keine Ahnung. Irgendwas.«

»Kein guter Plan.«

»Aber auch nicht schlechter als Ihrer.«

»Er wird einen Fehler machen, Miss Briggs. Sie machen immer Fehler.«

»Wenn ich immer gewartet hätte, bis andere Fehler machen, bevor ich etwas unternehme, würde ich heute noch kellnern.«

Als sie sich zur Tür wandte, blaffte Varney noch: »Das Handy bleibt hier.«

Jordan dachte kurz nach und schob ihr das Handy über den Tisch hinweg zu. »Wenn Nick zurückruft, will ich es sofort erfahren.«

Noch bevor Varney antworten konnte, war sie auf dem Flur und marschierte auf den Senderaum zu.

Vor der Tür zum Greenroom blieb sie stehen und warf einen Blick hinein.

Charlotte hatte sich auf der Couch zusammengekauert und schlief. Von Nick hatte sie keine Ahnung. Das war gut. Jordan wollte nicht, dass sie es aus den Nachrichten oder von jemand anders erfuhr. Sobald sie aufwachte, würde sie es ihr erzählen. Oder vielleicht, sobald sie eine Bestätigung bekommen hätten. Womöglich erst dann. Früher nicht, früher gäbe es keinen Grund. Ihre Tochter sah unendlich klein und verletzlich aus – das Mädchen brauchte sie, um in dieser Welt zu überleben.

Minutenlang stand Jordan in der Tür, betrachtete ihre schlafende Tochter und wollte nichts lieber, als dass es für die Kleine so lange wie möglich so friedlich bliebe. Dann wandte sie sich ab und lief zum Senderaum. Die Lautsprecher auf dem Flur waren abgeschaltet, doch in seiner Glaskabine sprach Billy ins Mikrofon. Durch das Fenster in der Studiotür sah sie den Senator auf dem Sofa sitzen – mit Kopfhörern auf den Ohren, zum Mikro vorgebeugt – und über weiß Gott was schwadronieren.

Jordan klopfte an Billys Kabine, um ihn auf sich aufmerksam zu machen, und zeigte zur Studiotür.

Erleichterung machte sich auf seinem Gesicht breit, und er schaltete die Tür für sie frei.

Als sie eintrat, blickte der Senator kurz auf, redete jedoch weiter.

Für einen kurzen Moment stand Jordan bloß da, dann sah sie hoch zur Decke, zu den verhängten Kameras, griff nach der nächstbesten, die auf das Gästesofa gerichtet war, und riss die Plastikfolie ab. Dann die Kamera, die filmte, wenn sie auf Sendung war. Sie ging um das Sofa herum an ihren Schreibtisch, setzte ihre Kopfhörer auf und beugte sich vor zu ihrem Mikrofon. »Ich musste kurz Pause machen, aber jetzt bin ich wieder da.«

Senator Moretti sah erst misstrauisch zu den freigeleg-
ten Kameras und dann zu ihr. »Billy und ich haben uns
gerade über den Moretti-Mercer-Entwurf unterhalten, den
ich schon erwähnt hatte – dass der es den Bundesbehörden erlauben würde, Wohnungen und Fahrzeuge von Ter-
rorverdächtigen zu durchsuchen, auch wenn dafür noch
kein richterlicher Beschluss vorliegt. Ich nehme an, viele
Ihrer Zuhörer dürften uns beipflichten, dass der Entwurf
der Polizei in Zeiten wie diesen ein nützliches Werkzeug
an die Hand geben würde.«

»Aha.«

Der dritte Bildschirm rechts von ihr flackerte auf.

BILLY: *Bitte, Jordie, nimm ihn auseinander. Tu ihm
richtig weh.*

Ohne ihn anzusehen, sagte sie: »Okay, Herr Senator. Dann
mal los. Wie genau würde dieser Entwurf uns in der jetzigen Lage helfen?«

Aus seiner Kabine warf Billy ihr einen verwirrten Blick
zu.

Auch der Senator schien verdutzt zu sein. Er schob die
Brust raus, wappnete sich für das Gefecht – und ließ
prompt Luft ab, als er wieder auf seine üblichen Floskeln
zurückgriff: »Nun ja, erst auf den Richter zu warten kostet
Zeit. Selbst wenn es nur zehn, zwanzig Minuten sind. In
dieser Zeit kann ein Verdächtiger Beweismittel vernichten,
er entkommt, verletzt Menschen, eine Million Dinge können aus dem Ruder laufen ...«

»In der *jetzigen Lage*, Senator. Ich will keine Gemein-
plätze hören. Wenn Ihr Entwurf ein heute gültiges Gesetz
wäre: Wie würde die Polizei *heute* davon profitieren?
Ich bin mir sicher, darüber haben Sie natürlich längst nachgedacht. Sie haben Berichte gelesen, Statistiken studiert –

und mit den Leuten draußen an der Front gesprochen. Wie würden Sie Ihr Gesetz *heute* einsetzen, um Bernie zu fassen?« Als der Senator nicht sofort antwortete, fuhr Jordan fort: »Wenn schon kein Richter – wer genau entscheidet denn, welches Haus die Polizei stürmen und welchen Wagen sie durchsuchen darf? Wer entscheidet, dass es okay ist, in jemandes Privatsphäre einzudringen, weil möglicherweise das Allgemeinwohl gefährdet sein könnte?«

»Der Gesetzesentwurf würde die Prozesse vereinfachen ...«

Jordan nickte.

»Prozesse vereinfachen«, wiederholte sie. »Nehmen wir Ihr Beispiel. Wenn die Polizei das Gefühl hat, jemand könnte womöglich Beweise vernichten oder steht kurz vor einer kriminellen Handlung – nennen wir es *Gefahr in Verzug* –, dann *haben* die Behörden auch heute schon das Recht, eine Wohnung zu betreten oder ein Fahrzeug zu durchsuchen, ganz ohne richterlichen Beschluss. Was also wäre mit Ihrem Entwurf anders?«

»Mein Entwurf sieht vor, dass so eine Durchsuchung schneller durchgeführt werden darf.«

»Sagen wir es, wie es ist: Sie meinen, auch ohne Gefahr in Verzug.«

»Nur wenn es sich um einen Terrorverdacht handelt.«

»Noch mal. Wer, wenn kein Richter, trifft diese Entscheidung?«

»Die Einsatzkräfte. Die Ermittlungsbehörden.«

»Die entscheiden, ob jemand ein Terrorist ist oder bloß ein Krimineller? Es liegt allein bei ihnen?«

»Ja.«

»Und glauben Sie nicht, es birgt gewisse Gefahren, die Gewaltenteilung außer Kraft zu setzen und den Einsatzkräften vor Ort komplett freie Hand zu lassen? Vielleicht sogar einer Einzelperson? So etwas ist im Lauf der Geschichte schon häufiger passiert. Ich kann mich nur nicht erinnern, dass es ein einziges Mal gut gegangen wäre. Wie würden Sie verhindern, dass wir es am Ende mit Polizeiwillkür zu tun haben?«

Senator Moretti funkelte sie düster an. »Wollen Sie den Kerl gar nicht fassen? Er hat soeben womöglich Ihren Mann erschossen.«

»Ich warte immer noch auf Ihre Antwort: Was hätte Ihr Entwurf an alledem, was heute passiert ist, geändert?«

»Wir hätten ihm einen Schritt voraus sein können. Ihn noch vor der ersten Bombe dingfest machen ...«

»Und wie?«

»Ich bin mir sicher, er ist polizeibekannt. Er hat eine Vorgeschichte. Es gibt eine Million Möglichkeiten, wie jemand wie er auf dem Radar der Behörden aufgetaucht sein könnte – und mein Gesetzesentwurf hätte erlaubt, dazwischenzugehen und ihn dingfest zu machen, bevor er auch nur losgelegt hätte.«

»Dann setzt also irgendwer auf Ihrer imaginären Liste ein Häkchen und hat dann das Recht, irgendein Haus zu stürmen. So soll das funktionieren?«

Der Senator war puterrot im Gesicht. »Sie sind wirklich unmöglich, ist Ihnen das eigentlich bewusst?«

»Ich bin nur realistisch. Wenn ein Mensch Macht an die Hand bekommt, dann neigt er dazu, sie auch auszuüben. Verstehen Sie mich nicht falsch – in der Theorie bin ich ganz bei Ihnen, aber nur, wenn unsere grundlegenden Freiheitsrechte nicht verletzt werden. So weit sollte keiner von uns bereit sein zu gehen.«

»Vielleicht sollten Sie mehr Vertrauen in unsere gewählten Volksvertreter und in diejenigen haben, die zu unserem Schutz da sind.«

Jordan sah ihn einen Moment lang an und schwieg so lange, bis er sein Gewicht auf dem Sofa verlagerte. Zehn

Sekunden unangenehmer Stille. Vielleicht sogar mehr. Wenn es ihren Gästen unangenehm wurde, fingen sie jedes Mal an, auf der Couch herumzurutschen, und Schweigen machte es für sie nur noch schlimmer.

Sie wollte, dass er sich unwohl fühlte bei dem, was als Nächstes käme.

Sie bedachte ihn mit einem vagen Lächeln. »Was, wenn ich Ihnen erzählen würde, dass er Sie jetzt gerade sehen kann?«

Senator Moretti hatte mitbekommen, dass sie die Plastikfolie von der Kamera gerissen hatte. Er zeigte darauf. »Da durch?«

»Wir gehen davon aus. Als er früher am Morgen angerufen hat, konnte er bis ins letzte Detail beschreiben, was hier im Studio vorgegangen ist. Wenn er nicht unsere Kameras benutzt, dann hat er irgendwo eigene montiert. Wir haben danach gesucht, aber keine gefunden. Die Cops ebenso wenig. Also müssen es unsere Kameras sein, oder nicht? Vielleicht die, die auf Sie gerichtet ist.«

»Von der Sie gerade die Folie runtergerissen haben?«

»Ganz genau.«

»Und warum haben Sie das gemacht?«

»Sie haben gerade gesagt, dass ich mehr Vertrauen in unsere gewählten Volksvertreter haben sollte. Ich gebe Ihnen als einem solchen Volksvertreter jetzt die Gelegenheit, direkt mit ihm zu plaudern.«

»Mit Leuten wie diesem Bernie verhandelt man nicht. Ich glaube, das ist heute klar geworden.«

Jordan lehnte sich auf ihrem Stuhl zurück und sah ihm ins Gesicht. »Vielleicht versuchen wir ja, mit den falschen Leuten zu verhandeln.«

»Ich kann Ihnen nicht folgen.«

Jordan spähte auf die LED-Anzeige an der Wand – inzwischen hörten sie dreizehneinhalb Millionen Menschen.

Sie beugte sich vor zum Mikrofon. »Ich bin drauf und dran, unter den Augen von Volksvertreter Senator Moretti eine kriminelle Handlung zu verüben.«

»Und was sollte das sein?«, fragte er misstrauisch.

»Fünf Millionen Dollar«, sagte sie leise, »für denjenigen, der Bernie eine Kugel in den Kopf jagt.«

44
Jordan

»Das können Sie nicht machen!«, rief Senator Moretti.

»Schon passiert.«

»Das ist doch nichts anderes, als einen Mord in Auftrag zu geben!«

»Ich beschleunige nur den Prozess. Genau wie Sie mit Ihrem Gesetzesentwurf. Vielleicht könnten Sie ja noch einen entwerfen, der unter bestimmten Umständen Auftragsmorde erlaubt? Damit würden wir uns doch gleich besser fühlen. Kann doch nicht falsch sein, so was als Gesetz zu formulieren.«

»Das müssen Sie sofort zurücknehmen! Auf Auftragsmord stehen im Staat New York bis zu zehn Jahre Gefängnis und eine gigantische Geldstrafe. Sie landen im Knast!«

»Mein Ehemann ist möglicherweise gerade ermordet worden, ich stehe ziemlich unter Druck, bin gerade nicht sicher, ob ich voll zurechnungsfähig bin. Aber schön, dass Sie sich Sorgen machen.« Sie zwinkerte ihm sogar zu. Sie wusste genau, dass nur er sie gerade sehen konnte.

Billy sah durch die Glasscheibe, nickte knapp und wollte schon aus seiner Kabine gehen. Doch kaum dass er den Knauf gedreht hatte, schwang die Tür auf, und Agent Varney und zwei ihrer Leute stürmten herein.

Völlig überrumpelt ließ Billy sich rücklings auf seinen Stuhl fallen.

»Oh, oh. Ich fürchte, die Kavallerie ist gekommen, um mich festzunehmen ...«

Der Senator drehte sich auf dem Sofa um und starrte in Billys Kabine.

»Das FBI ist gerade beim armen Billy reingestürmt ...«

Varney redete auf Billy ein – und zwar eindeutig vehementer, als sie es bei Jordan gewesen war. Ihre beiden Männer hatten sich rechts und links von ihm aufgebaut, einer suchte mit dem Blick seine Monitore ab, der andere starrte hinüber zu Jordan.

Billy schien etwas zu Varney zu sagen, dann blickte er auf und tippte eilig eine Chat-Nachricht:

BILLY: *Bernies letzter Anruf kam hier aus unserem Gebäude. Sie wollen uns in Schutzgewahrsam nehmen – wir müssen die Sendung abbrechen. Sie evakuieren jetzt. Pause in 5 Sekunden!*

Jordan brauchte einen Moment, bis bei ihr der Groschen fiel. »Leute, wir sind gleich wieder da.« Sechs Wörter, die sie gerade noch so herausbrachte, während sie bereits aufsprang und ihre Kopfhörer aufs Pult fallen ließ. Der Senator hatte sich eben erst halb hochgestemmt, als sie bereits an ihm vorbei zur Studiotür hinausrannte.

Sie hörte, wie Agent Varney hinter ihr aus Billys Kabine kam, doch sie lief einfach weiter, rannte den Flur entlang in Richtung Greenroom, wo Charlotte immer noch auf dem Sofa lag und schlief. Sie ging neben ihr in die Hocke und strich ihrer Tochter sanft übers Haar. »Hey, Schätzchen. Du musst aufstehen.«

Varney tauchte in der Tür auf und schien irgendetwas sagen zu wollen, biss sich aber auf die Zunge, als ihr Blick auf Jordans Tochter fiel. Stattdessen drehte sie sich weg und keifte ihren Männern auf dem Flur Befehle zu: in den

Aufzügen und Treppenhäusern Präsenz verdoppeln, sämtliche Zugänge sichern. Dann drehte sie sich wieder zu Jordan um und sagte leise und nachdrücklich: »Als wir hier ankamen, haben wir das Stockwerk drunter und eins darüber abgesucht. Jetzt kümmern wir uns um den Rest des Gebäudes. Die meisten Ihrer Leute sind schon draußen. Wir haben auf neunundvierzig eine Einsatzzentrale eingerichtet. Diejenigen, die darauf bestanden haben zu bleiben, sind hier, den Rest haben wir nach Hause geschickt. Ich habe einen Heli gerufen. Ich begleite Sie und Ihre Tochter persönlich hoch in den neunundvierzigsten Stock, und sobald der Heli da ist, werden Sie auf dem Luftweg evakuiert.«

Charlotte rührte sich, und ihre Lider gingen flatternd auf. Sie lächelte ihre Mutter an. »Gehen wir jetzt?«

Jordan nötigte sich ein Lächeln ab und gab sich alle Mühe, ihre Panik, Angst, Sorge und Wut vor Charlotte zu verbergen. »Ja. Pack deine Sachen. Sieht ganz so aus, als würden wir jetzt Hubschrauber fliegen.«

Charlotte war noch immer verschlafen und kein bisschen beeindruckt. Sie rutschte vom Sofa und fing an, ihr Spielzeug einzusammeln und in ihren Rucksack zu stopfen.

Jordan drehte sich wieder zu Varney um. »Wo werden wir hingebracht?«

»Zum FBI-Sitz in Tribeca. Das ist derzeit womöglich der sicherste Ort im ganzen Land. Dort kommt er nicht an Sie ran.«

»Versprechen Sie mir nichts, was Sie nicht halten können.«

»Hören Sie, genau von so einem Fehler habe ich vorhin gesprochen. Genau das *wollen* wir. Damit haben wir gerechnet. Meine Leute durchkämmen das ganze Gebäude. Wir haben jeden Ein- und Ausgang gesichert. Wir suchen jeden Zentimeter ab, und ein paar Leute stelle ich hier auf Ihrem Stockwerk ab – in Ihrem Studio, in Ihrem Büro ...«

»Ach, wir waren der Köder, ja?«

»Dass er hierherkommen würde, war eine Möglichkeit – eine von vielen. Sie sind eine kluge Frau – erzählen Sie mir nicht, dass Ihnen der Gedanke nicht gekommen wäre. Diese und die umliegenden Etagen sind mittlerweile komplett gesichert – wir haben Leute an den Aufzügen und auf den Treppen. Seit wir heute Morgen hier angekommen sind, ist alles vorbereitet worden. Er müsste uns schon alle aus dem Weg räumen, um an Sie ranzukommen, und das wird nicht passieren. Sobald Sie und Ihre Leute von hier weggebracht wurden, nehmen wir ihn in die Zange. Noch zwanzig Minuten, und die Sache ist geritzt.«

Jordan war alles andere als wohl bei der Vorstellung. »Er ist uns seit Anfang an einen Schritt voraus. Wie wollen Sie denn wissen, dass er nicht auf dem Dach auf uns wartet oder Ihr FBI-Gebäude in die Luft jagt? Bestimmt rechnet auch er damit, dass das Ihr Ziel ist. Wir dürfen jetzt nicht berechenbar sein!«

»Wir sind nicht be...«

»Natürlich sind Sie das! Er weiß genau, dass wir nicht einfach durch den Ausgang spazieren können. Bleibt nur das Dach. Sobald er das Gefühl hat, dass ich flüchten könnte, wird er genau dorthin gehen.« Jordan sah flüchtig zu Charlotte. Sie sammelte gerade die letzten Snacks vom Beistelltisch ein. »Sie lassen mich und meine Tochter nicht in die Falle tappen!«

»Es ist *unsere* Falle«, entgegnete Varney. »War es von Anfang an.«

Billy kam über den Flur gehetzt. »Er ist wieder in der Leitung! Was soll ich jetzt machen?«

Varney drehte sich sofort zu einem ihrer Männer um. »Alle Repeater im Gebäude abstellen! Wir müssen sämtliche Handys aus dem Spiel nehmen. Sobald er aus der Leitung fliegt, muss er ein Festnetztelefon benutzen – wenn nicht, wissen wir, dass er schon an einem dran ist. Aber so oder so können wir ihn damit eingrenzen. Finden Sie heraus, von welchem Stockwerk er anruft. Los, los, los!«

Der Agent nickte und verschwand um die Ecke.

Varney wandte sich wieder zu Jordan um. »Warum sind wir noch hier, Miss Briggs? Wir müssen los. Ich kann Sie nicht beschützen, wenn Sie nicht kooperieren.«

Jordan sah über die Schulter zu Charlotte. Sie hatte ihren Emily-Erdbeer-Rucksack geschultert und knabberte an einem Müsliriegel. Jordan ging vor ihr in die Hocke. »Willst du deine Oma kennenlernen? Wie wäre das?«

»Ich hab eine Oma?«

»Na ja, du bist nicht aus einem Ei geschlüpft ... Klar hast du eine Oma!«

Charlotte runzelte die Stirn. »Und was stimmt mit ihr nicht? Warum habe ich sie bis jetzt nicht kennengelernt?«

»Du weißt doch, wie wir beide immer ein bisschen Zeit brauchen, um uns wieder zu beruhigen, wenn wir einen Streit hatten? Deine Oma und ich hatten auch einen Streit und brauchten ein bisschen Zeit.«

»Ich bin elf! Ihr habt elf Jahre gebraucht, um euch wieder zu beruhigen?«

»Irgendwie ist die Zeit nur so verflogen ...«

Charlotte schien ernsthaft darüber nachzudenken. »Du weißt, dass solche Geschichten nicht gut für mich sind, oder? Wenn ich mir mit vierzehn ein Nasenpiercing oder eine Tätowierung machen lasse, dann bist du schuld.«

»Wenn das hier vorbei ist, kriegst du den besten Therapeuten, versprochen! Und Eis! Ich schulde dir eine Menge Eis.«

Sie gab ihr ein Küsschen auf die Stirn und stand auf.

Dann zog sie einen Zettel aus der Tasche und drückte ihn Varney in die Hand. »Bringen Sie sie dorthin. Das ist das Bed and Breakfast in den Hamptons, das meine Mutter gebucht hat – das kann Bernie nicht wissen. Ich gehe wieder auf Sendung und halte ihn in der Leitung, damit Sie Zeit genug haben, sie von hier wegzubringen.«

Varney sah konzentriert auf den Zettel hinab. »Sind Sie sich wirklich sicher?«

»Nein. Von meiner Tochter getrennt zu sein ist das Letzte, was ich will. Aber genau deshalb wird es funktionieren. Bernie rechnet nicht damit, dass ich ohne sie von hier weggehe. Solange ich auf Sendung bin, wird er annehmen, dass wir alle noch hier sind.«

»Dann ist es für Sie jetzt okay, den Köder zu spielen?«

Jordan ging ganz nah an sie heran. »Ich – ja. Meine Tochter – *nein*. Ich vertraue Ihnen und Ihren Leuten das Wichtigste in meinem Leben an. Sie müssen mir hoch und heilig versprechen, dass Sie sie nicht aus den Augen lassen. Sie stellen um sie herum Agents ab und erschießen jeden, der auch nur versucht, in ihre Nähe zu kommen. Ich vertraue sie *Ihnen* an«, wiederholte sie.

Varney nickte. »Ehrenwort. Ich stelle meine Leute zu ihrem Schutz ab. Allerdings kann ich selbst hier nicht weg. Sie müssen sie meinen Leuten anvertrauen.«

Agent Schulman trat auf sie zu und flüsterte ihr etwas ins Ohr, was Jordan nicht verstehen konnte. Varney warf einen Blick über die Schulter und drehte sich wieder zu Jordan um.

»Der Aufzug ist jetzt gesichert. Wir müssen los.«

Charlotte hatte alles mitbekommen. Sie verzog den Mund. »Ist schon okay, Mommy. Sie haben gesagt, ich bin jetzt Agent ehrenhalber. Vielleicht kriege ich ja auch eine Waffe, dann kann ich den Verbrecher selbst erschießen.«

Jordan ging erneut vor ihr in die Hocke, zog ihre Tochter an sich und drückte ihr Gesicht in deren Haar. »Ich komme nach, so schnell ich kann, Charly. Ich hab dich unendlich lieb. Das weißt du, oder?«

»Ich hab dich auch lieb.« Und als Jordan sie gar nicht mehr loslassen wollte, fuhr Charlotte fort: »Mach jetzt keine Szene, Mommy. Ich bin doch schon groß.«

Lieber hätte Jordan sie nicht gehen lassen, aber sie wusste, dass es sein musste. Sie zwang sich aufzustehen.

»Wir passen gut auf sie auf, Ma'am.«

Sie nickte nur, musste sich dann aber zusammenreißen, um nicht sofort hinter ihnen herzulaufen, als vier Agents Charlotte zum Lastenaufzug am Ende des Flurs führten.

45

Cole

»Sie geht nicht ran!«, schrie Cole im Cockpit über den Lärm hinweg in sein Handy. Die Tinte auf dem handgeschriebenen Zettel, den Officer Whimbly ihm gegeben hatte, war inzwischen in seiner schweißnassen Hand verschmiert.

Die Adresse lautete: 1221 Avenue of the Americas.

Das SiriusXM-Gebäude.

Bernie befand sich in ein und demselben Gebäude wie Jordan Briggs.

»Und wir kommen nicht zu den FBI-Agents vor Ort durch«, erwiderte Tresler. »Keine Ahnung, ob es daran liegt, dass die Leitungen immer noch überlastet sind, oder ob sie dort grundsätzlich nicht mehr rangehen. Dabei ist mindestens ein halbes Dutzend Agents dort, mehr sind unterwegs, aber es ist nicht klar, wie lange sie brauchen – wenn sie überhaupt bis zu dem Gebäude durchkommen.«

»Wir sind jetzt gleich da.« Als sie über das Rockefeller Center und eine Kurve flogen, konnte Cole es endlich vor sich sehen.

»Ich habe gerade mit Lieutenant Gaff gesprochen«, fuhr Tresler fort. »Sie haben drei weitere Mitglieder der Jury aufgespürt – alle tot. Zwei hier in New York, der Dritte in Pittsburgh. Alle schon vor ein paar Tagen ermordet worden – der in Pittsburgh vor schätzungsweise einer Woche. An den anderen sind sie noch dran, aber es sieht nicht gut aus. Der Heimatschutz versucht gerade, Bernie Bretz' letzte zehn Jahre zu rekonstruieren und jeden Schritt nachzuvollziehen, und nach allem, was man bislang hört, klingt auch das gar nicht gut. Schon mal von den Sentinels gehört?«

»Das Baseball-Team aus D. C.?«

»Nein, das wären die Nationals ... Die Sentinels sind eine Art Miliz aus Upstate New York. Als Bernie dir erzählt hat, dass er Lkw-Fahrer war ... also ... Denen gehörte der Lkw.«

»Dann war Bernie bei dieser Miliz?«

»War, ist – das ist nicht ganz klar. Er ist ein Phantom. Am Tag, nachdem seine Frau gestorben war, hat er sein Konto leer geräumt – das bisschen, was drauf war –, hat von jetzt auf gleich keine Rechnungen mehr bezahlt und ist abgetaucht. Aufgetaucht ist er erst wieder vor sieben Jahren, hat irgendeine Rückenverletzung angeführt und Erwerbsunfähigkeitsrente beantragt. Sieht ganz so aus, als ginge das Geld auf ein Konto auf Marisa Chapmans Namen. Davon hat er die Betriebskosten der Wohnung beglichen. Ein Jahr bevor seine Frau starb, war er in der Nähe von Lake Placid auf der 87 wegen zu schnellen Fahrens rausgewinkt worden. Das FBI hatte das Kennzeichen in seiner Datenbank – die wussten genau, auf wen der Lkw zugelassen war.«

»Was hatte er denn geladen?«

»Lebensmittel. Bloß Lebensmittel. Aber sie haben diese Gruppierungen im Blick und alles, was dort ein und aus geladen wird. Mehr haben sie nicht gegen ihn in der Hand. Derzeit gehen sie davon aus, dass er in den Jahren vor dem Tod seiner Frau bloß am Rande mit der Miliz zusammengearbeitet, dass er dann aber der realen Welt den Rücken zugekehrt hat und in eins ihrer Camps gezogen ist. Dort wäre er ohne Schwierigkeiten vom Radar verschwunden.

Da wohnen annähernd dreihundert Leute auf gut vierhundert Hektar Land mitten im Nirgendwo. Was gerade passiert, kann er unmöglich allein eingefädelt haben, aber mit einer Miliz im Rücken würde alles einen Sinn ergeben ...«

Unter ihnen, rund um das SiriusXM-Gebäude, herrschte auf den Straßen immer noch komplettes Chaos. Ersthelfer arbeiteten sich zwischen den liegen gebliebenen Fahrzeugen zu Fuß voran. Mehrere Abschleppwagen versuchten, die Wege freizuräumen, hatten aber kaum Spielraum zum Manövrieren.

»Was passiert gerade in Grand Central und an der Penn Station?«, wollte Cole wissen.

»Sie haben noch nichts gefunden, aber bis sie dort jeden Stein umgedreht haben, kann es Tage dauern.«

Der Hubschrauber schob sich an den großen Aufbauten der Klimaanlage vorbei in Richtung Landeplatz an der westlichen Dachkante, hing dort einen Moment lang in der Luft und setzte sanft auf.

»Bin jetzt da«, sagte Cole zu Tresler. »Ruf an, wenn du irgendwas Neues hörst.«

Er legte auf und schrieb Jordan Briggs eine Nachricht: *Er ist in Ihrem Gebäude! Das FBI soll mich anrufen! Ich bin jetzt auf dem Dach und komme runter!*

Dann sprang er aus der Luke, duckte sich und hielt sich die Hand vors Gesicht, um sich vom Wind und Staub abzuschirmen, lief auf den Lastenaufzug zu und drückte auf den Fahrstuhlknopf.

Nichts passierte.

Er drückte erneut auf den Knopf. Nicht mal das Licht ging an.

Er brauchte den Schlüssel. Das musste es sein. Der Mann, der ihn hochbegleitet hatte, hatte einen Schlüssel gehabt, mit dem man aufs Dach kam. Nur logisch, dass man auch einen brauchte, um ins Gebäude hineinzugelangen.

Er rief Jordans Nummer auf.

Nichts.

Er rannte zurück zum Hubschrauber. Der Pilot hatte den Motor abgestellt, die Rotoren wurden langsamer, und das Dröhnen ließ nach. Er schob die Cockpit-Tür auf und sah Cole an. »Ich kann ihn wieder anwerfen, wenn Sie ...«

»Kommen Sie runter auf die Straße?«, fiel Cole ihm ins Wort.

Der Pilot schüttelte den Kopf. »Nicht in diesem Viertel. Die nächste Möglichkeit wäre der Bryant Park. Das sind sieben, acht Blocks – aber selbst das wäre riskant. Die FAA holt derzeit sämtliche Helis runter. Die Zentrale hat mir gerade mitgeteilt, dass ich noch fünfzehn Minuten habe, um zurückzukommen, oder bleiben muss, wo ich bin. Miss Briggs bezahlt, also dachte ich mir, ich bleibe besser hier.«

Cole hätte die Strecke laufen können, aber er war sich nicht sicher, ob ein Hubschrauber im Park eine gute Idee wäre. Überall versuchten Leute, die Stadt zu verlassen, und nachdem es auf den Straßen und den Schienen nicht mehr vorwärtsging, machte sich allmählich Panik breit. Am Morgen von Nine-Eleven waren zig Fahrzeuge gestohlen worden – Autos und sogar Boote. Ein Hubschrauber mit Pilot allein auf weiter Flur würde aussehen wie eine Einladung.

Eine Nachricht ging ein – von Jordan: *Das FBI kommt hoch und lässt Sie rein.*

Cole informierte den Piloten und rannte zurück zum Aufzug.

Nur einen Wimpernschlag später ging der Aufzug auf, und ein Mann Mitte dreißig steckte den Kopf durch die Tür. Er hatte einen kurz getrimmten Vollbart, schwarzes Haar und fast graue Augen. Unter der offenen FBI-Windjacke konnte Cole den Griff seiner Dienstwaffe sehen. Sah nach einer .44er Magnum aus. »Wir kriegen Sie verdammt noch mal nicht ans Telefon!«, rief Cole ihm entgegen.

Der Agent starrte ihn einen Moment lang an, nahm zur Kenntnis, dass Cole kein Dienstkoppel trug, und suchte mit dem Blick dessen Knöchel ab. »Bewaffnet?«

Cole zog sein Hosenbein hoch. »Kel-Tec .380.«

»Und die andere?«

Cole hatte die Tasche mit seiner Dienstwaffe und der Uniform am Bonfigleo-Tatort gelassen. Er bezweifelte keine Sekunde lang, dass er alles wieder zurückbekäme, allerdings würde er zuerst noch von Lieutenant Gaff hören, bevor all das hier vorbei wäre. »Den Rest habe ich bei meinem Partner gelassen.«

»Und wo steckt der gerade?«

Der Schließautomatismus setzte ein, und der Mann musste die Hände an die Fahrstuhltüren legen, damit sie wieder aufglitten. Sein Blick wanderte zu den großen Klimageräten, hinter denen der Hubschrauber gelandet war, als könnte er durch sie hindurchsehen.

»Der ist an einem anderen Tatort.«

»Dann ist nur Ihr Pilot hier oben? Bleibt er im Cockpit?«

Dem Akzent nach kam der Mann eindeutig aus Boston.

Cole trat an ihm vorbei in die Fahrstuhlkabine. »Ja. Hören Sie, ich bin mir nicht sicher, ob Sie es schon wissen – aber wir konnten Bernies letzten Anruf zurückverfolgen, und er ist entweder hier im Gebäude, oder er hat seine Anrufe irgendwie umgeleitet, um eine Spur hierherzulegen.«

Der Agent ließ die Türen los. »Wissen wir. Wir hatten das Gebäude zuvor schon so gut wie dichtgemacht. Unsere Leute durchkämmen gerade Stockwerk für Stockwerk.« *Schwachstelle für Schwachstelle.* Er drückte den Knopf für den neunundvierzigsten Stock.

»Das ist die falsche Etage«, sagte Cole. »Ich muss auf zweiundvierzig – zum Sender von Jordan Briggs.«

»Auf neunundvierzig ist unsere Schaltzentrale – das Stockwerk war leer. Sie müssten bitte erst zum Debriefing mit meinem Vorgesetzten, bevor Sie runter auf zweiundvierzig können.«

»Keine Zeit. Ich muss sofort mit Briggs sprechen.« Cole griff an ihm vorbei und drückte auf die Taste für den zweiundvierzigsten Stock.

Der Aufzug bewegte sich keinen Millimeter. Nach einem kurzen Moment dämmerte dem Agent, dass er den Schlüssel benötigte. Er angelte ihn aus der Tasche, schob ihn ins Schloss, drehte ihn herum und drückte wieder auf neunundvierzig.

Cole wiederum drückte erneut auf zweiundvierzig, und beide Tasten leuchteten auf.

Der Agent schwitzte, und Cole erhaschte einen Blick auf dessen Hand, die auf dem Griff der .44er Magnum ruhte. Er musste sich zusammenreißen, um nicht instinktiv zurückzuweichen. Irgendwas stimmte hier nicht.

»Keine Ahnung, ob das FBI Ihnen die durchgehen lässt ...«

Als der Agent auf Coles Waffe im Knöchelholster hinabblickte, verstärkte sich sein Griff um die Magnum, und der Finger zuckte zum Sicherungsriemen.

Im selben Moment ging Cole auf ihn los. Er rammte ihm die Schulter in die Magengrube, so gut es in dem beengten Raum ging. Beide krachten sie gegen die Kabinenwand, Cole legte mit einem rechten Haken nach und erwischte den Mann voll am Unterkiefer. Die Zähne des Agent schlugen laut aufeinander, und er verdrehte die Augen, war zwar nicht k. o., aber doch benebelt, dann rutschte er an der Kabinenwand hinunter bis auf den Boden. Cole packte ihn an den Schultern, schob sich hinter ihn und riss ihm die Magnum aus dem Holster. Im selben Moment, als der Fahrstuhl im neunundvierzigsten Stock aufging, schob er ihm den Lauf unters Kinn.

Auf dem Flur standen fünf Personen, alle mit unterschiedlichen Waffen im Anschlag, die sie auf den Fahrstuhl gerichtet hatten. Drei Beamte in identischen FBI-Windjacken, zwei in Zivil.

Cole verstärkte den Griff um den halb bewusstlosen Mann, wuchtete ihn wie einen Schild vor sich und schob ihm den Kopf mit der Mündung der Magnum nach oben.

Niemand sagte ein Wort.

Die Fahrstuhltüren glitten langsam zu – trotzdem hatte Cole mindestens drei Leichen am Boden hinter diesen Leuten gesehen, die offenkundig bereits auf ihn gewartet hatten.

46

Cole

Das war nicht das FBI.

Cole war sich ziemlich sicher, dass beim FBI Vollbärte verboten waren. Er konnte sich vage daran erinnern, dass diverse Agents Beschwerde gegen die Regel eingelegt hatten, als er einige Jahre zuvor an einem gemeinsamen Einsatz beteiligt gewesen war. Außerdem war er sich sicher, dass FBI-Agents keine .44er Magnum führten – und zwar aus demselben Grund, warum sie beim NYPD keine führten: Die Waffe war zu schwer für den Alltagsgebrauch und die Munition schlichtweg zu viel des Guten. FBI-Standard war eine Glock – entweder die Glock 17, die 19 oder 26 –, und bestimmt durften sie auch noch andere führen, sofern sie den Bestimmungen entsprachen. Aber eine .44er Magnum? Wohl kaum.

Mal ganz abgesehen davon wusste er mit absoluter Gewissheit, dass männliche Agents im Dienst keine Ohrringe trugen. Und einer dieser Typen hatte im linken Ohrläppchen einen Diamantstecker gehabt.

Cole ließ den Mann zu Boden gleiten, griff dann eilig nach oben und drückte den Knopf für den dreiundvierzigsten Stock. Er konnte nicht einschätzen, was ihn auf Briggs' Stockwerk erwartete. Dann dämmerte ihm, dass diese Leute vom neunundvierzigsten Stock – wer immer sie gewesen waren – sehen konnten, wo er ausstieg. Also drückte er willkürlich noch weitere Knöpfe. Im siebenundvierzigsten gingen die Türen auf, und er sah ein Schild mit der Aufschrift *DEMARCO REALTY* vor sich. Nirgends brannte Licht. Diese Etage war also geräumt worden.

Cole sprang aus der Kabine und zog den Mann hinter sich her. Fast hätte er den Aufzugschlüssel vergessen, und er griff gerade noch rechtzeitig nach hinten, bevor die Türen wieder zuglitten.

Als er die Taschen des Mannes absuchte, fand er lediglich eine Rolle mit Minzpastillen, ein Feuerzeug und Zigaretten sowie ein Schnappmesser, jedoch keine Brieftasche, keinen Dienstausweis, kein Handy. Aber auch keine weiteren Waffen. Mit dem Messer schnitt Cole das Kabel einer Stehlampe neben dem Empfangstresen in Stücke und fesselte den Mann an Händen und Füßen. Er hielt das Feuerzeug dran, sodass die Plastikummantelung schmolz und erst aufgeschnitten werden müsste, um ihn zu befreien. Dann schleifte er den Mann hinter den verwaisten Empfangstresen.

Er nahm sein Handy aus der Hosentasche, um Tresler anzurufen. Kein Netz.

Er versuchte es mit dem Telefon am Empfang – vergeblich.

Hinter dem Empfangstresen stand ein Computer, und obwohl der lief, bekam Cole, sobald er den Browser aufklickte, eine Fehlermeldung. Der Rechner war offline.

Der halb bewusstlose Mann zu seinen Füßen lallte vor sich hin.

Cole schlug ihm hart gegen die Schläfe.

Der Mann schloss die Augen.

Cole schlug ein zweites Mal zu, diesmal noch härter. »Wer zur Hölle bist du?«

Wie in Zeitlupe kippte der Kopf zur Seite – doch dann spannte der Kerl mit einem Mal sämtliche Muskeln an, als ihm zu dämmern schien, dass er gefesselt war. Er versuchte, die Arme nach hinten zu reißen und sich frei zu strampeln, doch das Kabel hielt. Finster sah er zu Cole hoch und leckte sich über den Riss in der Lippe. »Du bist tot, Mann!«

»Wer waren die Leute auf neunundvierzig?«

Diesmal grinste er bloß. Auf seinen Zähnen schimmerte Blut.

»Ist Bernie auch dort?«

Ein Kichern. »Das wäre schon enormes Glück, wenn du ihm begegnen würdest! Aber dazu kommt es nicht. Bis dahin haben sie dich.«

Der Akzent stimmte nicht. Der Typ war eindeutig nicht Bernie.

»Du kommst nicht mehr weit, Bulle.«

Cole ließ das Messer erneut aufschnappen und presste die Spitze an den Hals des Mannes. »*Wer seid ihr?*«

Der Mann schürzte die Lippen, sagte aber nichts.

Cole bewegte die Klinge und schnitt ihm in die Haut – nicht wahnsinnig tief, aber doch tief genug, dass Blut kam.

Der Mann machte keinen Mucks.

Auf der anderen Seite des Empfangstresens schlug das Glöckchen über dem Aufzug an.

»Das war's für dich«, sagte der Mann grinsend.

Cole hieb ihm den Griff der Magnum gegen die Schläfe und sprintete los, während hinter ihm am Ende des Flurs die Fahrstuhltüren aufglitten. Er konnte noch hören, dass mehrere Leute herausstürmten.

47

Jordan

Jordan war zurück im Senderaum. Mit einem Klicken fiel die Tür hinter ihr ins Schloss.

Billy stand wieder in seiner Kabine. *Dreißig Sekunden*, gab er ihr durch die Glasscheibe zu verstehen.

Auf dem Sofa starrte Senator Moretti stirnrunzelnd auf sein Handydisplay. »Was passiert da gerade? Meine Leitung war plötzlich tot, und jetzt hab ich kein Netz mehr.«

Jordan trat an ihr Pult und setzte die Kopfhörer auf. »Das FBI hat den Empfang hier im Gebäude abgedreht.«

»Nur Bernies Leitung ist nicht tot«, teilte Billy ihr mit. »Er muss also übers Festnetz anrufen. Beschäftige ihn – das FBI gibt mir sofort Bescheid, sobald sie wissen, auf welchem Stockwerk er ist. Noch zwanzig Sekunden.«

Der Senator brauchte einen Augenblick, bis er Billys Mitteilung verstanden hatte. Als es so weit war, wurde er schlagartig bleich. »Er ist hier im Gebäude?«

Jordan nickte ihm flüchtig zu und sah zu ihrem zweiten Bildschirm.

Leitung 1: Bernie
Leitung 2: Bernie
Leitung 3: Bernie
Leitung 4: Bernie
Leitung 5: Bernie

»Warum evakuieren sie nicht?«, wollte der Senator wissen und stemmte sich auf die Füße.

Jordan zwang sich, nicht zu den Kameras zu sehen. Bernie konnte sie nicht nur sehen, sondern höchstwahrscheinlich auch hören. »Die haben einen gepanzerten Wagen angefordert, samt Eskorte«, flunkerte sie. »Sobald sie hier sind, begleiten sie uns ins Erdgeschoss. Bis dahin können wir nur warten.«

Der Senator runzelte die Stirn. »Ich dachte, draußen geht nichts mehr?«

»Noch zehn Sekunden, Jordie.«

»Wir können doch nicht hier herumsitzen!«

»Er jagt das Gebäude schon nicht in die Luft«, entgegnete Jordan, »nicht solange er ebenfalls hier drin ist. Womöglich ist es derzeit in der ganzen Stadt nirgends so sicher wie hier.«

»Wenn er tatsächlich hier sein sollte, dann greift er Sie früher oder später an. Das ist Ihnen klar, oder?«

»Könnten Sie jetzt bitte einfach den Mund halten?«

Der Senator marschierte zur Tür. Abgeschlossen.

»Lassen Sie mich raus!«, keifte er in Billys Richtung.

Billy beugte sich über sein Schaltpult und betätigte die Taste.

Senator Moretti zerrte an der Tür, doch sie ging immer noch nicht auf. Wütend drehte er sich zu Billy um. »Hören Sie auf mit dem Scheiß!«

Billy drückte erneut auf die Taste. Die Tür blieb verriegelt. Dahinter tauchte Agent Varney auf und hielt nur Zentimeter vor dem Glaseinsatz inne. Billy riss frustriert die Hände hoch. Dann zählte er tonlos von drei runter.

Auf Jordans Schreibtisch ging die ON-THE-AIR-Anzeige an. Sie holte tief Luft und rief sich Charlottes Gesicht vor Augen. Binnen weniger Minuten säße sie in einem Hubschrauber und wäre auf dem Weg in die Hamptons.

Sobald das hier vorbei wäre, würde Jordan hinterherfahren.

Bis dahin wäre Bernie tot oder würde in einer Gefängniszelle schmoren.

Auf Nimmerwiedersehen.

Sie schaltete Leitung eins frei. »Bernie!«

»Hey, Jordan, wie läuft's?«

»Ist Nick tot?«

»Ist Nick tot«, wiederholte er höhnisch. »Du kommst direkt zur Sache, was? Nett wäre gewesen, wenn du dich bei mir bedankt oder mich erst gefragt hättest, wie es *mir* geht nach diesem traumatischen Vormittag. Jemanden aus solcher Nähe umzubringen – zuzusehen, wie in den Augen das Leben erlischt ... So etwas geht doch nicht spurlos an einem vorbei! Man sollte meinen, dass man sich daran gewöhnt, und womöglich gibt es Leute, bei denen das so ist. Aber zu denen gehöre ich nicht. Du vielleicht? Na, wir werden sehen. Aber ich habe es für dich getan – und ich weiß, dass du das zu schätzen weißt. Das willst du vielleicht nicht laut sagen, besonders nicht in deiner derzeitigen Gesellschaft. Aber ich bin mir sicher, dass du tief in dir drin erleichtert bist und dir vielleicht sogar ein bisschen ins Fäustchen lachst.«

»Ich lache mir nicht ins Fäustchen.«

Auf Jordans erstem Bildschirm lief immer noch der Nachrichtensender und zeigte parallel Bilder der beiden Bahnhöfe. Gerade interviewten sie jemanden vom Sprengkommando. Der Tickerzeile zufolge hatten sie immer noch nichts gefunden.

»Ich müsste bitte noch einmal nachfragen wegen des Kopfgelds, das du ausgelobt hast«, sagte Bernie. »Wie genau willst du das auszahlen? Bist du nicht pleite? Zumindest munkelt man das. Ich habe jedenfalls gehört, dass Nick bei dir nicht nur seine Sachen gepackt, sondern auch die Konten leer geräumt hat. Trotzdem lieb von dir. Fünf Millionen Dollar – das ist eine Menge Geld, selbst wenn es nie fließen wird. Aber ich freue mich so oder so, dass du dabei an mich denkst. Ich denke nämlich auch seit Langem an dich, insofern – schön zu hören, dass ich einen Platz in deinem Herzen habe.«

Von der anderen Seite der Tür starrte Agent Varney immer noch ins Studio. Sie hatte sich ein paarmal weggedreht und mit jemandem geredet, dann aber jedes Mal zu Jordan zurückgeschaut. Mit dem immer selben entspannten, teilnahmslosen Schmunzeln.

»Wie geht's unserem Senator?«

Jordan sah zu ihm rüber. Er hatte vor der Tür kapituliert und sich wieder auf die Couch zurückgezogen. Er hatte die Jacke abgestreift. Unter seinen Achseln prangten dunkle Schweißflecken.

»Oh, der Senator ist ein Muster an Stärke.«

»Hat er erwähnt, dass er eine Waffe dabeihat?«

Senator Morettis Blick zuckte zur Seite, und er verschränkte die Arme vor der Brust, räusperte sich, sagte aber nichts. Auf Jordan wirkte er wie ein Kind, das beim Lügen ertappt worden war.

»Ist auch nichts Besonderes – bloß ein kleiner .38er. Steckt in einem flachen Gürtelholster über seinem Steiß. Dass er so auf der Couch herumrutscht, liegt bestimmt daran. Ich persönlich mag Knöchelholster lieber, aber wer bin ich, einem US-Senator zu sagen, was er wo mit sich herumschleppt?«

»Bin mir nicht sicher, ob ich ihm das vorwerfen kann … Da draußen laufen jede Menge Verrückte herum.«

Bernie kicherte leise. »Ich bin ehrlich überrascht, dass du keine Knarre hast. Als prominente Frau mitten in der City. Aber ich hab nachgesehen – weder auf dich, auf Nick noch auf den Großteil deiner Leute ist was registriert.«

»Den Großteil meiner Leute?«

»Jules Goldblatt«, sagte Bernie, »der hat einen Schein für verdecktes Tragen einer SIG Sauer. Wir haben sie in einem Geheimfach in seiner oberen linken Schreibtischschublade gefunden. Voll geladen, eine Patrone im Lauf. Und deine Empfangsdame, Sarah – die hatte ein Schnappmesser in der Handtasche. Allerdings keinen Schein dafür. Für so was kriegt man Ärger – in New York gelten immerhin die schärfsten Waffengesetze des ganzen Landes. Wenn das hier vorbei ist, würde ich mal über eine Teambesprechung nachdenken und ihnen deine Haltung zu Waffen am Arbeitsplatz darlegen. Wäre doch ärgerlich, wenn du irgendwie in Schwierigkeiten geraten würdest.«

BILLY: *»Wir« haben gefunden?!*

Eilig tippte Jordan Nachrichten an Sarah und Goldblatt. Keiner von ihnen antwortete.

»Egal, ich dachte bloß, du solltest über den Revolver des Senators Bescheid wissen«, fuhr Bernie fort. »Für das, was als Nächstes kommt.«

BILLY: *Wer zur Hölle sind »wir«?!?*

Varney glotzte noch immer durch den Glaseinsatz und ließ Jordan nicht aus den Augen. Jordan fühlte sich zusehends unwohl.

»Ich habe neue Freunde gefunden«, fuhr Bernie fort, »nachdem Kourtney gestorben war, nachdem ich sie und unser Baby verloren hatte. Na ja, vielleicht nicht neue Freunde – Leute, die ich schon seit einer Weile kannte, aber sie hatten sich zuvor eher bedeckt gehalten. Erst nach Kourtneys Tod haben sie mich bei sich aufgenommen, mich getröstet und ihr Bestes gegeben, damit es mir wieder besser ging. Ein Teil von mir war komplett blockiert, verschlossen, von der Welt abgewandt, und sie haben mir dabei geholfen, wieder einen Sinn im Leben zu erkennen und weiter an die Liebe zu glauben, nachdem du mir beides genommen hattest. Wenn sie nicht gewesen wären, wäre ich heute wahrscheinlich nicht mehr am Leben. Wenn einem alles genommen wird, kommt einem die Möglichkeit, sich das Leben zu nehmen, plötzlich nicht mehr abwegig vor. Es fühlt sich nur folgerichtig an, als wäre es das Einzige, was gegen den Schmerz noch hilft. Diese Leute, diese neuen Freunde, die haben das verstanden. Sie haben mir andere Optionen aufgezeigt. Einige von ihnen hatten ebenfalls jemanden verloren. Die Frau, die sich dir als Agent Varney vorgestellt hat – ihr Mann wurde vor einigen Jahren in der U-Bahn bei einem Raubüberfall getötet, und sie blieb mit drei kleinen Jungs zurück. Und einer der Männer in ihrer Nähe – er dürfte behauptet haben, sein Name sei Fred Schulman – wollte seinen Sohn zum Fußballtraining fahren, als irgendein Highway-Cowboy ihn geschnitten hat und er in die Leitplanke gerast ist. Sein achtjähriger Sohn saß in einem Sicherheits-Kindersitz, aber der hatte dem Stahl, der die Seite des Toyotas aufschlitzte, nichts entgegenzusetzen. Wenn man mit den Leuten redet, die ich dir heute an deinen Arbeitsplatz geschickt habe, die heute überall in deinem Gebäude sind, stellt man ziemlich schnell fest, dass sie alle jemanden verloren haben, und in jedem einzelnen Fall haben unsere Gesetzesvertreter, die Anwälte, unser ganzes System wenig bis gar nichts unternommen, um es wiedergutzumachen. Wir verlassen uns blind auf dieses System. Dabei ist das System längst kaputt! Da gibt es Leute wie unseren Senator, von denen wir eigentlich doch erwarten, dass sie die Dinge wieder in Ordnung bringen. Und dann machen sie alles nur noch schlimmer. Unter dem Deckmäntelchen der Rechtsstaatlichkeit will Senator Moretti die Macht aus den Händen vieler nehmen und sie einigen wenigen übertragen. Aber wir Amerikaner lassen uns das nicht bieten. Meine Freunde sind heute mit in die Stadt gekommen, um mir zu helfen, meiner Frau und meinem Kind Gerechtigkeit widerfahren zu lassen – aber auch, um eins zu beweisen: dass das System niemanden mehr beschützen kann. Das System ist eine Illusion. Das System ist tot. Und auf dem Gewissen haben es die Repräsentanten des Systems.«

Charlotte! Diese Leute hatten Charlotte!

Sie sah wieder vor sich, wie ihre Tochter mit Männern und Frauen in FBI-Kostümierung auf den Lastenaufzug zuging.

Wie hatte sie nur so dumm sein können!

Sie hatte sich nicht einen einzigen Ausweis zeigen lassen.

Ein paar Windjacken, offen zur Schau getragene Waffen und salbungsvolle Worte ... *Wie konnte sie nur so dumm sein!*

Jordan wollte etwas sagen, doch ihr fehlten die Worte. Sie war komplett leer. Es war, als würde kein Atemzug, den sie tat, Sauerstoff enthalten; als müsste sie langsam ersticken. Sie tastete nach dem Stummschalter an ihrem Mikro, damit niemand sie keuchen hörte. Diese Genugtuung gönnte sie Bernie nicht.

Der Senator starrte sie an.

Billy ebenfalls.

Sie wäre am liebsten gegangen, wusste aber nicht, wohin.

»Da ist noch etwas, was ich dir sagen sollte«, fuhr Bernie fort. »Denn sonst könnte die Lage schneller als nötig eskalieren, und das wollen wir doch nicht. Das hier geht an die Strafverfolgungsbehörden: Meine Leute haben Ihre

Leute ausgeschaltet. Wer immer sich in diesem Gebäude befunden hat, ist mittlerweile tot. Sie können nichts mehr tun, um ihnen zu helfen, versuchen Sie es also gar nicht erst. Wenn doch – wenn Sie versuchen sollten, das Gebäude zu stürmen, wenn Sie den Strom abstellen oder mich in einer anderen Form behindern –, dann zünde ich die Bomben, die Sie in der Penn Station und in Grand Central nicht finden konnten. Und wenn das Sie noch nicht abhält, zünde ich weitere. Und es *gibt* weitere, auch in diesem Gebäude. Wir hatten zehn Jahre lang Zeit, um diesen heutigen Tag vorzubereiten. Wir haben Ihre Systeme unterwandert und Ihre Abteilungen infiltriert. Glauben Sie ja nicht, dass Sie aus der Nummer wieder herauskommen. Wenn Sie es auch nur versuchen, sterben heute noch wesentlich mehr Menschen. Fürs Erste ist nur noch einer nötig. Wer diese Person ist, Jordan, überlasse ich dir und den Leuten in deinem Sender. Dies ist *deine letzte Entscheidung*. Weißt du noch, worum ich dich vorhin gebeten habe, als Officer Cole gerade im Sender angekommen war?«

Jordans Mikro war immer noch stumm geschaltet. Selbst wenn sie gewollt hätte, wäre sie nicht imstande gewesen zu antworten.

Allerdings ließ Bernie ihr gar keine Zeit für die Antwort. »Es sind eigentlich erst ein paar Stunden, aber inzwischen ist so viel passiert, dass ich verstehen könnte, wenn du es vergessen hättest. Aber ich wiederhole es gern. Ich hab doch gesagt, du würdest dem Senator eine Kugel in den Kopf jagen. Und ich hab auch gesagt, wenn ich dich das nächste Mal auffordere, eine Waffe zur Hand zu nehmen, zögerst du keine Sekunde lang. Hier kommt also deine letzte Entscheidung – das Letzte, was du noch tun musst, um alles wieder ins Lot zu bringen. Du musst den Senator erschießen. Tust du das nicht, bringen meine Leute deine Tochter um.«

Jordan versuchte, es zu verhindern, aber sie ertappte sich dabei, wie ihr Blick unwillkürlich zum Senator wanderte. Er sah zu ihr zurück, hatte immer noch die Arme verschränkt, doch inzwischen saß er stocksteif da. Auf seiner Stirn perlte der Schweiß. Er machte nicht mal mehr Anstalten, ihn wegzuwischen; er rührte sich überhaupt nicht mehr.

»Natürlich«, fügte Bernie hinzu, »könnte der Senator beschließen, dir zuvorzukommen und dich zu erschießen. Immerhin *hat* er diesen Revolver... Aber das macht ihr zwei besser unter euch aus. Du hast eine Stunde, um das zu regeln. Wenn der Senator um halb elf immer noch atmet, muss Charlotte sterben.«

»Du bist... ein Monster!«, stieß Jordan hervor, und obwohl ihr Mikrofon stumm geschaltet war, konnte er sie hören.

»Mag sein«, antwortete er. »Ich bin, wozu du mich gemacht hast.«

48

Cole

Die ersten beiden Türen, bei denen er es versuchte, waren verschlossen, aber die dritte – diesmal links von ihm, direkt hinter einem kleinen Pausenraum – ging auf.

Er hörte zwei Stimmen. Einen Mann und eine Frau.

»Dieser verdammte Pugliesi«, fluchte der Mann. »Hab ich's nicht gesagt? Ich hätte gehen sollen, nicht er. Ich hätte diesen Cop auf dem Dach erschossen, und fertig.«

»Bernie ist aber noch nicht fertig mit ihm«, entgegnete die Frau. »Er will ihn lebend. Das kannst du Pugliesi nicht in die Schuhe schieben.«

»Was denkt Bernie sich dabei, verdammt? Wozu bitte schön brauchen wir einen Cop?«

»Wer bin ich, dass ich Bernie hinterfrage?«

»Vielleicht sollte das mal jemand machen. Er ist gerade live auf Sendung und trompetet in die Welt hinaus, dass wir hier sind. Jetzt gibt es kein Zurück mehr, und er hat immer noch nicht verraten, wie wir hier wieder rauskommen sollen.«

»Er hat einen Plan.«

Der Mann schnaubte. »Da bin ich mir nicht mehr sicher. Ich glaube, ihm ist es inzwischen egal, ob *er* heute stirbt. Und da glaubst du wirklich, dass er sich über *uns* Gedanken macht?«

»Und jetzt suchen wir dieses Stockwerk ab. Beeilung!«, blaffte sie. »Du links, ich rechts.«

»Der Typ wollte auf zweiundvierzig.«

»Tja, aber da ist er im Augenblick nicht. Varney hat gesagt, der Aufzug war leer.«

»Hätte ihn auf dem Dach umlegen sollen«, wiederholte der Mann. »Wenn wir noch mal hochmüssen, sollten wir ...«

Dann waren sie nicht mehr zu verstehen.

Cole presste sich an die Wand und verstärkte den Griff um die Magnum. Sein Finger lag über dem Abzug.

Die beiden unterhielten sich immer noch, allerdings leise und gedämpft.

Sie hatten den anderen gefunden.

Pugliesi. Cole merkte sich den Namen.

Das Büro, in dem er sich versteckte, war zum Flur hin verglast – allerdings hingen davor weiße Jalousien, die heruntergelassen worden waren. Ohne zu wissen, mit wem er es zu tun hatte, konnte Cole nicht riskieren hinauszuspähen, und ohne hinauszuspähen, würde er nie herausfinden, mit wem er es zu tun hatte.

Er durchquerte das Büro und griff zum Telefon.

Tot.

Ein Fenster nach draußen gab es nicht. Keine zweite Tür. Keinen anderen Ausweg.

Sein Funkgerät steckte in der Tasche, die er bei Tresler zurückgelassen hatte.

Ein lauter Knall.

Sie hatten die Tür zu einem der verschlossenen Büros aufgetreten.

Cole ging hinter dem Schreibtisch in Deckung und positionierte sich in Sitzrichtung. Die Magnum nahm er in beide Hände.

Vom Flur hörte er den Mann rufen: »Hey, Detective Hundley, wenn Sie jetzt rauskommen, tun wir Ihnen nichts. Ehrenwort. Wir bringen Sie bloß zu Bernie, das ist schon alles. Sie haben uns doch gehört, oder nicht? Er will Sie lebend. Das ist die Wahrheit. Wir sind auf Ihrer Seite. Ich weiß, es sieht nicht danach aus, aber es stimmt. Geben Sie Bernie die Chance zu erklären, was hier gerade passiert, und Sie erfahren unsere Beweggründe. Dann können Sie es nachvollziehen.«

Noch ein heftiger Schlag. Anscheinend hatten sie die zweite Tür aufgetreten.

Stille, während sie den Raum absuchten.

»Sind Sie bewaffnet, Cole?«

Diesmal die Frau.

Es hatte geklungen, als wäre sie ganz in der Nähe. Draußen auf dem Flur.

»Ich nehme es an. Danke, dass Sie unseren Freund nicht gleich umgebracht haben. Ich verstehe aber, warum Sie ihn verletzt haben. Unter diesen Umständen hätte ich wahrscheinlich das Gleiche getan. Aber Sie haben ihn nicht umgebracht, und das ist gut. Das sagt eine Menge über Sie als Mensch aus. Sie sind gar nicht so anders als wir, ehrlich. Ich weiß, das klingt jetzt vielleicht absurd – aber genau deshalb müssen Sie mit Bernie reden. Ich verspreche Ihnen, was immer Sie über die Sache denken… was immer Sie glauben, was wir hier tun… Sie liegen falsch. Wir wollen das Gleiche wie Sie. Er wird es Ihnen erklären. Und Sie werden feststellen, dass viele Ihrer Kollegen auf unserer Seite sind. Glauben Sie wirklich, wir hätten das heute ohne deren Hilfe einfädeln können? Ihr eigener Partner, Garrett Tresler… Ihr Lieutenant… Gaff heißt er, glaube ich… Die arbeiten alle mit uns zusammen, und nicht nur die – Hunderte von ihnen, auf allen Ebenen. Sie kommen am besten mit, Detective, bevor Sie etwas Unüberlegtes tun. Etwas, was sich nicht mehr ungeschehen machen lässt. Hören Sie sich an, was Bernie zu sagen hat, und Sie können besser verstehen, welche Rolle Sie spielen. Und dann entscheiden Sie selbst, auf welcher Seite Sie stehen möchten.«

Cole hörte, wie der Türknauf gedreht wurde.

Annähernd lautlos.

Gerade so weit, um auszuloten, ob die Tür verschlossen war oder nicht.

Dann herrschte sekundenlang absolute Stille.

Als der Tritt kam, krachte die Tür so heftig gegen die Wand, dass der Rahmen splitterte.

Cole stabilisierte die Magnum am Tischbein und drückte den Abzug durch.

Der Schuss war ohrenbetäubend laut.

Er hatte ein Schrillen in den Ohren.

Unwillkürlich kniff er die Augen zu, und als er sie wieder aufschlug, sah er durch das Loch in der Rückwand des Schreibtischs die Bürotür offen stehen. Allerdings stand dort niemand mehr. Die Frau saß am Boden – sie *saß* – und starrte die Stelle an, wo zuvor ihr Bein gewesen war. Der Schuss hatte es unterhalb des Knies zerfetzt, sodass jetzt ein zerklüfteter Stumpf in einer Blutlache lag. Sie war kreideweiß im Gesicht und sah ungläubig nach unten. Mit zitternden Händen griff sie hinab und tastete über die leere Stelle, wo sich Sekunden zuvor noch ihr Knöchel befunden hatte. Die Schmerzen kamen leicht verzögert. Cole sah, wie sie die Frau im selben Moment überrollten, als sie ihn entdeckte.

Sie bewegte die Lippen, aber über das Schrillen in seinen Ohren hinweg konnte er kein Wort verstehen. Dann verlor sie das Bewusstsein und kippte nach hinten.

Den Mann sah Cole zunächst gar nicht – erst sah er nur den Schatten an der rückwärtigen Wand des Flurs. Der Schatten ging in die Hocke und kauerte sich links hinter die Tür. Cole feuerte zweimal in seine Richtung – die Scheibe zerbarst, und die Jalousie zerfledderte. Die Glasscheibe gegenüber war ebenfalls verschwunden, genau wie das dahinterliegende Fenster nach draußen, und eisige Luft wehte herein.

Der Mann erwiderte das Feuer – Cole sah es in schneller Folge dreimal aufblitzen, die Schüsse hörte er kaum. Er kroch hinter dem Schreibtisch hervor, machte einen langen Schritt über das Blut am Boden, hechtete durch die Tür in Richtung des gegenüberliegenden Büros und feuerte noch im Sprung zu der Seite, auf die er den Schatten hatte huschen sehen.

Der Mann hatte sich hinter einem Kopierer verschanzt. Die Kugel aus Coles Magnum schlug direkt über ihm in einer Zwischenwand ein, sodass auch dort Glas splitterte und Scherben in alle Richtungen flogen.

Noch ehe die letzte Scherbe auf den Boden geklirrt war, schob sich hinter dem Kopierer eine Hand hervor, die eine halb automatische Waffe hielt. Drei ungezielte Schüsse – Cole feuerte einmal zurück, und ein Gutteil des Kopierers war Geschichte. Die Hand mit der Waffe verschwand in einem Nebel aus Blut und Knochen, während der Mann schreiend nach hinten geschleudert wurde, wo eben noch die Trennwand gewesen war.

Cole legte nach, und die Magnum riss erst dem Mann ein Loch in die Brust, dann fiel der Rest der Wand hinter ihm in sich zusammen. Das Schreien erstarb.

Cole warf die geleerte Magnum beiseite, sackte auf dem Boden zusammen und schnappte nach Luft. Dann zog er die .380er aus seinem Knöchelholster und spähte den Flur entlang in Richtung Empfang, wo er den ersten, gefesselten Mann zurückgelassen hatte. Er lag nicht mehr da.

Aus den Augenwinkeln bekam er gerade noch mit, wie die Fahrstuhltüren zuglitten. Eine Etage nach der anderen erschien auf der Stockwerk-Anzeige, ehe die Kabine im neunundvierzigsten Stock hielt.

49

Jordan

Jordan und der Senator starrten einander ins Gesicht. Er hatte die Augen weit aufgerissen. Die vor der Brust verschränkten Arme zuckten leicht nach unten.

»Wagen Sie es nicht!«, fauchte sie.

Er griff nach unten.

Jordan sprang auf, schleuderte die Kopfhörer beiseite und umrundete ihren Schreibtisch, doch er hatte es bereits geschafft, den Revolver aus dem Holster hinter seinem Rücken zu ziehen und auf sie zu richten. Sie sah nur mehr den Lauf, der in seiner schweißnassen Hand zitterte.

»Ich will das nicht tun müssen«, keuchte er. »Gehen Sie zurück. Setzen Sie sich wieder hin. An Ihren Schreibtisch!«

In der Kabine nebenan war Billy auf die Füße gekommen, konnte aber nichts tun. Es gab von seiner Kabine keine Zwischentür zum Senderaum – er hätte über den Flur zur Studiotür laufen müssen, wo immer noch Varney stand und sie nicht aus den Augen ließ.

Billy hob beide Hände zu einer beschwichtigenden Geste und bedeutete ihr wortlos, dem Befehl des Senators Folge zu leisten. Er zeigte auf seinen Chat-Computer und ließ sich schwer auf seinen Stuhl fallen.

»In Ordnung.« Jordan nickte sowohl Billy als auch dem Senator zu, imitierte Billys Geste und zog sich wieder hinter ihren Tisch zurück, nahm Platz und setzte sich die Kopfhörer auf. Billy war anscheinend nicht mehr in der Leitung, aber auf Sendung waren sie noch.

BILLY: *Beruhige den Senator! Die Waffe holst du dir später – wenn er weniger nervös ist! Ich bin an einer Außenleitung dran – halt sie alle bei Laune, damit die Cops wissen, was hier vor sich geht. Charlotte geht's gut – der blufft nur! Er hat sein Kind verloren, der wird einem anderen Kind niemals wehtun!*

Jordan war sich da nicht so sicher – und noch weniger sicher war sie sich, ob der Senator beherrscht genug wäre, nicht wild um sich zu schießen, um sein eigenes Leben zu retten. Was sie allerdings wusste: Sie hatte im Augenblick keine andere Wahl.

Senator Moretti hielt immer noch seinen Revolver auf sie gerichtet, warf aber einen flüchtigen Blick zu Billy und wirbelte dann herum in Richtung Studiotür, hinter der Varney stand. »Also … Keiner bewegt sich!«

»So wie Sie zittern, erschießen Sie mich gleich aus Versehen. Können Sie das Ding nicht wenigstens auf den Boden richten?«

Er schien tatsächlich kurz darüber nachzudenken, schüttelte dann aber den Kopf. »Ich traue Ihnen nicht. Legen Sie die Hände flach auf den Schreibtisch!«

Jordan tat wie geheißen. »Meinetwegen.«

»Haben Sie Waffen im Schreibtisch? Irgendwo hier im Studio?«

Diesmal verkniff Jordan sich eine Antwort. Sie sah ihn nur unverwandt an.

»Verdammt, Jordan, ich will nicht noch mal fragen müssen!« Er lief rot an, und sein Griff um den Revolver verstärkte sich.

»Legen Sie die Waffe weg.«

»Sie haben hier gar nichts zu ...«

»Gut, dann erschießen Sie mich, wenn Sie wollen.«

»Sie würden das machen«, grollte er. »Wenn Sie einen Revolver hätten, würden Sie keine Sekunde zögern und mich erschießen.«

»Dann sind wir ja alle froh, dass der Revolver in vertrauenswürdigen Händen ist, was?«

»Haben Sie Waffen hier?«, wiederholte er.

»Nein.«

Jordan musste ein wenig zu lange zu Billy geguckt haben, weil Senator Moretti sich nun ebenfalls umdrehte. »Und was ist mit Ihnen? Haben Sie eine in der Kabine?«

Billy schüttelte den Kopf.

»Sehen Sie«, sagte Jordan, »Sie sind der Einzige. Sie haben Oberwasser. Niemand wird versuchen, Ihnen den Revolver wegzunehmen. Hier erschießt keiner den anderen. Bernie will, dass wir zwei in den Ring steigen, also tun wir genau das *nicht.*« Sie nickte in Richtung der LED-Anzeige an der Wand – annähernd vierzehn Millionen Zuhörer. »Sie sind hergekommen, um ein Publikum zu haben, und hier haben Sie es. Zeigen Sie Ihrer Wählerschaft, was für ein Mann Sie wirklich sind.«

Der Senator schien völlig vergessen zu haben, dass sie immer noch auf Sendung waren, weil er erst zu der Anzeige sah, dann auf das ON-THE-AIR-Display, die beide aktiv waren. Er schluckte, dann ließ er die Waffe auf seinen Schoß sinken – allerdings immer noch mit dem Finger am Abzug.

Jordan hauchte ihm tonlos ein *Gut!* entgegen.

Sie griff nach vorn und stellte ihr Mikrofon wieder an. »Bernie, ich weiß, dass du zuhörst. Ich muss wissen, ob es meiner Tochter gut geht. Ich könnte mir vorstellen, dass sie verängstigt ist. Lass mich kurz mit ihr sprechen.«

Während sie redete, runzelte Billy die Stirn und starrte auf sein Pult hinab. Dann sah er flüchtig zu ihr und tippte eine Nachricht.

BILLY: *Stell das Mikro stumm und sag das noch mal!*

Jordan drückte auf die Stummtaste und fragte, ohne Billy aus den Augen zu lassen: »Bernie, hörst du mich?«

BILLY: *Scheiße, du sendest, auch wenn dein Mikro aus ist! Und nicht nur am Pult, sondern auch draußen auf dem Flur! Als er die Kameras montiert hat – wo immer die sind –, muss er das komplette Studio verwanzt haben!*

Jordan schrieb zurück: *Bestimmt überwacht er auch den Chat...*

Billy schnappte sich einen Notizblock, schrieb mit einem schwarzen Edding eine Nachricht und hielt sie gegen die Scheibe.

Wie früher, auf Papier?

Er musste sofort begriffen haben, dass auch das nicht funktionieren würde. Noch bevor Jordan reagieren konnte, hatte er den Block beiseitegeworfen. Wenn er sie beobachtete, dann sah er auch, was sie schrieben.

Auf Jordans erstem Bildschirm liefen immer noch Nachrichten, doch statt der Berichte aus den beiden Bahnhöfen war jetzt der Eingang zu ihrem Gebäude eingeblendet. Langsam schwenkte die Kamera in Richtung Dach, dann wieder herunter, und eine Reporterin kam ins Bild. Jordan hatte sie noch nie gesehen. Die Meldung lautete: Terroristen besetzen SiriusXM-Gebäude – US-Senator als Geisel genommen – Tochter berühmter Talkshow-Moderatorin in Lebensgefahr.

Unter der Überschrift war ein Countdown eingeblendet, der von einer Stunde runterzählte.

Jordan mochte gar nicht mehr hinsehen. Sie klickte das Fenster weg, rief den Internetbrowser auf – dann fiel ihr wieder ein, dass Bernie sie vom Netz genommen hatte. Das gebäudeinterne Netz schien allerdings noch zu funktionieren.

Sie griff über ihr Pult und nahm das kabellose Headset zur Hand, das sie zu Beginn der Sendung in der Lobby benutzt hatte. Der Anzeige an der Seite zufolge hatte sie vollen Empfang, und der Akku war noch zu 78 Prozent geladen. Billy sah sie aufmerksam und konzentriert an.

BILLY: *Worüber denkst du nach?*

Jordan sah zu ihm rüber, wie er dort seelenruhig in seiner Kabine saß und sie und den Senator beobachtete. Ihr Technik-Helferlein. Ihr Producer und Kollege seit Urzeiten. Sie zog das Mikrofon näher an sich heran. »Ich kann dir gern sagen, worüber ich nachdenke, Billy. Ich frage mich, warum Bernie dich die ganze Zeit über nicht ein einziges Mal angesprochen oder bedroht hat. Du hast damals mit Marisa Chapman im Auto gesessen. Du hast sie angefeuert – mehr als jeder andere von uns. Warum lässt Bernie ausgerechnet dich bei seinem Spielchen außen vor?«

50

Cole

Cole hatte keine Ahnung, wie viel Zeit er noch hatte, also beeilte er sich.

Bei den Leichen hatte er keine Ausweise gefunden, kein Handy oder Funkgerät. Ihm war klar, dass diese Leute irgendwie kommuniziert haben mussten, aber er konnte sich nicht erklären, wie. Bewaffnet waren sie beide gewesen – 19er Glocks. Neun-Millimeter-Patronen. Er schob seine eigene .380er ins Knöchelholster, nahm die Pistole der toten Frau und zwei Ersatzmagazine an sich, die er bei ihrem toten Komplizen fand.

Er rannte zurück zum Eingangsbereich, rief den Aufzug, hoffte, dass dieses Manöver ihm einen kleinen Vorsprung verschaffen würde, und rannte weiter in Richtung Feuertreppe, ehe auch nur eine der Fahrstuhlkabinen angekommen war. Mit der Glock im Anschlag schob er die Stahltür so leise wie nur möglich auf. Der Treppenabsatz war leer, allerdings hörte er Stimmen und Schritte von oben – die Neunundvierzig war nur zwei Stockwerke entfernt. Er lief in die entgegengesetzte Richtung und schlüpfte im sechsundvierzigsten Stock durch die Tür.

Irgendein Finanzunternehmen – *Murdock and Brenville Investments*.

Die Firma hatte die komplette Etage belegt. Weite Teile der Fläche waren offen, als eine Art Großraumbüro, in dem die Schreibtische paarweise zusammengestellt waren.

Entlang der Wände befanden sich Kabinen und Einzel-büros.

Das Geschoss war evakuiert worden. Wahrscheinlich hatten sie das komplette Gebäude geräumt.

Man konnte sehen, dass hier Eile geherrscht hatte. Während Cole den weitläufigen Bereich durchquerte, sah er ein angebissenes Sandwich, benutzte Kaffeebecher; nur wenige hatten sich die Zeit genommen, ihre Computer herunterzufahren, die meisten liefen noch – auch wenn hier und da der Bildschirmschoner lief. Er versuchte es bei dreien – vergebens: E-Mails gingen nicht durch, und in den Browserfenstern erschienen bloß Fehlermeldungen. Auf den stumm geschalteten Monitoren entlang der Wände liefen Nachrichtensender. Eine Hälfte davon berichtete von diesem Gebäude, die andere von Finanzgeschäften und diversen Börsen – die anscheinend alle im Sinkflug waren.

Cole zog willkürlich Schreibtischschubladen auf und durchwühlte sie – Tacker, Stifte, Büroklammern, Hustenbonbons, geheime Schnaps-Depots, Snacks, Mitteilungen der Geschäftsleitung, die beiseitegelegt und vergessen worden waren. Nichts, was ihn weitergebracht hätte.

Mitten im Raum blieb er stehen. Um ihn herum braune Pseudo-Berber-Auslegeware und Rosenholzfurnier.

An seinem linken Ärmel klebte das Blut eines anderen.

Gott, er hatte zwei Menschen ermordet!

Er atmete zu hektisch.

Musste sich wieder beruhigen.

Musste sich wieder in den Griff kriegen.

Sie hatten behauptet, Tresler, Lieutenant Gaff und andere steckten in der Sache mit drin.

Das konnte doch nur Bullshit sein.

Aber woher kannten sie dann die Namen?

Ihm fiel wieder ein, wie das Handy des Taxifahrers sich irgendwie mit Treslers Handy verbunden und Daten geklont hatte. Mithilfe des Computers am Bonfigleo-Tatort waren Coles Personalakte, Kreditkarten- und Stromrechnungen und weiß Gott was aufgerufen worden. Diese Gruppierung, die Sentinels, sagte ihm nichts, aber einer von ihnen war eindeutig IT-Experte. Bestimmt hatten sie auch Zugang zu Coles Handy.

Die Namen hatten sie genannt, um ihn zu verunsichern. So musste es sein. Namen, die sie aufgeschnappt hatten, als sie die ersten Ermittlungsschritte verfolgt oder aus seinem Handy ausgelesen hatten.

Oder ... konnte es tatsächlich wahr sein?

Natürlich gab es auch in New York korrupte Cops. Aber Tresler? Und Gaff? Tresler war Coles Partner. Seit Jahren.

Er musste jetzt scharf nachdenken.

Jordan war vier Stockwerke unter ihm. Bernie drei über ihm. Bernie hatte drei echte FBI-Agents umgebracht oder zumindest ausgeschaltet und sie durch seine Leute ersetzt – wahrscheinlich unmittelbar nachdem sie hier einmarschiert waren. Bevor sie auch nur eine Chance gehabt hatten, den Einsatz einzuleiten. Außerdem hatte er sich die Zeit genommen, das Gebäude weitgehend zu evakuieren ...

Clever?

Vielleicht.

Ganz bestimmt.

Geiseln waren immer ein Risiko. Zu viele davon machten Ärger.

Auf einem der Nachrichtensender erschien eine Meldung: Terroristen besetzen SiriusXM-Gebäude – US-Senator als Geisel genommen – Tochter berühmter Talkshow-Moderatorin in Lebensgefahr.

Die Unterzeile konnte Cole von seinem Standpunkt aus nicht entziffern, aber er erkannte eine Art Countdown, der auf fünfundfünfzig Minuten stand und runtertickte.

Was zur Hölle war da los? Hatte Bernie sich Charlotte geschnappt?

Bernie hatte das Gebäude größtenteils geräumt, weil er diejenigen bereits in seiner Gewalt hatte, auf die er es abgesehen hatte. Jeder andere hätte ihm potenziell in die Quere kommen können.

Jetzt musste Cole ihm in die Quere kommen.

Er nahm sein Handy und rief die App auf, mit der er zuvor Briggs' Sendung gehört hatte, bekam aber eine Fehlermeldung. Seit das Signal im Gebäude unterbrochen war, hatte er kein Netz mehr gehabt.

Vielleicht am Fenster?

Die meisten Türen zu den Einzelbüros waren verschlossen. Nur wenige waren offen geblieben. Er betrat eins, das etwa doppelt so groß war wie alle anderen, das Eckbüro in der nordöstlichen Ecke. Dem Namensschild zufolge saß hier jemand namens *Chunhua Mei, Vice President Capital Development.*

Cole sah aus dem Fenster. Draußen bewegte sich immer noch nichts, auch wenn inzwischen mehrere Einsatzfahrzeuge den Weg hierher geschafft hatten. Er entdeckte einen Löschzug, mehrere Rettungswagen und drei Streifenwagen, die aus der Höhe wie Spielzeugautos aussahen. Der Eingang schien weiträumig abgesperrt worden zu sein, und die Gehwege in unmittelbarer Nähe waren verwaist. Allerdings standen ein Stück weiter mehrere Ü-Wagen von Nachrichtensendern. Dutzende Leute trieben sich dort herum. Noch immer stiegen feine Rauchschwaden von den zerbombten Taxis auf, die nach wie vor nicht weggebracht worden waren.

Er hielt sein Handy in die Höhe und sah aufs Display.

Kein Netz.

Er klickte sich durch die Einstellungen und stellte überrascht fest, dass das gebäudeinterne WLAN aktiv war.

Doch als er sich einwählen wollte, wurde ein Passwort verlangt.

Cole trat an den Schreibtisch und griff zum Bürotelefon. Tot.

Neben einem riesigen Apple-Bildschirm stand das gerahmte Foto einer Asiatin mit einem zwei- oder dreijährigen Mädchen im Arm. Beide lächelten in die Kamera. Abgesehen davon lagen auf dem Schreibtisch lediglich eine Tastatur und eine Maus.

Er zog eine der Schubladen auf. Ein Feuerzeug, ein paar Büroklammern und ein Brieföffner. Er schob sich alles in die Tasche.

Dann warf er einen Blick unter die Tastatur – in der Hoffnung, dort vielleicht das Passwort zum Gebäude-WLAN auf einem Klebezettel zu finden. Vergeblich.

Als das Telefon auf dem Schreibtisch anfing zu klingeln und durch das ansonsten stille Büro schrillte, setzte Coles Herzschlag für einen Moment aus. Er ertappte sich dabei, wie er den Apparat unverwandt anstarrte: das grüne Blinklicht neben der Anzeige für Leitung zwei.

Anscheinend konnte derjenige, der hier alles abgeschaltet hatte, die Sachen genauso wieder anstellen.

Cole verstärkte den Griff um die Neun-Millimeter und nahm den Hörer ab.

»Sie hätten sie wirklich nicht umbringen müssen.«

Bernies Stimme klang ruhig – gespenstisch ruhig. Als hätte er nur nebenbei zum Telefon gegriffen, während er eigentlich gerade Essen kochte oder sich seine Lieblingssendung im Fernsehen ansah.

»Das wollte ich auch nicht«, sagte Cole.

»Kommen Sie in den neunundvierzigsten Stock, und ich erkläre Ihnen, was hier passiert und welche Rolle Sie spielen. Bevor noch jemand verletzt wird.«

»Welche Rolle *ich* spiele?«

»Mir war klar, dass Sie den Anruf zu meiner alten Wohnung zurückverfolgen würden. Ich habe Sie dort hingelockt. Ich habe Ihnen erlaubt, das Gebäude zu betreten. Und jetzt stehen Sie in diesem Büro, sind immer noch am Leben – weil ich will, dass Sie genau dort sind. Wenn ich das nicht wollte, hätte ich jederzeit jemanden schicken können, der Sie umlegt, aber das habe ich nicht getan. Weil Sie heute noch etwas tun müssen.«

Zum ersten Mal überhaupt sah Cole zur Decke. Unmittelbar vor der Tür hing eine Kamera – und diese schwarze Kugel schien direkt auf ihn gerichtet zu sein. Über den restlichen Großraumbürobereich verteilt entdeckte er mindestens ein halbes Dutzend weitere.

»Das sind nicht die einzigen Kameras, Detective. Das Gebäude ist damit gespickt – und meine Leute haben obendrein eigene angebracht. Auf den Fluren, in den Fahrstühlen, im Treppenhaus … Seit Sie aus dem Hubschrauber gestiegen sind, waren Sie keine Sekunde allein. Oder genauer: Ich war schon den ganzen Morgen an Ihnen dran. Ab dem heutigen Tag wird Ihr Name bekannt sein, das verspreche ich Ihnen. Man wird sich noch lange, nachdem Sie nicht mehr da sind, an Ihren Einsatz erinnern.«

Wenn dieses Telefon gerade funktionierte, funktionierten die anderen im Büro dann auch? Cole konnte sich nicht vorstellen, dass Bernie tatsächlich imstande war, ein einzelnes Telefon zu isolieren, während das komplette restliche System abgestellt war.

Er nahm den Apparat hoch und suchte das Kabel ab. Womöglich wäre es lang genug, um damit bis zum nächsten Schreibtisch direkt vor der Bürotür zu kommen. Er setzte sich in Bewegung. »Und Ihre Frau?«, fragte er. »Soll Kourtney den Leuten wirklich *so* im Gedächtnis bleiben?«

»Sprechen Sie ihren Namen nicht aus, Detective. Sie sind nicht würdig, ihren Namen auszusprechen.«

»Wenn sie hätte sehen können, was Sie heute getan haben, was Sie in diesem Augenblick tun – all die Leute, die Sie verletzt und umgebracht haben ... Sie wäre angewidert. Aber wahrscheinlich sind Sie längst zu durchgeknallt, um das zu erkennen.«

Cole hatte den Telefonapparat auf den Boden gestellt, doch mitsamt der Schnur zum Hörer konnte er gerade so den am nächsten stehenden Schreibtisch erreichen. Er nahm den Hörer des dortigen Tischtelefons hoch, hörte den Freiton und wählte eilig Treslers Handynummer.

Sein Partner ging beim zweiten Klingeln dran. »Detective Tresler hier, mit wem spreche ich?«

In Richtung des ersten Hörers, aber laut genug, damit Tresler ihn ebenfalls hören konnte, sagte Cole: »Wenn Sie wissen, dass ich gerade im sechsundvierzigsten Stock bin, Bernie, warum kommen Sie nicht von Ihrem neunundvierzigsten runter zu mir? Nur Sie allein?«

»Ich bin gerade ziemlich beschäftigt ...«

»Wie viele Leute sind noch bei Ihnen? Sie scheinen mir niemand zu sein, der mit anderen gut kooperiert.«

»Die Sentinels sind nur Mittel zum Zweck, um all dem hier ein Ende zu setzen. Ich hätte nicht tun können, was ich heute getan habe, hätten sie mir nicht geholfen. Und sie wiederum brauchen mich für ihre eigenen Zwecke.« Er hielt kurz inne und fuhr dann fort: »Falls es die Sache für Detective Tresler einfacher macht – ich kann ihm auch eine Liste der Leute schicken, die hier bei mir sind, und ihre genaue Position im Gebäude. Richtig gut hören kann er mich doch gerade nicht, oder? Warum stellen Sie mich nicht auf Lautsprecher?«

Cole spähte zur Kamera über ihm. Er konnte die Linse hinter dem getönten Glasdeckel nicht erkennen, aber er spürte, wie Bernie ihn dort hindurch beobachtete.

»In diesem Gebäude passiert nichts mehr, ohne dass ich

es mitbekomme, Detective. Vergessen Sie, worüber Sie gerade nachgedacht haben. Ich habe dem NYPD und den anderen Behörden schon mitgeteilt, was passieren wird, falls sie sich einschalten. Ich möchte meinen, dass sie mir inzwischen glauben – aber wer weiß. Das wird sich zeigen. Aber Sie – Ihnen steht noch etwas bevor. Hören Sie also auf mit Ihren Dummheiten. Kommen Sie hoch – und wenn wir nur über Gracie sprechen.«

Dann war die Leitung tot, und Cole stellte fest, dass auch Tresler aus der Leitung geflogen war. Die Telefone waren wieder abgestellt worden.

51

Jordan

»Das ist jetzt nicht dein Ernst!«, sagte Billy. »Du glaubst, dass ich mit dem Typen zusammenarbeite?«

Jordan zuckte mit den Schultern. »Ich weiß nicht mehr, was ich noch glauben soll.«

»Also – wirklich nicht!«

»Okay.«

»Du klingst nicht gerade überzeugt.«

Wieder zuckte Jordan bloß mit den Schultern. Ihr Blick wanderte zurück zur Decke, zu den Kameras. Sie wusste, dass sie alle verkabelt waren – doch abgesehen von der Kamera, die auf den Senator gerichtet war, und derjenigen, die sie selbst am Mikro zeigte, waren alle mit Folie abgehängt. Selbst wenn Bernie sich dort hätte einklinken können, hätte er nichts davon gehabt. Trotzdem konnte er sie sehen. Er konnte sie immer noch hören – und das in einem Raum, der schalldicht isoliert und von der Außenwelt so gut wie abgeschnitten war.

Ihr Blick blieb an dem kabellosen Headset auf ihrem Pult hängen. Der Anzeige zufolge hatte sie besten Empfang.

»Er benutzt das WLAN«, murmelte sie, »das ist es.«

Billy, der sichtlich wütend auf sie war, runzelte hinter der Glasscheibe die Stirn. »Was hast du gesagt?«

»Denk doch mal nach! Er hat es zwar geschafft, eigene Kameras und Wanzen hier reinzuschmuggeln – überall in dieses Gebäude –, aber garantiert hat er nicht die Zeit gehabt, auch noch Kabel zu verlegen. Wenn er Kabel verlegt hätte, hätte das jemand bemerkt. Was immer er benutzt, läuft über WLAN.« Sie tastete nach ihrem Handy, doch das hatte sie bei Varney gelassen. »Überprüf dein Telefon. Ist noch ein anderes WLAN-Netz aktiv als unseres?«

Immer noch mit dem Revolver in der Hand tastete auch der Senator sofort nach seinem Handy und klickte sich durch das Menü. »Ich hab zwei Netze – SiriusXM und eins namens 1221.«

»1221 ist das Gebäude ... das Netz, das ich auch benutze, weil hier überall Repeater sind. Das SiriusXM-Netz deckt nur dieses Stockwerk und das darüber ab – allerdings ist es nicht sonderlich stabil.«

»Auf die Gefahr hin, dass das jetzt sehr technisch klingt«, mischte Billy sich ein, »es könnte sich auch um ein verstecktes Signal handeln. Vielleicht benutzt er ein WLAN, das wir gar nicht erkennen können.«

»Wie kann das sein?«

»Die meisten Netze senden ihren Namen, ihren sogenannten *Service Set Identifier* oder SSID. Man kann den SSID ausblenden, damit ist das Netz weiter aktiv, nur eben nicht mehr sichtbar. Man muss den Namen kennen, um sich damit zu verbinden.«

»Und die Repeater hier im Gebäude können mehr als nur ein Signal übertragen? Also auch dasjenige, das wir nicht sehen?«

Billy zuckte mit den Schultern. »Keine Ahnung ...«

»Aber er würde diese Repeater doch nutzen, oder? In einem Gebäude von dieser Größe kann er doch kein eigenes Netzwerk einrichten. Das würde nicht mal über zwei Stockwerke reichen. Er hätte das gleiche Problem wie wir mit unserem Sender-Netz – viel zu viel Metall, viel zu viele Störungen.«

»Und warum sollte das wichtig sein?« Senator Moretti nickte in Richtung der erleuchteten Anzeige an der Wand. »Wir sind immer noch live auf Sendung. Jeder kann uns hören.«

Aber noch während er sprach, dämmerte es ihm. Zwar konnte sie jeder hören – doch sobald sie imstande wären, das WLAN zu kappen, würde Bernie sie zumindest nicht mehr sehen.

Jordan wusste noch nicht, wie genau sie davon profitieren würden, aber sie war sich verhältnismäßig sicher, dass ihnen schon etwas einfallen würde.

Sie nahm mehrere Blätter Papier vom Schreibtisch, eine Rolle Tesafilm, stand auf und trat an die Studiotür. Dahinter stand immer noch Varney und starrte herein. Sie hatte sich keinen Millimeter bewegt, seit sie im Studio eingesperrt waren, und schob eindeutig Wachdienst.

Jordan fing an, die Scheibe abzukleben.

Varney ließ sie nicht aus den Augen, bis die letzte Lücke abgedeckt war.

Billy tat es ihr in seiner Kabine gleich.

Dann packte Jordan die Kamera, die auf den Senator gerichtet war, und riss die Kabel heraus.

Moretti verstärkte den Griff um die Waffe, sobald sie auf ihn zugetreten war, sagte aber nichts.

Sie ging weiter, zerstörte auch die anderen Kameras. Billy übernahm die beiden in seiner Kabine. Sicherheitshalber blieb die Folie dran.

Anschließend setzte Jordan sich wieder ans Mikrofon. »Bernie, ich muss jetzt wissen, ob es meiner Tochter gut geht. Lass mich mit ihr sprechen.«

Leitung 1: Error
Leitung 2: Error
Leitung 3: Error

Leitung 4: Error
Leitung 5: Error

Sie starrte den Bildschirm fast geschlagene dreißig Sekunden lang an und wartete darauf, dass Charlottes Name
darauf erschien. Aber es tat sich nichts. Als sie erneut versuchte, eine Telefonverbindung herzustellen, blieb der
Freiton aus. Nicht mal die internen Nummern funktionierten noch.

»Glaubst du ernsthaft, dass wir hier sitzen bleiben, bis
dein willkürlicher Countdown abgelaufen ist? Woher soll
ich wissen, dass du meine Tochter nicht längst umgebracht hast? Und wo sind meine Leute? Woher soll ich
wissen, dass es ihnen gut geht? Was, wenn der Senator be-
schließt, mich zu erschießen – was hast du dann mit ihm
vor? Oder wenn ich ihn erschieße? Bringst du mich dann
nicht trotzdem um? Für den Senator kann ich natürlich
nicht sprechen, aber *ich* bin keine Mörderin.«

Jordan hätte ihn am liebsten angefleht. Sie wäre am
liebsten auf die Knie gefallen und hätte Bernie geschworen, dass sie alles tun würde, wenn sie nur ihre Tochter
zurückbekäme. Dabei war ihr natürlich klar, dass er genau
das wollte: Er wollte, dass sie einknickte, er wollte, dass
sie klein beigab. Und sie wusste, in derselben Sekunde
wäre alles vorbei.

In ihrem Kopfhörer war ein lautes Klicken zu hören,
und auf Jordans zweitem Bildschirm erschien eine Aktualisierung:

Leitung 1: Aaron
Leitung 2: Eilene
Leitung 3: Robin
Leitung 4: Paula
Leitung 5: Ivan

»Billy, warst du das?«

Er schüttelte den Kopf.

»Was ist?«, fragte der Senator.

Billy starrte finster auf seinen Bildschirm. »Es kommen wieder Anrufe rein. Keine Ahnung, wie das möglich ist – Raustelefonieren geht nämlich immer noch nicht.«

»Wer hat die Namen eingetippt?«

»Ich nicht. Keine Ahnung.«

Normalerweise saßen Praktikanten an den Telefonen. Sie nahmen die Anrufe entgegen, stellten Testfragen und gaben die Namen der Anrufer und eine kurze Notiz ins System ein. Jordan war zuletzt mit Varney zusammen am Praktikantenbüro vorbeigegangen, und da war niemand mehr gewesen. Varney hatte ihr gesagt, dass das Team größtenteils nach Hause geschickt worden und nur noch eine Handvoll Kollegen im Haus sei.

Wenn nicht ihre Leute die Namen eingegeben hatten, wer dann?

Sie streckte sich nach einer Taste auf ihrem Pult aus. »Robin? Hier ist Jordan Briggs. Du bist live auf Sendung.«

»Scheiße – echt jetzt? Bin ich echt durchgekommen?«

»Von wo rufst du an, Robin?«

»Suzy! Ich bin durchgekommen! Jordan ist dran! Sie ist echt am Telefon!«, kreischte die Frau jemand anders zu. Dann war sie wieder da. »Ich bin in Tulsa. Tulsa, Oklahoma. Du bist in den Nachrichten … Ich kann nicht fassen, dass ich durchgekommen bin!«

Robins Stimme hallte wider. Es bahnte sich eine Rückkoppelung an.

»Robin, könntest du dein Radio leiser drehen? Sonst ist die Leitung gestört.«

»Das ist nicht das Radio – ich kann uns im Fernsehen hören, in den Nachrichten, die übertragen uns live! Suzy, wie cool ist das denn?!«

Jordan klickte sie weg und schaltete Leitung fünf auf. »Ivan, du bist dran.«

»Miss Briggs, es ist mir eine Ehre, mit Ihnen zu sprechen.«

»Ich freue mich auch, dich endlich am Telefon zu haben, Ivan«, erwiderte Jordan leicht ironisch. Aber sie konnte nicht anders. Es fühlte sich tatsächlich gut an, etwas so Alltägliches zu tun. Diese Anrufe entgegenzunehmen half ihr, den Countdown auszublenden, den sie jetzt, da sie das Browserfenster weggeklickt hatte, auch nicht mehr vor sich sehen konnte.

»Ich erledige ihn für Sie, wenn Sie wollen.«

»Das ist wahnsinnig nett von dir, Ivan.«

»Sie müssen mich nur in das Gebäude lassen. Ich bin auf Höhe des Rockefeller Center, aber die Polizei lässt uns nicht durch.«

»Nur um sicherzugehen: Du wärst bereit, den Senator für mich umzubringen? Oder Bernie?«

»Beide, wenn Sie das wollen. Wir sind hier ein paar Leute, und wir lassen nicht zu, dass dieser Irre Ihrer Tochter irgendwas antut. Und der Senator ist ein Arschloch. Ich hab Gleason gewählt, und was hat es mir gebracht? Das Einzige, was noch schlimmer ist als ein Anwalt, ist ein Politiker – und Senator Moretti ist Anwalt *und* Politiker. Wenn Sie den umlegen – oder ich –, weint dem doch keiner nach!«

Jordan warf auch ihn aus der Leitung. »Eilene, du bist auf Sendung.«

»Bring ihn um, Jordan!«

Der Senator wand sich auf seiner Couch. Sein Hemd war durchgeschwitzt, er wechselte in einem fort die Hand, in der er den Revolver hielt, und wischte sich die andere trocken.

»Jag ihm eine Kugel rein, und die Sache ist erledigt.«

Eilene klang eindeutig nach Brooklyn und ungefähr hundert Jahre alt.

Jordan warf dem Senator einen Blick zu. »Selbst die Großmütter dieser Welt scheinen Sie zu hassen.«

»Das sind *Ihre* Fans, nicht meine.« Er stand auf und ging auf die Tür zu, rüttelte daran, aber sie war nach wie vor verriegelt.

In seiner Kabine hämmerte Billy mehrmals auf den Schalter für die Tür ein und schüttelte schließlich den Kopf.

Der Senator kratzte den Tesafilm an der Ecke eines Papierbogens ab und spähte durch die Öffnung. Varney war weg. Stattdessen stand dort ein Mann, den Jordan noch nie gesehen hatte.

Senator Moretti nahm den Revolver hoch, richtete ihn auf den Mann hinter der Scheibe und drückte ab.

52
Cole

Der Name Gracie hallte in Coles Kopf noch kurz nach und ging dann in der Stille der toten Leitung unter. Für einen kurzen Moment war er sich nicht einmal sicher, ob er den Namen tatsächlich gehört hatte. Er starrte auf den Hörer hinab, auf beide Telefone. Dieser Typ hatte im Haus der Bonfigleos sämtliche persönlichen Informationen über Cole zusammengetragen – und offen einsehbar zurückgelassen, damit Cole ernst nehmen würde, was immer Bernie im weiteren Verlauf zur Sprache brächte.

Kommen Sie hoch – und wenn wir nur über Gracie sprechen.

Auf gar keinen Fall würde Cole hoch in den neunundvierzigsten Stock gehen.

Aber hier konnte er auch nicht bleiben.

Er rannte zurück zum Treppenhaus, lauschte, hörte jedoch nichts und rannte hinab bis ins vierundvierzigste Stockwerk.

Fünf Stockwerke unter Bernie.

Zwei über Jordan Briggs.

Anders als auf siebenundvierzig und sechsundvierzig war diese Etage in mehrere kleinere Einheiten unterteilt – der Übersicht an der Wand zufolge saßen hier elf einzelne Firmen.

Mit seinem Handy fotografierte Cole den Übersichtsplan sowie den Plan darunter, der sämtliche Stockwerke des Gebäudes auflistete. Dann hielt er auf die Herrentoilette zu, wo keine Kameras zu befürchten waren.

Es sei denn, Bernie hatte auch dort welche installiert.

Er schob den Gedanken beiseite. Jetzt nur nicht paranoid werden.

Er musste mit jemandem sprechen, der sich außerhalb des Gebäudes befand.

Mit Tresler.

Mit dem echten FBI.

Mit dem Heimatschutz.

Mit irgendwem ...

Nur würde er auf der Toilette kein funktionierendes Telefon finden.

Er suchte die Wände der Kabinen ab, weil er hoffte, jemand hätte dort vielleicht das WLAN-Passwort hingekritzelt, doch er hatte kein Glück. Anders als die Toiletten beim NYPD waren diese hier makellos sauber. In der hinteren Ecke befand sich eine Abstellkammer, allerdings war dort nichts weiter zu finden als Reinigungsmittel, die Arbeitskleidung des Hausmeisters und eine alte Yankees-Kappe mit Schweißflecken entlang der Kante.

Auf der gegenüberliegenden Seite befand sich unter der Decke ein Lüftungsschacht.

In Spielfilmen ging die Abdeckung immer auf, und der Held kroch hinein und gelangte durch optimal angelegte Tunnelverbindungen von A nach B – ein effizientes Zubringer- und Autobahnnetz, das jeden Punkt innerhalb eines Gebäudes mit jedem anderen verband und nicht nur überallhin Zutritt ermöglichte, sondern auch den großen Lauschangriff, sogar auf benachbarte Stockwerke. Aber Spielfilme waren Bullshit, und die Abdeckung zu diesem Lüftungsschacht sah aus, als wäre sie fest verschweißt. Und sofern er nicht auf die Hälfte seiner Körpergröße schrumpfte, würde er nie im Leben dort reinpassen. Sie würden ihn in einer Woche finden – mit den Schultern im Schacht verkeilt, mit dem Arsch in der Luft. Und selbst wenn er dort durchpassen würde, waren Lüftungsanlagen nun mal nicht darauf ausgerichtet, das Gewicht eines erwachsenen Mannes zu tragen – er würde froh sein können, wenn er fünf Handbreit weit käme, bevor er durch die Decke krachte.

Er drehte sich um und ließ erneut den Blick schweifen.

Nachdenken, Cole!

Nachdenken!

Er trat erneut vor die Abstellkammer.

Er zog die Overalls heraus, durchsuchte sämtliche Taschen, fand ein Päckchen Kaugummis und einen Schlüsselbund. Einen Schlüsselbund mit Karabiner. Keiner der Schlüssel war irgendwie gekennzeichnet, trotzdem nahm er sie an sich.

Unter den Overalls lagen ein Paar ausgetretene Boots und Kopfhörer, die mit einem alten iPod verkabelt waren.

Bingo.

Der Akku war noch zu 73 Prozent geladen, und das Gerät war tatsächlich nicht nur mit dem Gebäude-WLAN verbunden: Cole entdeckte auch die SiriusXM-App direkt auf dem Startbildschirm. Er rief die App auf, klickte in den Favoriten des Hausmeisters die Jordan-Briggs-Show an und drückte auf Play. Dann schob er sich einen Kopfhörer ins Ohr und regelte die Lautstärke runter, sodass er gerade noch hören konnte, was in der Sendung gesprochen wurde; er durfte nicht riskieren, dass er andere Geräusche überhörte.

Im nächsten Moment hatte er Briggs' Stimme im Ohr – und statt mit Bernie zu sprechen, schien sie derzeit allen Ernstes Anrufe entgegenzunehmen.

Cole klickte FaceTime an und rief Treslers Nummer auf.

Keine Verbindung möglich – überprüfen Sie die Netz-verbindung.

Scheiße.

Er versuchte es wieder. Mit demselben Ergebnis.

Er tippte Jordans Nummer ein, erwartete schon, die gleiche Fehlermeldung zu erhalten, doch stattdessen tutete es zweimal, dann stand die Verbindung, und eine Asiatin mit grünen Augen erschien auf seinem Display.

Erst starrte sie ihn wie versteinert an. Dann schien sie ihn wiederzuerkennen. Sie sprach leise, aber nachdrücklich: »Detective Hundley? Dem Himmel sei Dank! Wir haben schon versucht, Sie zu erreichen. Ich bin Special-Agent-in-Charge Allison Varney vom FBI. Wo sind Sie gerade?«

»Im einunddreißigsten Stock«, flunkerte er, »und Sie?«

»Zweiundvierzig. Wir passen auf Briggs und ihre Tochter auf. Wir haben im neunundvierzigsten Stock eine Art Kommandozentrale eingerichtet – schaffen Sie es unbemerkt dort hoch?«

Kommen Sie hoch – und *wenn wir nur über Gracie sprechen.*

Kurz stand ihm das Bild der Leichen vor Augen, die er flüchtig gesehen hatte, als im neunundvierzigsten Stock die Fahrstuhltüren aufgeglitten waren. Das waren ohne Zweifel die Agents gewesen, die dort tatsächlich eingesetzt gewesen waren. Die Asiatin *konnte* nicht vom FBI sein. Die echten FBI-Leute waren tot.

»Ich muss mit Jordan Briggs sprechen. Warum haben Sie ihr Telefon?«

»Sie ist auf Sendung. Wir wissen inzwischen, dass Bernie hier im Gebäude ist – wir versuchen, ihn dazu zu bringen, dass er die Festnetzleitung benutzt, damit wir seinen Standort lokalisieren können. Melden Sie sich auf neunundvierzig zum Debriefing. Wir können jede Hilfe gebrauchen.«

Entweder hatte sie schon länger nichts mehr von Bernie gehört, oder sie ahnte nicht, dass Cole eben erst mit ihm gesprochen hatte.

»Dann geben Sie mir Jordans Tochter.«

»Die schläft.«

Varneys Blick huschte nervös zur Seite und wieder zurück zur Handykamera. »Sind Sie in Begleitung?«

»Ein SWAT-Team bereitet den Zutritt durch die Tunnel im Untergeschoss vor. Sie schwärmen in diesen Sekunden aus und arbeiten sich von unten nach oben vor.«

»Sie müssen hoch in den neunundvierzigsten Stock, bevor jemand Sie sieht! Die haben überall Leute postiert – und einige von ihnen sind als FBI-Beamte verkleidet!«

Und mit einem Blick auf die Reinigungsmittel hatte Cole plötzlich eine Idee. »Bin schon unterwegs.«

53

Jordan

Obwohl die Studiowände von oben bis unten mit Akustikschaumplatten verkleidet waren, war der Schuss, den der Senator abgefeuert hatte, ohrenbetäubend laut. Jordan zuckte heftig zusammen, und Billy wäre fast von seinem Stuhl gekippt – nicht wegen des Knalls, sondern weil die Kugel erst von der Stahltür abprallte, dann seine Kabinenscheibe durchschlug und schließlich in der Decke stecken blieb. Die Glasscheibe ging zwar nicht zu Bruch, aber die Patrone hatte nicht mal auf Armeslänge von seinem Kopf entfernt ein ordentliches Loch geschlagen.

»Heilige Scheiße!«, kreischte er und ging in Deckung. »Was soll das werden?«

Der Blick des Senators flackerte von der qualmenden Revolvermündung zu der Delle in der Tür, hinter der immer noch der Wachposten stand, und von dort weiter zu Billy. Eine Sekunde lang schien er alles sacken zu lassen, dann riss er die Waffe erneut hoch und zielte ein zweites Mal auf die Tür.

»Nicht!«, schrie Billy. »Das ist Sicherheitsglas! Das ist annähernd schussfest! Da schießen Sie nicht durch – Sie machen bloß ...«

Der Senator drückte trotzdem ab. Diesmal hinterließ die Kugel eine kleine Schramme im Glas, war aber weit davon entfernt, die Scheibe zu durchschlagen. Auch diese Kugel prallte ab und blieb im Boden stecken.

»Sie erwischen noch einen von uns«, rief Jordan, die hinter ihrem Schreibtisch kauerte. »Hören Sie auf damit!«

Einen Moment lang glaubte sie, der Senator würde erneut feuern, doch endlich ließ er die Waffe sinken.

»Wir können doch nicht bloß hier rumsitzen und warten«, flüsterte er.

Jordan kam wieder hoch und sah zu Billy. Dann tippte sie eilig eine Nachricht an ihn. Er antwortete binnen weniger Sekunden.

BILLY: *Fünf oder sechs in den meisten .38ern – manche Modelle bis zu acht. Ohne die Knarre zu sehen, kannst du nicht wissen, wie viele er noch hat. Vielleicht fragst du ihn freundlich, er zielt noch mal auf dich, und du guckst dir die Trommel ganz genau an ... Das hast du dir selbst zuzuschreiben – mich zu beschuldigen, mit diesem Psycho zusammenzuarbeiten!*

Auf der anderen Seite der Studiotür studierte der Mann den Kratzer, den die Kugel hinterlassen hatte. Sein konzentrierter Gesichtsausdruck wich einem Grinsen, als er den Zeigefinger hob und langsam damit hin und her wackelte. Der Senator klebte das Blatt Papier wieder fest, damit der Mann nicht mehr zu ihnen hereinsehen konnte. »Arschloch.«

»Bitte legen Sie die Waffe weg und setzen Sie sich wieder hin«, sagte Jordan.

Sie versuchte, ruhig zu klingen, konnte aber das Zittern in ihrer Stimme beim besten Willen nicht unterdrücken. Mit jedem Blinzeln stand ihr Charlottes Gesicht vor Augen. Und der verdammte Countdown.

Sie glaubte schon, der Senator würde ihr widersprechen; stattdessen atmete er nur tief durch und schlurfte zurück zum Sofa. »Die Nationalgarde sollte das Gebäude stürmen …«

Jordan ahnte, dass das nicht passieren würde. Nie im Leben würden sie riskieren, dass Bernie die nächste Bombe zündete. Hier ging es nur noch um Güterabwägung. »Würden Sie dafür grünes Licht erteilen?«

Der Senator schreckte aus seinen Gedanken. »Was?«

»Denken Sie mal nach. Irgendwo sitzen genau in diesem Moment Regierungsberater zusammen, Sicherheitsexperten, Vertreter der Ermittlungsbehörden, Politiker. Einer von ihnen hat den Auftrag bekommen zu überschlagen, wie viele Personen sich noch hier in unserem Gebäude befinden, und einzuschätzen, wie hoch wohl der finanzielle Schaden wäre, wenn jemand wie Bernie seine Drohung wahr machen würde. Das wird dann gegen potenzielle Bomben im Grand Central oder in der Penn Station oder in beiden Bahnhöfen und womöglich an weiteren Orten abgewägt. Wenn Sie das Sagen hätten, würden Sie dann der Nationalgarde grünes Licht geben, dieses Gebäude zu stürmen? Oder würde es nicht eher einen Sinn ergeben, sich rauszuhalten und darauf zu hoffen, dass sich alles von allein erledigt?«

»Die werden uns nicht krepieren lassen.«

»Risikomanagement ist nun mal scheiße … Ich wette, die Entscheidung ist längst gefallen. Für die Leute am Hebel ist das hier eine Frage der Abwägung, und ganz egal, wie Sie rechnen – wir sind dabei die Verlierer.«

»So kalt sind diese Leute nicht.«

»Aber sicher, verdammt noch mal! Wenn Sie sterben oder ich, dann macht das ein paar Tage lang Schlagzeilen. Aber die Leute vergessen das wieder, sie machen mit ihrem Leben weiter. Das hier wird nur noch irgendein Treffer bei der Internetrecherche sein. Wenn aber wesentliche Elemente der Infrastruktur zerstört werden, dann betrifft das die Öffentlichkeit monate-, wenn nicht jahre-lang, und es kostet Geld, man braucht eine Stunde länger zur Arbeit – und zwar nicht der eine oder andere, sondern *alle*. Und Menschen wie Sie – Politiker – werden dafür bei den nächsten Wahlen die Quittung kriegen. Irgendwer wird für die Reparaturen aufkommen müssen, also werden die Steuern erhöht. Und auch das werden Sie rechtfertigen müssen. Diese Leute, die in diesem Augen-blick zusammenstehen und beratschlagen – keiner von ihnen will, dass das passiert. Uns wird hier keiner raus-holen.«

»Gott, sind Sie zynisch.«

Jordan sah zu Billys Kabine und hoffte, er würde ihr beipflichten, aber er war damit beschäftigt, die Risse im Glas seiner Kabinenwand mit dem Finger nachzuziehen. Dann griff er nach unten, kam wieder hoch und hielt einen seiner Schuhe in der Hand. Den hämmerte er gegen die gesprungene Scheibe. Das Spinnennetz breitete sich aus, gab aber nicht nach. Er schlug noch ein paarmal frustriert zu und zog den Schuh wieder an.

Jordan drehte sich wieder zum Senator um. »Erzählen Sie mir nicht, wenn Sie das Sagen hätten, wenn Sie der Wortführer bei dieser Besprechung wären, würden Sie irgendwas anders entscheiden.«

Moretti schwieg für einen Moment. »Ich kenne die Leute, die hier entscheiden. Sie finden eine Lösung.«

Jordan schüttelte den Kopf. »Der einzige Mensch, der meine Tochter retten kann ... bin ich.«

»Indem Sie mich erschießen.«

Diesmal war es an Jordan zu schweigen.

»Jordie«, schaltete sich Billy wieder ein, »die Anrufer-liste!«

Sie drehte sich zu Bildschirm zwei um und erwartete schon, Bernies Namen zu sehen. Fehlanzeige. Doch beim

Anblick des Namens auf Leitung fünf hatte sie schlagartig einen Kloß im Hals.

Leitung 1: Mattie
Leitung 2: Ella
Leitung 3: Carl
Leitung 4: Ren
Leitung 5: Nick

Es gab eine Million Nicks auf der Welt und keinen Grund anzunehmen, dass es sich um *ihn* handelte. Trotzdem starrte sie den Namen an und wusste tief im Innern, dass er es war. Eine zaghafte Stimme in ihrem Kopf redete auf sie ein, dass er es nur so lange sein könnte, wie sie nicht ranginge, allerdings sagte dieselbe Stimme auch, dass sie rangehen *musste*. Sie musste den Anruf entgegennehmen, ehe die Leitungen wieder tot waren.

Jordans zitternde Hand schwebte über der Taste. Dann schaltete sie den Anruf auf. Ein Sternchen erschien auf dem Bildschirm hinter seinem Namen. »Nick, du bist auf Sendung.«

»Jordie?«, flüsterte er kaum hörbar. »Ich bin's.«

54

Cole

Wenn Varney nicht vom FBI war, dann bedeutete das,
Bernie hatte seine Leute auf Briggs' Stockwerk postiert,
womöglich sogar auf den Stockwerken über und unter
Cole. Oder anders: Cole hatte keine Ahnung, wo sich Bernies Leute sonst noch befanden. Er wusste nur, wo er
selbst hinmusste – und dass Eile geboten war. Allerdings
konnte er nicht viel ausrichten, solange Bernie überall
Kameras hatte; die musste er zuallererst unschädlich
machen.

Auf dem Weg zurück zum Eingangsbereich und zu den
Aufzügen riss er jedes Kamerakabel heraus, das er finden
konnte, und schlug die Linsen mit dem Griff seiner Pistole
ein. Als er keine mehr entdecken konnte, kehrte er zu der
Abstellkammer in der Herrentoilette zurück, wo er sich
zwei Flaschen Bleiche, zwei Behälter Ammoniak, mehrere Azeton-Flaschen und einen Wischeimer auf Rollen
schnappte, den er zum Aufzug schob. Auf der Damentoi-
lette fand er je zwei weitere Flaschen sowie einen zweiten
Wischeimer, den er ebenfalls nach draußen schob.

Als Nächstes ging er die einzelnen Firmeneingangs-
türen ab, bis er auf eine stieß, die unverschlossen war –
die Tür zu einem kleinen Versicherungsunternehmen. Von
dort schleppte er mehrere Holzstühle und vier Papierkörbe aus Plastik heraus. Im Eingangsbereich schmetterte
er die Stühle gegen die Wand, riss die Holzstreben aus-

einander und verteilte sie auf die Papierkörbe. Darüber kippte er das Azeton und tränkte das gesplitterte Holz.

Die beiden Wischeimer füllte er bis zur Hälfte mit Bleiche. Dann rief er den ersten Aufzug.

Als die Kabine ankam, zerschlug er die Kamera darin und setzte den Schlüssel ein, den er dem ersten Fake-FBI-Agent vom Gebäudedach – Pugliesi – abgenommen hatte. Er setzte den Aufzug vorübergehend außer Betrieb, dann drückte er die nächste Ruftaste, bis er sämtliche sechs Kabinen gerufen und außer Gefecht gesetzt hatte und sie mit offenen Türen auf dem Stockwerk festhingen.

Er betrat die erste Kabine und studierte das Tastenfeld.

Inklusive Erdgeschoss waren es fünfzig Stockwerke. Einen dreizehnten Stock gab es nicht, wie in den meisten Hochhäusern.

Bernie war auf neunundvierzig.

Briggs, ihr Team und potenzielle weitere Geiseln waren auf zweiundvierzig.

Kurz entschlossen drehte er den Schlüssel herum, um die Kabine auf Notfallmodus zu stellen, und zog ihn wieder ab.

Es funktionierte: Er hatte schon befürchtet, er müsste den Schlüssel stecken lassen, und er hatte schließlich nur den einen.

Wenn er damit durchkommen wollte – *falls* er je damit durchkäme –, würde er schnell sein müssen.

Er griff sich den ersten Papierkorb und stellte ihn im vordersten Aufzug so nah wie möglich hinter die Tür. Dann hielt er das Feuerzeug daran. Noch ehe der Qualm in den Flur ziehen konnte, drückte er die Tasten für die unteren dreizehn Etagen, sodass die Kabine dort nach und nach halten würde, bis sie zu guter Letzt im Erdgeschoss ankäme.

Als die Türen zuglitten, machte er einen Schritt zurück.

Das Gleiche mit der nächsten Kabine, die er in die Stockwerke vierzehn bis siebenundzwanzig schickte.

Der dritte ging in die Stockwerke achtundzwanzig bis einundvierzig.

Briggs' Stockwerk ließ er aus. Den vierten Fahrstuhl schickte er auf dreiundvierzig bis achtundvierzig, wobei er seine Etage – die vierundvierzig – aussparte.

Blieb noch das Stockwerk, das Bernie als Kommandozentrale auserkoren hatte.

Cole rollte den Wischeimer mit der Bleiche zum fünften Aufzug und positionierte auch ihn gleich hinter der Tür. Dann nahm er sich zwei Ammoniak-Behälter, drehte die Deckel ab und warf sie in die Bleiche. Sofort stieg weißer Qualm aus dem Eimer.

Chlorgas.

Giftig.

Dass diese Mischung tödlich sein konnte, hatte er Jahre zuvor an der Polizeihochschule in einem Seminar über Notfalleinsätze gelernt. Anscheinend gab es immer wieder Hausbesitzer, die beide Chemikalien mischten, um die Wirksamkeit von Reinigungsmitteln zu erhöhen, und keine Ahnung hatten, welches Risiko sie damit eingingen.

Noch während er die Taste für den neunundvierzigsten Stock – Bernies Etage – drückte und auf Abstand ging, spürte er, wie sich ihm der Hals zusammenschnürte und seine Augen anfingen zu tränen.

Er griff zum zweiten Putzeimer mit Bleiche, warf die übrigen Flaschen Ammoniak hinein und schickte auch die letzte Kabine hoch auf neunundvierzig.

Im Notfallmodus würden die Kabinen jeweils beim letzten Halt mit offenen Türen stehen bleiben. Sofern niemand mit einem Ersatz-Fahrstuhlschlüssel und einer Gasmaske bereitstünde, würden sich die Türen nicht wieder schließen lassen.

Und erneut musste er sich beeilen.

Cole rannte auf den Zugang zum Treppenhaus zu, doch bevor er durch die Tür schlüpfte, hielt er sein Feuerzeug an einen Brandmelder und zündete die Flamme. Erst passierte gar nichts, dann kam ein hörbares *Plopp* – und der Feueralarm schrillte aus den Lautsprechern überall auf dem Flur. Wasser kam aus der Sprinkleranlage.

Er konnte nur hoffen, dass das Gleiche auch auf den anderen Fluren passieren würde, sobald die rauchgefüllten Aufzüge die Türen öffneten. Um darauf zu warten und sicherzugehen, fehlte ihm die Zeit.

Cole nahm die Neun-Millimeter in die eine und seine .380er in die andere Hand und rannte die Treppe hoch. Er würde jeden von Bernies Leuten erschießen, falls sie ihm entgegenkämen.

55

Jordan

Jordan konnte Nick nicht mehr leiden.

Zumindest seit einiger Zeit.

Aber sie wollte auch nicht, dass er tot war, und seine Stimme zu hören sorgte dafür, dass sie ein Flattern im Magen spürte, das sie seit Langem nicht mehr gespürt hatte. »Mein Gott, ich dachte, er hätte dich erschossen!«

»Nein ...« Nick klang, als würde er lallen. »Er hat mich nicht erschossen.«

»Was hat er dir angetan? Du klingst, als wärst du verletzt.«

»Sie ... Sie haben ein bisschen auf mich eingeprügelt ... Ich glaube, sie haben mir die Rippen gebrochen ...«

Jordan keuchte auf, völlig unwillkürlich – sie hätte es lieber hinuntergeschluckt. Sie sah zum Senator, zu Billy in der Kabine, beide starrten sie an, und mit einem Mal fühlte sie sich zutiefst verunsichert. Das war doch komplett absurd – ihr hörten gerade Millionen zu. »Nick, sie haben sich unser Mädchen geholt.«

»Ich weiß.«

»Wo bist du? Weißt du, wo sie ist? Weißt du, wo sie sie hingebracht haben?«

Irgendwer sprach gedämpft im Hintergrund, irgendwer in Nicks Nähe. Jordan konnte kein Wort verstehen.

»Sie lassen mich per Satellitentelefon mit dir sprechen«, fuhr Nick fort. »Aber sie stehen hier direkt neben mir.«

Dann klang er schlagartig panisch. »Es sind vier, Jordan, sie sind hier oben zu viert bei uns, und sie haben ...«

Er sprach nicht weiter. Stattdessen hörte sie etwas, was klang wie ein Luftzug, als jemand ihm mit Wucht in die Magengrube boxte. Er stieß einen grässlichen Schrei aus, und sie konnte nur ahnen, wie sehr es wehtun musste, wenn man mit gebrochenen Rippen einen solchen Schlag abbekam. Als er wieder dran war, brachte er kaum einen Ton heraus, und sie konnte den Schmerz in jedem Wort hören.

»Sie ... haben mich in den Aufzug geschleift ... als ich bei dir weg bin ... Arschloch hat mich zusammengeschlagen ... dann einen Elektroschocker benutzt ... Irgendwer hat mir einen Sack über den Kopf gezogen, damit ich nicht sehen konnte, wo sie mich hinbrachten. Aber wir sind immer noch im Gebäude. Ich bin hier irgendwo ... und nicht nur ich. Auch ein paar deiner Leute ... vielleicht auch aus anderen Büros ... weiß nicht ... Wir sind ... vielleicht dreißig ... Die anderen haben sie evakuiert, aber ein paar mussten bleiben.« Nick hustete und machte ein paar pfeifende Atemzüge. »Sie haben mir erzählt, sie hätten Charlotte gekidnappt ... Aber hier ist sie nicht. Keine Ahnung, wo sie sie hingebracht haben ...« Er hustete wieder, und es dauerte einen Moment, bis er wieder sprechen konnte. »Sie ... lassen mich nur mit dir reden, weil sie den Behörden mitteilen wollen, dass sie uns festhalten ... dass wir noch im Gebäude sind ... irgendwo. Wenn das Gebäude gestürmt wird, könnten wir ... Zivilisten ... Geiseln ... zu Tode kommen. Ich soll ausrichten, dass sie sich von hier fernhalten sollen. Wenn sie irgendwas planen, dann sollen sie es bleiben lassen. Ich nehme an, da sind Scharfschützen in den umliegenden Gebäuden. Sie wollen, dass ich die ausdrücklich erwähne. Wenn auch nur einer schießt, dann ... bringen sie fünf von uns um und zünden weitere Bomben. Sie haben gesagt, dass du den Senator er-schießen sollst, oder sie bringen ... bringen Charlotte um.«

»Nick, das ist ...«

»Ich soll dir sagen, dass du noch neunundvierzig Minu-ten hast. Jordan, du darfst nicht zulassen, dass sie un-ser ...«

Erneut verstummte er. Und diesmal wusste Jordan, dass die Verbindung abgebrochen war.

Sie starrte ihr Mikrofon an und brachte es nicht fertig, den Blick zu heben. Sie wusste, dass ihr in diesem Augen-blick Millionen Menschen zuhörten, und war nicht im-stande, nur über einen von ihnen nachzudenken. Ihre Ge-danken kreisten einzig und allein um ihre Tochter. Sie hörte sie kichern, spürte das Gewicht des kleinen Mäd-chens an ihrer Brust, während sie sich umarmten. Sie hörte das leise Fiepen, das ihre Tochter im Schlaf von sich gab, und das Tapsen ihrer Füße auf dem Parkett in ihrem Zuhause. Sie musste wieder an den Moment denken, als Charlotte gerade zur Welt gekommen war und sie sie erst-mals im Arm gehalten hatte, und sie dachte an den Tag, an dem Charlotte die Highschool abschließen würde, die Uni, an Charlottes Hochzeit, an das erste Kind ihrer Tochter ... Sie dachte an jeden einzelnen Tag, den sie gemeinsam er-lebt hatten, und an alle, die noch kommen würden.

Und sie dachte an den Revolver.

Sie dachte an den Revolver und wusste – Himmel, hilf! –, wenn er in diesem Moment in Reichweite gelegen hätte, hätte sie keine Sekunde gezögert und den Mann vor ihr einfach erschossen. Und sie wusste, wenn sie jetzt zu Billy oder Senator Moretti schaute, würden sie es ihr ansehen. Sie wusste, wenn sie jetzt irgendwas anderes als ihr Mikrofon ansähe, wäre beiden klar, wozu sie gewor-den war und wie schnell diese Veränderung stattgefunden hatte.

Niemand konnte ihr das zum Vorwurf machen.

Noch neunundvierzig Minuten.

Kein Mensch würde behaupten, dass sie falsch gehandelt hätte.

»Ich schlucke die Patronen.«

Die wacklige, unsichere Stimme des Senators.

Jordan blickte jäh auf. »Wie bitte?«

Senator Moretti hatte beide Hände um die Waffe in seinem Schoß gelegt. Seine Finger zuckten nervös und rieben über den schwarzen Stahl, der inzwischen schweißnass schimmerte. »Wenn ich die Patronen hinunterschlucke, kann ich Sie nicht mehr erschießen, und ich muss mir auch keine Sorgen mehr machen, dass Sie mir die Waffe entreißen und *mich* erschießen.«

»Wie viele haben Sie noch?«, fragte Billy.

»Noch vier.«

Billy sah zu Jordan. Zumindest diese Frage war geklärt.

»Wenn Sie die Patronen schlucken, besorgen die uns eine andere Waffe. Oder sie befehlen mir, Sie zu erdrosseln oder mit einem Brieföffner zu erstechen oder Ihnen den Hals zu zerbeißen oder den Kopf einzuschlagen oder ...« Sie sprach nicht weiter. Sie konnte nicht mehr klar denken. Dabei wäre das jetzt bitter nötig.

Was, wenn sie eine andere Waffe besorgen?

Die würden sie ihr direkt in die Hand drücken, oder? Geladen und entsichert und zum Abfeuern bereit.

Vielleicht musste genau das passieren.

»Sie könnten auch einfach selbst schießen«, sagte Jordan leise.

Er wich zurück, schien fast ein Stück in der Couch zu verschwinden. »Ich werde mir nicht das Leben nehmen!«

»Sind Sie gläubig, Senator?«

»Nein, aber ich ...«

»Dann sind Sie bloß egoistisch? Lieber retten Sie Ihre

eigene Haut als ein Kind und all die anderen in diesem Gebäude?«

»Das ist nicht fair, ich ...«

»Wenn ich die Möglichkeit hätte«, ging Jordan dazwischen, »und wenn es nötig wäre, um ein anderes Leben zu retten, würde ich, ohne auch nur mit der Wimper zu zucken, vor den nächstbesten Bus springen.«

»Sie ist Ihre Tochter! Natürlich würden Sie das tun! Aber würden Sie auch vor den Bus springen, wenn es um jemanden ginge, den Sie gar nicht kennen?«

»Für ein Kind? Jederzeit. Ich habe ein fantastisches Leben gehabt – wenn es heute zu Ende ginge, wäre ich nicht traurig. Wenn mein Tod hieße, dass ein Kind sein restliches Leben erleben dürfte – ja, ich würde es machen.«

»Ich glaube Ihnen kein Wort. Das sagen Sie jetzt. Vielleicht glauben Sie das sogar wirklich. Aber wenn es hart auf hart käme, würden Sie einen Rückzieher machen. Das würde jeder. Der Überlebenstrieb ist einer unserer stärksten Instinkte.«

»Dass wir uns für ein höheres Ziel opfern ist eins der Dinge, die uns vom Tier unterscheiden.«

»Ist doch total sinnlos, darüber zu diskutieren.«

»Sie sind egoistisch.«

»Ich habe Vertrauen in die Männer und Frauen unserer Strafverfolgungsbehörden. Die werden dem Ganzen ein Ende setzen.«

»Sie haben kein Rückgrat.«

»Hey«, ging Billy dazwischen, »in den Nachrichten haben sie gerade gesagt, dass im ganzen Gebäude Sirenen losgegangen sind.«

Jordan sah zu ihrem ersten Bildschirm und gab sich alle Mühe, über den eingeblendeten Countdown in der Ecke hinwegzusehen ... noch siebenundvierzig Minuten und zwölf Sekunden. Die Nachrichtenzeile über dem Bild lautete: *FDNY BESTÄTIGT AUF* ÜBER *30 STOCKWERKEN DES SIRIUSXM-GEBÄUDES SICH AUSBREITENDE BRAND-HERDE.*

»Wissen wir, um welche Stockwerke es geht?«, fragte Jordan, ohne sich an jemanden im Speziellen zu richten.

Billy zeigte auf einen der Sprinkler, die über ihr im Studio montiert waren. »Um unseres jedenfalls nicht. Sonst wären wir schon nass bis auf die Knochen.«

»Ich kann Rauch riechen!« Senator Moretti neigte leicht den Kopf.

»Ich nicht«, blaffte Jordan zurück.

»Ich auch nicht …« Billy war aufgestanden und wieder vor die Risse in der Wand seiner Kabine getreten. »Aber in einem Gebäude wie diesem könnten die unteren Stockwerke stundenlang brennen, bevor wir das mitbekommen würden. Ich bleibe jedenfalls nicht länger hier.«

Er stützte sich mit einer Hand seitlich an der Wand und mit der anderen auf seinem Schreibtisch ab und trat mit dem rechten Fuß kraftvoll gegen die Scheibe. Es knirschte hörbar, aber die Scheibe hielt.

Er trat erneut zu.

Und noch einmal.

Mit wütender Heftigkeit stieß er die Ferse wieder und wieder gegen das Glas.

Fünfmal.

Zehnmal.

Als das dicke Glas schließlich zu Bruch ging, klirrten riesige Stücke zu Boden. Mehrere fielen von oben herab – und Billys Bein steckte fast bis zum Knie in dem Loch. »Oh, *fuck!*« Er zog das Bein zurück, riss umso mehr Glas mit, kippte gegen die rückwärtige Wand der Kabine und landete auf dem Boden.

Jordan sprang auf. »Mist … Alles okay?«

Billys Kopf tauchte wieder auf, und er hielt den gereckten Daumen in die Höhe. »Alles bestens. Aber ich glaube, ich habe mein Bein filetiert … Ich blute …«

Senator Moretti war ebenfalls aufgesprungen und richtete seinen Revolver auf Jordan. »Nicht – bleiben Sie stehen! Da! Hinter Ihrem Schreibtisch!«

»Aber er hat sich verletzt!«

»Keine Bewegung!« Er zitterte wieder am ganzen Leib. Seine Nerven lagen blank. Gleich würde er versehentlich jemanden erschießen.

Sie nahm beide Hände hoch, um den Senator zu beruhigen. »Billy? Wie schlimm ist es?«

»Ich glaube, ich habe eine Ader erwischt … irgendwas Großes … Da kommt echt viel Blut …«

Jordan sah den Senator flehentlich an. »Da ist ein Erste-Hilfe-Koffer an der Wand neben der Tür – den will ich nur holen und ihm helfen!«

Er zielte weiter auf sie, sah aber flüchtig in die Richtung, in die Jordan gezeigt hatte.

Jetzt!

Die Stimme in ihrem Kopf.

Ramm ihn um!

Als er sich wieder zu ihr umdrehte, war der Moment auch schon wieder vorüber. »Sie gehen wieder an Ihren Schreibtisch! Ich hole den Koffer.« Und über die Schulter: »Billy? Ich reiche Ihnen jetzt den Erste-Hilfe-Koffer. Können Sie den Schnitt selbst versorgen?«

»Ja, ich glaube schon …«, antwortete Billy mit zittriger Stimme.

Jordan nickte bedächtig und setzte sich vorn auf die Stuhlkante.

Der Senator durchquerte das Studio – behielt Jordan dabei die ganze Zeit im Blick –, nahm den Koffer aus der Wandhalterung und hielt ihn vor das Loch in Billys Kabinenwand. »Hier!«

»Ich komm nicht ran ...« Er klang gar nicht gut. Er klang, als würde er jeden Moment ohnmächtig werden. »Ich kann nicht aufstehen ... Schieben Sie ihn über das Pult ...«

Senator Moretti manövrierte den Koffer durch das Loch und bugsierte ihn quer über den Schreibtisch auf Billy zu. »Hier, nehmen Sie ihn ...«

Billy streckte beide Hände aus – und packte den Senator am Handgelenk, zerrte ihn durch das Loch, bis er halb durch die kaputte Scheibe hing.

Der Senator kippte nach vorn.

Ein Schuss löste sich, und Jordan spürte einen scharfen Schmerz.

56
Cole

Als Cole zusammen mit dem Fake-FBI-Agent den Aufzug vom Dach nach unten genommen hatte und die Türen im neunundvierzigsten Stockwerk aufgegangen waren, hatte er auf dem Flur fünf Leute stehen sehen; zwei hatte er auf sechsundvierzig ausgeschaltet, einer war ihm entkommen, und durch den Kopfhörer in seinem linken Ohr hatte er soeben Jordans Ehemann sagen hören, dass sie auf der Etage, wo er gefangen gehalten wurde, mindestens zu viert seien – plus an die dreißig Geiseln. Bernie hatte folglich sieben oder mehr Leute im Gebäude postiert.

Sobald Cole im achtundvierzigsten Stock ankam, blieb er stehen, um die Kamera unter der Decke unschädlich zu machen und Zwischenbilanz zu ziehen. Die Glock 19 in seiner Rechten hatte eine Kugel im Lauf und fünfzehn im Magazin; zwei Ersatzmagazine steckten in seiner Gesäßtasche, allerdings enthielt eins davon lediglich zehn Patronen. In seiner linken Hand hielt er seine eigene .380er. Sechs Patronen im Magazin, eine im Lauf. Er hatte alles in allem achtundvierzig Schuss.

Eine Sicherheitsweste trug er nicht. Die lag in seiner Tasche, genau wie der Rest seiner Ausrüstung.

Durch die Tür zu Stockwerk achtundvierzig hörte Cole den Feueralarm schrillen. Vorsichtig schob er die Tür auf. Wasser lief um den Türrahmen und hatte vor der Schwelle eine Pfütze gebildet.

Sein Trick hatte funktioniert.

Er wusste nicht, wie lange die Sprinkler laufen würden, aber um die restlichen Kameras und Bernies übriges Überwachungsequipment auszuschalten, sollte es reichen. Da das Treppenhaus als Fluchtweg ausschließlich aus Beton und Stahl bestand, waren hier keine Sprinkler angebracht worden, aber er hatte jede einzelne Kamera zerstört, an der er vorbeigekommen war, und würde so weitermachen, bis Bernie nichts mehr sehen konnte.

Er zog die Tür wieder zu, presste sich an die Wand und richtete beide Pistolen aufs obere Stockwerk. Dann lauschte er, versuchte, über den Alarm und das rauschende Wasser hinweg etwas zu hören.

Cole hoffte auf Schreie. Wütende Rufe. Panik. Bernies Leute, die den Ausweg durchs Treppenhaus suchten und ihm in die Arme rannten.

Aber nichts. Nur der Feueralarm und Wasser.

Wenn der Aufzug mit dem Feuer den achtundvierzigsten Stock erreicht hatte, dann waren die beiden Kabinen mit dem Chlorgas unter Garantie auch im neunundvierzigsten angekommen, und das Gas war hinaus in den Eingangsbereich geströmt.

Bei dem kurzen Blick, den er auf den Flur hatte erhaschen können, war das Stockwerk eine einzige Baustelle gewesen – blanker Estrich und Metallwandpfosten, die auf die Trockenwandverkleidung warteten. Hinter den Leuten, die am Fahrstuhl schon auf ihn gelauert hatten, hatte er bis ans andere Ende des Flurs zu den rückwärtigen Fenstern sehen können. Es hatte nicht allzu viele potenzielle Verstecke gegeben – wenn überhaupt.

Mit dem Rücken zur Wand schlich Cole ein paar Stufen hinauf. Das Herz hämmerte in seiner Brust. Ihm war klar, dass die Tür über ihm jeden Moment aufgehen und Bernies Leute wie Ratten, die das sinkende Schiff verließen, dort auftauchen könnten. Als er den Absatz auf halber Höhe fast erreicht hatte, blieb er erneut stehen.

Lauschte.

Hörte gar nichts.

Er verstärkte den Griff um die Neun-Millimeter und die .380, die beide vom Schweiß rutschig waren.

Stumm zählte er von drei runter, holte tief Luft, duckte sich, wirbelte auf dem Absatz um hundertachtzig Grad und riss beide Waffen hoch.

Die Treppe war leer, die Tür zu Stockwerk neunundvierzig geschlossen.

Cole blieb noch kurz stehen.

Wartete.

Der Feueralarm schrillte immer noch.

Niemand flüchtete.

Bernie war nicht dumm. Es bestand durchaus die Möglichkeit, dass er seine Leute mit Gasmasken ausgestattet hatte und sie jetzt hinter der Tür auf Cole, auf das FBI, das Sondereinsatzkommando oder wen auch immer warteten, der diese Tür stürmen würde. Ein Hinterhalt für den Hinterhalt.

Cole zählte bis hundert.

Nichts.

Kommen Sie hoch – und wenn wir nur über Gracie sprechen.

Fuck.

Cole lief noch ein paar Stufen hinauf und blieb auf halber Treppe stehen.

Wenn Bernie ihn hätte umbringen wollen, hätte er schon diverse Gelegenheiten gehabt.

Oder aber er hatte ihn lediglich in den neunundvierzigsten Stock gelockt, um sich die Mühe zu ersparen, ihn irgendwo anders im Gebäude aufspüren zu müssen …

Genau wie auf den anderen Etagen war die Treppenhaustür aus Stahl und steckte in einem Betonrahmen; anderthalb Meter zur Linken bis zur Wand, ein bisschen weniger auf der rechten Seite. Betonstufen und ein Metallgeländer.

Im Schneckentempo schlich Cole die letzten Stufen nach oben, immer bereit zu schießen, sollte die Tür aufgehen, aber es passierte nichts. Sobald er davorstand, legte er das Ohr an den kalten Stahl, aber da war kein Mucks zu hören.

Er ging tief in die Hocke, lehnte sich mit der linken Schulter gegen die Betonwand neben den Türscharnieren; dann atmete er ein paarmal tief durch die Nase ein, hielt jedes Mal die Luft an und ließ sie nur langsam durch den Mund entweichen. Sein Puls ging trotzdem so heftig, dass er schon meinte, sein Herz über den Alarm hinweg schlagen zu hören.

Mit der Rechten, in der er die Neun-Millimeter hielt, griff er nach oben zum Sicherheitsbügel an der Tür und zog ihn vorsichtig runter, bis es im Schloss klickte und die Tür langsam aufschwang.

Dann schob er sie einen winzigen Spaltbreit auf. Er rechnete damit, dass ihm sofort Kugeln um die Ohren fliegen würden, aber da kam nichts. Er erwartete, dass ihm Chlorgas entgegenströmen würde – aber auch das passierte nicht.

Kein Geräusch.

Keine Bewegung.

Cole stieß die Tür jäh auf, hechtete über die Schwelle, landete auf dem Bauch – immer noch mit vor sich ausgestreckten Pistolen –, rollte sich über den Rücken ab ... und setzte sich auf. Hier war keine Menschenseele. Er kam auf die Füße, sicherte die unmittelbare Umgebung, hielt beide Waffen schussbereit im Anschlag, aber es war niemand hier.

Das Stockwerk war komplett verwaist.

Rechts lagen die Fahrstühle. Vor den Zugängen waren Stahlstreben verschweißt worden, sodass die Türen gar nicht erst aufgehen konnten. Cole wusste nicht, was dies für das Chlorgas zu bedeuten hatte – entweder hingen die Fahrstuhlkabinen hinter den verbarrikadierten Türen fest, oder aber sie waren auf ein anderes Stockwerk ausgewichen. Er hätte es nicht sagen können.

Langsam drehte er sich um die eigene Achse. Hielt die Waffen ausgestreckt vor sich und beäugte jeden Schatten.

Die Leichen, die er bereits zuvor entdeckt hatte, lagen noch immer in ihrem trocknenden Blut. Drei in der Nähe der Fahrstühle, eine vierte drei Meter weiter. Er trat auf die nächstliegende zu – eine Frau, die er noch nie gesehen hatte. Einen Dienstausweis oder die Dienstmarke fand er nicht, allerdings trug sie den Ring der FBI-Hochschule an der rechten Hand. Zwei der Männer vor den Aufzügen trugen ebenfalls Ringe. Bernie und seine Leute mussten ihnen aufgelauert, sie überwältigt und ausgeschaltet haben. Sie alle waren mit einem sauberen Kopfschuss getötet worden – womöglich noch ehe sie auch nur die Chance gehabt hatten, ihre Waffen zu ziehen. Keiner von ihnen hatte ein Handy dabei ... Nicht dass das eine Rolle spielte. Wann immer Cole auf sein eigenes Handy geblickt hatte, hatte er kein Netz mehr gehabt, nicht mal am Fenster.

Er ließ die Leichen liegen und suchte schweigend das restliche Stockwerk ab.

Mitten in der offenen Fläche stand ein Turm Pappkartons – bestimmt zweieinhalb Meter breit und hoch bis zur Decke. Mit beiden Waffen im Anschlag ging Cole langsam darauf zu und umrundete den Turm im Uhrzeigersinn. Weil er in keinem Moment aus seiner Position einsehen konnte, was sich hinter dem Turm verbarg, machte er auf halber Strecke kehrt und schlich gegen den Uhrzeigersinn zurück – für den unwahrscheinlichen Fall, dass noch jemand um den Turm herumging, den er so vielleicht würde überrumpeln können.

Doch außer seinen eigenen konnte er keine Schritte hören.

Keine Atemzüge.

Erst als er den Turm einmal fast komplett umrundet hatte, hörte er die Stimme des kleinen Mädchens.

57
Jordan

Jordan hatte gesehen, wie der Schuss sich gelöst hatte — ein kurzes, grelles Aufblitzen. Den Bruchteil einer Sekunde später drang etwas in ihre rechte Schulter ein und hinten wieder aus, durchschlug ihren Stuhl und blieb in der Wand stecken. Erst dann *hörte* sie den Schuss, als hätte ihr Gehirn hochgeschaltet und wäre mit einem Mal für alles, was um sie herum vor sich ging, hochsensibel.

Der Schmerz kam zeitversetzt — etwa im selben Moment, als sie sah, wie Billy den Senator durch die kaputte Scheibe zerrte und hinter dem Pult zu Boden ging.

»Ich bin ... angeschossen worden ...«

Jordan hörte den Satz, diese Worte, die nach ihrer Stimme klangen, die *sie selbst* ausgesprochen hatte, als wäre sie eine unbeteiligte Zeugin, eine Zuschauerin und nicht selbst beteiligt; irgendwas in ihrem Hinterkopf schien ihr zu sagen, dass sie womöglich unter Schock stand.

»Billy ...«

Sie hörte, wie die beiden miteinander rangen, doch die Welt war ein Stück zur Seite verrutscht, sodass sie sie nicht mehr sehen konnte, ihre Sicht war verschleiert, dann dieses explodierende weiße Licht ...

Sie verlor jedes Gefühl für die Zeit.

Nur ganz kurz (zumindest glaubte sie das), aber als sie das nächste Mal blinzelte, stand Billy in seiner Kabine und richtete mit der rechten Hand einen Revolver nach unten, während er die Finger der linken Hand spreizte und dehnte. Mit kreideweißem Gesicht sah er zu ihr rüber. »Jordan – alles okay?!«

Ein komisches Gefühl, ihn nicht über Kopfhörer oder das Mikro zu hören, sondern ungefiltert – einfach nur Billy. Er hatte eine angenehme Stimme.

Jordan mochte die Stimme.

Ihre Kopfhörer lagen auf ihrem Tisch. *Hatte sie die selbst abgenommen, oder waren sie ihr runtergefallen?*

»Jordan!«

Die Welt geriet ins Wanken. Sie kämpfte gegen das Gefühl an, zur Seite zu kippen, und sah stattdessen verblüfft zu, wie der weiße Nebel vor ihren Augen sich auflöste und verzog.

»Verdammt, Jordan!«

»Warum schreist du denn so?«

»Wie schlimm hat es dich erwischt?«

»Erwischt?«

»Deine Schulter – er hat dich angeschossen!«

Sie sah alles, was gerade passiert war, erneut wie in einem schlechten Film vor sich. Erst als der Film zu Ende war, schien sie wieder richtig zu sich zu kommen. Ihre Sicht klarte auf. Sie sah Billy scharf vor sich, und die heftigen Schmerzen in ihrer Schulter bestätigten, was er gesagt hatte.

Sein Blick zuckte nach unten. »Bleiben Sie *liegen*, verdammt!«

Jordan berührte vorsichtig ihre Schulter.

Billy hielt immer noch die Waffe zu Boden gerichtet, humpelte dann jedoch auf die zerborstene Scheibe zu, stieg hindurch, griff noch mal hinein und nahm den Erste-Hilfe-Koffer an sich, umrundete die Couch und kam zu ihr an den Schreibtisch. »Versuch, dich nicht zu bewegen!«

»In Ordnung ...«

»Du stehst unter ...«

»Ich *stand* unter Schock. Ich glaube, ich bin schon wieder ... okay.«

»Ja, du bist eine Wucht. Erstmals seit zehn Jahren bist du *okay*. Ich glaube, das gefällt mir.«

»Halt die Klappe.«

Billy grinste. »Das wird jetzt ein bisschen wehtun.«

Noch bevor sie etwas sagen konnte, packte er ihren Ärmel und riss ihn ab.

Jordan atmete scharf ein und musste die Zähne zusammenbeißen, um nicht laut aufzuschreien. »Sind wir noch auf Sendung?«

Billy nickte. »Alles, was in diesem Raum passiert, wird nach draußen übertragen. Irgendwie haben sie es sogar geschafft, die programmierten Pausen zur halben und vollen Stunde auszuschalten. Ich habe keinen Schimmer, wie ich uns abschalten könnte.«

»Na, großartig.« Sie sah an Billys Jeans hinab. Da war überhaupt kein Schnitt. »Gut geblufft!«

Auch er sah an sich hinab. Er hatte immer noch den Revolver in der Hand. Vorsichtig legte er ihn auf dem Schreibtisch ab. »Wenn er versucht, aus der Kabine zu kommen, erschieß ihn. Das ist mein Ernst, Jordan. Erschieß ihn einfach.«

Sie starrte die Waffe an. Aus der Mündung sickerte feiner Rauch.

Billy atmete tief aus. »Ich glaube nicht, dass er Knochen erwischt hat ... Kannst du dich vorbeugen?«

Jordan versuchte es – und es tat höllisch weh. Als würde ein Schwarm Wespen sie attackieren.

»Die gute Nachricht ist, dass die Kugel in der Wand hinter dir steckt. Die schlechte ist, dass du ein Loch in der Schulter hast, das da nicht hingehört.« Er wühlte durch den Erste-Hilfe-Koffer und zog eine Schachtel mit der Aufschrift *QuickClot* heraus, riss sie auf und presste etwas, was aussah wie dicke Gaze, von beiden Seiten auf den Durchschuss. Irgendein Klebstoff schien dafür zu sorgen, dass die Gaze hängen blieb. Er griff erneut in den Koffer, angelte einen elastischen Tapeverband hervor und fing an, Jordans Schulter fest zu verbinden.

»Sollte das nicht erst desinfiziert werden?«

»Klar, wenn wir Desinfektionsmittel hätten ... Ich würde dir raten, wenn das hier vorbei ist, zuallererst zum Arzt zu gehen. Meine medizinische Ausbildung stammt aus den Wiederholungen von *Chicago Fire*. Hierfür bin ich wirklich nicht qualifiziert.«

In Billys Kabine stemmte der Senator sich auf die Beine und hielt sich die Nase. Seine rechte Gesichtshälfte war stark gerötet und schwoll zusehends an. Sein Blick huschte nervös hin und her und blieb an dem Revolver hängen. Jordan funkelte ihn finster an und zog die Waffe zu sich heran. Aus den Augenwinkeln erhaschte sie einen Blick auf den Nachrichten-Monitor und auf den Countdown.

Noch einunddreißig Minuten und vier Sekunden.

Als Billy mit dem Verband fertig war, beugte er sich zu ihr runter und flüsterte leise: »Die Studiotür hat ein Magnetschloss. Irgendwie steuern sie das von außen. Die Tür in meiner Kabine ist ein normales Bolzenschloss. Dort kämen wir raus – der Senator weiß das ebenfalls. Ich hab's ihm gesagt, als er dort auf dem Boden lag.«

Jordan dachte kurz darüber nach. »Die kriegen das aber mit ...«

»Kann natürlich sein.«

»Und selbst wenn nicht – die hören das doch, sobald wir aufhören zu senden.«

Billys Blick wanderte zu dem kabellosen Headset, das immer noch auf ihrem Schreibtisch lag. Das sie benutzt hatte, als sie am Morgen mit der Show begonnen hatte. Das immer noch vollen WLAN-Empfang hatte.

»Was ist mit der Wache an der Tür? Der steht doch draußen auf dem Flur.«

Billys Blick huschte vom Headset zu dem Revolver und dann zu ihr, und Jordan hatte verstanden.

Sie nickte und gab ihr Bestes, um die Schmerzen zu ignorieren.

Sie bekamen gleichzeitig mit, wie sich der zweite Bildschirm aktualisierte. Sämtliche Anrufer waren aus den Leitungen geflogen, und es war erneut nur noch ein einziger Name zu sehen:

Leitung 1: Bernie
Leitung 2: Bernie
Leitung 3: Bernie
Leitung 4: Bernie
Leitung 5: Bernie

58
Cole

Cole war sich erst nicht mal sicher, ob er sie wirklich gehört hatte. Die Stimme war so leise und gedämpft gewesen. Doch sobald er stehen blieb und hinhörte, war es wieder da: dieses entfernte Wimmern, ein fast stummes Weinen.

»Charlotte?«

Er war sich auch nicht sicher, woher er wusste, dass sie es war, und das machte es nur umso schlimmer.

Sie antwortete nicht.

Es kam nicht die geringste Reaktion.

Er schob sich beide Pistolen in den Gürtel und fing an, den Berg aus Kisten abzutragen – eine nach der anderen und vorsichtig, falls dies hier eine Falle sein sollte. Die Kisten waren unterschiedlich groß: mal gute zwanzig Zentimeter Kantenlänge, mal annähernd ein Meter. Einige waren ineinandergeschoben, andere waren platt gedrückt worden, die meisten aber waren intakt – und sie schienen allesamt leer zu sein. Es waren mehr Kisten als gedacht.

Sobald er sich der Mitte näherte, wurde die Stimme lauter. Das hektische Atmen.

Er rief mehrmals ihren Namen, doch sie antwortete immer noch nicht, was ihn zusätzlich antrieb.

Dann fiel Licht auf rostiges Metall.

Dunkler Stoff.

Räder.

Cole hatte annähernd ein Drittel freigelegt, als er endlich erkannte, worum es sich handelte: um einen alten Kinderwagen – die modrig rosafarbene Decke war halb vom Sonnenschutz verdeckt. Er riss die Decke beiseite, hoffte, Charlotte zu finden – aber da war sie nicht. Stattdessen hatte unter der Decke ein Babyfon gelegen. Weißes Plastik mit einem Zeichentrick-Baby in der unteren Ecke und einer kurzen Antenne.

Als Charlotte erneut aufschluchzte, tanzten blaue LED-Lichter rund um den Lautsprecher auf der Vorderseite.

Cole sah zur Decke, suchte die Wände ab – und hatte schlagartig das Gefühl, dass er beobachtet wurde. Nur wie?

Er griff in den Kinderwagen, nahm das Babyfon heraus und starrte es einen Moment lang an. Dann drückte er auf die seitliche Sprechtaste. »Charlotte? Kannst du mich hören?«

Das Mädchen schnappte erschrocken nach Luft. »Wer ist da?«

»Detective Cole Hundley. Der Polizist, den du heute Morgen getroffen hast. Weißt du, wo du gerade bist?«

»Hier ist es dunkel.«

Erneut sah Cole sich um. Ein Babyfon hatte keine große Reichweite – sie musste ganz in der Nähe sein. Doch als er sich das Gerät genauer ansah, entdeckte er einen kleinen Herstellerstempel mit der Aufschrift *WLAN-fähig* am Boden. Sie konnte überall sein. Und im selben Moment dämmerte ihm, dass der Kontakt zu ihr abbrechen würde, sobald er mit seinem Feuer-und-Sprinkleralarm-Stunt das Gebäude-WLAN lahmgelegt hätte.

Er wollte lieber nicht darüber nachdenken. »Was kannst du sehen?«

»Nur die Uhr.«

»Die Uhr?«

»Na ja, es ist keine richtige Uhr … Sie läuft rückwärts«, erklärte sie. »Gerade sind es achtundzwanzig Minuten und vier Sekunden.«

Cole rutschte das Herz in die Hose. »Charlotte? Ist diese Uhr mit irgendwas anderem verkabelt?«

»Kann ich nicht sehen. Dafür ist es zu dunkel. Holen Sie mich hier raus? Sie haben mich an einem Stuhl festgebunden. Ich kann mich nicht bewegen.«

»Weißt du, auf welchem Stockwerk du bist?«

Sie schniefte. »Nein. Sie … Sie haben mir im Aufzug was über den Kopf gezogen. Und gesagt, wenn ich das runterziehe, tun sie mir weh.«

»Als du vom Stockwerk deiner Mutter weg bist …?«

»Ja. Ist sie bei Ihnen? Kann ich mit ihr reden?«

Cole schloss kurz die Augen. Er versuchte, nicht daran zu denken, dass dasselbe Mädchen, das er heute Morgen kennengelernt hatte, irgendwo in diesem Wolkenkratzer mutterseelenallein an einen Stuhl gefesselt war. Unfassbar, wie stark sie sein musste, dass sie immer noch derart beherrscht klang. »Tut mir leid, Süße. Sie ist gerade nicht hier bei mir. Sie muss Kontakt zu den Leuten halten, die das hier angerichtet haben.«

»Die haben ein paar fiese Sachen über sie gesagt«, wisperte sie. »Sie haben erzählt, dass sie etwas Schlimmes gemacht hat und das hier ihre Schuld ist.«

»Du weißt, dass das gelogen ist, oder? Deine Mutter ist ein guter Mensch.«

Erst sagte sie nichts. Als sie wieder sprach, klang ihre Stimme dünn: »Ja, ich weiß.«

»Charlotte, das ist jetzt sehr wichtig – weil ich dir helfen will. Was *kannst* du mir über den Ort sagen, an den sie dich gebracht haben? Irgendwas – *alles* könnte wichtig sein.«

Sie verstummte wieder. Dann: »Es könnte ein Schrank sein ... Sie haben mich mit Händen und Füßen an den Stuhl gefesselt, aber der Stuhl hat Rollen. Wenn ich hin und her ruckele, sind da Wände. Wenn ich rede, ist da ein Echo, genau wie wenn ich mich zu Hause im Schrank verstecke.«

»Das ist gut, das ist sehr gut«, sagte er. »Was noch?«

»Auf dem Boden liegt Teppich. Ich glaube, die Tür ist links von mir. Ich kann unten ganz schwach Licht erkennen, allerdings nicht viel. Als wäre das Licht in dem Zimmer, wo der Schrank steht, ausgeschaltet worden. Vielleicht kommt da nur was durchs Fenster rein.«

Herrgott, das half ihm kein bisschen weiter. Das konnte auf allen fünfzig Stockwerken sein.

Sie konnte überall sein.

Dann fielen ihm die Aufzüge wieder ein. »Charlotte, hörst du zufällig, ob in der Nähe Wasser rauscht?«

»Wasser?«

»Aus der Sprinkleranlage ... Oder einen Feueralarm?«

»Brennt es?« Ihre Stimme war schlagartig um eine Oktave schriller geworden.

»Nicht richtig ... Aber hörst du irgendwas davon?«

Wieder war sie für einige Sekunden weg. »Wasser höre ich nicht, aber ich glaube, ich kann den Feueralarm hören. Allerdings nur ganz leise.«

Falls sein Trick mit den Aufzügen funktioniert hatte, dann hatte Cole, abgesehen von dem Stockwerk, in dem er sich selbst gerade aufhielt, Feueralarme überall dort ausgelöst, wo er die Aufzüge ...

Oh verdammt! Vielleicht hatte der Aufzug im falschen Stockwerk gehalten!

»Charlotte, kannst du irgendwas riechen? Etwas Scharfes? Was dir in den Augen brennt oder im Hals? Irgendwas in der Art?«

»Nein.«

»Was nach Putzmittel riecht? Nach Bleiche oder Ammoniak?«

»Nein, hier ist nichts.«

Er sah sich erneut um. Auf seinem Stockwerk waren nirgends Wände eingezogen, und es stand auch nirgends ein Schrank. Dies hier war lediglich leere Baufläche für künftige Büros. Auf diesem Stockwerk war sie jedenfalls nicht.

Nervös tippte Cole mit den Fingern seitlich auf das Babyfon.

Nachdenken!

»Gehen wir noch mal durch, was passiert ist, als sie dich mitgenommen haben – wäre das möglich?«

»Okay.«

»Du hast gesagt, sie haben dir noch auf dem Stockwerk deiner Mutter etwas über den Kopf gezogen. Bevor du in den Aufzug gestiegen bist – hast du da gesehen, auf welchen Knopf sie gedrückt haben? Bist du hoch- oder runtergefahren?«

»Hoch.«

»Sicher?«

»Ja, das hab ich im Bauch gespürt. Diese Aufzüge sind ziemlich schnell.«

»Gut. Das ist sehr gut«, erwiderte Cole. »Als die Türen wieder aufgegangen sind und du ausgestiegen bist – bist du da nach rechts oder links gegangen?«

»Beim ersten Halt sind wir gar nicht ausgestiegen. Die Türen sind aufgegangen, und Leute sind eingestiegen. Dann sind wir weitergefahren.«

»Weißt du, wie viele eingestiegen sind?«

»Nein, ich konnte ja nichts sehen, aber es waren mindestens zwei, weil sich rechts und links von mir je einer hingestellt hat, und der Mann, der mich von Mommys

Stockwerk weggebracht hat, stand hinter mir und hat mir die Hand auf die Schulter gelegt.«

»Okay. Und jetzt denk scharf nach, bevor du antwortest. Du hast gesagt, du konntest es im Bauch spüren. Als die Türen wieder zugegangen sind – seid ihr da hoch- oder runtergefahren?«

Charlotte schwieg ein paar Sekunden lang. »Ich glaube, da sind wir runtergefahren. Aber ich bin mir nicht sicher.«

»Das ist schon in Ordnung, das finden wir heraus«, versicherte Cole. »Als ihr das nächste Mal angehalten habt – seid ihr da ausgestiegen?«

»Ja.«

»Und seid ihr nach rechts oder links gegangen?«

»Nach links.«

»Gut. Und jetzt noch mal scharf nachdenken. Weißt du ungefähr, wie viele Schritte du gemacht hast? Bevor du antwortest, mach die Augen zu und versuche, an nichts mehr zu denken – und dann versuche, dich daran zu erinnern, als wäre es ein Film, den du dir ansiehst.«

Als sie nach einer Weile das Wort ergriff, klang sie verunsichert. »Ich glaube, so ungefähr zwanzig... Dann sind wir wieder nach links abgebogen.«

»Hast du auf dem Weg etwas gehört? Stimmen oder etwas anderes?«

»Nein, es war leise«, antwortete sie. »Aber ich glaube, dass die anderen aus dem Aufzug nicht mitgegangen sind... Ich glaube, die sind direkt vom Aufzug aus in die andere Richtung gegangen. Der Boden war gefliest oder so – ich konnte nur noch den Mann hören, der hinter mir lief.« Charlotte verstummte kurz. »Aber als wir noch mal links abgebogen sind, konnte ich seine Schritte plötzlich nicht mehr hören. Ich glaube, ab da war Teppich auf dem Boden... Dann ging es noch mal links, noch mal vier, fünf Schritte – da musste ich stehen bleiben und mich auf diesen Stuhl setzen. Da hat er mich dann gefesselt. Mit diesen Plastikdingern, an Händen und Füßen, sodass ich mich nicht mehr bewegen konnte. Ich weiß, dass es diese Plastikdinger waren, weil ich es ratschen gehört habe, als er sie zugezogen hat. Dann hat er mich auf dem Stuhl hier reingeschoben und die Tür zugemacht.«

»Hast du irgendwas erkennen können, als er dir das Ding wieder vom Kopf gezogen hat?«

»Hat er gar nicht«, entgegnete sie. »Als er gegangen ist, hab ich den Kopf immer hin und her gedreht, bis es von allein runtergerutscht ist.«

»Und kannst du die Hände aus den Fesseln ziehen? Aus den Kabelbindern?«

»Hab ich versucht, aber sie sitzen zu fest.«

Aus dem Aufzug nach links über einen gefliesten Flur, dann noch mal links auf Teppichboden – vermutlich ein Büro –, dann in einen Schrank.

Auf einem von fünfzig Stockwerken.

»Ich finde dich, Charlotte, das verspreche ich dir. Die Sprinkler laufen auf fast allen Stockwerken. Wenn bei dir kein Wasser läuft, dann grenzt das die Möglichkeiten ein.«

Sofern die Sprinkler überall *angegangen waren, wie sie es hätten tun sollen.*

Er sah zurück zu den verbarrikadierten Fahrstühlen.

Wo waren die sonst noch verbarrikadiert worden?

Irgendwo musste er anfangen.

»Charlotte, bist du noch da?«

»Nee, bin jetzt bei McDonald's.«

Zum ersten Mal an diesem Tag musste Cole lächeln. »Bring mir einen BigMac mit, okay? Ich will nicht, dass diese Leute mich kommen hören, deshalb stelle ich meinen Ton jetzt ganz leise. Sobald ich mir sicher sein kann, dass ich nicht belauscht werde, melde ich mich wieder bei dir, in Ordnung?«

»In Ordnung.«

Noch während er die Lautstärke runterdrehte, hörte er, wie sie eine letzte Frage stellte – eine Frage, die er nicht beantworten konnte.

»Was passiert eigentlich, wenn die Uhr auf null steht?«

59

Jordan

Bernies Name blinkte ihr auf allen fünf Leitungen entgegen.

Sie sah zu Billy. Er hatte ihre Schulter fertig verarztet, nickte erneut auf ihr kabelloses Headset hinab und schlüpfte zurück in seine Kabine.

Jordan streckte den unverletzten Arm aus und setzte sich das Headset statt der Kopfhörer auf.

In seiner Kabine drückte Billy eilig mehrere Tasten und hielt erst drei, dann zwei, dann einen Finger hoch.

Jordan nickte. Dann fragte sie: »Bernie?«

Er räusperte sich. »Ich dachte, wir hätten eine Vereinbarung.«

Jordan reckte flüchtig den Daumen in Billys Richtung und bog das Headset-Mikro näher an ihren Mund. »Wovon redest du?«

»Ich habe dir und den Zuhörern gesagt, dass kein Angehöriger der Strafverfolgungsbehörden dieses Gebäude betreten darf.«

»Und trotzdem hat das jemand getan?«

»Dein Freund, Detective Cole, ist in einem Hubschrauber, den du finanzierst, auf dem Dach gelandet, hat mehrere meiner Leute umgebracht und rennt in diesem Moment durch das Gebäude wie eine hungrige Ratte durch die Speisekammer. Er legt überall Feuer und probiert es mit Gas – er ist wirklich lästig.«

»Vielleicht mag er ja meine Sendung nicht und hat deine Warnung nicht gehört? Zwei Minuspunkte für Officer Cole, würde ich sagen.«

»Seine Chefs haben ihn schon zur Verkehrsstreife degradiert. Ich bin mir nicht sicher, wie weit runter in der Nahrungskette es für ihn noch gehen kann.«

»Zum Glück ist er nicht mein Angestellter und somit auch nicht mein Problem.«

»Heute schon, Miss Briggs. Und es ist an der Zeit für die nächste Entscheidung. Soll ich lieber ihn oder einen deiner Leute umbringen?«

»Meine Leute? Bernie, das muss aufhören! Die ganze Sache! Lass meine Tochter gehen, meinen Mann, mein Team – sie alle haben hiermit doch überhaupt nichts zu tun! Deaktiviere die Bomben. Du weißt, dass die Polizei vor der Tür steht. Die schalten dich und wen immer aus, der mit dir zusammenarbeitet. So läuft das. So endet es *jedes Mal.* Gib auf«, sagte Jordan. »Du hast deine Frau und deine Tochter verloren. Jeder dort draußen, der Kinder hat, dürfte verstehen, wie sich das anfühlen muss – allein die Vorstellung ...«

Ihr versagte die Stimme, und auch wenn sie stark sein wollte, machte ihr Körper ihr einen Strich durch die Rechnung. Sie zitterte am ganzen Leib, und ihr Herz kämpfte darum, mit den Emotionen fertigzuwerden, die sich aus ihrem tiefsten Inneren nach außen nagten.

»Ihr versteht gar nichts – noch nicht. Aber in sechsundzwanzig Minuten verstehst es sogar du. Wenn der Senator bis dahin noch am Leben ist, wenn du mich zwingst, deine Tochter umzubringen, dann weißt sogar du, wie sich die Leere anfühlt, die ich deinetwegen gespürt habe. Dann reden wir. Wie viele Kugeln hat er noch übrig? Hast du das schon herausgefunden?«

Billy war an Jordans Schreibtisch getreten und stand

neben ihr. Die beiden sahen einander an, und dann kritzelte Billy eilig auf einen Notizblock: *Weiß nicht, ob er schon weiß, dass du die Waffe hast. Vielleicht kann er uns wirklich nicht mehr sehen? Vielleicht wegen des Feuers?*

»Ich habe den Senator mehrfach gebeten, mir die Waffe auszuhändigen«, sagte Jordan, »aber er ist kein guter Teamplayer.«

»Wie schlimm hat er dich erwischt?«

»Die Kugel hat meine Schulter und den Stuhl durchschlagen und steckt jetzt irgendwo hinter mir in der Wand. Tut verdammt weh, aber Billy hat jede Folge von *Nurse Jackie* gesehen und konnte die Blutung stoppen. Wie ich die Leute von SiriusXM kenne, kriege ich nächste Woche die Rechnung für den Schaden, der hier entstanden ist.« Sie sah zum Senator, der immer noch in Billys Kabine stand. »Ich glaube übrigens, dass Moretti nie zuvor auf jemanden geschossen hat. Er wirkt ziemlich erschüttert. Kauert in der Ecke des Studios und hat die Augen weit aufgerissen. Seine Lippen bewegen sich, aber ich kann nicht verstehen, was er von sich gibt – scheint schlimm mit sich zu hadern, der Arme.«

Senator Moretti hauchte ein tonloses *Fuck you* in ihre Richtung.

»Vielleicht wird es allmählich Zeit, dass du ihm die Waffe abnimmst. Solange er immer noch unter Schock steht. Du bist doch tough – gerade könntest du ihn umlegen, wetten?«

Billy lief zur Studiotür und riss ein Blatt Papier von der Scheibe, presste das Gesicht gegen das Glas und spähte in beide Richtungen, kam an den Schreibtisch zurück und schrieb auf: *Da ist keiner mehr. Wenn wir rauswollen, dann jetzt, bevor sie zurückkommen. Willst du die Knarre, oder soll ich sie nehmen? Könnte sein, wir müssen uns den Weg freischießen.*

Jordan griff über ihr Pult und zog den Revolver näher an sich heran – und winselte, als ihr erneut Schmerzen in die verletzte Schulter schossen. Unter Billys Notiz schrieb sie: *Wohin? Ich kann Charlotte nicht hierlassen!*

Wir holen Hilfe, finden sie, irgendwas. Du bist immer schon unberechenbar gewesen, dann sei jetzt auch unberechenbar! Wenn wir hierbleiben, tun wir genau das, was er von uns erwartet. Wenn wir gehen, haben wir vielleicht die Möglichkeit, das Heft in die Hand zu nehmen.

Jordan war klar, dass er recht hatte. Dieser verdammte Billy hatte immer recht. Sie nickte, nahm den Revolver hoch, hielt kurz inne und marschierte dann hinter ihrem Pult hervor. »Erzähl mir von Kourtney, Bernie. Was für ein Mensch war sie?«

»Du versuchst doch nur, Zeit zu schinden.«

Jordan blieb auf halbem Weg zu Billys Kabine wie erstarrt stehen. »Wie meinst du das?«

»Du hast deine Entscheidung noch nicht getroffen«, erwiderte er. »Detective Cole oder einer deiner Leute?«

»Was würde denn eins von beiden bringen? Wenn du mir ein bisschen was von Kourtney erzählst, stellst du vielleicht fest, dass es Menschen gibt, die mit dir fühlen. Mein Publikum hört dir zu. Wenn die Polizei dich erst festgenommen hat, hast du nie wieder so ein großes Publikum. Im Augenblick wissen sie alle nur, dass du dieses durchgeknallte Arschloch bist, das ihre Stadt zerstört. Erzähl ihnen, wer du wirklich bist. Wer sie war. Überzeug sie davon, dass du nicht einfach ein x-beliebiger Trottel bist, der einen Verlust erlitten hat.«

»Das Urteil deines Publikums ist nicht weiter wichtig.«

Billy kroch durch die zerschmetterte Scheibe zurück in seine Kabine, drehte sich um und half Jordan, über den Scherbenhaufen auf sein Pult zu klettern. Sie gab sich alle Mühe, sich nicht anhören zu lassen, dass sie sich bewegte.

»Red dir bloß nichts ein, Bernie. Nicht zwölf Leute in einem Gerichtssaal werden darüber entscheiden, was aus dir wird. Es sind die Leute draußen in der ganzen Welt – auf Facebook, Twitter, TikTok und weiß der Geier wo noch. Dein Richter ist Social Media, soziale Netzwerke sind die neuen Geschworenen und deine Scharfrichter – die Henker des einundzwanzigsten Jahrhunderts.«

Als Jordan sich auf Billys Pult umdrehte und ein Bein auf dem Boden aufsetzte, musste Billy sie stützen. Senator Moretti machte einen Schritt auf sie zu, und sie verstärkte den Griff um den Revolver – eine eher unwillkürliche als bewusste Reaktion, trotzdem nahm er sie wahr und erstarrte.

»Ich bin mir nicht sicher, ob es deine Entscheidung erleichtert – aber Detective Cole spricht gerade mit deiner Tochter. Sie klingt verängstigt. Nicht so schlimm wie zu Anfang, aber sie hat immer noch Angst. Wenn er stirbt, während sie miteinander sprechen, wenn ihm jemand das Hirn wegpustet – was glaubst du wohl, was so etwas mit ihr macht? Auf lange Sicht? Immer vorausgesetzt, *auf lange Sicht* gilt für sie noch. Aber traumatische Erlebnisse können auf die Persönlichkeit schwerwiegende Folgen haben, besonders auf Kinder, und sie ist doch in einem Alter, in dem sie *für negative Vorgänge sehr empfänglich* ist?«

Cole hatte Charlotte gefunden?!

Endlich hatte sie beide Füße aufgesetzt und folgte Billy zur Tür. Genau wie die Studiotür war auch diese mit Papier zugehängt, und er zog eine Ecke hoch, um die Lage zu sondieren.

Niemand mehr da.

Seine Hand wanderte an den Türknauf. Er drehte ihn langsam herum, bis es klickte. Jetzt war die Tür offen.

»Du musst dich allmählich entscheiden, Jordan. Sag ich meinen Leuten, dass sie sich Detective Cole vornehmen sollen, oder sollen wir jemanden aus deinem Team nehmen?«

»Was ist aus dem Bahnhof geworden? So viele Entscheidungen – ich bin schon ganz verwirrt.«

Was soll der Scheiß?, hauchte Billy in ihre Richtung.

»Ich habe angekündigt, dass ich einen sprenge – aber nicht, wann das sein wird. Du musst schon Geduld haben, gut Ding will Weile haben und so.«

»Komm schon, Bernie. Erzähl mir von Kourtney.«

»Warum erzähle ich dir stattdessen nicht von Detective Cole? Vielleicht hilft es dir ja bei der Entscheidung, wenn du ein bisschen mehr von ihm erfährst.«

Jordan sah, wie Billy nach dem Türknauf griff und vorsichtig die Tür zum Flur aufzog. Sie nahm die Waffe hoch und machte sich darauf gefasst, jeden zu erschießen, der es wagte, sich zwischen sie und ihre Tochter zu stellen.

»Ich würde wahnsinnig gern mehr von Detective Cole erfahren«, sagte sie leise.

60

Cole

An der Notausgangstür lauschte Cole mindestens dreißig Sekunden lang, bevor er den Metallbügel nach unten drückte und zurück ins Treppenhaus huschte. Er hatte erneut beide Waffen gezogen und sich das lautlos gestellte Babyfon in die Gesäßtasche geschoben – was nicht verhinderte, dass Charlottes letzte Frage ihm weiter im Kopf herumspukte.

Was passiert eigentlich, wenn die Uhr auf null steht?

Bernie hatte wiederholt unter Beweis gestellt, dass er keine Skrupel hatte, Leute umzubringen, und Cole zweifelte keine Sekunde daran, dass er für das Leid, das Jordan seiner Ansicht nach über ihn und seine Familie gebracht hatte, Jordans Tochter ermorden würde. Aber mit einer Bombe? Das passt nicht zum übrigen Vorgehen. Aus allem, was heute passiert war, hatte Bernie ein Spektakel gemacht – von seinem ersten Anruf in der Sendung über die Bomben unten auf der Straße bis hin zu den Morden an Leuten, die am Marisa-Chapman-Prozess beteiligt gewesen waren. All das war bis ins Detail geplant gewesen, um den größtmöglichen Effekt zu erzielen. Dass er Charlotte gekidnappt hatte, war sein finaler Gegenschlag – aber warum sollte er sie in einen dunklen Raum stecken und so töten, dass niemand etwas davon mitbekäme? Cole war beileibe kein Profiler. Doch er hatte mit einigen zusammengearbeitet und wusste, dass dies untypisch wäre. Er hatte genug über Bernie in Erfahrung gebracht, um zu verstehen, dass die heutigen Ereignisse eine zwangsläufige Konsequenz gewesen waren – zumindest aus Bernies Sicht. Und aus Bernies Sicht wäre vielleicht auch etwas Unpassendes zu rechtfertigen.

Welche Rolle Sie spielen ... Hatte er das nicht zu ihm gesagt? Cole schob den Gedanken beiseite. Er setzte sich in Bewegung, war aber nicht mal auf dem mittleren Treppenabsatz angelangt, als er plötzlich Schritte und Stimmen von oben hörte.

»... er schon auf dem Dach?«

»Keine Ahnung, aber ich bleib nicht hier und sehe zu, wie diese ganze Scheiße zu Ende geht. Wenn er nicht oben ist, kapern wir diesen Hubschrauber und hauen von hier ab. Wenn die anderen das verhindern wollen, schießen wir eben. Der kommt hier nicht lebend raus – und ich hab den Verdacht, dass ihm das scheißegal ist. Aber so war es nicht vereinbart. Ich weiß nicht, wie es dir geht, aber ich will noch nicht sterben. Besser, wir warten gar nicht erst auf ihn. Er ist sowieso schon zu weit gegangen.«

Zwei Leute.

Beides Männer.

»Hör endlich auf zu labern und hilf mir«, sagte der Erste.

Eine Sekunde später hörte Cole, wie etwas Schweres auf die Betonstufen krachte.

»He, Vorsicht!«

»Warum lassen wir die nicht hier liegen? Ist doch egal, wenn sie jetzt noch jemand findet.«

»Aber Bernie hat gesagt ...«

»Scheiß auf Bernie!«

»Hör mal, wenn du mir nicht helfen willst, dann geh wieder runter und schick jemand anders, der hier mit anpackt.«

»Ich bin doch nicht blöd. Ich bleib schön in der Nähe des Hubschraubers.«

»Dann hör auf rumzuzicken und fass mit an! Wenn wir nicht schleunigst hochkommen, hauen sie ohne uns ab.«

Mit dem Rücken zur Wand und den Waffen im Anschlag schob Cole sich langsam die nächsten Stufen hinauf.

Die Schritte von oben bewegten sich von ihm weg in Richtung Dach. Sie klangen schwer, als würden die Männer etwas Großes hinaufwuchten.

»Wir hätten nicht so viele mitnehmen sollen. Die waren gar nicht alle nötig«, sagte der Zweite.

»Hörst du mal auf zu meckern? Wir sind gleich da.«

»Warum erschießen wir sie nicht alle? Ist doch auch schon egal.«

»Gott, du bist so ein Arschloch! Kein Wunder, dass keiner mehr mit dir reden will.«

»Psst!«

Sie blieben stehen. Cole ebenfalls. Er war mittlerweile nah an ihnen dran – womöglich zu nah. Er konnte den Schatten des einen an der Wand direkt über dem nächsten Treppenabsatz sehen.

»Hast du das gehört?«, fragte der Zweite.

»Ich höre gar ...« Er verstummte. »Moment! Was ist das?«

»Scheiße, hab ich's doch gewusst! Das ist der Hubschrauber – die hauen ohne uns ab!«

Cole hörte, wie sie ihre Ladung fallen ließen und diese so schwer auf die Betonstufen krachte, dass es im Treppenhaus widerhallte.

Wenn noch mehr Leute auf dem Dach waren, musste er diese zwei aufhalten, bevor sie dort ankämen.

Er riss die Pistolen nach oben, sprang mehrere Stufen auf einmal hoch, wirbelte um die Kurve und schrie: »Hey!«

Beide blieben wie angewurzelt stehen und starrten ihn

an. Sie standen auf dem letzten Treppenabsatz, die Tür zum Dach direkt in ihrem Rücken. Der Mann links hatte sich eine Pistole vorne in den Gürtel geschoben. Er war bestimmt nicht älter als fünfundzwanzig. Braunes, kurz geschnittenes Haar, rotes T-Shirt, Jeans. Sofern der andere bewaffnet war, konnte Cole es nicht erkennen. Nummer zwei war ein gutes Stück älter, womöglich in den Fünfzigern, hatte sich den Schädel rasiert und trug einen grauen Goatee. »Keiner bewegt sich – NYPD!«

Der Jüngere spreizte die Finger der rechten Hand, griff aber nicht zur Waffe. »Jetzt mal keine Dummheiten«, sagte er zu Cole.

Auf dem Boden vor ihnen lag eine große Kunststoff-kiste – gut eins zwanzig lang und einen knappen halben Meter breit. Hartplastik mit stabilen Stahlschnallen, die man nicht ohne Weiteres aufbekam.

Cole hielt die Waffen auf die beiden Männer gerichtet.

»Du nimmst jetzt den Griff deiner Waffe zwischen Daumen und Zeigefinger«, sagte er zu dem Jüngeren, »ziehst sie langsam aus dem Gürtel und lässt sie auf meiner Seite der Kiste runter auf die Treppe fallen. Eine falsche Bewegung, und ich schieße.« Und zu dem Älteren: »Ich weiß, dass du ebenfalls bewaffnet bist. Du rührst dich keinen Millimeter.«

»Im Rücken, steckt im Gürtel ...«

»Darum kümmern wir uns gleich.«

Der Mann nickte.

Der andere tat, was Cole von ihm verlangte: Er bewegte sich demonstrativ langsam, zog die Waffe, hielt sie am ausgestreckten Arm vor sich – hoch über dem Plastik-koffer –, ging dann in die Hocke und ließ die Pistole aus bestimmt dreißig Zentimetern Höhe auf die Treppe klappern. Eine verchromte Neun-Millimeter. Sie rutschte über die Kante, ging aber nicht los.

»Auf die Knie!«, befahl Cole. »Beide Hände flach auf den Kasten.«

Mit einem leisen Ächzer tat der Mann wie geheißen.

Cole wandte sich an den Älteren: »Du machst jetzt genau das Gleiche. Greif nach hinten, nimm die Waffe mit zwei Fingern raus, hol sie langsam nach vorn und lass sie neben die andere fallen.«

Der Mann nickte. »Ich mach keinen Ärger – jetzt nur nicht nervös werden. Kein Grund, hier um sich zu ballern.«

Cole verstärkte den Griff um seine Glock. Der Finger lag über dem Abzug. »Langsam!«

Der Ältere streckte den rechten Arm zur Seite, drehte die Handfläche zu Cole, damit er sah, dass sie leer war, und griff dann mit der Linken nach hinten. Genau wie Cole es ihm befohlen hatte, nahm er seine Pistole vorsichtig zwischen zwei Finger und führte sie langsam nach vorn. Dann hielt er sie vor sich, genau wie zuvor sein Kompagnon. Er zog eine Grimasse. »Meine Knie sind auch nicht mehr das, was sie mal waren ...« Mit einem hörbaren Knacksen ging er in die Hocke.

Cole sah, wie die Waffe zu Boden fiel – eine Glock wie seine.

Im selben Moment, als sie auf der Stufe auftraf, griff der Mann mit der rechten Hand hinter den Jüngeren – und der rollte sich zur Seite ab, um nicht im Weg zu stehen. Mit einer weiteren Glock in der Hand versuchte der Ältere, hinter dem Plastikkoffer in Deckung zu gehen.

Cole drückte beide Abzüge durch.

Den Älteren traf er über der linken Augenbraue. Die Kugel trat im Hinterkopf aus und blieb in der Stahltür hinter ihm stecken. Den Jüngeren, der sich hatte abrollen wollen, traf er gleich zweimal – einmal in den Oberschenkel, einmal am Ellbogen. Er krachte gegen die Tür, versuchte noch davonzukriechen, während er gleichzeitig den unverletzten Arm ausstreckte und nach etwas in seinem Stiefelschaft tastete.

Cole sprang über den Koffer, stellte sich mit seinem vollen Gewicht auf den Unterarm des Mannes, sodass er nicht mehr wegkam. Der Mann brüllte auf, und ein kleines Messer fiel ihm aus der Hand. Cole presste ihm die Mündung seiner Glock gegen die Schläfe. »Das war verdammt dumm von dir!«

»Fick dich! Du bist sowieso tot!« Im selben Moment rollte der Schmerz über ihn hinweg, und sein Blick blieb an den Überresten seines Ellbogens hängen – Knochen, Gewebe, ein freigelegter Muskel –, der Schock setzte ein, und er wurde weiß im Gesicht. Auf seinem Oberschenkel machte sich ein dunkler Fleck breit. »Ich glaub, ich brauch einen Arzt ...«

Cole steckte die .380 in seinen Gürtel und bohrte seinen Zeigefinger in den zerschmetterten Ellbogen des jungen Mannes. »Wo hält Bernie das Mädchen gefangen?«

Der Mann schrie wie am Spieß.

Cole ließ von ihm ab, bevor der Typ noch ohnmächtig wurde, und gestattete ihm kurz, zu Atem zu kommen. »Ich kann gern so weitermachen. Wo ist sie?«

Der Mann versuchte, Cole zu fixieren. »Whoa, mal ruhig ...« Er verzog das Gesicht. »Ich scheiß auf diese Leute. Wenn Sie mich gehen lassen, bringe ich Sie zu ihr.«

»Wo hält er sie fest?«, fragte Cole zum dritten Mal, und seine Hand näherte sich erneut dem zerschossenen Ellbogen des Mannes.

»Wenn ich Ihnen helfen soll, müssen Sie mir auch helfen. Aber beeilen Sie sich. Wir haben nicht mehr viel Zeit.«

Jenseits der Stahltür konnte Cole den Hubschrauberlärm hören, das dumpfe Dröhnen der Rotoren. Er hatte heute schon hinreichend Zeit in dem Fluggerät verbracht, um zu wissen, dass es drauf und dran war abzuheben. »Bringt er sie von hier weg?«

»Wenn wir uns beeilen, können Sie mich gegen sie eintauschen«, erwiderte der Mann. »Das macht er garantiert – ich weiß zu viel.«

Cole packte ihn am Gürtel, zerrte ihn auf die Beine und stieß ihn in Richtung Stahltür. Der Mann kippte vorwärts, wäre fast zu Boden gegangen und hielt sich gerade noch am Metallbügel aufrecht. Die Kugel in seinem Bein musste stecken geblieben sein; es gab keine Austrittswunde, und seine Jeans war bereits blutdurchtränkt. Er taumelte, verlagerte sein Gewicht auf das gesunde Bein, schnappte nach Luft, dann stieß er die Tür auf und wäre fast der Länge nach hingestürzt.

Der Lärm war ohrenbetäubend. Wind peitschte ihnen entgegen, und die Rotoren wehten Cole Staub in die Augen. Er blinzelte ihn weg, richtete die Glock auf den Hinterkopf des Mannes und schob ihn vor sich her. »Beweg dich!«

Der Mann machte noch ein paar Schritte und gab auf. Er würde es nicht bis zum Hubschrauber schaffen.

Cole trat hinter ihn, packte ihn erneut am Gürtel und kickte ihm in die Kniekehle des verletzten Beins. Vor Schmerzen wäre er fast zusammengeklappt, doch dann schoss ihm genug Adrenalin durch die Adern, dass er sich auf den Hubschrauber zuschleppte und die Klimaanlage umrundete.

Der Hubschrauber schwebte bereits fast zwei Meter über dem Dach und stieg weiter.

Der Mann brüllte etwas, was Cole über das Dröhnen hinweg nicht verstand.

Wegen der in der Sonne blitzenden Fenster konnte er kaum etwas sehen, allerdings meinte er, im Cockpit einschließlich des Piloten vier Umrisse auszumachen. Keiner davon hatte die Größe eines Kindes, aber sicher war er sich nicht.

Er nahm die Pistole hoch und hielt sie dem Mann an den Kopf.

Kaum imstande zu stehen, riss der Mann den unverletzten Arm hoch und winkte hektisch in Richtung Hubschrauber. Sobald der in der Luft innehielt und auf der Stelle schwebte, wurde das Winken hektischer, und der Mann strauchelte vorwärts.

Eine kleine Fensterluke auf der Seite ging auf, und ein langer Lauf schob sich heraus, zielte auf den Verletzten – dann fiel ein Schuss. Der Mann war tot, noch ehe er zu Boden gegangen war.

Cole richtete seine Pistole auf den Schatten hinter dem Gewehrlauf, doch bevor er abfeuern konnte, entzündete sich am Heck des Hubschraubers ein Feuerball, der sich im Bruchteil einer Sekunde über das ganze Gefährt ausbreitete und den Heli verschluckte. Cole hechtete hinter die Klimaanlage und spürte, wie eine Hitzewelle über ihn hinwegrollte, als der Hubschrauber in einem lodernden Regen aus Metall und Stahl explodierte.

61

Jordan

Mit einem tiefen Grollen erbebte das ganze Gebäude, und Jordan, Billy und der Senator blieben wie angewurzelt stehen.

Jordan hatte die Augen weit aufgerissen. »Was war das, Bernie?«

»Muss dich nicht weiter interessieren.«

»Das klang wie eine Explosion ...«

»Eine Explosion braucht dich nicht zu kümmern. Wir waren bei Detective Cole stehen geblieben.«

Billy sah Jordan beunruhigt an, lief aber weiter. Sie eilte hinter ihm her über den Flur. Der Senator lief ein paar Schritte hinter ihnen.

Vor Billys Tür hatte niemand gestanden.

Das Studio wurde nicht mehr bewacht.

Der ganze Flur war leer.

Billy drehte sich zu ihr um und flüsterte kaum hörbar: »Wohin?«

Jordan zeigte in Richtung Greenroom.

»Ihr lieber Detective Cole hat sich kürzlich erst verlobt«, sagte Bernie.

»Ach ja?«

»Genau deshalb hat er heute auf der Straße Dienst geschoben. Anscheinend hat er sich die Falsche ausgesucht. Sie heißt Gracie Gaff und ist die Tochter seines Chefs. Ich hab sie inzwischen ein bisschen besser kennengelernt –

eindeutig Daddys Liebling. Ihre Mutter ist gestorben, als die Kleine vier war, insofern waren es über die Jahre immer nur die beiden. Na ja, und ein halbes Dutzend engster Freunde aus Polizeikreisen – die alle eingesprungen sind, um ihm zu helfen, nachdem seine Frau gestorben war. Irgendwie rührend, oder? Solche Freunde zu haben. Sie ist ein hübsches Ding – lange blonde Haare, Veganerin, eine dieser Gesundheitsfanatikerinnen, könnte man sagen ... Ist vor ein paar Wochen dreißig geworden. Kaum zu glauben, dass sie noch solo war, aber ich nehme an, wenn dein Vater Polizeichef ist und du von zig überfürsorglichen Cops großgezogen wurdest, ziehen Verehrer lieber schnell Leine, sobald sie davon erfahren. Aber Cole ließ sich davon nicht abschrecken: Zwei Jahre lang haben sie ihre Beziehung mehr oder weniger geheim gehalten. Dann haben sie vor ein paar Wochen in einer Polizeikneipe in Queens die Katze aus dem Sack gelassen. Cole – altmodisch, wie er nun mal ist – hat bei Lieutenant Gaff hoch offiziell um die Hand des Töchterchens angehalten, und als Gaff unmissverständlich Nein gesagt hat, ist Cole vor versammelter Mannschaft auf einen Stuhl gestiegen und hat verkündet, sie würden trotzdem heiraten. Weder der Lieutenant noch seine Kumpels, die ebenfalls da waren – Gracies Ersatzdaddys –, waren sonderlich begeistert. Ich nehme an, es hätte sogar noch schlimmer kommen können – diese Leute wissen immerhin, wie man eine Leiche verschwinden lässt –, aber sie haben ihm nichts getan. Stattdessen ist ihm irgendein Dienstvergehen angehängt worden, und sie haben ihn zur Verkehrsstreife strafversetzt. Als ich zuletzt nachgefragt habe, waren die beiden immer noch verlobt, insofern hat er keinen Rückzieher gemacht. Junge Liebe kann so aufregend sein!«

Die Tür zum Greenroom war verschlossen.

Billy legte die Hand auf die Klinke und zählte mit den

Fingern bis drei, während Jordan den Revolver hochnahm. Senator Moretti war ein Stück abseits stehen geblieben, reckte den Hals und versuchte, eins der benachbarten Büros einzusehen.

Sobald Billy die Tür aufgestoßen hatte, sprang er beiseite, um die Schussbahn für Jordan freizumachen. Am liebsten hätte sie ihm zugeflüstert, dass sie in Wahrheit keinen Schimmer hatte, was sie gerade tat – sie mochte Schusswaffen nicht, und seit einem Ausflug zum Schießstand mit einem Ex-Freund hatte sie keine mehr angerührt. Nach allem, was sie erkennen konnte, war die .38er einfach zu handhaben: Man nahm sie hoch und drückte ab. Aber wie man richtig zielte, den Arm hielt und den Rückstoß abfederte? An all das konnte sie sich kaum noch erinnern. Sie hatte bloß die eine Erfahrung gemacht – und Filme gesehen ...

Der Raum war leer.

Irgendwer hatte den Bildschirm wieder angeschaltet, und einer der Nachrichtensender übertrug Bilder ihrer Gebäudefront und zoomte auf eine schwarze Rauchwolke an der Dachkante. Darüber stand: HUBSCHRAUBER ÜBER SIRIUSXM-GEBÄUDE EXPLODIERT. Der Ton war abgestellt. In einem kleineren Fenster am Bildrand war der Gebäudeeingang eingeblendet – da wurde eindeutig aus der Ferne gefilmt, das Bild war wackelig.

»Bernie, hast du den Hubschrauber gesprengt?«

Er schnalzte ungeduldig mit der Zunge. »Ich hab doch gesagt ...«

»Dass es mich nichts angeht. Okay, okay, hab verstanden.« Jordan sah sich in dem leeren Zimmer um. »Woher weißt du das alles überhaupt? Das über den Detective, seine Freundin, ihren Hintergrund?«

»Ich weiß es eben, genau wie ich über dich, deinen Kumpel Billy und den Senator Bescheid weiß. Meine neuen Freunde haben wiederum Freunde, und einige davon sind echte Recherche-Cracks. Heutzutage ist nichts mehr privat – das weißt du doch besser als jeder andere. Du niest, und im selben Moment ist es in der Cloud hinterlegt, und entweder kriegst du Likes von deinen Freunden, oder sie teilen es. Mit *ihren* Freunden. Dieselben Leute, die sich über mangelnden Datenschutz aufregen, posten Fotos von ihrer Kaffeetasse und von ihren Kindern auf Instagram, sie laden in Echtzeit ihre Urlaubsbilder hoch, und dann wundern sie sich, woher die Einbrecher wussten, dass sie selbst nicht zu Hause sein würden. Als Detective Cole seine Verlobung verkündet hat, haben die paar, die nicht sauer waren, Handybilder geschossen und sie in die Welt rausgeschickt, noch bevor der Schaum auf ihrem Bier sich gesetzt hatte.«

»Redet er noch mit Charlotte?«

Bernie seufzte. »Ich verstehe schon, warum du diese Unterhaltung in die Länge ziehen willst und deine Entscheidung vor dir herschiebst. Aber ich habe es ein bisschen eilig. Ich fürchte, ich konnte nicht mehr auf dich warten und habe dir die Entscheidung abgenommen.«

Sag ich meinen Leuten, dass sie sich Detective Cole vornehmen sollen, oder sollen wir jemanden aus deinem Team nehmen?

Ihr zog sich der Magen zusammen. »Und wie hast du dich entschieden?«

»Geh an Leitung vier«, sagte Bernie.

Billy zückte eilig sein Handy, starrte kurz auf das Display hinab und klickte per Remote-Steuerung etwas an.

In ihrem Headset war ein leises Klicken zu hören. »Du bist live auf Sendung, hier ist Jordan Briggs. Wer ist denn da?«

Es raschelte, dann blaffte jemand zurück: »Woher zur Hölle haben Sie diese Nummer?«

Jordan kniff die Augen zusammen. »Ich ... Ich hab Sie nicht angerufen ... Sie haben mich angerufen ...«

»Habe ich nicht! *Sie* haben angerufen!«

Sie schüttelte irritiert den Kopf. »Und wer ist da?«

»Detective Garrett Tresler vom NYPD. Ich weiß, wer Sie sind, Miss Briggs. Ich bin über die derzeitige Lage im Bilde.«

»Ich selbst bin mir nicht so sicher, was gerade passiert«, entgegnete Jordan. »Bernie hat uns irgendwie miteinander verbunden ... Er will, dass ich mit Ihnen rede. Wo sind Sie gerade?«

Er zögerte, war anscheinend unschlüssig, wie viel er verraten durfte, dann antwortete er: »Ich stehe zusammen mit dem Sondereinsatzkommando und dem FBI vor Ihrem Gebäude.«

Billy tippte ihr auf die Schulter und zeigte zum Bildschirm. Eine der Kameras schwenkte eilig zu einer größeren Gruppe aus Polizisten auf dem Gehweg und fokussierte schließlich einen Mann, der sich ein Telefon ans Ohr hielt und auf einem Zahnstocher kaute. Als er wieder das Wort ergriff, liefen das Bild auf dem Monitor und der Ton in ihrem Headset leicht zeitversetzt, aber das musste einfach Tresler sein.

»Wir haben soeben erfahren, dass er eine der Geiseln nach unten schickt.«

Im eingeblendeten kleineren Fenster zoomte die Kamera auf den Gebäudeeingang, das Bild war kurz unscharf, klarte wieder auf – eine wacklige Aufnahme der Fahrstühle. Dann erschien eine aktualisierte Headline: TERRORISTEN LASSEN EINE ODER MEHRERE GEISELN FREI! Das Bild sprang um – jetzt war die Lobby als Hauptbild zu sehen, der Detective im kleineren Fenster. Jordan stellte den Ton wieder an. Sie übertrugen eindeutig ihren Livefeed. Jedes Wort, das sie sagte.

Auf dem Bildschirm glitten Fahrstuhltüren auf.

In der linken Ecke stand ein Gegenstand, der aussah wie ein geschmolzener Plastikeimer. Der Boden drum herum war schwarz.

Er legt überall Feuer und probiert es mit Gas – er ist wirklich lästig, hatte Bernie gesagt.

Das musste Detective Cole gewesen sein.

Allerdings dachte sie darüber nicht länger nach, weil in der Mitte der Fahrstuhlkabine ein Schreibtischstuhl auf Rollen stand, über dem eine rosafarbene Babydecke hing – und darunter die Umrisse eines zierlichen Körpers.

62

Cole

Cole hatte die Pistole auf den Hubschrauber gerichtet, aber nicht abgedrückt, da war er sich zu hundert Prozent sicher. Und selbst jetzt, während er hinter dem Aufbau der Klimaanlage kauerte und der heiße Windstoß über ihn hinweg- und um ihn herumfegte, lag sein Zeigefinger außen am Abzugsbügel, *nicht* auf dem Abzug selbst. Und sogar wenn er geschossen hätte, wäre das Ziel der Mann mit dem Gewehr im Cockpit gewesen, nicht der Ausleger und auch nicht der Tank – und er war sich sicher, dass der zuallererst explodiert war. Wenn er die Augen zukniff, konnte er es in Zeitlupe vor sich sehen: die Flammen, die im hinteren Teil aufloderten und nach vorn leckten – dann die endgültige Explosion.

Er sah das Gesicht des Mannes mit dem Gewehr vor sich, den Schock und die Überraschung auf seinem Gesicht. Und plötzlich hatte Cole nur noch einen Gedanken.

War Charlotte auch in dem Hubschrauber gewesen?

Er rappelte sich hoch, suchte seine Hosentaschen ab und zog das Babyfon heraus. Er hämmerte den Daumen auf die Sprechtaste. »Charlotte? Kannst du mich hören?«

Nichts.

In der linken Gesäßtasche pikste etwas, und als er hineingriff, stellte er fest, dass der iPod bei seinem Sturz kaputt gegangen war. Er war in der Mitte abgeknickt und das Display geborsten. Unbrauchbar. Er warf ihn beiseite.

Bruchstücke des Hubschraubers lagen überall auf dem Dach verstreut, einige brannten noch, andere glimmten nur mehr vor sich hin. Der Großteil war jenseits des Dachs in die Tiefe gestürzt, und als Cole zur Dachkante lief und sich dort umsah, entdeckte er das Hubschrauberwrack auf dem Dach des Nachbargebäudes, das mindestens zwanzig Stockwerke niedriger war. Dass auch nur einer der Insassen überlebt hatte, war ausgeschlossen. Wenn nicht die Explosion sie umgebracht hatte, dann der Aufprall auf dem Dach.

»Charlotte, verdammt, sag was!«

Erst in diesem Moment fiel ihm ein, dass er den Ton leise gestellt hatte. Noch während er an dem Lautstärkeregler nestelte und ihn hochdrehte, kam bereits ihre Stimme aus dem Gerät: »... nicht so in Anwesenheit eines Kindes sprechen! In meinem Alter sind wir sehr beeinflussbar, wissen Sie?«

Cole spürte, wie alle Luft aus seiner Lunge entwich und sich mit der ätzenden, heißen Wolke um ihn herum vermischte. »Gott sei Dank, es geht dir gut!«

»Ging mir schon mal besser«, entgegnete sie. »Warum haben Sie mich noch nicht gefunden? Ich dachte, Sie sind Detective?«

Cole fuhr sich mit der Hand durchs Haar und ließ den Blick über die Wrackteile schweifen. »Ich arbeite daran ...«

»Ich weiß schon, ich bin erst elf, aber ich bin nicht blöd. Wenn ein Verbrecher einen an einen Stuhl fesselt und ein Countdown läuft, dann kommt nichts Gutes dabei heraus, wenn es auf null zugeht. Sie müssten sich allmählich ein bisschen beeilen ...«

»Wo steht der Countdown jetzt?«

»Auf siebzehn Minuten und vier Sekunden.«

Die Leiche des Mannes, den Cole angeschossen hatte und der dann allem Anschein nach von einem seiner eige-

nen Leute erschossen worden war, lag auf der Asphalt-
decke auf dem Dach. Auf einer Seite fehlte das Schädel-
dach. Fünf, sechs Meter hinter ihm stapelte sich an der
Dachkante ein halbes Dutzend Plastikkisten wie diejenige,
die er mit seinem Kollegen die Treppe hochgewuchtet
hatte.

»Wo gehst du zur Schule, Charlotte?« Er stieg über ein
paar Wrackteile und lief auf die Kisten zu.

»Kommt jetzt der Teil, in dem Sie mich plaudern lassen,
damit ich mich nicht auf den Countdown konzentriere
und ausflippe?«

»Genau.«

»Ich habe meine linke Hand fast aus dem Kabelbinder
befreit – vielleicht konzentrieren wir uns stattdessen darauf.«

Silbrige Schnallen lagen über den Deckeln – eine an
jedem Ende… Doch die Kisten waren gar nicht abgeschlossen.

»Und glaubst du, du kommst frei?«, fragte er.

»Alberne Frage. Ich würde meine Zeit nicht damit verschwenden, wenn ich es nicht glauben würde. Dann würde ich etwas anderes ausprobieren.«

Cole ließ die Schließen der obersten Kiste aufschnappen und zog vorsichtig den Deckel hoch. »Was zum…«

»Sie sollen in meiner Anwesenheit nicht fluchen, Detective! Sie sind im Umgang mit Kindern wirklich nicht
besonders gut.«

Cole starrte den Inhalt der Kiste an.

Fallschirme.

Sechs an der Zahl und brandneu.

Er wuchtete die nächste Kiste auf – das Gleiche.

Zusammengenommen sechsunddreißig.

»Oh, das ist aber nicht gut«, sagte Charlotte.

»Was ist nicht gut?« Cole rannte quer über das Dach zurück zum Treppenhauszugang, um die letzte Kiste zu überprüfen.

»Irgendwas tropft mir auf den Kopf... Nein, es fließt! Wie ein aufgedrehter Wasserhahn!«

»Ich habe auf fast allen Stockwerken die Sprinkler in Gang gesetzt.«

»Da wird aber jemand ziemlich sauer auf Sie sein.«

»Wahrscheinlich.«

Cole rannte durch die Tür, stieg über die Leiche des zweiten Mannes hinweg und riss die letzte Kiste auf.

Diese enthielt keine Fallschirme.

»Was ist denn los?«, fragte Charlotte.

»Bitte?«

»Sie haben gekeucht. Und zwar nicht, weil Sie außer Atem wären.«

»Das hast du gehört?«

»Sie halten den Knopf gedrückt oder so.«

Die Sprechtaste war eingerastet, wie Cole feststellen musste – irgendeine Vorrichtung, die beidseitige Kommunikation ermöglichte. Er setzte das Gerät ab und wandte sich wieder der Kiste zu.

Unter Garantie war sie mal voll bis obenhin gewesen, und dass sie jetzt annähernd leer war, war fast ebenso erschreckend wie der Inhalt an sich – mehrere Päckchen mit C4-Sprengstoff und eine Handvoll Zeitzünder. Nach den leeren Verpackungen zu urteilen fehlten mindestens dreißig Päckchen. Und bestimmt ebenso viele Zünder.

Irgendwer hatte ganze Arbeit geleistet.

»Äh... Ich glaube, jetzt kommt hier Wasser unter der Tür durch...«

»Hörst du den Feueralarm noch?«

»Nein, der ist vor ein paar Minuten ausgegangen.«

Cole schnappte sich das Babyfon und schob es sich in die Tasche. Dann schloss er die Kiste und sah sich im

Treppenhaus um. Er musste den Sprengstoff irgendwo verstecken, nur dass es hier kein Versteck gab. Er versuchte, die Kiste anzuheben, aber auch wenn sie nicht mehr voll war, war sie für ihn allein zu schwer. Blieb nur der Weg nach unten.

Er wuchtete ein Ende hoch und zerrte die Kiste, so vorsichtig es ging, zur obersten Stufe, ließ sie über die Kante rutschen und biss die Zähne zusammen, als sie auf der nächsten Betonstufe aufkrachte. Aber sie explodierte nicht, und Cole war sich einigermaßen sicher, dass Plastiksprengstoff ohne Zünder halbwegs stabil war. Als er den Absatz zum neunundvierzigsten Stockwerk erreicht hatte, stemmte er die Tür auf, hielt sie mit dem Fuß offen und fing an, die Kiste über die Schwelle zu schleifen ...

»Hey!«, rief im selben Moment eine Männerstimme von unten.

Cole hatte sich kaum umgedreht, als der Mann abdrückte. Die Kugel schlug in den Betonstein über Coles linker Schulter ein, und Staub wirbelte in alle Richtungen.

Er wuchtete die schwere Kiste über die Schwelle und schmetterte die Stahltür hinter sich zu. Mit einem lauten Klirren schlug eine weitere Kugel hinter ihm ein.

Die Tür ließ sich nicht verschließen. Notausgang. Cole angelte das Messer aus seiner Tasche, ließ die Klinge aufschnappen und rammte sie unter den Metallbügel, als im nächsten Moment von der anderen Seite auch schon ein schwerer Körper gegen die Tür krachte.

»Mach die Scheißtür auf!«, hörte er gedämpft.

Cole wich mehrere Schritte zurück. Die Tür zitterte, blieb aber zu.

Er zerrte die Sprengstoffkiste in die Mitte des Eingangsbereichs.

»Wir müssen auf das verdammte Dach!«, rief eine zweite gedämpfte Stimme.

Unwillkürlich musste er an Charlottes Countdown denken. Er hatte keine Zeit mehr zu verlieren. Sie war weder auf diesem Stock noch oben auf dem Dach. Sie war auf einem der achtundvierzig Stockwerke unter ihm. Also musste er runter. Die Treppe kam nicht infrage, und die Fahrstuhltüren waren verbarrikadiert.

»Denk nach, Cole«, murmelte er, »denk nach!«

»Führen Sie jetzt Selbstgespräche?«, fragte Charlotte aus dem Babyfon.

»Das machen Erwachsene manchmal.«

»Nur die durchgeknallten.«

Sein Blick blieb an den Leichen vor den Fahrstühlen hängen. An den verschweißten Streben vor den Fahrstuhltüren. Er ging darauf zu, um sie sich genauer anzusehen. Hier war jemand sorgfältig gewesen. Die Streben waren oberhalb der Türen angesetzt und reichten bis fast zum Boden. Keine Chance, die runterzukriegen, es sei denn ... Sein Blick wanderte zu der Plastikkiste am Boden.

»Das wäre vollkommen irre«, murmelte er.

»Sie reden schon wieder mit sich selbst. Das machen nur Verrückte.«

»Sorry!«

Aber es könnte funktionieren ...

Er lief zurück zu der Kiste, zog sie auf und nahm eins der Plastiksprengstoffpäckchen heraus. Wog es in der Hand. Dann nahm er einen der Timer und musterte ihn. So schwierig sah es nicht aus – so ein Ding musste, wenn es darauf ankam, einfach und schnell zu aktivieren sein. Auf der Rückseite ragten zwei Metallstifte heraus, auf der Vorderseite waren die Tasten, mit denen man die Zeitschaltung einstellen konnte, ein großer grüner Startknopf und ein roter für Stopp.

Allerdings hatte er keine Ahnung, wie viel Sprengstoff nötig war ...

Doch für etwas anderes blieb ihm keine Zeit.

Cole hatte den vierten Aufzug zu den Stockwerken drei-
bis achtundvierzig geschickt. Wenn alles funktioniert
hatte wie gedacht, wäre die Kabine auf dem Stockwerk
unter ihm stehen geblieben. Er nahm Sprengstoff und
Zeitschalter mit zu der entsprechenden Tür, riss die Ver-
packung vom Sprengstoff und fing an, ihn zwischen den
Händen zu rollen. Er war weicher als erwartet, und als er
daraus eine lange, dünne Schlange gerollt hatte, presste er
sie auf die Schweißnähte der Stahlstreben und versuchte,
so viel wie möglich damit abzudecken. Den Timer setzte
er etwa auf halbe Höhe und drückte ihn fest. Die Stifte
hielten, das Gerät würde darin stecken bleiben. Dann
stellte er den Timer auf zehn Sekunden.

»Charlotte? Kann sein, dass es gleich kracht.«

»Warum?«

Cole antwortete nicht. Er drückte auf den grünen Knopf,
und sobald der Countdown lief, rannte er von den Aufzügen weg und duckte sich hinter einen Metallpfeiler und
mehrere Säcke Beton.

63

Jordan

»Miss Briggs, bleiben Sie in der Leitung, okay?«, sagte Tresler.

Über das Rauschen in ihren Ohren hinweg verstand Jordan nur noch die Hälfte. »Okay ...« Sie machte ein paar Schritte auf den Fernsehbildschirm zu, hob die Hand und fuhr mit den Fingerspitzen den Umriss unter der Decke nach. »Ist das meine Tochter?«

»Bleiben Sie bitte dran, Miss Briggs!«

»Scheiße, hören Sie verdammt noch mal auf damit – ist das meine Tochter oder nicht?!«

Tresler schien mit jemand anderem zu sprechen, war aber sofort wieder in der Leitung. »Wir schicken einen Roboter rein. Warten Sie kurz, bis wir in Position sind.«

Das eingeblendete kleinere Bild schwenkte von dem Detective zu vier Beamten, die einen großen Roboter aus dem Transporter des Sprengkommandos hievten und auf dem Boden absetzten. Er lief auf Ketten wie ein kleiner Panzer und war mit mehreren Aufbauten versehen – mit Kameras, einer kleineren und einer größeren Schussvorrichtung, mehreren Greifarmen und einer Metallkiste, womöglich um darin Proben unterzubringen. Sobald das Ding auf der Erde aufsaß, sprang einer der Männer in den Transporter und setzte sich an ein Steuerpult. Er griff zu zwei Steuerhebeln und sah zu einem Monitor hoch, auf den wahrscheinlich das Bild der Roboterkamera übertragen wurde.

Der Roboter wendete, drehte sich in Richtung Gebäude-eingang und rollte quer über die 47th Street. Mithilfe der Stahlketten überwand er problemlos den Rinnstein, und als er vor dem Eingang war, glitten die Glastüren auf.

Jordan hielt den Revolver inzwischen so fest umklammert, dass sie kein Gefühl mehr im Zeigefinger hatte; sie nahm die Waffe in die andere Hand und wischte sich den Schweiß an der Jeans ab.

Sie hätte nicht sagen können, wie laut der Roboter war, aber irgendein Geräusch musste er von sich geben, weil der Kopf der Person unter der rosa Decke hochzuckte und sich in Richtung der Eingangstüren drehte.

Zentimeter für Zentimeter arbeitete der Roboter sich vorwärts, während die Kamera auf seinem Dach hin und

her schwenkte. Er rollte durch den ersten Metalldetektor – passte gerade so hindurch, mit maximal ein, zwei Zentimetern Luft zu beiden Seiten – und hielt hinter der Sicherheitsschleuse kurz an, ehe er weiterrollte.

Gott, warum war dieses Drecksding so langsam?

Jordan hob die freie Hand an den Mund und stieß dabei versehentlich gegen das Mikro an ihrem Headset. Sie war drauf und dran gewesen, an ihren Nägeln zu kauen, was sie nicht mehr getan hatte, seit sie ein kleines Mädchen gewesen war. Sie schob die Hand in die Tasche.

Sie konnte kaum glauben, dass der Roboter sich noch langsamer vorwärtsbewegen konnte, aber so war es wirklich: Als er neben der Person auf dem Stuhl ins Bild rollte, schaltete der Nachrichtensender die kleinere Einblendung weg und zeigte die Lobby im Vollbild.

Etwa einen halben Meter neben dem Stuhl blieb der Roboter stehen, und der längere Roboterarm auf der Oberseite fuhr aus, klappte eine dreifingrige Klaue aus, die sich spreizte, einen Halbkreis bildete, sich um eine Ecke der rosa Decke schloss und sie zurückzog.

Jordan musste sich zwingen, weiter zu atmen, als die Decke herunterglitt.

Es war nicht Charlotte.

Stattdessen starrte ihre Rezeptionistin, Sarah Delange, mit blankem Entsetzen im Blick den Roboter an. Ihr Mund war mit Panzertape zugeklebt, die Handgelenke waren mit Kabelbindern an den Schreibtischstuhl gefesselt, die Füße nach hinten gebunden und am Unterbau des Stuhls fixiert. Sie ruckte hin und her und versuchte loszukommen – vergebens.

Anders als an der Weste, die William Daly vor dem Eingang zum Holland Tunnel getragen hatte, war an Sarahs Sprengstoffweste weder ein Totmannschalter noch ein Handy befestigt – zumindest war nichts dergleichen zu erkennen.

Jordan fühlte sich, als hätte ihr jemand einen Schlag in den Magen versetzt.

Billy sah kein bisschen besser aus.

»Ist das nicht die Empfangsdame?«, wollte der Senator wissen.

Detective Tresler war immer noch in der Leitung. Er sprach mit jemand anderem, und Jordan konnte kein Wort verstehen. Als er das Wort erneut an sie richtete, klang seine Stimme gepresst. »Miss Briggs, kennen Sie die Frau?«

»Sie heißt Sarah Delange und arbeitet für den Sender.«

»Wir tun, was wir können, um ihr zu helfen, Miss Briggs.«

Die Kamera auf der Oberseite des Roboters fuhr in die Höhe, schwenkte auf Sarah und fuhr – wie zuvor der Arm – auf sie zu. In einem methodischen Muster – von oben nach unten, dann ein Stück seitwärts und wieder von vorn – suchte die Kamera die Sprengstoffweste ab. Vermutlich montierten sie aus den Aufnahmen ein vollständiges Bild. Es dauerte geschlagene zwei Minuten, bis der Roboter einmal um Sarah herumgefahren war und alles aufgezeichnet hatte.

Kaum hörbar sagte jemand auf Treslers Seite: »Sieht aus wie C4 für den militärischen Einsatz – zwölf Päckchen, drei auf siebenundzwanzig. Wenn das wirklich C4 ist, dann haben wir es mit annähernd sieben Kilo Sprengstoff zu tun – vielleicht mehr in ihrem Rücken, wo wir nichts sehen können. Kein sichtbarer Auslöser, aber unter ihr verlaufen Drähte. Könnte eine Kompressionsschaltung sein.«

»Was ist eine Kompressionsschaltung?«, hörte Jordan sich selbst fragen.

»Kann sein, dass sie auf dem Auslöser sitzt«, erklärte Tresler. »Sie darf nicht aufstehen, sonst zündet der Sprengstoff.«

»Und was machen Sie jetzt? Wie entschärfen Sie das?«

Tresler schwieg.

»Detective?«

»Miss Briggs, können wir ungehört sprechen? Ohne zu senden?«

Jordan sah zu Billy, der jedoch den Kopf schüttelte. »Das kriegen wir nicht hin – wir sind uns nach wie vor nicht sicher, wie Bernie uns abhört.«

Auf dem Bildschirm wurde wieder das kleinere Fenster eingeblendet, diesmal mit einer Frau, die neben dem Transporter des Sprengkommandos stand. Zwei weitere Officer halfen ihr in einen steifen Overall.

»Wir schicken jemanden rein.«

Die beiden Officer setzten der Frau einen riesigen Helm auf und schlossen ringsum sämtliche Schnallen. Einer von ihnen verschwand im Transporter und kam mit einem Paar dicker Handschuhe wieder heraus. Die Frau winkte ab.

»Sollte sie die nicht anziehen?«

»Einige Techniker raten davon ab, weil sie zu steif sind und die Beweglichkeit einschränken.«

Die Frau im Schutzanzug reckte in Richtung ihrer Kollegen den Daumen und machte sich mit langsamen, schleppenden Schritten auf den Weg.

Sie hatte vielleicht die halbe Strecke geschafft, als ohrenbetäubender Krach das Gebäude erschütterte.

64

Cole

Cole hustete Staub aus und kam mühsam auf die Beine.

Sofern die Männer auf der anderen Seite der Tür immer noch brüllten, dann hörte er es über das Schrillen in seinen Ohren nicht.

Das komplette Stockwerk war voll mit weißem Nebel, und der beißende Geruch verschmorten Metalls hing in der Luft. Durch mehrere zerborstene Fenster auf der rückwärtigen Seite umwehte ihn kalter Wind. Die Kisten, die um den Kinderwagen herum aufgetürmt gewesen waren, lagen teils brennend, teils qualmend auf der ganzen Etage herum. Der Wagen selbst stand wie ein Gefährt des Teufels inmitten des Qualms und Staubs und Feuers.

Der Plastikkoffer, in dem der Sprengstoff gesteckt hatte, lag immer noch an der Tür, wo Cole ihn zurückgelassen hatte; dafür war er dankbar, weil ihm erst jetzt dämmerte, dass der Inhalt ebenfalls zünden und ihn hätte umbringen können.

»Alles in Ordnung?«, rief Charlotte mit zittriger Stimme. »Das war ganz schön laut!«

Er fragte sich, ob das bedeutete, dass sie auf einem Stockwerk in der Nähe oder ob die Detonation einfach im kompletten Gebäude zu hören gewesen war. »Ja, alles in Ordnung…«

Der Koffer fühlte sich warm an, aber nicht zu heiß, als dass er ihn nicht hätte bewegen können. Er schleifte ihn zum offenen Fahrstuhl und sah in den Schacht. Die Kabine hing ein Stockwerk tiefer. Seitlich im Schacht war eine Leiter montiert. Die würde er nehmen können – allerdings war die Kiste zu schwer, um sie beim Abstieg zu schultern. Er würde sie hinunterfallen lassen müssen.

Hinter ihm hämmerte einer der Männer erneut gegen die Stahltür. »Was zur Hölle war das?«

Cole riss die Kiste auf, brach von einem Sprengstoffpäckchen ein Viertel ab und schnappte sich einen weiteren Timer. Beides legte er beiseite und schloss die Kiste wieder, schob sie quer über den Boden auf die aufgesprengte Fahrstuhltür zu, sah, wie sie über die Kante ragte, und gab ihr einen Schubs. Sie krachte so schwer auf das Kabinendach, dass sie dort eine tiefe Kerbe schnitt, aber zumindest nicht hindurchbrach.

Mit Sprengstoff und Timer rannte er zurück zur Notausgangstür.

Erneut hämmerte jemand von hinten dagegen.

Cole klebte den Sprengstoff hinter das eingeklemmte Schnappmesser unter den Öffnungsbügel und presste den Zünder hinein. Dann stellte er die Zeitschaltung auf sechzig Sekunden, drückte den Startknopf und rannte zurück zum Fahrstuhl. Er atmete tief aus, presste sich seitlich durch das zerklüftete Loch und versuchte, nicht den glühend heißen Metallrahmen zu berühren. Auf der Innenseite verlief ein schmaler Vorsprung, auf den er den Fuß setzte, ehe er sich einen Ruck gab und sich in Richtung der Leiter abstieß. Eilig schlitterte er die Sprossen hinunter bis aufs Dach der Fahrstuhlkabine, riss die Ausstiegsluke auf und sah nach unten.

Leer.

Er dachte kurz darüber nach, den Koffer hineinfallen zu lassen, verwarf die Idee aber wieder. Die Kiste lag besser auf dem Dach der Kabine – dort würden die anderen sie hoffentlich nicht finden, und er könnte sie sich später holen.

Er schob sie ein Stück zur Seite und hangelte sich durch die Öffnung.

Als Cole den Timer eingestellt hatte, hatte er noch versucht, im Kopf mit runterzuzählen, um halbwegs auf alles vorbereitet zu sein, aber irgendwann hatte er es aufgegeben. Er drückte auf den Knopf für den dreiundvierzigsten Stock, für die SiriusXM-Chefetage, die direkt oberhalb von Jordan Briggs' Studio lag.

Nichts passierte.

Ihm fiel der Schlüssel wieder ein, und er wühlte durch seine Taschen, fand ihn, wuchtete ihn ins Schloss und drehte ihn herum. Sämtliche Tasten leuchteten auf, und diesmal setzte die Kabine sich in Bewegung. Er nahm beide Waffen hoch und presste sich in die Ecke.

Noch während er nach unten fuhr und die Zahlen auf der Anzeige nach unten tickten, konnte er von oben die Explosion hören. Er fragte sich, wie nahe die Typen an der Tür gestanden hatten, als der Sprengstoff detoniert war.

65
Jordan

Beim ersten Schlag griff Jordan unwillkürlich nach dem Tisch neben ihr und bereute es sofort, als ihr die Schmerzen in ihrer Schulter den Arm hinab bis in die Fingerspitzen schossen. Sie ertappte sich dabei, wie sie Billy anstarrte, während Tresler jemand anderem über die offene Leitung etwas zubrüllte, was durch ihr Headset unendlich weit entfernt klang.

»Was zur Hölle war das?«, wiederholte Tresler laut, als niemand antwortete.

Jordan zwang sich, wieder zum Bildschirm zu sehen. Die Frau im Schutzanzug stand immer noch auf der 47th Street, rührte sich nicht, und eine Sekunde lang glaubte Jordan, das Bild wäre stehen geblieben, als die Bombe detoniert war. Doch dann setzte die Frau sich wieder in Bewegung und drehte sich bloß leicht zur Seite, um über die Schulter zurückzublicken. Die zweite Kamera war nach wie vor auf Sarah Delange gerichtet, die vor den Fahrstühlen an den Stuhl gefesselt war. Der Roboter fuhr weiter im Kreis um sie herum; irgendwer schien zu versuchen, den Kameraarm so einzustellen, dass sie ein Bild von unten bekamen.

»Rauch und zerbrochene Fenster in einem der obersten Stockwerke!«, rief eine Frau in Treslers Nähe.

Ein neues Bild flackerte auf dem Fernsehbildschirm auf: Die Kamera schwenkte an der Fassade empor zu vier zerborstenen Fenstern, aus denen schwarzer Qualm waberte.

»Irgendeine Folgeexplosion«, mutmaßte Tresler. »Weiß jemand, was dort oben ist?«

»Der oberste Stock steht leer«, hörte Jordan sich selbst sagen. »Der FBI-Frau zufolge wollten sie dort ihre Einsatzzentrale einrichten. Dort haben sie angeblich auch meine Leute hingebracht.«

»Was für eine FBI-Frau?«

»Sie hat sich als Allison Varney vorgestellt«, erklärte Jordan, »allerdings war sie nicht echt – die waren alle Fake. Die waren Teil von Bernies... Sie sind nicht wirklich dort oben, oder?«

»Moment!« Dann war er nicht mehr zu hören.

Mit wem zum Teufel redete er?

»Ich habe gerade erfahren, dass wir das obere Stockwerk einsehen konnten und sich Ihr Team nicht dort befindet.«

Sie war schlagartig erleichtert, allerdings nur eine Sekunde lang. Auf dem Bildschirm waren die qualmenden Fenster wieder verkleinert worden, und im Hauptbild waren erneut Sarah Delange auf ihrem Stuhl, der Roboter und die Bombenexpertin zu sehen, die soeben ins Bild getreten war.

»Wie heißt sie?«, fragte Jordan.

»Wer?«

»Die Frau im Schutzanzug.«

»Das darf ich Ihnen nicht...«

Jordan fiel ihm barsch ins Wort. »Wenn sie ein solches Risiko eingeht, dann hat sie Anerkennung verdient. Wie heißt sie?«

Sie ließ zu, dass sich Stille breitmachte, ehe Tresler zu guter Letzt seufzte und antwortete: »Bernita Valla.«

»Erzählen Sie mir von ihr.«

Tresler zögerte, sagte dann aber: »Sie ist einer der

mutigsten Menschen, die ich je kennengelernt habe. Sie ist direkt nach der Highschool zu den Marines gegangen, war im Irak und in Afghanistan, wo sie gut zehn Jahre lang bei unzähligen Einsätzen zig Bomben entschärft hat. Sie redet nicht viel darüber. Sie ist eher zurückhaltend, hat aber mehr Menschenleben gerettet als die meisten von uns zusammengenommen. Und sofern das noch wichtig ist: Sie mag Ihre Sendung.«

»Tja, so hat jeder seine Macken, nicht wahr?«

Auf dem Bildschirm ging Bernita Valla neben Sarah in die Hocke und setzte einen kleinen Spiegel ein, um die Drähte zu studieren, die irgendwo unter Sarahs Weste ansetzten und unter den Sitz des Schreibtischstuhls führten. Wer immer den Roboter steuerte, hatte ihn ein gutes Stück beiseitemanövriert, damit Valla genug Platz hatte. Dann war an der Seite des Roboters ein Fach aufgegangen. Valla griff hinein und nahm einen kleinen Schraubenzieher heraus. Als Nächstes legte sie sich rücklings auf den Boden und schob sich halb unter den Stuhl. Der Kameramann versuchte, näher heranzuzoomen, doch die Kamera stand wohl im falschen Winkel.

»Sarah arbeitet jetzt schon gut sieben Jahre für uns«, sagte Jordan. »Sie ist weit mehr als bloß Rezeptionistin. Sie ist meine Büroleiterin, Schlichterin, Gäste-Abwimmlerin, Babysitterin und … Freundin. Davon habe ich nicht allzu viele. Sie ist eine von ganz wenigen Menschen, denen ich vertraue.«

Hinter dem Panzertape verzog Sarah den Mund. Sie hatte den Kopf zur Seite gedreht und beäugte Valla bei der Arbeit. Tränen hatten auf ihren Wangen feucht schimmernde Wimperntuschespuren hinterlassen.

Valla kam wieder unter dem Stuhl hervor und nahm aus dem Roboterfach eine kleine Schere. Dann tauchte sie erneut ab.

Jordan machte einen Schritt auf den Bildschirm zu. »Was ist das? Auf Sarahs Schoß? Sehen Sie das? Zwischen ihren Knien?«

Fast zeitgleich zoomte die Kamera näher und schwenkte leicht nach unten, doch wieder war der Winkel ungünstig.

»Sieht aus wie ein Babyfläschchen«, murmelte Billy.

Und er hatte recht. Es war nur ein Stück davon sichtbar, der Rest klemmte zwischen Sarahs Knien.

Neben dem Stuhl rutschte Valla in eine andere Position und folgte den Kabeln. Auch sie hatte das Babyfläschchen gesehen. Sobald sie sich Sarah näherte, fing die an, heftig den Kopf zu schütteln und hinter dem Panzertape etwas zu rufen. Valla sprach ebenfalls mit jemandem. In ihrem Helm musste sich ein Mikrofon befinden.

»Detective Tresler, sind Sie noch dran? Was ist da los?«

»Ich habe gerade gehört, dass die Bombe gleich drei unterschiedliche Zünder hat. Auf dem ersten sitzt Ihre Rezeptionistin – sobald sie aufsteht, geht die Bombe hoch. Unter dem Stuhl befindet sich außerdem ein kabelloser Empfänger…«

»Ist der mit einem Handy verbunden? Wir hatten im Gebäude keinen Empfang mehr. Das hätte nicht funktioniert.«

»Nein, es ist ein Funkempfänger. Der Roboter hat einen eingebauten Blocker für einen ziemlich breiten Frequenzbereich – so kann die Bombe nicht ferngezündet werden. Aber es gibt noch einen dritten Zünder – den in dem Babyfläschchen. Den versucht Valla gerade zu untersuchen.«

Valla hatte soeben zu einem schwarzen Röhrchen gegriffen und schob es unter Sarahs Bein, während sie am anderen Ende in das Röhrchen spähte.

»Ist das eine Art Kamera?«

Billy tippte Jordan auf die Schulter. »Wo ist eigentlich der Senator?«

Er war nicht mehr im Greenroom. Sie waren so sehr in die Fernsehbilder vertieft gewesen, dass keiner von ihnen bemerkt hatte, wie er hinausgeschlichen war.

»Ja, eine Kamera«, antwortete Tresler. »Infrarot mitsamt Vergrößerung. Das Fläschchen ist halb mit Milch gefüllt, in der der Zünder schwimmt. Er scheint nach demselben Prinzip zu funktionieren wie ein Quecksilberschalter: Wenn er ...«

Die Explosion war wesentlich stärker als die vorige. Auf dem Fernsehbild zerbarsten sämtliche Scheiben der Lobby. Ein Feuerball schoss hinaus auf die 47th Street und verschlang alles, was sich ihm in den Weg stellte. Sarah und Bernita Valla verschwanden hinter einer Wand aus Rot und Schwarz.

66
Jordan

Entsetzt sah Jordan zu, wie erst der Eingangsbereich ihres Gebäudes, ihre Freundin, die Bombenexpertin und mehrere Rettungsfahrzeuge auf der 47th Street von dem gigantischen Feuerball verschluckt und unmittelbar darauf die Fenster im ersten und zweiten Stock von ähnlich heftigen Detonationen zerschmettert wurden. Alle drei Bomben jagten schwarzen Rauch in die Luft, während das Gebäude zu zittern und zu husten schien. Dann erreichte das Beben sie selbst – der Fußboden, die Bilder an den Wänden, ihre Zähne klapperten, und im nächsten Moment senkte sich eine Stille herab, die ihr zutiefst falsch vorkam, nichts weiter als eine Scharade, die sie lediglich der Höhe, der Entfernung von diesem Schlachtfeld dort unten zu verdanken hatte.

Immer noch mit dem Blick zum Bildschirm ergriff Billy als Erster wieder das Wort. »Wir müssen hier raus. Wir müssen uns einen Fluchtweg suchen.«

Die Leitung zu Detective Tresler stand noch, und Jordan konnte darüber Dutzende Stimmen hören – Feuerwehr, Polizei, Gaffer ... Zu viele, um zu verstehen, was jeder Einzelne mitzuteilen hatte.

Billy packte sie am Arm. »Jordan ...«

»Erst müssen wir Charlotte finden.«

»Der Senator ist weg«, wiederholte er.

»Der ist mir egal.«

Er nickte auf den Revolver hinab, den Jordan in der Hand hielt. »Wir brauchen ihn…«

…*um uns Charlotte zurückzuholen*, brachte die leise Stimme in ihrem Hinterkopf den Satz für ihn zu Ende.

Du musst den Mann erschießen, wenn du deine Tochter zurückhaben willst.

»Miss Briggs, hören Sie mich?«

Tresler war wieder dran. Er hatte in den Hörer gebrüllt und zwischendurch immer wieder gehustet.

Billy hauchte ihr ein tonloses *Komm jetzt!* zu und zog sie in Richtung Tür.

»Ich bin da«, antwortete sie.

»Auf welchem Stockwerk sind Sie gerade?«

»Zweiundvierzig.«

»Ihr Mann hat gesagt, es wären mindestens dreißig Geiseln. Sind diese dreißig derzeit bei Ihnen?«

Jordan sah zu Billy, und er wusste genau, was sie dachte: Sie konnte jetzt nicht die Wahrheit sagen. Nicht ohne zugleich Bernie zu verraten, wo sie sich befanden. »Ich habe keine Ahnung, wo die anderen sind. Uns haben sie in meinen Senderaum gesperrt.«

Dann huschte sie hinter Billy her auf den Flur und warf auf dem Weg einen Blick in jede offene Tür, aber die komplette Etage schien verwaist zu sein.

»Wir können durch die Studiotür niemanden mehr sehen – ich glaube nicht, dass sie noch hier auf dem Stockwerk sind«, teilte sie Tresler mit. Nicht die ganze Wahrheit, aber die grobe Richtung stimmte.

Sie überprüften drei weitere Büros. Und plötzlich blieb Billy wie vom Donner gerührt stehen und starrte auf das Display seines Handys. Er hielt es Jordan hin.

Bernie war auf Leitung eins.

»Detective, ich bin gleich wieder da«, sagte sie.

Billy drückte auf mehrere Tasten und nickte.

Bernie wartete gar nicht erst darauf, dass sie sich meldete. »Ich weiß, dass du deinen Senderaum verlassen hast, Jordan. Warum also irgendwelche Spielchen spielen. Ich weiß auch, dass Senator Moretti dir entwischt ist, und das ist wirklich Pech, weil du nämlich nur noch dreizehn Minuten hast. Andererseits geschieht alles aus einem bestimmten Grund, richtig? Du bist eine erfinderische Frau. Hoffen wir einfach, dass du ihn rechtzeitig aufspürst.«

»Du hättest Sarah nicht umbringen müssen. Sie war ein guter Mensch.«

»Ich habe sie nicht umgebracht, das wart ihr. Du und Detective Cole. Er rennt immer noch im Gebäude herum und macht Ärger. Ich musste meinen ursprünglichen Plan leicht modifizieren.«

»Und drei Stockwerke in die Luft jagen?«

»Fürs Erste ...«

»Was soll das heißen?«

»Das heißt: Die Freunde, von denen ich dir erzählt habe, haben den Großteil des Vormittags damit verbracht, Sprengsätze auf zig Stockwerken zu verteilen. Es ist ein großes Gebäude, aber sie waren fleißig. Ab sofort geht jede Minute eine Bombe hoch.«

»Und wie kommen wir aus der Sache raus?«

»Du musst nur die Regeln befolgen.«

»Weißt du, wo der Senator ist?«

»Ja.«

Unwillkürlich spannten sich Jordans Finger um den Revolvergriff. »Dann sag es mir.«

»Wo wäre denn da der Spaß?«

»Du bist ein sadistisches Schwein!«

Sie liefen um die Ecke. Die Tür zu ihrem Büro stand offen. Malerfolie, Plastik und Gerätschaften überall. Die hässliche Puppe, die am Morgen in dem Päckchen an ihre Tochter gelegen hatte, saß auf ihrem Schreibtisch.

Hatte sie sie dort hingesetzt? Oder Cole?

Es war in der Zwischenzeit so viel passiert, dass sie sich nicht mehr erinnern konnte.

Sie lief ins Zimmer und nahm die Puppe hoch. Der Porzellankopf kippte zur Seite, das intakte Auge der Puppe sah zu ihr hoch – blassblau und milchig, als wäre die Linse getrübt. Sie fuhr mit dem Finger den Riss an der Seite des Kopfes ab, der nur durch eine schwarze Steppung im gelben Satinkleidchen gehalten wurde. Damit stimmte doch etwas nicht ... oder genauer: mit dem Faden. Die Puppe sah uralt aus, doch der Faden schien erst kürzlich vernäht worden zu sein.

Sie schob den Kopfhörer von ihrem rechten Ohr, hob die Puppe an und schüttelte sie. Irgendetwas klapperte in deren Kopf.

Sie sah zu Billy, doch der stand schon wieder auf dem Flur und hatte ihr den Rücken zugekehrt.

Sie nahm den Puppenkopf fest in die Hand und schmetterte den Hinterkopf gegen die Tischkante. Das Porzellan zersprang in tausend Stücke, die überall auf dem Fußboden landeten.

Bei dem Geräusch wirbelte Billy herum. Reglos starrte er auf das Durcheinander hinab.

Denn inmitten des Durcheinanders lag ein silberfarbener Schlüssel. Glänzend und neu.

Er stürzte darauf zu und steckte ihn sich in die Tasche. »Dafür haben wir jetzt keine Zeit! Los, wir müssen ...«

Jordan sah ihm nach, wie er aus dem Zimmer rannte und um die nächste Ecke verschwand.

»Wenn ich den Senator erschieße, dann lässt du meine Tochter gehen.«

»Ja.«

»Was ist mit dem Rest meines Teams? Mit meinem Mann? Mit den anderen Leuten aus diesem Gebäude?«

»Eine Kugel, und sie sind alle frei.«

Auf dem Fernsehbildschirm in der Zimmerecke brannten die unteren drei Stockwerke inzwischen lichterloh, und die Flammen griffen bereits auf die nächstobere Etage über. Diverse Löschzüge waren vor Ort, nachdem sie es irgendwie durch das Verkehrschaos geschafft hatten, und Dutzende FDNY-Einsatzkräfte legten gerade fieberhaft Schläuche aus, auch wenn es aussichtslos zu sein schien: Der Brand breitete sich viel zu schnell aus.

»Wenn du wieder mit der Polizei sprichst, sagen sie dir sicher, dass du bleiben sollst, wo du bist. Aber ich kann dir versichern, dass dir niemand zu Hilfe kommt. Wenn du jetzt aber bleibst, wo du gerade bist, und solange der Senator auf der Flucht ist, wird er seinen Vorsprung vergrößern. Du hast nur noch zwölf Minuten – nicht mehr viel Zeit, und so viele Stellen, an denen er sich verstecken könnte!«

Jordan hätte nicht sagen können, wo Billy gewesen war, doch im nächsten Moment tauchte er erneut im Türrahmen auf und bedeutete ihr nachdrücklich, ihm zu folgen. Dann war er wieder verschwunden.

Als Jordan auf den Flur hinaustrat, stand er am Ende des Flurs und hielt die Tür zum Treppenhaus auf.

Als sie nach unten sah, dämmerte ihr, warum.

Die Frau, die sich als Special-Agent-in-Charge Allison Varney ausgegeben hatte, lag mit gespreizten Beinen und der Hand auf einer blutenden Wunde im Unterbauch halb gegen die Wand gelehnt am Boden.

Sobald Jordan näher heranging, sah sie überdies, dass die Frau noch nicht tot war. Varneys Blick wanderte langsam und apathisch nach oben, bis sie einander ins Gesicht sahen.

»Dieser Wichser hat auf mich geschossen«, stieß sie hervor.

»Cole?«

»Nein«, keuchte sie, »Bernie. Wir sollten uns auf dem Dach versammeln und von dort abhauen. Der Hubschrauber... Er hat auf mich geschossen. Hat den Hubschrauber gesprengt. Alle Insassen umgebracht. Mindestens zwei weitere ein paar Stockwerke höher. Er bringt uns alle um. Er lässt keinen entkommen. Keinen, der sein Gesicht gesehen hat. Der Wichser hat uns alle missbraucht... uns alle belogen...«

Mit jedem Wort sickerte Blut zwischen ihren Lippen hervor, troff über ihre Kleidung und vergrößerte die Blutlache unter ihr.

Erneut erschütterte eine Explosion das Gebäude.

Dritter Stock.

67

Cole

Als die Fahrstuhltüren auf dem Stockwerk der SiriusXM-Geschäftsleitung aufgingen, schoss dort immer noch Wasser aus der Sprinkleranlage. Im nächsten Moment erschütterte eine schwere Explosion das Gebäude samt Fahrstuhlkabine und riss Cole fast von den Füßen. Er war dankbar dafür, denn direkt vor den aufgleitenden Türen stand ein triefnasser Mann mit einer AR-15 im Anschlag vor ihm, und das unverhoffte Beben bescherte Cole die nötige halbe Sekunde, die er brauchte, um seine Neun-Millimeter abzufeuern, dem überraschten Mann eine Kugel in den Hals zu jagen und zuzusehen, wie er tot zu Boden ging.

Cole spähte vorsichtig in alle Richtungen, aber sonst war niemand zu sehen.

Bei der nächsten Explosion stützte er sich an der Kabinenwand ab. Dann endlich taumelte er hinaus auf den Flur, und Wasser regnete auf ihn herab. Er schob die Neun-Millimeter in seinen Gürtel, schnappte sich die AR-15 des Toten und überprüfte das Magazin. Noch zwanzig Schuss.

Die Leuchten des Feueralarms blinkten immer noch, die Sirene selbst war inzwischen verstummt, wahrscheinlich hatte sie die Maximalzeit überschritten.

Es folgte eine dritte Explosion – ein tiefes Grollen aus den Tiefen des Gebäudes.

Fast wäre Cole das nasse Babyfon aus der Hand gerutscht. Er brüllte ins Mikrofon: »Charlotte?!«

Oh Gott, bitte, lass sie antworten ...

»Charlotte?!«

»Was war das?«, ertönte ihre verängstigte Stimme.

Er musste sich zwingen zu atmen.

Nicht du – wenigstens das. *Das warst nicht du.*

»Hat sich das gerade angefühlt, als käme es von unten oder von oben?«

»Ganz sicher von unten. Kommen Sie jetzt? Bitte sagen Sie mir, dass Sie schon in der Nähe sind!«

»Kannst du Rauch riechen oder so?«

»Sie machen mir Angst ...«

»Ich bin mir sicher, das war nichts, Charlotte.«

»Wo sind Sie? Jagt er jetzt das Gebäude in die Luft?«

Ja.

»Ich weiß es nicht. Ich glaube nicht.«

»Hier ist inzwischen ziemlich viel Wasser. Wenn ich mich ausstrecke, komme ich mit den Zehenspitzen dran. Ich kann schon drin rumplatschen. Sie müssen sich beeilen.«

»Hier ist ebenfalls Wasser«, murmelte er.

Und zwar eine ganze Menge. Der ganze Boden war einen guten Zentimeter hoch überschwemmt. Cole fragte sich, wie lange die Sprinkler noch laufen würden. Wenn Bernie im Gebäude Bomben zündete, würde das Wasser die Brände zumindest in Schach halten?

»Wo sind Sie gerade? Glauben Sie, dass Sie schon in der Nähe sind? Ich kann das Wasser bei Ihnen auch hören, vielleicht sind Sie ja gleich da.«

Cole sah sich im leeren Eingangsbereich um. »Das will ich lieber nicht verraten, Charlotte.«

»Sie wissen nicht, ob Sie belauscht werden – liegt es daran?«

»Ganz genau.«

Das Stockwerk war ähnlich gestaltet wie das des Senders darunter: Marmorboden, ein großer Empfangstresen, an dem Gäste willkommen geheißen wurden, sobald sie aus dem Fahrstuhl traten, und Flure, die in beide Richtungen führten.

Cole rief sich in Erinnerung, was Charlotte gesagt hatte, und lief den Flur linker Hand für rund zwanzig kurze Kinderschritte entlang. Dann wandte er sich nach links und betrat ein leeres Büro. Nirgends ein Schrank. Keine zweite Tür. Er suchte die benachbarten Büros ab, aber auch da – keine Spur von ihr.

Dies hier war nicht das richtige Stockwerk.

Entlang des Flurs lagen weitere neun Büros, die allesamt leer waren. Allerdings waren mehrere davon durchwühlt worden – Schreibtischschubladen standen offen oder waren auf den Boden ausgekippt worden.

Mit vor sich ausgestreckter Waffe machte er kehrt und lief den Weg zurück, den er gekommen war, rannte an den Aufzügen vorbei und den entgegengesetzten Flur entlang.

Zwei weitere leere Büros – dann eine geschlossene Tür.

Cole presste das Ohr ans Türblatt, konnte aber über das Sprinklerwasser hinweg nichts hören. Er drehte den Knauf – und die Tür ließ sich öffnen. Feuerbereit kickte er die Tür weit auf.

Ein großer Konferenzraum.

Entlang der Wände saßen mehrere Geiseln mit hinter dem Rücken gefesselten Händen und Kabelbindern um die Knöchel. Andere saßen auf Stühlen oder waren an ihren jeweiligen Sitznachbarn gefesselt. So wäre keiner von ihnen in der Lage zu fliehen.

Mindestens drei Dutzend Köpfe wirbelten unter schwarzen Stoffbeuteln zu ihm herum.

Einige schrien auf – wenn auch unter dem Stoff gedämpft.

Cole trat an die nächstbeste Person heran und riss ihr den Beutel vom Kopf ...

Nick Briggs!

Seine linke Gesichtshälfte war ein einziges Hämatom, das Auge zugeschwollen. Er war grün und blau geprügelt worden.

Er sah zu Cole hoch, zu der Waffe in dessen Hand, und erkannte ihn erst gar nicht wieder. Dann schien es Klick zu machen. »Sie ...«

»Ich«, sagte Cole leise und spähte zurück zum Flur. »Ich habe den Typen am Fahrstuhl erschossen. Sind hier noch andere?«

Nick schüttelte den Kopf. »Die letzte halbe Stunde waren wir allein. Keine Ahnung, wo der Rest hin ist ...«

»Wie viele waren es? Irgendeine Vorstellung?«

»Nur noch zwei. Und die wollten irgendwas hoch aufs Dach tragen.«

Die beiden Männer, die Cole oben im Treppenhaus erschossen hatte. »Die sind ausgeschaltet. Und ich glaube, mindestens zwei weitere habe ich vor ein paar Minuten mit Sprengstoff unschädlich gemacht.«

»Sie waren das? Das ganze Gebäude hat gebebt!«

»Da war noch etwas anderes ... weiter unten.«

Nick hustete und verzog schmerzerfüllt das Gesicht.

»Rippen«, keuchte er, ehe Cole auch nur fragen konnte. »Wie viele sind also noch übrig?«

Cole war sich nicht sicher. »Vielleicht drei? Schwer zu sagen.«

»Wir müssen alle raus, bevor jemand zurückkommt ...«

»*Daddy?*«, hauchte Charlotte aus dem Babyfon in Coles Tasche.

Beim Klang der Stimme seiner Tochter riss Nick das

unverletzte Auge auf. »Wo ist sie? Haben Sie sie mitgebracht?«

Cole schüttelte den Kopf.

»Charlotte?«, sagte er stattdessen. »Lass mich kurz mit deinem Daddy beratschlagen, okay?« Dann schaltete er das Mikrofon ab, ging neben Nick in die Hocke und erzählte ihm alles, was er wusste.

Als er fertig war, war das hoffnungsfrohe Leuchten aus Nicks Blick verschwunden. »Darf ich kurz mit ihr reden?«

Cole stellte das Mikrofon wieder an und legte das Babyfon auf seinen Schoß.

»Ihre Tochter ist wirklich unerhört tapfer«, sagte er laut genug, dass sie es ebenfalls hörte.

»Detective Cole führt Selbstgespräche, Daddy. Ich bin mir nicht sicher, ob man sich auf ihn verlassen sollte.«

Wieder eine Explosion, irgendwo weit unten.

Über ihnen stellten die Sprinkler abrupt ihren Dienst ein. Das Wasserrauschen verstummte, und mit einem Mal war der Raum erschreckend still.

Hatte jemand die komplette Versorgung abgestellt? War es die Bombe gewesen? Oder war das Wasser verbraucht?

Cole hatte keine Ahnung und keine Zeit, noch groß darüber nachzudenken.

Er zeigte auf die Kabelbinder an Nicks Handgelenken. »Reden Sie kurz mit Charlotte. Ich suche irgendwas, womit wir die aufschneiden können.«

68
Jordan

»Du lebst noch, Allison? Das tut mir leid. Ich hab dich ge-
mocht, und ich wollte es eigentlich schnell beenden, aber
du bist weggerannt, bevor ich so weit war. Nicht schön zu
hören, dass du irgendwo dort draußen herumliegst und
leidest«, sagte Bernie. »Vielleicht bringt Miss Briggs es ja
für mich zu Ende?«

Für einen kurzen Augenblick hatte Jordan vergessen,
dass er immer noch in der Leitung war – und dass jedes
Wort live nach draußen übertragen wurde. »Du bringst
deine eigenen Leute um?«

»Sie wollten abhauen, bevor der Job erledigt war. Das
konnte ich nicht zulassen. Was man anfängt, bringt man
auch zu Ende. Man haut nicht einfach ab, nur weil es
ein bisschen anstrengend wird. Verlässlichkeit ist eine
Tugend.«

Unwillkürlich warf Jordan einen Blick über die Schulter, in Richtung der Fernsehbildschirme, die an der Wand
montiert waren – und auf den eingeblendeten Countdown.
Die Kamera filmte das Gebäude jetzt im Weitwinkel, und
die untersten Stockwerke waren von schwarzem Qualm
umgeben. Im Ticker stand: *MEHRERE EXPLOSIONEN BEI
SIRIUSXM – UNTERE SECHS STOCKWERKE ZERSTÖRT –
GEISELN IMMER NOCH IM GEBÄUDE.*

Noch elf Minuten.

»Ist er noch dran? Können Sie ihn hören?«, stieß Varney

hervor und starrte Jordans Headset an. »Sagen Sie ihm, er ist ein toter Mann. Die Sentinels werden ihn jagen wie einen gottverdammten räudigen Köter.«

»Wow, da nimmt aber jemand den Mund ganz schön voll«, sagte Bernie. »Aber so war sie immer schon. Jordan, du hast genug Munition übrig, um sie umzulegen und den Senator zu finden, richtig? Es wird dir niemand deshalb einen Vorwurf machen. Du solltest es einfach tun. Sie ist diejenige, die sich deine Tochter geschnappt hat, die sie von dir weggebracht hat – sie hat sie gefesselt und in diese Kammer gesperrt, wo sie jetzt allein sterben muss. Ich würde fast sagen, dafür bin ich ihr was schuldig – aber du ganz sicher nicht. Wenn du dich beeilst, schaffst du es noch, sowohl sie als auch Moretti auszuschalten.«

Jordan griff an ihr Headset und schaltete es stumm. Dann ging sie in die Hocke und bohrte ihren Zeigefinger in die blutige Wunde in Varneys Bauch.

Varney schrie auf und versuchte zurückzuweichen, aber Jordan war unerbittlich.

»Sie wissen, wo Charlotte ist?«

Varney blinzelte die Tränen weg und sah Jordan an. »Ich weiß genau, wo sie ist. Sie ist an einen Stuhl gefesselt, der direkt neben einer Bombe steht, die gleich hochgehen wird. Wenn Sie wollen, dass ich Ihnen sage, wo das ist, müssen Sie mich hoch aufs Dach bringen. Bringen Sie mich hier raus!«

»Warum aufs Dach?«, wollte Billy über Jordans Schulter hinweg wissen und spähte in Richtung Treppenhaus. »Sie haben doch gesagt, er hat den Hubschrauber gesprengt? Wie genau wollen wir dann von dort wegkommen? Er lässt doch nicht zu, dass uns jemand zu Hilfe kommt.«

Varney hustete und verzog vor Schmerzen das Gesicht. »Runter geht nicht ... Bernie hat mit den Bomben dafür gesorgt, dass das nicht mehr funktioniert. Ich war dabei, als er alles geplant hat. Die Bomben sind so platziert, dass wir nicht mehr rauskommen und dass die Einsatzkräfte von draußen nicht reinkommen. Wir müssen hoch, nicht runter. Wenn wir runtergehen, sind wir tot. Dann laufen wir direkt in die nächste Explosion hinein.«

»Und was ist oben?«, hakte Billy nach.

Sie ignorierte ihn und sah Jordan an. »Wenn Sie Ihre Tochter wiedersehen wollen, müssen wir los – *jetzt sofort.*«

Jordan bohrte erneut den Finger in Varneys Wunde. »Wenn wir Sie hoch aufs Dach bringen sollen, dann führen Sie uns erst zu Charlotte!«

»Nein.« Varney kniff die Lippen zusammen.

Im Headset räusperte sich Bernie. »Wo steckst du denn, Jordan? Muss ich jetzt auch noch Nicht-Stummschalten in unseren Deal mit aufnehmen? Ich will, dass alles übertragen wird. Zwischen uns gibt es keine Geheimnisse.«

Jordan sah Varney finster an.

Am liebsten hätte sie der Frau einen Tritt verpasst, wäre auf ihr herumgetrampelt. Nichts wäre ihr lieber gewesen, als eine der übrigen Kugeln zu nehmen und ihr hier und jetzt die Lichter auszublasen.

Sie würde es nicht bereuen. Nicht eine Sekunde lang.

Stattdessen biss sie die Zähne zusammen. »Können Sie laufen?«

Varney nickte.

Jordan drehte den Finger in der Wunde herum. Varney schrie auf. »Wenn meiner Tochter etwas passiert, bevor wir bei ihr sind, dann werfe ich Sie höchstpersönlich vom Dach!«

Bevor Varney reagieren konnte, sprang Jordan auf und lief in Richtung Treppenhaus.

»Hilf ihr hoch, Billy!« Dann stellte sie ihr Mikrofon wieder an. »Sorry, Bernie. Kleiner Plausch unter Frauen.«

69
Cole

Cole drückte die Schere, die er gefunden hatte, einem von Jordans Praktikanten in die Hand – dem dürren Typen im fleckigen Metallica-T-Shirt, dem er schon früher am Morgen begegnet war. Er gab ihm zu verstehen, dass er die restlichen Kabelbinder alle zerschneiden und seine Kollegen befreien sollte. Vielleicht zwei Drittel der Leute standen bereits um den Besprechungstisch herum und rieben sich Handgelenke und Knöchel. Nick stand in der Ecke, sprach über das Babyfon mit Charlotte und versuchte herauszufinden, ob es noch etwas gab, was ihnen weiterhelfen konnte.

Jules Goldblatt stürzte durch die Tür und sah Cole panisch an. »Jemand versucht, aus dem Treppenhaus hier reinzukommen!«

Sie hatten mithilfe eines Brieföffners den Notausgangsbügel blockiert und sichergestellt, dass sich der Bügel nicht hinunterdrücken ließ.

Mit der AR-15 in der Hand lief Cole zurück auf den Flur. Goldblatt folgte ihm in Richtung Notausgang.

Die Tür schepperte, als von der anderen Seite jemand daran rüttelte. Dann waren drei laute Schläge zu hören – jemand, der mit der Faust gegen den Stahl hämmerte.

Vorsichtig, um auf dem nassen Boden nicht auszurutschen, ging Cole runter auf ein Knie, schob den Finger über den Abzugsbügel und richtete den Lauf der Waffe auf die Tür. Dann nickte er Goldblatt zu, der den Brieföffner wegriss und sich dann eilig gegen die Wand presste.

Erst passierte gar nichts. Dann schlug die Tür in weitem Bogen auf, schmetterte keinen Zentimeter von Goldblatt entfernt in die Wand, und Jordan Briggs stürmte über die Schwelle. Sie hatte eine .38er gezogen – die sie in Coles Richtung hielt – und sprach mit jemandem über ihr Headset.

In dem Bruchteil einer Sekunde, ehe sie den Abzug durchdrückte, konnte Cole gerade noch zur Seite hechten. Die Kugel traf auf den Boden, prallte ab und schlug in der Wand zu seiner Rechten ein.

Als sie ihn wiedererkannte, wurde sie schlagartig blass. »Was zur …«

Mit dem Zeigefinger an den Lippen brachte sie ihn zum Schweigen. Hinter ihr taumelte Billy mit einer blutüberströmten Frau durch die Tür. Beide gingen neben dem entsetzten Goldblatt zu Boden. Jordan entdeckte ein paar ihrer Leute in der Nähe der Tür zum Besprechungsraum, wandte ihnen eilig den Rücken zu und marschierte in die entgegengesetzte Richtung auf ein paar leere Büros zu. In der ganzen Zeit hatte sie weitergesprochen.

Außer Atem erklärte Billy: »Sie hat Bernie in der Leitung. Ich nehme an, sie will nicht, dass er Sie hört oder weiß, dass wir Sie gefunden haben.«

Cole runzelte die Stirn. »Sie ist immer noch auf Sendung?!«

Billy nickte und sah von Goldblatt zu den Leuten am Ende des Flurs. »Haben Sie alle gefunden?«

Cole nickte. »Alle außer Charlotte.«

Er erzählte ihm knapp von dem Babyfon und trat auf die blutende Frau zu. Erst erkannte er sie nicht wieder. Dann fiel der Groschen – Varney! Die FBI-Agentin, mit der er per FaceTime telefoniert hatte. »Was ist passiert?«

Billy setzte ihn ins Bild. »Bernie bringt seine eigenen Leute um. Und dieses Arschloch hat gerade gesagt, dass er auf sämtlichen Stockwerken Bomben gelegt hat, nicht nur in den unteren drei.«

Die Frau stöhnte, dann flatterten ihre Lider, und sie verdrehte die Augen.

Billy gab ihr eine Ohrfeige und holte sie aus der Bewusstlosigkeit zurück. »Wo ist Charlotte, verdammt?«

Sie antwortete nicht, stieß nur ein undeutliches *Dach* aus.

»Wie viel Blut hat sie verloren?«, wollte Cole wissen.

Er war drauf und dran, ihr das blutgetränkte Hemd hochzuziehen, als Jordan auf ihn zugerannt kam. »Er hat aufgelegt!«

»Sind Sie noch auf Sendung?«

Sie nickte. »Ich glaube, nicht mal die Stummtaste funktioniert noch – hier geht alles ungefiltert raus, ob wir das wollen oder nicht.«

Im selben Moment entdeckte sie Nick, der auf den Flur herausgetreten war.

Er blickte von einem Babyfon auf und eilte sofort auf sie zu. Mit der freien Hand hielt er sich die schmerzenden Rippen. Ohne den Blick von Jordan abzuwenden, sagte er in das Gerät: »Willst du mit Mommy sprechen?«

Jordan riss die Augen auf und nahm ihm mit zitternden Händen das Babyfon ab. »Charly?«

»*Mommy?*«

Tränen stiegen ihr in die Augen. Sie legte den Kopf in den Nacken und zwang sich, tief durchzuatmen. »Hey, Liebes. Wir sind gleich bei dir.«

»*Die Uhr sagt, es sind nur noch zehn Minuten, Mommy. Und ich glaube, ich kann Rauch riechen. Sind die Sprinkler noch an?*«

Jordans Griff um den Revolver verstärkte sich.

Sie kniete sich neben die Frau auf den Boden und presste ihr die Mündung gegen die Schläfe. »Wo zur Hölle ist meine Tochter?«

»Dach ...«, murmelte die halb bewusstlose Frau.

Cole versuchte, Jordan die Waffe abzunehmen, aber sie entwand sie ihm, kam wieder auf die Beine und ließ den Blick über die Gesichter schweifen, die sie unverwandt anstarrten – ihr Vorgesetzter, ihr Team, ihre Kollegen. »Wo ist Senator Moretti? Ist er hier? Ist er hier hochgekommen?«

Erneut nahm sie den Revolvergriff fest in die Hand, und das behagte Cole nicht. Kein bisschen.

»Ich hab ihn hier nicht gesehen«, teilte er Jordan mit.

Sie drehte sich weg und fing an, auf und ab zu tigern. »Scheiße, Scheiße, Scheiße ...«

Allmählich verlor sie die Nerven.

Sie richtete die Waffe auf die Frau am Boden. »Wir müssen diese Kuh nach oben aufs Dach schaffen, bevor sie stirbt, wir müssen ...«

Nick legte ihr eine Hand auf die Schulter.

Sie lehnte sich bei ihm an und fing an zu schluchzen.

»Er zerstört die unteren Stockwerke«, mischte sich Goldblatt wieder ein, »wir können nur noch nach oben ...«

»Wie die verdammten Ratten auf dem sinkenden Schiff«, murmelte Billy erneut.

»Ich habe Fallschirme auf dem Dach entdeckt«, überlegte Cole laut. »Und zwar Dutzende – die reichen für alle.«

»Er will, dass wir *springen*?«, fragte Goldblatt entsetzt.

»Sind wir dafür überhaupt hoch genug?«, wollte Billy wissen.

»Ich habe sie mir nicht genau angesehen, aber ich glaube, es waren Basejumping-Schirme – die gehen bei einer bestimmten Höhe automatisch auf«, erklärte Cole. »Bernie hat das alles minutiös geplant.«

Goldblatt zeigte auf einen Bildschirm an der Wand. Der

Nachrichtensender-Countdown lag bei gerade noch neun Minuten. »Was immer wir unternehmen – wir müssen jetzt schnell sein.«

Leise wandte Cole sich an Billy: »Können Sie Jordan die Waffe abnehmen?«

»Nie im Leben. Das versuch ich nicht mal!«

»Sie darf den Senator nicht erschießen.«

Niemand reagierte darauf.

Sie bekamen nicht mehr die Gelegenheit.

Denn stattdessen schoss Jordan auf Varney.

70
Jordan

Die Kugel schlug nur Zentimeter neben Varneys Kopf ein. Wer immer zuvor noch geredet hatte, war verstummt.

Jordan ging neben der Frau in die Hocke. Aus der Mündung des Revolvers stieg feiner Rauch. Als Cole auf sie zustürzte, riss sie die Waffe hoch und zielte auf ihn. »Nicht!«

Er blieb stehen.

Jordan war außer Kontrolle – er durfte jetzt nicht versuchen, ihr die Waffe abzunehmen.

Sie presste sie wieder gegen Varneys Schläfe. »Ich habe noch zwei Kugeln. Eine für Moretti und eine für Sie. Sie sagen mir jetzt auf der Stelle, wo Charlotte ist, oder ich bringe Sie um. Glauben Sie ja nicht, dass ich es nicht machen würde.« Sie fuchtelte in Richtung der Fernsehbildschirme. »Wir haben nicht genug Zeit, um aufs Dach zu kommen und anschließend Charlotte zu holen. Und ich hab nichts mehr zu verlieren, wenn ich Sie jetzt auf der Stelle umbringe.«

Varney zog scharf Luft durch die zusammengebissenen Zähne. »Fick dich. Erschieß mich doch.«

Jordan zuckte mit den Schultern, spannte mit dem Daumen den Hahn und ...

»Nicht!«, brüllte Billy. »Mach das nicht! Noch nicht! Ich hab eine Idee!«

Jordan presste weiter die Mündung gegen die Schläfe der Frau. »Und zwar?«

Billy nahm sein Handy zur Hand und rief die App auf, mit der er sein Studiopult ansteuerte. »Ich versuche, diesen Detective anzurufen ...«

Er zeigte auf eine Taste an der Wand und rief Cole zu: »Drücken Sie die, damit alle mithören!«

Cole tat wie geheißen, und aus den Lautsprechern unter der Decke war Jordans Keuchen zu hören.

Billy drückte eine Taste auf seinem Display und beugte sich vor zu Jordan, damit seine Stimme bis zu ihrem Mikro reichte. »Detective Tresler, können Sie uns hören?«

»Ja, ich bin dran. Wir haben Ihnen zugehört. Was soll ich tun?«

»Jede Etage hier hat WLAN-Repeater. Auf mein Kommando sollen Ihre Techniker sie abschalten – einen nach dem anderen. Für je fünf Sekunden. Dann schalten Sie sie wieder auf. Fangen Sie oben an, und geben Sie Bescheid, auf welchem Stockwerk Sie sind. Wäre das möglich?«

»Bleiben Sie ganz kurz dran.«

Jordan runzelte die Stirn. »Das wird Bernie nicht zulassen.«

Billy fing an, die einzelnen Punkte an den Fingern abzuzählen. »Er hat gesagt, die Einsatzkräfte kommen nicht ins Gebäude. Kommen sie nicht. Er hat gesagt, dass wir auf Sendung bleiben sollen. Haben wir gemacht. Er hat gesagt, dass wir den Strom nicht abschalten dürfen – und das machen wir nicht. Wir befolgen seine Regeln.«

Die nächste Explosion.

Goldblatt sah nach unten. »Wie viel fehlt noch, bis dieses Gebäude einstürzt?«

Niemand hatte darauf eine Antwort.

Dann war Tresler wieder in der Leitung. »Okay, wir wären so weit.«

Billy streckte die Hand in Nicks Richtung aus. »Geben Sie mir das Babyfon.«

Nick flüsterte Charlotte noch etwas zu, dann überreichte er ihm das Gerät.

»Charlotte?«, sagte Billy ins Mikrofon. »Was ist dein Lieblingssong?«

Ohne zu zögern, antwortete sie: »›Don't Stop Believing‹ von Journey.«

»Dann sing mir den Song jetzt vor.«

»Sind wir auf Sendung?«

»Bitte, Charlotte, es ist wirklich wichtig!«

Sie schwieg einen Augenblick, dann sagte sie: »Okay, aber ich kann nicht besonders gut singen.«

Sobald sie loslegte, forderte Billy Tresler auf: »Starten Sie oben und arbeiten Sie sich nach unten vor. Das WLAN muss fünf Sekunden lang ausfallen, dann wieder angehen – und machen Sie weiter, bis ich stopp sage. Unser Stockwerk, die Dreiundvierzig, können Sie auslassen.«

»Verstanden.«

Charlotte trällerte vor sich hin, und Tresler gab die Stockwerke durch.

Bei sechsunddreißig war Charlotte mitten in der Strophe nicht mehr zu hören.

»*Stopp!*«

Fünf Sekunden verstrichen. Ihre Stimme kam nicht wieder.

Jordan sah Billy verwirrt und besorgt an. »Heißt das, sie ist auf sechsunddreißig?«

»Sie hätte wieder drauf sein müssen«, murmelte er und fragte ins Babyfon: »Charlotte? Kannst du mich hören?«

Sie antwortete nicht.

»Detective Tresler? Ist bei Ihnen etwas schiefgegangen?«

Auch er antwortete nicht, und als Billy auf sein Display hinabblickte, dämmerte ihm, dass der Detective nicht mehr in der Leitung war. Stattdessen stand auf allen fünf Leitungen erneut Bernies Name. »Scheiße, er ist wieder dran ...«

Die nächste Explosion.

Noch ein zerstörtes Stockwerk.

Jordan atmete tief durch. »Okay, schalt ihn auf.«

Bernie musste das Klicken in der Leitung ebenfalls gehört haben. »Das war wirklich gewieft, Billy, aber das grenzte an Schummeln, deshalb musste ich der Sache ein Ende setzen. Ich habe das WLAN auf sämtlichen Fluren unter euch abgeschaltet. Das hatte ich eigentlich nicht vor – ich dachte, es wäre wichtig für Charlotte, dass sie mit ihren Eltern sprechen kann. Besonders in den letzten fünf Minuten ihres Lebens. Aber ihr dürft doch nicht einfach gegen die Spielregeln verstoßen!«

»Du verdammter Hurensohn!«, kreischte Jordan. »Wo ist sie?«

»Die Frage ist doch vielmehr: Wo ist der Senator? Jede Sekunde, die du weiter herumstehst, ist er weiter weg.«

»Er muss nach oben gelaufen sein«, mutmaßte Billy.

Sofern Bernie ihn gehört hatte, reagierte er nicht darauf. Abwechselnd ballte und lockerte Jordan die Faust um den Revolver, während sie fieberhaft nachdachte. Dann warf sie erneut einen Blick auf den Countdown.

Cole ertappte sich ebenfalls dabei, und als die Anzeige von sieben Minuten auf sechs neunundfünfzig umsprang, dröhnte die nächste Explosion durch das Gebäude. Der Ticker aktualisierte sich: Neunter Stock des SiriusXM-Gebäudes zerbombt!

Die vorige Bombe war hochgegangen, als der Timer exakt auf acht Minuten gestanden hatte.

Von einem Schreibtisch an der Wand schnappte Cole sich Stift und Papier. Dann schrieb er eilig eine Nachricht und hielt sie Jordan und Billy hin.

Er zündet eine Bombe pro Minute und geht Stockwerk für Stockwerk vor. Jede Bombe hat einen Zeitzünder.

Anders kann es nicht sein. Die letzte ist im neunten Stock explodiert – beim Countdown von sieben Minuten. Wenn, wie er sagt, Charlottes Bombe um Punkt halb elf explodieren soll, muss sie im siebzehnten Stock sein!

»Worüber plaudert ihr?«, fragte Bernie. »Ihr macht mich ganz nervös, wenn ihr die Köpfe so zusammensteckt.«

Billy sah sich um und entdeckte eine Kamera in der Ecke. Er lief darauf zu, zerrte sie herunter und riss die Kabel heraus.

»Das war aber nicht nett«, sagte Bernie.

Jordan schrieb auf Coles Zettel:

Ich gehe!

Doch Cole schüttelte den Kopf und schrieb darunter:

Nein. Kein WLAN mehr. Sie müssen weiter mit ihm reden. Halten Sie ihn in der Leitung. Und bringen Sie alle aufs Dach.

Für eine Sekunde fing Billy Jordans Blick auf, dann sah er auf die Waffe in ihrer Hand hinab und gab ihr wortlos zu verstehen: *Der Senator ist auch nach oben geflohen! Er ist dein Plan B, wenn es mit dem Countdown zu eng wird!*

Unterdessen drückte Cole Goldblatt die AR-15 in die Hand. Billy traute er nicht über den Weg – der würde ebenso wahrscheinlich wie Jordan auf den Senator schießen.

Goldblatt machte sich daran, das Magazin zu überprüfen, entsicherte die Waffe und legte den Sicherungsbügel erneut vor. Als er bemerkte, dass er dabei gemustert wurde, sagte er: »Ich war lange Reservist und immer noch mindestens einmal im Monat auf dem Schießstand.«

Jordan sah mit halb offenem Mund von einem zum anderen. Cole wollte sie schon auffordern, endlich zu gehen, als Nick sich zu ihr vorbeugte, ihr den Kopfhörer vom linken Ohr schob und ihr etwas zuflüsterte.

Sie setzte sich die Kopfhörer wieder richtig auf, nickte ihm zu und schob das Mikrofon zurecht. »Du hast gewonnen, Bernie. Wir gehen nach oben. Sag dem Senator, er soll auf uns warten.«

Die nächste Bombe.

Cole sah hinauf zum Bildschirm. Der Timer sprang auf fünf Minuten und neunundfünfzig Sekunden um. Höchste Zeit, das Mädchen zu retten. Nick blieb dicht hinter ihm – gebrochene Rippen hin oder her: Seine Tochter würde er nicht im Stich lassen.

71

Jordan

Jordan wusste nicht, ob die Fahrstühle wegen des Feuers, wegen Bernie oder wegen weiß der Himmel was nicht funktionierten, aber sie hatte auch keine Zeit, herumzustehen und darüber zu grübeln.

Gleichzeitig war sie wie gelähmt.

Mit jeder Faser ihres Körpers wollte sie Cole und Nick folgen und ihre Tochter befreien, in die Arme schließen und nie wieder loslassen. Doch ihr war klar, dass Cole recht hatte. Mit dem abgestellten WLAN auf den unteren Stockwerken waren die Kameras – und was immer Bernie sonst noch installiert hatte – ausgefallen, sodass er nicht mehr sehen konnte, was sie gerade taten, und das war vielleicht ihre einzige Chance, Charlotte noch lebend hier herauszuholen.

Außer du erschießt Senator Moretti.

Sie wusste, dass sie es hinbekäme. Für ihre Tochter.

Jordan war sich nicht sicher, wann sich der Schalter in ihrem Kopf umgelegt hatte, aber angesichts der Vorstellung, dass ihre Tochter keine sechs Minuten mehr hätte, wenn sie den Senator nicht erschießen würde, fiel ihr die Entscheidung wesentlich leichter als noch dreißig Minuten zuvor. Die Frage stellte sich gar nicht mehr. Wenn sie ihn sähe, würde sie ihn erschießen.

Dann würde Bernie die Bombe entschärfen und ihre Tochter freilassen.

*Würde er doch? Er würde die Bombe entschärfen und
ihre Tochter freilassen.*

Auch wenn er eindeutig durchgeknallt war, hatte er bis
jetzt nie gelogen. Er hatte ihr immer die Wahl gelassen.

Und sie hatte ihre Entscheidung getroffen.

Sie würde den Senator umbringen.

Jordan würde damit klarkommen, sie wusste, sie könnte
es, um Charlotte zu retten. Wenn sie Charlotte verlieren
würde, gäbe es für sie kein Leben mehr, dann wäre da nur
noch Leere …

Sie schob den Gedanken beiseite. Sie würde Charlotte
nicht verlieren.

Bernie schwadronierte schon wieder, und sie hatte kein
Wort mitbekommen.

Fast schockiert sah sie zu, wie Goldblatt die Führung
übernahm und alle hinaus ins Treppenhaus und dann die
Stufen hinaufscheuchte. Die Halbautomatikwaffe hing am
Gurt über seiner Schulter. Die halb bewusstlose »Special-
Agent-in-Charge« Allison Varney hing zwischen zwei ihrer
Leute und schob sich einbeinig vorwärts, während die beiden sie oben hielten. Wenn Jordan die Wahl gehabt hätte,
hätte sie Varney dort auf dem Flur verbluten lassen. Mit
mehr Kugeln in der Trommel hätte sie sogar *sichergestellt*,
dass sie dort auf dem Flur verblutete. Sie hatte es geschafft, dass man ihr die Waffe nicht abgenommen hatte,
und sie hatte noch genau zwei Schuss übrig. Die würde sie
jetzt nicht verschwenden.

Jordan sah den Letzten aus ihrem Team über die Treppe
verschwinden, warf noch einen Blick auf den Bildschirm
und lief endlich ebenfalls los.

Im Treppenhaus roch es nach Rauch.

Nicht stark, aber der Geruch war da, und zu wissen,
dass sie gut dreißig Stockwerke von dem Feuer entfernt
war, machte es nicht besser. Die Härchen in ihrem Nacken

hatten sich aufgerichtet – irgendein Urinstinkt, der ihr sagte, dass sie besser das Weite suchte.

»Da gibt es noch etwas, was du wissen solltest, Jordan«, sagte Bernie. »Über den Senator.«

Wenn ich es hier riechen kann, wie muss es erst auf Charlottes Stockwerk sein?

Konzentrier dich, Jordan.

Lenk ihn ab.

»Und das wäre, Bernie?«

»Das war heute nicht seine erste Begegnung mit den Sentinels.«

»Was soll das heißen?«

»Das heißt, dass er schon mal bei ihnen war. Er hat sich mit ihnen getroffen.«

»Was, in ihrem ... Zeltlager?«

»Ich hab doch erzählt, warum ich heute in dein Leben getreten bin. Aber hat dir auch jemand erzählt, warum Senator Moretti ausgerechnet heute dein Studiogast sein sollte? Ich würde wetten, dass da jemand nachdrücklich war.«

Mit einem Stockwerk Abstand zu den anderen, sodass deren Stimmen nicht störten, rief Jordan sich in Erinnerung, wie vehement Goldblatt am Morgen gewesen war; wie sehr er darauf bestanden hatte, dass sie den Senator interviewte, ob sie nun wollte oder nicht. Und sie hatte nicht gewollt. Das hatte sie ihm unmissverständlich klargemacht. Es schien eine Ewigkeit her zu sein – dabei waren es gerade erst ein paar Stunden.

»Du hast ihn vorgeführt«, fuhr Bernie fort, »trotzdem ist er geblieben. Du hast einen kompletten Idioten aus ihm gemacht, und er hat es sich gefallen lassen – nur um partout auf Sendung zu bleiben. Ist das nicht merkwürdig? Nicht dass du ihn vorgeführt hast – das machst du mit allen Gästen –, aber dass er geblieben ist. Wie viele deiner

Talkgäste sind nur Sekunden nach deinen Beschimpfungen aus dem Studio gestürmt? Er nicht. Nicht Senator Moretti. Der ist sitzen geblieben. Der hat deine Schläge hingenommen und sie mit einem Achselzucken quittiert. Und was hat er gemacht, als die Bomben hochgegangen sind? Er hat seinen Gesetzesentwurf zur Sprache gebracht. Wie sein Gesetzesentwurf diesen Tag hätte abwenden können.«

Jordan blieb ganz kurz stehen – auf dem Treppenabsatz zu Stockwerk fünfundvierzig – und ließ Bernies Ausführungen sacken. »Willst du mir damit sagen, dass Moretti in die Sache verwickelt ist?«

»Ich will damit sagen, dass er bis zum Hals mit drinsteckt. Von der Planung bis zum ersten Taxi, das heute früh in die Luft geflogen ist, war er involviert und hat mit jeder Explosion einen Punkt auf seiner Liste abgehakt.«

Jordan war zurückgefallen; jetzt lief sie wieder los. »Nie im Leben.«

»Oh doch.«

»Mal angenommen, es wäre wirklich so. Warum hätten die Sentinels da mitspielen sollen? Sein Gesetzesentwurf würde ihr Leben doch einschränken. Die Polizei könnte ohne Weiteres jederzeit bei ihnen einmarschieren, ohne richterlichen Beschluss, und alles durchsuchen. Das widerspricht doch allem, wofür solche Gruppierungen stehen.«

»Genau *deshalb* haben sie mitgespielt.«

»Ich kann dir leider nicht folgen.«

»Warst du je in so einem Camp?«

Jordan umrundete den Absatz zum siebenundvierzigsten Stock. »In einem Lager mitten im Nirgendwo, in dem ein Haufen Verrückter eine Knarre in der einen und ein Kool-Aid-Mixgetränk in der anderen Hand hält? Nein. Nicht mein erstes Reiseziel, wenn ich mal ein, zwei Tage freihabe.«

»Tja. Die sind das Pulverfass, das nur auf den Funken wartet. Sie *warten* auf den Funken. Stell dir eine Gruppe von Leuten vor, die alle das Gleiche denken, die sich jede wache Minute für ihren Krieg rüsten – die Equipment horten, trainieren, Nachwuchs rekrutieren ... und dann feststellen, dass der Krieg gar nicht kommt. Sie haben ihre Gründungsväter alt werden und sterben sehen, während sie warteten. Sie haben Brandreden gehalten, sich aufgeputscht, sich bereit gemacht – und warten schon eine halbe Ewigkeit. Sie predigen Hass, reden davon, dass die Regierung sie an der Gurgel packt und zudrückt – trotzdem unternehmen sie nichts. Sie unternehmen nichts, weil sie genau wissen: Sobald sie den ersten Schritt tun, brechen sie damit einen Krieg vom Zaun, und die Öffentlichkeit wird sie als die Aggressoren ansehen. Wenn aber die Regierung den ersten Schritt macht, wenn die Regierung über Rechte hinwegtrampelt, über die Rechte jedes einzelnen Bürgers, sind sie in der Defensive – und damit wären sie plötzlich im Recht.«

»Dann willst du damit sagen ...«

»Genau: Von der Verbindung haben beide Seiten profitiert. Senator Moretti brauchte einen Tag wie heute, um seinen Entwurf über die Ziellinie zu bringen, und die Sentinels wissen genau, sobald der Entwurf angenommen wird, wird irgendeine Behörde irgendeines Tages etwas Dummes tun und ihnen endlich den Anlass zum Gegenschlag liefern. Und nicht nur die Sentinels werden losschlagen. Jede einzelne Bürgerwehr im ganzen Land schließt sich ihnen an. Was heute in New York passiert ist, ist nicht das Ende – es ist erst der Anfang.«

72

Cole

Als die Fahrstuhltüren im siebzehnten Stock aufgingen, hatte Cole seine Neun-Millimeter im Anschlag. Nick presste sich gebückt in die Ecke neben dem Tastenfeld, hielt sich mit dem linken Arm die gebrochenen Rippen. In der Rechten hielt er das Babyfon, als hoffte er, dass es sich wieder mit Charlotte verbinden könnte. Cole hatte sich gar nicht ausmalen wollen, wie die Kleine immer noch im Dunkeln saß, sang und nicht mal ahnte, dass sie inzwischen vollkommen allein war.

Als die Türen aufgeglitten waren, war Wasser vom Fliesenboden in die Kabine geschwappt, bis ans rückwärtige Ende und wieder zurückgeflossen. Durch die Lücke zwischen Schacht und Kabine war es nach unten geströmt. Die einzige Bewegung weit und breit. Die Sprinkler liefen nicht mehr. In der Luft hing Rauch, der ohne jeden Zweifel von den Feuern in den unteren Stockwerken stammte. Ein vereinzeltes Notausgangsschild flackerte unter der Decke, daneben blinkte ein rotes Lämpchen. Auf einem großen goldfarbenen Schild gegenüber der Fahrstuhltür stand: *Tierney, Lubbock & Holton, Rechtsanwälte.*

Cole sah zurück zu Nick, hielt den Zeigefinger an die Lippen und trat dann vorsichtig aus dem Aufzug, schwenkte den Lauf seiner Waffe von links nach rechts. Er bedeutete Nick, ihm zu folgen, und wandte sich mit erhobener Waffe nach links, in die Richtung, die Charlotte ihm beschrieben hatte.

Durch das Wasser folgte er dem Flur zwanzig Schritte weit, dann sah er nach links. Eine geschlossene Bürotür. Dem kleinen Namensschild zufolge war es das Büro von Rechtsanwalt Gary Tierney. Cole drehte den Türknauf – verschlossen.

Mit dem Griff seiner Pistole schlug er die Scheibe daneben ein, griff nach drinnen und entriegelte die Tür.

In dem Büro waren keine Sprinkler montiert, trotzdem war genug Wasser unter der Tür hindurchgesickert, um den grauen Teppichboden komplett einzuweichen. Als Cole über die Schwelle trat, war mit jedem Schritt ein lautes Schmatzen zu hören. Der Teppich schien regelrecht an seinen Schuhen zu saugen.

»Ist da jemand?«, fragte eine dünne Kinderstimme.

Sofort wollte Nick sich an Cole vorbeidrücken, doch Cole riss die freie Hand hoch und hielt ihn zurück. »Bernie hat vielleicht Sprengfallen aufgestellt – bleiben Sie hinter mir!«

Wie zur Erinnerung, dass sie nicht mehr viel Zeit hatten, detonierte unter ihnen eine weitere Bombe. Der Boden vibrierte, und Cole musste zum Türrahmen greifen, um auf den Beinen zu bleiben. Auf einem Schreibtisch an der gegenüberliegenden Wand des Büros kippte ein Stifthalter um, und ein Gemälde fiel von der Wand und krachte zu Boden. Sehr viel mehr würde dieses Gebäude nicht aushalten.

Als die Bombe explodiert war, hatte Charlotte aufgekeucht und fragte jetzt: »Wer ist da?«

»Charlotte, ich bin's, Daddy«, rief Nick hinter Cole und versuchte erneut, sich an ihm vorbeizuschieben, doch Cole hielt ihn fest. »Bleib sitzen, Schätzchen! Wir sind gleich bei dir!«

»Auf der Uhr sind es noch drei Minuten und achtundvierzig Sekunden, Daddy!«

»Das reicht uns, Liebes. Wir müssen nur kontrollieren, dass es sicher ist reinzukommen.«

Er schob Cole von hinten an, versuchte, ihn anzutreiben, doch Cole rührte sich nicht. Stattdessen zeigte er nach vorn.

Die Schranktür befand sich zur Linken, und jemand hatte einen Stuhl davorgeschoben. Auf dem Stuhl saß in Stacheldraht gewickelt ein Stoffhase – weiß mit rosafarbenen Ohren und Schnäuzchen. Das Kuscheltier schien sie aus schwarzen Kulleraugen anzustarren. Der Pelz war staubig und sah kratzig aus.

Vorsichtig ging Cole näher, um es sich genauer anzusehen. Es roch nach Verwesung.

»Ich kann nirgends Kabel sehen«, sagte Nick hinter ihm.

»Er könnte es trotzdem präpariert haben. Oder es gibt einen Druckschalter«, erwiderte Cole und ging in die Hocke, um unter den Stuhl zu spähen.

»Uns läuft die Zeit davon«, sagte Nick ungeduldig. »Wir müssen sie da jetzt rausholen!«

»Daddy? Was ist denn los? Ich weiß, ich sollte keine Angst haben, aber ich *habe* Angst.«

»Das ist in Ordnung. Ich habe auch Angst.«

»Jetzt gerade?«

»Ja.«

Charlotte war kurz still. »Also ... Das ist aber nicht gut. Du bist der Erwachsene. Du solltest mir Selbstvertrauen vermitteln.«

»Haha.«

Cole konnte nirgendwo einen Sprengsatz erkennen. Nichts, was darauf hingedeutet hätte. Er stupste das Kuscheltier mit dem Finger an.

Eine weitere Explosion erschütterte das Gebäude.

Cole wich zurück, versuchte noch, den Sturz mit der Hand abzufedern, doch dann rutschte er auf dem nassen Teppichboden aus.

Charlotte schrie leise auf.

Nick hatte sich im Türrahmen festgehalten und blieb auf den Beinen. »Das hat sich angefühlt, als wäre es direkt unter uns gewesen ...«

Der vierzehnte Stock. Noch drei Stockwerke, noch drei Minuten.

»Daddy?«

Nick konnte nicht länger warten. Noch bevor Cole sich wieder hochrappeln konnte, stürmte er an ihm vorbei, schleuderte Stuhl und Kuscheltier beiseite und riss die Schranktür auf.

Der Kuschelhase kullerte in die hintere Ecke und blieb liegen. Der Stuhl war seitlich in den Schreibtisch gekracht.

Cole wartete nur darauf, dass irgendetwas explodierte. Aber nichts passierte.

Im Schrank riss Charlotte den Kopf hoch und sah beiden schockiert entgegen. Ihre Wangen waren gerötet und mit Tränenschlieren überzogen. Als sie das verfärbte Gesicht ihres Vaters und sein zugeschwollenes Auge sah, klappte ihr die Kinnlade runter. »Oh, hast du verloren ...«

Eher eine Feststellung als eine Frage.

Nick brachte mit Mühe ein Lächeln zustande. »Du solltest den anderen sehen – natürlich hab ich *gewonnen*.«

Charlotte war mit den gleichen Kabelbindern an den Schreibtischstuhl gefesselt, die Bernies Leute auch bei Nick und den anderen benutzt hatten – ihre Handgelenke waren an die Armlehnen und die Beine unter dem Sitz an der Mittelstange fixiert. Neben ihr am Boden lag ein schwarzes Stück Stoff.

Die Bombe hing ihr gegenüber an der inneren Schrank-wand.

Laut Timer noch zwei Minuten und vierundzwanzig Sekunden.

»Suchen Sie etwas, womit wir die Kabelbinder zer-schneiden können«, befahl Cole Nick.

Er wollte, dass sich der Mann vom Schrank wegbewegte, ehe er den zweiten Sprengsatz entdeckte, der um Char-lottes Taille lag und mit Stahldraht und einem schweren silberfarbenen Vorhängeschloss an der Rückenlehne be-festigt war.

73
Jordan

Jordan lief weiter die Treppe hinauf. »Bernie, wo ist der Senator gerade?«

»Ganz in der Nähe.«

Ihr Finger zuckte über dem Abzug.

»Wenn du ihn vor dir hast, ziel auf den Kopf. Du hast nur noch zwei Minuten, und er muss tot sein, wenn du deinen Teil der Abmachung erfüllen willst. Ich würde ungern erleben, dass Charlotte sterben muss, nur weil deine Kugel ihn bloß streift. Für Detailfragen haben wir in dieser Lage nun wirklich keine Zeit.«

Scheiß auf ihn – Cole und Nick finden sie. Bestimmt haben sie sie schon gefunden. Charlotte wird überleben. Sie überlebt. Alles wird gut.

Über ihr gellte ein Schrei durchs Treppenhaus.

»Oh, das klang aber gar nicht gut«, sagte Bernie.

Einen Augenblick später kam Billy vom neunundvierzigsten Stock nach unten gesprintet. Er war grün im Gesicht. »Da liegen zwei Tote – auf dem Treppenabsatz. Sieht aus, als hätte jemand von der anderen Seite die Tür aufgesprengt, während sie davorgestanden haben.«

»Zwei von uns?«, fragte Jordan.

»Zwei von *meinen* Leuten«, kam Bernie Billy zuvor. »Oder besser: zwei Sentinels. Das war übrigens Detective Cole. Aber er hat mir damit einen Gefallen getan: zwei weniger, mit denen ich mich herumschlagen muss. Klingt trotzdem ziemlich widerlich. Und ich wette, es stinkt. Das ist die Art von Gestank, die sich in Klamotten festsetzt und nie wieder rausgeht. Am besten wirft man die Sachen gleich weg.«

Billy drehte sich um und lief wild entschlossen wieder die Treppe hinauf.

Jordan lief ihm hinterher.

Sie versuchte, sich für den Anblick zu wappnen, doch dann schlug ihr der Gestank entgegen. Als sie die Leichen im nächsten Moment vor sich sah, musste sie würgen.

»Hab ich doch gesagt«, murmelte Bernie. » Was so eine Bombe mit dem menschlichen Körper macht ... Eine grässliche Art zu sterben. Was das angeht, sind wir sehr verletzlich ... nur Hüllen, die mit Wasser und Eingeweiden gefüllt sind.«

Billy packte Jordan am Arm und schob sich zwischen sie und die sterblichen Überreste der Männer auf dem Treppenabsatz. »Versuch, nicht hinzusehen! Guck geradeaus!«

Normalerweise gab Jordan nichts auf Ritterlichkeit, aber diesmal war sie dankbar dafür. Sie hielt den Blick starr nach vorn gerichtet, und zusammen mit Billy schob sie sich an der gegenüberliegenden Wand entlang, stieg über die zerschellte Stahltür zum neunundvierzigsten Stockwerk, über diverse Dinge auf den Betonstufen, von denen sie lieber nichts wissen wollte, und nahm dann die letzten Stufen, die sie hinauf aufs Dach bringen würden. Oben stand die Tür offen, ein kühler Wind strich ihr über die Haut und verwehte den üblen Gestank, der im Treppenhaus hing. Auch dafür war sie dankbar. Die Vormittagssonne schien, und irgendwas an diesem Licht sagte ihr, dass alles gut ausgehen würde – dass all dies schon bald vorbei wäre.

Doch sobald Jordan und Billy aufs Dach hinaustraten, dämmerte ihr, dass dies eine Illusion gewesen war.

Während von oben die Sonne herabschien, stand jenseits der Dachkante eine Wand aus schwarzem Rauch – ein dichtes, lebendiges Ungeheuer, das atmete, sich bewegte, von unten heraufkroch und sie vom Rest der Welt trennte. Es herrschte staubtrockene Hitze, und rußige Fetzen schwebten in der Luft. Jordan war klar, dass sie hier sterben würde.

Eine weitere Explosion war zu hören, und sie spürte das Beben, dieses Grollen, das sich durch den Boden voranarbeitete. Während die anderen um ihr Leben schrien, weil das Dach unter ihren Füßen schwankte, stand sie einfach nur da. Blicke richteten sich auf sie – auf die Chefin, die Anführerin, von der erwartet wurde, dass sie den rettenden Gedanken hätte. Doch auch diese Leute, die um sie herumstanden, würden sterben.

»Du hast keine zwei Minuten mehr«, sagte Bernie. »Was willst du jetzt machen?«

»Wenn ich den Senator erschieße, dann hören die Explosionen auf?«

Noch während sie es sagte, ließ Billy ihren Arm los. Sie rechnete schon damit, dass er protestieren würde, aber das tat er nicht. Er sagte kein Wort.

»Du erschießt den Senator, und all das hat ein Ende.«

»Wo ist er?«

Jordan ließ den Blick schweifen, sah all die Leute an, doch er war nicht darunter. Er musste hier heraufgeflüchtet sein. Einen anderen Ausweg gab es nicht mehr. Natürlich konnte er sich auch auf eins der Stockwerke drunter geflüchtet haben, aber dort hätte er in der Falle gesessen. Die Bomben, der Rauch, die Statik des Gebäudes ... und Bernie. Bernie wollte, dass sie den Senator erschoss. Er hatte sie die ganze Zeit über genau im Blick gehabt und hätte nicht zugelassen, dass sich der Mann irgendwo ein Versteck suchte. Bernie hatte gewollt, dass sie den Senator aufspürte. Und er hätte Mittel und Wege gefunden, um ihn ihr in die Arme zu treiben – genau wie er sie selbst vor sich hergetrieben hatte. Sie machte sich keine Illusionen mehr, dass sie aus freien Stücken hier hoch aufs Dach gekommen waren. Sie stand genau dort, wo Bernie sie von Anfang an hatte haben wollen.

Wer immer Varney nach oben geschleppt hatte, hatte sie auf den Boden gelegt, und sie lehnte an der westlichen Dachkante. Ihr lebloser Blick war aufs Dach gerichtet. Jordan wusste nicht, wann sie gestorben war, aber dass sie nicht mehr lebte, war offensichtlich.

Mit der Halbautomatik über der Schulter und zwei weißen Bündeln in Händen kam Jules Goldblatt hinter den Aufbauten der Klimaanlagen hervorgerannt.

»Wir haben die Fallschirme gefunden! Kistenweise Fallschirme! Ruban aus der Buchhaltung meint, der Detective hatte recht – das sind sogenannte SOS-Fallschirme, die genau für diese Art Notfall und für die Flucht aus einem Wolkenkratzer entwickelt wurden. Dem Aufdruck zufolge öffnen sie sich automatisch auf dreißig Metern Höhe. Ruban ist gesprungen – keine Ahnung, wo oder ob er überhaupt unten angekommen ist. Durch den Rauch kann man nichts sehen. Aber er ist gesprungen, das hab ich gesehen. Und wir müssen ebenfalls springen. Die hier sind für euch...«

Er drückte Billy einen Fallschirm in die Hand und wandte sich an Jordan, die aber keine Anstalten machte, ihn entgegenzunehmen. Stattdessen fragte sie Goldblatt: »Wo ist der Senator?«

»Da.« Billy zeigte zur nordwestlichen Ecke auf ein Dutzend Leute, die sich über die großen Plastikkisten beugten und Fallschirme herauszogen, die aussahen wie die von Goldblatt.

Der Senator schnallte soeben die letzten Gurte fest.

»Nein!« Jordan riss den Revolver hoch und strauchelte in seine Richtung. »Er darf nicht springen!«

Ihr Schrei war an niemand Speziellen gerichtet, aber angesichts der erhobenen Waffe wichen alle vom Senator zurück, um nicht in die Schussbahn zu geraten.

»Er darf nicht springen, verdammt!« Dann drückte sie ab, und die Kugel schlug fast einen Meter links vom Senator in die erhöhte Betonkante ein.

Jordan war zu weit weg.

Sie rannte auf ihn zu.

Senator Moretti riss beide Hände hoch und taumelte rückwärts. »Das wollen Sie nicht, Jordan ...«

Bloß eine Kugel übrig.

Sie kniff in der Vorwärtsbewegung die Augen zusammen – sah nur noch die Brust des Senators vor sich. Bernie hatte gesagt, sie sollte auf den Kopf zielen, aber sie wusste, dass sie aus dieser Entfernung nie treffen würde, selbst wenn sie wollte. Sie zielte auf seine Brust, auf die breiteste Stelle.

Der Senator stand mit den Kniekehlen jetzt direkt an der Betonumrandung. Hinter ihm nichts als Rauch und Ruß. Er schüttelte den Kopf, griff nach hinten, stemmte sich mit beiden Händen hinauf, kam auf die Füße, geriet an der Kante ins Schwanken. Erneut riss er beide Hände hoch, streckte sie seitlich aus, wich noch einen Zentimeter zurück.

Jordan, die endlich nahe genug an ihm dran war, drückte ab.

Die letzte verbleibende Kugel schnellte aus dem Lauf.

74
Cole

»Das ist keine Bombe. Der Mann, der mich gefesselt hat, meinte, es ist *keine Bombe*. Das soll ich Mommy geben«, sagte Charlotte, während Cole immer noch das silberfarbene Kästchen auf ihrem Schoß inspizierte.

Das Stahlkabel war um ihre Taille geschlungen, unter den Armlehnen hindurchgefädelt worden und in ihrem Rücken mit einem Vorhängeschloss befestigt. Vorn führte es zu zwei schweren Schließen auf beiden Seiten des Metallkästchens. Ohne den passenden Schlüssel würde er das Kabel zerschneiden müssen.

Charlottes rechtes Handgelenk blutete, wo sie versucht hatte, die Hand aus dem Kabelbinder zu ziehen. Auch das sah er sich näher an. Die Wunde war oberflächlich, aber sicher schmerzhaft. Nicht dass Charlotte es sich anmerken ließ. Sie sah ihm direkt ins Gesicht, als wollte sie die Schmerzen wegstarren. In diesem Moment kam sie Cole vor wie eine Erwachsene. Wie die Frau, die sie eines Tages werden würde.

Sie mussten sie befreien.

Nick kam mit einer Schere zurück und machte sich ans Werk, beeilte sich – und entdeckte das Kästchen. »Was zur Hölle ist das?«

»Hören Sie auf«, befahl Cole.

»Warum?« Nick hörte nicht auf ihn. Er schnitt Charlottes Hände frei und tastete über ihre Fußknöchel.

»Das Kabel führt einmal um alles herum – auch um Ihre Tochter. Ohne Schlüssel kriegen wir das nicht auf – und das heißt: Selbst wenn Sie die Kabelbinder durchschneiden, bleibt sie weiter an den Stuhl gefesselt.«

Nick schien ihn nur halb zu hören. Er war wie ferngesteuert, antwortete nicht; stattdessen versuchte er, die Klingen der Schere unter die Schließen der Kiste zu schieben, presste die Spitze unter die Schnalle, doch als er die Schere als Hebel einsetzen wollte, brach sie ab. »*Fuck!*« – worauf ein Hustenreiz folgte. Rote Sprengsel landeten auf Charlottes T-Shirt.

Er hatte schon die ganze Zeit über seltsam pfeifend geatmet, doch Cole hatte nichts gesagt. Aber jetzt konnte er nicht mehr anders. »Es sind nicht nur die Rippen, oder? Wie schlimm haben die Sie zusammengeschlagen?«

Nick sah erst Cole, dann seine Tochter an, ehe er sich mit dem Ärmel den Mund abwischte. »Ist jetzt nicht wichtig.« Er kroch tiefer in den Schrank hinein und begutachtete die Rückseite von Charlottes Stuhl. »Sie ist mit dem Kabel an den Stuhl gefesselt, aber ich sehe nichts, was den Stuhl hier im Schrank fixieren würde. Wir könnten sie rausschieben ...«

Auf der anderen Seite des Schranks tickte der Timer von einer Minute und einer Sekunde zur vollen Minute runter, und das tiefe Donnern der nächsten Explosion ließ alles um sie herum erbeben. Diese Bombe war eindeutig nur ein Stockwerk unter ihnen detoniert. Aus der Deckenverkleidung lösten sich mehrere Platten und krachten zu Boden. Eins der Fenster zersprang, und dichter, grauschwarzer Rauch quoll herein.

Sobald die ätzende Hitze sie erfasste, fingen Coles Augen an zu tränen. Ihm gegenüber versuchte Nick, den nächsten Hustenreiz zu unterdrücken. Charlotte saß immer noch auf ihrem Stuhl, hatte die Hände über der

Kiste auf ihrem Schoß verschränkt und starrte den Timer an.

Cole wollte sie lieber nicht bewegen. Falls die Kiste eine Bombe enthielt, würde sie höchstwahrscheinlich explodieren, sobald sie sie aus dem Schrank holten oder unmittelbar darauf – jedenfalls würde niemand rechtzeitig hier sein und sie entschärfen können. Dies war mit hoher Wahrscheinlichkeit Bernies Rückversicherung: Wenn sie es geschafft hätten, Charlotte zurück zu ihrer Mutter zu bringen, ehe sie den Senator erschossen hätte, könnte er immer noch den Fernzünder betätigen und die Kiste in die Luft jagen. Die Bombe konnte sogar automatisch auf einer bestimmten Höhe oder an einem bestimmten Ort zünden, etwa wenn Charlotte das Gebäude verließ – es gab Abermillionen Möglichkeiten, eine Bombe zu zünden. Nur eins war glasklar: Wenn sie in der Nähe dieses Schranks blieben, waren sie in weniger als einer Minute tot. Sie hatten keine Wahl.

»Es ist keine Bombe«, wiederholte Charlotte und sah auf das Kästchen hinab.

Cole sprang auf die Beine und half Nick hoch.

Ohne einen letzten Blick auf den runterzählenden Countdown zu werfen, schoben sie Charlotte aus dem Schrank, durch die Bürotür und den Flur entlang, in Richtung der Fahrstühle.

Sobald sie in der Kabine standen, hustete Nick erneut, hielt sich die Rippen und krümmte sich vornüber, damit die Schmerzen erträglicher waren. Beim vorigen Mal hatte er noch nicht so schlimm geklungen, schoss es Cole durch den Kopf, und auch wenn Nick sich den Handrücken vor den Mund gehalten hatte und sich jetzt erneut die Lippen abwischte, blieb auf einem Zahn ein bisschen Blut zurück.

Cole drückte auf die Taste für den neunundvierzigsten Stock. Nichts passierte.

Er drehte den Schlüssel in Position, dann zurück auf Notfallstellung, und drückte erneut.

Nichts.

»Versuchen Sie es mit einem anderen Stockwerk«, schlug Nick vor – und wartete gar nicht erst darauf, dass Cole etwas machte. Er griff an ihm vorbei und hämmerte auf die Tasten für drei-, fünf- und siebenundvierzig ein.

Erst passierte rein gar nichts. Dann glitten die Türen unerträglich langsam zu, und sie fuhren nach oben.

»Muss irgendeine Fehlschaltung von ...«

Nick brachte den Satz nicht zu Ende. Die Bombe auf Stockwerk siebzehn explodierte.

Die Druckwelle erfasste den Boden der Kabine.

Sie machte einen heftigen Satz.

Die Lichter flackerten und gingen aus, und die Kabine blieb abrupt stehen.

75

Jordan

Die Kugel war vorbeigegangen.

Ein gutes Stück rechts am Senator vorbei.

Mittlerweile war Jordan auf Armeslänge an ihm dran. Sie packte ihn und zerrte ihn mit aller Kraft, die sie noch aufbringen konnte, von der Kante, damit er nicht den Fallschirm aktivierte und sprang.

»Ich hab ihn erschossen!«, kreischte Jordan in ihr Mikrofon und sah hinab in das panische Gesicht des Senators. »Er ist tot!«

Ihre Worte gingen in der Explosion im siebzehnten Stock unter. Mehr Glas zerbrach, das Gebäudedach bebte und riss sie fast von den Füßen.

»NEIN! NEIN! NEIN! Verdammt, Bernie, ich hab ihn erschossen!«

Er antwortete nicht.

»Er ist tot, Bernie!«

»Nein, Miss Briggs, ist er nicht. Ich fürchte, du hast versagt. Das war's für deine Tochter. Tut mir wirklich ein bisschen leid.«

Jordan schüttelte den Kopf. »Nein, sie lebt – ich weiß es! Ich spüre es!«

»Ich glaube, du spürst etwas anderes. Das Loch in deinem Herzen. Die Leere in dir. Du weißt, dass es stimmt. Der Senator lebt, und deshalb musste Charlotte sterben.«

Jordan beugte sich über die Dachkante und presste die

Hände auf das Mäuerchen. Dichter Qualm schlug ihr entgegen, der von der jüngsten Explosion aufgewirbelt wurde.

Der siebzehnte Stock.

Charlottes Stockwerk.

Zu ihren Füßen sah der Senator zu dem leer geschossenen Revolver empor. Er ächzte, wälzte sich zur Seite und wandte sich von ihr ab.

»Ich weiß, was als Nächstes kommt«, sagte Bernie. »Du spielst ›Was wäre, wenn‹: Was, wenn ich ihn erschossen hätte, während wir noch im Studio saßen? Was, wenn ich ihn erschossen hätte, während er noch auf seinem Sofa saß? Was, wenn ich ihn nicht hätte entkommen lassen ... Ist doch so, oder? Du hättest ihn fesseln können. Du hättest ihn mit der Waffe in Schach halten können. Du hättest dafür sorgen müssen, dass er in deiner Nähe bleibt. Hast du aber nicht. Du hast ihn laufen lassen. Ich könnte mir vorstellen, dass es dein Unterbewusstsein war, das dir einen Ausweg ermöglichen wollte. Dein Gehirn, das dir eine Entschuldigung liefern wollte, damit du nicht mit noch mehr Blut an den Händen weiterleben müsstest. Tja, und was hat es genutzt? Es ist trotzdem weiterhin deine Schuld. Du kannst es dir jetzt auf zig Arten erklären, aber letzten Endes hast du diesen Dreckskerl leben lassen und deine eigene Tochter für ihn geopfert.«

»Das ist nicht wahr.«

»Glaubst du nicht, ihre letzten Gedanken haben darum gekreist, wie allein sie war? Dort im Dunkeln, an einen Stuhl gefesselt, die Ziffern vor Augen wie eine Art Maßband, das die Liebe ihrer Mutter maß? An welchem Punkt hat sie wohl begriffen, dass niemand sie holen kommen würde? Ich frage mich, ob sie in diesen letzten Sekunden an dich gedacht hat. Und daran, dass sie für dich immer nur die zweite Geige gespielt hat – nach deiner Karriere.«

»Auch das ist nicht wahr!«

»Natürlich ist es wahr! Schau dir nur den heutigen Tag an«, sagte Bernie. »Die ersten Bomben sind hochgegangen, und das bisschen Trost, das du ihr gespendet hast, hast du live auf Sendung übertragen. Dann hast du sie jemand anders hingeschoben und bist zurückgekehrt an dein Mikrofon. Während wir beide uns unterhalten und uns besser kennengelernt haben, hast du sie in irgendein Zimmer gesteckt, damit sie dir nicht im Weg steht.«

»Das ist doch Bullshit!«

»Sogar nachdem du erfahren hattest, dass ich in deinem Gebäude war, hast du die Gelegenheit genutzt und sie mit Miss Varney und ihren Freunden weggeschickt. Dich auch noch um ein Kind zu kümmern war dir zu viel. Charlotte war dir eine Last.«

Ihr stiegen Tränen in die Augen. Sie versuchte, die Schluchzer zu unterdrücken, die sich den Weg aus ihrer Kehle bahnten. »Sie haben gesagt, sie wären vom FBI! Sie hätten sie an einen sicheren Ort bringen sollen! Ich habe nur versucht, sie zu beschützen!«

»Alles, was deine Tochter wollte, war eine Umarmung. Sie wollte, dass ihre Mutter sie in die Arme nähme und zu ihr sagte, dass alles wieder in Ordnung käme. Nichts weiter. Stattdessen hast du sie von dir weggestoßen. Denk über diesen letzten Augenblick nach, Jordan – als du sie jemand anders anvertraut hast und sie aus dem Studio geführt wurde. Denk daran, wie Charlotte in diesem Moment geguckt hat. Sie hat diese Selbstsicherheit vor sich hergetragen und versucht, allen zu beweisen, wie stark sie war – dabei hat sie in Wahrheit ihre Mutter gebraucht. Und *du* hast sie in Wahrheit nur loswerden wollen, damit du wieder zu mir zurückkonntest, zu deinem Publikum, zu deiner Show – zu all dem, was für dich immer schon wichtiger war. Und genau das dürfte ihr im Kopf herumgegangen sein, als die Zeitschaltuhr neben ihr auf null landete. Als sie dort saß und mutterseelenallein sterben musste.«

Die Knie gaben unter ihr nach, und sie musste sich an die Sicherheitsmauer anlehnen, während schwarzer Rauch sie umwehte. Ruß hing in der heißen Luft und drang mit jedem Atemzug in ihre Lunge ein. Ihr Körper rang darum, den Dreck wieder auszuspeien, alles auszuhusten, während ihr Kopf nichts lieber wollte, als weiter einzuatmen, alles ungefiltert in sich aufzusaugen und daran zu ersticken, damit es endlich vorbei wäre.

Die nächste Bombe.

Der achtzehnte Stock. Das Stockwerk über demjenigen, auf dem Charlotte gewesen war.

Ebenfalls zerstört.

Durch den Dunst, durch den immer dichter werdenden Qualm sah sie, wie Jules Goldblatt und einer ihrer Praktikanten den anderen in ihre Fallschirme halfen. Sie sah zu, wie sie nacheinander auf die Umrandung kletterten, an der sie lehnte, und dann zögerlich in den Abgrund sprangen und verschwanden – auch der Senator. Einer nach dem anderen desertierte und ließ sie im Stich.

»Sie machen sich nichts aus dir, Jordan. Keiner von ihnen. Du magst ihnen ihre Gehälter gezahlt haben, aber ihren Respekt hattest du nie, und auch keine Liebe, keine Freundschaft. Bestenfalls haben sie dich toleriert. Der Einzige, der dir einen Fallschirm angeboten hat, war ausgerechnet Jules Goldblatt, den du von allen am schlimmsten behandelt hast, und wahrscheinlich hat er das nur gemacht, weil er sich dazu verpflichtet fühlte, nicht weil er dir als Person helfen wollte. Genau wie den anderen bist du ihm egal.«

»Wie kann es sein, dass du uns immer noch siehst?«

Jordan sah zu den letzten verbleibenden Leuten, und ihr Blick blieb an Billy hängen. Er stand vielleicht drei

Meter von ihr entfernt und hielt die zwei Fallschirme in den Händen. Er hatte sich ihr zugewandt und sah sie mit schwer zu deutendem Ausdruck an; fast rechnete sie damit, dass sich seine Lippen bewegten, sobald Bernie wieder redete, aber das taten sie nicht. Als Bernie erneut das Wort ergriff, trat Billy lediglich auf sie zu und hielt ihr einen der Fallschirme hin.

»Er mag der Einzige sein, der sich dein Vertrauen verdient hat. Trotzdem betrachtest du ihn als Außenseiter. Du bist so unfassbar egozentrisch, dass du nie jemanden in deine Blase gelassen hast – nicht deinen Ex-Mann, nicht dein Kind, nicht Billy, der doch schon länger an deiner Seite ist als jeder andere.«

Insgeheim wusste sie, dass Bernie recht hatte. Sie hatte sie alle auf Armeslänge von sich weggehalten. Nicht nur Billy und den Rest ihres Teams, auch ihren Mann und ihre Tochter. Sie war zu sehr auf ihre Karriere fixiert gewesen. Sie war genauso allein, wie sie Charlotte alleingelassen hatte. Sie war …

»Du hast dich dafür entschieden, diesen Leuten zu helfen, während deine Tochter allein in einem Schrank sterben musste. Leuten, die nicht mit der Wimper zucken würden, wenn es dich nicht mehr gäbe.«

»Charlotte ist nicht tot, das wüsste ich«, sagte Jordan erneut, war sich aber nicht sicher, ob sie damit ihn oder sich selbst überzeugen wollte.

»Jordie, was redet der Mann?« Billy hielt ihr von Neuem den Fallschirm hin. »Nimm den und komm von der Kante weg! Ich helfe dir auch, ihn anzulegen. Allmählich machst du mir Angst …«

»Du glaubst ja nur nicht, dass Charlotte tot ist, weil Detective Cole und dein Ex sie suchen gegangen sind. Du bist bereit, dich an diesen letzten Strohhalm zu klammern, an diesen letzten Rest Hoffnung, weil das besser ist, als die Wahrheit zu akzeptieren – nämlich dass *ich* hier das Sagen habe, nicht du. Ich habe für jeden erdenklichen Ausgang alles vorbereitet. Falls Cole und Nick es wirklich geschafft haben sollten, sie rauszuholen, bevor die Bombe explodiert ist, falls sie wirklich auf dem Weg nach oben sein sollten, dann werden sie es nicht bis hoch aufs Dach schaffen. Ich zerstöre die restlichen Stockwerke und bringe alle um.«

Eine weitere Minute war verstrichen, und wieder erzitterte das Gebäude.

Das neunzehnte Stockwerk.

»Was, wenn …«, hörte Jordan sich sagen.

»Was, wenn *was*?«

»Was, wenn ich *dich* etwas entscheiden ließe?«

Bernie senkte die Stimme. »Und was schwebt dir vor?«

Jordan wusste, es war die einzige Chance, die ihr noch blieb – das Einzige, was sie noch geben konnte. Sie blickte auf. Sah Billy ins Gesicht. Er stand ihr gegenüber – seinen Fallschirm am Schulterriemen, ihren in der Hand. Stumm hauchte sie ihm ein *Sorry* entgegen.

»Mein Leben gegen ihres«, sagte sie zu Bernie. »Du lässt sie leben, und ich klettere auf diese Mauer und springe.«

76

Cole

Drei weitere Bomben waren detoniert, bevor es Cole und Nick endlich gelungen war, die Fahrstuhltür aufzustemmen. Charlotte hatte sie die ganze Zeit über mit dem Metallkästchen auf dem Schoß von ihrem Stuhl aus beobachtet. Ob es die Bomben gewesen waren, die Brandherde in den unteren Etagen oder irgendwas anderes, was Bernie getan hatte: Die Stromversorgung im Fahrstuhl war jedenfalls ausgefallen, genau wie auf diesem Stockwerk – wo immer sie sich nun befanden. Anscheinend gab es auch keinen Notstrom mehr. Sie standen im Dunkeln.

Cole nahm sein Handy heraus und schaltete die Taschenlampe ein. »Wir sind auf vierundvierzig.«

»Höher als gedacht!«

Nick hustete wieder, und es klang röchelnder als noch Minuten zuvor.

»Wie schlimm ist es?«, wollte Cole wissen. »Sicher, dass sie nicht die Lunge verletzt haben? Kriegen Sie richtig Luft?«

»Ist jetzt egal, wir müssen weiter!«

Der Fahrstuhl war einen knappen Meter über dem Fußboden hängen geblieben. Cole war gerade nach unten auf den Flur gesprungen, als die nächste Bombe explodierte. Er sah auf die Uhr und überschlug es im Kopf. »Das muss der einundzwanzigste Stock gewesen sein.«

Ohne die Sprinkler war die Luft verraucht; sogar hier,

zwanzig Stockwerke entfernt, konnte man kaum atmen. Er wollte sich gar nicht ausmalen, welche Schäden Feuer, Hitze und die Explosionen in den unteren Trägerstrukturen anrichteten. Seit das World Trade Center eingestürzt war, wurde anders gebaut – allerdings war Cole sich ziemlich sicher, dass dieses Gebäude damals bereits gestanden hatte. Die meisten Wolkenkratzer in dieser Stadt waren in den Sechzigerjahren entstanden – noch vor dem ursprünglichen World Trade Center. Jetzt, da zweiundzwanzig Stockwerke brannten und minütlich mehr in Flammen aufgingen, war die Frage nicht mehr, *ob*, sondern nur noch, *wann* dieses Gebäude einstürzen würde.

Cole legte das Handy auf den Boden, sodass der Lichtkegel den Flur schwach erhellte, und hob die Arme zur Aufzugskabine. »Schieben Sie sie zu mir rüber!«

Nick nickte und schob Charlottes Stuhl in Richtung Kante. Er selbst hielt die Rückenlehne fest, bis Cole den Sitz gepackt hatte und sie herunterhievte. Charlotte wog vielleicht dreißig, fünfunddreißig Kilo, der Stuhl weitere zehn. Er sah Nick direkt ins angestrengte Gesicht, als er dessen kleine Tochter auf dem Boden absetzte.

Nick schien zu ahnen, was Cole durch den Kopf ging, weil er sofort sagte: »Es wird schon gehen.«

Wenn es stimmte, dass sie im vierundvierzigsten Stock gelandet waren, wären es noch fünf Etagen bis zum Dach – und ohne Aufzug würden sie Charlotte auf ihrem Stuhl zehn Treppenabsätze weit tragen müssen. Das wäre selbst für zwei gesunde Männer eine Herausforderung.

»Wir schaffen das«, sagte Nick und kletterte aus dem Fahrstuhl.

Um es zu beweisen, nahm er Coles Handy vom Boden auf und drückte es Charlotte in die Hand. »Du bist für die Beleuchtung zuständig.« Dann schob er sie kurzerhand in Richtung Treppenhaus.

Als Nick die Tür aufdrückte, waberte ihnen heißer, trockener schwarzer Rauch entgegen. Er drehte den Kopf weg, sah zurück zu Cole, doch dessen besorgter Ausdruck sagte alles. Sie hatten keine andere Wahl.

Er schob Charlotte über die Schwelle, dann gingen beide Männer in Position und machten sich bereit, den Stuhl hochzunehmen, als auch schon die nächste Bombe detonierte.

Von oben regnete es Staub, Putz und Betonbrocken.

»Denke das nur ich, oder kam die diesmal schneller?«, fragte Nick.

Cole sah auf die Uhr. »Sie haben recht. Das waren nur dreißig Sekunden. Er beschleunigt.«

»Nehmen Sie die Füße«, sagte Nick. »Ich nehme die Rückenlehne.«

Das Treppenhaus war nicht breit genug, um nebeneinander zu gehen, also ging Nick rückwärts, und Cole stemmte den Großteil des Gewichts von unten. Sie schafften es bis in den fünfundvierzigsten Stock, ehe Nick darum bat zu tauschen, und bis in den sechsundvierzigsten, ehe er stehen bleiben und sich erholen musste.

Cole hatte den Überblick verloren, wie viele Bomben inzwischen hochgegangen waren, aber er hatte das sichere Gefühl, dass sie immer näher kamen. Die Luft war inzwischen zum Schneiden, und das bisschen Licht von seinem Handy erhellte ihnen kaum noch den Weg. Mit jedem Atemzug krampfte seine Lunge.

Charlotte war untypisch still geworden. Sie hatten ihr den Kragen über den Mund gezogen, damit sie nicht Rauch einatmete, aber es half nicht viel.

»Weiter«, presste Nick zwischen den zusammengebissenen Zähnen hervor und unterdrückte den Husten. Es war ihm deutlich anzusehen, dass sein Körper wesentlich schneller einknicken würde als sein Wille.

77

Jordan

»Ich springe«, wiederholte Jordan.

»Du machst *was*?« Billy kam auf sie zu und versuchte, sie festzuhalten.

»Sag ihm, er soll von dir weggehen«, befahl Bernie.

Jordan hob die Hand. »Nicht, Billy. Komm mir nicht näher.«

Billy erstarrte.

»Wenn er versucht, dich aufzuhalten, sprenge ich sämtliche anderen Stockwerke.«

»Heißt das, du bist einverstanden?«

»Ihr Leben für deins?«

»Ja«, hörte sie sich selbst sagen.

»Abgemacht.«

Sie teilte Billy mit, worauf Bernie sich eingelassen hatte.

Billy wurde kreideweiß im Gesicht. »Das kannst du nicht machen. Was, wenn er lügt?«

»Und was, wenn nicht?«

In ihrem Kopfhörer sagte Bernie: »Du hast mein Wort, Miss Briggs. Sie kommen sicher nach draußen. Ich kümmere mich darum.«

Jordan schlug das Herz bis zum Hals. »Dann lebt sie noch! Wo ist sie jetzt gerade?«

Darauf antwortete Bernie nicht.

»Bernie, das hier ist keine Einbahnstraße – wenn ich dir

glauben soll, wenn ich dir vertrauen soll, dann musst du mir beweisen, dass meine Tochter lebt!«

Wieder eine Explosion.

Der Letzte aus ihrem Team, der Letzte von allen, die in diesem Gebäude angestellt waren, sprang über die Kante, und es waren nur noch Jules Goldblatt, Billy und sie selbst übrig. Goldblatt kam auf sie zu und nickte in Richtung der zwei Fallschirme. Seinen eigenen hatte er bereits angelegt. »Das sind die Letzten.«

»Bumm«, sagte Bernie, einen Moment ehe die nächste Bombe zündete.

»Das reicht nicht«, sagte Jordan eher zu sich selbst als zu den anderen.

Goldmann runzelte die Stirn. »Was soll das heißen?«

»Es reicht vollkommen«, sagte Bernie, »wenn du jetzt springst.«

»Was sagt er?«, hakte Billy nach.

»Rauf auf die Mauer, Miss Briggs.«

»Wir brauchen *drei weitere Fallschirme* – Nick, Cole und Charlotte leben noch, und sie sind … auf dem Weg hierher«, sagte sie zu Billy. »Bernie sagt, wenn ich springe, dann stellt er sicher, dass sie unverletzt rauskommen. Aber es sind nicht genug Fallschirme, nicht für alle …«

»Du springst *nicht*«, sagte Billy. »So war es nicht abgemacht.«

»Es wird allmählich Zeit«, ging Bernie dazwischen. »Ich kann die Bomben auch noch schneller zünden, wenn es sein muss. Dann hole ich sie von hinten ein.«

Jordan konnte das Feuer inzwischen hören. Sie redete sich ein, dass es bloß ihre Fantasie sei, die das Heulen des rauchschweren Windes falsch deutete, das Pfeifen zwischen den Hochhäusern – das waren keine Flammen, die aus den unteren Stockwerken emporleckten und sich langsam ihr und den anderen näherten. Doch jedes Mal, wenn sie die Augen zumachte, sah sie das dunkle Rot durch schwarze Flure lodern; sie sah ihre Tochter, die dort durch die Finsternis taumelte, die tödliche Luft einatmete, sich mit einer Hand an der Wand abstützte und mit der anderen verzweifelt nach dem Ausweg tastete, während sie nach ihr rief, nach der Mutter, die sie im Stich gelassen hatte, während sie nach der einzigen Person rief, die für ihre Sicherheit sorgen sollte...

Jordan stemmte sich auf die Betonkante, die das Flachdach säumte, kam hoch – erst auf die Knie, dann auf die Füße – und zwang sich, kerzengerade zu stehen.

Billy schüttelte hilflos den Kopf, doch als er einen Schritt auf sie zumachte, befahl sie ihm, stehen zu bleiben. Sie hielt die Hände vor sich, um ihn auf Abstand zu halten, und bewegte sich Zentimeter um Zentimeter auf den Abgrund zu.

»Ich muss es tun, Billy.«

Am Rand der Dachfläche ging der Wind heftiger, zudem schien er nicht mehr nur aus einer Richtung zu kommen, die Hitze von unten, die Fassaden der umstehenden Gebäude – all das sorgte für heftige Wirbel, die ihr aus allen Richtungen entgegenschlugen.

Wieder eine Bombe.

Jordan spürte, wie die Mauern unter ihr erzitterten, sie spürte das Gewicht ihres Oberkörpers, ihrer Schultern, die sich langsam zur Seite drehten, während ihre Beine immer noch versuchten, das Gleichgewicht zu halten. Sie beugte sich vor, in Richtung Billy, Goldblatt und in Richtung Dach, streckte die Arme aus, und irgendwie fing sie sich wieder. Es hatte weniger als eine Sekunde gedauert, sich aber wie eine geschlagene Minute angefühlt, und sie wusste genau, gleich würde die nächste Bombe hochgehen, diesmal noch näher an ihrer Tochter...

»Wenn du jetzt springst, wird das der einzige fürsorgliche Akt sein, den du als Mutter je hingekriegt hast, Jordan Briggs«, sagte Bernie. »Der einzige selbstlose Akt in deinem ganzen Leben. Deine Tochter wird mit der Gewissheit aufwachsen, dass du dich für sie geopfert hast.«

Ein lautes Dröhnen ging durch das Gebäude. Darauf folgte ein Beben, und Jordan wusste intuitiv, dass irgendetwas in der Baustruktur schlussendlich nachgegeben hatte.

Von der Dachkante aus suchte sie Billys Blick, und für den Bruchteil einer Sekunde sah sie alles vor sich, was sie gemeinsam erlebt hatten.

Statt sich erneut nach ihr auszustrecken, wich er zurück und murmelte etwas vor sich hin.

So war es nicht abgemacht …

Hatte er das gerade gesagt?

Er sah erst zu ihr, dann zurück zum Treppenhaus, aus dem schwarzer Rauch quoll. Noch ehe sie es verhindern konnte, rannte er an Goldblatt vorbei quer über das Dach und verschwand in den Tiefen des brennenden Gebäudes.

78
Cole

Sie hatten die halbe Treppe hoch zum siebenundvierzigsten Stock geschafft, als Nick Charlotte fast fallen ließ. Er rutschte einfach ab – erst gab sein rechtes Knie nach, dann kippte sein Körper merkwürdig nach links, als er versuchte, die gebrochenen Rippen mit seinem Ellbogen zu stabilisieren, statt einfach den Stuhl loszulassen. Sein linkes Knie krachte auf die harte Betonkante der Treppenstufe, und er setzte den Stuhl gerade noch ab. Dann kroch er unbeholfen dahinter hervor.

Cole ging es nicht wesentlich besser.

Mit jedem Atemzug des ätzenden Rauchs schwand seine Kraft, sein Blickfeld war eingetrübt, und seine Muskeln zitterten. Als Nick zusammenbrach, war er insgeheim dankbar – weil sie so eine Pause einlegen konnten. Er wollte nichts lieber, als sich hinzusetzen und wieder zu Atem zu kommen. Sobald ihm der Gedanke kam, versuchte ein anderer Teil seines Gehirns verzweifelt, ihn davon abzuhalten, weil jede Sekunde Pause, jedes Durchatmen den Tod bedeuten konnte. Während er inständig hoffte, dass dieses kurze Innehalten ihm neue Energie bescheren würde, war ihm insgeheim klar, dass es nicht so wäre. Trotzdem ließ er sich neben Nick auf die Stufe fallen.

»Wir sind gleich da«, sagte Charlotte und bekam sofort einen Hustenanfall, der fast eine Minute andauerte, wie Cole schätze, weil unterdessen zwei weitere Bomben explodierten. Als er versuchte, wieder auf die Beine zu kommen, gaben seine Knie unter ihm nach, und auch er krümmte sich und hustete.

Nick hingegen hustete nicht, und es dauerte kurz, bis diese Feststellung zu Cole durchdrang. Als er zu ihm hinübersah, waren Nicks Augen geschlossen. Nicht ganz, nur zu drei Vierteln, und für einen Moment glaubte er schon, Nick wäre tot – dann krampfte sein Körper in einer unwillkürlichen Reaktion auf die rauchgefüllte Luft, er verzog heftig das Gesicht, riss die Augen auf, und erst nachdem er sich hektisch umgesehen hatte, dämmerte ihm wohl, wo er sich befand.

Er sah hoch zu seiner Tochter, griff nach ihrer Hand und umklammerte ihre Finger. »Es tut mir leid, Schätzchen.«

Ein tiefes Grollen rollte von unten heran, als die nächste Bombe detonierte. Cole sah auf die Uhr, versuchte zu überschlagen, welches Stockwerk mittlerweile dran war, aber die Zahlen schwirrten ihm im Kopf herum, ohne einen Sinn zu ergeben. Er wusste, das war der Rauch – der sinkende Sauerstoffgehalt in der Luft –, aber es zu wissen klarte seine Gedanken auch nicht auf.

»Man muss bei einem Feuer nach unten und nicht nach oben gehen«, murmelte er. »Rauch steigt nach oben ...«

Er war sich nicht sicher, mit wem genau er sprach, aber es fühlte sich gut an, überhaupt etwas zu sagen. Als hätte er damit etwas geleistet.

Irgendwer verpasste ihm eine Ohrfeige.

Er hatte die Augen zugemacht und es nicht mal bemerkt, doch als er sie wieder aufschlug, kniete Jordan Briggs' Producer Billy vor ihm und griff nach der Lehne des Stuhls.

79
Jordan

Mit jedem Geräusch, das der Wind und das Feuer nach oben trugen, mit jedem Knacken, Bersten und Knattern fühlte es sich an, als würde das Gebäude schwanken und in Schieflage geraten. Wie ein Turm aus Bauklötzen, den ein Zweijähriger aufgeschichtet hatte und der jeden Moment einzustürzen drohte. Mehr Detonationen folgten, und mit jedem neuerlichen Getöse war Jordan sich sicherer, dass das Gebäude selbst Bernies letzte Bombe wäre: Der Einsturz wäre das Lauteste von allem und würde aller Wahrscheinlichkeit nach auch die Nachbargebäude in Mitleidenschaft ziehen.

Jordan stand immer noch an der Kante, schwankte auf Beinen, die sie kaum noch spürte, und Jules Goldblatt stand mit den zwei übrigen Fallschirmen vor ihr und starrte mit offenem Mund zur Tür ins Treppenhaus. Als er sich zu guter Letzt wieder zu Jordan umdrehte und ihre Blicke sich kreuzten, sagte sie zu ihm das Einzige, was sie noch sagen konnte, das Einzige, was sich noch richtig anfühlte: »Es tut mir leid, Jules.«

»Was?« Er war sichtlich verwirrt.

»Dass ich dich so behandelt habe. Dass ich keinen Respekt vor dir hatte. Dass ich dir immer Ärger gemacht habe und ...«

»Jordan, du musst nicht ...«

»Doch, ich muss.«

Er schüttelte den Kopf. »Nein, musst du nicht. Weil du nämlich nicht springst. Nicht ohne Fallschirm. Irgendwer schickt in diesem Augenblick Hilfe. Sie schicken Hubschrauber, oder die Feuerwehr wird …«

Über Kopfhörer hörte sie Bernies leise Stimme: »Er hat seinen Fallschirm. Sag ihm, dass er springen soll. Sag ihm, er soll gehen, oder ich bringe ihn ebenfalls um.«

Jordan schlug den Blick nieder. »Es wird niemand kommen, Jules. Das hier kann nur auf eine Art zu Ende gehen. Indem ich sterbe. Auge um Auge. Wie habe ich das vorher nicht sehen können … Nur so kommt der Rest von euch lebend davon. Nur so können Charlotte und Nick überleben.« Als ein weiteres Stockwerk unter ihnen explodierte, zuckte Jordan nicht von der Kante zurück, im Gegenteil, sie rutschte näher darauf zu. Sie versuchte, über die Kante zu sehen, konnte jedoch durch den schwarzen Rauch rein gar nichts erkennen. »Du hast Familie, Jules – eine Frau und zwei Söhne. Du musst jetzt gehen. Verschwinde von hier, solange du kannst. Wenn du unten landest, such Detective Tresler. Erzähl ihm, was hier passiert ist – du musst für ihn die Lücken füllen.«

Jules streckte die Hand nach ihr aus, aber sie zuckte zurück. »Verschwinde jetzt!«

Und endlich gab er klein bei. Er überprüfte ein letztes Mal sämtliche Gurte an seinem Fallschirm, kletterte einen knappen Meter neben Jordan auf die Mauer, lächelte ihr schief zu und verschwand über die Kante.

»Jetzt sind nur noch wir zwei übrig, Miss Briggs.«

»Nur noch wir …«

»Ich gehe davon aus, dass wir uns einig sind, dass ich mich auf dich verlassen kann. Trotzdem sollten wir die Regeln vielleicht noch mal durchgehen. Es wäre ganz grässlich, wenn etwas schiefgehen würde, nur weil wir einander missverstanden haben.«

»Was ist denn da misszuverstehen?«

»Charlotte ist gleich da, und wenn sie aufs Dach kommt, wirst du annehmen, dass sie in Sicherheit ist, und nicht mehr springen wollen – aber das wäre verkehrt. Wenn du nicht springst, wenn du noch irgendeinen Versuch unternimmst, sie vom Dach wegzubringen, dann nehme ich den Rest dieses Gebäudes auseinander, und alle sterben. Jede Bombe, die noch übrig ist, geht hoch. Hast du das kapiert?«

»Ja.«

Noch während sie antwortete, tauchte Billy in der offenen Tür zum Treppenhaus auf. Vornübergebeugt umklammerte er den Rücken eines Bürostuhls – und ihm zugewandt tauchte als Nächstes Detective Cole auf, der den Stuhl unten gepackt hatte. Und zwischen den beiden – irgendwie an den Stuhl fixiert – saß ihre Tochter, ihre kleine Charlotte.

Jordan spürte, wie ihr die Luft wegblieb und im nächsten Moment die Erleichterung über sie hinwegrollte und jede Faser ihres Körpers durchflutete.

Sekunden nachdem Billy und Cole herausgekommen waren und Charlotte abgesetzt hatten, folgte Nick. Er sah gespenstisch blass aus, sein zerschlagenes, geschwollenes Gesicht war eine Mischung aus Weiß, Lila und Blau – und darüber eine Schicht Ruß. Er sah aus, als würde er jeden Moment zusammenbrechen – als *sollte* er zusammenbrechen –, stattdessen taumelte er auf sie zu. »Was machst du da oben?«

»Komm nicht näher!«, warnte Jordan ihn.

Dann erzählte sie ihm in aller Kürze, was Bernie gesagt hatte, und in Nicks Blick erlosch das letzte bisschen Lebendigkeit.

Er stützte beide Hände auf die Knie und beäugte die übrigen Fallschirme. »Einer von uns könnte Charlotte womöglich festhalten, aber sie ist mit einem Kabel und einem Schloss an diesen Stuhl gefesselt – und an diese Kiste … Wir müssen das alles erst von ihr runterkriegen, sonst haben wir keine Chance.«

Hustend kam Billy herüber und bückte sich nach den Fallschirmen. Einen warf er Nick zu, den anderen Cole.

Das Gebäude bebte erneut.

»Was ist das für ein Schloss?«, fragte Jordan.

Nick erzählte ihr, was er wusste.

Und im selben Moment fiel ihr der Schlüssel ein, den sie in der alten Puppe aus Bernies Päckchen gefunden hatte. »Billy, wo ist dieser Schlüssel?«

Er fischte ihn aus der Tasche und gab ihn Nick.

Niemand fragte, woher er ihn hatte. Dafür blieb keine Zeit.

»Sag jetzt besser Lebwohl, Miss Briggs. Ich selbst hatte nie die Chance, mich von Frau und Tochter zu verabschieden. Das mag jetzt schwierig sein, aber ich bin mir sicher, wenn sie erst älter wird, weiß sie es zu schätzen.«

Charlotte saß mit dem Rücken zu ihr da, und dafür war Jordan dankbar. Sie war sich nicht sicher, ob sie ihrer Tochter in die Augen sehen und dann ausführen könnte, was von ihr verlangt wurde. »Ich kann das nicht …«

»Solltest du aber. Um ihretwillen.«

Nick fummelte den Schlüssel ins Schloss und drehte ihn herum.

Schloss, Kabel, Kiste – alles fiel zu Boden.

Nick riss Charlotte vom Stuhl hoch und zog sie an sich. Er hatte augenscheinlich Schmerzen, aber es war ihm egal. Jordan wollte nichts lieber, als Teil dieser Umarmung zu sein.

Eine weitere Detonation. Sie kamen jetzt gefährlich nahe.

Cole hatte die Metallkiste aufgehoben, die an Charlotte befestigt gewesen war; vorsichtig setzte er sie aufs Dach und schob mit dem Daumen die Schließen auf. Einen Augenblick lang starrte er auf den Inhalt hinab, dann griff er hinein, nahm ein paar zusammengefaltete Blätter heraus, faltete sie auf und überflog den Text. Alarmiert blickte er auf.

»Was ist das?«, rief Jordan. »Was steht da drauf?«

Mehrere Blätter flatterten aus Coles Hand. »Das sind Besucherprotokolle aus Rikers ... fast zehn Jahre ...«

»Du hättest nur Billy fragen müssen«, mischte Bernie sich wieder ein, »wie gut er Marisa Chapman kannte.«

80
Jordan

Billy presste sich eine Hand aufs Ohr und schüttelte den Kopf. »Verdammt, Bernie, warum musstest du ...«

»Cole, halten Sie ihn auf!«, kreischte Jordan.

Cole war sofort auf den Beinen, griff zu der Waffe in seinem Gürtel, aber Billy war schneller. Jordan hatte keine Ahnung, woher er sie so schnell hatte – doch mit einem Mal richtete er eine kleine Pistole auf sie.

In Coles Richtung gewandt schüttelte er den Kopf. »Nicht, Mann. Tun Sie das nicht.«

Cole hielt wie erstarrt inne.

»Nehmen Sie sie zwischen zwei Finger und werfen Sie sie über die Dachkante. Eine falsche Bewegung, und er zwingt mich, sie zu erschießen. Und das will ich nicht. Ich will nicht, dass noch jemand verletzt wird.«

Cole tat wie geheißen, und die Neun-Millimeter verschwand in der schwarzen Rauchwolke.

An Nick gewandt sagte Billy: »Bist du bewaffnet?«

Nick ging näher an Charlotte heran, stellte sich zwischen sie und Billy und schüttelte dann erst den Kopf.

Jordan starrte ihren Producer an, diesen Mann, den sie schon so lange kannte. »Billy, leg dieses Ding weg ... Gib es Cole!«

Als er wieder zu Jordan sah, standen Tränen in seinen Augen. »Er hat gesagt, er bringt sie um, Jordie. Ich konnte doch nicht ... Ich musste mithelfen ...«

»Er besucht Marisa Chapman schon seit Jahren«, erklärte Bernie. »Denn anders als du hat Billy ein Gewissen. Er hat verstanden, dass das, was ihr der Frau getan habt, verkehrt war. Und er hat versucht, Abbitte zu leisten. Anscheinend hat er sich irgendwann in dieser Zeit in Miss Chapman verguckt.«

Im selben Moment entdeckte Jordan das kleine Gerät, das an Billys Jeanstasche klemmte, nicht größer als der Verschluss eines Füllers – das musste die Kamera sein! Außerdem hatte Billy einen winzigen Sender im Ohr.

»Du hast diesem Monster die ganze Zeit zugespielt?«

»Oh, er war furchtbar hilfsbereit«, sagte Bernie. »Ich glaube, er hat es als Möglichkeit angesehen, deine Quoten in neue Höhen zu treiben.«

Billy schnaubte. »Das ist Bullshit, Bernie, und das weißt du genau. Ich scheiß auf die Quote! Ich wollte nur Marisa helfen – damit ihr Fall vielleicht neu aufgerollt wird und sie endlich freikommt. Du hast diese Sache zu weit getrieben. All das hier war so nicht vereinbart. Es sollte um ein paar Briefkästen gehen, um leere Autos ... Niemand sollte dabei verletzt werden!«

»Warum hast du sie überhaupt besucht?«, fragte Jordan.

Billy drehte sich zu ihr um. »Wir hatten sie überhaupt erst in diese Lage gebracht! Und im Gegensatz zu dir habe ich tatsächlich ein Gewissen, Jordie. Wir haben das Leben dieser Frau zerstört. Leute sind dabei gestorben! Ich habe Briefe geschrieben, hab es beim Governor versucht, ich hab mit ihrer Familie gesprochen. Aber nichts davon hat irgendetwas bewirkt, nichts davon konnte es wiedergutmachen. Am Ende blieb mir nichts anderes übrig, als sie selbst zu besuchen. Besuche! Ein bisschen Trost! Ein paar Bücher. Ein Scherz hier und da. Das war alles, was ich für sie tun konnte. Und weißt du was? Nach einer Weile hat ihr das gereicht. Sie ist ein besserer Mensch als wir beide zusammen, das ist mal sicher! Sie hat mir vergeben. Verdammt, sie hat sogar versucht, dir zu vergeben! Wenn du nur einen Augenblick lang nicht bloß an dich gedacht und sie mal besucht hättest, um dich zu entschuldigen – vielleicht wäre sie irgendwann so weit gewesen, wer weiß? Ich erzähl dir jetzt nicht, dass es mir leidtut, sie im Gefängnis besucht zu haben, denn womöglich ist das die einzige gute Sache, die ich je im Leben getan habe. Ich musste zumindest versuchen, sie dort rauszuholen.«

Er machte ein paar Schritte auf die Dachkante zu und versuchte, nach unten zu sehen, aber der Rauch und die Hitze erlaubten es nicht.

»Dieser Dreckskerl von Senator hat jeden meiner Versuche abgeschmettert. Jeden Brief, den ich verfasst habe, hat sein Büro mit einem ganzen verdammten Roman beantwortet – warum sie hinter Gittern bleiben müsste. Sie haben sie eine Mörderin, eine Terroristin, eine skrupellose Killerin genannt. Er kannte sie doch nicht mal! Ich glaube nicht, dass er sich je die Mühe gemacht hat, sich ihren Fall auch nur anzusehen. Er hat an ihr ein Exempel statuiert.« Er kratzte sich mit der Waffe am Kopf. »Verdammt, Jordie, warum hast du dieses Arschloch nicht einfach erschossen? Dann wäre alles vorbei gewesen. So weit hätte es nie kommen müssen.« Er drückte erneut auf den Sender im Ohr. »Ich kümmere mich, Bernie – und du sorgst für ihre Sicherheit. Das war unser Deal, und ich erwarte, dass du dich daran hältst.«

»Natürlich. Ehrenwort.«

»Oh, das Wort eines Ehrenmannes!«

Eine weitere Bombe ging hoch, und das Dach schwankte mit einer Heftigkeit, dass Jordan um ein Haar das Gleichgewicht verlor. Sie machte ein paar Ausfallschritte, riss einen Arm hoch, und irgendwie schaffte sie es, die Balance wiederzuerlangen, ehe auch schon die nächste Explosion das Dach erschütterte. Die Mauer fühlte sich an, als würde sie zur Seite kippen und vom Dach brechen, und wieder geriet sie ins Strauchen, sprang fast zurück aufs Dach, riss sich aber zusammen.

»Bleib auf der Mauer oder spring – aber du setzt keinen Fuß auf das Dach!«, blaffte Bernie sie durch die Kopfhörer an. »Das war der achtunddreißigste Stock. Sag allen, dass sie tun sollen, was Billy sagt.« Er hielt inne und fuhr dann fort: »Detective Cole hat noch eine zweite Waffe, am Knöchel. Die soll er ebenfalls über die Kante werfen.«

Jordans Beine zitterten, und sie war sich nicht sicher, ob es ihr Nervenkostüm, das Gebäude oder eine Mischung aus beidem war. Sie wandte sich an Cole: »Er weiß, dass Sie noch eine Waffe haben. Die müssen Sie ebenfalls wegwerfen.«

Cole nickte widerwillig, nahm die kleinere Pistole aus seinem Knöchelholster und warf sie vom Dach.

»Du weißt, was zu tun ist, Billy«, sagte Bernie. »Genau wie wir es besprochen haben. Aber vielleicht willst du dich allmählich ein bisschen beeilen.«

Billy kniff für einen Moment die Augen zusammen, rieb sich die Schläfe und drehte sich schließlich zu Nick um. »Leg deinen Fallschirm an. Dann nimm das Kabel und kette Charlotte damit an dir fest.« Er fuchtelte mit seiner Pistole in Coles Richtung. »Helfen Sie ihm. Und legen auch Sie Ihren Fallschirm an. Los!«

Die letzten Seiten aus dem Rikers-Besucherbuch fielen Cole aus der Hand und flatterten im Wind davon, wirbelten erst hoch und dann über die Dachkante davon. Sein Blick huschte zu Jordan, dann zu Nick. Keiner von ihnen hatte eine Wahl, so viel war klar. Er streckte sich nach Charlotte aus.

Als Nick sie losließ, klammerte sie sich umso fester

an ihn. Cole musste die beiden regelrecht auseinanderziehen.

»Wir bringen dich jetzt nach unten, und deine Mommy und deinen Daddy auch«, hörte Jordan ihn zu Charlotte sagen.

Nick schlüpfte vorsichtig in seinen Fallschirm und zog die Gurte fest, dann nahm er Charlotte erneut in die Arme, gab sein Bestes, um sich seine Schmerzen nicht anmerken zu lassen. Charlotte schlang ihm die Arme um den Hals und klammerte sich mit beiden Beinen um seine Taille. Cole umwickelte beide mit dem Kabel, schlang es um Charlottes Beine und dann zweimal um ihren Oberkörper, bis kein Zentimeter vom Stahldraht mehr übrig war. Er nahm das Vorhängeschloss und befestigte die Enden an einem der Karabinerringe des Fallschirms.

Eine weitere Bombe explodierte, und sie erstarrten.

»Auge um Auge, Miss Briggs«, sagte Bernie über das Getöse hinweg. »Du hast mir meine Tochter genommen. Jetzt ist der Moment gekommen, an dem du dich von deiner Tochter verabschieden musst. Sag Nick, er soll springen!«

Jordans Augen füllten sich mit Tränen. »Ich kann nicht ...«

»Billy!«

Billy fuchtelte mit seiner Pistole in Richtung der Wand aus Rauch, die jenseits der Fassade aufstieg. »Nick, du musst jetzt springen ... Spring, solange du noch kannst!«

Nick hatte beide Arme um Charlotte geschlungen, blickte zu Jordan – und im selben Moment sah sie etwas in seinen Augen, was sie dort seit Langem nicht mehr gesehen hatte. Das letzte Jahr und ihre andauernden Streitereien hatten es ausgelöscht – doch jetzt sah der Mann, in den sie sich einst verliebt hatte, ihr direkt ins Gesicht, mit diesem tiefgründigen, warmen Blick und einer Zärtlichkeit, von der sie angenommen hatte, dass sie verkümmert sei.

Er musste ebenfalls etwas gespürt haben, denn selbst angesichts der Schmerzen waren seine Züge weich, und um seine Mundwinkel spielte ein vages Lächeln.

»Pass auf unser Baby auf«, stieß sie hervor.

Vorsichtig kletterte Nick auf die Mauer, balancierte sein Gewicht und das von Charlotte aus und wandte sich ihr noch einmal zu. »Ich liebe dich, Jordie. Für immer und ewig.«

Sie hätte sich am liebsten nach ihnen ausgestreckt, sich ihrer Umarmung angeschlossen und den Duft des Haars ihrer Tochter eingeatmet. Sie hätte Charlotte am liebsten gesagt, dass alles gut würde, und ertappte sich dabei, wie sie einen Schritt auf sie zumachte ...

»Nicht!«, blaffte Bernie.

Und dann waren sie weg – über die Kante in die Tiefe und im Rauch verschwunden.

81

Jordan

»Jetzt Sie«, sagte Billy und richtete die Waffe auf Cole, der seinen Fallschirm immer noch in der Hand hielt. Im selben Moment veränderte sich etwas in seinem Blick, und seine Stimme klang brüchig; er sah zurück zu der Kante, hinter der Nick und Charlotte einen Moment zuvor verschwunden waren, und versuchte, durch die Wand aus schwarzem Rauch, der inzwischen fast zum Greifen dicht zu sein schien, etwas zu erkennen.

Cole schulterte den Fallschirm und schnallte die Gurte um seine Beine fest. »Ich gehe nicht, solange ich nicht weiß, dass Jordan in Sicherheit ist«, sagte er, als er fertig war.

»Jetzt Sie«, sagte Billy erneut, als hätte Cole ihn beim ersten Mal nicht gehört oder vergessen, dass Billy es schon mal gesagt hatte. Irgendwas stimmte da doch nicht – Billy fuchtelte mit der Pistole herum und sah furchtbar nervös aus. »Springen Sie, verdammt!«

Als Cole sich nicht rührte, sank Billy zu Boden und ließ sich gegen die Sicherheitsmauer sacken. Er starrte die Waffe in seiner Hand an. »Jetzt Sie«, murmelte er ein drittes Mal, allerdings kaum noch hörbar. »Oh Gott, was habe ich getan?« Er stieß ein irres Kichern aus. »Das mit dem Hubschrauber war gelogen, nicht wahr, Bernie? Es kommt niemand mehr. Du hast mich verdammt noch mal belogen.«

»Was für ein Hubschrauber?«, fragte Jordan.

Cole ging näher an ihn heran. »Hubschrauber bringen in dieser Situation nichts mehr – aus dem gleichen Grund wie damals bei Nine-Eleven. Der Rauch ist zu dicht, und durch die Hitze entsteht Aufströmung. Die thermischen Wechsel zur kalten Luft würden den Hubschrauber nach unten oder nach oben reißen – womöglich fünfzig bis hundert Fuß auf einen Schlag. Das ist zu gefährlich. Sie würden nicht nah genug an uns rankommen.«

Billy hörte nur noch die Hälfte. »Wie konnte ich dir nur glauben? Du wirst auch Marisa nicht helfen, nicht wahr?«

»Marisa ist ebenso sehr Opfer«, erwiderte Bernie, »wie meine Frau und meine Tochter. Das war nicht gelogen. Ich habe nicht die Macht, sie aus dem Gefängnis zu holen. Dafür weiß aber jetzt die ganze Welt Bescheid. Die öffentliche Meinung dürfte Marisas Rettung sein – und damit liegt diese Last nicht mehr auf deinen Schultern. Du hättest nie mit ihr in dieses Auto steigen dürfen. Du bist genauso schuldig wie Miss Briggs und all die anderen aus ihrem Team. Dein Tod wird alles wiedergutmachen. Euer Tod.«

Billy war grässlich weiß im Gesicht. Er sah aus, als würde er jeden Moment in Ohnmacht fallen.

Jordan schnürte es die Brust zusammen. »Billy, was ist?«

»Ich wünschte mir«, sagte Bernie, »ich könnte ihn gerade sehen – diesen armseligen, naiven Idioten. Ich hoffe, ihr zwei seht euch in der Hölle wieder!«

Wie in Trance ließ Billy die Pistole fallen.

Jordan machte den Mund auf, brachte aber keinen Ton heraus. Doch am Ende musste sie es gar nicht aussprechen. Bernie bestätigte bereits, was sie soeben begriffen hatte.

»Es hat eine Weile gedauert, die Fallschirme durchzugehen. Hier ein Seil, dort ein Gurt … Nylon ist ziemlich widerstandsfähig – aber wenn man mit einem Messer drangeht, reißt es ziemlich leicht. Das war Teil des Deals, das war *seine* Wahl. Er wollte, dass Marisa endlich Gerechtigkeit widerfährt – aber dafür mussten alle springen. Jeder, der mit deiner verdammten Sendung irgendetwas zu tun hatte.« Er hielt für einen Moment inne. »Jordan – alle, die gesprungen sind, sind tot.«

Jordans Blut rauschte so laut in ihren Ohren, dass sie ihn nur noch halb verstand. Sie kniff die Augen zu und sah vor sich, wie Nick mit Charlotte in die Tiefe sprang. Sie sah ihre Leute, ihr Team, wie einer nach dem anderen den Sprung in die Tiefe wagte. Sie sah sie fallen, abstürzen, mit Armen und Beinen wild um sich schlagen, sie hörte sie schreien, den ganzen Weg bis nach unten, und erst schweigen, als ihre Leiber auf dem Gehweg, der Straße, auf Fahrzeugdächern aufschlugen …

Tot.

Alle tot.

Nur ihretwegen.

»Deine Schuld bei mir ist beglichen, Jordan Briggs. Endlich sind wir quitt. Danke, dass du mir deine Tochter gegeben und alles wieder ins Lot gerückt hast.«

Jordan spürte, wie ihre Beine unter ihr nachgaben und die Welt anfing, sich zu drehen. Sie hörte noch, wie ihr Charlottes Name entschlüpfte – in einer Stimme, die nicht ihre eigene war – und der Name ihr von den Lippen tropfte, hinabfiel und im Getöse des Feuers tief unter ihnen verschwand …

»Es gibt nur einen Weg, den Schmerz auszulöschen. Nur einen Weg, deine Tochter wiederzusehen.«

Als die nächste Bombe explodierte und Jordan aus dem Gleichgewicht brachte, als die Kante unter ihr ins Wanken geriet, machte sie sich nicht mehr die Mühe, die Balance wiederzuerlangen. Stattdessen lehnte sie sich vor, wollte nur noch, dass alles vorbei wäre. Sie lehnte sich in den Qualm und über die Kante.

82

Jordan

Jordan hatte nicht bemerkt, wie nah Cole an sie herangetreten war, doch noch ehe sich unter ihren Füßen die Leere auftat, war er vorwärts über die Mauer gehechtet und griff nach ihr, presste ihr die Arme an die Seiten, klemmte seine Beine zwischen ihre und hielt sie in einer merkwürdigen Umarmung fest, während die nächste Bombe hochging.

Sie wartete nur darauf, dass es sich anfühlte, als würden sie abstürzen, aber erst war da nur Wind – und dichter Rauch, sodass sie nichts sehen konnte, nur Coles flatternde Haare. Und im Gegensatz zu den anderen Bomben war diese auch nicht unter ihnen explodiert, sondern *neben* ihnen, während sie schon in der Luft gewesen waren. War es die Neununddreißig, die Vierzig gewesen? Hitze schlug ihnen wie eine Faust entgegen, dann folgten Abermillionen Scherben, und aus den Augenwinkeln und wie in adrenalinbefeuerter Zeitlupe sah sie, wie ein Fenster sich nach außen wölbte und zerbarst; sie war sich sicher, dass diese Explosion sie umbringen würde, und es wäre wohl auch so gekommen, wenn Coles Fallschirm sich nicht in diesem Augenblick geöffnet und sie nach oben gerissen hätte.

Cole krallte sich so fest in ihre Schultern, dass sie sich sicher war, dass mindestens eine, wenn nicht beide auskugelten. Statt zu fallen, stiegen sie jäh nach oben – zumindest fühlte es sich so an –, und sie waren einander so nah, dass es sich wie ein Körper anfühlte.

Die Welt um sie herum wurde unfassbar still.

»Luft anhalten!«, schrie Cole.

Zu spät. Jordans Lunge füllte sich mit giftigen, rußigen Dämpfen. Sie krampfte, hustete das Gift aus, nur um erneut nach Luft zu schnappen, auch Cole hustete, und jeder Atemzug fühlte sich schlimmer an, während sie hinabsegelten und die Flammen immer höher schlugen. Jordan merkte gar nicht, dass ihr Fallschirm in Flammen stand, ehe sie versuchte, sich umzusehen und sich zu orientieren. Der Schirm war weiß mit roten Streifen und rechteckig. Und auch wenn er aufgegangen war, fehlte die Hälfte. Flammen krochen über das Nylon, wurden vom Wind befeuert, leckten in Richtung der Kanten. Sie entdeckte zwei Gurte, die lose herabhingen, mit Griffen zum Steuern, doch keiner von ihnen würde dort rankommen, ohne ...

Sie kamen hart auf dem Dach eines weißen Wäschetransporters auf.

Jordans rechtes Bein setzte zuerst auf, knickte weg, dann das linke. Sie krachte auf die Seite, Cole auf sie drauf. Der Wind fuhr in die Überreste des Fallschirms und riss ihn zur Seite, zerrte sie mit, und sie stürzte die letzten zwei Meter zwischen dem Transporter und einem Toyota auf den Asphalt. Erneut peitschte der Wind den Fallschirm auf, riss Cole ein Stück über den Asphalt, blieb irgendwo hängen und erschlaffte.

In Gurte und Nylon verwickelt war Jordan auf dem Rücken gelandet. Vor ihr die Front eines Gebäudes irgendwo an der 49th Avenue. Die Fassade war nicht erkennbar – nur Flammen, wie ein wallendes Gewand aus Schwarz, Grau und Weiß. Eine knappe Sekunde lang fragte sie sich, ob ihr Wagen hier in der Nähe parkte – *das* würde einen Strafzettel geben! Dann wurde alles schwarz.

»Sie ist es! Miss Briggs!«

Eine männliche Stimme. Mit Akzent. North Carolina?

»Bewegen Sie sich nicht – Sie haben sich das Bein gebrochen. Sie beide sind ziemlich hart aufgeschlagen.«

Im selben Moment, als sie das hörte, schossen ihr höllische Schmerzen durchs rechte Bein, von unterhalb des Knies über den Oberschenkel in ihren Rücken und durch alles hindurch, durch Knochen, Muskeln, bis in die Fingerspitzen, als suchten die Schmerzen sich einen Weg nach draußen.

»Schussverletzung in der rechten Schulter. Durchschuss – irgendwann in den letzten Stunden notversorgt worden. Muss aber genäht werden. Mehrere Platz- und Schürfwunden. Glasscherben. Miss Briggs, können Sie mich hören? Machen Sie die Augen auf!«

Jordan hatte gar nicht mitbekommen, dass sie die Augen geschlossen hatte. Als sie versuchte, sie aufzuschlagen, fühlte es sich an, als hätte ihr jemand Sandpapier unter die Lider geklebt. Irgendwer zog sie auf, und Augentropfen landeten auf ihrer Hornhaut.

Sie blinzelte ein paarmal.

»Das war die Hitze – das hier hilft gegen das trockene Gefühl.« Und an jemand anders gewandt: »Schneidet den Fallschirm los!«

»... Charlotte ...«

Jordan hatte es geschafft, den Namen auszusprechen, und war selbst überrascht, wie merkwürdig ihre Stimme klang. Dieselbe Trockenheit in ihrem Mund, in ihrem Rachen.

Sie hustete.

Dann Wasser.

Eine Flasche an ihrem Mund.

Stimmen überall.

Überall um sie herum.

In der Nähe.

Weiter weg.

Überall.

Eine Nadel in ihrem Schenkel.

»Das war gegen die Schmerzen. Wir legen jetzt eine aufblasbare Schiene um Ihr Bein, damit wir Sie transportieren können. Könnte sich kalt anfühlen.« Jordan erhaschte nur einen flüchtigen Blick auf ihn – dunkle, kurze Haare. Grau meliertes Bärtchen. Für Grau schien er eigentlich zu jung zu sein, er hatte keinerlei Fältchen im Gesicht. Er sah zur Seite. »Wie geht es ihm?«

»Kein sichtbarer Bruch, scheint bei Bewusstsein zu sein ... Sir, hören Sie mich?«

Jordan hörte, wie Cole mehrmals hustete und dann sagte: »Ja ... Rufen Sie Detective Tresler ... Ich bin Polizist.«

Eisige Luft fuhr über Jordans Bein bis hinauf an die taube Stelle, wo ihr die Spritze gesetzt worden war. Sie spürte den Druck, und mit einem Mal war ihr Bein stocksteif.

Jordan versuchte, an sich hinabzublicken.

»Nicht den Kopf bewegen, Ma'am! Ich will Ihnen erst eine Schiene anlegen. Sie müssen geröntgt werden.«

Noch ehe er fertig gesprochen hatte, schob ein weiteres Paar Hände etwas unter ihren Hals und zurrte es fest.

»Auf die Trage bei drei – bereit?«

Jordan räusperte sich. »Ist der Fallschirm meiner Tochter aufgegangen? Ist sie bei meinem Mann? Haben Sie sie gesehen? Sie ist vor uns gesprungen ...«

»Eins, zwei ...«

Mehrere Hände hoben sie nach oben, dann nach rechts und legten sie routiniert auf einer Trage ab.

Eine Frauenstimme: »Gut. Schnallt sie fest und bringt sie in Wagen zwölf ...«

Jordan stemmte sich hoch. Kurz wurde ihr schwarz vor Augen, dann wälzte sie sich zur Seite.

»Was zum Teufel machen Sie da…«

Sie versuchte, mit dem unverletzten Bein aufzutreten, doch als das gebrochene Bein auf dem Boden aufkam, schoss ihr der zehnfache Schmerz durch den Leib. Sie keuchte auf, versuchte, nicht das Bewusstsein zu verlieren. Packte jemandes Jacke, dann den Außenspiegel des Toyota und stemmte sich hoch in eine stehende Position.

»Charlotte!«

Auch wenn die Polizei alles abgeriegelt hatte, waren es umso mehr Gaffer – eine riesige Menge, die sich entlang des gesamten Blocks versammelt hatte. Sie entdeckten Jordan und fingen an, ihren Namen zu kreischen. Sie rissen die Arme in die Luft, hielten Handys hoch, fotografierten und filmten.

Die beiden Sanitäter versuchten, sie wieder auf die Trage zu drücken, doch Jordan riss sich die Halskrause ab, drehte sich um die eigene Achse und sah sich um.

Sie stand inmitten eines Schlachtfelds.

Die 49th Avenue war mit verlassenen Fahrzeugen verstopft. Die ausgebrannten Wracks der Taxis rauchten noch. Von oben regnete Asche auf sie herab, und die Luft roch wie säurehaltiger Nebel. Ein paar Meter weiter zu ihrer Linken kam Cole soeben auf die Beine, auch wenn eine Sanitäterin ihn am Boden halten wollte.

Jordan lief los, humpelte und hüpfte auf ihrem unverletzten Bein vorwärts und suchte die Straße ab. »Charlotte!«

Dann entdeckte sie Nick an der Ecke der 49th und 7th Avenue.

Wie er sich aus seinem Fallschirm befreite.

Allein.

83

Jordan

»Lassen Sie mich los!«

Zwei Sanitäter versuchten noch, sie zurückzuhalten, doch Jordan riss sich von ihnen los.

»Nick!«

Im selben Augenblick hörte sie Bernies plärrende Stimme – nicht dünn und leise in ihrem Ohr, sondern laut, dröhnend, von überallher, und ihr dämmerte, dass die Stimme aus Radios kam. Aus all den Handys, die die ganzen Gaffer hochhielten, und von den Autos, die immer noch überall herumstanden: Überall lief immer noch ihre Sendung. Seine Stimme wurde tausendfach aus jedem Lautsprecher übertragen. »Oh, Miss Briggs … Was für ein glorioser Absturz!«

Ihre Kopfhörer waren ihr heruntergefallen, als sie auf dem Wagendach aufgeschlagen war. Einer der Sanitäter hob sie auf, und sie riss sie ihm aus den Händen und setzte sie auf. »Wo zur Hölle steckst du?«

»Nah genug an dir dran, um deinen Schweiß zu riechen.«

»Aber du versteckst dich immer noch, du feiges Arschloch!«

Auch ihre Stimme dröhnte aus sämtlichen Lautsprechern und hallte von überallher wider, aber Jordan war es egal. Sie hinkte weiter auf Nick zu, hüpfte auf ihrem unverletzten Bein vorwärts und stützte sich an den liegen gebliebenen Fahrzeugen ab. Jeder einzelne Schritt erforderte alle Kraft, die sie aufbringen konnte. Sie war schweißgebadet, und ihr war schwindlig. Sie schnappte nach Luft und lief weiter.

Hinter den Absperrgittern riefen die Leute nach ihr und machten Fotos. Einige johlten.

Warum waren die überhaupt hier?

War sie, war ihre Familie für diese Leute wirklich nichts weiter als irgendein Spektakel?

Auch Fernsehkameras waren da. Mindestens ein Dutzend, und sie wurden den Gehweg entlanggetragen, um Bilder von ihr einzufangen.

Wie viele waren gestorben? All diese Leute konnten wohl immer noch nicht genug kriegen ...

Irgendein Arschloch hielt allen Ernstes ein Schild mit der Aufschrift hoch: *Bernie ist Bombe!*

Gerade erst wenige Stunden zuvor, als die Taxis explodiert waren, hatte sie mit ihrem Team runter auf die Straße gewollt. Sie war kein bisschen besser als diese Leute.

Das hier war ihre Show. Sie war dafür verantwortlich.

Auf dich, Jordan!

Das hier ging auf ihre Rechnung. Auf ihre Kappe. Jede Sekunde.

Als sie näher kam, blickte Nick auf.

Er krümmte sich vor, hatte die Hand aufs Knie gestützt und hielt sich mit der anderen die Rippen. Er bekam kaum noch Luft. Sein Fallschirm lag in einem Haufen zu seinen Füßen. Das Stahlkabel, mit dem sie Charlotte an ihm festgekettet hatten, lag neben ihm auf dem Asphalt.

Hektisch sah Jordan sich um. »Wo ist sie? Wo ist mein Baby?«

Nick nickte in Richtung eines Rettungswagens, der keine sechs Meter entfernt stand.

»Oh mein Gott!«, keuchte sie.

Er hob beschwichtigend die Hand. »Es geht ihr gut. Wir sind hart aufgeprallt, aber ich hab das meiste abgefedert. Der Sani wollte sie nur von der Straße wegbringen und untersuchen. Er meinte, er ...«

Den Rest hörte sie nicht mehr. Mit letzter Kraft schleppte sie sich auf den Rettungswagen zu – die gebrochenen Knochen in ihrem Bein rieben mit jedem Schritt aufeinander, und ihr wurde erneut erst schwarz vor Augen, dann rot. Durch den Nebel sah sie Charlotte in dem Wagen sitzen und nach draußen spähen. Neben ihr eine Rollbahre mit einem weißen Laken und davor ein Sanitäter, der eine Pistole in der einen und eine Art Schaltkasten in der anderen Hand hielt ... einen Zünder wie denjenigen, den auch Daly in der Hand gehalten hatte!

Bernie!

Gott, das war Bernie!

Und er hatte Charlotte in seiner Gewalt!

Ihre Blicke kreuzten sich, und Bernie starrte sie eine gefühlte Ewigkeit unverwandt an. Er sah ihr entgegen, als sie auf den Rettungswagen zuhumpelte, und zog ihr die Tür vor der Nase zu.

Seine Worte trafen sie wie ein Nagel im Fleisch. Seine Stimme, die von jedem Handy, von jedem Lautsprecher und in ihren Kopfhörern verstärkt wurde. Er war überall.

»Nach dem Unfall«, sagte er seelenruhig, »als Kourtney noch auf dem Weg ins Krankenhaus gestorben war, haben sie meine Tochter geholt – die kleine Kimberly war für fast neun Minuten am Leben. Neun Minuten – und in dieser Zeit hatte sie nichts als das Gesicht ihrer toten Mutter vor Augen und das Innere eines Rettungswagens. Deine Tochter wird in ihrem letzten Moment dein Gesicht nicht sehen, aber sie wird deine Stimme hören. Das ist doch ein Trost, oder nicht?«

Jordan hatte den Wagen erreicht und zerrte am Türgriff.

Verschlossen.

Sie hämmerte mit den Fäusten gegen die Tür, und für den Bruchteil einer Sekunde meinte sie zu hören, wie Charlotte von drinnen ihren Namen rief.

Dann setzte ein Schuss dem Rufen ein Ende.

84

Jordan

Die Kugel durchschlug gut zehn Zentimeter über der Stoßstange und keine zwei neben Jordans Bein die Tür, krachte in den Asphalt und verschwand in einer Wolke aus Staub. »Hier gelten die gleichen Spielregeln wie im Gebäude, Jordan. Sag den Officern dass sie keinen Schritt näher kommen sollen. Wenn irgendwer sich falsch verhält, zünde ich die Bombe manuell, und das war's dann mit deinen letzten neun Minuten mit Charlotte… acht Minuten und zwölf Sekunden, um genau zu sein.«

Hinter ihr tauchte Cole mit einem zweiten Detective auf. Als der zweite ins Telefon sprach, erkannte sie seine Stimme wieder.

Tresler.

Er sprach leise, trotzdem fing Jordans Mikro seine Stimme auf. »Er ist in einem Rettungswagen an der Ecke 47th und 6th. Ich will, dass sämtliche Fluchtwege abgesperrt werden. Ich will, dass ringsum alles dicht ist. Er kommt hier nicht weg. Scharfschützen auf sämtlichen umliegenden Gebäuden in Position!«

»Das ist ein Rettungswagen aus North Bergen«, stellte Cole fest. »So ist er heute Vormittag von den Anschlägen in Jersey weggekommen.«

»So bin ich schon den ganzen Tag von A nach B gekommen«, erwiderte Bernie. »Und Scharfschützen und Absperrungen brauchen Sie nicht. Ich fahre hier nicht weg.

Das hier ist meine letzte Station. Aber sagen Sie allen, dass sie sich fernhalten sollen, Sie sind sowieso schon viel zu nah dran. Noch sieben Minuten dreiundzwanzig.«

»Ich hab alles getan, was du wolltest, Bernie! Alles!« Jordans Stimme hallte ebenso laut wider wie seine.

»Du hast den Senator nicht umgebracht und dich selbst auch nicht. Du hast mir insofern nur bewiesen, dass du dich durchschummelst, wann immer du kannst. Aber das ist schon in Ordnung. Ich dachte eigentlich, wir wären allein, wenn wir dieses Spielchen beenden. Aber es ist schön, in den letzten Momenten ein bisschen Gesellschaft zu haben.«

Tresler kam einen Schritt näher. »Bernie, es ist aus. Der Senator ist tot. Die meisten Fallschirme haben sich geöffnet, seiner aber nicht. Er ist gerissen, da war ein riesiges Loch – und er ist fünf Stockwerke tief gestürzt. Hatte keinen Knochen mehr im Leib, der nicht gebrochen wäre. Ich kann es Ihnen beweisen. Machen Sie die Tür auf, damit wir uns von Angesicht zu Angesicht unterhalten und ich ...«

»Dafür ist es zu spät. Miss Briggs hat die Regeln nicht befolgt.«

»Du hast gar nicht alle Fallschirme zerstört«, sagte Jordan. »Du hast gar nicht alle umgebracht, wie du gesagt hast.«

»Ich bin mir nicht einmal sicher, ob die Fallschirme überhaupt manipuliert waren«, warf Tresler ein. »Wir haben bislang keinen einzigen zerschnittenen Gurt entdeckt. Der Fallschirm des Senators und die paar wenigen, die gar nicht erst aufgegangen sind – das hatte andere Gründe. Die sind den Nachbargebäuden zu nahe gekommen oder in ungünstige Thermik geraten. Aber sabotiert wurden sie nicht.«

»Dann hast du niemanden aus meinem Team umgebracht?«

Jordan wäre gern auf und ab gelaufen, so nervös war sie, doch ihr gebrochenes Bein hinderte sie daran. Allerdings lief ihr Gehirn auf Hochtouren.

»Jeder, der es verdient hatte zu sterben, ist tot. Jeder – außer dir«, erwiderte Bernie. »Den Rest habe ich verschont.«

»Und jetzt stehe ich hier. Lass mich mit Charlotte den Platz tauschen.«

»Nein.«

»Und warum nicht? Ich bin doch diejenige, die du bestrafen willst?«

»Du lebst weiter, und zwar in der Gewissheit, dass Charlotte deinetwegen sterben musste. Du lebst mit diesem Wissen weiter – das war von Anfang an mein Ziel. Sechs Minuten und acht Sekunden.«

»Die Richterin umzubringen und die Geschworenen – das ist das eine. Du bist ein verkorkster Irrer, und auf irgendeine verquere Weise dürften diese Morde für dich wahrscheinlich einen Sinn ergeben – aber du hast dich nicht dazu durchringen können, mein Team zu ermorden, auch wenn du dazu die Gelegenheit hattest. Es wäre so einfach gewesen, die Fallschirme zu manipulieren, wie du gesagt hast. Aber das hast du nicht gemacht ...«

Jordan ließ den Satz nachwirken und hoffte, Bernie würde den Köder schlucken und darauf eingehen, aber das tat er nicht. Er sagte kein Wort. Mit leiser Stimme redete sie weiter, sah unverwandt zur Tür des Rettungswagens, als könnte sie hindurchsehen.

»Ich glaube nicht, dass du ein unschuldiges Kind ermorden könntest – genauso wenig, wie du meine Leute ermordet hast.«

»Fünf Minuten und achtzehn Sekunden.«

»Wenn deine Tochter überlebt hätte, wie alt wäre sie heute, Bernie?«

Wieder keine Antwort.

»Sie wäre fast elf«, sagte Jordan an seiner Stelle. »Sie wäre im selben Alter wie das kleine Mädchen, das jetzt neben dir sitzt. Das kleine Mädchen, das dich gerade ohne jeden Zweifel mit Todesangst in den Augen ansieht. Stell dir vor, es wäre dein Mädchen, Bernie. Schau dir nur eine Sekunde lang an, wie sie aussieht, und stell dir vor, sie wäre deine Tochter. Dieses kostbare Kind. Stell dir vor, es wäre Kimberly, die dort neben dir sitzt und sich fragt, warum Daddy sie umbringen will. Könntest du deiner eigenen Tochter in die Augen sehen und ihr erklären, warum du vorhast, ihr das Leben zu nehmen?«

»Vier Minuten, einundzwanzig Sekunden. Die Augen meiner Tochter waren blau, Jordan. Ich weiß das, weil ich es auf dem Totenschein gelesen habe. Ich selbst durfte ihr nicht ein einziges Mal ins Gesicht sehen, ich durfte sie nicht ein einziges Mal lachen oder weinen oder lächeln sehen.«

»Doch. Du hast all diese Dinge gesehen, wann immer du deine Frau angesehen oder wenn du selbst in den Spiegel geguckt hast. Denn glaub mir – genau so ist es: Unsere Kinder sind wir – sie sind das Beste von uns. Wenn Charlotte mir einen Witz erzählt, dann sehe ich in ihr ihren Vater. Wenn sie schmollt und mit dem Fuß aufstampft, dann sehe ich mich selbst. Und wenn sie streiten will, dann höre ich mich, ganz ohne Frage.«

Um sie herum zog die Polizei sich zurück und räumte den Platz rund um den Rettungswagen. Mehrmals zupfte jemand sie am Arm, damit auch sie sich entfernte, aber sie rührte sich nicht vom Fleck. Cole stand immer noch hinter ihr. Sie spürte seine Hand an ihrer Schulter.

»All das habe ich nie erlebt – deinetwegen. Drei Minuten.«

»Deine Tochter lebt weiter, Bernie. Und weißt du, wie

ich das wissen kann? Aufgrund der Briefe, die sie mir Jahr für Jahr schickt. Mag sein, dass du sie geschrieben hast, aber sie kamen von ihr. Es waren ihre Gefühle, ihre Worte. Und sie ist ein ganz besonderes Mädchen. Ich will mehr davon, ich will wissen, wie sie in der Highschool sein wird, ich will hören, wie sie von ihrem ersten Freund erzählt. Ich will von ihrer Hochzeit und von ihren eigenen Kindern hören. Dieser Unfall – und es *war* ein Unfall – mag ihren Körper getötet haben, aber ihre Seele lebt in dir weiter.«

Cole hielt ihr ein Tablet hin. Sie hatte keinen Schimmer, woher er es hatte. Auf dem Display waren mehrere Fotos zu sehen, eilig scrollte sie sie durch – und hatte verstanden.

»Ich habe gerade Fotos aus deiner Wohnung vor mir, Bernie. Aus dem Kinderzimmer deiner Tochter, von ihrem Kinderbett... All die Spielsachen und Kuscheltiere. Es ist ein Ort der Liebe, jeder Zentimeter davon. Deshalb hast du diese Gegenstände an den Tatorten zurückgelassen – um den Leuten genau diese Liebe in Erinnerung zu rufen. Hier sind auch Fotos von dir und Kourtney. Auf diesem hier sieht sie hoch zu dir... Stammt das aus der Gemäldegalerie in der Nähe des Parks? Wie sie dich ansieht... Man kann ihr ansehen, wie sehr sie dich liebt. Niemand sollte diese Schmerzen erleiden, Bernie. Niemand. Aber jeder, der heute zugehört hat, hat diese Schmerzen schon mal gespürt, jeder Einzelne. Jede Mutter, jeder Vater, jeder Bruder, jede Schwester, Tochter... Sie alle verstehen, was du durchmachst, Bernie. Ich weiß, dass es das nicht ungeschehen macht. Nichts, was ich tun könnte, kann es wiedergutmachen. Aber ich will es zumindest versuchen. Arbeite mit mir zusammen, Bernie. Komm da jetzt raus, setz dem Ganzen ein Ende. Wir sollten gemeinsam überlegen, wie wir die Erinnerung an deine Frau und deine

Tochter gestalten können. Du willst doch nicht, dass nur vor dem Hintergrund der heutigen Ereignisse, vor dem Hintergrund all dieser Tode an sie erinnert wird? Wir überlegen uns etwas Besonderes. Ich kann sie dir nicht wieder zurückbringen, aber wenn du mit mir zusammenarbeitest, können wir die Erinnerung an sie lebendig halten.«

Bernie reagierte nicht.

Und Jordan hatte nichts weiter zu sagen.

Der Rettungswagen stand mitten auf der Straße. Unwirkliche Stille umgab ihn.

Fast eine volle Minute verstrich, ehe Bernie der Stille ein Ende setzte.

»Sag den Scharfschützen, sie sollen abziehen. Ich will, dass alle verschwinden. Dann kommen wir raus.«

Cole und Tresler hatten Jordan gute drei Meter weit vom Rettungswagen weggedrängt, doch als Bernie das sagte, wollte sie sofort wieder nach vorn. Wenn die beiden sie nicht festgehalten hätten, wäre sie augenblicklich losgelaufen. Doch als die Türen des Rettungswagens aufgingen, weigerten sie sich, sie gehen zu lassen. Selbst als Charlotte herauskrabbelte und auf den Asphalt sprang.

Einen Augenblick lang stand sie verwirrt und wie benebelt da. Dann entdeckte sie Jordan, war binnen einer Sekunde bei ihr und warf sich ihr ungebremst um den Hals, sodass beide fast umfielen.

Ihr lief Rotz aus der Nase, die Augen waren gerötet und vom Weinen geschwollen. Fast hätten sie überhört, was sie sagte, weil ihre Stimme so dünn klang: »Mommy, er sagt, wir müssen rennen.«

Jordan blickte auf und sah zu Bernie, der hinter der offenen Tür in dem Wagen saß.

Tresler schnappte sich Charlotte, und Cole schlang Jordan den Arm um die Taille, riss sie zurück, und zu viert gingen sie hinter dem Lieferwagen einer Teppichfirma in Deckung, als der Rettungswagen im nächsten Moment auch schon in einem gewaltigen Feuerball aufging – und das tiefe Donnern nur noch von der letzten Explosion in ihrem Gebäude ein Stück die Straße entlang übertönt wurde.

Eine Woche später

85
Cole

Mac's Tavern war nicht sonderlich groß. Gerade mal fünfundsiebzig Leute passten hinein, aber die Kneipe war seit
bald achtundneunzig Jahren eine Institution in Queens.
Nach Ende der Prohibitionszeit war sie erst Anlaufstelle
für Mafiosi gewesen, in den Sechzigern nach und nach
von den Beamten des NYPD für sich beansprucht worden
und galt seither als Bullenkneipe. Sie hatte zwei Groß-
brände überlebt, drei Wirtschaftskrisen, einen gewaltsa-
men Aufstand und etwa zur Zeit des Berliner Mauerfalls
einen Wasserschaden, der die ohnehin reparaturbedürftige
Küche zerstört hatte. Die Küche war saniert worden, und
jetzt, dreißig Jahre später, wäre eine Sturmflut nötig gewesen, um sie erneut gründlich sauber zu kriegen.

Die Wände waren mit dunklen Holzpaneelen verkleidet,
die keiner bei Licht sehen wollte, und auf die Deckenverkleidung aus Blech hatte sich vom jahrelangen Zigarren-
und Zigarettenrauch eine dicke Dreckschicht gelegt.

Mac's Tavern war überdies Lieblingstreffpunkt von sechs
Generationen von Gaffs bei der Polizei gewesen: Ihre ge-
rahmten Bilder hingen neben Dutzenden Auszeichnungen
an den Wänden, und namentlich gravierte Biergläser standen über der Bar. Eine Nische im hinteren Teil der Kneipe
war für die ranghöchsten Gaff-Familienmitglieder reserviert. Dort durfte sonst niemand sitzen.

Als Cole die Kneipe betrat, die für einen Dienstagabend

um sechs Uhr schon verhältnismäßig voll war, wurde aus dem Getöse schlagartig ein leises Tuscheln. Mehrere Leute traten zur Seite, und Coles Blick blieb an besagter Nische hängen.

Dort saßen drei Leute.

Sein Lieutenant und Vorgesetzter, Mitch Gaff.

Joseph Daggett, der Direktor von Rikers Island.

Und Milton Gaff, Mitchs Vater und von 1989 bis 1993 Polizeichef von New York.

Jeder von ihnen hatte ein Glas Bier vor sich, unter Garantie ein Sam Adams, und jeder hatte es bereits zur Hälfte geleert. Unter normalen Umständen hätte auch ein Schälchen Kartoffelchips vor ihnen gestanden, aber dies waren keine normalen Umstände. Tatsächlich hatte Cole die letzten zehn Minuten vor der Tür gestanden und überlegt, ob er wirklich hineingehen sollte.

Milton Gaff war der Erste, der aufblickte und ihn an der Tür entdeckte. Er stieß seinen Sohn und Daggett unter dem Tisch an, und auch sie blickten auf.

Im selben Moment war Cole klar, dass es ein Fehler gewesen war zu kommen. Er dachte kurz darüber nach, wieder zu gehen, spürte aber, wie die anderen Gäste hinter ihm zusammenrückten und ihm den Fluchtweg versperrten. Aus den Augenwinkeln entdeckte er überdies Trey und Darin, die Gaff-Zwillinge, die sich langsam auf ihn zubewegten.

Er würde hier erst wieder rauskommen, wenn sie es zuließen.

Ohne ihn auch nur anzusehen, zapfte der Barkeeper ein Bier und trug es an den Gaff-Tisch, stellte es an den leeren Sitzplatz den drei Männern gegenüber und kehrte hinter den Tresen zurück.

»Jetzt oder nie, Cole«, murmelte er in sich hinein, hielt auf den Tisch zu und schob sich auf die leere Bank.

»Sie sehen aus, als hätte ein Muli Sie zu Brei getreten«, stellte Milton fest und nahm einen Schluck Bier. »An Ihnen ist ja jeder Zentimeter Haut verschrammt, grün und blau.«

»Verkehrsstreife kann ziemlich hart sein«, erwiderte Cole und spähte zu seinem Lieutenant, der jedoch nichts dazu sagte.

Milton schmunzelte und lehnte sich bequem gegen das rissige rote Kunstleder in seinem Rücken. »Bernie hat eine Liste hinterlassen. Sämtliche Leute, die auf der Gehaltsliste des Senators standen. Ziemlich fieses Pack, das seinen Entwurf durchsetzen wollte. Sie wissen, dass ich nicht mit draufstand, ja?«

»Ich habe die Liste gesehen.«

»Ich stehe nicht mit drauf. Ihr Partner ebenso wenig.«

»Aber andere.«

»Niemand, der an diesem Tisch sitzt. Niemand in dieser Kneipe.«

Lieutenant Gaff beugte sich vor. »Jeder von dieser Liste sitzt entweder bereits in U-Haft oder wird derzeit durchleuchtet. Ich habe gehört, Morettis Kompagnon, dieser Mercer, sitzt irgendwo in einer sicheren Unterkunft in Upstate New York und wird gerade vom FBI gegrillt. Sieht fast danach aus, als hätten die Sentinels all das als Vorwand genutzt, um eine Duftmarke zu hinterlassen – und Moretti hat bloß ein Streichholz drangehalten, um seine eigenen Interessen durchzukriegen. Nur dass Bernie sie alle benutzt hat. Und die Hälfte von ihnen landet im Grab.«

»Aber entscheidend ist doch«, mischte Milton sich ein, »dass wieder mal die gewinnen, die auf der richtigen Seite stehen, so ist es am Ende immer.«

»Das FBI hat das Sentinel-Camp gefilzt, und es war leer«, berichtete Daggett. »Sie haben sich in alle Winde zerstreut.«

Milton nahm noch einen Schluck Bier. »Das ist nur eine Frage der Zeit. Wir kriegen sie, einen nach dem anderen.«

Cole drehte sein Bierglas hin und her und sah zu Daggett. »Wie geht es Marisa Chapman?«

»Sitzt immer noch in der Isolation«, antwortete er. »Ich lasse sie dort, bis sich die Lage halbwegs beruhigt hat. Aber ich habe schon mit dem Direktor oben in Wilcox gesprochen, vielleicht überführen wir sie dorthin. Bin noch nicht ganz sicher … Aber so oder so ist sie in Sicherheit. Ihr Fall wird dank dieser Geschichte neu aufgerollt, vielleicht widerfährt ihr am Ende doch noch ein bisschen Gerechtigkeit.«

Lieutenant Gaff sah seinen Vater kurz an, dann blickte er in sein Bierglas. »Sie haben um die Hand meiner Tochter angehalten. Ich habe Nein gesagt. Sie wissen, warum, nicht wahr?«

»Sie wollen nicht, dass sie einen Cop heiratet.«

»Ich will nicht, dass sie einen Cop heiratet«, wiederholte er.

»Sie sind bei dieser Sache fast draufgegangen, Junge«, sagte Milton.

Der Lieutenant legte seine Hand auf das Handgelenk seines Vaters und brachte ihn zum Schweigen. Dann sah er erneut zu Cole. »Was glauben Sie, was Gracie in Ihnen sieht? Sie sieht die Männer, die sie großgezogen haben. Die Männer, die sie beschützt und ihr Leben lang von allem abgeschirmt haben. Ich kenne Sie, Cole. Sie sind wie ich. Sie sind wie die Männer an diesem Tisch. Die Männer in dieser Kneipe. Wenn Sie ein Feuer sehen, dann laufen Sie los. Wenn Sie Schreie hören, dann eilen Sie zu Hilfe. Für Sie sind andere wichtiger als Sie selbst, und das ist eine verdammt gute Eigenschaft, aber …«

»Aber nicht für denjenigen, der Ihre Tochter heiratet.«

»Nein. Ich will nicht, dass meine Tochter sich fragen

muss, ob ihr Mann abends nach Hause kommt. Ich will nicht, dass sie zusammenzuckt, sobald das Telefon klingelt, oder wenn es an der Tür klopft.«

»Bei allem Respekt, Sir, aber das ist nicht Ihre Entscheidung. Das entscheidet sie ganz allein.«

»Sie ist mein Baby. Mein kleines Mädchen. Eines Tages werden Sie mich verstehen.«

»Sie ist eine erwachsene Frau. Und womöglich tougher als wir alle zusammen.«

Cole hatte gar nicht bemerkt, wie leise es um sie herum geworden war. Niemand unterhielt sich mehr, alle starrten sie an. Er nahm einen Schluck Bier und legte sich genau zurecht, was er als Nächstes sagen wollte. »Ich liebe Gracie aus tiefster Seele. Sie ist morgens beim Aufwachen mein erster Gedanke und der letzte, wenn ich abends schlafen gehe. Sie war in meinen Gedanken, als ich in diesem Gebäude war. Als es am schlimmsten war, habe ich die Augen zugemacht und an sie gedacht. Ich habe an ihr Lächeln gedacht, an ihr Lachen, an das kleine Grübchen im linken Augenwinkel, wenn sie kichert. Ich habe an ihre warme Hand in meiner gedacht, daran, wie sie sich in meinen Armen anfühlt. Mehr als alles andere auf der Welt wollte ich wieder zu ihr zurück. Sie hat mich von diesem Dach geholt und aus dem Feuer gerettet. Es gab keinen Moment, in dem irgendwas anderes wichtiger gewesen wäre. Sie wird für mich immer an erster Stelle stehen.« Cole sah Lieutenant Gaff direkt in die Augen. »Wenn ich Ihren Segen bekäme – von Ihnen allen, von allen in diesem Raum –, wäre ich froh. Aber dass Sie ihn mir nicht geben, wird Gracie und mich nicht voneinander fernhalten.«

Die drei Männer am Tisch sahen ihn unverwandt an, sagten aber nichts.

Mehrere Minuten verstrichen, ehe überhaupt jemand irgendwas sagte.

Lieutenant Gaff ergriff als Erster das Wort. »Wenn Sie sie je verletzen, dann sorgen diese Leute hier dafür, dass Sie von der Bildfläche verschwinden. Das ist Ihnen klar, ja?«

Ein leises Raunen ging durch die Kneipe.

Cole nickte.

Der Lieutenant sah zu seinem Vater, zu Gracies Großvater, dann streckte er die Hand über den Tisch aus und hielt sie Cole hin. »Willkommen in der Familie, Junge.«

Zweieinhalb Stunden, sechs Biere und diverse Schnäpse später trat Cole aus Mac's Tavern hinaus in die kalte Nacht. Er blieb noch kurz an der Straßenecke stehen, entdeckte dann Gracies schwarzen 1984er Firebird auf der anderen Straßenseite und schlurfte darauf zu. Er gab sich alle Mühe, gerade zu gehen, scheiterte aber kläglich.

Gracie lehnte in Jeans, einem weißen Tanktop und brauner Lederjacke an der Fahrertür. Sie lächelte ihm entgegen, versuchte, nicht zu kichern – und scheiterte ebenfalls. »Oh, sie haben dich hart rangenommen, was?«

»Alles gut … Mir geht's gut …«

Es klang nicht ganz wie beabsichtigt, aber er lallte auch nicht wie befürchtet. Er nahm sie in die Arme, drückte sie an sich.

»Ich liebe dich mehr als alles andere auf der Welt, das weißt du, oder?«

»Ich liebe dich auch, Detective Hundley.«

»Ich liebe dich sogar mehr als Erdnussbutter.«

Sie kicherte. »Oh Mann, du musst nach Hause.«

»Wir müssen noch einen Zwischenstopp einlegen.« Cole nahm sein Handy heraus und hielt ihr die Nachricht auf dem Display hin.

Sie nickte. »In Ordnung. Aber danach fahren wir heim.«

Sie stiegen ein, und Gracie beugte sich zu ihm rüber,

um ihn auf die Wange zu küssen. »Hast du Dad erzählt, dass wir gestern im Standesamt waren?«

»Gott, nein!«

86

Jordan

Sie hörte ihn kommen, drehte sich aber nicht nach ihm um. Stattdessen verlagerte sie ihr Gewicht auf die Krücke unter der rechten Achsel und zog die Spitze der anderen aus der Erde. Sie hatte so lange an dieser Stelle gestanden, dass die Krücke zwei Fingerbreit ins Gras eingesunken war. »Für einen Detective pirschen Sie sich aber nicht besonders leise an.«

»Normalerweise sind es die Bad Guys, die sich anpirschen«, sagte Cole. »Ich war darin nie sonderlich gut.«

Als sie sich zu ihm umdrehte, kniff sie die Augen zusammen und schmunzelte. »Sie haben getrunken.«

Cole hielt Daumen und Zeigefinger übereinander. »Ein klitzekleines bisschen.«

»Gab's was zu feiern?«

»So in der Art.«

»Tut mir leid, da hätte ich nicht stören wollen!«

Cole sah zu der frisch aufgehäuften Erde hinab, zu dem provisorischen Kreuz, an dessen Stelle eines Tages ein Grabstein stehen würde. »War die Beerdigung nicht heute Nachmittag? Stehen Sie seitdem hier?«

»Wie viel Uhr ist es jetzt?«

»Kurz nach neun.«

»Wow, ja, dann muss ich wohl seither hier sein.« Sie sah zurück zum Eingang des Holy Cross Cemetery. *Wann war es dunkel geworden?* »Ich habe über vieles nachgedacht, und hier ist es schön ruhig. Da habe ich wohl die Zeit vergessen.«

»Nett von Ihnen, dass Sie die Kosten übernommen haben.«

Jordan sah hinüber zu den Grabsteinen neben der Stelle, wo der für Bernie hinkommen würde. Kourtney Bretz ganz links, dazwischen das Grab ihrer Tochter.

Als sie angekommen war, hatte sie auf beiden Gräbern zuallererst Unkraut gezupft und frische Blumen in die Metallvase an der Seite gestellt. »Der Friedhofswärter hat mir erzählt, dass Bernie bis zu drei-, viermal in der Woche hier war. Er muss jedes Mal, wenn er in der Gegend war, vorbeigekommen sein. Er hat hier gesessen und stundenlang mit ihr geredet – nur die beiden, zehn Jahre lang. Weiterhin mit ihr zusammen zu sein scheint für ihn wichtig gewesen zu sein. Wenn ich das Grab nicht gekauft hätte, hätten sie ihn eingeäschert und dann Gott weiß was mit seiner Asche gemacht.«

»War gut von Ihnen«, sagte Cole.

»Tja, erzählen Sie es nicht weiter. Ich will nicht, dass die Welt erfährt, dass sogar ich ein Herz habe.«

Er nickte auf ihr Bein hinab. »Juckt es schon?«

Der Gips reichte vom Oberschenkel bis zu den Zehen. Charlotte hatte ihn mit Zeichnungen von Simpsons-Figuren verziert.

»Noch nicht, aber ich hab schon gehört, dass in ein paar Wochen noch einiges auf mich zukommt. Im Moment fühlt es sich einfach nur schwer und komisch an.«

»Wie kommen Sie von A nach B? Fahren können Sie ja nicht?«

Sie zeigte auf eine schwarze Limousine auf der Hügelkuppe. Frank lehnte an der Kühlerhaube und blickte auf sein Handy. »Dieser Gentleman darf Miss Daisy in absehbarer Zeit fahren.« Sie konnte ihm ansehen, dass er noch

Fragen hatte, sich aber nicht traute, also sagte sie es einfach: »Nick und ich sind alles andere als pleite. Das haben diese Leute bloß vorgetäuscht, um mich aus der Reserve zu locken. Die Unterlagen waren samt und sonders gefälscht.«

»Sie und Nick ... das heißt ...«

Sie stieß einen leisen Seufzer aus. »Wir sind nicht wieder zusammen. Nicht richtig. Wir ... daten, könnte man vielleicht sagen, aber ich wüsste nicht, wo das hinführen sollte. Ich glaube, wir wollen beide, dass wir miteinander auskommen – hauptsächlich wegen Charlotte –, aber die Wahrheit ist, dass die Probleme, die wir schon vorher hatten, immer noch da sind. Wir haben überlegt, ob wir wieder zusammenziehen oder vielleicht erst mal Familienurlaub machen, aber es fühlt sich an, als würden wir das Unvermeidliche nur vor uns herschieben. Und keiner von uns will Charlotte falsche Hoffnungen machen. Es gab eine Zeit, als Nick und ich zusammengehört haben, aber ich glaube, wir haben beide eine neue Phase im Leben begonnen, in der wir ... eben nicht mehr zusammengehören.« Mit der Spitze der Krücke schob sie ein lockeres Grasbüschel zurecht. »Morgen fahren wir endlich in die Hamptons und treffen meine Mutter.«

»Charlottes erste Begegnung mit ihr?«

Jordan nickte. »Ich habe wohl endlich begriffen, wie albern es war, sie auf Abstand zu halten. Charlotte hat es verdient, eine Oma zu haben, und meine Mutter sollte ihre Enkelin kennen. Alles andere wirkt inzwischen so nebensächlich, dass ich gar nicht mehr darüber nachdenken mag.«

»Nach solchen Erlebnissen fühlt sich vieles im Leben nicht mehr so wichtig an wie vorher«, pflichtete er ihr bei. »Ich bin froh zu hören, dass sich alles fügt.«

Eine geschlagene Minute lang herrschte Stille. Eine

kühle Brise strich über den Friedhof, während die Nacht sich herabsenkte.

»Ich habe Billy besucht«, sagte Jordan schließlich.

»Liegt er immer noch im Koma?«

Sie nickte. »Sie wissen immer noch nicht, ob er vom Dach gestürzt oder gesprungen ist. Aber die Ärzte haben gesagt, wenn das nicht passiert wäre, wäre er im Qualm erstickt. Noch ein, zwei Minuten, und es wäre vorbei gewesen. Was immer ihn auf dem Weg nach unten erwischt hat, hat eine heftige Schwellung im Gehirn ausgelöst, deshalb halten sie ihn weiter im künstlichen Koma. Es ist noch zu früh, um sagen zu können, ob er bleibende Schäden zurückbehält.«

»Er hatte einen Fallschirm angelegt«, sagte Cole, »also ist er gesprungen. Es muss so sein.«

Sie überlegte genau, was sie als Nächstes sagte. Doch wenn sie es jetzt nicht herausbrächte, würde sie es nie schaffen. »Was er dort oben gemacht hat ... was er zu uns gesagt hat ... Ich hab Billy schon lange gekannt, länger als die meisten anderen in meinem Leben, und er ist keiner von den Bösen. Er ist wirklich ein feiner Mensch. Er ist manipuliert worden, genau wie wir anderen auch. Er ist hereingelegt worden. Er hat es nicht verdient, dafür bestraft zu werden. Ich will nicht, dass er ins Gefängnis kommt.« Es war ihr egal, dass sie gerade bettelte. »Sie, ich, Nick, Charlotte ... Niemand sonst hat es gehört. Es wurden nur Wortfetzen übertragen. Wenn wir nichts sagen, dann ...«

Doch Cole schüttelte bereits den Kopf.

»Oh. Ist es dafür zu spät?«

»Ich habe meinen Bericht schon eingereicht«, antwortete er. »Ich bin von mehr Behörden vernommen worden, als ich zählen könnte. Ich konnte ihnen nichts mehr verschweigen, selbst wenn ich gewollt hätte. An dem Tag sind ziemlich viele Leute gestorben, die Stadt muss mit Milliardenschäden klarkommen, und es könnte Jahre dauern, bis alles behoben ist. Seine Rolle – auch wenn es nur eine Nebenrolle war – ist nun mal Teil dieses Puzzles, und es ist nicht meine Aufgabe zu entscheiden, wer wofür belangt wird.«

»Der reinste Ehrenmann«, murmelte sie leise.

Dann verfielen sie wieder in Schweigen. Cole trat von einem Fuß auf den anderen, und sie ertappte ihn dabei, wie er über die Schulter zu einem Firebird sah, der am Straßenrand parkte. »Haben Sie mich deshalb herbestellt? Um wegen Billy nachzufragen?«

Sie schüttelte den Kopf. »Sie wollen, dass ich wieder anfange zu arbeiten.«

Überrascht schaute er sie an.

»Nicht hier. SiriusXM hat auch Studios in Los Angeles.«

Hier in New York würde niemand von ihnen so bald zur Arbeit zurückkehren. Auch wenn das Gebäude nicht eingestürzt war, war dort kaum noch etwas zu retten gewesen, als das Feuer gelöscht war. Es würde höchstwahrscheinlich gesprengt und neu errichtet werden müssen. Und das war gut so. Sie hatte kein Bedürfnis, dort je wieder über die Schwelle zu treten.

»Wollen Sie denn wieder arbeiten?«

Diese Frage hatte sie sich selbst zigmal gestellt. »Ich hab das Gefühl, dass ich immer noch etwas zu sagen habe, aber ich bin mir nicht sicher, ob ich dafür schon bereit bin. Ich würde gern erst besser im Zuhören werden. Charlotte hat zu mir gesagt, wenn jedes Wort, das ich ausspreche, in einen Eimer käme, bräuchte ich einen zweiten Eimer, in dem alles landet, was zu mir gesagt wird, und beide Eimer müssten gleich voll sein. Sie meinte, mein Rede-Eimer fließt ständig über, während der Zuhör-Eimer immer ziemlich leer ist.«

»Kluges Mädchen.«

Jordan seufzte. »Ich bin mir auch gar nicht sicher, ob mir noch irgendwer zuhören will.«

»Ach, ich weiß nicht. Ich glaube, Sie wären überrascht.«

»Ich bin nicht mehr der Mensch, der ich vorher war.«

»Vielleicht ist genau das der Grund, warum sie Ihnen weiter zuhören wollen.«

Jordan lachte leise. »Gott, wie traurig das alles klingt. Sie sind nicht mein Therapeut, ich sollte Sie nicht damit belasten.«

»Sie klingen wie jemand, der noch einige Entscheidungen zu treffen hat.«

Sie lächelte ihn an. »Sie sind einer von den Guten, Officer Detective Cole vom NYPD. Ihre Verlobte kann sich wirklich glücklich schätzen.«

Er nickte in Richtung des Firebird. »Möchten Sie sie kennenlernen?«

»Tatsächlich – ja, gerne. Und wenn Sie erlauben, würde ich außerdem als Dankeschön gern Ihre Hochzeit ausrichten – für alles, was Sie getan haben. Gibt's schon ein Datum?«

Cole lachte und bohrte die Schuhspitze in den Boden. »Na ja, was das angeht...«

Anmerkungen des Autors

Ich habe mir sagen lassen, dass das, was ich schreibe, wie »literarisches Popcorn« ist. Soll mir nur recht sein. So war es schon immer: Wenn Sie eins meiner Bücher lesen, finden Sie darin nirgends tiefgründige soziale Botschaften oder Moralkonstrukte. Sie schlagen nicht Seite 237 auf und stoßen im Text auf den Sinn des Lebens. Wenn ich Geschichten schreibe, wenn ich sie mit Ihnen teile, dann ist mein einziger Anspruch dabei die Unterhaltung: ein bisschen Ablenkung vom Alltag in dieser Welt. Ablenkung von Ihren eigenen Was-wäre-Wenns. Sie stoßen nirgends auf meine persönlichen Ansichten zu Politik oder Religion – ebenso wenig würde ich Ihnen erklären wollen, wie eine Blinddarm-OP funktioniert. Derlei Dinge überlasse ich lieber Experten. Und ich bin kein Experte, auf keinem Gebiet. Ich werde einzig und allein dafür bezahlt, dass ich Geschichten erfinde. Erwarten Sie also besser nicht, dass ich Ihnen Ratschläge erteile.

Trotzdem fühlt es sich bei diesem Buch mehr als bei früheren so an, als steckte darin eine leise politische Botschaft. Keine der Ansichten oder Überzeugungen, die hier zur Sprache kommen, sind meine eigenen – sie sind lediglich einzelnen Figuren zugeordnet.

Jordan Briggs beispielsweise hat einen starken Willen und scheut nicht davor zurück, deutlich zu sagen, was sie denkt – oder meint, was *Sie* denken *sollten*. Das bedeutet weder, dass sie recht hätte, noch, dass ich wie sie wäre. Wie in all meinen Büchern erzählen mir Figuren ihre

Geschichte, und die bringe ich aufs Papier. Manchmal regen sie mich auf, manchmal machen sie mich richtig wütend – aber das wäre kein Grund, sie zu zensieren. Wenn ich das täte, würde ich meinen Job nicht gut machen.

Wahrscheinlich fragen Sie sich jetzt, wie das funktionieren kann. Immerhin entstehen die einzelnen Wörter in meinem Kopf.

Es ist nicht ganz leicht, das zu erklären, aber ich will es versuchen. Wenn ich arbeite, wenn ich mich aus der echten Welt ausklinke, dann strömt es nur so auf mich ein, und ich sehe die Geschichte wie einen Spielfilm vor mir. Die Figuren sind dann genauso echt wie Sie. Ich schreibe sozusagen mit, und wenn ich eine Stunde später zurückblättere, bin ich überrascht, was da steht und wie all das zusammenkommen konnte. Genau deshalb plane ich auch nicht: Wenn ich versuche, ein Buch zu schreiben, das ich mir zuvor zurechtgelegt habe, neigen meine Figuren dazu, frustriert zu werden; die Geschichte fließt nicht recht, und jemand wie Jordan Briggs würde mir meine Outline um die Ohren hauen und sagen: »So ist es nicht passiert. Ich sag dir jetzt, wie es *wirklich* passiert ist.« Am Ende muss ich auf sie hören, denn wenn ich das nicht tue, wirkt die Geschichte gewollt, instabil, falsch. Eine gute Geschichte lebt von ihren Charakteren, nicht von ihrem Verfasser. Wenn Letzteres der Fall wäre, käme am Ende bloß ein Kommentar heraus, und den will von mir keiner lesen. So interessant bin ich nun wirklich nicht.

Ich würde im Leben nicht tun, was Bernie tut, und während Jordan und ich an einigen Punkten durchaus einer Meinung sein dürften, liegen wir an vielen anderen meilenweit auseinander. Sich mit ihr zu unterhalten dürfte gleichermaßen frustrierend und faszinierend sein. Und genau das macht sie *echt* (zumindest für mich). Und wenn sie nicht echt wäre, wäre da auch keine Geschichte, die ich erzählen könnte. Was wäre daran der Sinn?

Also, ja, Jordan hat ein paar Sachen gesagt.

Genau wie Bernie, Billy, Senator Moretti und Charlotte. Sie alle haben mir ihre Geschichte erzählt, damit ich sie für Sie aufschreiben kann. Sie haben uns mit »literarischem Popcorn« versorgt, also futtern wir munter drauflos. Das macht ihre Was-wäre-Wenns nicht realer als Ihre eigenen. Aber sie haben uns eine Zeit lang davon abgelenkt. Und ist das nicht Sinn und Zweck jedes guten Buchs? Gerade in Zeiten wie diesen.

Ich will dieses Nachwort mit denselben Worten beenden, wie ich seit einiger Zeit meine E-Mails und Briefe beende – mit *Bleiben Sie gesund*.

Bis zum nächsten Mal!
J.D.

Fünf Jahre, unzählige Opfer und ein Serienkiller, der auch nach seinem Tod nicht ruht ...

576 Seiten. ISBN 978-3-7341-0495-4

Tue nichts Böses, sonst wird er dich bestrafen. Zuerst wird er einen Menschen entführen, den du liebst. Dann wird er dir ein Ohr des Opfers in einem weißen Geschenkkarton schicken. Daraufhin ein Auge, dann die Zunge. Du kannst versuchen, ihn zu stoppen, aber du wirst es nicht schaffen. Denn er ist der Four Monkey Killer, und er kennt kein Erbarmen. Du kannst nur hoffen, dass er nicht weiß, wer du bist, und dass er es nie erfährt ...

Ein Mädchen im Eis, ein perfider
Serienkiller auf der Flucht, und ein
Ermittler, der die Seele eines Mörders
ergründet und fast darin versinkt ...

688 Seiten. ISBN 978-3-7341-0496-1

Seit Monaten herrschen in Chicago Minustemperaturen,
als die Leiche der jungen Ella Reynolds eingefroren im
See gefunden wird. Sie wurde vor drei Wochen vermisst
gemeldet – der See ist seit Monaten zugefroren. Die Medien
beschuldigen den berüchtigten Four Monkey Killer Anson
Bishop, aber Detective Sam Porter will nicht glauben,
dass er damit etwas zu tun hat. Er kennt den Serienkiller
gut, denn er hat ihn geschnappt und laufen lassen, und
er hat noch eine Rechnung mit ihm offen. Porter hat
sich auf ein gefährliches Spiel eingelassen, währenddessen verschwindet ein Mädchen nach dem anderen ...

Tote, die in Salz gehüllt wurden und eine rätselhafte Botschaft tragen, ein Killer, der sich den Behörden stellt, und ein Detective, der plötzlich selbst ins Fadenkreuz der Ermittlungen gerät.

672 Seiten. ISBN 978-3-7341-1015-3

Auf dem Friedhof von Chicago wird die Leiche einer Frau gefunden, deren Augen, Zunge und Ohren entfernt und in kleine weiße Schachteln verpackt wurden. Neben der Toten liegt ein Schild mit der Aufschrift »Vater, vergib mir«. Kurz darauf tauchen weitere Opfer auf. Für die Polizei und das FBI ist klar, dass die Morde die Handschrift des immer noch flüchtigen Four Monkey Killers Anson Bishop tragen. Doch Detective Sam Porter glaubt nicht daran – die Tatorte liegen zu weit entfernt voneinander, als dass nur ein Täter infrage kommen könnte. Als sich Bishop aus heiterem Himmel stellt und beteuert, keines der Verbrechen begangen zu haben, fällt der Verdacht auf Sam Porter selbst – denn er hat kein Alibi, dafür aber ein verheerendes Geheimnis …